清代别集叢刊

# 海珊詩鈔注

錢仲聯署

[清] 嚴遂成◎著
楊德輝◎注　楊鏡如◎校補

華東師範大學出版社

# 海珊詩鈔注

清烏程嚴遂成著
楊德輝注
海門楊鏡如校補

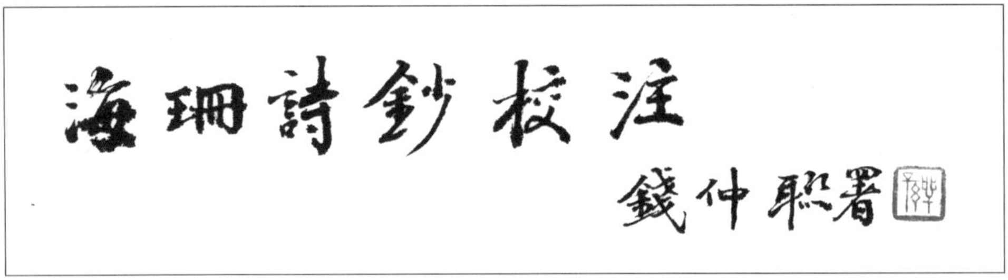
海珊詩鈔校注
錢仲聯署

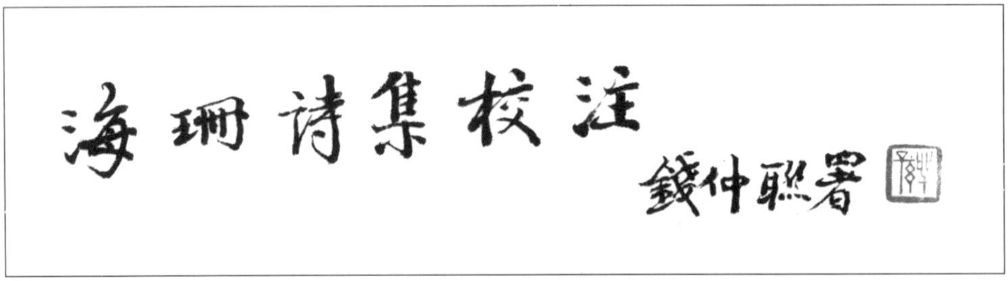
海珊詩集校注
錢仲聯署

錢仲聯先生題籤

著名書法家祝嘉先生題籤

楊德輝先生像

楊德輝、楊鏡如父子

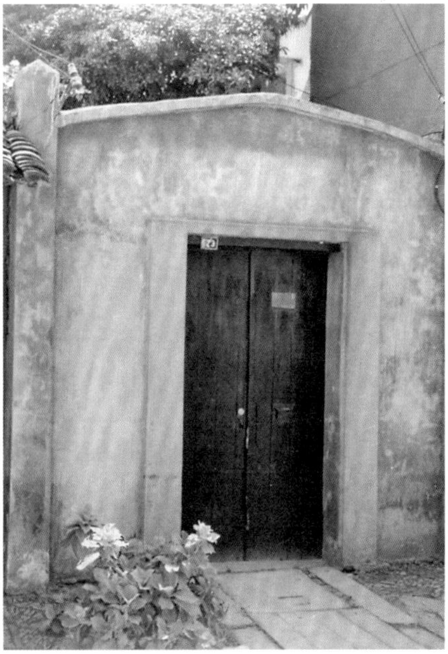

蘇州海紅坊楊家老宅

楊德輝先生詩文集《敝帚集》書影

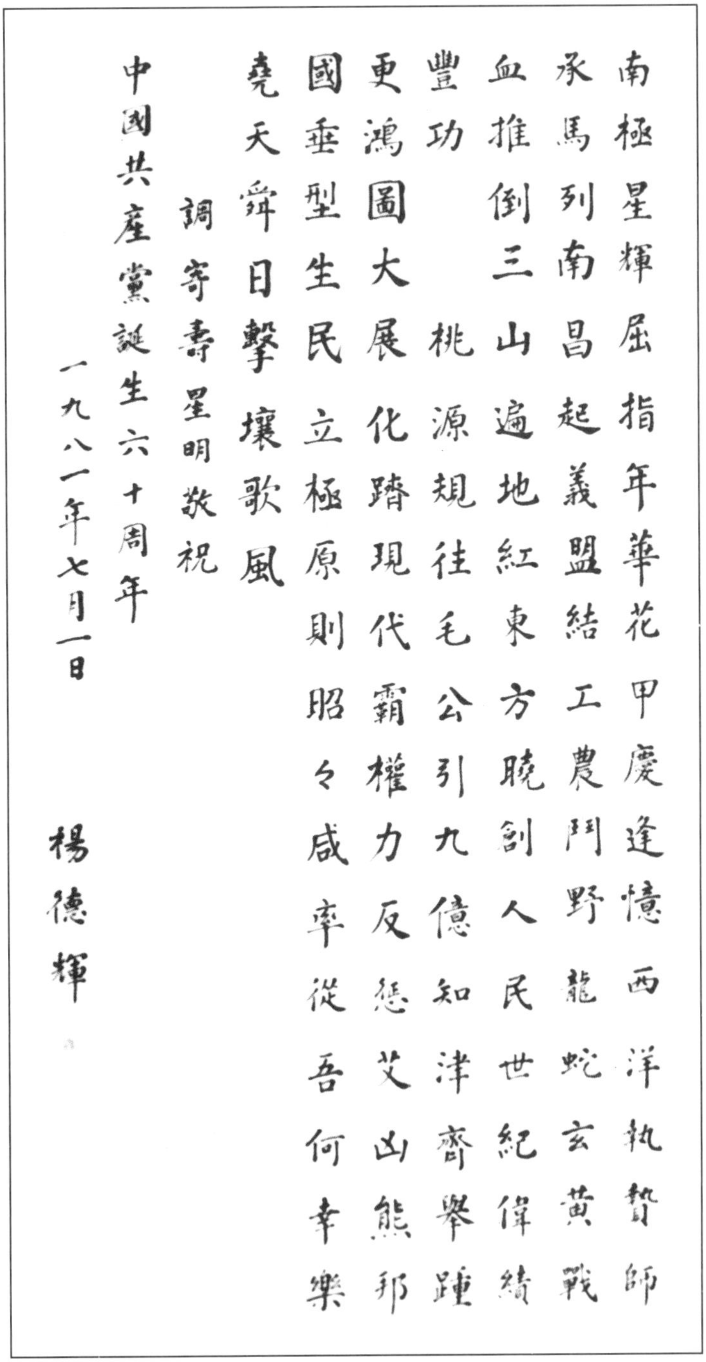

南極星輝屆指年華花甲慶逢憶西洋執贄師承馬列南昌起義盟結工農鬥野龍蛇玄黃戰血推倒三山遍地紅東方曉創人民世紀偉績豐功

桃源規往毛公引九億知津齊舉踵更鴻圖大展化躋現代霸權力反懲艾凶熊邦國垂型生民立極原則昭々咸率從吾何幸樂堯天舜日擊壤歌風

調寄壽星明敬祝

中國共產黨誕生六十周年

一九八一年七月一日

楊德輝

楊德輝先生墨迹（一）

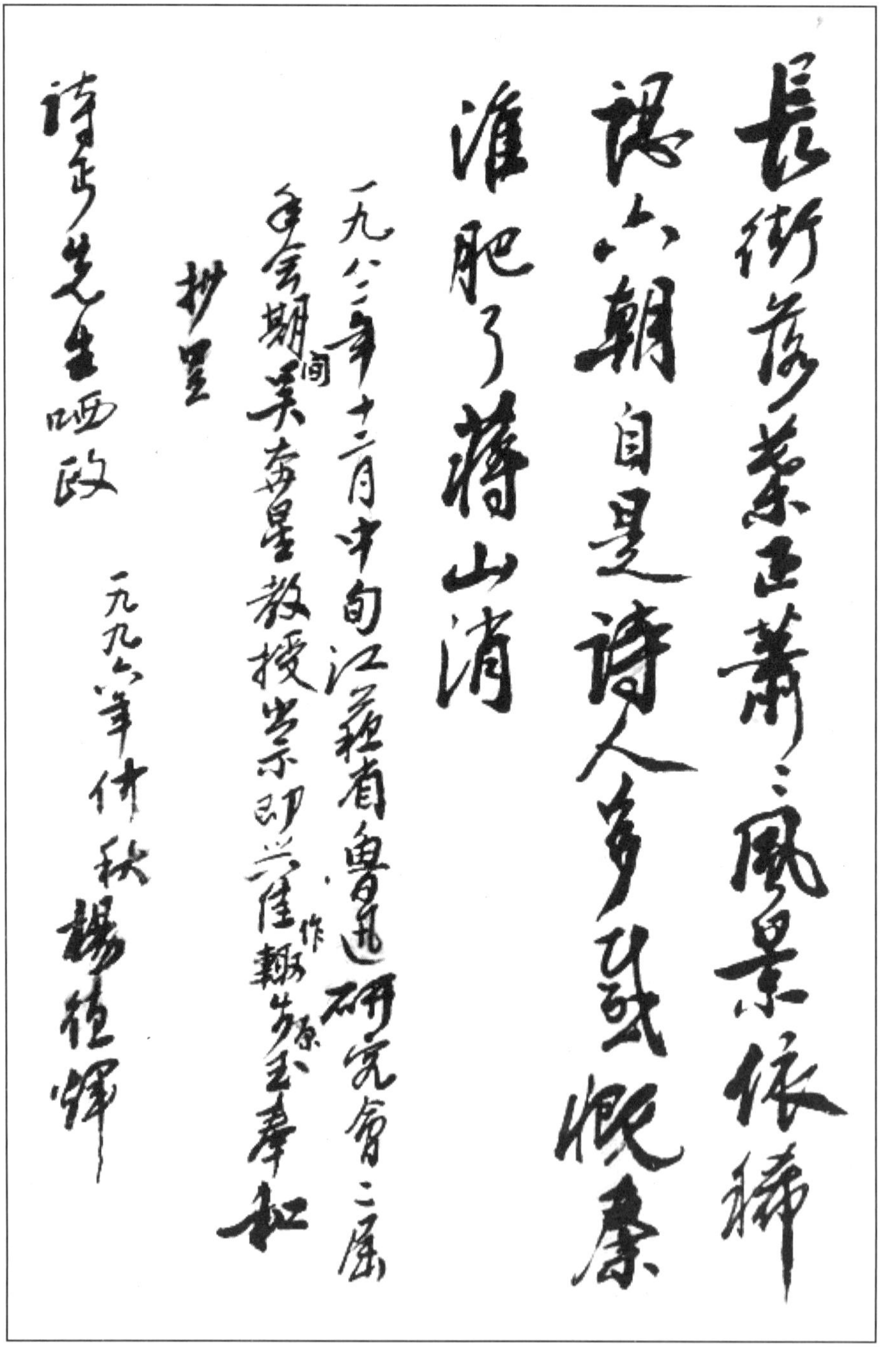
長街簫鼓正蕭蕭，風景依稀認六朝。自是詩人多感慨，淮肥了蔣山清。

一九八二年十二月中旬江蘇省魯迅研究會二屆年會期間吳奔星教授出示即興佳作敬步原玉奉和

抄呈

詩人先生哂政

一九九六年仲秋 楊德輝

楊德輝先生墨迹（二）

No

(四)薤露①

草萧々，玄猿哭②，黄熊号。翩丹旐③，咽碧箫。妻而去，江之皋。四野无人块独处④，此楼浮云泃流水。有知无知兮，我行行且止。天苍々，海茫々，繊书孤凤凰。昔时儿女今成行，秋芦不以为絮⑤，春笋不以为餦⑥。尔安尔寝，尔魂则傷。髑髏与语⑦，风悲白杨⑧。

注釋

① 薤(xie)露：古輓歌，意謂命短如薤露易干。汉初田横自殺，其门人作《薤露》、《蒿里》以表哀悼。后人用作輓歌。此詩作者悼前妻而作。参见(二一一)注。

② 玄猿：黑猿。

③ 丹旐(zhào)：丧家所用的銘旌。潘岳《寡妇赋》："飞旐翩々以啟路。"

④ 块独处：形容孤单独居。

⑤ 芦絮：谓不虐待遗孤。《孝子传》："闵子骞事親孝。后母生二子，衣之絮，衣骞以芦花。父察知，欲出后母。骞曰：'母在一子寒，母去三子单。'遂不出。其母亦化而为慈。"

⑥ 笋餦(cheng)：乾飴。

⑦ 髑髏与语：《庄子·至乐》："庄子之楚，见空髑髏，髐然

86.9.（72523） 94001

楊德輝先生《海珊詩鈔注》手稿之一

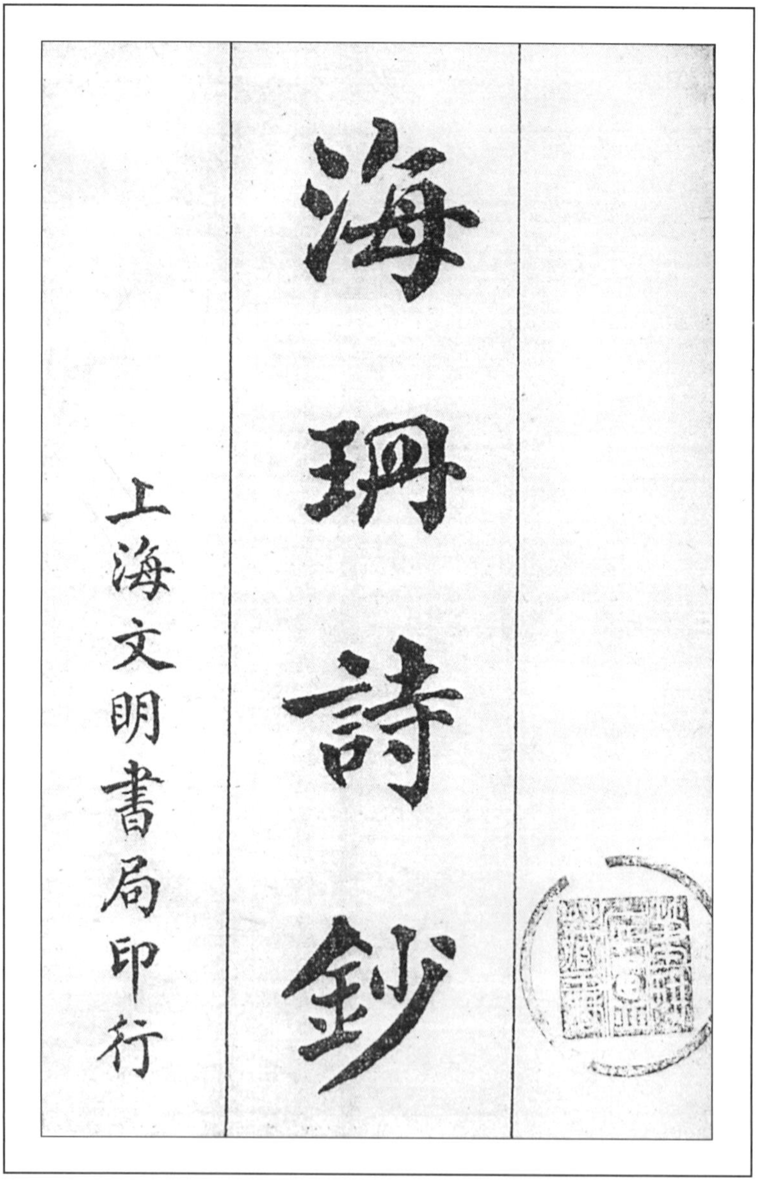

海珊詩鈔

上海文明書局印行

上海文明書局排印本《海珊詩鈔》書影

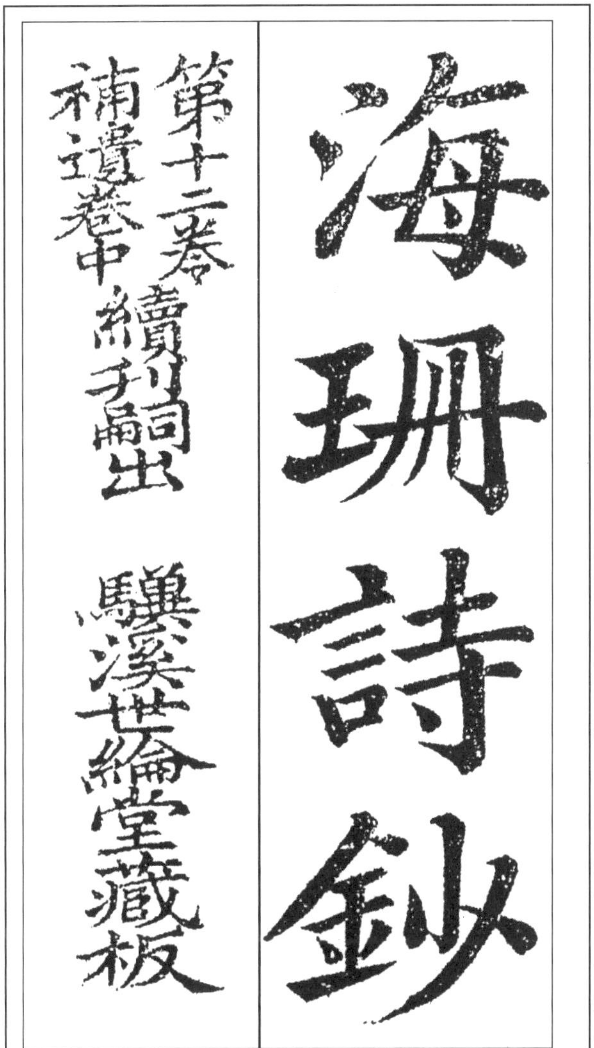
海珊詩鈔

第十二卷

補遺卷中

續刊嗣出

驥溪世綸堂藏板

驥溪世綸堂刻本《海珊詩鈔》書影

毛澤東手書《三垂岡》詩

毛澤東手書《三垂岡》詩碑照片（山西長治）

# 目録

## 卷六

## 卷九

# 凡例

一、本書整理因當時條件所限，以上海文明書局民國十四年（一九二五）四月再版之鉛字排印本《海珊詩鈔》爲底本，參校《叢書集成續編》影印本驥溪世綸堂刻本《海珊詩鈔》，鉛印本無徐鐸序及嚴遂成自序，今依世綸堂本補在書前。

二、依古籍整理通例，採用繁體直排，加新式標點。爲方便讀者閱讀，在書前編製目録。

三、注解以説明歷史典故及史實爲主，詩中涉及的人物盡可能查清，無法查考者，暫付闕如。原稿每詩均有一説明，謹遵定稿删去大部分，少數保留者，編入其後注［一］。

四、爲便於翻檢，對詩作編排序號。相同的詞語多數不重複作注，只標明首出位置，如「見（一一九）詩注［一］」。

五、詩題後説明用楷體字。

六、原詩用宋體字，原夾注用楷體字。

七、眉批及詩後評語，分別標爲「眉批」及「評語」，用楷體。

八、凡據世綸堂本補入者，題後加「★」號。

九、校勘異文，則在相應注中標出。

十、嚴遂成另有《明史雜詠》四卷，係其重要詩集，今將原書清乾隆刻本書影附印於本書後，以成嚴氏詩作全璧。

# 《海珊詩鈔注》序

趙杏根

海珊爲「浙西六家」之一。於其人其詩，廿年之前，余有專文論之。今日思之，尚有未盡者，試爲述之。

士之不遇，歷朝皆有之，然於古言之，未有甚於有清一代者，其故固不待言而能明矣。有清中葉，社會安定，養成人才愈衆，而士之不遇者益多。或窺得其中奥秘，棄舉業，離官場，務名山事業而成文化大家。此風又以吴越爲盛。與海珊年輩相若者，有厲鶚、全祖望之屬，年輩稍後者，有袁枚、錢大昕、王鳴盛、趙翼之屬，皆是也。然海珊心繫用世，需次二十餘年而不捨，雖晚年亦赴邊地卑官之任。其所取捨，迥不猶人。其故何在？未明天意歟，未審時量力歟？家貧親老子幼，故不擇官而仕歟，抑爲蒼生計，其志類精衛填海、夸父追日、愚公移山歟？孔子所謂爲山而覆一簣者歟，知不可爲而爲之者歟？觀全祖望、厲鶚、杭世駿之屬以風雅依人，海珊之取捨，其得失何如哉？人各有志，不能勉强。然余若處海珊之地，取捨將同於海珊矣。

海珊之詩，以詠史一體最爲人所樂道。史事情結，傳統士人幾皆有之，而清代士人特甚。清初論史之文、詠史之詩甚多，治史之專著，亦數數見，清中葉亦然。然清初之作，多切問近思，旨在致用；清中葉之作，其旨多不在切近之致用，而在難知之千秋。海珊之作，亦是如此。然詩者，言志者也，故其詠史之作，亦不無世事人生之感慨在，此與治史之作，又有異焉。乾嘉間，治史之風特盛，然錢大昕、王鳴盛、趙翼、洪亮吉之屬，年輩皆後於海珊。故海珊詠史之作，或爲得風氣之先者也。

我國宗法社會源遠流長，且極爲發達。社會變遷，宗法社會之文化，爲廣泛移植，類宗法社會遂生焉，鄉黨、朋黨、流派、師門、同年乃至結義、幫會之類，皆是也。其影響所及，至今未息。詩壇文壇，類宗法社會亦多，即觀當時，亦足以知之矣。

浙江爲人文淵藪，風雅極盛。然海珊爲詩，挺戟自立，不傍門户，不染流俗，不獨不爲所謂風雅正宗所籠罩，亦不爲桑梓朋好所浸染。實大聲宏，風骨遒勁，足爲詩壇健者。蓋思想學術，詩詞文章，乃至爲政或謀生之道，皆養成有自，殊非植黨、報恩、酬桑梓、近知己之具也。

鏡如先生父子注《海珊詩鈔》成，以金兄振華爲介，問序於余。余與清詩研究，固有因緣在。憶壬戌歲初，余始從夢苕師治清詩，其時海内治清詩者寥寥。未四十年，以治清詩名家者，更仆難數，鴻文巨著，沉沉夥頤。然余自己卯後，雜覽多端，於清詩研究，未得寸進。自忖無論名位學力，皆不足以序鏡如先生父子之大著。然恭敬不如從命，且披覽此稿，覺注釋詳備，頗多發明，前言一篇論海珊其人其詩，尤能高屋建瓴，卓爾不群，故勉力犬耕而爲此序。

戊戌仲秋江陰趙杏根序於蘇州獨墅湖畔

# 前言

楊德輝

嚴遂成，生於清康熙三十三年甲戌（一六九四），卒年不詳。字崧瞻（一作崧占），號海珊，浙江烏程（今湖州市）人。他出身於世代書香的家庭，雍正二年甲辰（一七二四）中進士，乾隆元年丙辰（一七三六）薦舉博學鴻詞，以丁艱不與試。釋服後，選山西臨汾知縣，預修《山西志》。調任直隸（今河北省）長垣，參加修理河工。旋調任雲南嵩明州、鎮雄州。卒於任所。

嚴氏爲乾隆時期浙西著名六詩人（錢載、厲鶚、袁枚、吴錫麒、王又曾、嚴遂成）之一。所作詩，除《明史雜詠》外，全部收在《海珊詩鈔》中。《海珊詩鈔》所收詩除樂府詩以類相聚列於首卷外，其他都不以詩體分類，而以時間先後爲次。共收詩四百五十六題，七百三十三首（其中歌行體五十二首，樂府七首，五言古詩八十三首，七言古詩三十七首，四言詩十二首，六言詩一首，古風六首，轆轤詩一首，雜謠四首，五言律詩八十八首，七言律詩二百一十六首，五言絶句十九首，七言絶句二百零七首），分爲十一卷。補遺上卷則補其遺漏，補遺下卷則爲「和乩詩」與「集蘇詩」。這些詩都是他一生的生活記録，可謂洋洋大觀。

從詩的次序，我們可以看到嚴氏從自己的家鄉烏程南遊杭州，溯錢塘江西至江西，北行經江蘇、山東、河北、山西；又折而向西南，歷河南、湖北、湖南、貴州，而以雲南爲終點，可以説足跡遍大半個中國。這些地方的山川景物，歷史遺跡，社會風貌，都在他的詩中得到了反映，可以説它是清王朝乾隆時期的一組壯麗風俗畫。

嚴遂成詩的內容，大致可以分爲以下幾個大類：一是用樂府舊題反映新的現實，抒發其個人的議論和感慨；二是憑弔歷史名勝，對古人生平行誼加以評價，寄託其個人的褒貶；三是記録了當時清朝的軍政大事，提出自己的見解；四是描繪了祖國的山川景物、民情風俗，反映了祖國山河的壯麗、人民的勤勞淳樸；五是記録了親戚故舊交往的情誼，抒發了誠摯的情感。這幾類詩約占全部詩的十分之九，内容是充實的，思想感情是豐富而積極的，藝術技巧是上乘的，這是應予肯定的一面。一般讀者可能會對「補遺卷下」中的「集蘇詩」頗多微詞，認爲詩人面對風花雪月只是抒發個人喜樂悲憂的無聊感情，未免過於多愁善感，並無太多的意義和價值。誠然，這類詩看來似乎比集中其他詩消極，但它真實記録了作者瞬間閃現的情感，在某種意義上體現了天人合一的哲學思想。「補遺卷下」中還有一類「和乩詩」，引起讀者、批評者的詬病恐怕會更多一些，以爲是封建迷信的産物，是嚴詩中的糟粕。的確，在科學尚不昌明，人們普遍還不覺悟的情況下，詩人當然不可能免俗，超然物外，寫下這許多求仙問卦的詩，也許還洋洋自得，以爲别人未必能有如此才情呢。這類詩確實不值得加以肯定，但是换一個角度，是否可以看出詩歌真切反映了彼時社會市井生活的另一個小小的側面，也有助於我們對這種生活的綜合瞭解，具有一定的認識作用呢？這或許可以算作瑕疵，然而小疵不掩大醇。總之，他的詩是現實主義的，具有一定的時代性。梁啟超在《秋蟪吟館詩鈔序》中説：「余嘗怪前清一代，歷康、雍、乾、嘉百餘年之承平，藴蓄深厚，中更滔天大難，波詭雲譎，一治一亂，皆極有史之大觀，宜其間有文學界之健者異軍特起，以與一時之事功相輝映。」我以爲把嚴遂成列爲乾隆時期文學界的健者，他是可以當之無愧的。

嚴遂成的詩之所以有如此成就，可以這樣概括而言之：古人評司馬遷文章，謂得力於讀萬卷書，行萬里路，嚴氏在這兩點上是可以追蹤司馬遷的。他身處乾隆盛世，仕途却並不亨通，中進士後，候補了二十多年，才選到一個小小的縣令，僻在偏遠，鬱鬱不得志而逝。這和司馬遷爲李陵事下獄，事雖不同而情則同，鬱勃偃蹇，必然要發洩，司馬遷發爲文章，嚴遂成則託之吟詠，也是一樣的。歐陽修説：「非詩之能窮人，乃窮而後工者也。」嚴氏仕途的坎坷，正有助詩途的揚鞭躍馬。那麽，嚴氏是幸運呢，抑不幸呢？有識者當然能明辨。

前人對嚴遂成詩的評價，散見於各種文集詩話，不一而足，兹舉其有代表性的如次。《烏程縣志·嚴遂成傳》云：「……聲律一道，直入三唐之室，同輩中，自錢塘厲鶚而外，弗多讓也。自負詠古第一，而尤長七言律詩，雖厲鶚亦自謂勿及。」海鹽吴應和云：「海珊與樊榭同年，相友善，而詩思豪邁，迴不相類。所作《明史雜詠》，時稱詩史。又有《梅花》詩傳誦京師，遂得膺詞科之薦。丁母憂，不赴試。成進士後需次二十餘年，始補縣令。蹇傷遲暮，乃益發奮於詩。歷遊豫、楚、滇、黔，登臨弔古之作，率皆悲壯激烈，奇氣橫溢，鐵崖（明楊維楨）樂府，淵穎（明吴萊）歌行，殆兼師其意，而不襲其貌。少陵所云『語不驚人死不休』，海珊有焉。」晚晴簃主徐世昌亦云：「海珊舉鴻博，以居憂未與試。詩功力湛深。《明史雜詠》古今體錯出，好爲翻案，未免有失之太過者。嘗賦《邢臺懷古》：『日離滄海遠，雲入太行微』，自注謂，滄溟（明李攀龍）《登邢州城樓》詩：『紫氣東蟠滄海日，黄河西抱漢關流』，弇州（明王世貞）《過邢州黄榆嶺》詩：『倚檻邢臺過白雲，城頭風雨太行分』，及身履其地，方知此景了不相涉。持論頗爲平實。詠物每於空際著筆，如《桃》云：『怪他去後花如許，記得來時路也無？』《海棠》云：『睡味似逢鶯喚起，酒痕仍借笛吹消。』《梅》云：『殘笛一聲涼在水，遠峰數點碧於煙。』法梧門（清法式善）謂『如李龍眠白描畫』，信然。」（《晚晴簃詩匯・卷六十六・嚴遂成》）我認爲這幾家評論是非常中肯而有説服力的。的確，嚴遂成的詩，力大思深，雄豪綺麗，不矯揉造作，故爲大聲，欺世盜名，宛如行雲流水，不擇地而出，所以各體俱佳，而尤以詠史詩的議論超脱，五七律的烹煉條暢爲出色當行。

我還覺得各家評論雖然精當，却是孤立地看問題，還没有指出嚴詩在清詩中地位如何。要解決這一問題，必須把他的詩放在整個詩史中作縱的觀察，更要放在整個清詩中作横的比較，才能恰如其分地得到結論。我嘗試對此作一探索，以質高明。

首先，從詩的發展史看，也和其他事物一樣，總是不斷曲折前進，有所發展的。論者往往推唐詩爲頂峰，後來者無法踰越。這是不合事物發展規律的。事實是清代詩人之多，詩作的數量之巨，詩的藝術風格的創新，何嘗遜色於唐代！「江山代有才人出，各領風騷數百年」，趙甌北已先我道出了真理。

詩是以語言爲載體的綜合性藝術，有訴之於聽覺的音樂性。這體現在五七言句型的長短適中，字調平仄，浮聲切響，抑揚頓挫，吟誦起來鏗鏘悦耳，爲廣大人民所創造，亦爲廣大人民所喜聞樂見。詩的句型，從古代的三四五言發展到唐代的五七言律句而定型，自唐迄清，没有再創造出新的句型，這是漢語和它的符號——文字的規律所決定的。詩句短於五七言，則促節棘耳，長於五七言，則曼聲傷氣，都不便於吟誦，這就是規律，任誰也不能踰越。「五四」以後，提倡自由體，打破格律，句無定型，有長至十多字的，與漢語的規律勃謬，能否得到廣大人民的廣泛認同和接受，我持保留態度。詩的句型有限制，詩的表現藝術却是無限制的，故舞臺雖小，反能因難見巧，煉字修辭等方法可以層出而不窮，清詩在這方面的貢獻尤多，唐詩並非止境。

詩又有訴之於視覺的形象性。「澄江浄如練，餘霞散成綺」，「大漠孤煙直，長河落日圓」，「雞聲茅店月，人跡板橋霜」，大自然的景象無窮，詩人鎔想煙霞，鍊情林岫，妙手拈來，都成小窗横幅，且景列而情寓，讀者賞心悦目，兼收並得。在這一點上，清詩也有傑構，並不多讓於前賢。

詩最重要的是有訴之於心志的思想性。詩人觀察鋭敏，感物造端，泄之憤悱，能引起廣大讀者共鳴。其時代愈近者，同感更多，影響更大，故清詩在這方面的成就亦有超越前代的地方。

詩必兼此三者方爲上乘。清代詩家三者兼具者不少，嚴遂成即其中之一，能不推爲傑作焉！

我嘗試再把嚴遂成的詩放在清代詩家中，作一個横的比較，當必證明我的推崇嚴詩，並非阿其所好。清代詩也有一個窮則變、變則通的過程，而且隨着時代的推移，不斷反覆著。清初的錢牧齋、吴梅村、施潤章和宋琬等，開一代風氣之先，樹騷壇盟主之幟，文彩風流，輝映當時，盛極難繼，於是聰明者生面别開，揭櫫流派，如王士禎的主張神韻，袁枚的標榜性靈，沈德潛的側重格調，都能一新耳目。然而盛名之下，譏謗隨之，所以然者，流派究屬偏師，可俱存於一代之中，而不可以代表一代詩風。至如一家之中，却具各派之長，而又不事吹嘘者，我認爲倒是堂堂正正的元帥氣象，而嚴遂成的詩正可以作如是觀。有人可能要説性靈派的倡導者袁枚，也只官終縣令，但其詩的影響，却遠出嚴遂成之上，而且舒鐵雲《乾嘉詩壇點將録》摒嚴氏不録，目爲遊兵散勇，爲什麽你這樣推崇嚴氏呢？我認爲這種説法，從知人論世的角度看，是不夠全面的。袁枚晚寓倉山，扼南北交通的樞紐，加上善於逢迎標榜，交遊較廣，揄揚者多，詩近纖巧，又爲一般人所喜愛，宜乎譽之者衆。而嚴遂成遠處蠻荒，交遊不多，揄揚者少，古調獨彈，賞音亦稀，這是區别的主要原因。袁氏盛名之下，其實難副，身歿之後，譏謗隨之。門下士甚至改刻「隨園門下士」的印章爲「悔作隨園門下士」；張問陶初名其詩集曰《推袁》，後亦悔而改爲《船山詩集》，可爲明證。（見朱克敬《儒林瑣記》）王士禎的見譏於趙執信，固已是人盡皆知的了。嚴遂成詩的影響一時難以及人，除上述原因外，尚有作繭自縛的兩點：一是讀書多，好掉書袋，滿篇典故，給讀者帶來理解上的障礙；二是構思巧，想入非非，如卷一《吳興雜謠》之「有馬成三，無馬成二」，近似謎語，很費索解。由於他作詩技巧圓熟，運典自然，不露斧鑿痕跡，反是一個長處。然而正因爲這點，他的詩却不爲大衆傳誦喜愛了。

用典多，用得好，應該是藝術的高境。因此，只要通過這一典故關，就能領略其詩的真實意趣，引起共鳴，便有「晬面盎背」的歡樂。「詩家總説西昆好，獨恨無人作鄭箋」，所以爲嚴遂成的詩作注釋，就覺得很有必要了。遺憾的是迄今尚無人從事這一工作。因此，我不揣固陋，擔當起蓽路藍縷的任務。

明胡應麟云：「注杜千家，類五臣注《選》，皆俚儒荒陋者也。」我當然不能逃荒陋之譏，但完璧不可能成於一人之手，補苴罅漏，且寄厚望於繼起者了。

一九八八年一月

## 烏程縣志・嚴遂成傳

嚴遂成，字松瞻，號海珊。震直裔孫。父祖倫，字天敘，好善根於天性，閑家課子，皆有程範。生平無誑言詭行，與人交，勤勤懇懇，惟欲成人善、掩人惡，宗族子姓皆取則焉。遂成，康熙庚子舉人。雍正甲辰九月會試不第，越六日，恩榜中式。遂成有詩云：「彭衙分拜三年賜，絳樹争傳六日蘇。」一時都下傳誦。乾隆元年，薦舉博學鴻詞，丁艱不與試。選山西臨汾知縣。調長垣。歷雲南嵩明州、鎮雄州。卒於官。其在臨汾，開兔坡險道，創立鳳山書院；在長垣，拯河患，救民饑，修堤築支河，民至今賴以無患。所在有政績，然無人薦揚之。獨聲律一道，直入三唐之室。同輩中，自錢塘厲鶚而外，弗多讓也。自負詠古第一，而尤長七言律詩，雖鶚亦自謂勿及。

（《烏程縣志・卷十七・人物六》）

## 湖州府志・嚴遂成傳

嚴遂成，字松瞻，號海珊，烏程人。康熙五十九年舉人。雍正二年九月會試不第；越七日，恩榜中式。遂成有詩云：「彭衙分拜三年賜，絳樹争傳七日蘇。」一時都下傳誦。乾隆元年，薦舉博學鴻詞，丁艱不與試。選山西臨汾縣。歷雲南嵩明州、鎮雄州。卒於官。其在臨汾，開兔坡險道，創立鳳山書院；其在長垣，拯河患，救民饑，修堤築支河，民至今賴以無患。所在有政績，然無人薦揚之。獨聲律一道，直入三唐之室，同輩中，自錢塘厲鶚而外，弗多讓也。自負爲詠古第一，而尤長於七言律詩，雖鶚亦自謂弗及。蓋三十年中，沉淪仕宦，精神淬厲，獨以詩鳴，信已。學力所到，操縱自如，卒成其爲一家之學。著有《詩經序傳》、《輯疑詩文鈔》、《明史雜詠》。

（《湖州府志・卷七十六・文學傳》）

# 《海珊詩鈔》徐序

徐　鐸

壬戌歲，余視學山左，時海珊宰阜城，與余曾同應徵書，郵亭道故，一時別去，閱十有二年。來吏於滇，蹇傷遲暮，顧益豪於詩。閱《明史雜詠》，知其用世有所未盡，特於詩發之。又手一編以進，則豫楚黔遊草，余贊之曰：「知人論世，其言有物，於詩爲史，於治爲譜，信乎？聲音之道與政通矣。」曩余由滇入覲，得北上，口占百首，考地理之訛，補古事之闕，雅亦非空言無補。今萬里外，合海珊若符契，可謂不孤，無俟淯井監弓衣定織梅堯臣《春雪》也。因勸梓之，爲弁其端。

乾隆甲戌中元，年眷弟鹽城徐鐸拜撰。

# 《海珊詩鈔》自序

嚴遂成

余少爲詩，以偏宕相尚，罔識律令。吾鄉姚薏田、同年厲樊榭方負能詩聲，雅與余善，而於詩未之許也。甲寅被薦，居内憂，弗逮赴朝考，顧虛聲一時藉甚，思有以禳之。辛酉夏，量移阜昌。吾師穆堂先生典試江南，止郵亭，余謁見，迎謂曰：「吏亦不易爲，知生百無暇，獨詩可分余一席，慎毋廢！」余憬然汗下。嗣後收視返，聽知功夫有在於詩之外者，厚其所積，窮其所變，别構户牖，不屑苟同昔人，迄於今不自知其至猶未也，然我才亦既竭矣。後《梅花》詩傳誦京師，《明史雜詠》人以詩史目之。今裒集十一卷，又補遺二卷，都從零佚中以次改竄，無復前後年地可問。大參徐南岡先生閱竟評曰：「君詩必有所爲始作，無一字無來歷，筆頭勾得數十斤起！」楚中余同麓嘗從夏環川太史遊，歎爲知言，辱參之於竹垞、阮亭二家之間，相勸付梓。惜乎樊榭、薏田蚤下世，無緣重定吾文，此足貽千古知己之憾也！丁丑試燈日，于役宣良，夜宿萬壽山僧舍，遂成自記。

# 海珊詩鈔注

【卷二】

## （一）昭君怨[一]

畫圖尚自好，況逢華悅姿[二]。團團照明鏡，對面心相知。環佩聲寒月中語，琵琶學自入宮時。一彈紈扇怨[三]，再彈玉釵歎[四]。白草黄沙泣秋雁，臨行召入朝陽殿[五]。當年君不見妾心，妾幸今朝見君面。見君面，死無憾。阿房鐘鼓多美人，三十六年長不見[六]。

**注釋：**

［一］昭君怨：樂府琴曲歌，寫昭君和親匈奴事。

［二］華悅姿：妙年貌美。

［三］紈扇怨：借紈扇秋日見棄，以抒發老大失寵的怨恨。《漢書·外戚傳》：班婕妤初爲孝成所寵，其後，趙氏日盛，婕妤恐久見危，求供養太后長信宫，作《紈扇怨》以自悼焉。辭曰：「新製齊紈素，皎潔如霜雪。裁成合歡扇，團團似明月。出入君懷袖，動揺微風發。常恐秋節至，涼飆奪炎熱。棄捐篋笥中，恩情中道絶。」

［四］玉釵歎：曹鄴《代班姬》詩：「常嫌蟬鬢重，乞人白玉釵。」

［五］朝陽殿：殿名，即漢昭陽殿。

［六］「三十六年長不見」句：杜牧《阿房宫賦》：「一肌一容，盡態極妍，縵立遠視，而望幸焉。有不得見者三十六年。」

## （二）少年行[一]

覆首紅韎韐[二]，垂腰鐵裲襠[三]。馬上瑟鼓邯鄲倡。迴身流星挾金彈，左右彈人中人面。聞道前山夜轉戰，坐馳萬里日始旦。手提模糊月氏[四]首，入奏鐃歌[五]未央殿[六]。男兒富貴須早致，淩煙[七]丹青容易事。

卻笑南陽鄧仲華[八]，封侯年已二十四。

注釋：

[一]少年行：樂府雜曲歌。此詩寫少年豪俠氣概。

[二]韎韐：皮蔽膝。《詩·小雅·瞻彼洛矣》：「韎韐有奭，以作六師。」

[三]裲襠：衣之無臂者，即背心。

[四]月氏：古國名，在今甘肅西境。

[五]鐃歌：軍樂，一稱騎吹，行軍時於馬上吹之。

[六]未央殿：西漢宮殿名。

[七]淩煙：淩煙閣，唐太宗圖畫功臣於此。

[八]鄧仲華：漢光武帝功臣鄧禹，字仲華，拜大司徒，封高密侯，圖像雲臺。

## (三)艾如張[一]

艾如張，小山下，叢薄旁。罔[二]以雉，求鳳凰。鳳凰去，來禿鶖[三]。不儀其羽[四]，有舌孔[五]長。大章咸池韶濩[六]，聲亂清廟明堂[七]。脫韝[八]一鷹怒突目，桐爾栖，竹爾啄[九]。竊據者匪福，興問罪師攫爾肉。踉踉蹌蹌，伊誰之屋。噰噰喈喈[一〇]，雌雄六六。艾如張，禿鶖去，來鳳凰。

注釋：

[一]艾如張：樂府鐃歌曲。此詩諷刺朝廷求賢反得佞人。

［二］罔：鳥媒，繫生鳥以誘外來的鳥。

［三］秃鶬：灰鶴。詩中以比佞人。

［四］不儀其羽：羽儀，意謂君子處高位，可爲人倫儀表。《易·漸》：「上九，鴻漸于陸，其羽可用爲儀，吉。」

［五］孔：形容詞，大。

［六］大章、咸池：堯的樂名。韶：舜的樂名。濩：湯的樂名。

［七］清廟：周祀文王的廟。明堂，明政教的堂，凡國家舉行大典禮都在明堂。

［八］鞲：臂衣，以皮製成，養鷹者所用。

［九］桐爾棲，竹爾啄：相傳鳳凰非梧桐不棲，非竹實不食。

［一〇］嚶嚶：鳥和鳴聲。《古詩源·樂府歌辭·相逢行》：「音聲何嚶嚶，鶴鳴東西廂。」喈喈：鳳鳴聲。《詩·周南·葛覃》：「黄鳥於飛，集於灌木，其鳴喈喈。」

## （四）薤露［一］

草蕭蕭，元猿［二］哭，黄熊號。翩丹旐［三］，咽碧簫。委而去，江之皋。四野無人塊獨處，［四］此樓浮雲溝流水。有知無知兮，我行行且止。天蒼蒼，海茫茫。緘書孤鳳凰，昔時兒女今成行。秋蘆不以爲絮［五］，春筍不以爲餦［六］。爾安爾寢，爾魂則傷。髑髏與語［七］，風悲白楊［八］。

**注釋：**

［一］薤露：樂府《相和曲》名，古挽歌，意謂命短如薤露易乾。漢初田横自殺，其門人作《薤露》、《蒿里》以表哀悼，言人命如薤上之露，易晞滅也，亦謂人死，魂歸乎蒿里。後人用作挽歌。此詩爲作者哀悼前妻而作。

[二]元猿：即玄猿，黑猿。

[三]丹旐：喪家所用的銘旌。潘岳《寡婦賦》：「飛旐翩翩以啟路。」

[四]塊獨處：形容孤單獨居。

[五]蘆絮：謂不虐待遺孤。《孝子傳》：閔子騫事親孝。後母生二子，衣之絮，衣騫以蘆花。父察知，欲出後母。騫曰：「母在一子寒，母去三子單。」遂不出。其母亦化而爲慈。

[六]餦：乾飴。

[七]髑髏與語：《莊子·至樂》：「莊子之楚，見空髑髏，髐然有形，撽以馬捶，因而問之。」

[八]白楊：產北方，多種於墳墓，葉大，雖微風亦蕭蕭有聲，聽之淒然。

## （五）君馬黃[一]

君馬黃，臣馬黑。君馬黃，臣馬白。十二閑[二]，一鳴斥。太行山，雪千尺。石角淩兢[三]四蹄坼，誰汝顧兮德不德。君不見錦爲韉、珠作勒，一片桃花[四]好顏色。

**注釋：**

[一]君馬黃：樂府鐃歌曲。此詩意在諷刺小人當道，排斥君子。

[二]十二閑：閑，馬廄。《周禮·夏官·校人》：「天子十二閑。」

[三]淩兢：戰慄貌。

[四]桃花：桃花馬，馬之白毛紅點者。杜審言《戲贈趙使君美人》詩：「桃花馬上石榴裙。」

## （六）猛虎行[一]（二首）

天虎人虎，虎化人，人變虎。天道好還，爾腹毋鼓！鼓爾腹，舂長戈，抨强弩。挾腰拔舌食爾肉。君不見裴將軍[二]，一日殺虎三十一。又不見趙大夫[三]，一日殺虎三十六。

**注釋：**

［一］猛虎行：樂府平調曲名。此詩諷刺虎而冠的貪官污吏，希望他們摧牙脱距，不搏不攫。這想法未免天真。

［二］裴將軍：《新唐書·裴旻傳》：裴旻守北平，北平多虎，旻善射，一日得虎三十一。

［三］趙大夫：劉宰《殺虎行謝宜興趙大夫惠虎皮虎臘虎睛》：「又不見宜興趙大夫，南山三十有六虎，令行殺取無復餘。一虎昔何少，三十六虎今何多。虎多人不患，所患政之苛。苛政滅人門，猛虎戕人命。擇禍莫若輕，泰山之人論已定。」

喜淫者鹿，善媚者狐。狼貪而狠，猿譎而狙。爾掩取之，予不爾辜。慎毋傷我民！傷我民，傷爾仁。我當訴之於麒麟。爾知有父子，豈不知麒麟與爾爲君臣？罙入其阻，終年莫入我城府。灌莽蔽虧，遨遊樂土。摧牙脱距，願爾子孫墮爾武，不搏不攫幹爾蠱[一]。

**注釋：**

［一］幹蠱：謂子能掩蓋父母的過惡。《易·蠱》：「幹父之蠱，有子，考無咎，厲終吉。」

## （七）宿昇山寺[一]

偶向空寮[二]宿，閑巡壞壁題。松涼知月轉，花暝受煙棲。野鶴如人瘦，青山在屋西。鐘殘僧入定，隔浦一禽啼。

注釋：

[一] 昇山：在浙江省吴興市東二十里。《寰宇記》：一名歐餘山，一名歐亭山。王羲之爲太守，嘗昇此山，顧謂賓客曰：「百年之後，誰知王逸少與諸君遊此乎？」因有昇山之號。

[二] 寮：僧舍。

## （八）湖亭晚望

風熨湖光鏡面平，紅泥亭[一]外雨初晴。雲開山少離奇勢，月上花多歎息聲。人爲蘋香臨水住，家無禾把捕魚生。此邦不作燈船會[二]，岸樹藏烏夜不驚。

注釋：

[一] 紅泥亭：在浙江吴興市。

[二] 船會：盛行於金陵秦淮河、蘇州虎丘山塘，端午節起至秋季止。

## （九）紫陽洞[一]

一石爲一峰，峰立石睥睨[二]。團團混沌形，本無瑕可棄。天公乃剸刃[三]，直入地之肺[四]。刳中穹其外，橐鑰[五]啟扃閉。其底方以平，四壁謝塗蔇[六]。仰視釜倒覆，危不墮於地。凹處鐘乳潤，凸處劍鍔利。蓬鬆萬垂蓮，附麗絕根蒂。空洞足容人，人以十百計。有門僅半圭[七]，如月食未既[八]。呀然口東向，吐納煙霞氣。此屋成天然，造物頗兒戲。惜哉近城闉，神仙所勿憩。吾無一椽瓦，詭欲牽船詣。譬之邠岐人[九]，陶復陶穴意。

**注釋：**

[一]紫陽洞：在安徽省婺源縣城南紫陽山。

[二]睥睨：城上鋸齒形的短牆，也稱女牆。

[三]剸刃：插刃。

[四]地肺：《真誥稽神樞》：山在水中者曰地肺。

[五]橐鑰：冶工所用鼓風器，俗名風箱。也寫作橐籥。《老子·五章》：「天地之間，其猶橐籥乎？虛而不曲，動而愈出。」

[六]塗蔇：亦作塗墍，牆上塗草泥。《書·梓材》：「惟其塗墍茨。」

[七]圭：玉名，上圓下方。

[八]既：盡也。《左傳·桓公三年》：「日有食之既」。

[九]「譬之邠岐人」二句：謂如古代邠岐人的穴居野處。陶復陶穴：《詩·大雅·緜》：「古公亶父，陶復陶穴，未有家室。」鄭玄箋：「復者，復於土上，鑿地曰穴，皆如陶然。」

## （一〇）冷泉亭[一]

兩三年一別雲林，亭子堆塵如許深。怪鳥呼風天忽冷，危峰到地晝常陰。石皆鐫佛失其性，泉亦灌田流至今。坐久渾忘嵐氣重，樹移濃緑上衣襟。

**注釋：**

［一］冷泉亭：在杭州西湖靈隱寺前。寺一名雲林。

## （一一）謁岳忠武墓[一]

陰森宰樹[二]罩靈旂，翁仲[三]無言廟火稀。此地一腔埋熱血，何年二帝脱青衣[四]？秋風殿廢銅駝[五]泣，夜月江空白雁[六]飛。草色斜連忠肅墓[七]，相看城郭近都非。

**注釋：**

［一］岳忠武墓：南宋岳飛，孝宗時追封鄂王，謚武穆，後改謚忠武，墓在杭州西湖北側。

［二］宰樹：宰，塚也。宰樹，即墳上樹木。王僧孺《猶子誄》：「宿草行没，宰樹方攢。」

［三］翁仲：秦時阮翁仲，南海人，身長一丈三尺，氣質端勇，異於常人。始皇使將兵守臨洮，聲振匈奴。翁仲死，銅鑄其人，置咸陽宫司馬門外。後世稱墓道上的石人、銅人皆曰翁仲。

［四］二帝青衣：指宋徽宗、宋欽宗爲金人所俘。青衣：卑賤者之衣。《晋書・懷帝紀》：劉聰嘗使懷帝青衣行酒，以示辱。

［五］銅駝：《晋書・索靖傳》：靖先識遠量，知天下將亂，指洛陽宫門銅駝歎曰：「會見汝在荆棘中耳。」

［六］白雁：杜甫《九日》詩：「殊方日落無猿笑，故國霜前白雁飛。」

［七］忠肅墓：明于謙，字廷益，錢塘人，永樂進士。英宗土木之難，京師震動，群議遷都以避，謙議立景帝，定策固守。英宗復辟，被殺。萬曆時，謚忠肅。墓在西湖三台山。

## （一二）韜光庵［一］

古寺手可招，屈盤磴幽阻。斜衝竹縫行，寒翠生衣縷。擾擾雲無歸，脩脩禽自語。面勢得上方，一覽衆山舉。僧定［二］不鳴鐘，松梢有殘雨。

**注釋：**

［一］韜光庵：在杭州西湖北高峰。

［二］僧定：和尚入定，參禪打坐。

## （一三）萬松嶺［一］弔宋故宮 嶺舊名鳳凰山

鳳凰一飛飛上天，萬株松影青連蜷。家居撞壞纖兒手，銅狄摩挲五百年［二］。伯顏［三］昔入臨安府，犢車再見青城禍［四］。臣呼渡河帝渡江［五］，形勝偏安計原左。天停三日伍胥潮［六］，地發六陵楊璉火［七］。君不聞西湖西［八］，夜來石馬空中嘶。墓門長跽雙鐵像，封肉已盡脂燃臍。又不聞葛家嶺［九］，蟋蟀啾啾啼古井。汲芳收拾小排當，炙笙炭黑燈船冷。英雄悼良將［一〇］，父老罵奸相。國家倒用生殺機，神州陸沉［一一］理固當。新亭對泣［一二］胡爲哉？幽蘭轉眼院成灰。馬蹄踏踐起輦谷［一三］，冬青無樹［一四］無人哭。

**注釋：**

[一]萬松嶺：在杭州城南。這首七言歌行，憑弔故宮，對南宋偏安一隅，殺害良將，聽信奸臣，君臣耽樂忘危，以至滅亡，致以譏評。

[二]「銅狄摩挲五百年」句：銅狄，銅人。古代鑄銅人，銘文其上，立於宮門或廟間爲裝飾。《後漢書·方術傳》：薊子訓於長安東霸城，與一老翁共摩挲銅人，相謂曰：「適見鑄此，而已近五百歲矣。」

[三]伯顔：元中書左丞相，率軍滅宋者，封淮安王，謚忠武。

[四]青城：在開封，爲北宋祭祀天地的地方。靖康末，金人圍汴，粘末喝屯於青城，二帝來降，並其后妃宗室，俘之北去。此句謂南宋太后全氏率恭宗投降元軍，青城之禍再見。

[五]「臣呼渡河帝渡江」句：北宋抗金名將宗澤，臨終不忘收復失地，猶呼渡河者三。帝渡江：指高宗趙構渡長江，偏安臨安。

[六]「天停三日伍胥潮」句：恭帝二年，元軍駐臨安城外沙上，宋人方幸其將被潮淹，詎知浙江潮竟三日不至。伍胥潮，伍子胥被吴王賜劍自殺，尸沉太湖，心恨吴王，常掀風作浪，號子胥潮。

[七]「地發六陵楊璉火」句：元僧楊璉真迦挖掘南宋在紹興的高、孝、光、寧、理、度六宗陵墓，火焚其骨。

[八]「君不聞西湖西」四句：岳墳跽秦檜夫婦等鐵像，人多遺溺以辱之。脂燃臍：三國董卓肥，及死，人於其臍燃脂以洩憤。見《三國志·董卓傳》。

[九]「又不聞葛家嶺」四句：賈似道，宋台州人，以姊爲貴妃，官至右丞相兼樞密使，駐軍漢陽，元兵至，割地納幣請和，詭稱大勝。度宗時，似道專政，同平章軍國事，封魏國公。不恤國事，於葛嶺造半閑堂，以聲色蟋蟀爲娱。元兵迫建康，宋師屢敗。陳宜中等參似道誤國，貶斥嶺南，途中被殺。排當：宫中飲宴名。炙笙炭：周密《癸辛雜識》：「自十月旦至二月終，給焙笙炭五十斤，用錦薰籠藉笙於上，復以四和香薰之。」

[一〇]英雄良將：岳飛死，韓世忠責秦檜「莫須有」三字何以服人。從此退隱，不問世事。奸相：指秦檜、賈似道。

〔一一〕神州陸沉：謂大陸淪胥，非由洪水，禍由人造。《晉書·桓温傳》：温眺矚中原，慨然曰：「遂使神州陸沉，百年丘墟，王夷甫諸人不得不任其責。」

〔一二〕新亭對泣：新亭，一名勞勞亭，在江蘇江寧縣南勞勞山上，又名臨滄觀，吴時築。東晉初，諸名士每遊宴於此。《晉書·王導傳》：諸名士會於新亭。周顗歎曰：「風景不殊，舉目有山河之異。」皆相視流涕。唯王導愀然變色曰：「當共戮力王室，克復神州，何至作楚囚相對。」

〔一三〕起輦谷：在風凰山。皇帝出行，發軔於此，故名。「踐」，世綸堂本作「殘」。

〔一四〕冬青樹：宋遺民林景熙（一説爲遺民唐玨）拾六陵遺骨別瘞，種冬青樹爲識。清蔣士銓作傳奇《冬青樹引》，内容寫文天祥殉節、元僧發六陵及宋遺民謝皋在嚴子陵釣臺招魂祭文天祥等情節。

## （一四）重陽庵宋理宗酒瓮〔一〕

穆陵〔二〕鬼慟冬青樹，荒庵猶記嘉熙〔三〕事。丁當閻馬〔四〕並承恩，經界推排榷場置〔五〕。芙蓉閣繞亭香蘭〔六〕，繩緡骰錢闌撲戲〔七〕。吴山九日報花開，法酒〔八〕如池壓擔來。舞罷彩雲梨園隊名高處望，銀山十二候潮回〔九〕。魚皮列甲長江岸〔一〇〕，荆鄂烽煙眼零亂。納幣稱臣以捷聞，庭漏沉沉正歡宴。萬枝銀燭暖烘雲，白雁聲寒落天半。一傳再傳器不守〔一一〕，海陵魚腹逋逃藪。傷心帝魄醉穹廬，竟作高車月氏首。空貽一瓮寶龕僧〔一二〕，古意摩挲款識仍。劫火真珈燒不盡，陰房伴照鐵燈檠。

**注釋：**

〔一〕重陽庵：在浙江杭縣城東北艮山。明田汝成《西湖遊覽志·卷十二·南山城内勝跡》：「寶蓮山、青衣洞、重陽庵、寶成寺。」又據《西湖遊覽志·南宋京城圖》：艮山門内有御酒庫、東酒庫，殆後改爲重陽庵者，故有理宗朝酒瓮遺存。

此詩從酒瓮生發開去，對宋室偏安一隅，酣歌恒舞，置報仇雪恥於腦後，任用奸人，朝政日非，自毁藩籬，而被元人所亡，致以譏評。

[二] 穆陵：宋理宗陵，六陵之一，在紹興。 冬青樹：見（一三）詩注[一四]。

[三] 嘉熙：理宗年號，公元一二三七年至一二四〇年。

[四] 丁、當、閻、馬：《宋史》載：宫人閻氏，以色得理宗寵，累封至婉容，賈貴妃死，閻晉封貴妃。與内侍董宋臣並弄權。蕭山縣尉丁大全，字子萬，鎮江人，本貴戚婢婿，善鑽營，得閻貴妃寵信，官至右丞相，相與朋比爲奸。馬天驥，字德夫，衛州人，紹定進士，與丁大全同黨，官至同簽樞密院事。時有人於朝門外張匿名揭帖云：「閻、馬、丁、當，國勢將亡。」「當」，姓氏中無此，不知所指，許是湊音節。

[五]「經界推排榷場置」句：《宋史》載：理宗景定四年，詔置公田，置官領之。其法，將官户田産逾限之數，抽三分之一，買回以充公田，課民增税。 經界：田畝的疆界。 推排法：釐正田畝之法。景定五年，賈似道行之，江南之地，尺寸皆有税。 榷場：官賣茶、煙、酒等以專其利。《宋史》載：寶慶二年，因久雨，蠲大理寺三衙臨安府點檢提領酒所賞錢。寶祐二年，罷臨安府臨平鎮税場。可證以前置榷場收税。

[六]「芙蓉閣繞亭香蘭」句：《宋史·賈似道傳》：内侍盧允升、董宋臣築芙蓉閣、蘭香亭宫中，進倡優傀儡，以奉帝爲遊宴，竊弄權柄。 名臣有言之者，帝宣諭去之，謂之節貼。

[七]「繩緡骰錢關撲戲」句：董宋臣等所進賭博玩樂雜技。

[八] 法酒：《事物紀原》：「《宋會要》曰，周太祖平河中，得酒工王思，善進法酒，因法酒庫置使。」

[九]「銀山十二候潮回」句：浙江潮以中秋爲最大，來似銀山聳峙，雷霆轟鳴，沿江觀者甚衆。宫廷於江邊搭錦棚，以觀水戲。見周密《武林舊事》。

[一〇]「魚皮列甲長江岸」六句：這幾句譏理宗沉湎酒色，忘北方的淪陷。元崛起北方，約宋挾擊滅金，旋即南侵宋。宋人稱北方少數民族鄂倫春人爲魚皮韃子。「納幣稱臣以捷聞」：見（一三）詩注[九]。 白雁：見（一一）

詩注［六］。

［一一］「一傳再傳器不守」四句：謂理宗一傳至度宗，再傳至恭宗而亡於元。大器：象徵國家的重寶，如鼎璽之類。不守：鼎璽被元所奪。徽、欽二宗被俘北庭，作了高車、月氏等降王之首，於穹廬中受青衣行酒的侮辱。不爭氣的後代向南海逃亡，陸秀夫負帝趙昺投海死，終至全宋滅亡。海陵：山名，在南海中，南宋將領張世傑覆舟死於此。

［一二］「空貽一瓮寶龕僧」四句：謂酒瓮乃胡僧楊璉真迦劫火所餘，反映了宋室興亡的紀録。

## （一五）梅花（四首）

誰教春信破寒來，江北江南幾樹梅。此品亦宜員外［一］置，無花敢向雪前開。平湖煙散閑移櫂，小閣風徐數舉杯。佳趣箇中殊好在，始知凡豔是輿臺［二］。

**注釋：**

［一］員外：謂額外官員。六朝以來，始置員外郎。唐以後入資亦可得員外郎。後相沿稱富人曰員外。

［二］輿臺：奴仆。《左傳·昭公七年》：「人有十等，下所以事上，上所以共神也。故王臣公，公臣大夫，大夫臣士，士臣皂，皂臣輿，輿臣隸，隸臣僚，僚臣仆，仆臣臺。」

山家籬落兩三枝，特地嵚嵚［一］不入時。老氣直教無我敵，清名頗亦畏人知。那堪薄俗輕描畫，只向前賢大索詩。問影問形都不似，高樓玉笛［二］莫頻吹。

注釋：

〔一〕嶔崟：高貌。謝靈運《山居賦》：「上嶔崟而蒙蘢，下深沉而澆激。」

〔二〕玉笛：笛子的美稱。亦指笛聲。笛曲有《梅花落》、《梅花三弄》等。

數點東風天地心，春光今夜半晴陰。幾多味在有誰會？忽地香來無處尋。淡碧溪山僧入夢，昏黄煙月鶴知音。前身若問家何住？定□移根托上林〔一〕。

注釋：

〔一〕上林：上林苑，在長安西，秦漢時皇家園林。

便是無言絶可憐，更於我輩有深緣。淡雲微雨將春候，曲檻疏籬欲暮天。香遠每留三日後，開遲猶占百花先。相思總在人稀處，不引漁郎洞口船〔一〕。

注釋：

〔一〕「不引漁郎洞口船」句：用陶潛《桃花源記》故事。

## （一六）秋草

山翠凋零石髮〔一〕稀，邊頭悵望寄征衣。斷霞古道無人過，寒雨空城有雁飛。南浦〔二〕晚來波不語，西堂〔三〕春去夢都非。踏青此後停遊屐，收拾裙腰六幅歸。

**注釋：**

［一］石髮：一稱水綿，緑藻類，生於水曲，亦生石上，稱石衣，《開元本草》稱石髮。

［二］南浦：詩歌中常用指送別的地方。江淹《別賦》：「春草碧色，春水緑波，送君南浦，傷如之何？」

［三］西堂：《南史·謝惠連傳》：靈運每有篇章，對惠連輒有佳語。嘗於永嘉西堂思詩，竟日不就，忽夢見惠連，即得「池塘生春草」，大以爲工。歐陽修《曉詠》詩：「西堂吟思無人助，草滿池塘夢自迷。」

## （一七）落葉

江南賦罷庾蘭成[一]，枯樹無端感又生。憔悴如爲垂老別[二]，錚鏦易作不平鳴。李陵臺[三]畔風多力，柳惲[四]亭邊月半明。一樣婆娑生意盡，未須老淚灑金城[五]。

**注釋：**

［一］庾蘭成：庾信，小字蘭成，南北朝新野人。文章與徐陵齊名，號徐庾體。梁元帝時，以右衛將軍使西魏，被留不歸。累遷驃騎大將軍，開府儀同三司。世稱庾開府。信常有鄉關之思，作《哀江南賦》、《枯樹賦》以見志。

［二］垂老別：杜甫詩篇名。

［三］李陵臺：《唐書·地理志》：雲中都護府有李陵臺。李陵，李廣之孫，爲漢騎都尉，將兵五百入匈奴，兵敗降。

［四］柳惲：《南史·柳惲傳》：惲嘗爲詩云：「亭皋木葉下，隴首秋雲飛。」爲王融所愛。

［五］金城：漢郡名，今甘肅蘭州附近。庾信《周車騎將軍賀婁公神道碑》：「途登石紐，路入金城。」

## （一八）和元栲栳山人〔一〕《十臺懷古》（十首，存九）

### 姑蘇臺〔二〕

北盟齊魯西破楚，越屬國也敢予侮。遊魂忽到甬勾東〔三〕，臣吴沼吴〔四〕玩掌股。花氣長圍響屧廊〔五〕，不聞渡江打戰鼓。錦衣暗趁錦帆風〔六〕，燈樹燒空漲煙縷。君王倚醉眼朦朧，麋鹿〔七〕場中看歌舞。墓有檟〔八〕尚未可材，夜烏夜夜啼荒臺。

**注釋：**

〔一〕栲栳山人：吴師道，字正傳，元蘭溪人。登至治進士第，官禮部。著有《戰國策校注》、《敬鄉録》、《禮部集》。見胡應麟《詩藪·卷六》。

〔二〕姑蘇臺：吴王夫差所造，或云闔閭所造，又稱胥臺，在吴縣姑蘇山（一作姑胥山，又作姑餘山）。山爲横山支脈。此詩對吴王夫差狂妄争霸，沉湎酒色，以至亡國，致以譏評。

〔三〕甬勾東：古地名，今浙江定海縣境。越滅吴，欲置夫差於此，夫差自殺。

〔四〕沼吴：《左傳·哀公元年》：「越十年生聚，十年教訓，二十年之外，吴其爲沼乎？」杜預注：「謂吴宫室廢壞，當爲污池。」

〔五〕響屧廊：夫差得越王勾踐所獻美女西施，於靈巖山築館娃宫以居之。宫有長廊，以楩楠鋪地而空其中，西施行其上有聲，故名。

〔六〕「錦衣暗趁錦帆風」句：相傳吴王夫差於城中鑿錦帆涇，與西施泛舟其上。

〔七〕麋鹿：《史記·淮南衡山列傳》：伍被謂淮南王劉安曰：「臣聞子胥諫吴王，吴王不用，乃曰：『臣今見麋鹿遊姑蘇之臺也。今臣亦見宫中生荆棘，露沾衣也。』」

[八] 櫝：木之美者，古人用以爲棺槨。《左傳・襄公二年》：「穆姜使擇美櫝。」

## 朝陽臺[一]

商於不割唐昧亡[二]，大讐未報秦虎狼[三]。那有閑心以色荒[四]，朝朝暮暮登高唐？玉鸞珮飾蘭澤芳，倏來欻逝神揚揚。斬石疏波封妙用[五]，瑤姬不作人間夢。雲雨迷離空所思，主文譎諫[六]王心動。目不見睫牆之東[七]，嫣然一笑桃花紅。

**注釋：**

[一] 朝陽臺：即陽臺，在巫峽。宋玉《高唐賦》：「旦爲朝雲，暮爲行雨，朝朝暮暮，陽臺之下。」此詩對宋玉以文譎諫，勸楚王關心國事，勿忘虎狼之秦，加以讚揚。

[二] 商於：地名，今河南淅川縣境。《史記・楚世家》：張儀紿謂楚王曰：「秦欲獻商於之地六百里。」唐昧：楚將。懷王二十八年，秦與韓魏共攻楚，殺唐昧。

[三] 秦虎狼：《戰國策》：「夫秦，虎狼之國也。」

[四] 色荒：謂荒淫於女色。《書・五子之歌》：「内作色荒，外作禽荒。」

[五] 妙用：高唐神女封妙用真人。

[六] 主文譎諫：謂避直言而詭譎其辭，使聞者自悟。《孔子家語》：「忠臣有五義焉，一曰譎諫。」詩指宋玉用《高唐賦》諫楚王。

[七] 「目不見睫牆之東」二句：目不見睫，喻人之不能自見其失。《史記・越世家》：「齊使者曰：『吾不貴其智之如目，見其毫毛而不見其睫也。』」牆之東：宋玉《登徒子好色賦》：宋玉牆東有美女，登牆窺宋，宋三年不動心。

## 章華臺[一]

熊虔肘璧雄南交[二]，小侯泗上争來朝。鄭田周鼎[三]亦細物，投龜詬天[四]心何豪？新臺落成鬣長相[五]，三休受賀登雲宵。拂墀搖珮競奏曲，德音那暇聞祈招[六]？倉卒戈鋋興四族，訾梁師潰然丹逃[七]。囚衣狼藉流漢水，乾溪[八]鬼作饑烏號。青青楊柳秋蕭瑟，猶自迎風舞細腰[九]。

**注釋：**

[一]章華臺：在湖北省華容縣城内，亦名三休臺，因很高，上者三休乃得登頂而得名。楚靈王七年所造成。《左傳・昭公七年》：「楚子成章華之臺，願與諸侯落之。太宰薳啟彊曰：『臣能得魯侯。』」魯境當泗上。此詩對楚靈王妄想拓地争霸，晚年失國，死於乾溪，致以譏評。

[二]「熊虔肘璧雄南交」句：楚，熊姓。虔，靈王。據《史記・楚世家》楚共王有寵子五人，無嫡立，請神決之，使立社稷，乃埋璧於地，召五子齋而入拜，視當璧者立，靈王之肘加璧，故得立。

[三]鄭田周鼎：《左傳・昭公十二年》：楚靈王求鄭田。《左傳・宣公三年》：楚莊王問周鼎之大小輕重。

[四]投龜詬天：楚靈王欲稱王，使太卜卜之，龜裂，王乃投龜詬天，自立爲王。

[五]鬣長相：《左傳・昭公七年》：章華臺落成時，靈王使長鬣者作賓相。

[六]祈招：《逸詩》篇名。周穆王跨八駿周遊天下，樂而忘返，祭公謀父作《祈招》之詩以勸止之。

[七]訾梁、然丹：《通志》：訾梁，即諸梁，楚莊王之後，食邑諸梁，因以爲氏。然丹：人名，楚右尹，字子革。

[八]乾溪：地名，今安徽省亳縣境。楚靈王失國，死於乾溪。

[九]細腰：古謡：「楚王好細腰，宫中多餓死。」

## 黃金臺（原詩缺）

## 戲馬臺[一]

楚興三户秦已亡[二]，鴻門[三]氣懾諸侯王。入關可以制天下，失策廼在歸故鄉。故鄉歸來號西楚[四]，不知芒碭雲龍虎[五]。玉斗一聲碎亞父[六]，眼中若屬今爲虜。八千隊隊衣錦衣[七]，猶向臺邊舞楚舞[八]。楚舞未終聞楚歌，帳前四面漢山河。虞兮虞兮可奈何。可奈何，騅不逝。烏江走死彭城棄。依稀弦誦魯遺風[九]，憑弔千秋寄奴帝[一〇]。

**注釋：**

[一] 戲馬臺：一名掠馬臺，在今江蘇徐州市境，相傳項羽掠馬於此。此詩對項羽棄關中不都，東返故鄉，自取滅亡，表示惋惜。劉裕得長安而以幼子爲守，東歸建康，亦蹈覆轍。

[二] 三户亡秦：《史記·項羽本紀》：「楚雖三户，亡秦必楚。」三户，屈、景、昭，楚之大姓。

[三] 鴻門：一名項王營，在今陝西臨潼縣東。《史記》載：項羽入關，駐軍四十萬，與沛公劉邦會飲於此。

[四] 西楚：《史記》載：項羽滅秦後，不願王關中，率軍東歸彭城，自立爲西楚霸王。

[五] 芒碭雲龍虎：《史記》載：劉邦爲芒碭（今沛縣）人。未遇時，嘗亡匿山中，人望之，其雲作龍虎狀。《易·乾》：「雲從龍，風從虎，聖人作而萬物睹。」喻君臣風雲際會。

[六] 亞父：項羽謀士范增之號。鴻門宴時，增勸羽殺劉邦，不從，怒撞碎劉邦所贈玉斗，曰：「若屬且爲所虜矣。」

[七] 八千衣錦：項羽起吴中，以子弟八千人渡江而西擊秦。衣錦，衣錦榮歸。《漢書·項籍傳》：「富貴不歸故鄉，如衣錦夜行。」

[八] 「猶向臺邊舞楚舞」四句：《史記·項羽本紀》：項王軍壁垓下，兵少食盡，漢軍及諸侯兵圍之數重，夜聞漢軍四

面皆楚歌，項羽乃大驚曰：「漢皆已得楚乎，是何楚人之多也！」項王則夜起，飲帳中，有美人名虞，常幸從，駿馬名騅，常騎之，於是項王乃悲歌慷慨，自爲詩曰：「力拔山兮氣蓋世，時不利兮騅不逝。騅不逝兮可奈何？虞兮虞兮奈若何！」歌數闋，美人和之。

[九]魯遺風：《史記·項羽本紀》：楚地皆降漢，獨魯不下，漢乃引天下兵欲屠之，爲其守禮義，爲主死節，乃持項王頭視魯，魯父兄乃降。

[一〇]寄奴帝：南北朝宋武帝劉裕，小名寄奴。晉義熙中，裕嘗與僚屬會於戲馬臺，賦詩憑弔項羽。

## 歌風臺[一]

狐鳴篝火蛇横草[二]，亭長手提一劍掃。京索滎陽[三]百戰餘，難得生還見父老。雞犬新豐樂故鄉[四]，萬歲千秋魂渺茫。酒酣起舞淚沾臆，風聲慘澹雲蒼蒼。四顧山河要人守，誅夺半出兒女手[五]。宮中雉雊反九起[六]，胡乃藏弓烹走狗！嗚呼鐘室之死[七]冤最深，從赤松遊[八]非本心。

注釋：

[一]歌風臺：在今江蘇省沛縣境。《漢書·高帝紀》：高帝還過沛，置酒召父老子弟，上擊筑自歌云：「大風起兮雲飛揚，威加海内兮歸故鄉，安得猛士兮守四方。」此詩對高帝晚年誅戮功臣，後悔莫及，致以譏評。

[二]「狐鳴篝火蛇横草」二句：《史記》載：陳勝、吴廣起義時，詐作狐鳴篝火，以取信於部下，得其擁護。蛇横草，指劉邦斬白蛇起義。

[三]京索、滎陽：均地名，在今河南省西部，劉邦與項羽屢戰於此。

[四]「雞犬新豐樂故鄉」二句：高祖劉邦迎養太公於長安。太公不樂居於此，高祖乃仿沛景物築新豐，使能安居。高祖嘗語沛父老云：「千秋萬歲後，我魂夢猶樂思故鄉。」均見《史記》。

［五］「誅夸半出兒女手」句：高祖功臣大半爲呂后所殺。

［六］「宮中雉雊反九起」二句：呂后爲雉。高祖死後，惠帝幼，呂后當權，任用呂氏親族，引起宗室叛亂。賈誼《治安策》：「八年之中，反者九起。」藏弓烹走狗，《吳越春秋·范蠡傳》：「狡兔死，走狗烹；飛鳥盡，良弓藏。」范蠡勸文種離開越王勾踐時用此比喻。詩中指漢殺韓信、彭越事。

［七］鐘室之死：《史記》載：韓信被誣謀反，高祖乃僞遊雲夢執之，呂后將信處死於鐘室。

［八］從赤松遊：《史記·留侯列傳》：張良功成，不願封留侯，願從赤松子遊。赤松子，《列仙傳》：「赤松子，神農時雨師。」此句謂張良見功臣被殺，故不願封侯。

## 望思臺［一］

衛霍功成天馬出［二］，祁連焉支積戰骨。煩冤鬼氣入深宮［三］，假手胡巫蠱［四］發掘。羽林忿忿兵小弄，壺關惓惓上書謁。作臺有詔空所思，魂兮魂兮招不活。一生苦學長生訣［五］，適嗣何人忍自割？博望［六］魂遊苑草荒，鳩泉目斷湖冰裂。人之愛子亦如余，方識人間有離別。母后［七］偕死二孫從，茂陵夜夜鵑啼血［八］。

**注釋：**

［一］望思臺：在河南省閿鄉縣湖上。漢武帝誤聽江充讒言太子劉據將反，據無以自白，懼而稱兵，武帝發兵與戰，據逃至湖，匿泉鳩里民家，吏圍捕，據自經死，皇孫二人並遇害。後漢武聽壺關三老及田千秋諫而悔之，憐據冤，乃作思子之宮，爲歸來望思之臺於湖。

［二］「衛霍功成天馬出」二句：衛青、霍去病，均爲武帝將，征匈奴及大宛，得天馬。祁連、焉支，山名，在匈奴大宛境。

［三］「煩冤鬼氣入深宮」句：謂沙場戰死之鬼入宮作祟。杜甫《兵車行》詩：「新鬼煩冤舊鬼哭，天陰雨濕聲啾啾。」

［四］巫蠱：漢武帝征和四年，巫蠱案起，帝見一男子帶劍入建章宮中龍華門，命收之，勿獲。又帝夢見木人數千，持杖

擊之，驚寤，乃命江充率羽林軍在宮中發掘。充欲誣陷太子據，云在太子宮中掘得木人最多。

［五］「一生苦學長生訣」二句：武帝好神仙，屢使方士入海求長生不老之藥。

［六］博望：博望苑，在長安北。武帝爲衛太子（即據）立博望苑，使通賓客。《漢書》顏師古注：「取其廣博觀望也。」

［七］母后：劉據之母衛氏，衛青之妹。

［八］茂陵：武帝陵。鵑啼血，《成都記》：「杜宇死，其魂化爲鳥，名曰杜鵑，亦曰子規。」詩取諧音子歸，謂劉據永不歸也。

## 銅雀臺［一］

銅盤捧露將辭漢［二］，周文心事人皆見。詎無私語屬阿奴［三］？垂死憨憨聲色戀。濯龍樹血梨根傷［四］，凭几分香［五］淚數行。樓飛銅雀一丈五，繐帳朝昏納歌舞。舞袖迴風歌遏雲，地下殘魂聞不聞。運移典午國改步［六］，無復宮人守遺墓。風雨漳河愁殺人，漆燈［七］夜閟西陵樹。

**注釋：**

［一］銅雀臺：《三國志·魏志》建安十五年：「冬，太祖乃於鄴作銅雀臺。」《鄴中記》：「鄴城西北三臺，皆因城爲基址。中央名銅雀臺，北則冰井臺，西臺高六十七丈，上作銅鳳，皆銅籠疏，雲母幌，日之初出，流光照耀。」（西臺即金虎臺，總稱三臺。）《鄴都故事》：魏武帝命諸子曰：「我死後，吾妾與伎人皆著銅雀臺，臺上施六尺床，下繐帳，朝晡上酒脯餱糒之屬。每月十五，輒向帳前作伎。汝等時登臺望吾西陵墓田。」此詩即譏魏武留戀身後之事，運移典午，均成空夢。

［二］「銅盤捧露將辭漢」二句：《三輔故事》：漢武帝以銅作承露盤，高二十丈，大十圍，上有仙人掌承露，和玉屑飲之，以求仙。將辭漢：謂漢將亡。周文：周文王姬昌，本爲商的諸侯，國於岐山之下，施行仁政，天下諸侯多歸之，稱西伯，

滅商，建立周朝。此借指曹操。

［三］阿奴：魏晉時，長輩稱子弟曰阿奴。

［四］「濯龍樹血梨根傷」句：《三國志·武帝紀》裴松之注引《世語》：「太祖（曹操）自漢中至洛陽，起建始殿，伐濯龍祠而樹血出。《曹瞞傳》曰：王使工蘇越徙美梨，掘之，根傷盡出血。越白狀，王躬自視而惡之，以爲不祥，還遂寢疾。」

［五］分香：《魏略》：曹操命諸子，吾死後，令妾伎皆居銅雀臺，分香賣履。

［六］「運移典午國改步」句：典午，司馬。謂司馬昭篡魏。國步，國運。《詩·大雅·桑柔》：「國步蔑資，天不我將。」

［七］漆燈：墓穴中的燈。《江南野史》：沈彬居有一大樹，嘗曰：「我死可葬於是。」及葬，穴之，乃古塚，其間有一古燈臺，上有漆燈一盞，銅牌篆文曰：「佳城今已開，雖開不葬埋。漆燈猶未燃，留待沈彬來。」

## 鳳凰臺[一]

麒麟郊椒龜龍沼[二]，鳳不時出乃凡鳥[三]。車兒[四]好事築此臺，坐攬千山萬山小。百戰旌旗化劫灰[五]，六朝宮闕埋荒草。世事銷沉閱古今，人文流落知多少？白也青城骨不歸[六]，金龜典盡鳳凰飛。鳳凰飛去臺無色，白鷺洲寒弔江月。

**注釋：**

［一］鳳凰臺：在今江蘇省江寧縣南。《南史·宋紀》宋永嘉十四年：「見異鳥集於山，時謂鳳凰，遂於山上築鳳凰臺。」

［二］「麒麟郊椒龜龍沼」句：謂祥瑞群集，麒麟巡於郊而龜龍在沼。麒麟，仁獸。椒，應作「掫」，擊柝巡夜。此作夜巡解。龜龍沼，《詩·于嗟麟兮》孔穎達疏引《左傳》服虔注：「言從義成，則神龜在沼；聽聰知正，而名山出龍。」

［三］凡鳥：《世說新語·簡傲》：嵇康與呂安善，每一相思，千里命駕。安復來，值康不在，喜出户延之，不入，題門上

作「鳳」字而去。喜不覺，猶以爲欣。故作「鳳」字，凡鳥也。嵇喜，康之兄也。

［四］車兒：宋文帝劉義隆，小名車兒。

［五］劫灰：《高僧傳》：昔漢武穿昆明池底，得黑灰，問東方朔。朔曰：「可問西域梵人。」後竺法蘭至，衆人問之，蘭曰：「世界終盡，劫火洞燒，此灰是也。」李賀《秦王飲酒》詩：「劫灰飛盡今古平。」

［六］「白也青城骨不歸」四句：李白於寶應元年十一月卒，葬當塗之謝家莊青山東麓。其有《登金陵鳳皇臺》詩：「鳳皇臺上鳳皇遊，鳳去臺空江自流。吴宮花草埋幽徑，晉代衣冠成古丘。三山半落青天外，二水中分白鷺洲。總爲浮雲能蔽日，長安不見使人愁。」金龜，唐三品以上官佩金龜。此借指李白。

## 凌歊臺［一］

鴟尾西甍禾五莖［二］，雀集華蓋［三］雲亭亭。蠕蠕婆皇儛馬舞［四］，層臺奏樂樂不停。長夜之飲［五］不復醒，中冓之言［六］不可聽。葛燈麻拂笑田舍［七］，腹合生兒得寧馨［八］。玉燭奄然奴已故［九］，渠大齇鼻削其壐［一〇］。三千粉黛哭失聲，群巫又掘殷妃墓。

穆堂師曰：「貫穿諸史，發爲偉論，宫商既諧，風神調暢。迴視吴公作，彌覺前賢愧後生耳。」

**注釋：**

［一］凌歊臺：《廣輿記》：「在安徽黄山之巔，劉宋建離宫於此。」《清一統志》：「在太平府城北黄山之巔，劉宋孝武帝南遊登此臺，建離宫。」此詩對孝武帝建臺圖享樂，忘掉寒素家風，産生父子矛盾致以譏評。

［二］「鴟尾西甍禾五莖」句：《南史·宋紀》宋孝武大明元年：「清暑殿西甍鴟尾中央生嘉禾，一株五莖，改清暑殿爲嘉禾殿。」

〔三〕華蓋：《器物總論》：「華蓋乃張帛爲之。有顔黄屋，天子蓋也。曰繖，曰傘，皆蓋之别稱。」《南史·宋紀》大明七年：「大閲水師於中江，有白雀二，集華蓋，有司奏改元爲神雀，詔不許。」

〔四〕「蠕蠕婆皇儛馬舞」句：蠕蠕，古國名，宋齊謂之芮芮。婆皇，亦國名。《南史·宋紀》大明三年：「西域獻儛馬。」儛，通舞。舞馬，馬之能舞者。《通鑑·唐德宗至德元載》：「又教馬百匹，啣杯上壽。」

〔五〕長夜飲：《韓非子》：「紂爲長夜之飲。」陸游《老學庵筆記》：「長夜飲，或以爲旦，非也。薛許昌《宮詞》云：『畫燭燒殘煖復迷，殿帷深密下銀泥。開門欲作清晨散，已是明朝日向西。』此所謂長夜飲耳。」《南史·宋紀》宋孝武大明八年：「帝末年爲長夜之飲，每旦寢興盥漱畢，仍復命飲，俄頃數斗。凭几惛睡，若大醉者，或外有奏事，便肅然整容，無復酒色，内外服其神明，莫敢馳惰。」

〔六〕中冓之言：《詩·鄘風·牆有茨》：「中冓之言，不可道也。」鄭玄箋：「中冓，中夜，謂淫僻之言也。」《漢書·梁共王傳》：「聽聞中冓之言。」顔師古注：「（中冓）蓋閨内隱奥處。」

〔七〕「葛燈麻拂笑田舍」句：謂劉裕出身寒微。

〔八〕寧馨：晉時俗語，猶言那樣。《南史·宋紀》：宋廢帝劉子業，荒淫無道，太后怒語侍者曰：「將刀來，破我腹，那得生寧馨兒。」

〔九〕「玉燭奄然奴已故」句：玉燭，謂四時之氣和也。人君德美如玉，而明若燭，則能致四氣和之祥。《爾雅·釋天》：「四時和，謂之玉燭。」奴，劉裕小字寄奴。

〔一〇〕「渠大齇鼻削其堊」句：大齇鼻，指孝武帝。削其堊，《莊子·徐无鬼》：「郢人堊漫其鼻端，若蠅翼，使匠石斲之。匠石運斤成風，聽而斲之，盡堊而鼻不傷。郢人立不失容。」《南史·宋紀》廢帝劉子業景和元年：「帝自以爲昔在東宮，不爲孝武所愛，及即位，將掘景寧陵，太史言於帝不利而止。乃縱糞於陵，肆罵孝武爲齇奴。又遣發殷貴嬪墓，忿其爲孝武所寵。初貴嬪薨，武帝爲造新安寺，乃遣壞之。」

## （一九）東坡書院與允山禪丈夜坐　時東山和尚已示寂[一]

愛與名僧對，廊陰浸碧池。竹非因月瘦，山不厭雲癡。暮氣鶴飛杳，秋容楓落遲。一聲青磬寂，正上佛燈時。

注釋：

[一]示寂：佛教徒死曰圓寂，亦曰示寂，謂已歸寂滅道。

## （二〇）訪葉石林與葛魯卿、莫彥平夜遊處[一]

依然牛渚可揚舲[二]，採石青山不斷青。今夜月明魚在水，淡無人影白蘋亭[三]。

注釋：

[一]葉石林：宋葉夢得，字少蘊，號石林，吴縣人，紹聖進士，官至崇信軍節度使，致仕卒，有《石林集》。葛魯卿：名勝仲，丹陽人，紹聖進士，累官至國子祭酒，出知鄧州、湖州，卒謚文康，有《丹陽集》。莫彥平：家住烏程，與葉夢得爲鄰。宣和五年七月十二日，葉、葛、莫三人月下泛舟。事見周密《癸辛雜識》。

[二]牛渚：山名，在安徽當塗西北二十里。突入江中，名采石磯。舲，小船之有窗者。揚舲，行舟。王維《送封太守》詩：「揚舲發夏口，按節向吴門。」

[三]白蘋亭：在采石磯。

## （二一）寄雉城鮑西岡明府[一] 明府前宰長城，解組十年，復爲此任（二首）

愛此五湖長[二]，重移罨畫船[三]。劉晨[四]如隔世，張緒[五]尚當年。山水無涯夢，鶯花未了緣。拂塵尋醉墨[六]，依舊碧紗懸。

**注釋：**

[一] 雉城：即雉縣，漢置，南朝宋省。故城在今河南南召縣南。鮑西岡，鮑鈐，字冠亭，一字西岡，號辛圃，應州人，隸漢軍。乾隆貢生。有《道腴堂集》。

[二] 五湖長：《晉書·桓玄傳》：桓温子玄補義興守，歎曰：「父爲九州伯，兒爲五湖長。」遂棄官歸國。此借指鮑西岡再官長城。

[三] 罨畫船：雜彩描繪的船。

[四] 劉晨：《太平廣記》引《神仙傳》：劉晨、阮肇入天台山採藥，溪邊有二女子，忻然如舊相識，食以胡麻飯。後求去，至家，子孫已十世矣。

[五] 張緒：南齊吴郡人，字思曼，清簡寡欲，風姿清雅，口不言利，官至國子祭酒。武帝植蜀柳於靈和殿前，嘗曰：「此柳風流可愛，似張緒當年。」

[六] 「拂塵尋醉墨」二句：王定保《唐摭言》：「王播少孤貧，嘗客揚州木蘭院，隨僧齋餐。僧厭忌，乃齋罷而擊鐘。播愧恨，題詩而去。後二紀，播自重位出鎮揚州，因訪舊詩，則見已用碧紗籠之矣。因作詩曰：『上堂已散各西東，慚愧闍黎飯後鐘。二十年來塵拂面，而今始得碧紗籠。』」

百里無多路，迷茫水幾灣。茶香羅隱[一]室，花暗呂蒙[二]山。四鶴援藤卧，三鴉[三]啄翠還。北轅吾欲去，望斷暮雲閑。

注釋：

［一］羅隱：唐末餘杭人，以詩名，尤長詠史，然多譏諷，以故不第。五代時，仕吴越，爲錢鏐從事和錢塘令。年八十餘卒。

［二］吕蒙：三國吴將，富陂人，字子明，拜偏將軍。擒關羽，定荆州，皆其功也。孫權謂其學問開益，籌略奇至，可次於周瑜。

［三］鴟：同「鴉」。

## （二二）題《冬心集》，贈金布衣壽門 名農，錢塘人，長髯，工隸書，好遠遊，有犬曰小鵲。樊榭爲作歌［一］

一帙詩成手自删，苦心孤詣破深艱。斯才不出雲霞上，相賞徒存松石間。變隸向誰遺大翮［二］，美鬈合自狎重環［三］。只争貞曜［四］他年謚，逢着名山即便還。

注釋：

［一］金農：字壽門，號冬心，又號司農，别號稽留山民，清錢塘人。好金石書畫。乾隆初，以布衣舉博學鴻詞，不就。卒年七十餘。有《冬心集》。布衣，未中科名者之稱。樊榭，清厲鶚，字太鴻，號樊榭，錢塘人。康熙舉人。乾隆召試鴻博。有《樊榭山房集》。

［二］大翮：《列仙傳》：王次仲變篆爲隸。始皇召之，不至，將殺之。次仲化爲大鳥，振羽而起。使者拜曰：「無以復命。」乃以三大翮墮與使者。

［三］美鬈、重環：《詩・齊風・盧令》：「盧重環，其人美且鬈。」毛注：「盧，田犬子母環也。」美鬈，髮美也。

［四］貞曜：《新唐書・孟郊傳》：「張籍謚之曰貞曜先生。」

## （二三）南潯謝文若、王蕙如過訪東圃[一]

午犀[二]押簾春睡殘，客至忘却頭上冠。花氣襲衣艾納[三]熱，水聲漱石琴弦寒。不損不益皇甫静[四]，應無應有江僧安[五]。片帆掛樹告歸去，眼逐鷺鷥飛過灘。

**注釋：**

［一］南潯：地名，在浙江湖州市境。謝文若：名洲，號散木。王蕙如：王起鵬，字蕙如，號谿堂，歸安人。蕙，一作翹。

［二］午犀：謂午睡時，犀角簾鉤押住門簾。

［三］艾納：香名。《香譜》：《廣志》云，艾納出西國，細如艾。又云松樹皮緑衣亦名艾納，可以合諸香，燒之，能聚其煙，青白不散。

［四］皇甫静：晉皇甫謐，字子安，朝歌人。隱居不仕。嘗著論爲葬送之制，名曰《篤終》，主薄葬，中有損益之論。

［五］「應無應有江僧安」句：《南史・江紑傳》：江紑，字含潔，性至孝，年十三，父患目，紑侍疾，夜夢一僧云：「患眼者，飲慧水必瘥。」乃舍里舍爲寺，及創造，濬故井，其水清洌，取以洗眼煮藥，果遂瘥，人謂之孝感。

## （二四）題畫

一峰突而弁[一]，白雲縈其趾。飛鳥之所没，去天尺有咫。何人攜孤笻[二]，星辰摘五指？下界聲不聞，龍掛珠簾水。

注釋：

〔一〕弁：冠之大者。

〔二〕笻：竹杖。笻竹，出邛都，可爲杖，故名。

## （二五）題沈操堂〔一〕編修《碧浪泛䑳圖》

吴興故水國，清遠玉湖最。涼篷載散仙〔二〕，衝煙入杳靄。一氣雅頭青，平熨鏡面大。雲臥水聲中，山移葭影外。紅亭〔三〕如曇花，一湧亂明昧。鷺飛不到處，天亞〔四〕與水會。茭深掀釣碣，樹小望車蓋。扣舷發清吟，湖風颯衣帶。疑有潭底龍，謦欬〔五〕生狡獪。波頭不敢興，月涼寂萬籟。

注釋：

〔一〕沈操堂：沈樹本，字厚餘，號操堂，晚號䑳翁，歸安人。康熙五十一年進士第二及第，授編修。乞歸養。主安定書院。工詩，幼時以《蘋》詩得名。與楊守知、柯煜、陸奎勳稱「浙西四子」。著有《竹溪詩略》、《湖州詩摭》、《䑳翁詩集》。

〔二〕散仙：仙人之未授職者。韓愈《奉酬盧給事雲夫四兄曲江荷花行見寄》詩：「上界真人足官府，豈如散仙鞭笞鸞鳳終日相追陪。」

〔三〕紅亭：在吴興道場山。蘇軾《與客遊道場山》詩：「紅亭與白塔，隱現喬木杪。」

〔四〕天亞：天低與水相接。

〔五〕謦欬：謂言笑。《莊子·徐无鬼》：「而況乎昆弟親戚之謦欬其側者乎？」

## （二六）爲周秀才振之題《停車坐愛楓林晚圖》[一]

金烏[二]貼岫飛，青女[三]入林駐。葉葉驚薄寒，秋在天盡處。誰敷巾柴車[四]，消摇此前路？得非行藥[五]遲，毋乃尋山誤？崦嵫憺將夕[六]，殘霞没孤鶩。昔賢亭埋輪[七]，亦有阪叱馭[八]。此圖意殊絶，何見聞來去[九]？吾欲從之遊，雲封不得語。

**注釋：**

[一] 周振之：不詳。停車坐愛楓林晚，杜牧《山行》詩：「停車坐愛楓林晚，霜葉紅於二月花。」圖畫此意境。

[二] 金烏：太陽。神話，日中有三足烏。韓愈《李花贈張十一署》詩：「金烏海底初飛來。」

[三] 青女：霜神。《淮南子·天文》：「至秋三月……青女乃出，以降霜雪。」

[四] 巾柴車：巾車，以衣飾之車。陶潛《歸去來兮辭》：「或命巾車。」柴車，弊惡之車。

[五] 行藥：鮑照有《行藥至城東橋》詩，《文選》劉良題注：「照因疾服藥，行而宣導之。」

[六] 「崦嵫憺將夕」句：崦嵫，山名，在甘肅天水西。《山海經·西山經》：「鳥鼠同穴山西南曰崦嵫，下有虞泉，日所入處也。」憺，憂愁。《楚辭·九辯》：「蓄怨兮積思，心煩憺兮忘食事。」

[七] 「昔賢亭埋輪」句：《後漢書·張綱傳》：安帝遣八使巡行風俗，張綱獨埋其車輪於洛陽都亭，曰：「豺狼當道，安問狐狸！」遂奏劾大將軍河南尹梁冀。

[八] 阪叱馭：《漢書·文帝紀》：文帝從灞陵欲西馳下峻阪，袁盎諫乃止。

[九] 「何見聞來去」句：《世説新語·簡傲》：鍾士季精有才理，先不識嵇康，鍾要（邀）於時賢俊之士，俱往尋康。康方大樹下鍛，向子期爲佐鼓排，康揚槌不輟，旁若無人，移時不交一言。鍾起去。康曰：「何所聞而來，何所見而去？」鍾曰：「聞所聞而來，見所見而去。」

# （二七）題家刑部公[一]所遺《雙龍圖》

六鼇[二]鏡没三山立，風吹舶趠天吴[三]泣。兩兩屏障星模糊，逼視雙龍墨痕濕。刑部家亡勝國[四]秋，百年彝器[五]有誰收？兵火摧殘盜胠篋[六]，舟移壑徙水東流[七]。此圖不信有還理，龍之爲靈昭昭矣[八]。畫師畫龍通龍語，龍乎龍乎奈何許？人間好贋無天龍[九]，龍今下天天朦朦。不如畫上僧繇[一〇]壁，待汝飛鳴雷雨夕。

**注釋：**

［一］家刑部公：嚴文梁，字子成，烏程人。嘉靖進士，官刑部主事。性諒直，有志操。年三十五卒。

［二］六鼇：《列子·湯問》：「渤海之東有壑焉，其中有山，無所連著，常隨波上下往還，不得暫峙焉。帝恐流於西極，失群聖之居，使巨鼇十五，舉首而戴之。龍伯國大人，一釣而連六鼇，合負而歸。」三山，《史記·司馬相如傳》：海上三神山，蓬萊、方丈、瀛州。

［三］天吴：《山海經·海外東經》：「朝陽之谷，有神曰天吴，是爲水伯。」

［四］勝國：謂所滅之國。《周禮·士師》：「若祭勝國之社稷，則爲之尸。」故後朝稱前朝爲勝國。

［五］彝器：酒樽。《左傳·定公四年》：「官司彝器。」

［六］胠篋：竊盜，謂發人箱篋以盜物者。《莊子》篇名。

［七］舟移：《吕氏春秋·察今》：「楚人有涉江者，其劍自舟中墜於水，遽刻其舟，曰：『是吾劍所從墜也。』舟止，從其所刻處入水求之。舟已行矣，而刻不行，求劍若此，不亦惑乎。」壑徙，《莊子·大宗師》：「夫藏舟於壑，藏山於澤，謂之固矣，然而夜半有力者負之而走，昧者不知也。」

［八］「龍之爲靈昭昭矣」句：用韓愈《雜説》意。

〔九〕「人間好贋無天龍」句：《新序・雜事》：葉公子高好龍，雕文畫之。天龍聞而下之，窺頭於牖，施尾於堂。葉公見之，五色無主。是葉公非好龍也，好其似龍而非龍也。
〔一〇〕僧繇：張僧繇，南北朝梁代畫家，吴人，官至右軍將軍，吴興太守。善畫山水佛像。嘗畫四龍而不點睛，人固請點之，一龍破壁飛去，未點者如故。

## （二八）聞陳上舍授衣〔一〕却聘，書此勸之 與余同膺改堂先生薦書

陳君有筆大如帚，伯英〔二〕筋肉兼而有。上舍工書法。前無堅對何却走？葵削寶刀馬户守〔三〕。□書下逮搜林藪，幸逢推轂扶輪手〔四〕。我試爲君作嚆矢〔五〕，燕築隗宫齊九九〔六〕。縱未成佛誇得果，一發姑且射簍籔〔七〕。車驅車驅莫回顧，好向東門折楊柳〔八〕。人言天上亦差樂，戲擘麒麟〔九〕摘星斗。

**注釋：**

〔一〕陳授衣：陳章，字授衣，一字紱齋，號竹町，浙江錢塘人。乾隆元年薦舉博學鴻詞。有《竹香詞》。上舍，宋時太學分三舍。清稱監生爲上舍。此詩贊陳章精書法，勸其應聘，仕宦亦有樂處。
〔二〕伯英：後漢張芝，字伯英，酒泉人。善草書，臨池學書，池水盡墨，世稱草聖。
〔三〕「葵削寶刀馬户守」句：比喻如葵削之刀、守户之馬無用。葵削，葵即蒲葵，施肩吾《山居》詩存句：「荷翻紫蓋搖波面，蒲映青刀插水湄。」寶刀，喻才能出衆。岑參《送張郎中赴隴右覲省卿公》詩：「弱冠已銀印，出身惟寶刀。」馬守户，立仗馬。《新唐書・李林甫傳》：李林甫居相位十九年，諫官皆持禄養資，無敢正言者。杜璡上書言事，斥爲下邽令，因以語動其餘曰：「君等獨不見立仗馬乎？終日無聲，而飫三品芻豆，一鳴則黜之矣。」
〔四〕推轂扶輪：謂推舉人才，如推車轂使前。《史記・魏其武安侯列傳》：魏其、武安，俱好儒術，推轂趙綰爲御史大夫。

［五］嚆矢：同嚆矢，響箭。今謂事物之先至者爲嚆矢，因矢未至而聲先至也。《莊子・在宥》：「也知曾史之不爲桀跖嚆矢也。」

［六］燕築隗宮：《戰國策・燕策》：郭隗，戰國燕人。燕昭王欲得賢士以報齊仇。隗曰：「欲賢士，請自隗始。」昭王築臺而師事之。樂毅、鄒衍、劇辛等果聞風而至。齊九九，《韓詩外傳》：「東野有以九九見者，桓公使戲之曰：『九九足以見乎？』曰：『九九，薄能耳，而君猶禮之，況賢於九九者乎！』」

［七］篗簸：竹器，即淘籮。

［八］折楊柳：漢横吹曲名。《唐書・樂志》：「梁樂府有胡吹歌云：『上馬不捉鞭，反拗楊柳枝。下馬吹横笛，想殺行路兒。』」

［九］擘麒麟：《神仙傳》：王方平住西門蔡經家，召麻姑至，擘脯而食之，云麟脯。

## （二九）同年厲樊榭孝廉納姬[一]（四首）

誰與湖亭張水嬉[二]，簾櫳細雨笛聲吹。牡丹紅淺青梅小，未覺尋春四月遲。姬，湖人。孝廉於四月來遊定情。

注釋：

［一］同年：科舉同科考中者，互稱同年。厲樊榭：見（二二）詩注［一］。孝廉，舉人的别稱。

［二］張水嬉：《唐詩本事》：唐杜牧遊吴興，欲得佳麗，所好爲張水嬉以致遊客。及睹一姝，約三年後相娶。及爲吴興刺史，已逾期嫁人矣。乃作《歎花詩》以表意，有「如今風擺花狼藉，緑葉成蔭子滿枝」之句。

玉湖湖口小紅橋，兩槳搴[一]來月上潮。弦管吹開雲一色，彩鸞[二]此夜嫁文簫。中秋碧湖合歡。

注釋：

〔一〕搼：同劃。用槳撥水行船。

〔二〕彩鸞：裴鉶《傳奇》：「鍾陵西山，有遊帷觀，每至中秋，車馬喧闐。太和末，有書生文簫往觀，睹一姝甚麗，吟曰：『若能相伴陟仙去，應得文簫嫁彩鸞。』生意其神仙，植足不去。姝亦相盻，相引至絶頂。俄有仙童持天判曰：『吴彩鸞以私欲泄天機，罰爲民妻一紀。』姝乃與生歸鍾陵。」

犢車轅短塵梢長，擁髻還依時世粧。正值蓬萊人獻賦，燈前也誦魯靈光〔一〕。時孝廉方應博學鴻詞之薦。

注釋：

〔一〕魯靈光：殿名，漢景帝子魯恭王建，遺址在今山東曲阜。王延壽《魯靈光殿賦》：「自西京未央、建章之殿，皆見墮壞，而靈光巋然獨存。」後人因謂碩果僅存者曰魯靈光。

合歡扇〔一〕罷理征鞍，黄葉秋林怯薄寒。臨去明朝姑小住，人言風信渡江難。

注釋：

〔一〕合歡扇：即團扇。班婕妤《怨詩》：「裁爲合歡扇，團團如明月。」

## （三〇）吴興雜謡（四首）

有馬成三〔一〕，無馬成二。昔時沈公，事吾農事。列卒嗚笳，將安所置？沈慶之〔二〕

注釋：

［一］「有馬成三」二句：《南史・沈慶之傳》：帝賜三望車，慶之每朝賀，常乘豬鼻無幰車，從者不過三五騎，履行田園農桑，劇月，無人從行，遇之者不知爲三公也。及加三望車，謂人曰：「我每遊履田園，有人時，與馬成三，無人，則與馬成二，今乘此車安所之乎？」詩改人爲馬，一字之易，寓讚揚慶之，批評柳元景、顔師伯之意，具見巧思。蓋謂沈慶之倘有馬，則與柳、顔同類而成三人；無馬則與柳、顔不同，同者柳、顔二人耳。

［二］沈慶之：《南史・沈慶之傳》：字弘光，武康人。以司空加賜几杖，致仕，給三望車。柳元景、顔師伯造訪，鳴笳列卒滿道。慶之在田間見之，曰：「吾與公並起貧賤，一時富貴，惟當共思損挹之事，車服之盛，何爲乎？」插杖而芸，不顧。元景等徹侍褰裳從之，慶之乃與相對爲歡。方其未遇，鄉里輕之；後見，膝行而前。慶之曰：「故是昔時沈公，安用如此！」嘗諫文帝北伐云：「耕當問農，織當問婢，今欲伐國，而與白面書生謀之，事何由濟？」

竟陵子［一］，天隨子［二］。如兄如弟，茶寮是主。君不見華亭二陸［三］最能文，一敗河橋鶴不聞？何如置園於顧渚［四］，白首同歸老桑苧！　陸羽、陸龜蒙

注釋：

［一］竟陵子：陸羽，字鴻漸，唐復州人。上元初，隱居苕溪，自稱桑苧翁，又號竟陵子。在隴西公幕府，自號東園先生，又曰東園子。杜門著書，或獨行野中，誦詩擊木，徘徊不得意，或慟哭而歸。嗜茶。著《茶經》三篇。

［二］天隨子：唐陸龜蒙，字魯望，長洲人，寓居松江甫里，自號江湖散人、天隨子、甫里先生。以高士召，不應。與顔蕘、皮日休、羅隱、吴融爲益友。著有《吴興實録》、《松陵集》、《笠澤叢書》。所居前後皆樹杞菊，以供杯案。或言好事之家，日欲擊鮮以飽君，君獨閉門空腹，何自苦如此？陸笑曰：「我數年來忍饑誦經，豈不知屠沽兒有酒食耶！」

［三］華亭二陸：晉陸機，字士衡，華亭人，與弟雲並有文名，號江東二陸。事成都王穎。爲孟玖等所譖，見殺。臨死歎曰：「華亭鶴唳，可復聞乎！」

［四］顧渚：在浙江省長興縣，以産茶著名。

玉華宮［一］，茆茨下。數上書，動朝野。獬豸冠［二］，胡爲者？三斗芻，立仗馬［三］。徐惠妃［四］

**注釋：**

［一］玉華宮：《太平寰宇記》：「在坊州宜君縣西，貞觀十七年（一説二十一年）置，正殿覆瓦，餘皆葦茅。」杜甫有《玉華宮》詩。

［二］獬豸冠：獬豸，獸名，能觸邪，故法官之冠象其形。

［三］立仗馬：見（二八）詩注［三］。

［四］徐惠妃：唐徐孝德女，長城人。生五月能言，四歲通《論語》、《詩》，八歲自曉作文。唐太宗召爲才人，後進充容。太宗造玉華宫，東征高麗，徐惠妃上疏以諫。太宗善其言，甚禮重之。

女學士，女尚書。花蕊夫人［一］班婕妤［二］，給事禁中如不如？生男惡，生女好。女如花，男如草。沈瓊蓮［三］

**注釋：**

［一］花蕊夫人：五代時，後蜀孟昶之夫人，姓費，青城人，能文，有《宮詞》百首。宋太祖嘗召之賦詩，有「十四萬人齊解甲，也無一個是男兒」之句。

［二］班婕妤：見（一）詩注［三］。

［三］沈瓊蓮：字瑩中，明烏程人。以父兄皆仕於朝，得通籍掖庭。嘗試《守宫論》，孝宗擢第一。給事禁中，爲女學士。吴興人傳爲女閣老。能詩。

## （三一）病起，柬謝寒村先生[一]

治病如治兵，命醫如命將。人盡號能軍，心巫術則匠。緊予苦炎熱，瘧鬼敢獻狀。喉焦咸陽火[二]，腹漲桂林瘴[三]。宜以水犀[四]濟，而乃火牛[五]抗！宗老幡然來，具大法眼藏[六]。中虚知魯弱，外强見隨[七]張。顛趾以出之，夜決黄河防。急攻除務盡，慎守養用壯。殭蠶竟餧葉，枯魚倏跋浪。覼言鬼神力，攘功姑自誑。簫鼓羅酒漿，叢祠浩歌唱。

**注釋：**

［一］寒村：嚴寒村，醫生。此詩感謝宗老治好己病，斥責庸醫巫覡攘功爲己有。

［二］咸陽火：項羽入關，焚阿房宫，大火三月不息。此喻病熱。

［三］桂林瘴：桂林天氣炎熱，多山嵐瘴氣，人觸之則病。「林」，世綸堂本作「嶺」。

［四］水犀：《吴越春秋》：「今吴王有水犀之甲三千。」此借喻熱病宜以水攻。

［五］火牛：《戰國策·燕策》：樂毅爲燕伐齊，下七十餘城。即墨守田單，以火牛陣破燕復齊。此喻熱病錯用火攻。

［六］大法眼藏：佛家語，即正法眼藏。釋迦在靈山會上，拈花示衆，衆皆默然，惟迦葉尊者微笑，世尊曰：「我有正法眼藏，涅般妙心，不立文字，教外别傳，囑咐摩訶迦葉。」是爲禪宗初祖。今以喻得學術之正宗曰正法眼藏。

［七］隨：春秋時國名。《左傳》：「江漢之間，隨爲大。」

## （三二）夏晚野酌

風岸柳林立，生衣涼不勝。月容荷宿鷺，煙避葦移燈。落琖[一]山無數，呼船水亦譍[二]。夜分少眠意，過訪虎溪[三]僧。

**注釋：**

［一］琖：玉爵。《禮》：「爵用玉琖仍雕。」

［二］譍：應答。唐韓偓《倚醉》詩：「分明窗下聞裁剪，敲遍欄杆喚不譍。」

［三］虎溪：在廬山。《廬山記》：惠遠居廬山東林寺，送客不過溪。一日與陶淵明、道士陸靜修共話，不覺逾之，虎輒驟鳴，三人大笑而別。後建三笑亭。

## （三三）遊某氏廢園

依舊林扉枕水開，寂無屐齒叩蒼苔。鶯聲不管春風盡，花氣如愁暮雨來。入夜夔魖[一]群竊據，隔牆弦管易興哀。梨園老去名姬嫁，都把繁華付劫灰[二]。

**注釋：**

［一］夔魖：鬼物。張衡《東京賦》：「殘夔魖與罔象。」薛綜注：「夔，木石之怪，如龍有角，鱗甲光如日月，見者其邑大

旱。《説文》曰：「魃，耗鬼也。」

[二] 劫灰：見（一八）詩《鳳凰臺》注[五]。

## （三四）甲辰紀遇[一] 九月十一日報罷，十七日恩榜發，與焉

歸雁禁寒結隊呼，敝裘[二]典盡酒腸枯。彭衙[三]分拜三年賜，絳市[四]爭傳六日蘇。未許溝中遺斷木[五]，肯教網外漏明珠[六]！蓬萊更有長生藥[七]，風引船回探得無？

**注釋：**

[一] 甲辰：清雍正二年（公元一七二四年）。是年會試，嚴遂成不第。六日後，中恩科。此詩紀遭遇和感激心情。

[二] 敝裘：《國策》：「（蘇秦）黑貂之裘敝。」

[三] 彭衙：春秋時地名，在今陝西省白水縣。《左傳·僖公三十二年》：秦師與晉師戰於彭衙，以報殽之役。殽之戰，文公使陽處父追三帥，則在舟中矣。孟明稽首曰：「君之惠，不以累臣釁鼓……三年後，將拜君賜。」

[四] 絳市：應爲絳樹。絳樹，三國時吴人。《琅環記》：「絳樹一聲，能歌兩曲。」庾肩吾《詠美人》詩：「絳樹及西施，俱是好容儀。」又魏文帝《答繁欽書》：「今之妙舞莫巧於絳樹，清歌莫善於宋臈。」

[五] 溝中，溝中瘠也，指貧無葬身之地的人，見《荀子·榮辱》。斷木，陸游《縱遊深山隨所遇記之》（四首其四）詩：「古寺蕭蕭不見僧，飛鼪滿屋老梟鳴。空房終夜無燈火，斷木支門睡到明。」

[六] 漏明珠：《莊子·天地》：「黄帝遊於赤水之北，登乎昆侖之丘而南望，還歸，遺其玄珠。」

[七] 「蓬萊更有長生藥」二句：《史記·封禪書》：武帝求長生不死之藥，方士言海上有蓬萊、方丈、瀛洲三仙山，産不死之藥，舟欲近，每爲風引去。

## （三五）湖上夜坐

卵色[一]鑑空天倒懸，衆山皆出湖無煙。夜深不放月歸去，移却竹床松底眠。

**注釋：**

[一]卵色：青色，俗稱鴨蛋青。

## （三六）西子問答（二首）

牝雞索司晨[一]，龍漦殃箕服[二]。臺上一烏啼，安能召麋鹿[三]？楣不獻亦亡[四]，王其武用讟。深溝商魯間[五]，稻蟹無遺族。歌舞何能爲[六]，坐以沼吴獄？

**注釋：**

[一]「牝雞索司晨」句：《書·牧誓》：「牝雞之晨，惟家之索。」喻女性當家，家將蕭索。

[二]「龍漦殃箕服」句：漦，謂周之亡由褒姒。《史記·周本紀》：夏后氏之衰，二神龍止於庭，乃請其漦藏之櫝。夏亡傳此器殷周，莫敢發。厲至厲王，以而觀之，漦流於庭，化爲元黿。後宫童女遭之而孕，無夫生子，是爲褒姒。殃箕服，謂爲禍周室。箕，二十八宿之一。箕服，謂冀宿分野地，指周疆。服，天子威德所服之地曰服。《書·益稷》：「弼成五服。」謂甸服、侯服、綏服、要服、荒服。

[三]麋鹿：見（一八）詩《姑蘇臺》注[七]。

[四]「楣不獻亦亡」二句：《吴越春秋》：勾踐以雕楣獻吴王。王爲積材三年，盈溝塞瀆，以造姑蘇之臺。讟，怨恨誹

謗之言。《左傳・昭公元年》：「民無謗讟。」

[五]「深溝商魯間」二句：謂吴王出兵黄池，與齊晉争霸。商魯，地名，在今山東河南境。

[六]「歌舞何能爲」二句：謂歌舞不會影響吴的興亡，不能坐西施以沼吴的罪名。第一首評吴亡乃吴王自己犯了種種錯誤，爲西施開脱。

坐以沼吴獄[一]，我法如春秋。汝居苧羅村，王與勾踐讐。汝出苧羅村，王與太宰[二]謀。何以無一語[三]，乃賜鴟夷浮？何以有二志[四]，乃從鴟夷遊？

**注釋：**

[一]「坐以沼吴獄」二句：謂評價歷史人物，嚴格如孔子作春秋之筆，褒者褒，貶者貶。

[二]太宰：伯嚭。伯嚭反對伍子胥殺勾踐，勸吴王釋之歸越。勾踐因得十年生聚，十年教訓，終達滅吴目的。

[三]「何以無一語」二句：責西子何以不進言吴王，勸不殺子胥。子胥自殺，吴王命盛以革囊，浮於江，號鴟夷子皮。

[四]「何以有二志」二句：責西子不殉吴王，而隨范蠡浮五湖而去。范蠡佐越滅吴，見勾踐不能共安樂，與西施泛五湖而去，變姓名號鴟夷子。此詩反前詩之意，指出吴亡，西施實不能辭其咎。

# 海珊詩鈔注

【卷二】

## （三七）首夏由胥江泛舟至上沙[一]

夏木千章指上沙，緑陰滿地燕無家。遊人正是傷神[二]後，愁對風前夜合花。

**注釋：**

［一］胥江：太湖東側胥口水流經蘇州胥門一段，稱爲胥江。上沙：在蘇州西郊秦餘杭山附近。

［二］傷神：三國魏荀粲，字奉倩，彧子，娶曹洪女，有美色，粲甚愛之，經年而亡，粲鬱鬱神傷。此詩寫於悼亡後，故用此典。

## （三八）蔣別駕芝岡招同費副使懷谷、戴孝廉闇成、上舍光林遊陸氏水木明瑟園[一]（二首）

十畝無多地，到來如許寬。池深魚氣静，樹密鳥聲歡。淺碧侵琴薦[二]，輕陰護藥欄。小長蘆[三]去後，山翠至今寒。

**注釋：**

［一］蔣芝岡、費懷谷、戴闇成、光林：生平不詳。別駕，州刺史之佐吏。從刺史行部别乘傳車，故名。副使，正使之屬僚。唐時節度、觀察、團練、防禦等使皆有副使。孝廉，見（二九）詩注［一］。上舍，見（二八）詩注［一］。水木明瑟園：在蘇州城内，舊爲唐陸龜蒙故宅。

［二］琴薦：墊琴的東西。

［三］小長蘆：清代秀水朱彝尊别號小長蘆釣魚師。

乞與天隨子[一]，此間銷夏宜。堂虛雲不去，山近雨先知。種竹成新个，浮蘋亂吐絲。便無花亦好，況遇有花時。

**注釋：**

[一] 天隨子：唐代陸龜蒙別號，見（三〇）詩第二首注[二]。

## （三九）題介白亭[一]

遶亭三面水如煙，好是霏微釀雨天。滿袖蘋香將不去，夜涼輸與鷺鷥眠。

**注釋：**

[一] 介白亭：在吳興市。

## （四〇）五人墓[一]

起惜薪司[二]盜國柄，表裏朋奸挾奉聖[三]。羅鉗吉網踞北寺[四]，一獄同文鉤黨盡[五]。封疆案入魏大中[六]，吏部出餞吳門東。臥起三日聘以女，地下逢比行相從。刺天緹騎大聲吼[七]，呼囚地擲鋃鐺手。開讀未竟一傳香，蜂擁山崩負傷走。嗚呼荊軻聶政[八]非丈夫，輕生一擲胡爲乎？死利於國乃得所，五人髑髏血模糊。君不見飛星墮月恣燕啄[九]，皇嗣殄絶主勢孤？內操衷甲僭鹵簿[一〇]，兒孫彪虎繁有徒。自有此舉駕帖[一一]止，劫漕[一二]危言其魄褫。明年真龍捧日飛[一三]，倒塌冰山滅禍水[一四]。乃知五人不死死猶生，一怒强踰十萬兵。豈惟東林[一五]借生氣，力扶天柱[一六]東南傾。普惠祠[一七]基鬼其宅，穹碑大字書姓名。行人下馬酹杯酒，神鴉墓木悲風聲。普惠祠即忠賢建祠處，毀以葬五人。

**注釋：**

[一]五人墓：在蘇州閶門外山塘街。

[二]惜薪司：明皇宫内官署名，掌供應薪炭。魏忠賢曾任此職。

[三]奉聖：明熹宗元年封奶母客氏爲奉聖夫人。子侯國興爲錦衣指揮，與魏忠賢勾結，專擅朝政。懷宗時伏法。

[四]羅鉗吉網：《新唐書·酷吏傳》：吉温與羅希奭相勗以虐，時號羅鉗吉網。北寺，即北司。《新唐書·宦者傳》：「且天下者，高祖太宗之天下，非北司之天下。」按唐内侍省在大内之北，故稱北司，以和宰相府在大内南稱南司者相對。寺人，即閹人，故北司亦稱北寺。

[五]「一獄同文鉤黨盡」句：熹宗四年，魏忠賢爪牙魏廣微、王紹徽打擊正人，編東林一〇八人黨籍，用《水滸》中宋江等名目爲點將録，獻於忠賢，按名貶斥殺戮，郎署爲之一空。同文，同文館獄，北宋之冤獄。這裏借用。鉤黨，東漢的黨錮之禍。《後漢書·靈帝紀》：中常侍侯覽諷有司奏前司空虞放、太仆杜密、長樂少府李膺、司隸校尉朱福、潁川太守巴肅、沛相荀翌、河内太守魏朗、山陽太守翟超，皆爲鉤黨，下獄死者百餘人。這裏亦借用。

[六]「封疆案入魏大中」四句：謂魏忠賢爪牙浙江巡撫潘汝楨，誣陷魏大中得了曾在關外帶兵抗清之熊廷弼、楊鎬之賄，致魏大中被捕至北京一事。魏大中，字孔時，嘉善人，萬曆四十四年進士。爲行人之職，奉使無所擾。天啟初，累遷吏科給事中，居官不帶家屬，不受賄賂。與同官上章論魏忠賢不法，致被誣受賄，下獄死。懷宗立，贈太常卿，謚忠節。吏部：指周順昌。周順昌，字景友，號蓼洲，吴縣人。萬曆進士，曾任福州推官，吏部員外郎等職。因反對魏忠賢專權，被捕，死於獄中。懷宗立，贈謚忠介。魏大中被捕過蘇，周留宴三日，並訂兒女婚姻之約。逢比：關龍逢，夏桀之賢臣，因諫桀被殺。比干，商紂之叔父，因諫紂被殺。

〔七〕「刺天緹騎大聲吼」四句：緹騎，赤衣之馬隊，屬金吾將軍，主管緝捕奸猾。《後漢書》：「緹騎二百人。」這裏借指明代之錦衣衛，當時爲魏忠賢所掌握。鋃鐺，刑具，即鎖鍊。這四句謂蘇州人反抗魏忠賢逮捕周順昌，錦衣衛士開讀逮捕詔令，未及一炷香時間，激起民憤，打死騎尉一人，其餘逃散。事後，巡捕毛一鷺捕爲首之顔佩韋、楊念如、馬傑、沈揚、周文元殺之。蘇人墓葬五人於魏忠賢之生祠普惠祠址，立石紀念，稱五人之墓。

〔八〕荆柯、聶政：古代刺客，詳見《史記·刺客列傳》。

〔九〕「君不見」二句：用漢成帝后趙飛燕典故，借指魏忠賢和客氏矯旨賜光宗選侍趙氏死；絶熹宗正在懷孕的裕妃飲食，致其餓死；又矯旨賜馮貴人死；斥成妃爲宫人事。《漢書·成帝紀》載有兩月相承、星殞如雨諸變異；又有燕啄皇孫的民謡。

〔一〇〕「内操衷甲僭鹵簿」二句：《明史·熹宗紀》：「三年八月，詔開内操。」這是魏忠賢奪權篡位陰謀之一。衷甲，把甲穿在裏邊，用外衣遮蓋。《左傳·襄公二十七年》：「楚人衷甲。」鹵簿，皇帝之儀仗隊。魏忠賢僭用皇帝儀仗，爪牙稱他爲九千歲，而自稱爲千歲爺。彪虎，魏忠賢黨有五虎、五彪、十孩兒、四十孫等名目。

〔一一〕駕帖：魏忠賢黨用以誣陷忠良之文書。

〔一二〕劾漕：熹宗七年，魏任同黨崔文升總督漕運、李明道總督河道、胡良輔鎮天津，實爲篡位佈置。

〔一三〕「明年真龍捧日飛」句：謂懷宗朱由檢即位。

〔一四〕「倒塌冰山滅禍水」句：謂魏忠賢、崔呈秀、客氏皆伏誅事。《通鑑·唐紀》：天寶十一年，楊國忠爲相，有勸陝郡進士張彖謁之，可立圖富貴。彖曰：君輩倚楊右相如泰山，我以爲冰山耳，若皎日既出，君輩即失所恃矣。《漢書·成帝紀》：帝寵趙飛燕。時披香博士淖方成白髮教授宫中，在帝後歎曰：「此禍水也，滅火必矣。」按漢以火德王，水可滅火，言飛燕必禍漢也。

〔一五〕東林：指東林黨。宋楊時建東林書院於無錫。明萬曆中，顧憲成、高攀龍等講學其中，藉以批評朝政，士大夫聞風趨附，遂有東林黨之稱，遭魏忠賢嫉忌，大興黨獄殺人。

〔一六〕天柱：山名。這裏借喻明王朝。《神異經》：「崑崙之山有銅柱焉，其高入天，所謂天柱也。」

〔一七〕普惠祠：魏黨爲獻媚魏所建之生祠。後毁以建五人墓。

## （四一）毘陵[一]天静寺 陳後主沈后從煬帝幸江都，亂後渡江爲尼於此，名觀音，貞觀初卒

寺門岑寂古苔斑，聞説觀音此閉關。禱應佛經朝雨散，爲后時，遇旱誦佛經以禱，應時雨降。歌殘商女[二]暮燈閑。夢中不酌紅梁醞[三]，世上誰憐苦竹灣？苦竹灣，在馬跡山下，唐陸希聲詩：「世上何人憐苦節。」淚漬黄絁蒙葬地，離宫十六草連山。隋創十六宫於毘陵，未臨幸而敗。

**注釋：**

[一]毘陵：郡名，晉置，在今江蘇省常州市。

[二]商女：《玉樹後庭花》，陳後主所製曲。杜牧《泊秦淮》詩：「商女不知亡國恨，隔江猶唱後庭花。」

[三]紅梁醞：酒名。《大業雜記》：「右掖門街西，即掌醞署。署西連良醞署。」

## （四二）殷淑妃[一]墓

靈床殷琰婢，妃，彭城王義宣女，或云殷琰家人，從疑，恕詞也。長夜有餘哀。廟據春秋立[二]，形隨巫鬼來[三]。含辛羊志淚[四]，作誄謝莊才[五]。狼藉棺通替[六]，他年墓道開。

**注釋：**

[一]殷淑妃：《南史·宋殷淑妃傳》：妃南郡王義宣女也，麗色巧笑，義宣敗後，帝密取之，寵冠後宮。假姓殷氏，左右宣洩者多死，故當時莫知所出。或云貴妃是殷琰家人。

[二]「廟據春秋立」句：《南史·宋殷淑妃傳》：貴妃死，帝諷有司奏曰：據春秋仲子非魯惠公元嫡，尚得考別宮，今

貴妃蓋天秩之崇班，理應創新，乃立別廟於都下。

[三]「形隨巫鬼來」句：《南史・宋殷淑妃傳》：妃死，時有巫者能見鬼，説帝言貴妃可致，帝大喜，令召之。有少頃，果於幃中見形如平生。

[四]羊志淚：《南史・劉懷慎傳》：上寵姬殷貴妃薨，令醫術人羊志哭，志亦嗚咽，他日有問志：「卿那得此副急淚？」答曰：「我爾時自哭亡妾耳。」

[五]謝莊才：謝莊，陽夏人，字希逸，年七歲，能屬文，仕至光禄大夫，年三十六卒，著文章四百餘篇。殷淑妃死，莊作哀策文奏之。帝卧覽讀，起坐流涕曰：「不謂當今復有此才！」都下傳寫，紙墨爲之貴。

[六]棺通替：棺之可以隨時啟閉者，形如匣。《南史・宋殷淑妃傳》：淑儀薨，孝武帝常思見之，遂爲通替棺，欲見，輒引替見尸，爲此積日，形色不變。　通替棺，如抽屜，可抽出者。

## （四三）瓜州[一]

石城[二]一二面，瓜字尚三支。白獺龍兒[三]港，青烏杜母祠[四]。帆稀沙漸長，雨暗笛頻吹。不見興平鎮[五]，水楊柳四垂。

**注釋：**

[一]瓜州：或作瓜洲，在江蘇省揚州市南長江邊，與鎮江隔江相對，爲運河口。

[二]石城：即石頭城，今江蘇省南京市。

[三]龍兒：《南齊書》：世祖武帝，小字龍兒。

[四]杜母祠：祠祀東漢杜詩，在瓜州境。詩任南陽太守，有政績，人稱杜母。

[五] 青烏祠、興平鎮：均在瓜州境。

## （四四）金山[一]

江自西來萬里强，橫當一柱屹中央。生犀不敢燃温嶠[二]，古鎖誰能引李陽[三]？樓勢鼇浮趨海近，山根劍削倚天長。老僧見慣風波惡，鐘鼓閑宵禮法王。

**注釋：**

[一] 金山：在江蘇省鎮江市西郊江中。今因沙淤，已與南岸連。

[二] 燃犀：《晉書·温嶠傳》：嶠至牛渚磯，水深不可測，世云其下多怪物。嶠遂燃犀角而照之，須臾見水族覆火，奇形異狀。傳説犀角點火，可以照妖。

[三] 李陽：唐李陽冰，善篆書。金山有李題「長江鎖鑰」四字石刻。

## （四五）揚州春日

竹西[一]自古繁華地，況是風光九十天。紅杏一枝[二]春店雨，玉笙[三]三疊夜樓煙。隔江燈影迷歌館，吹岸衣香過酒船。好夢撩人歸未得，拂城楊柳亂啼鵑。

**注釋：**

[一] 竹西：揚州之別稱。杜牧《題揚州禪智寺》詩：「誰知竹西路，歌吹是揚州。」姜夔《揚州慢》詞：「淮左名都，竹

西佳處，解鞍少駐初程。」後人因於其處築竹西亭。

［二］紅杏一枝：葉紹翁《遊園不值》詩：「春色滿園關不住，一枝紅杏出牆來。」

［三］玉笙：李璟《浪淘沙》詞：「細雨夢回雞塞遠，小樓吹徹玉笙寒。」

## （四六）尋迷樓[一]遺址

澤葵依井榛塞隧[二]，雨嘯風嗥見木魅。不見頳壤糊飛文，蕪城一賦傷心淚。興廢循環自古然，行人但説隋煬帝。帝亦磊磊英雄才[三]，隔江親擒天子來。生男勿舉事矯飾，樂器弦絶堆塵埃。胡然征遼渡遼水[四]，六合神城一朝起。戰骨如山盜如雨，我愛江都遊未已。錦衣挽士八萬人，珍轝騎兵五百里。十宮連綿西院西[五]，大雷小雷珠懸藜。皆宮名。不移而具齊望幸，襄野七聖行當迷。就中最數水晶殿[六]，細朵通天冠插遍。春愁既解醉忘歸，皆曲名。鳩頭鞁瑞雉尾扇。陳宮臨檻有飛仙[七]，不聞殿脚女三千。三千隊外知多少[八]？裸人爲戲招姹媪。螢光代蠟夜通明，投籤不畜司晨鳥。休言叔寶無心肝，三十六封書懊惱。可憐翻調安公子[九]，往而不返宮聲死。人生死亦要揚州[一〇]，醒來攬鏡已無頭。到底殺於誰氏手？不得生封歸命侯。嗚呼獨孤諸公血化碧[一一]，何人再造隋宮室？龍舟鳳艒削柹多，竟至取材撤床簀。夢入雞臺繞玉鉤[一二]，地下相逢清夜遊。粥鼓齋魚當棒喝，僧家占住摘星樓。摘星樓即遺址。樓規千有五百丈[一三]，遺隍斷塹今無恙。月明不照九華池，柳黯如垂四寶帳。此地兵衝南北交，背海面江一巨防。疏濠卑渫倚籌邊，李重進築籌邊樓。築觀崇隆名甲仗。謝安築甲仗觀。乃公辛苦策屯田，爲爾平陳積糧餉。文帝屯田積糧餉於此。黑色小兒據洛口，汴水東流敵西上。江都雖好不如歸，略具威儀空槀葬。竹西歌吹聲漸稀，本揭瓊花金主亮。瓊花被金主亮南侵時揭本而去，其種遂絶。

眉批：余同麓曰：「題前□層補人所不道，即作打入法。」

## 注釋：

［一］迷樓：故址在今江蘇省揚州市西北。《古今詩話》：「煬帝時，新宫既成，帝幸之曰：『使真仙遊此，亦當自迷。』乃名迷樓。」

［二］「澤葵依井榛塞隧」六句：寫目睹迷樓遺址一片荒凉，引起弔古傷今情緒。　頹壞飛文：鮑照《蕪城賦》：「糊頹壞以飛文。」鮑照，字明遠，南朝宋東海人，仕爲臨海王參軍，世稱鮑參軍。《蕪城賦》乃鮑照作以弔宋竟陵王劉誕亂後城邑荒墟者。　蕪城，即邗溝城，在揚州東北，後人即用以代稱揚州。

［三］「帝亦磊磊英雄才」四句：謂煬帝早年亦有英雄才氣。　他遣賀若弼、高熲爲將滅陳。　生男勿舉，古詩：「生男慎勿舉。」煬帝爲晉王時，爲奪嫡，迎合父母意，身衣縑素，後庭生子，亦不使養育。　高祖幸上所居，見樂器弦多斷絶，又有塵埃，若不用者。

［四］「胡然征遼渡遼水」六句：譴責煬帝征高麗，幸揚州。　隋煬帝六年，徵高麗王入朝不至，七年，帝徵天下兵，自將擊高麗，大敗而還。　六年三月，十二年七月，帝先後幸江都。

［五］「十宫連綿西院西」四句：謂揚州迷樓宫室多而壯麗。　每宫都有奉御宫人，不待移自别宫而具。　宫人都盼望煬帝臨幸。　襄野七聖，《莊子・徐无鬼》：「黄帝將見大隗乎具茨之山，方明爲御，昌寓驂乘，張若、謵朋前馬，昆閽、滑稽後車，至於襄城之野，七聖皆迷，無所問塗。」

［六］「就中最數水晶殿」四句：寫宫中陳設的富麗，歌舞的動人。　細朶：細巧的花朶。　通天冠：冠名，秦制爲皇帝之冠，其後沿用至明代。　鳩頭：鳩仗。《後漢書・禮儀志》：年七十者，授之以玉杖，端以鳩鳥爲飾。鳩者不噎之鳥，欲老人不噎也。　靸瑞：靸，鞋之無跟者。瑞，以玉飾於鞋也。　雉尾扇，《古今注》：雉尾扇起於殷高宗，有雊雉之祥，服章多用翟羽。

［七］「陳宫臨檻有飛仙」二句：謂陳後主的宫女雖有飛仙鞋之飾，尚無煬帝幸江都時用殿脚女挽舟。　飛仙：飛仙鞋，一名班鳩頭鞋。　殿脚女，《開河記》：煬帝詔造大船，泛江沿淮而下，於是吴越間取民間女年十五六歲者五百人，謂之殿脚女。每船用綵纜十條，每條用殿脚十人，嫩羊十口，令殿脚女與羊相間而行牽之。

〔八〕「三千隊外知多少」六句：謂煬帝荒淫享樂有過於陳後主。　裸人爲戲：煬帝使姥媪裸身挽舟，男女相對，割纜撲地以爲笑樂。　螢光代蠟：煬帝於景華宮，徵求螢火，得數斛，夜出遊山而放之，光遍巖谷。　投籤不畜司晨鳥：謂晝夜尋歡作樂，不用計時也。投籤，即計時儀銅壺滴漏。　叔寶無心肝：叔寶，陳後主。後主被俘至長安。每預宴，恐致傷心，爲不奏吴音。後監守者奏言，叔寶云：「無秩位，每預朝集，願得一官號。」隋文帝曰：「叔寶全無心肝。」三十六，駱賓王《帝京篇》詩：「秦塞重關一百二，漢家離宮三十六。」懊惱，《懊惱歌》，南齊王仲雄鼓琴作。辭曰：「常歌負情儂，郎今果行許。」又曰：「君行不净心，那得恶人題。」

〔九〕「可憐翻調安公子」二句：謂煬帝幸江都，即死於江都。　安公子：曲調名。《樂府雜録》：「隋曲名。煬帝幸江都時，有樂工笛中吹之，其父老廢，於卧内聞之曰：『何得此曲？』對曰：『宮中新翻也。』父曰：『此曲宮聲，往而不返，大駕東巡，必不回矣。』」元陳世隆《北軒筆記》云：樂工名王令言，其子彈胡琵琶，非笛。

〔一〇〕「人生死亦要揚州」四句：慨歎煬帝死於揚州，尚不如南唐後主李煜之得封違命侯。　攬鏡無頭：煬帝十四年至江都，見天下大亂，亦不自安。嘗引鏡自照曰：「好頭頸，誰當斫之！」後爲宇文化及縊死。　歸命侯：三國吴孫皓降晉，晉賜號爲歸命侯。

〔一一〕「獨孤諸公血化碧」四句：慨歎隋室功臣已亡，煬帝死無棺殮。　獨孤諸公：指隋文帝功臣孤信、高熲等。　龍舟鳳艒：煬帝幸江都所造之大舟。　柹：木片。　撤床簀：煬帝爲宇文化及等縊死，無以爲殮，蕭后命撤床簀裹埋之。

〔一二〕「夢入雞臺繞玉鉤」四句：慨歎煬帝已與陳後主同遊地下，迷樓遺址今爲僧據。　雞臺，在揚州。　玉鉤：井名，在揚州蕃釐觀後。陳師道《詩話》：「廣陵亦有戲馬臺，其下有路號玉鉤斜。」　清夜遊：曲名，煬帝所製。

〔一三〕「樓規千有五百丈」十六句：慨歎迷樓遺跡已歷盡滄桑，煬帝不能繼承父業，死無葬身之地。　九華池、四寶帳，均迷樓之物。　「乃公」句，指隋文帝楊堅爲了平陳，在揚州儲備糧餉。　黑色小兒，指楊玄感、李密起兵攻東都事。空藁葬，指煬帝被宇文化及所殺，草草成殮事。　瓊花，珍異花卉，惟揚州后土祠有一本。傳説煬帝遊揚州，就是爲看瓊花。

## （四七）尋蕃釐觀[一]遺址（二首）

雪葉隨風已北遷[二]，空祠明月夜籠煙。興平[三]一入無遺種，不見叢殘聚八仙。聚八仙，花名，後人以此代瓊花者。

注釋：

[一] 蕃釐觀：即后土祠，在揚州。觀有瓊花，世傳爲唐人所植。葉柔平瑩澤，花大瓣厚，色淡黄，清馥異常，爲世所珍。后土祠在宋爲蕃釐觀。歐陽修曾築無雙亭於花旁。仁宗時，嘗移值禁苑，逾年而枯，載還揚州復活。一説被金主亮南侵時揭本而去。見（四六）詩注［一三］。元至元中枯死，道士金雨瑞以聚八仙補植其處，故凡元人稱瓊花者，皆曰聚八仙也。

[二] 北遷：指宋仁宗將瓊花移植汴京禁苑事。

[三] 興平：指金主亮南侵時揭本而去事。

玉勾井[一]蕃釐觀後上上有花，玉勾洞下下有沙。鳥篆雲章都不問，行人但弔玉勾斜。

注釋：

[一] 玉勾井：見（四六）詩注［一二］。

## （四八）淮安舟泊（二首）

時平淮戍罷屯兵，市屬王孫[一]未易名。淮陰市尚在。燈火如螢樓月暗，帆檣爲幕島煙生。東坡曾記沐猴戲[二]，北使猶傳銀鑄城[三]。四十二灣皆種柳，緑陰三面鏡中行。淮安三面距水。

注釋：

［一］王孫：《史記·淮陰侯傳》：韓信釣於淮陰城下，諸母漂，有一母見信饑，飯信，竟泊數十日。信曰：「我必有以重報母。」母怒曰：「大丈夫不能自食，吾哀王孫而進食，豈望報乎？」後信爲楚王，召所從食漂母，賜千金。

［二］沐猴戲：蘇軾《李伯時所畫沐猴馬贊》：「我觀沐猴，以馬爲戲，至使此馬，竊銜詭轡，沐猴宜馬，真虛言耳。」

［三］銀鑄城：《宋史·陳敏傳》：「敏守楚州，北使過者，觀其雉堞堅新，號銀鑄城。」

娑羅［一］葉黑稻花青，地爲黄河夜不寧。浪大如山風雨勢，堤高於屋缽盂形。淮有山名缽盂，借用。牐連泗口兼淮口，碑没枚亭與步亭。俯仰古今發船去，惡聞海氣帶龍腥。

注釋：

［一］娑羅：木棉。《本草綱目》引《南越志》：「惟收娑羅木子中白絮。」

## （四九）過徐州，懷蘇文忠公［一］

雲龍山曉墨亭秋，蘇墨亭，坡公手跡。襟要朱方［二］視此州。人慕項劉多霸氣，地交汴泗易横流。産黿浸版［三］危何甚？種柳環堤役漸休。後世但言公坐鎮，羽衣乘月飲黄樓［四］。

公治徐，禦水勞苦特甚，過之者無得以黄樓一笛置之。

**注釋：**

［一］蘇文忠：蘇軾，卒謚文忠。

［二］朱方：春秋時吴地，今江蘇丹徒縣境。齊慶封奔吴，吴與之朱方。此句謂捍衛江南要重視徐州。

［三］産鼃浸版：鼃，同蛙。沉竈産鼃，水浸城垣，極言水災嚴重。《史記·晉世家》：晉師圍晉陽，「沉竈産鼃，民無叛意」。《戰國策》：「智伯從韓魏兵以攻趙，圍晉陽而水之，城之不沉者三版。」

［四］「羽衣乘月飲黄樓」句：《漢書·郊祀志》：「使衣羽衣立白茅上。」顔師古注：「羽衣，以鳥羽爲衣，取其象神仙飛翔之意也。」黄樓：蘇轍《黄樓賦序》：「熙寧十年七月，河決於澶淵，水及彭城，余兄子瞻適爲守，吏民爲備，故水至而民不恐。水既涸，請增築徐城，即城之東門爲大樓焉，堊以黄土，曰土實勝水，徐人相勸成之，乃作黄樓之賦。」

## （五〇）過苻離，讀《張忠獻公傳》書後［一］（二首）

北使來朝輒問安，隱然敵國［二］膽先寒。十年作相遲秦檜，高宗問相，公以檜闇對，遂忤檜，紹興二十五年死，公於隆興二年復相。萬里長城壞曲端［三］。採石［四］一舟風浪大，富平［五］五路戰場寬。傳中功過如何敘？爲有南軒下筆難。

**注釋：**

［一］苻離：縣名，秦置，元併入宿州。南宋張浚爲金人所敗於此。張忠獻：張浚，字德遠，南宋綿竹人。高宗時，爲川陝京西諸路宣撫使，力扼金人。尋知樞密院。會秦檜主和議，被貶。孝宗時，復督師江淮間，尋又罷兵。卒謚忠獻，贈太師。其子張栻，字敬夫，爲理學家，與朱熹爲友，官至吏部侍郎，右文殿修撰。學者稱爲南軒先生。

[二] 隱然敵國：喻人才繫天下輕重。《後漢書·吳漢傳》：光武謂吳漢「隱若一敵國矣」。

[三] 曲端：宋鎮戎人，少有將略，建炎初，與夏人、金人戰，皆有功。累官至宣州觀察使。張浚收攬英雄，欲仗其威勢，承制築壇，拜爲威武大將軍。然端性剛愎，恃才傲物，與浚意見不合，又爲人所讒搆，卒下獄死。浚得罪，始進復原官，謚壯愍。

[四] 採石：採石磯，牛渚山下突出江中之磯。高宗紹興三十一年，殿中侍御史陳俊卿疏諫張浚忠，帝悟，召復官，判建康。浚自岳陽買舟冒風雪而行，時金兵充斥，東來者云：「敵勢方盛，焚採石，煙焰漲天，戒慎毋輕進。」浚曰：「我赴君父之急，知直前求乘輿所在而已。」遂乘舟徑進。

[五] 富平：縣名，今陝西西安附近。高宗建炎三年，張浚治兵興元，以圖中原。四年，浚使都統制劉錫帥五路之兵，與金婁室大戰於富平，敗績。

誓師殉國志無他，失計其如再敗何？都尚可遷仇易復，公如不去議難和[一]。風霜遠竄[二]名逾重，斧鉞陳書忌者多。重過苻離一回首，青燐白浪滿黃河。

注釋：

[一] 議難和：張浚主戰，反對秦檜議和。

[二] 風霜遠竄：高宗建炎七年，秦檜反對張浚主戰，主張和議，排斥之，安置於永州。

## （五一）烏江[一]項王廟題壁

雲旗廟貌拜行人，功罪千秋問鬼神。劍舞鴻門能赦漢，船沉巨鹿竟亡秦。范增一去無謀主，韓信元來是逐臣。江上楚歌最哀怨，招魂不獨爲靈均[二]。

注釋：

〔一〕烏江：在安徽和縣東北四十里，項羽兵敗自刎於此。

〔二〕靈均：屈原，字靈均。屈原投水死，宋玉作《招魂》。

## （五二）亞父墓

墓在徐州，元季賈胡發之，得寶劍去。虞伯生有詩記其事〔一〕

謾藏誨盜〔二〕暴其骨，難起九原〔三〕論劍術。此劍昔與鴻門宴，舞項莊兮蔽項伯。何不直前擊殺之？乃撞玉斗示玉玦。楚王醉兮漢王出，赤帝興兮白帝滅。從此歸彭城，怒癭爲疽〔四〕化異物。長眠一千五百年，賈胡直待到元末。嗚呼劍不利兮鴻溝割，有墓有墓亦不入鐘室〔五〕。

注釋：

〔一〕亞父：范增，巢人。年七十，爲項羽謀士，尊稱亞父。鴻門宴，增示意項羽殺劉邦，不聽，乃撞碎邦所贈玉斗，羽中漢反間，疑范增，遂棄羽而歸，疽發背死。元陸友仁《硯北雜誌》：范增墓在徐州城南臺頭寺，天曆初，有盜識寶氣於冢中，發得古銅劍。虞伯生學士有詩。又呂元直《燕魏録》：陳彥升資政「彭門八詠」，其一即詠范增墓。

〔二〕謾藏誨盜：《易·繫辭》：「謾藏誨盜，冶容誨淫。」此句謂亞父墓藏寶劍，致遭賈胡發掘暴骨。

〔三〕九原：晉卿大夫之墓地。後借指墳墓。

〔四〕怒癭爲疽：癭，頸瘤。《三國志·賈逵傳》：「乃發憤生癭。」句謂亞父因憤而死。

〔五〕鐘室：見（一一八）詩《歌風臺》注〔七〕。

## （五三）寄戴卯君廉使蘇州[一]

家山不遠一江分，花月金閶屬使君。可是釋之[二]專治獄，每呼白也[三]與論文。酒壚夢斷三生笛[四]，時談及臧鄞侯、韓怡園、吴浣陵諸故人。衣笥香消一段雲。喪偶不再娶。惟有平反勞母問，寶倫因果結聲聞[五]。

注釋：

［一］戴卯君廉使：戴永椿，字翼皇，號卯君，歸安人。雍正元年進士。以編修改御史，歷署山西按察使，調江蘇，在任七年，丁艱歸。服滿出任河務，謫潯州知府，調思恩。有詩集。　廉使，即廉訪，元置，明改爲提刑按察使司，故稱按察使爲廉訪。

［二］釋之：漢張釋之，堵陽人，文帝時爲廷尉，用法平舒，天下無冤民。景帝時出爲淮南相。

［三］白也：白，指李白。杜甫《春日憶李白》詩：「白也詩無敵。」

［四］「酒壚夢斷三生笛」句：黄壚，爲傷亡感舊之詞。《世説新語·傷逝》：王戎過黄公酒壚，謂客曰：「吾與嵇叔夜、阮嗣宗酣飲此壚，自嵇阮亡後，視此雖近，邈若山河。」三生，《甘澤謡》：唐李源與圓澤善，圓澤將亡，約十二年後杭州相見。源後詣餘杭赴約，有牧豎歌曰：「三生石上舊精魂，賞月吟風不要論。慚愧情人遠相訪，此生雖異性長存。」石在杭州下天竺寺後山。　笛：山陽笛，《晉書·向秀傳》：秀經山陽舊廬，鄰人有吹笛者，發聲嘹亮，秀乃作《思舊賦》。

［五］聲聞：佛家語。稱由誦經聽法而悟道者爲聲聞。

## （五四）晤孫葭遊[一]有感 與余皆故少司寇王公門下士

十載重逢白髮新，師門回首暗傷神。宣風一路思慈母，觀風兩浙、查賑中州，皆有恩德。捧日三朝識藎臣[二]。太學舉幡[三]空往事，諸生稅服[四]更何人？與君未語先垂淚，總是羊曇[五]醉後春。

**注釋：**

[一] 孫葭遊：生平不詳。

[二] 藎臣：忠臣。《詩·大雅·文王》：「王之藎臣，無念爾祖。」

[三] 舉幡：《漢書·鮑宣傳》：「博士弟子王咸舉幡太學下。」

[四] 稅服：日月已過，聞喪而服曰稅。二句悼其先師王少司寇。

[五] 羊曇：晉太山人，謝安之甥。少爲安所知，安亡後，曇行不出西門路。嘗大醉歌吟道中，不覺至州門，左右曰：「此西州門也。」慟哭而去。

## （五五）送副使芮師衣亭先生遊上海，兼柬陸二袖壇[一]（二首）

剪取吴淞[二]去，蒼茫古意存。横塘[三]吟杜牧，廢壘阻孫恩[四]。微雨不成響，長煙淡一痕。紅旗叢白柁，倚眺駱駝墩[五]。

**注釋：**

[一] 芮衣亭：芮復傳，寶坻人，字宗一，號衣亭。　陸袖壇，生平不詳。

[二] 剪取吴淞：杜甫《題王宰畫山水歌》詩：「焉得并州快剪刀，剪取吴淞半江水。」

[三] 横塘：在蘇州西郊。杜牧《秋夕有懷》詩：「前年此佳景，蘭棹醉横塘。」

[四] 孫恩：晉末農民起義軍領袖，曾攻會稽、丹徒、臨海等處，爲劉裕、辛景所破。

［五］駱駝墩：在吴淞江上，今名陸渡。

江灣四十二，開遍木棉花。葤架沿沙尾，蓴絲捋槳牙。潮聲如唤雨，曉氣易成霞。若問神仙事，荒涇漂斷槎［一］。

**注釋：**

［一］斷槎：《博物志》：天河與海通，近世有人居海渚者，年年八月有浮槎來去不失期。人有奇志，立飛閣於槎上，多齎糧，乘槎而去……至一處，有城郭狀，屋舍甚嚴，遥望宫中多織女，見一丈夫牽牛渚次飲之。此人問此是何處？答曰：「君還至蜀郡問嚴君平則知之。」

## （五六）芮芳齋［一］歸自日本，長歌紀事

都斯麻國朒羅東［二］，邪靡堆踞橿原宫［三］。七十二島如黑子，壘壘著面污青銅。日窺月窟等荒服［四］，天限勿與華夏通。芮君意氣輕萬里，慷慨破浪乘長風［五］。海水一杯易與耳，不超而越非英雄。紅旗白柁舟穹嶐，如鳥斯舉如張弓。前無崖嗛下巖崿，㘓漭瀑濎［六］粘虚空。文魮孕璆鱉肺躍［七］，嘘喋騂馬騰倏鏞［八］。群妖遘忤助饕虐，蹴翻鼇極馮脩轟［九］。同舟聲嘶不得語，君乃大笑誇豪舉。秦王漢武所不到，身輕獨試飛仙羽。睥睨劍掛岑嶅峰［一〇］，咤叱鞭投黿鼉喦［一一］。須臾呀呷天霽顔，華葩踧沺［一二］雲錦鮮。珕珋璿瑰［一三］羅斑斑，烱吹朱爋燔緑煙［一四］。淵客［一五］構館耕鹽田，望中一髮長崎山。誕登彼岸貨具舉，邪許頳壓倭奴肩。小德大禮《隋書》小德、大禮皆倭國官名伊支馬，《陳書》倭國其官有伊支馬，次曰彌馬獲支，又次曰奴往鞮等名。跏趺露髥［一六］爭駢觀。餘生那不唄［一七］神力，封羊燖豕紛開筵。萬錢豈數何曾［一八］費？一擲寧容劉毅［一九］先。況

有侍[二〇]女呈嬋娟，蹙金貼繡如意倭寶珠名懸。燕舞掌上驚鴻翩，傾箱胠橐纏頭[二一]捐。惟君熟視若無睹，木雞不動冰蠶寒[二二]。血濡縷持利匕首，業緣割斷夫何難。事了拂衣徑歸去，翔陽駭逸榑桑[二三]巔。

**注釋：**

［一］芮芳齋：商人，生平不詳。

［二］都斯麻：《北史·倭國傳》：上遣文林郎裴世清使倭國，渡北濟，行至竹島，南望耽羅國，經都斯麻國，迥在大海中。　聃羅，即耽羅。

［三］邪靡堆：倭國皇名。　櫑原：宫名。

［四］窺：窟也。顔延年《夕牲歌》詩：「月窺來賓。」荒服，王畿之外，每五百里爲一服。有侯服、甸服、綏服、要服、荒服五等。荒服爲最遠者。

［五］乘風破浪：《南史·宗慤傳》：宗慤，字元幹，叔父少文問其所志，慤答曰：「願乘長風破萬里浪。」

［六］淵潾漂瀷：水勢迴旋貌。郭璞《江賦》：「涒漂漂瀷，漂瀷瀥潡。」

［七］文魮：魚名。郭璞《江賦》：「文魮磬鳴以孕璆。」　鳖肺：蟲名。《玉篇》：「珠鳖也。」郭璞《江賦》：「赬鳖肺躍而吐璣。」

［八］𩣡馬：《山海經·北山經》：「敦頭之山中多𩣡馬，牛尾白身一角如虎。」郭璞《江賦》：「𩣡馬騰波以噓蹀。」　倏蟰：水蟲名，狀如黄蛇魚翼，出入有光，見《山海經·東山經》。郭璞《江賦》：「倏蟰拂翼而掣耀。」

［九］鼇極馮脩蕈：鼇極，《史記·三皇紀》：共工與祝融戰，不勝而怒，乃頭觸不周山崩，天柱折，地維缺。女媧乃煉五色石以補天，斷鼇足以立四極。　馮，同「憑」。　脩蕈，即龍脩，草名。《山海經·中山經》：「賈超之山……其中多龍脩。」郭璞注：「龍鬚也，如莞而細，生石穴中。」

［一〇］岑嶅峰：岑嶅，山高峻貌。

[一一]鼂鼊：水蟲名，如龜，皮有文，見《集韻》。嶴：島也。

[一二]華葩踧沺：謂日從水面上升也。木華《海賦》：「葩華踧沺。」

[一三]珕珋璿瑰：郭璞《江賦》：「珕珋璿瑰。」李善注：「珕，蜃屬。」

[一四]「烔吹朱燩燔緑煙」句：烔，炎蒸也。燩，火焰也。句謂熱風吹使田畝枯焦。

[一五]淵客：習水者。張協《七命》：「淵客唱淮南之曲。」

[一六]露紒：髮髻。《南史》：「男女皆露紒。」

[一七]唄：梵語謂誦曰唄。

[一八]何曾：《晉書·何曾傳》：何曾性豪奢，帷帳車服，廚膳滋味，過於王者。日食萬錢，猶曰無下箸處。

[一九]劉毅：字希樂，晉代沛人。與劉裕、何無忌同起義兵，累功封南平郡公，復加都督荆寧秦雍諸軍事，開府儀同三司。爲王鎮惡所襲，自經死。毅無擔石之儲，摴蒲一擲百萬。

[二〇]侍：底本爲「待」，誤，據世綸堂本改。

[二一]纏頭：《演繁露》：唐代宗詔許大臣宴子儀於其第，魚朝恩出錦三十匹爲纏頭之費。後因以賞歌舞者之費爲纏頭。

[二二]「木雞不動冰蠶寒」句：此句喻美色在前不動心，如木雞冰蠶也。木雞，《莊子·達生》：「紀渻子爲齊王養鬥雞……曰望之似木雞矣，其德全矣，異雞無敢應者，反走矣。」冰蠶，《拾遺記》：員嶠山中産冰蠶，長七寸，黑色，有鱗角，霜雪覆之，始成繭，色五采，織爲文錦，入水濡，投火不燎。

[二三]榑桑，同扶桑。《説文》：榑桑，神木，日所出也。《淮南子》：「朝發榑桑。」

## （五七）吳門客寓，友人餉鮮荔枝

羅襦白玉出新粧，不數人間十八娘[一]。四百紅欄[二]今夜笛，月明吹滿荔枝香。荔枝香，曲名。

注釋：

[一] 十八娘：陳鼎《荔譜》：福州所産，皮薄核小肉厚，甘如瓊漿。

[二] 四百紅欄：白居易《正月三日閑行》詩：「紅欄三百九十橋。」

## （五八）宿許天植見山樓[一]

緑樹疏燈落燼遲，夢醒如中薄寒時。風通花氣全歸枕，月轉樓陰倒入池。如此夜深猶有笛，可因春盡竟無詩？開門便赴尋山約，酒熟茶香短簿祠[二]。

注釋：

[一] 見山樓：在虎丘山塘，許天植所有。

[二] 短簿祠：《姑蘇志》：短簿祠在虎丘山門内，祀晉王珣。《晉陽秋》：王珣爲桓温主簿，郄超爲記室參軍，温並親待之。府中爲之語曰：「髯參軍，短主簿，能令公喜，能令公怒。」超髯、珣短故也。

## （五九）送范容安之南粤 應臬司白公聘

嶠南[一]人説好風光，粉蝶如錢撲帽箱。月上潮聲喧瑇瑁，雨晴野色潤桄榔。吟筵攔入香山社[二]，歸橐知盈陸賈[三]裝。安得抽帆同到岸，翠微[四]深築讀書莊。

注釋：

［一］嶠南：即嶺南。《後漢書·馬援傳》：「將樓船大小二千餘艘，戰士二萬餘人，擊九真賊徵側餘黨都羊等……嶠南悉平。」原注：「嶠，嶺嶠也。」

［二］香山社：《舊唐書·白居易傳》：「以刑部尚書致仕，與香山僧如滿結香火社。」此指應白公聘，故云。

［三］陸賈：漢初楚人，有口辯，常居高祖左右。時中國初定，使説南越尉佗，賜印封爲王。佗稱臣，拜賈爲中大夫。賈著《新論》十二篇，論秦漢興亡，帝稱善。惠帝時，賈出尉佗所賜橐中裝，賣千金，分與五子爲生産。

［四］翠微：山頂近旁陂陀之處。《爾雅·釋山》：「未及上翠微。」一説山氣青縹之色，故曰翠微。

## （六〇）泊舟濟寧，是夜無酒，因懷太白舊遊［一］

六十三泉天井派［二］，山夾如城扼其隘。以資運道水滿盈，白龍受縛岸爲械。可惜多濁泥，釀味非沆瀣［三］。打門貰嘗之，夜盡並無酒出賣。嗚呼荷花旖旎柳娉婷，醉魄千年喚不醒。樓空此樂無人繼，賸有東山隔岸青。鑑湖［四］試尋浣筆處，湖煙哀雁秋冥冥。

注釋：

［一］太白舊遊：據《太平廣記》，李白曾在山東任城（今濟寧市）構築酒樓。

［二］「六十三泉天井派」句：濟寧有六十三泉。天井派，《孫子》：「地陷曰天井。」

［三］沆瀣：露氣。《列仙傳》：陵陽子春食朝霞，夏食沆瀣。

［四］鑑湖：此在濟寧。李白《贈宣州靈源寺仲濬公》詩：「下映雙溪水，如天落鑑湖。」

## （六一）東阿弔陳思王[一]墓

十年三徙卒歸陳，爲是才多轉誤身。詩得父風爲老將，賦因甄感彼何人[二]？「彼何人斯」，見本賦。絹車廢篚推無驗[三]，瘣木危巢踣不振。陳琳《柳賦》：「幾踣斃之不振。」汲汲魚山魂悵望，用本傳「悵然絶望，汲汲無歡」語。草痕西靡梵聲淪。漢東平思王，在國思歸京師，後死葬無鹽，其塚有松柏，皆西靡。

**注釋：**

[一]陳思王：曹植，字子建，操第三子，封陳王。卒謚曰思，故稱陳思王。十歲善屬文，援筆立成，爲操所愛。文帝忌而疏之。既就國，每欲求別見，幸冀試用。終不能得，悵然絶望，發病卒。墓在東阿。《魏志》本傳：十一年中而三徙其都，常汲汲無歡，遂發病薨。建安十六年封平原侯，十九年徙封臨淄侯，黄初二年貶爵安鄉侯，同年改鄄城侯，三年封鄄城王，太和元年徙封浚儀，二年復還雍丘，三年徙封東阿，其年冬封陳王。

[二]《感甄賦》：即《洛神賦》。曹操破袁紹，其媳甄氏貌美，爲曹丕所奪，曹植作《感甄賦》。

[三]絹車廢篚：《魏志·曹植傳》注：「楊修與丁儀兄弟皆欲以植爲嗣，太子患之，以車載廢篚，内吴質與謀，修以白太祖，未及推驗，太子懼告質，質曰：『明日復以篚受絹車内，以惑之。』修果白而無人，太祖由是疑焉。」

## （六二）過東平

鼉尾山光隱畫屏，星河磊落水空冥。風流誰繼蘇司業[一]？歇絶歌聲小洞庭。

注釋：

［一］蘇司業：蘇源明，唐武功人，少孤，工文辭，累官國子司業。安禄山陷京師，源明稱病不受僞署。肅宗時，擢知制誥。敷陳時政得失，終秘書監。

## （六三）望岱［一］

馬頭遥指岱峰顛，一氣青浮未了煙。不信其中還有路，却疑此上更無天。五更雞喚東溟日，四面雲開太華蓮。玉簡金函［二］消泐盡，登封人説漢唐年。

注釋：

［一］岱：即泰山。杜甫《望嶽》詩：「岱宗夫如何？齊魯青未了。」

［二］玉簡金函：帝王封禪泰山時所用之玉札金簡。泰山上築土爲壇以祭天，報天之功曰封；泰山下小山上辟場，報地之功曰禪。秦漢時重視此禮。

## （六四）東嶽廟［一］

冕旒搢珽座青宮［二］，曾見虞巡［三］二月東。神語虛空［四］聞武帝，天書［五］鄭重拜真宗。六朝檜栢龍形老，四壁雲雷蜃氣通。負海環封齊十二［六］，五諸侯［七］位冠中嵩。

**注釋：**

［一］東嶽廟：泰山爲東嶽。東嶽廟，祀泰山神。

［二］「冕旒搢珽座青宫」句：冕旒，帝王之冠。珽，玉笏。青宫，東方之宫。《神異經》：東方有宫青石爲牆，門有銀牓，題曰天地長男之宫。

［三］虞巡：虞，指虞舜。舜即位後，曾巡狩四嶽八伯。

［四］神語虚空：《史記·封禪書》元封元年正月：「上幸緱氏，禮祭中嶽，從官在山下，聞若有言萬歲者三，上遂東巡海上，益發船求蓬萊，及與方士求神仙。四月還至奉高，封泰山。封下有玉牒書，書秘。明日，禪泰山下趾東北肅然山。」

［五］天書：宋真宗大中祥符元年春正月，有天書見於承天門，遂議封禪。六月，又得天書於泰山。十月，帝封泰山，禪社首。

［六］「負海環封齊十二」句：謂環封海内，齊地占十之二。《史記·高祖紀》：「夫齊東有琅邪即墨之饒，南有泰山之固，西有濁河之限，北有渤海之利，地方二千里，持戟百萬，懸隔千里之外，齊得十二焉。」

［七］五諸侯：星名。《晉書·天文志》：「五諸侯，五星，在東井北。」謂東嶽泰山當五諸侯分野，爲祀崇於中嶽嵩山也。

## （六五）望華不注[一]

單椒[二]何秀澤，俯揖如文人。桀起虎牙怒，刺天青入雲。變化一不測，昏曉陰陽分[三]。濟水渺無際，四圍煙光熏。離群山作勢，縹緲雲中君。昔者鞍之戰，三周逐齊軍。土人記失實，謂之金輿云。

**注釋：**

［一］華不注：山名，在山東歷城縣東北。伏琛《齊記》：「不，讀如跗，與《詩》『鄂不』之『不』同，言此山孤秀如苻跗也。」春秋時，晉郤克伐齊（鞍之戰），逐齊師，三周華不注。

［二］椒：山頂曰椒。謝莊《月賦》：「菊散芳於山椒。」

［三］「昏曉陰陽分」句：杜甫《望嶽》詩：「造化鍾神秀，陰陽割昏曉。」

## （六六）歷下亭［一］

湖陰遺堞雨冥冥，玉佩［二］歌殘不可聽。杜二來時已興廢，哀絲［三］重問水香亭。

注釋：

［一］歷下亭：一名客亭，又名水香亭，在濟南大明湖。《水經注》：「濼水出歷縣故城西南，城南對山。其水北爲大明湖，西即大明寺。寺東、北兩面夾湖，此水便成淨池也。池上有客亭，左右楸桐，負日俯仰，目對魚鳥，極水木明瑟，可謂濠梁之性，物我無違矣。」

［二］玉佩：《詩·秦風·渭陽》：「我送舅氏，悠悠我思。何以贈之，瓊瑰玉佩。」

［三］哀絲：哀絲豪竹，謂弦管之聲悲涼動人。杜甫《醉爲馬墜諸公攜酒相看》詩：「酒肉如山又一時，初筵哀絲動豪竹。」

## （六七）鵲山湖［一］

鼉吼［二］魚跳浪已乾，當年月送李膺［三］還。如今鈴鐸鳴其上，脚底誰知是鵲山？

注釋：

［一］鵲山湖：與歷下亭相近。伏琛《齊記》：「歷水出歷祠下，泉源競發，與濼水同入鵲山湖。」

〔二〕鼉：即揚子鱷。鼉吼：鼉的吼叫聲。陸龜蒙《奉酬吴中苦雨》詩：「何勞鼉吼岸，詎要鸖鳴垤？」

〔三〕李膺：東漢襄城人，字元禮，桓帝時爲司隸校尉，以事殺張讓弟，宦官畏之。風裁峻整，太學中稱爲天下楷模李元禮。士被容接者，名爲登龍門。後宦者坐以黨事免官。靈帝時，復列於朝，與竇武謀誅宦官，未成，被殺。

## （六八）會仙峰范文正公讀書處〔一〕

此峰合讓衆仙遊，公獨攜書上上頭。藥不啟封將馬鬻〔二〕，虀曾劃凍忍民流〔三〕。九盤壁陗雲扶屐，三伏林寒月浸樓。精舍至今高不落，接天蒼翠瀑垂湫。

**注釋：**

〔一〕會仙峰：在山東長白山。宋范仲淹讀書於此。范仲淹，字希文，吴縣人，幼孤貧，隨母嫁朱姓，因名朱説，及長始復宗。讀書長白山時，饔食不繼，嘗劃粥爲數塊，斷虀爲數截，早晚分食之。大中祥符間舉進士。仁宗時，與韓琦率兵同拒西夏，爲朝廷倚重，召拜樞密副使，進參知政事。嘗言士當先天下之憂而憂，後天下之樂而樂，其以天下爲己任如此。當其守延安時，夏人相戒莫敢犯，曰：「小范老子胸中自有數萬甲兵。」卒謚文正。

〔二〕「藥不啟封將馬鬻」句：魏泰《東軒筆録》卷三：范文正公仲淹少貧悴，依睢陽朱氏家，常與一術者遊。會術者病篤，使人呼文正而告曰：「吾善煉水銀爲白金，吾兒幼，不足以付，今以付子。」即以其方與所成白金一斤封誌，内文正懷中。文正方辭避，而術者已氣絶。後十餘年，文正爲諫官，召術者之子長，呼而告之曰：「爾父有神術，昔之死也，以汝尚幼，故俾我收之，今汝成立，當以還汝。」出其方並白金授之，封誌宛然。

〔三〕民流：即流民。《東軒筆録》卷五：熙寧六七年，河東、河北、陜西大饑，百姓流移於京西就食者，無慮數萬……流連繈負，取道於京師者，日有千數。選人鄭俠監安上門，遂畫《流民圖》及疏言時政之失。

## （六九）羊太傅祠[一]

重臣何法乃可死？舉賢自代[二]而已矣。君不見銜刀破竹平江東[三]，龍驤威名征南同。太蛇垂頭瓠繫頸，不畏岸虎畏水龍。兩賢推轂者誰是？角巾白士南城公。得所付授了乃事，及身奚必居成功！遺祠千載一瞻溯，屋宜門稱詞改户。遺民峴首盡沾襟，東垣況探金鐶路[四]。下馬椒漿酹斷碑，寒鴉飛上枯楊樹。

**注釋：**

[一]羊太傅：晉羊祜，字叔子，南城人。晉武帝時鎮襄陽，綏懷遠近，甚得江漢人心。輕裘緩帶，身不披甲。與吴陸抗對境。抗贈藥，祜不之疑。祜贈酒，抗亦不疑而飲。人或爲言。抗曰：「安有鴆人羊叔子乎？」祜修德以懷吴人。官至征南大將軍。伐吴病卒。襄人爲之罷市巷哭。祜在時，嘗與從弟鄒湛遊峴山，及死，襄人爲建廟樹碑於此。人見碑每墮淚，號墮淚碑。贈太傅，謚曰成。

[二]舉賢自代：羊祜臨終，舉杜預自代。武帝拜預爲鎮南大將軍，都督荆州諸軍事，卒成伐吴之功。

[三]「君不見銜刀破竹平江東」八句：羊祜薦王浚爲益州刺史，拜龍驤將軍，監督梁、益二州軍事，使造船備伐吴。浚與杜預共成伐吴之功。時吴中有童謠：「阿童復阿童，銜刀浮渡江。不畏岸上獸，但畏水中龍。」

[四]東垣金鐶：羊祜五歲時，令乳母於鄰家李氏園桑樹下，探取金鐶。李氏驚曰：「此吾亡兒所失。」乃知李氏子爲祜之前身。

## （七〇）董子祠[一]

荀卿[二]爾何人？名亞我鄒孟。其流變韓商，暴虐助嬴政。坑儒議相斯，偶語棄市令。馬上治天下[三]，鯫腐遭詬病。綿蕞叔孫禮[四]，粗知皇帝聖。齦齦轅固申[五]，一經熒視聽。平津實不學[六]，謬執翹材柄。司空城旦書[七]，黄老漸復横。萬古懼長夜，珠囊淪金鏡[八]。廣川孕靈秀，醇儒以氣應。下幃懶窺園，三年心力勁。所讀者何書？秦火燒未竟。天人建三策，著録史遷摒[九]。大愚吕步舒[一〇]，偃也乃爲佞。歷相皆驕王，誠格學術正。長沙亦奇才[一一]，儒林有論定。遺祠今蕭瑟，碑斷草痕迸。下馬拜無人，鄰社笳鼓競。牧羊牧豕兒，有禱神不吝。□生漢武朝，紛紛取侯印。

**注釋：**

[一]董子祠：祀漢董仲舒，在河北省冀縣。仲舒，漢廣川（今冀縣）人。少治《春秋》，下帷講授，三年不窺園。武帝時，以賢良舉，對天人三策，爲江都相。中廢爲中大夫。以言災異下獄，尋赦之。後爲膠西王相，以病免。仲舒學有源委，爲漢醇儒。免官家居，朝廷有大議，帝遣使就其家問之。著有《春秋繁露》。

[二]荀卿：荀況，戰國趙人，時人相尊，亦稱荀卿，漢人或稱孫卿。學宗孔子，主張性惡，與鄒人孟子之主性善者不同。人性惡，必以禮法矯之。著有《荀子》。其學傳申不害、韓非、商鞅、李斯等，流爲法家。

[三]「馬上治天下」二句：鯫生，用爲自稱之詞，小人也。此指酈食其。酈食其，漢陳留高陽人。爲沛公説下陳留，號廣野君。嘗於沛公前稱説《詩》、《書》，沛公曰：「乃公馬上得天下，安用《詩》、《書》！」酈曰：「馬上得天下，寧能於馬上治之乎？」又爲沛公説齊，下七十餘城。後韓信襲齊。齊以爲酈賣己，遂遭烹。

[四]「綿蕞叔孫禮」二句：叔孫通，漢薛人。説高祖定朝儀。綿蕞，引繩爲綿，立表爲蕞。叔孫通於野外特爲綿蕞，習朝儀。

[五]轅固、申：轅固，漢齊人，治《詩》，景帝時爲博士。竇太后好老子書，固曰：「此家人言耳。」太后怒曰：「安得司空城旦書乎！」帝援之，得無罪。後以廉直拜河間王太傅，疾免。武帝立，以賢良徵辟，旋罷歸。申，申公，漢人，治《詩》，爲《詩傳》，號「魯詩」。

[六]「平津實不學」二句：公孫弘，漢人，少家貧，牧豕海上。年四十餘，乃學《春秋雜説》。武帝初，舉賢良對策第一，

拜博士。爲人恢奇多聞，習文法吏事，而又緣飾以儒術。每朝會議，開陳其端，令人主自擇，不肯面折廷爭。上大悦之，元朔中，以爲丞相，封平津侯。弘開東閣以招賢，俸禄皆以給賓客，而已則脱粟布被。天子益賢之。然外寬内深，與有隙者，陽與善而陰報之。董仲舒即爲其所嫉而免官。汲黯嘗直斥其詐，而武帝不悟。

［七］「司空城旦書」二句：司空，漢獄名。城旦，徒刑之一種，晝伺寇，夜築城，故曰城旦。二句謂武帝罷斥儒者中公等，兼用黄老法治天下。黄老：黄帝、老子，道家尊爲始祖。

［八］珠囊金鏡：《唐實録》：「千秋節，賜四品以上珠囊金鏡。」《洛陽伽藍記》：「珠囊記慶，玉燭調辰。」

［九］「著録史遷擯」句：謂董仲舒之天人三策，司馬遷之《史記》未予著録也。

［一〇］「大愚吕步舒」二句：吕步舒，董仲舒弟子。仲舒爲災異之書，主父偃取以奏天子，武帝以之示諸生，吕步舒不知其師書，以爲下愚，於是下仲舒吏。

［一一］「長沙亦奇才」二句：長沙，指漢長沙王太傅賈誼。誼，洛陽人，傳李斯之學，爲漢文帝博士，遷大中大夫。爲大臣所忌，出爲長沙王太傅，遷梁王太傅而卒，年三十三。

## （七一）瀛州懷古［一］（五首）

### 河間

宛在蓬萊島，憑高雲樹微。汗牛誰起塚［二］？乘鯉不濡衣［三］。尊福詩書設，毛萇注《詩》里與劉炫讀書處，名尊福鄉，有書院，設山長。摩縈鸛鶴飛。沈佺期登瀛州城樓詩：「四縈摩鸛鶴。」大廉陂百道，引水憶盧暉［四］。

注釋：

［一］瀛州：後魏置，隋改爲河間郡，唐曰瀛洲，宋改爲河間府，今爲河北河間縣。

［二］「汗牛誰起冢」句：汗牛充棟，形容書之多。柳宗元《陸文通先生墓表》：「其爲書，處則充棟宇，出則汗牛馬。」起冢，《晉書·束皙傳》：「太康二年，汲郡人不准盜發魏襄王墓（或云安釐王冢），得竹書數十車。」按汲屬河南衛輝，非河間。

［三］「乘鯉不濡衣」句：《列仙傳》：琴高，周時趙人，浮遊冀州涿郡間。後入涿水取龍子，與諸弟子期，某日當返，諸弟子齋潔待於水旁，高果乘鯉而出。觀者萬餘人。留一月，復入水去。

［四］盧暉：唐開元末魏州刺史。徙永濟渠，自石灰窠引流至良鄉，西注魏渠，以通江淮之貨。

## 阜城［一］

昌國君［二］封邑，茫茫白草多。閉門新著論，劉晝著《新論》於此。持楫醉行歌。女娟。漳已踰河去，衡猶導海過。劉郎殊不惡，剩有讀書窩。城北牖爲劉豫讀書處。

**注釋：**

［一］阜城：縣名，漢置。明清屬河間府。

［二］昌國君：戰國時，樂毅滅齊，燕王封毅爲昌國君。

## 任邱［一］

何處公孫壘［二］，千秋想像餘？莎塘魚浴月，桂室鹿銜書［三］。石臼掃如淨，金沙流亦虛。子方唐介［四］今久没，戍櫓遶官渠。

**注釋：**

［一］任邱：縣名，唐置，明清皆屬河間府。

［二］公孫疊：公孫瓚，字伯珪，漢遼西令支人，舉孝廉，爲遼屬國長史。光和中，將兵擊張任於漁陽，以功封騎都尉，加都亭侯，兼屬國長史。常乘白馬出入，烏桓畏之，更相告曰：「避白馬長史！」

［三］「桂室鹿銜書」句：桂室，張本《梁都運新居》詩：「楓堂接桂室，燕處俱逍遥。」鹿銜，《本草綱目》：薇銜，一名麋銜，一名鹿銜。

［四］唐介：字子方，宋荆南人。秉性剛直，不能容物。劾文彦博交通閹寺以得執政，貶英州，又與王安石議論不合，發憤，疽發背卒，謚質肅。

## 獻縣［一］

日華宫［二］畔草，到眼有餘青。河勢如鉤曲，鹽生亦印形。雁堂［三］龍聽鼓，見沈佺期詩。鶴寺馬馱經［四］。高隱劉淑、王勸［五］何人繼？花飄滿澤亭。

**注釋：**

［一］獻縣：明清屬河間府。

［二］日華宫：《三輔黄圖》：「河間獻王築日華宫，置客館二十餘區，以待學士。」

［三］雁堂：沈佺期《白鶴寺》詩：「碧海開龍藏，青雲起雁堂。」

［四］馬馱經：《水經注》：「穀水又南逕白馬寺東。昔漢明帝夢見大人，金色，項佩白光，以問群臣。或對曰：『西方有神名曰佛，形如陛下所夢，得無是乎？』於是發使天竺，寫致金像，白馬負圖表之中夏，故以白馬名寺。」

［五］劉淑：漢末賢人，與陳蕃、竇武爲三君，與劉祐等合稱三俊，與劉衹等合稱八顧，與劉儒等合稱八廚。王勸：唐王通之後，王福疇之子，有文采，福疇嘗誇之。韓思彦戲之曰：「君有譽兒癖。」

## 滄州[一]

山谷此掛席，東坡送客歸。鏡光交水月，鬼語亂車旗。遡海鯔魚貴，逢年野穀稀。調平鹽鐵論[二]，老少可無饑。

注釋：

[一] 滄州：後魏置，民國初改。

[二] 鹽鐵論：書名，漢桓寬撰。

## （七二）萬柳堂 堂爲元文正廉公別墅，近益都。馮相國招客觴詠處[一]（二首）

盧疎齋趙松雪風流去已賒，野雲池柳有棲鴉，新荷驟雨瀟瀟夜，寂不聞歌解語花。野雲，元公號。解語花，侍姬名。

注釋：

[一] 萬柳堂：在北京沙窩門內，石氏家廟也。殿宇宏敞，廟外楊柳環列，蘆葦周匝，爲避暑勝地。其地亦名萬柳崖。本元廉希憲別墅。馮國相：馮溥，字孔博，一字易齋，清山東益陽人。順治三年進士，官至文華殿大學士，加太子太傅，溥聞人有異才，輒大書姓名揭座右，汲引如不及，天下士歸之，如百川之赴巨海。

手執珠盤[一]集霸才，火城[二]如晝綺筵開。而今馬矢堆車厩，誰記平泉[三]草木來？

注釋：

[一] 珠盤：即珠算之算盤。指馮溥挈引人才。

〔二〕火城：《唐國史補》：元日冬至立仗，大官皆備珂車，列燭有至五六百炬者，謂之火城。蘇軾《與述古自有美堂乘月夜歸》詩：「萬人争看火城還。」

〔三〕平泉：平泉莊，唐李德裕别墅，在洛陽南，週四十里。李有《平泉樹石記》。此借指萬柳堂。

## （七三）吴牧園〔一〕太史寓齋紫藤花

暖風吹空雨初霽，古藤累累花照地。横枝屈鐵戈戟張，密葉拏龍爪牙利。方其托根毫末時，飄飄已抱淩雲氣。便無高架得扳援，騰身直上將軍樹〔二〕。花開七十二鴛鴦〔三〕，織就天機宫錦麗。絲絲倒掛虹飲澗，水紋雲襯魚鱗細。又疑變相紫髯翁，冠玦幢珠事兒戲。不然天女散天花〔四〕，雨墮曼陀〔五〕燃法炬。蒲桃天上結芳鄰，旃檀林中參末契。如何香山老居士〔六〕，武斷作詩相詬詈！

注釋：

〔一〕吴牧園：吴大受，字子淳，號牧園，浙江歸安人，散館授檢討。

〔二〕將軍樹：《後漢書·馮異傳》：馮異坐大樹下，不與諸將軍争功，軍中稱爲大樹將軍。

〔三〕七十二鴛鴦：古詩：「鴛鴦七十二，羅列自成行。」

〔四〕天女散花：《維摩詰經·觀衆生品》：時維摩詰室有一天女，見諸大人聞所説法，便現其身，即以天花散諸菩薩、大弟子上，花至諸菩薩即皆墮落，至大弟子便著不墮。一切弟子神力去花，不能令去，爾時天女問舍利弗，何故去花，答曰：「此花不如法，是以去之。」天女曰：「勿謂此花爲不如法，所以者何？是花無所分别，仁者自生分别想耳。觀諸菩薩不著者，已斷一切分别想故。譬如人畏時非人得其便，如是弟子長生死故，色聲香味觸得其便也，已離畏者，一切五欲無能爲也。」

［五］曼陀：《本草綱目》：曼陀羅花，一名風茄兒，一名山茄子，生北土。《法華經》：「佛説法，天雨曼陀羅花。」

［六］香山居士：白居易晚年放意詩酒，號醉吟先生，居履道里香山，號香山居士，其有《買花》詩：「一叢深色花，十户中人賦。」

## （七四）詠寓齋芍藥

香絲覆頰醉生潮，軟脚筵［一］欹玉步摇。不覺夢尋花市夜，月明二十四虹橋［二］。

**注釋：**

［一］軟脚筵：《唐書·楊國忠傳》：帝常歲十月幸華清宫，春乃還，而諸楊湯沐館在宫東垣，連蔓相照，帝臨幸必遍五家，賞賚不訾計，出有賜曰餞路，返有勞曰軟脚。

［二］二十四橋：在揚州。杜牧《寄揚州韓綽判官》詩：「二十四橋明月夜，玉人何處教吹簫。」

## （七五）題倪雲林墨跡，爲沈椒園太史［一］

米唯潔可師［二］，范以緩得友［三］。遐哉清閟閣，遺翰落人手。筋細競秋鷹，行斜媚春柳。乾連坤復斷，補綴辨跟肘。瘦沈［四］亦迂士，寶兹勝瓊玖。世有换羊書［五］，毋飲缸面酒［六］。

**注釋：**

［一］倪雲林：倪瓚，字元鎮，號雲林子，無錫人。元代畫家。家豪富，築清閟閣收藏圖書文玩，並爲吟詩作畫之所。沈

椒園：沈廷芳，字椒園，亦字畹叔，仁和人。乾隆丙辰，舉博學鴻詞。授編修，累官河南按察使。著有《十三經正字》。

[二]「米唯潔可師」句：米芾，字元章，北宋畫家。工水墨畫。有潔癖。

[三]「范以緩得友」句：范中立，字仲立，性寬緩，人稱范寬，宋華原人，畫家。師法自然，工山水，自成一家。

[四]瘦沈：指沈廷芳。

[五]换羊書：《侯鯖録》：黄魯直戲東坡曰：「昔王右軍字爲换鵝書，韓宗儒性饕餮，每得公一帖，於殿帥姚麟許换羊肉十數斤。可名二丈書爲换羊書矣。」坡大笑。

[六]缸面酒：《法書要録》：唐太宗使蕭翼求蘭亭真跡於辨才，辨才一見，款密留宿，設缸面酒。蓋江東缸面，猶河北甕頭，皆初熟酒也。

## （七六）題同年馮石泓明府《課子圖》，時將之任古田[一]

十年一相見，今夕是何夕？落葉風蕭蕭，頭白長安客。景星威鳳凰[二]，駢羅滿君側。萬里獨南行，微茫山水國。公餘肅庭訓，學古代力穡。撞破此煙樓[三]，湔洗紅塵色。吾亦蓄衆雛，失母事姑息。累棋作彪子[四]，研田草其宅。憯忘王霸[五]慚，懶廢淵明責[六]。將復何所遺？以安以清白。

注釋：

[一]馮石泓：生平不詳。古田，福建省古田縣。

[二]景星：《史記·天官書》：「景星者，德星也，其狀無常，常出於有道之國。」威鳳凰：鳳有威儀，爲九苞之類，故稱威鳳。《關尹子》：「威鳳以難見爲神。」景星威鳳，藉以喻賢子弟。

[三]煙樓：竈上之煙囪，言子過於父，猶如跨竈，撞破煙樓也。蘇軾《與陳季常書》：「在定日，作《松醪賦》一首，今

寫寄擇等，庶以發後生妙思，著鞭一躍，當撞破煙樓也。」李東陽《次王古直哭兆先韻東方石二首》（其二）詩：「當年心許撞煙樓。」

［四］彪子：蔡邕《司徒袁公夫人馬氏碑》：「義方之訓，如川之流。俾我小子，蒙昧以彪。」謂化愚蒙爲明智。

［五］王霸：字元伯，穎川穎陽人，從光武。王朗起兵，光武令霸至市中募人，將以擊朗。市人皆笑，舉手揶揄之。霸慚懅而還。

［六］淵明責：晉陶潛，字淵明，有《責子詩》。

## （七七）送李碧岑上舍歸武定 文襄公孫［一］

風雪歲云暮，飄然海上村。論詩曾幾日，述德況清門？姑蔑城笳咽［二］，明湖［三］廟樹昏。長安多落葉［四］，誰識魏公孫！

**注釋：**

［一］武定：府名，屬山東，今爲惠民縣。文襄公：李之芳，字鄴園，順治四年進士，官至文華殿大學士，卒謚文襄。李碧岑，生平不詳。

［二］姑蔑：春秋時越國西境。《國語》：「勾踐之地，東至於鄞，西至於姑蔑。」故城在今天浙江龍遊縣北。城笳咽，指李之芳督兩浙時，力抗吴三桂軍，保境安民事。

［三］明湖：大明湖，在濟南。

［四］「長安多落葉」二句：賈島《憶吴處士》詩：「落葉滿長安，斯人獨憔悴。」魏公：宋韓琦，字稚圭，安陽人，舉進士。仁宗時，與范仲淹同率兵拒西夏，名重當時。後爲相十年，歐陽修稱爲社稷臣，封魏國公。卒謚忠獻，此借指李之芳。

## （七八）晤宣城沈榑崖[一]於姑蘇僧寺

破楚門[二]東路，禪林此寄枝。書焚縻竺火[三]，髩鑷鄭虔[四]絲。一健天還與，三秋[五]我所思。相逢今夕好，正及放梅時。

注釋：

[一] 宣城：縣名，在安徽南部。沈榑崖：沈廷瑞，字兆符，號榑崖，宣城人，沈壽民之孫。善畫山水。

[二] 破楚門：《姑蘇志》：閶門，一名破楚門。

[三] 縻竺火：《搜神記》：竺嘗從洛歸，未達家數十里，路旁見一婦人，從竺求寄載。行可數里，婦謝去，謂竺曰：「我天使也，當往燒東海縻竺家，感君見載，故以相語。」竺因私請之。婦曰：「不可得不燒。如此，君可馳去，我當緩行，日中火當發。」竺乃返家，遽出財物。日中而火大發。

[四] 鄭虔：字弱齊，唐榮陽人。玄宗愛其才，置廣文館，以爲博士。居官貧約，淡如也。虔善書畫，嘗自寫其詩並畫，以獻帝。帝大書其尾曰：「鄭虔三絶」。遷著作郎，貶台州司户參軍。微時好書，苦無紙，嘗於慈恩寺前掃柿葉，貯至數屋，日爲隸書，歲久殆遍。

[五] 三秋：《詩·王風·采葛》：「一日不見，如三秋兮。」

## （七九）許氏園林，柬徐恕齋侍御[一]

林鶯無語夜窗虛，一局棋殘月上初。客裏不知春大去，滿欄芍藥薦鰣魚。

注釋：

［一］徐恕齋：徐以升，字階五，號恕齋，德清人，雍正進士，官至廣東按察使，有《南陔堂詩集》。

## （八〇）慎承郡王［一］山水卷子爲吴梅庵少司馬題

宣武坊南塵羃䍥［二］，退□眼纈生奇色。萬水千山一段雲，落我東井之素壁。紫瓊道人王別號風雅宗，給雲母輦珪封桐［三］。爲善最樂［四］副腰腹，獻樂對策三雍宮［五］。餘事磅礴戲遊藝，荆關董巨［六］皆下中。贈我此幅不盈丈，遠勢層層氣蒼莽。蓬萊左股太華蓮，一一縮取歸指掌。想其握筆如握龍，白雲隨之與來往。水聲淙淙松聲寒，夜半驚我未許眠。起向絹素一摩按，槎枒石角森戈鋋。就中屋宇相鉤連，得非樊川非輞川［七］。誰其主之呼欲出，風雨颯至江吞天。吾家清遠［八］富山水，廿年夢斷長安市。墨妙通靈信至理，恍然圖我屏風裏。只消添個櫛頭船，采采蘋香報君子。

注釋：

［一］慎承郡王：清宗室，名允禧，別號紫瓊道人，封慎承郡王。

［二］宣武坊：北京街坊名，慎承郡王府所在地。羃䍥：覆蓋貌。揭傒斯《春日雜言》詩：「羃䍥楊柳枝，蒙茸春草齊。」

［三］雲母輦：雲母裝飾之車，臣下不得用，時以賜王公者。珪封桐：《史記·晉世家》：成王與叔虞戲，削桐葉爲圭，以與叔虞曰：「以此封若。」史佚因請擇日立叔虞。成王曰：「吾與之戲爾。」史佚曰：「天子無戲言。」於是封叔虞於唐。《説苑》：「君道作，剪桐葉爲珪。」

［四］爲善最樂：《後漢書·東平憲王蒼傳》：明帝問東平王蒼：「處家何等最樂？」王言：「爲善最樂。」

［五］三雍宮：《漢書·河間獻王傳》：河間獻王武帝時來朝，獻雅樂，對三雍宮。顔師古注引應劭曰：「辟雍、明堂、靈

臺也。」

［六］荆關董巨：荆浩，五代時畫家，字浩然，沁水人。避亂隱太行山之洪谷，自號洪谷子，畫山水樹石自娱。關仝，五代時長安人，善畫山水，好作秋山寒林圖。畫法多師荆浩，與荆浩齊名。董、巨，宋代有名之二畫家，即董源與釋巨然，均善山水畫。

［七］樊川：在陝西省西安南，唐杜牧曾居於此。輞川，在陝西省藍田縣輞谷川口，唐王維有別業於此。

［八］清遠：縣名，在廣州附近。

## （八一）謁鳳陽守，無所遇而歸［一］

雪大於掌風颼颼，漸車［二］渡淮來浪遊。鍾乳滴乾夢蝶港［三］，石牛僵卧乘龍洲［四］。壺當花落酌復酌，用垂花島［五］詩。錢以繩拖留不留。用藍采和［六］事。明朝掉頭尋短李，此亭定屬唐清流。李紳刺郡，有短李亭。

注釋：

［一］鳳陽：明置府名，民國改縣，在安徽省東部。鳳陽守：姓名不詳，作者諱書其名。

［二］漸車：漸，浸漬也。《詩·衛風·氓》：「漸車帷裳。」

［三］夢蝶港：夢蝶，用《莊子》中莊子與惠子遊於濠梁之上典故。濠，在鳳陽。夢蝶港，借指鳳陽水港。

［四］「石牛僵卧乘龍洲」句：石牛，《宋史·梅洵傳》：初夢三牛鬥於庭，又有人稱相公上謁。及得濠州，見廨有三石牛，既吕夷簡來倅，恍如夢中。乘龍洲，《神仙傳》：「弄玉乘鳳，蕭史乘龍。」《左傳》：「有夏孔甲，擾於有帝，帝賜之乘龍、河漢各二，各有雌雄。」此處借指鳳陽之洲。又《南村輟耕録》卷二「爵禄前定」條：宇文公亮，字子貞，湖州人，初領鄉貢，入浙省試院，頭場占一席舍，其案上有「宇文同知」四字，不知何人書。試官考卷，以文不中式，將黜之。龍麟洲先生江南老

儒也，年八十餘，偶過江浙，力主此卷，卒置榜中。及會試，果登高第，授同知婺源州事。雖曰爵禄前定，蓋亦陰德所致也。

［五］垂花島：獨孤及《垂花塢醉後戲題詩序》：「莊周臺南十許步，有丘一成，上有樛藤垂花。」

［六］藍采和：唐末逸士，襴衫緑袴，黑木腰帶，一足靴，一足跣，夏服絮綈，冬卧冰雪，自號藍采和。歌曰：「踏踏歌，藍采和。世界能幾何？紅顔三春樹，流年一擲梭。古人混混去，今人紛紛來更多。朝騎鸞鳳到碧落，暮看桑田生白波。長景明虚在空際，金銀宫闕高嵯峨。」得錢則用繩穿，拖之以行，或散失，亦不顧。後於濠梁酒樓上飲酒，聞有笙簫聲，忽然乘雲鶴而上，遺下靴帶襴衫拍板，冉冉而去。濠州今有望仙樓，相傳采和登仙時，人聚此望之。

# 海珊詩鈔注

【卷三】

## （八二）德壽宫[一]（四首）

對窠轉擸[二]袖横斜，場打鴛鴦譜[三]不差。曾記慈寧[四]親製曲，牡丹花下舞楊花[五]。

**注釋：**

[一]德壽宫：南宋宫名，原爲秦檜私第，檜死入官，改建德壽宫，遺址在今杭州市望仙橋東。宋高宗紹興三十二年（壬午）六月，傳位太子趙眘（孝宗），被尊爲太上皇，退居德壽宫。

[二]對窠轉擸：舞姿。

[三]譜：樂譜。樂歌之音節，皆先製譜以定符號，故編曲亦曰譜。《隋書·音樂志》：「候節氣，作律譜。」蘇轍《歲寒堂》詩：「長官不用求琴譜，但聽風聲作弄聲。」

[四]慈寧：宋高宗趙構。《宋史·樂志》：「星拱天隨，祇嚴册寶，還御慈寧，增光舜道。」《玉海》：「紹興十年，奉上慈寧册寶。」

[五]楊花：《古樂府·楊白花歌》：「陽春二三月，楊柳齊作花。春風一夜入閨闥，楊花飄蕩落南家。含情出户脚無力，拾得楊花淚沾臆。春去秋來雙燕子，願銜楊花入窠裏。」

腰上鵝黄去不還[一]，金花顛頽落星灣。內家新勑絲鞋局[二]，特結旗中二勝環。

**注釋：**

[一]「腰上鵝黄去不還」二句：宋欽宗丁未二年四月，金人虜二帝及后妃太子宗戚三千人北去。鵝黄、金花，皇帝衣黄袍，戴金花。落星灣，汴京城外地名，爲金駐軍地。

〔二〕「內家新勅絲鞋局」二句：內家，宮人稱帝曰內家。絲鞋局，宮內機構，主管供奉皇帝服御者。二勝環，結名。這裏取其諧音「二聖還」。

薔薇露孝宗御酒名浥水晶巵，侍宴笙吹月上時。門啟候潮宣索鱠，廚娘剖得玉孩兒〔一〕。

**注釋：**

〔一〕候潮：臨安城門名。玉孩兒：指宋高宗的玉孩兒扇墜，乃剖魚所得者。事見《西湖游覽志餘》卷二。

節届天申〔一〕百戲呈，湖樓燈火夜通明。誰知雪灑茶油骨〔二〕，白晝陰寒五國城〔三〕。

**注釋：**

〔一〕天申節：皇帝誕辰。

〔二〕茶油骨：茶油，即茶油，唐以前多用「荼」。陶谷《清異録》：江南晚季，建陽進茶油花子，大小形製各别，極可愛。宮嬪縷金於面，皆以淡粧，以此花餅施於額上，時號「北苑粧」。此指隨徽、欽二帝被擄北去之宮女妃嬪香消玉損。

〔三〕五國城：今吉林省東北部依蘭臨江一帶地方。金人拘徽欽二帝於此。

## （八三）伍相廟〔一〕題壁

父讐一報臣應死，死後評量恨轉生。柱厲叔〔二〕方成國士，申包胥〔三〕不負交情。言之已驗吳其沼，疾未全除越有兵。今日廟門車馬絶，滿江猶吼夜濤聲〔四〕。

漁洋不義豫讓，最爲有識。申包胥不作七日哭，殆不足交。我卒存之，斯言不食，真乃不負。皆翻論，實正論也。

**注釋：**

［一］伍相廟：《蘇州府志》載：一在太湖胥口胥山，一在蘇州胥門，祀春秋時代的吴相伍子胥。

［二］柱厲叔：春秋時仕莒敖公。自以不爲所知而去，居海上，夏食菱芡，冬食橡栗。敖公有難，厲叔辭其友，將往死之。其友曰：「子自以爲不知，故去，今往死之何耶？」厲叔曰：「自以不知，故去。今死而不往，是果知我也。我將死之，以愧後世人主之不知其臣者。」

［三］申包胥：春秋時楚國大夫。與伍員（字子胥）友善，員以吴師伐楚報父仇，入郢都。包胥入秦乞師，依庭牆而哭者七日，秦伯乃遣將救楚。楚昭王返國賞功，逃而不受。

［四］夜濤聲：子胥潮。相傳伍子胥死，吴王夫差以革囊盛尸投江中，子胥懷恨不平，常掀風作浪，名子胥潮。

## （八四）錢江待潮［一］懷古

魚龍夜偃鐵幢斜［二］，白雁行營泊淺沙。回首南唐春夏水［三］，瓦棺閣下縮黄花。

**注釋：**

［一］錢江：即錢塘江，浙江的下游。五代時吴越王錢鏐修圩塘故名。潮汐爲龕赭二山所束，來勢湍急，如萬馬奔騰，尤以農曆八月望日午潮爲最，觀者甚衆。南宋時，統治者在觀潮時檢閲水軍，百戲雜陳，尤爲壯觀。

［二］「魚龍夜偃鐵幢斜」二句：魚龍、鐵幢，百戲中道具。白雁行營，南宋時備檢閲的水軍。李紳《渡西陵十六韻》詩：「雁翼看舟子，魚鱗辨水營。」

〔三〕「回首南唐春夏水」二句：南唐春夏水，《西湖遊覽志》：江潮爲患，自唐已然……梁開平四年八月，錢武肅王始築塘，在候潮通江門外，潮水晝夜沖激，板築不就，命强弩數百以射，又致禱於胥山祠……以後各代增修不絕。瓦棺閣，《金陵志》：「梁升元閣改名瓦棺寺。古碑云：新有僧誦法華經，以瓦棺葬於此，棺上生蓮花。又云：晉武帝建以陶官地，在秦淮北，故名瓦官，誤而爲棺。寺中有瓦官閣，高三十五丈。」李白《横江詞六首》（其一）詩：「一風三日吹倒山，白浪高如瓦官閣。」詩中借喻浙江潮的高大。

## （八五）富陽[一]舟曉

曉色能移山，置之煙雨裏。重簾隔美人，朦朦倦梳洗。須臾雲褰帷，闖然裝俶詭。物忌太分明，以此悟妙理。若有若無間，目成[二]而已矣。

**注釋：**

〔一〕富陽：富陽江，浙江流經富陽的一段，一名富春江。沿江景色秀麗，有嚴陵瀨、釣魚臺諸勝。

〔二〕目成：以目傳情。《楚辭·九歌·少司命》：「滿堂兮美人，忽獨與余兮目成。」

## （八六）桐廬[一]道中

緑楊拂水鷺銜魚，一半人家枕竹居。涼雨滿身篷不閉，卧看山色過桐廬。

**注釋：**

〔一〕桐廬：縣名。浙江流經其境，名曰桐江。

## （八七）七里瀧[一]

東臺西臺相對看，咿咿軋軋船上灘。水漪不生那容唾，山翠欲落如可餐。修鯉躍波雨點大，怪禽呼樹風聲寒。此間真箇無六月，篷背露坐星闌干[二]。

**注釋：**

［一］七里瀧：一名七里灘，又名七里瀨，在浙江桐廬縣嚴陵山西，長七里，兩山夾峙，水駛如箭。諺云：「有風七里，無風七十里。」謂舟行難於牽挽，惟觀風爲遲速。

［二］闌干：縱橫交錯。古樂府《善哉行》：「北斗闌干。」

## （八八）釣臺[一]

四七之際火德新[二]，彗雲雷野靈貺甄。絳衣大冠變帝服[三]，猶是性勤稼穡騎牛人。先生掉頭不肯住[四]，眼中突兀見天子。天子安得與客俱，犯座星應占太史。君不見千秋亭[五]，九成陌。赤伏符，今不赤。又不見南宮壁上圖功臣[六]，功臣子孫行負薪。獨有釣臺一片石，東西對峙三千春。嗚呼建武苦兵鋭求治，往來屑屑徵車至。旋登黄霸録遺文[七]，首舉伏湛典舊制。買菜求益[八]懶復書，老矣何堪責吏事？鴻飛影滅大江東，釣竿不以換三公。礪俗磨鈍導先路，名賢蔚起部黨中。繼讀逸民獨行傳[九]，山高水長先生風。

**注釋：**

［一］釣臺：在浙江桐廬縣富春山，下瞰富春渚，有東西二臺，各高數十丈，爲後漢嚴子陵隱居垂釣處。

［二］「四七之際火德新」二句：讖文。《後漢書・光武紀》：同舍生彊華，自關中奉赤伏符來詣王，曰：「劉秀發兵捕不道，四夷雲集龍鬥野，四七之際火爲主。」「彗雲雷野靈眖甄」，《後漢書・光武紀贊》：「……光武誕命，靈眖自甄……長轂雷野，高鋒彗雲……」

［三］「絳衣大冠變帝服」二句：《後漢書・光武紀》：光武遂將賓客還舂陵。時伯升已會衆起兵。初，諸家子弟恐懼，皆亡逃自匿，曰「伯升殺我」。及見光武絳衣大冠，皆驚曰：「謹厚者亦復爲之！」乃稍自安。又：光武九歲而孤，養於叔父良，身長七尺三寸，美鬚眉，大口隆准日角，性勤於稼穡。

［四］「先生掉頭不肯住」四句：《後漢書・嚴光傳》：光，字子陵，少與光武同遊學，及光武即位，乃變姓名，披羊裘，釣於澤中。光武三聘而至，與同卧，光以足加帝腹上。明日，太史奏客星犯御座急。帝笑曰：「朕與故人嚴子陵共卧耳。」除爲諫議大夫。不屈，乃耕於富春山。

［五］「君不見千秋亭」四句：《後漢書・光武紀》：二年，群臣勸光武登帝位，以塞群望。光武於是命有司，設壇場於鄗南千秋亭五成陌，六月己未，即皇帝位。

［六］「又不見南宮壁上圖功臣」二句：《後漢書・明帝紀》：永平三年，於南宮雲臺，圖光武功臣二十八人。

［七］「旋登黄霸録遺文」二句：黄霸，光武臣，二十八將之一。黄霸，恐係侯霸之誤。《後漢書・侯霸傳》：侯霸，字君房，河南密人也。……建武四年，光武徵霸與車駕會壽春，拜尚書令。時無故典，朝廷又少舊臣，霸明習故事，收録遺文，條奏前世善政法度有益於時者，皆施行之。伏湛，字惠公，琅邪東武人，世傳儒學。光武即位，徵拜尚書，使典定舊制。

［八］買菜求益：《後漢書・嚴光傳》：光被徵至京，司徒侯霸與光素舊，遣使奉書，使者求報，光曰：「我手不能書」，乃口授曰：「君房足下，位至鼎足，甚善。懷仁輔義天下悦，阿諛順旨要領絶。」使者嫌少，光曰：「買菜乎？求益也？」

［九］「繼讀逸民獨行傳」二句：逸民、獨行，《後漢書》傳名。山高水長，范仲淹《嚴先生祠堂記》：「先生之風，

山高水長。」

## （八九）睦州韓蘄王將臺[一]（四首）

幫源洞俯大江湍，道是天兵度越難。一夕陰平懸鄧艾[二]，萬牛即墨下田單[三]。掃除不築降王邸，指顧曾登大將壇。父老猶能尋廢址，暮雲衰草不勝寒。

**注釋：**

[一] 睦州：隋置，宋廢，今浙江建德縣。宋徽宗宣和二年，睦州民方臘起義，攻下六州五十二縣。三年春，韓世忠擒方臘於幫源洞。時韓爲裨將，將臺或後人附會耳。

[二] 陰平懸鄧艾：《三國志·魏志》：魏將鄧艾伐蜀，從陰平小道，攀藤附葛而入。

[三] 即墨下田單：《戰國策》等載：燕將樂毅下齊七十餘城，惟即墨未下。齊將田單以火牛陣敗燕軍，復齊地。

樓下山呼内變生[一]，諸侯從合秀州城。先傅輔晉登壇檄[二]，更率擒吳間道兵。鼠穴窮搜忘忌器[三]，龍衣平熨認翻羹[四]。凶門一鑿魚梁驛[五]，静聽甌閩草木聲。

**注釋：**

[一]「樓下山呼内變生」句：指苗傅、劉正彦之亂。韓世忠率兵至秀州，會張浚、吕頤浩、劉光世、張俊等軍，平定之。苗傅率兵逃閩。韓擒斬苗、劉。秀州，即嘉興。

[二]「先傅輔晉登壇檄」二句：用晉羊祜薦杜預爲鎮南大將軍，王浚監梁、益二州，造船襲吴事，以比韓的輕兵突進，擒斬苗、劉。

［三］投鼠忌器：《漢書·賈誼傳》：「里諺曰：『欲投鼠而忌器。』此善論也。鼠近乎器，尚憚不投，恐傷其器，況於貴臣之近主乎？」

［四］翻羹：初苗傅、劉正彦劫帝傳位於魏國公旉，請隆祐太后臨朝，及韓世忠等臨秀州，苗、劉懼，率百官朝高宗。

［五］「凶門一鑿魚梁驛」二句：苗、傅見韓世忠軍已入北闕，乃率精兵二千，夜開湧金門以走，將南趨閩中。韓又平范汝爲於閩中。

惰歸駭鼓擊金焦［一］，沿岸遮攔寇遁宵。網已彌天難插翅，船從平地忽通潮。有誰扣馬軍書獻，從此蟠龍王氣消。回首吴山峰第一［二］，幕烏啼月樹蕭蕭。

**注釋：**

［一］「惰歸駭鼓擊金焦」等六句：指韓世忠鎮江破金兀术事。韓妻梁氏親自擊鼓進軍。兀术被困江南，不得北渡。後有閩人王姓者教之，以火焚韓舟，乃得北遁。

［二］「回首吴山峰第一」二句：金主亮嘗密隱畫工於奉使中，俾寫臨安湖山，以歸爲屏，而圖己之像，策馬於吴山絶頂，題詩其上，有「立馬吴山第一峰」之句。

醴泉投老悔應遲［一］，口不言兵事可知。三字心傷張憲獄［二］，兩河目斷曲端旗。斗量箭鏃身如畫［三］，瓢掛驢鞍日有詩。休問東京舊時事，市樓涙落李和兒［四］。

**注釋：**

［一］「醴泉投老悔應遲」二句：宋高宗紹興十一年，岳飛被害。韓世忠連疏乞罷，遂罷爲醴泉觀使，封福國公。

世忠自是杜門謝客，絶口不言兵，時騎驢攜酒，從一二童奴，縱遊西湖以自樂，號清涼居士。淡然若未嘗有權位者，平時將佐罕得見其面。

［三］「三字心傷張憲獄」二句：秦檜下岳飛於獄，韓世忠心不平，詣檜詰其實。檜曰：「飛子雲與張憲書，雖不明，其事莫須有。」世忠曰：「『莫須有』三字何以服天下也。」曲端，見（五〇）詩第一首注［三］。

［三］「斗量箭鏃身如畫」二句：指韓世忠身經百戰，身上箭傷如畫。　瓢掛驢鞍：見本詩注［一］。

［四］李和兒：臨安瓦子中説書者。

## （九〇）蘭溪［一］

亂雲擁樹鬱蒼蒼，領袖金華此一方。城俯江流天作塹，屋依岡勢地朝陽。春浮賈舶芝蘭露，秋染漁村橘柚霜。夾岸翠微［二］三百里，隨潮東捲下錢塘。

**注釋：**

［一］蘭溪：縣名，在浙江省金華附近，縣城靠蘭溪。　蘭溪，一名横江，北流至建德縣與新安江合，東北流爲浙江。

［二］翠微：見（五九）詩注［四］。

## （九一）婺州［一］（二首）

縠紋金柘遶名州，於越［二］西來路盡頭。城倚萬山爲保障，兵衝三省是襟喉。朱旗縹緲雲車夜［三］，靈火銷沉石馬秋。舟子烏知前代事，芙蓉憑弔漢龍邱。

注釋：

［一］婺州：今浙江金華縣。這兩首七言律詩，第一首寫婺州形勢，並憑弔漢代隱士婺州人龍丘萇。第二首歌頌清初兩浙總督李之芳的功績。李，字鄴園，山東武定人，順治四年進士，官至文華殿大學士，卒謚文襄。督兩浙時，會耿精忠反，之芳扼險搘持三年，躬擐甲冑，親督矢石，大小百四十餘戰，所向皆捷，東南數千里賴以安全。

［二］於越：於，發語詞。於越，即浙江省。《春秋》：「於越敗吴於檇李。」

［三］「朱旗縹緲雲車夜」四句：謂東漢龍丘萇之墓。龍丘萇，見《後漢書・循吏傳》。萇，太末（即金華）人，隱居山中，義不降辱。王莽連辟不至。更始初，任延爲會稽郡都尉。掾吏白請萇。延曰：「龍丘生躬德履義，有伯夷、原憲之節。」遣功曹奉謁，使相望於道。歲餘，乃詣府，拜儀曹祭酒。尋卒。

八年姑蔑［一］舊懸旂，欲問行營父老稀。衷甲不麾諸葛扇，飛衝常爇夏侯衣。淚收□（原缺一字，疑是「叛」字）婦門前拜，手縛降王馬上歸。大樹無言碑已没，蘆花蕭颯釣魚磯。李文襄駐節於此，不解甲者八年。嘗坐敵樓，砲幾及面而墮，招降一女盜，率十二萬兵以歸，請見弗許，羅拜門外，泣而去。其餘功不及上者甚多。詳見年譜。

注釋：

［一］姑蔑：見（七七）詩注［二］。

## （九二）常山［一］旅夜

江館雲陰合，青燈耿夜闌。櫓聲離岸小，山氣壓城寒。樹老鴉棲穩，泉枯鹿飲乾。草坪離常山四十里，與玉山交界明日路，細雨濕征鞍。

注釋：

［一］常山：縣名，在江浙省西部。

## （九三）臨川尋玉茗堂遺址［一］

出可以爲吏，處可以爲士。衣缽奉茶陵［二］，偏師禦何李［三］。揚雄升庵老解事［四］，聲援隔萬里。窮乃得古歡［五］，四夢闡佛旨［六］。書堂今無存，偪仄尋遺址。草淹牧豬場，石污門鵲矢。手種山茶花，稜稜犀甲峙。風舞小紅［七］侍兒名飛，笛聲在寒水。

注釋：

［一］臨川：縣名，在江西省。玉茗堂，湯顯祖書室名。湯顯祖，明臨川人，字若士，少善屬文，有時名。張居正欲其子及第，羅海内名士以張之。顯祖謝勿往。至萬曆十一年始成進士，授南京太常博士，遷禮部主事。以星變上言忤旨謫歸。著有《玉茗堂集》、《臨川四種曲》。

［二］茶陵：南宋曾幾，字吉甫、志甫，號茶山居士，贛州人，徙居河南。歷任江西、浙西提刑。主張抗金，爲秦檜排斥。後官至敷文閣待制。以通奉大夫致仕。卒謚文清。詩格清俊。後人輯有《茶山集》。

［三］何李：明弘治、正德間之文學家何景明、李夢陽。他們與徐禎卿、邊貢、康海、王九思、王延相合稱前七子，主張「文必秦漢，詩必盛唐」，重摹擬。湯顯祖不附和。

［四］揚雄：西漢末文學家。詩中借指明代的楊慎。慎，字用修，號升庵，四川成都人。正德年間進士第一人。授翰林修撰。謫雲南。有《升庵集》。

［五］古歡：與古人爲徒侶。清王士禎有《古歡録》，田雯有《古歡堂集》，均取此意。

[六]「四夢闡佛旨」句：四夢，即湯若士所作的《紫釵記》、《還魂記》、《南柯記》、《邯鄲記》，合稱「臨川四夢」。四夢中宣揚了出世的佛家思想。

[七] 小紅：「小紅低唱我吹簫」，用南宋姜夔故事。

## （九四）洗墨池[一]

指揮玉如意[二]，管葛大非偶。山桑既喪師，再舉屯泗口。右軍遺之書，開陳計長久。保淮失勝算，劃江宜近守。虛名掩所長[三]，筆陣落吾手。匣瘞昭陵玉[四]，缸飲伏梁酒。豈知善將略，文武器大受。朝廷失此人，懷祖[五]位其右。臨川昔內史，墨池瀦寒瀏。甍牆倚殘碑，成陰栽薪槱。空中如有聲，歎息天台叟[六]。

**注釋：**

[一] 洗墨池：有二，一在紹興，一在臨川。宋《九域志》：「王右軍墨池在越州之會稽郡。」王曾任臨川內史，故臨川亦有王右軍墨池，見曾鞏《墨池記》。詩指在臨川者。

[二]「指揮玉如意」八句：《晉書》載，穆帝時，中軍將軍殷浩率軍北伐，敗還，屯泗口，復進軍，前鋒姚襄返襲浩軍於山桑，浩軍潰亡。浩北伐時，王羲之陳書諫止，未被接受。保淮、劃江，均書中語。管、葛：管仲，齊桓公臣，佐桓公定霸業；諸葛亮，蜀漢劉備的丞相。山桑，縣名。漢置，東晉廢，故城在今安徽蒙城縣北。泗口，在今江蘇徐州銅山境。

[三]「虛名掩所長」二句：謂王羲之治軍之才被書法之虛名所掩。筆陣，《筆陣圖》，王羲之著。《筆陣圖》：紙者，陣也；筆者，刀鞘也；墨者，鍪甲也；水硯者，城池也；心意者，將軍也；本領者，副將也；結構者，謀略也；颺筆者，吉凶也；出入者，號令也；屈折者，殺戮也。

[四]「匣瘞昭陵玉」二句：昭陵，唐太宗陵，在陝西醴泉縣東北。唐太宗酷嗜二王書法，以其七世孫僧智永得蘭亭序

真蹟，以殉葬。伏梁酒，酒名。

[五]懷祖：王述，字懷祖。義之與之不和，辭官。

[六]天台叟：梁庚肩吾，號天台逸民。

## （九五）王荆公祠[一]

位置館職宜[二]，誤用枋政軸。可以大有爲，乃流天下毒。執拗堅自信，經術傳穿鑿叶。傳法沙彌護善神[三]，狠豎狺狺吠小畜。垂簾女堯舜[四]，蘇醒一路哭。陵遲逮紹聖[五]，佞史祖實録。刻石端禮門[六]，圖形顯謨閣叶。國家大事所由去[七]，非花石綱非寶籙。創置三司條例時[八]，豫貽二帝蒙塵局。公相媪相爾何人[九]，敢與荆舒鼎三足？遥遥七百載，亡社更幾屋。羊城[一〇]儼遺祠，裔孫施丹雘。詔頒新義進字説[一一]，配食廟廷義當駁。君不見觀爲老鸛雅老鴉，波水之皮竹馬篤。

注釋：

[一]王荆公祠：祠在慶州，祠祀宋王安石。安石，字介甫，號半山，臨川人。生有異質，性執拗，及長博覽强記，善辯不屈。所爲文淵源典誥。擢進士上等。神宗朝拜相，封荆國公。卒謚文。嘗變法，推行青苗、保甲、保馬等法。遭到守舊者反對。又著《五經新義》、《字説》等，用以取士，亦多臆説。有《王荆公集》。

[二]「位置館職宜」二句：館職，翰林修撰、學士等職，爲皇帝文學之臣。枋政軸，枋，與柄同。《周禮·春官·内史》：「掌王八枋之法。」枋政軸，謂掌朝廷大權，指宰相。《宋史》載韓琦論王安石曰：「安石爲翰林學士則有餘，處輔弼之地則不可。」

[三]「傳法沙彌護善神」二句：《宋史》載，王安石行新法，怨言蜂起，太后及帝弟岐王趙顥均以爲言，帝疑之，及鄭俠

上疏進《流民圖》，安石不安求去，乃以觀文殿大學士知江寧府。臨去薦吕惠卿、韓絳代己。二人守其成規不少失。時號絳爲傳法沙門，惠卿爲護法善神。「狠豎狺狺吠小畜」，指吕等排斥正人。

〔四〕「垂簾女堯舜」句：《宋史》載，宋仁宗之后高氏，人稱女中堯舜。一路哭，《宋史》載：范仲俺取班簿，視不才監司，一筆鉤之。富弼曰：「范十二丈一筆鉤去，烏知一家哭矣。」公曰：「一家哭，何如一路哭耶。」

〔五〕「陵遲逮紹聖」二句：紹聖，宋哲宗年號。此時尚書左丞鄧潤甫首倡紹述之説，欲恢復神宗時王安石所行之政。佞史，《宋史》載，哲宗紹聖元年冬，蔡卞重修《神宗實録》成，范祖禹、趙彦若、黄庭堅等並坐詆誣降官。初禮部侍郎陸佃預修《神宗實録》，數與范祖禹等争辯，大要是安石事爲之隱晦。黄庭堅曰：「爲公言，蓋佞史也。」佃曰：「盡用君意，豈非謗書乎。」

〔六〕「刻石端禮門」二句：《宋史》載，宋徽宗崇寧元年，立黨人碑於端門，籍元符末上書人，分邪正等第，黜陟之。三年，圖熙寧、元豐功臣於顯謨閣。

〔七〕「國家大事所由去」二句：謂北宋之亡乃因王安石、吕惠卿、章惇、蔡確等所謂熙寧、元豐功臣，推行新法和紹述新法所致，非花石綱和寶籙所致。花石綱，宋徽宗建艮嶽，朱勔從江南舟運花木湖石以供用，稱花石綱。寶籙，《宋史》載，宋真宗大中祥符元年，有天書見於承天門，大赦改元。

〔八〕「創置三司條例時」二句：謂王安石置三司條例司，主張變法時，已預兆徽、欽二帝蒙塵之局。

〔九〕「公相媪相爾何人」二句：《宋史》載，徽宗宣和元年，以童貫爲太傅。時人稱蔡京爲公相，貫爲媪相。荆舒，王安石曾封荆國公和舒國公。

〔一〇〕羊城：廣州之别稱。《寰宇記》：「廣州南海縣五羊城。」舊説有五仙人乘五色羊，持穀穗遺州人，因名五羊城，簡稱羊城。

〔一一〕「詔頒新義進字説」四句：《宋史》載，宋神宗詔頒王安石所著《五經新義》、《字説》於天下，以爲考試依據。安石死後，一度配享孔子廟庭。觀爲老鸛，雅爲老鴉，波爲水皮，竹馬爲篤，均《字説》中語。

## （九六）擬峴臺[一]

蒼茫汝水來何遥[二]，千峰萬峰相周遭。遊龍怒馬各奔赴，一穴收盡城南坳。裴君相地具眼藏[三]，於此結構臺淩霄。履舄當年半寄客，時與其屬來遊遨。羊叔子何預人事[四]，三公不貴其名高。乞言文定附不朽，高甍横檻今煙消。道旁亦無碑墮淚，渺然遺址深蓬蒿。白鷺銜魚點沙尾，蒼雲擁樹沉山椒。躊躇臨眺日淹暮，月華東出星寥寥。

**注釋：**

［一］擬峴臺：在江西撫州城之東隅。宋尚書司門員外郎晉國裴君守撫之二年建（宋嘉祐二年九月九日）。君擬峴臺者，以其山溪之形，擬乎峴山也。具見曾鞏《擬峴臺記》。

［二］「蒼茫汝水來何遥」四句：汝水，即盱江，一曰撫河，自金溪入，西北行合臨水，入南昌界，入贛江。一穴：穴，堪輿家所説龍脈集結處。

［三］「裴君相地具眼藏」四句：裴君，宋史無傳。謂裴君看風水具卓見，能於龍穴上構築高臺，與賓客來遊。

［四］「羊叔子何預人事」四句：羊祜，字叔子，南城人，任晉征南大將軍，鎮襄陽。惠愛及人，暇日遊峴山。及卒，襄人樹碑於此。見者墮淚，號墮淚碑。

## （九七）謁徐孺子祠[一]

荒祠遺貌儼喬松，塊獨名逃黨禁[二]中。顛樹一繩[三]規老友，負糧千里[四]哭群公。洲邊秋浄鷺鷥雨，門外夜涼葭菼風。此地舊傳高士榻，雲羅渺渺羨冥鴻。

注釋：

［一］徐孺子祠：在江西南昌市西湖南岸，祠祀東漢高士徐穉。宋曾鞏有《徐孺子祠堂記》。徐穉，字孺子，南昌人，東漢高士，恭儉義讓，所居服其德。陳蕃爲太守，爲穉特設一榻。去則懸之。郭林宗有母憂，穉往弔，致生芻一束而去。

［二］黨禁：東漢末桓帝時有黨錮之禍。

［三］顛樹一繩：《後漢書·徐穉傳》：「穉嘗規勸郭林宗曰：『大樹將顛，非一繩所維，何爲棲棲，不遑寧處？』」

［四］負糧千里：謝承《漢書》：「穉，諸公所辟，雖不就，有死喪，負笈赴弔。」

## （九八）登章江門［一］城樓懷古

章江門枕大江流，船尾乘高瞰敵樓。楚赦解揚張子明終霸國［二］。漢忘紀信韓成不封侯［三］。沖濤戰鼓蟲沙［四］散，沿岸漁罾荻火秋［五］。指點康郎祠畔樹［六］，靈旗蕭颯暮雲愁。

注釋：

［一］章江門：南昌城門之一，臨章江故名。《明史》載，朱元璋與陳友諒大戰於南昌。詩詠此事。

［二］「楚赦解揚終霸國」句：解揚，晉臣。《左傳》：楚伐宋。宋告急於晉。晉使解揚往宋，使無降楚。鄭人囚揚獻楚。楚使揚反其語。揚佯允而實背之。楚初欲殺之，以其忠，乃赦之以歸。這裏借喻張子明。張子明爲朱元璋部下千户，與朱文正同守南昌，陳友諒攻城危急，文正遣子明至應天元璋處乞援，歸報時被友諒所獲，僞降友諒，至城下大聲告元璋援兵且至。友諒乃殺之。

［三］「漢忘紀信不封侯」句：紀信，漢高祖部將。項羽圍高祖危急，信僞爲高祖詐楚，被殺，使高祖得脱身走。這裏借

喻韓成。韓成，朱元璋部下裨將。朱元璋與陳友諒大戰於鄱陽湖，被圍危急，成請衣元璋衣，投水死以誑友諒，元璋得脫。

[四]蟲沙：《抱樸子·釋滯》載，周穆王南征，三軍之衆，一朝盡化，君子爲猿爲鶴，小人爲蟲爲沙。這裏指陳友諒兵敗潰。

[五]「沿岸漁罾荻火秋」句：指陳友諒逃至涇江，爲流矢所中而死事。

[六]「指點康郎祠畔樹」二句：康郎，山名，在鄱陽湖中，明築祠其上，祠韓成等。

## （九九）滕王閣[一]

灝灝江湖入望深，煙霄傑閣俯千尋。岸花迎櫂半吴楚，山雨入簾無古今。城影月移秋樹碧，笛聲風起暮潮陰。天涯別有青衫淚[二]，不爲琵琶濕滿襟。 時聞臨川吴浣陵[三]明府解官之信。

**注釋：**

[一]滕王閣：唐高祖子元嬰爲洪州刺史時建。嬰後封滕王，故名。

[二]青衫淚：白居易《琵琶行》詩：「座中泣下誰最多，江州司馬青衫濕。」

[三]吴浣陵：作者友人。

## （一〇〇）渡鄱陽[一]

煙與水無際，迷茫小洞庭[二]。潮迴三楚[三]白，山壓五湖[四]青。葦折雁聲苦，風多魚氣腥。揚舲一極目[五]，何處弔湘靈。

注釋：

［一］鄱陽：鄱陽湖，在江西省北部，即《禹貢》之彭蠡。隋時始稱鄱陽湖。

［二］洞庭：洞庭湖，在湖南省北部。

［三］三楚：《史記》載，自淮北、沛、陳、汝南、南郡，此西楚也；彭城以東、東海、吴、廣陵，此東楚也；衡山、九江、江南、豫章、長沙，此南楚也。

［四］五湖：有各種説法，有説是太湖的别名，有説指具區、洮滆、彭蠡、青草、洞庭，也有説指洞庭、彭蠡、震澤、巢湖、鑑湖。詩指彭蠡湖。

［五］「揚舲一極目」二句：舲，小船有窗牖者。揚舲，駕舟而行。《楚辭·九章·涉江》：「乘舲船余上沅兮，齊吴榜以擊汰。」湘靈，湘水之神。《楚辭·遠遊》：「使湘靈鼓瑟兮，令海若舞馮夷。」

## （一〇一）夢遊廬山［一］歌

五嶽之外廬山高，亘二百里阻且遥。江遊二載不一到，山靈憐我入夢相招邀。我從之去掛酒瓢，雲車風馭駕兩尻［二］。洞精矘眄［三］路迷失，亦復歷歷辨晰明秋毫。我不知有東西二林寺，大小漢陽紫霄與上霄，大小漢陽、紫霄、上霄皆峰名。但見漱玉亭前三峽橋。又不知寺棲何賢？棲賢寺。何林有竹，竹林寺。以火爲蓮。火蓮院。物有開，必其先。開先寺。但見玉峽珠簾泉名三疊泉，泉下潭潭井黝黑。潭名金井。峽旁堆疊石赭色，渴猿縋飲猊怒擲。千營萬壘環滿溪，水初出山破山腋，一旅孤軍摧鋒陷堅關隘坼。水本至柔至平物，遭遇坎坷受偪仄，其性不馴勢所激。懸流掛空不着壁，亦不到地三層隔。中一小頓上差直，下闊以長忽復窄。分注小澗達菹澤，飄若散絲紛曳帛。此泉之源出自香爐峰，正對五老峰名傴僂容。佛手巖名抽筍尖有七尖峰削葱，一一筆格排屏風。麻姑大鵬峰名背上坐，吹落鐘梵來何從？空中時聞鐘梵聲。風篁禽語如絲桐，不知身已埋雲中。萬竅怒號風震屋，屋摇摇如舟逆大浪浮虚空。山高壑大，四面皆空，故風力猛。四望窪處坪盂仰，刀耕火耨勞春農，山中亦有平地，用刀耕火耨。最高之頂林林蘿生叢。蘿林庵，以蘿得名。下視一氣青濛濛，城郭聚米江彎弓。風帆往來如凫如黑豆，鄱陽一口可以吸盡稱乾封[四]。惜吾生也晚[五]，不見明朝兩水戰，後擒宸濠前破漢。倚金鏤床眼中箭，舟膠於淺風火亂。昆陽鉅鹿在平地，此乃天上修羅大公案。今則時平安所見？所見惟有古之人，文殊有臺乃化身。蓮社遇慧永[六]，與何無忌遇者。衲衣半脛何率真！樂天草堂春最晚[七]，秋花不厭陶公貧。有故里在。白鹿呦呦引入洞[八]，晦翁講席經紛綸。此外見何物？王文成碑[九]紀功勒。帚書大字徑十尺，萬峰寺額，宋太宗書。神禹遺跡銘石室。又有羅漢十八軸，元人畫。達摩以來之畫册。丁鵬畫。可惜一二佛殿賃戍卒，柱繫刀鞘戟庭植，支竈乃取北海一片石。李邕[一〇]碑。入夜奇觀詫聖燈[一一]，大寐忽醒東方白。急起筆之景毋失，略記八九忘什百。其中迷徑惑蹊灌莽塞，雲雨在其下，上不見星日。踏遍其地動經月。一夢時半刻，安得一網收羅歸枕席？差勝東晋以前人，廬山之名不曾識。東晋以前無遊廬山者，自開蓮社始。善哉東坡言[一二]，他年入山非生客。

余兩遊江西，不一見廬山面目，歸舟夜讀稼堂[一三]先生記，以當卧遊。記近五千言，讀未竟睡去，夢中依稀亦有所遊，仍是一丘一壑，於廬山無與也。雖然，廬山固高且大，自天地而觀之，直稊米耳。然則遊何必廬山，夢何必不廬山哉！約記之，旨用類敘法。

**注釋：**

[一]廬山：在江西省九江市南，古名南障山。周定王時，仙人匡裕隱居於此，故又名匡山。定王使人訪之，僅存草廬，故又稱廬山。

[二]「雲車風馭駕兩尻」句：神人以雲爲車，以風爲馭。盧照鄰《於時春也慨然有江湖之思寄贈柳九隴》詩：「雲車電

作鞭。」兩尻：尻，脊骨盡處。此謂尻輿，即尻所化之車輿，《莊子·大宗師》：「浸假而化予之尻以爲輪，以神爲馬，予因以乘之，豈更駕哉。」蘇軾《贈袁陟》詩：「神馬載尻輿。」

〔三〕洞精矘眄：洞精，眼睛。矘眄，目直視。《後漢書·梁冀傳》：「冀爲人，鳶肩豺目，洞精矘眄。

〔四〕乾封：《史記·孝武本紀》：「夏，旱，公孫卿曰：『黄帝時，封則天旱，乾封三年。』上乃下詔曰：『天旱，意乾封乎。』」裴駰《集解》引蘇林曰：「天旱，欲使封土乾燥。」

〔五〕「惜吾生也晚」八句：明朝兩水戰，指朱元璋破漢陳友諒軍於鄱陽湖，王陽明破宸濠於九江事。「倚金鏤床眼中箭」，陳友諒戰敗逃至涇江，舟膠於淺灘，爲流矢所中，貫睛及顱而死。昆陽，《後漢書·光武紀》載：劉秀破王莽軍於昆陽。鉅鹿，《史記·項羽本紀》：項羽大破秦軍於鉅鹿。修羅，佛家語，阿修羅之簡稱，爲六界之一，强而有力，能與梵天帝釋争鬥。

〔六〕「蓮社遇慧永」二句：《蓮社先賢傳》：東晉僧慧遠居廬山，與劉遺民等同修淨土，中有白蓮池，因號蓮社。慧永爲蓮社之一僧。何無忌，晉郯人，少有大志，忠亮任氣，爲廣武將軍。桓玄篡位，與劉裕起義兵，與玄戰，玄敗走，以功封安城郡開國公。後爲盧循戰敗死，謚忠肅。

〔七〕「樂天草堂春最晚」二句：廬山有白樂天草堂遺址。陶公，陶潛。

〔八〕「白鹿呦呦引入洞」二句：廬山白鹿洞有白鹿書院，南宋朱熹曾講學於此。

〔九〕王文成碑：王守仁，字伯安，明餘姚人。弘治進士。正德時巡撫南贛，平大帽山諸賊，定宸濠之亂。卒贈新建侯，謚文成。其學以良知良能爲主，稱爲姚江派。嘗築室陽明洞中，世稱陽明先生。

〔一〇〕李邕：唐江都人。玄宗時爲北海太守，故人稱李北海。善書法，才藝出衆，擅名天下。

〔一一〕聖燈：《廬山記事》：天池文殊院西有聖燈巖。

〔一二〕「善哉東坡言」二句：蘇軾《志林》：「子由作棲賢堂，仆爲書之，且欲與廬山結緣，他日入山，不爲生客。」

〔一三〕稼堂：潘耒，字次耕，號稼堂，清吴江人，以布衣舉鴻博，官檢討，纂《明史》，著有《遂初堂集》。

## （一〇二）南朝宫詞[一]（十二首）

（一）缺齒多鬚品目中[二]，白醝爬醬語偏工。當年改服張侯側，齄鼻先宜召畫工。

**注釋：**

[一]這十二首七絶宫詞，分别詠南朝宋、齊、梁各朝宫闈軼事，對統治者的腐朽生活，加以揭發譴責。具體説明如下：

（一）詠宋孝武帝狎侮群臣，用捉刀人欺騙外使。

（二）詠宋明帝應運爲帝，好鬼神，多忌諱，體肥畏風事。

（三）詠宋明帝君臣儉嗇好錢，性有偏嗜事。

（四）詠宋前廢帝劉子業悖謬，以文帝女新蔡公主爲貴嬪夫人，改姓謝氏，託言公主死，誅戮宗室和大臣甚多，湘東王劉彧殺帝自立事。

（五）詠宋明帝劉彧觀裸婦爲戲，王皇后諫帝不從事。

（六）詠齊高帝蕭道成昭皇后劉智容事。概括生平祥瑞，加以歌頌。

（七）詠齊武帝蕭賾穆皇后裴惠昭生平事跡。

（八）詠齊東昏侯蕭寶卷荒淫悖謬事。

（九）亦詠齊東昏侯蕭寶卷荒淫悖謬，自取殺身之禍，步海陵王後塵事。

（十）詠梁武帝第二子豫章王蕭綜，得知是東昏侯蕭寶卷之子後，痛恨梁武帝，叛梁降魏事。

（十一）詠梁武帝蕭衍皇后郗徽妬忌異常，死後化龍入宫，通夢於帝，使帝不敢再立后事。

（十二）詠梁元帝蕭繹與徐妃昭佩不和，徐妃穢行事。

[二]「缺齒多鬚品目中」四句：《南史·王玄謨傳》：孝武狎侮群臣，各有名目，多鬚者謂之羊，短長肥瘦，各有比擬。

顔師伯缺齒，號之曰齴……而玄謨獨受老傖之目……嘗爲玄謨作《四時詩》曰：「董茹供春膳，粟漿充夏飡。𤆤醬調秋菜，白醝解冬寒。」《南史·孝武帝紀》：帝鎮彭城時，魏使李孝伯至，帝遣長史張暢與語，而帝改服觀之。孝伯目帝不輟。及出謂人曰：「張侯側有人，風骨視瞻非常人也。」《南史·廢帝紀》：帝自以昔在東宮，不爲孝武所愛，及即位，將掘景寧陵，太史言於帝不利而止，乃縱糞於陵，肆駡孝武爲齇鼻奴。

（二）三百年期給一回[一]，白門誤犯色如灰。大官擔付屠豬會，誰遣司風令史來。

**注釋：**

[一]「三百年期給一回」四句：《南史·宋紀》：明帝諱彧，字休景，小字榮期，文帝十一子。帝好鬼神，多忌諱，嘗以南苑借張永，云：「且給三百年，期盡更請。」宣陽門謂之白門。上以白門不祥，諱之。尚書右丞江謐嘗誤犯，上變色曰：「白汝家門。」又《南史·明帝紀》：明帝體肥畏風，拜左右二人爲司風令史，風起某方，輒啟知。

（三）刺史名因被賧低[一]，錢埋私藏殿東西。木槽中飯坑中水，此味何如蜜鱁鮧。

**注釋：**

[一]「刺史名因被賧低」四句：賧，蠻夷贖罪之款。此借比賄賂。《南史·宋紀》：明帝時，郡守令長，一缺十除，内外混然，官以賄命，王阮家富於公室。中書舍人胡母顥專權，奏無不可。時人語曰：「禾絹閉眼諾，胡母大張橐。」禾絹謂上也。又明帝命「小黄門於殿内埋錢，以爲私藏」。又《南史·陳顯達傳》：顯達歸齊高帝。帝即位，拜護軍將軍。後御膳不宰牲，顯達上熊蒸一盤，上即以充飯。又《南史·寶志傳》：齊武帝憤其惑衆，收付建康獄……語獄吏，門外有兩輿食，金鉢盛飯，汝可取之。果是文惠太子及晉陵王子良所供養。又《南史·宋明帝紀》：齊明嗜鱁鮧，以蜜漬之，一食數升。

（四）西堂履跣事匆匆[一]，鼓吹開帷視殯宫。此段蘇兄殊得力，不知緩死賴劉矇。

**注釋：**

［一］「西堂履跣事匆匆」四句：《南史·宋明帝紀》：帝爲雍州刺史時，入朝。廢帝將加禍害。帝腹心阮佃夫、李道兒弑廢帝於後堂。建安王休仁便向帝稱臣，奉引升西堂，登御座。事出倉卒，上失履跣，猶著烏紗帽。休仁呼主衣，以白紗帽代之，即位。又《南史·宋前廢帝紀》：帝以文帝第十女新蔡公主爲貴嬪夫人，改姓謝氏……矯言公主薨，空設喪事焉……丁未皇子生，少府劉矇之子也。

（五）外舍家寒扇障塵[一]，金釵千樹六宫春。生平不佩宜男草，何以爲歡裸婦人？

**注釋：**

［一］「外舍家寒扇障塵」四句：《南史·宋明恭王皇后傳》：明恭王皇后，諱貞風。琅琊臨沂人也。生晉陵長公主伯姒、建安公主伯媛。明帝即位，立爲皇后。上嘗宫内大集而裸婦人觀之，以爲歡笑。后以扇障面，獨無所言。帝怒曰：「外舍家寒，乞今共作笑樂，何獨不視！」后曰：「爲樂之事，其方自多。豈有姑姊妹集聚而露婦人形體，以此爲樂！外舍爲歡，適與此不同。」帝大怒，令后起。

（六）夢吞玉勝炒胡麻[一]，雲氣陰陰羽蓋遮。自是常車迎不得，龍旗豹尾屬天家。

**注釋：**

［一］「夢吞玉勝炒胡麻」四句：《南史·齊高劉皇后傳》：后諱智榮，廣陵人也。母桓氏，夢吞白玉勝。生后時，有紫光滿室，以告夫壽之。壽之曰：「恨非是男。」桓笑曰：「雖女亦足興家矣。」后寢卧，見有羽蓋蔭其上。家人試察之，常見其

上掩藹如雲氣。年十七，裴方明爲子求婚，酬許已定，后夢見先有迎車至，猶如常家迎法，后不肯去。次有迎至，龍旗豹尾，有異於常，后喜而從之。既而與裴氏不成婚，竟嬪於上。嚴整有軌度，造次必依禮法。生太子及豫章王嶷。太子初在孕，后嘗歸寧，遇家奉祠，爾日陰晦失曉，舉家狼狽，共營祭食，后助炒胡麻，始復納薪，未及索火，火便自燃。

（七）雞鳴埭應景陽鐘[一]，白鷺東西鼓吹中。不廢六宮書學課，老年多識拜韓公。

**注釋：**

[一]「雞鳴埭應景陽鐘」四句：《南史·武穆裴皇后傳》：后諱惠昭，河東聞喜人也。后少與豫章王妃庾氏爲娣姒，庾氏勤女工，奉事高昭后恭謹不倦，后不能及，故不爲舅姑所重，武帝亦薄焉。性剛嚴。竟陵王子良妃袁氏，布衣時有過，后加訓罰。升平三年爲帝世子妃，建元元年爲皇太子妃。二年后薨，謚穆妃，葬休安陵。武帝即位，追尊皇后。舊顯陽、昭陽二殿，太后、皇后所居也。永明中，無太后、皇后，羊貴嬪居昭陽殿西，范貴妃居昭陽殿東，寵姬荀昭華居鳳華柏殿宮，內御所居壽昌畫殿南閣，置白鷺、鼓吹二部。乾光殿東西頭置鐘磬，兩廂皆宴樂處也。上數遊幸諸苑囿，載宮人後從車。宮內深隱，不聞端門鼓漏聲。置鐘於景陽樓上，應五鼓及三鼓。宮人聞鐘聲，早起莊飾。車駕數幸琅琊城，宮人常從，早發至湖北埭，雞始鳴，故呼爲雞鳴埭。婦人吴郡韓蘭英有文辭，宋孝武時獻《中興賦》，被賞入宮。宋明帝時，用爲宮中職僚。及武帝，以爲博士，教六宮書學。以其年老多識，呼爲韓公云。

（八）金華玉鏡雉頭裘[一]，汲水來從阿父遊。空助廚人躬作膳，不將鴨劃裹黄油。

**注釋：**

[一]「金華玉鏡雉頭裘」四句：《南史·東昏侯紀》：東昏侯能擔幢（猶雜技的頂竿）。初學擔幢，每傾倒。在幢杪者

必致踠傷（足折）。其後白虎幢七丈五尺，齒上擔之，折齒不倦。擔幢諸校具服飾皆自製之，綴以金華玉鏡衆寶……又訂出雄雉頭、鶴氅、白鷺縗，百品千條，無復窮已…… 又《南史・茹法珍傳》：帝呼法珍爲阿丈。帝躬自汲水助廚人作膳……宮中訛云：「趙鬼食鴨劘，諸鬼盡著調。」梁武平建鄴，東昏死，群小一時誅滅，故稱爲諸鬼也。俗間以細剉肉，糅以薑桂曰劘。意者凶黨皆當細剉而烹之也。

（九）刀勑之徒鬼可憎[一]，典籤漿藕大依憑。如何作事居人後，明帝嘗語東昏，作事不可居人後。覆轍涪陵踏海陵。

**注釋：**

[一]「刀勑之徒鬼可憎」四句：《南史・茹法珍傳》：茹法珍、梅蟲兒，齊東昏時並爲制局監，俱見愛幸，自江祐、始安、王遥光等誅後，及左右應勑捉刀之徒，並專國命，人間謂之刀勑。權奪人主。都下爲之語曰：「欲求貴職依刀勑，須得富豪事御刀。」……左右刀勑之徒悉號爲鬼。典籤，掌文書之吏。南朝諸王國置典籤，以天子之近侍任之。其後專擅一切。王口渴求飲，其下以未得典籤應，竟不給。見《南史・巴陵王子倫傳》。又：「取一挺藕，一杯漿，皆諮。籤帥不在，則竟日忍渴。」「如何作事居人後」，《南史・東昏侯帝紀》：明帝臨崩屬後事，以隆昌爲戒，曰：「作事不可在人後。」又《南史・和帝紀》：中興元年，有司奏封庶人寶卷爲零陵侯，詔不許；又奏爲涪陵王，詔可。海陵，齊廢帝海陵王蕭昭文。

（十）練樹團團受斧斨[一]，梁臺餘體泣吴娘。吴淑媛。獨憐倀子今何在？挈首魂隨夢豫章。

**注釋：**

[一]「練樹團團受斧斨」四句：《南史・豫章王列傳》：初綜母吴淑媛在齊東昏宮，寵在潘余之亞。及得幸於武帝，七

月而生綜，宮中多疑之，淑媛寵衰怨望。……因密報之曰：「汝七月日生兒，安得比諸皇子，汝今太子次第，幸保富貴勿泄。」綜相抱哭，思報仇。鎮徐州時，所有練樹，並令斬殺。以帝小名練故。旋投魏，位至侍中、司空、高平公、丹陽王。吴淑媛留梁，遇鴆而死。倀子，《南史・東昏紀》：蕭衍師至，東昏使冠軍將軍王珍國領三萬人據大桁，莫有鬥志，遣王寶孫督戰，呼王爲倀子。

（十一）紫光滿室器皆明[一]，夢裏龍騰激水聲。露井金瓶陳百味，還需療妬膳倉庚。

**注釋：**

[一]「紫光滿室器皆明」四句：案，應爲「赤光」。《南史・武德郗皇后傳》：后諱徽，母宋文帝女潯陽公主也。方娠，夢當生貴子。及后生，有赤光照室，器物盡明。建元末，嬪於武帝。及武帝爲雍州刺史，后殂於襄陽官舍，年三十二。武帝踐祚，追崇爲皇后。后酷妬忌，及終，化爲龍，入於後宮，通夢於帝，或見形，光彩照灼。帝體將不安，龍輒激水騰湧。於露井上爲殿，衣服委積。常置銀鹿盧金瓶，灌百味以祀之。故帝卒不置后。倉庚，即黄鶯，能療妒。《詩・豳風・東山》：「倉庚于飛，熠燿其羽。」

（十二）漂蕭陽馬醉而狂[一]，洪吐衣襟帝入房。白角枕横身透井，遊魂奪婿到瑶光。

**注釋：**

[一]「漂蕭陽馬醉而狂」四句：《南史・元徐妃傳》：妃諱昭佩，無容質，不見禮，帝三二年一入房。妃以帝眇一目，每知帝將至，必爲半面粧以俟。帝見則大怒而出。妃性嗜酒，多洪醉，帝還房，必吐衣中。與荆州後堂瑶光寺智遠道人私通，酷妒忌，見無寵之妾，便交杯接坐；才覺有娠者，即手加刀刃。帝左右暨季江有姿容，又與淫通。季江每歎曰：「柏直，狗雖

老猶能獵；蕭溧陽，馬雖老猶駿；徐娘雖老，猶尚多情。」時有賀徽者美色，妃要之於普賢尼寺，書白角枕爲詩相贈答。太清三年，帝遂逼令自殺。妃知不免，乃透井死。帝以尸還徐氏，謂之出妻。葬江陵瓦官寺。帝製《金樓子》述其淫行。

## （一〇三）述古（四首，存二）

眼額懸司憲[一]，迷陽[二]傷我行。羊鵝登決録[三]，棗藿入香方[四]。蕭斅開尖冢[五]，虞翻取舊床[六]。無爲作才語[七]，不狂以爲狂[八]。

**注釋：**

［一］司憲：官名，北周置，即御史臺。唐龍朔年間，改御史大夫爲司憲，稱御史臺。旋復舊。

［二］迷陽：《莊子·人間世》：「迷陽迷陽，無傷吾行。」郭象注：「猶亡陽也，亡陽任獨，不蕩於外，則我行全矣。」王應麟《困學紀聞》卷十引胡寅語：「荆楚有草，叢生修條。野人呼爲迷陽，其膚多刺。」晁補之《用無斁八弟永城相迎韻寄懷》詩：「春風九軌道，無我迷陽跡。」

［三］決録：《南史·卞彬傳》：「又爲《禽獸決録》，目禽獸云：『羊性淫而很，豬性卑而率，鵝性頑而傲，狗性險而出。』皆指斥貴勢。」

［四］香方：《南史·范蔚宗傳》：蔚宗撰《和香方》，「所言悉以比類朝士」。

［五］蕭斅：指南朝蕭齊時之江斅。《南史·江斅傳》：斅字叔文，少有美譽。爲丹陽丞時，袁粲爲尹，見斅歎曰：「風流不墜，正在江郎。」累居內官，每以侍養爲陳。遷侍中，歷五兵尚書、侍中、都官尚書。中書舍人紀僧真幸於武帝，謂帝曰：「邀逢聖時，階榮至此，惟就陛下乞作士大夫。」帝曰：「由江斅、謝瀹，我不得措此意，可自詣之。」僧真承旨詣斅，登榻坐定。斅便命左右曰：「移我床，讓客。」僧真喪氣而退。《仙吏傳》：江斅爲劉宋朝升明四友之一。（四友爲陶弘景、褚炫、劉俊、

江斅）。開冢，《南史・紀僧真傳》：紀僧真，丹陽建康人，歷官齊高帝冠軍府參軍、給事中、中書舍人等。遭母喪，開冢得五色兩頭蛇。

［六］虞翻床：《南史・竟陵文宣王子良傳》：子良爲會稽太守，郡閣下有虞翻舊床。罷任還，乃致以歸。虞翻，《三國志・虞翻傳》：翻字仲翔，餘姚人。少好學，有高氣，垂髫時，有客候其兄者，不過翻。翻與書曰：「仆聞琥珀不取腐芥，磁石不受曲鍼，過而不存，不亦宜乎！」客大奇之。曹操辟，不就。吴孫權用爲騎都尉。所著有《老子》、《論語》、《國語》訓注傳於世。嘗以所著《易注》示孔融，融曰：「聞延陵之理樂，覩吾子之治《易》，乃知東南之美者，非徒會稽之竹箭也。」

［七］才語：運用生僻的典故、詞藻以顯示機巧的言辭或文字。《南史・宋彭城王義康傳》：袁淑嘗詣義康。義康問其年，答曰：「鄧仲華拜衮之歲。」義康曰：「身不識也。」淑又曰：「陸機入洛之年。」義康曰：「身不讀書，君無爲作才語見向。」

［八］「不狂以爲狂」句：《南史・袁粲傳》：粲著《妙德先生傳》以自況……又嘗謂周旋人曰：「昔有一國，國中一水，號曰狂泉，國人飲此水，無不狂。唯國君穿井而汲，獨得無恙。國人既並狂，反謂國主不狂爲狂。於是聚謀，共執國主，療其狂疾，火艾鍼藥，莫不必具。國主不任其苦，於是到泉所酌水飲之，飲畢便狂，君臣大小，其狂若一，衆乃歡然，我既不狂，難以獨立，比亦欲試飲此水矣。」

紙尾詎能署［一］，眉頭安用伸［二］。步兵［三］實大較，祭酒［四］可終身。握火已心死［五］，懷冰無角嗔。處於不競地，眼大如車輪。

**注釋：**

［一］署紙尾：《南史・蔡廓傳》：徵爲吏部尚書。（録尚書徐羡之）曰：「黃門郎以下悉以委蔡，吾徒不復厝懷。自此以上，故宜共參同異。」廓曰：「我不能爲徐干木署紙尾。」遂不拜。干木，羡之小字也。選案黃紙，録尚書與吏部尚書連名，故廓曰署紙尾也。

［二］伸眉：《漢書·薛宣傳》：「自圖進退，可復伸眉於後。」又《南史·王玄謨傳》：文帝遣人謂王玄謨曰：「想足以伸卿眉頭耳。」玄謨性嚴，時人言其眉頭未嘗伸，故以此見戲。

［三］步兵：阮藉，三國尉氏人，字嗣宗。才藻豔逸，而倜儻不羈，嗜酒放蕩。或閉户著書，累月不出；或登山玩水，竟日忘返。每至窮途，輒痛哭而返。尤好老、莊。官至步兵校尉，人稱阮步兵。

［四］祭酒：古時會同饗宴，必尊長先用酒以祭，故凡同列中以齒德相推者曰祭酒。如齊宣王時，荀卿三爲祭酒，見《史記》。東漢許慎，官終南閣祭酒。

［五］「握火已心死」二句：謂甘於淡泊，不善趨炎附勢。握火，《吴越春秋》：越王欲復吴仇，冬則抱冰，夏則握火，懸膽於户，出入嘗之。懷冰，《天録閣外史》：韓王暑而求凍饌，世子以私財築冰室，取羹饌而藏之，既凍，乃進於王。韓王悦，爲之賦《懷冰》。

## （一〇四）鉛山縣石山［一］

石者山之骨，土者山之肉。骨勝剛過中，無肉失亦俗。玆山不戴土，生是石使獨。童童濯濯然，季孫行父禿［二］。嵌空洞玲瓏，睅目皤其腹。如人不冠裳，不沐浴佩玉。穿穴據訓狐［三］，托根拒嘉木。嘉木可以栽，訓狐可以逐。攘内飾於外，内外具各足。瘠而肥濟之，骨肉得和局。長楫謝山靈，斯言當採録。

**注釋：**

［一］鉛山：縣名，在江西省。境内有鉛山，出鉛銅，故名，縣名從之。山，一名桂陽山。

［二］「季孫行父禿」句：《穀梁傳》：「季孫行父禿。」

［三］訓狐：鵂鶹的別名，見《唐書》。

## （一〇五）土木[一]

水咽狼河[二]草不春，前朝戰地浩無垠[三]。青衣泫泫穹廬酒[四]，紫蓋摇摇獵騎塵。餘恨罪惟誅馬順[五]，先幾占已中仝寅。裕陵[六]奉祀談何易？賴有和戎社稷臣[七]。

**注釋：**

［一］土木：即土木堡，在河北省懷來縣西，爲往來要道，明英宗親征瓦剌（乜先），兵敗被擄於此。此地本名統漢鎮，唐初高開道所置，後音訛爲土木。

［二］狼河：李嶠《授沙吒忠義右金吾衛將軍駱務整左武威衛將軍制》文：「遼東壯傑，名蓋於狼河……薊北雄渠，氣高於龍塞。」

［三］浩無垠：廣漠無邊際貌。李華《弔古戰場文》：「浩浩乎平沙無垠。」

［四］「青衣泫泫穹廬酒」二句：謂英宗被擄後，過著屈辱生活。青衣，賤者之服，故稱婢女曰青衣。晉時，劉聰使懷帝著青衣行酒以示辱。穹廬，蒙古包，蒙古人遊牧所用帳篷。紫蓋，皇帝之傘。

［五］「餘恨罪惟誅馬順」二句：馬順，明英宗時的錦衣衛指揮，與太監王振一黨。英宗被擄，乃王振勸親征所致，朝臣痛恨振、順，並殺之。王振勸帝親征時，廷臣均諫以爲不可。仝寅，僚屬，指廷臣。

［六］裕陵：明英宗陵。

［七］和戎社稷臣：英宗被擄後，于謙奉景帝即位，乜先見挾空質無用，始有和意。明尚書王直等主張議和，迎還英宗。社稷臣，關繫國家安危的大臣。《史記・袁盎鼂錯列傳》：「絳侯所謂功臣，非社稷臣。社稷臣主在與在，主亡與亡。」詩指于謙。

## （一〇六）保安州訪沈忠愍祠[一]

祠在州舊城，面桑乾河，公謫佃日，有賈姓舍之，里子弟皆就學

賈舍埋荒草，書聲不可留。白蓮迎相意，竄名白蓮教中，論斬。碧血照河流。北海無完卵[二]，東樓[三]亦斷頭。至今人廟祭，署帛哭春秋。後州弟子在太學者，以帛署公名，入市看世蕃斷頭訖，曰：「沈公瞑目矣。」慟哭而去。

**注釋：**

[一]保安州：在河北省。沈忠愍：沈錬，字純甫，浙江紹興人。嘉靖進士。授知縣，升錦衣衛經歷。以上疏數嚴嵩十大罪，遭廷杖，謫佃保安。後被誣通白蓮教而害死。隆慶元年，贈光禄卿，謚忠愍。

[二]「北海無完卵」句：孔融，字文舉。少有俊才。獻帝時爲北海相，尋拜大中大夫。值漢末之亂，志在靖難。然才疏意廣，迄無成功。爲曹操所忌被殺。當融被逮時，中外遑怖，二兒尚小，嬉戲無遽容。融謂捕者：「冀罪止於身，二兒可得全不？」兒徐進曰：「大人，豈見覆巢之下復有完卵乎？」果全家被殺。見《世説新語·言語》。

[三]東樓：嚴嵩之子世蕃，號東樓，爲太常寺卿。父子同惡相濟，鄒應龍極論嚴父子不法。帝使嵩致仕，世蕃下獄處斬。嵩後寄食故舊而死。

## （一〇七）夜宿龍門縣[一]

崎嶇不知遠，入夜林轉深。月黑虎斯怒，泉枯龍不吟。饑民瘦如鬼，長吏清有琴[二]。滿屋朔風大，集枯翻凍禽。

注釋：

［一］龍門縣：在河北省，靠近長城，今名龍關。

［二］「長吏清有琴」句：《呂氏春秋》：「宓子賤治單父，彈鳴琴，身不下堂，而單父治。」故後世稱縣署曰琴堂。

## （一〇八）老龍骨［一］

老龍化爲石，石勢蹙龍象。蜿蜒尾南垂，觺觺［二］頭北嚮。中高艮［三］其背，背俯時一仰。檀車簸兩輪，行如轢釜鬵。前奔栗馬股，倒退汗牛顙。脚底怕雲雷，破空發龍掌。呵吸桑乾河［四］，農田藉滋長。何不以雨來，而乃以雹往。功罪坐倒置，天公虛豢養。東海王所宫，視遠青蕩蕩。

注釋：

［一］老龍骨：世綸堂本作「老龍背」。

［二］觺觺：角尖銳貌。《楚辭·招魂》：「土伯九約，其角觺觺些。」

［三］艮：八卦艮爲山。艮其背，謂背隆起如山。

［四］桑乾河：源出山西馬邑縣，東流入河北境，下流入大清河。古名漯水，亦名蘆溝河。俗名渾河，今名永定河。

## （一〇九）燕然山［一］

連蜷龍門南［二］，嵬駮居庸北。中介燕然山，銘勒漢威德。武陽冠軍侯，功罪昭史册。刺人屯衛中［三］，賤奪沁水宅。毁服祈贖死，理兵事遠役。予曰有巡御，予曰有述職。雲輜旗絳天，天聲怒斯赫。犂庭老上遁，舋鼓温禺鱥。鞮海雞鹿塞，横徂彗星掣。□靈攄高文，隆嵑字深刻。器欹滿致溢[四]，末釁降其實。依倚震主勢，緹騎逮奴客。讎怨日以聞，合浦徙屬籍。仲山甫之鼎，鬼餒五斗食。蘭臺令史筆[五]，失足殊可惜。博物迷世紛，目睫論過激。鼓琴蔡祭酒[六]，坐歎動顔色。子雲校天禄[七]，美新符命釋。賢者時不免[八]，枉尋得尺直。諒哉山梁雉，慎始擇所適。

**注釋：**

[一]燕然山：在蒙古賽音諾顔部，有杭愛山，約當陜西、寧夏之北二千餘里，蓋即古燕然山。後漢竇憲追北單于，登燕然山，刻石勒銘而返。竇憲，融之曾孫，和帝母竇太后之兄。和帝即位，年僅十歲，竇太后臨朝。以憲爲侍中，擊匈奴，大破之，出塞三千餘里，登燕然山，刻石勒銘記功。還爲大將軍，族黨滿朝，權勢煊赫。帝長，憤其專横，與中常侍鄭衆定議誅憲，逼令自殺。

[二]「連蜷龍門南」六句：龍門，見（一〇七）詩注[一]。嵬駊，高大貌。居庸，居庸關，在今北京市西北。案：燕然山在蒙古境，不在龍門、居庸間，作者蓋誤以燕山爲燕然山。冠軍侯，《後漢書·竇憲傳》：竇憲伐北單于有功，拜大將軍，封武陽侯，辭不受，次年封冠軍侯，邑二萬户。

[三]「刺人屯衛中」十四句：《後漢書·竇憲傳》：憲依倚竇太后勢，以賤值請奪沁水公主（明帝女）園田。齊殤王子都鄉侯劉暢，得幸太后，憲懼暢分宫省之權，遣客刺殺暢於屯衛之中。事覺，后閉憲於内宫。憲懼誅，自求擊匈奴以贖死。勝後，令班固作銘，刻石記功。「予曰」以下幾句，皆銘語。老上、温禺，皆匈奴中酋長名。

[四]「器欹滿致謚」八句：欹器，《家語》：「孔子觀於周廟，有欹器焉，使子路取水試之，滿則覆，中則正，虚則欹。荀子以爲宥坐之器，言置於坐右以爲戒也。」「末釁降其實」，《竇憲傳論》：「以爲憲功高於衛青、霍去病，而後世莫稱者，章末釁以降其實也。」意謂被後來過失所掩蓋。《竇憲傳》：竇氏父子兄弟並居列位，充滿朝廷，叔父霸爲城門校尉，霸弟褒將作大匠，褒弟嘉少府，其爲侍中、將、大夫、郎吏十餘人。憲既負重勞，陵肆滋甚。四年，封鄧疊爲穰侯。疊與其弟步兵校尉磊及母元，又憲女婿射聲校尉郭舉，舉父長樂少府璜，皆相交結，元、舉並出入禁中，舉得幸太后，遂

共圖爲殺害。帝陰知其謀，乃與近幸中常侍鄭衆定議誅之。以憲在外，慮其懼禍爲亂，忍而未發。會憲及鄧疊班師還京師，詔使大鴻臚持節郊迎，賜軍吏各有差。憲等既至，帝及使執金吾、五校尉勒兵收捕疊、磊、璜、舉，皆下獄誅，家屬徙合浦。遣謁者收憲大將軍印綬，更封冠軍侯。憲及篤、景、瓌（憲兄弟）皆遣就國。帝以太后故，不欲名誅憲，爲選嚴能相督察之。憲、篤、景到國，皆迫令自殺。仲山甫鼎，《竇憲傳》：南單于於漢北遺憲古鼎，容五斗，其旁銘曰：「仲山甫鼎，其萬年子子孫孫永保用。」憲乃上之。鬼餒，謂憲死絶祀也。《左傳》：「若敖氏之鬼不其餒而。」

［五］「蘭臺令史筆」四句：謂班固爲竇憲作銘，有失足之過也。固曾爲蘭臺令史。

［六］「鼓琴蔡祭酒」二句：《後漢書·蔡邕傳》：邕，字伯喈，陳留人。靈帝時拜郎中。與楊賜等正定六經，刻石於太學門外。桓帝時，以善鼓琴被勅赴都，行至偃師，稱疾而歸。董卓辟爲祭酒。及卓被誅，邕在司徒王允坐，殊不意言之而歎，有動於色。允怒以爲懷私遇、忘大節，遂加害焉。時年六十二。

［七］「子雲校天禄」二句：《漢書·揚雄傳》：雄，字子雲，成都人。少好學，長於詞賦。成帝時，召對承明庭，奏《甘泉》、《河東》、《長楊》、《羽獵》賦。著有《太玄》、《法言》、《方言》等。嘗校書於天禄閣。王莽篡漢，號新。揚雄著《劇秦美新》以獻媚。符命，謂莽應符命之兆爲天子。

［八］「賢者時不免」四句：謂賢者亦不能無過失，如蔡邕、揚雄即是。班固失足，不足深責。惟有慎其始，方能全其終。山梁雉，《論語·鄉黨》：「山梁雌雉，時哉，時哉。」徐陵《與楊仆射書》：「山梁飲啄，非有意於樊籠。」意謂君子出處以時，時不合則退藏於密，便能免禍。

## （一一〇）于役懷柔，欲謁范忠貞墓，不果［一］

青松鬱成林，白鶴下翔聚。一峰旋紅螺，云是忠貞墓。昔公遘耿難［二］，遺蜕委霜露。義士負函歸，東園□葬具。親體認敝衣，血痕圜土污。義士許鼎負骨走京師，驗其裹蛻殘幅，猶纍中親體敝衣也。入地牛有聲，握拳拗餘怒。我讀畫壁記[三]，早歲生遐慕。今來訪墓門，王程限跬步。夜深玉蟾蜍，隱現亂煙樹。閩海萬里遥，魂遊定何處？

**注釋：**

[一] 于役：行役，謂爲國事奔走。《詩・王風・君子于役》：「君子于役，不知其期。」懷柔，縣名，在今北京市東北。范忠貞，名承謨，字覲公，范文程之子，瀋陽人。順治元年進士。累官閩浙總督。督浙四年，民安其治。每出巡，山農進瓜果脱粟飯以食之。督福建時，帝解御衣鞍馬賜之。會耿精忠叛，誘公降。公守正不屈，閉於土室，絶粒八日不死。後三年被害，贈兵部尚書，加太子太保，謚忠貞，葬於懷柔。著有《吾廬存稿》及《百苦吟》若干卷。

[二] 耿難：耿精忠，清遼東人。祖仲明，以明官降清，從世祖入關，封靖南王。父繼茂襲爵，鎮福建。與吴三桂、尚之信、孔有德爲清初四藩。精忠嗣位，與吴三桂同叛，旋爲清兵所敗降，仍統所部。後又謀叛，被誅。東園，漢代官署名，屬少府，主作喪具（棺）。大臣死，則賜東園秘器。案：所缺字應爲「賜」字。

[三] 畫壁記：范承謨所著篇名。

## （一一一）歸自宣府，憇上關[一]

前朝家裏地，荒遠暮山微。寺古僧儀肅，關嚴馬色饑。磬傳黄葉落，旂綽白雲飛。臺趾蹲龍虎，關南有龍虎臺。秋從此際歸。

**注釋：**

[一] 宣府：宣化，縣名，在今河北省長城外。上關，地名，在今北京市北。

## （一一二）夜宿靈谷寺，示貫澈上人[一]

伽楞瓶[二]下坐忘歸，静對爐煙夜氣微。鼠盜餘糧藏佛髻，月攜寒緑浸僧衣。煨來冷芋如拳大[三]，畫上横梅較竹肥。醒夢只消鐘一杵，隔溪磔起[四]有禽飛。

注釋：

［一］靈谷寺：在上關。貫澈上人，釋虚谷，名虚白，以字行。揚州人，工畫，又能山水花竹，聲譽極重，其性孤峭，非相知深者，未易得其片楮也。

［二］伽楞瓶：供佛之花瓶。

［三］煨芋：《高僧傳》：衡嶽寺僧明瓚禪師，性懶而食殘，號懶殘。李泌異之，往見，正撥火煨芋啖之，取其半授泌。曰：「勿多言，領取十年宰相。」

［四］磔起：磔磔，鳥鳴聲。蘇軾《往富陽新城李節推先行三日留風水洞見待》詩：「春山磔磔鳴春禽。」

## （一一三）鄴下懷古，和虞黄胡芝盧明府[一]（二首）

土山開道漏危機，法會香爐舊觀非。樹底蝦蟆乘水出，河邊羖攊上天飛。遺簪敝履宫苔冷，玉匣珠襦冢火微。轉眼童遊高末唱，晉陽四望黑雲圍。魏孝静[二]

注釋：

［一］鄴：地名，在河南省安陽市境。魏齊建都於此。虞黄，地名，在山西境。胡芝盧，胡虞繼，湘譚人，字祈緒，號芝

廬。明府，古時太守、縣令皆稱府君或明府君，簡稱明府。

［二］魏孝静：元懌之孫，名善見。父爲清河王亶。帝初爲世子。梁大同初，高歡立之，遷都鄴，政由高氏。歡父子相繼秉柄。帝好文學，美容儀，多力善射。高澄忌之，常使人監察動静。帝不堪幽辱，與華山王大器、元瑾密謀於宮中，僞爲山而作地道，向北城至千秋門，門者覺地響動，以告澄。澄勒兵入宮曰：「陛下意欲反耶！」高洋篡位，降封中山王。東魏亡，次年遇鴆而崩。在位十七年，謚孝静。　蝦蟆，《北史·魏紀》：孝静帝元象元年，是夏山東大水，蝦蟆鳴於樹上。　羖䍽，山羊。《北史·黨項傳》：「處山谷間，每姓別爲部落，織犛牛尾及羖䍽毛爲屋。」　遺簪敝履，《北史·魏紀》：孝静遜位，法駕將就別館。所司奏請發。帝曰：「古人念遺簪敝履，欲與六宮別，可乎？」高隆之曰：「今天下猶陛下之天下，況在後宮。」乃與夫人嬪以下訣，莫不欷歔掩泣。　「玉匣珠襦冢火徹」，孝静后封太原公主，常爲帝嘗食以護視焉，竟遇鴆而崩。玉匣珠襦爲其殉葬物。　「童遊高末唱」，謂孝静之冢爲牧童所遊，孝静事跡爲演戲之本事。末，劇中脚色，即老生。

風塵無色履星升，幡舉河陽霸業興。一夕移汾流斷絶，九層入海塔飛騰。戰殘故壘迷黄蟻，圍合空村閃白鷹。日蝕英雄知爲我，重歌敕勒涕沾膺。　齊神武［一］

**注釋：**

［一］齊神武：《北史·齊紀》：北齊高歡，字賀六渾，蓨人。初事葛榮，爲親信都督。擁立孝武帝，歡爲丞相，專權。帝西走依宇文泰，歡別立孝静帝。由是魏分東西。歡仕東魏，與西魏宇文泰相攻戰。卒謚獻武。天統初，改謚神武帝，廟號高祖。又，《北史·齊紀》：神武每行，道路往來，無風塵之色。又嘗夢履衆星而行……神武受爾朱兆委，統州鎮兵，乃建牙陽曲川……四年，神武與西魏晉州刺史韋孝寬戰，城中無水，汲於汾。神武使移汾，一夜而畢……天平元年二月，永寧寺九層浮圖災，既而有人從東萊至，云及海上人咸見之於海中，俄而霧起乃滅。說者以爲天意，若曰：「永寧見災，魏不寧矣。」飛入東海，渤海應矣。」……四年，神武將西伐鄴。自東、西魏搆兵，鄴下每先有黄黑蟻陣鬥。占者以爲黄者東魏戎衣色，黑者西魏戎衣色。

人間以此候勝負。是時黃蟻盡死……神武友劉貴嘗得一白鷹，與神武等獵於沃野，逐一赤兔，兔逸入迴澤茅舍中，狗自舍出噬之，鷹兔俱斃。神武怒射狗，斃之。有二人出持神武襟甚急。其母兩目盲，曳杖呵其二子曰：「何故觸大家！出酒烹羔以待客。」因自言善暗相，遍捫諸人，言皆貴，而指揮由神武……五年正月朔，日蝕。神武曰：「日蝕其爲我耶？死亦何恨！」……四年，神武與西魏戰，無功，輿疾班師，表請解都督中外諸軍事。魏帝優詔許焉。是時西魏言神武中弩。神武聞之，乃勉坐見諸貴，使斛律金歌《敕勒歌》，神武自和之，哀感流涕。《敕勒歌》，高歡製，辭曰：「敕勒川，陰山下。天似穹廬，籠罩四野。天蒼蒼，野茫茫。風吹草低見牛羊。」

## （一一四）借汪農部柳亭書，[一]檢還誌謝

南陔[二]草堂十畝寬，家法依效羅古歡[三]。遊洛陽市入武庫[四]，觀者目眩迷雲煙。而我貧無一長物[五]，柳杯[六]羽化廚亡桓。克食甚且質班史[七]，移家僅未舍周官[八]。一瓻借得遽如許，畫方以左右畫圓。饑人乃夢飯甑溢，不耕胡獲三百廛[九]。物非我有豈終據，仰屋忽復罄倒懸。鄭賈[一〇]還珠並棄櫝，魚未必得忘其筌[一一]。客來寒具[一二]手無污，樵蘇相對談枯禪。

**注釋：**

[一]汪柳亭：生平不詳。

[二]南陔：笙詩篇名。《詩小序》：「南陔，孝子相戒以養也。有其義而亡其辭。」詩指汪侍親在家。

[三]羅古歡：羅爲賡，南充人，號西溪。康熙中官烏程知縣。嘗顏其室曰「古小學」，與門人講論其中。

[四]武庫：《史記》：「洛陽有武庫敖倉。」借喻藏書多。

[五]長物：餘物。《世説新語・德行》：「王恭平生無長物。」

［六］柳杯：《舊唐書·新羅國傳》：新羅國在漢時樂浪之地，「其食器用柳杯」。　廚亡桓，《晉書·陸納傳》：納出爲吴興太守，將之郡，辭桓温曰：「外有微禮，欲與公一醉，以展下情。」及受禮，惟酒一斗，鹿肉一方。温及賓客並歎其率素。敕中廚設精饌，酣飲極歡而罷。

［七］班史：指《漢書》。《漢書》爲班固所著，故稱。　質班史，元盛如梓《庶齋老學叢讀》：「謝僑，朏之族，嘗一朝乏食，其子欲以班史質錢，僑曰：『寧餓死，豈可以此充食乎！』」

［八］周官：書名。《周禮》，一稱《周官》。

［九］三百廛：《詩·魏風·伐檀》：「不稼不穡，胡取禾三百廛兮。」

［一〇］鄭賈：《韓非子·外儲》：「楚人有賣其珠於鄭者，爲木蘭之櫃，薰以桂椒，綴以珠玉，飾以玫瑰，輯以翡翠。鄭人買其櫝而還其珠。」

［一一］得魚忘筌：《莊子·外物》：「荃者所以在魚，得魚而忘荃。」成玄英疏「荃」字：「香草也，可以餌魚。」荃，亦作筌，取魚具也。

［一二］寒具：即饊子。以糯粉和麵，搓成細條，扭曲之，用油煎，撒糖而食。此用蘇東坡觀畫慎勿爲饊子油污之言。宋吴垌《五總志》：干寶《司徒儀》曰：「祭用䴵麷，晉制呼爲環餅，又曰寒具，今曰饊子。」桓玄蓄法書名畫冠絶一時，方食寒具，有客至，不復飾手，出以示之，故多染污。　東坡題古畫云：「上有桓玄寒具油。」

## （一一五）題馮青岳《月夜遊黄鶴樓圖》［一］

武昌佳哉鬱葱葱，層樓紺碧摇飛空。稽天倒浸如珪月，水妃捧出蟾蜍宫。寒聲慘澹散鴉雀，浩魄照耀驚魚龍。馮君扁舟來何從，乃在雲氣虛無中？南望蒼梧東赤壁，昔人羽化泠泠風。爛醉不死惟李白，上天下天鶴一隻。

**注釋：**

［一］馮青岳：生平不詳。黄鶴樓，在今湖北省武漢市長江大橋東端。《寰宇記》：「昔費文禕登仙，每乘黄鶴，於此樓憩駕，故名。」

## （一一六）雜録（八首）

巨人畀大秤［一］，秤量天下士。頭腦太冬烘，愧此一女子。

**注釋：**

［一］「巨人畀大秤」四句：《唐書·后妃傳》：中宗上官昭容，名婉兒，初在孕時，其母夢人遺己大秤。占者曰：「當生貴子而秉國權衡。」既生女，聞者嗤其無效。及婉兒專柄内政，果如占者所言。

祭服洗藻火［一］，影如活卦映。姬環坐亦遷，潔癖惟天性。

**注釋：**

［一］「祭服洗藻火」四句：祭服，《禮記》：「無田禄者，不設祭器；有田禄者，先爲祭服。」《周禮·天官内宰》：「中秋，詔后帥内外命婦，始蠶於北郊，以爲祭服。」《穀梁傳》：「天子親耕，以供粢盛；王后親蠶，以供祭服。」藻火，《書》：「帝曰：『予欲觀古人之象，日月星辰，山龍華蟲，作會宗彝，藻火粉米，黼黻絺繡，以五采彰施於五色，作服，汝明。』」姬環，《西京雜記》：「戚姬以百煉金爲彄環，照見指骨，上惡之，以賜鳴玉耀光等。」潔癖，《宋史·米芾傳》：「芾好潔成癖，不與人同巾器。」

焦先如冰蠶[一]，露處雪中可。養内衛其外，胡不戒於火。

**注釋：**

[一]「焦先如冰蠶」四句：《後漢書·隱逸傳》：焦先，字孝然，河東人。漢末，隱居京江，結草爲廬，號蝸牛廬，呻吟其中。後野火燒之，乃露寢雪中，袒卧。百餘歲卒。皇甫謐稱其棄榮味，釋衣裳，擴然以天地爲棟宇，羲皇以來，一人而已。蔡邕爲之作贊。今鎮江市焦山，因焦先隱此而得名。

長老不洗濯[一]，衲衣育蚤蝨。如何屠膾人？膏氣噏頤頷。

**注釋：**

[一]「長老不洗濯」四句：長老，《國老閒談》：查道少居狼山寺，躬薪米以給僧衆，衲衣不洗以養蝨。後仕至龍圖閣待制。《傳信記》：無畏三藏言行粗易，律師不悦，常令宿於户外。律師中夜捫蝨投床下，無畏即呼曰：「撲死佛子。」律師異之。《五色綫》：「韓子曰：『三蝨在豕上相與語，一蝨過之，曰：『奚説？』一蝨曰：『争肥磽者。』一蝨答曰：『肥豕不度臘，相與聚食其瘦者，人乃不殺也。』」《莊子·徐无鬼》：「濡濡者，豕蝨也，擇疏鬣，自以爲廣宫大囿，查蹄曲隈，乳間股脚，自以安室利處，不知屠者一旦鼓臂布草，操煙火而已與豕俱焦也。」

持釣不施餌[一]，安琴不上弦。漆園夢中吏，彭澤酒中仙。

**注釋：**

［一］「持釣不施餌」四句：釣不施餌，《呂氏春秋》：「太公望，東夷之士也。欲定一世而無其主，聞文王賢，故釣於渭以觀之。」《淮南子》：「魚不可以無餌釣也，獸不可以虚器召也。」無弦琴，梁昭明太子《陶靖節傳》：「淵明不解音律，而蓄無弦琴一張。」漆園吏，指莊周，戰國蒙人，嘗爲漆國吏。所著《齊物論》中，嘗謂己曾夢爲蝴蝶。「彭澤酒中仙」，陶潛，字淵明，一字元亮，晉潯陽人。嘗爲彭澤令。好飲酒。

魚逆水以上［一］，鳥向風而立。吾生行隨緣，馬牛不相及。

**注釋：**

［一］「魚逆水以上」四句：《説苑》：「魚乘水，鳥乘風，草木乘於時。」「馬牛不相及」，《左傳·僖公四年》：「君處南海，寡人處北海，若風馬牛不相及也。」

鹿應聲以去［二］，魚啍名以來。山鳥集其掌，玩物如嬰孩。

**注釋：**

［一］「鹿應聲以去」四句：《南史·顧歡傳》：「歡，字景怡，一字玄平，吴興鹽官人也。晚節服食，不與人通。每旦出户，山鳥集其掌取食。好黄老，通陰陽書……時有始興人盧度，字孝章，隱居廬陵西昌三顧山，鳥獸隨之。夜有鹿觸其壁，度曰：「汝壞我壁。」鹿應聲去。居前有池，養魚皆名呼之，次第來取食。嬰孩，《老子》：「專氣致柔，能如嬰孩乎？」《莊子·達生》：「單豹行年七十，而猶有嬰兒之色。」

潤州施玉撥[一]，膏澤天然生。何如吳宮姬，無所用洛成？

**注釋：**

[一]「潤州施玉撥」四句：玉撥，《南部煙花録》：「隋煬帝朱貴兒，插昆山潤色之玉撥，不用蘭膏而鬢鬟鮮潤。」洛成，《奚囊橘柚》：「麗居，孫亮愛姬，鬢髮香淨，一生不用洛成。」案：洛成，今之篦梳，或云洛成。

# 海珊詩鈔注

【卷四】

## （一一七）西行懷古（二首）

四面高中下，陘爲井字形。雙尖如耳大，鹿耳嶺。一綫漏天青。開道隨蛇跡，登城乞雨靈。妙陽公主[一]院，至竟百花馨。井陘[二]

注釋：

［一］妙陽公主：隋文帝女，出家修行於井陘縣東北苍巖山上福慶寺。寺有公主祠。

［二］井陘：山名，爲太行山的一支，在河北省井陘縣東北，四面高，中央低，形如井，故名。爲河北、山西兩省間的主要關隘。

第五陘之口，飛龍勢攫拏。屏風山名夜宜雪，玉照草名冬始花。神女亦有婿，東海神兒妻。書生安用家？得道化鶴者。望迷雲樹外，赤幟蔽山斜。獲鹿[一]

注釋：

［一］獲鹿：縣名，在河北省，井陘東。

## （一一八）狄武襄祠[一]

應募起田家[二]，威名蠻夏怖。鉦止突而呼，裹創戰逾怒。收帳積聚燔，窺關風雨度。意造鐵連枷，膽落銅面具。龍衣不上聞，録功懼疑誤。將略在讀書，韓范知之素。遺廟蔭喬松，神鴉噪朝暮。下詔昔圖形，丹青等金鑄。字涅今不存，殁後藥誰傅？毋乃失公心，遠祖謝依附。陋哉郭崇韜[三]，泣拜汾陽墓。

注釋：

［一］狄武襄祠：狄青，字漢臣，宋河西人。善騎射，折節讀書，精通兵法。爲人慎密寡言，尤喜推功將佐。仁宗時，西夏趙元昊反，青爲延州指揮使，臨敵披髮，戴銅面具，敵望之如神。帝欲召見，問以方略，會賊寇渭州，命圖形以進。後宣撫荆湖南北路。經制廣南盗賊事。時廣源州蠻儂智高反，值上元節，青張燈設宴，三更，以奇兵奪昆侖關，一晝夜破賊。還至京師，拜樞密使。卒贈中書令，謚武襄。祠在山西境。

［二］「應募起田家」句：狄青起於行伍，故面涅（刺字）。尹洙與青談兵，善之，薦於韓琦、范仲淹曰：「此良將材也。」韓范待之甚厚。范授以《左氏春秋》，且曰：「將不知古今，匹夫勇耳。」帝嘗勅青傅藥除去面涅。青曰：「陛下不問門第，以功擢臣。臣所以有今日，由此涅耳，臣願留此以勸軍中，不敢奉詔。」破儂智高後，斂尸築京觀，尸有衣金龍衣者，衆謂智高已死，欲以上聞。青曰：「安知其非詐耶，寧失智高，不敢誣朝廷以貪功也。」

［三］「陋哉郭崇韜」二句：讚美狄青不願依附唐朝狄仁傑名聲。　郭崇韜，唐莊宗朝爲樞使。自以爲子儀之後。其伐蜀也，過其墓，號而去。汾陽：郭子儀，唐華州人。玄宗時，爲朔方節度使。平安史之亂，聯回紇，征吐蕃，以一身繫天下安危者二十年。累官太尉，中書令，封汾陽王。

## （一一九）文忠烈公祠［一］

介山如龍眠，汾河帶其右。間世鍾異人，公獨得之厚。名聞大契丹，耆英繪者九。吾來拜公祠，典型徵世守。相地開靈渠，溉田八萬畝。視茲萬世利，小節亮不苟。移判蜀錦獄［二］，斷斷無何有。定策社稷臣，没祀鄉祭酒。徘徊釣遊地［三］，毬灌柱穴口。破甕一兒戲，兩宰天下手。比肩三四公，公最享上壽。祠門蒼髯松，儼立商山叟。九原如可作［四］，願作牛馬走。

**注釋：**

〔一〕文忠烈公祠：文彥博，字寬夫，宋介休人。仁宗時，進士及第。累仕四朝，出將入相五十餘年。再相時，與富弼並命，士大夫相賀於朝。彥博立朝端重，顧盼有威，契丹使耶律永昌入覲，見彥博，於殿門外却立改容曰：「此潞公耶？何其壯也。」東坡曰：「使者見其容，未聞其語，其綱理庶務，貫穿古今，雖少年名家有不如。」永昌拱手曰：「天下異人也。」以太師致仕，封潞國公。居洛陽，與富弼、司馬光等圖形於妙覺僧舍，謂之洛陽耆英會。卒年九十二，謚忠烈。祠在山西介休。

〔二〕「移判蜀錦獄」二句：宋仁宗皇祐三年，殿中侍御史唐介劾文彥博知益州日，造間金奇錦，緣閹寺通宮掖，以得執政。介並在帝前面責文曰：「宜自省，即有之，不可隱。」彥博拜謝不已。帝怒甚。梁適叱介下殿。修起居注蔡襄趨進救之，貶英州別駕，而罷彥博知許州。後御史吴中復請召還唐介。文彥博因言於帝曰：「介頃言臣事，多中臣病，其間雖有風聞之誤，然當時責之太深，請如中復奏。」乃召介知諫院。時稱彥博爲長者。

〔三〕「徘徊釣遊地」八句：《宋史·文彥博傳》：彥博幼與群兒戲毬，毬入柱穴，他兒無計可施，彥博取水灌穴而出毬。《宋史·司馬光傳》：光幼與群兒嬉，一兒墮水甕中，群兒驚怖無計，光獨取石擊甕救出之。兩宰，指文彥博、司馬光。「比肩三四公」，指洛陽耆英會十二老，如司馬光、富弼、文彥博、張問等。商山叟，商山四皓，漢之隱士東園公、綺里季、夏黄公、角里先生。避秦亂，居商雒山中。四人皆鬚髮皓白，故曰四皓。

〔四〕「九原如可作」二句：九原，春秋時晉國卿大夫的墓地。《禮記·檀弓下》：「趙文子與叔譽觀乎九原。」後亦泛指墓地。牛馬走：走，仆也。自謙之辭，言願爲人牛馬之仆。司馬遷《報任少卿書》：「太史公牛馬走再拜言……」

## （一二〇）訪傅山人墓 太原人，諱山，字青主，號公之他。神於醫，書畫皆絶藝，隱居不仕

山人醫國手，見垣一方人〔一〕。畫品居第二，草隸皆通神。積書一萬卷，其家故苦貧。鑿坏有時遁〔二〕，下簾甘沉淪〔三〕。九重忽下詔〔四〕，敦迫推蒲輪。棲泉呼勸羽〔五〕，焚木登窮鱗。河汾衆弟子，不令圖麒麟。裔孫

亦彫落，赬肩行負薪。荒壟二三尺，狐兔竄棘榛。棺中遂初服[六]，皂帽漉酒巾。晉書忌觸諱，傳不列遺民。高風一仰止[七]，夙志聊以伸。日落下長阪，萬山青嶙峋。

**注釋：**

[一]「見垣一方人」句：《史記・扁鵲倉公列傳》：扁鵲者，渤海郡鄭人也，姓秦，名越人。少時爲人舍長。舍客長桑君過，扁鵲獨奇之，常謹遇之。長桑君亦知扁鵲非常人也。出入十餘年，乃呼扁鵲私坐，間與語曰：「我有禁方，年老，欲傳與公，公毋泄。」扁鵲曰：「敬諾。」乃出懷中藥予扁鵲：「飲以上池之水，三十日，當知物矣。」乃悉取其禁方書，盡與扁鵲。忽然不見，殆非人也。扁鵲以其言飲藥，三十日，視見垣一方人。以此視病，盡見五臟癥結。此贊傳青主精醫術，可比扁鵲。

[二]「鑿坏有時遁」句：揚雄《解嘲》：「士或鑿坏而遁。」李善注引《淮南子》：「坏，屋後牆。魯君欲相顔闔，使人以幣先（送禮達意）焉，鑿坏而遁。」此贊傳不仕。

[三]「下簾甘沉淪」句：《漢書・嚴遵傳》：遵，字君平，卜筮於成都市，每依卦辭，教人以信義忠孝，日得百錢，足以自養，則閉肆下簾而讀《老子》。揚雄少從之學，曰：「其風聲足以激貪勵俗，亦近古之逸民也。」年九十餘卒。此贊傳安貧樂道。

[四]「九重忽下詔」二句：清朝聞傳山名，曾以博學鴻詞徵之，半道託疾而歸。蒲輪，安車也。以蒲縛輪，避震盪。《漢書・武帝紀》：「安車蒲輪，束帛加璧。」徵聘賢士之殊禮。

[五]「棲泉呼勸羽」四句：棲泉，《南史・吴慶之傳》：王琨爲吴興太守，欲召爲功曹。答曰：「走仆素無人世情，直以明府見接有禮，所以奔走歲時，若欲見吏，則是蓄魚於樹，棲鳥於泉耳。」焚木：介之推，春秋時人，從晉文公出亡，歷遊各國，凡十九年。文公還國爲君，禄賜不及。之推與母隱於緜山。公求之不得，焚山，之推竟死。窮鱗，劉長卿《負謫後登干越亭作》詩：「青衫數行淚，滄海一窮鱗。」「河汾衆弟子」：王通，隋龍門人，字仲淹，幼篤學。西遊長安，奏太平十二策，知謀不用，退居河汾教授，受業者千數，房玄齡、魏徵、杜如晦等唐初名臣，皆其弟子。麒麟，指麒麟閣，漢宣帝圖功臣處。

「勸」，同「倦」。

［六］「棺中遂初服」四句：遂初服，「服」底本誤作「眼」，據世綸堂本改。遂初服，謂去官隱居，得遂其初服也。晉孫綽著有《遂初賦》。漉酒巾：晉陶淵明嘗以葛巾漉酒。見《宋書·陶潛傳》。

［七］「高風一仰止」四句：仰止，《詩·小雅·車舝》：「高山仰止。」表示欽佩之極。

## （一二二）介之推墓[一]

一炬山皆赭，哀猿不可聞。小人還有母，公子在惟君。忌阪竄蒼鼠，綿田棲白雲。瀟瀟寒食[二]夜，風雨颯榆枌[三]。

**注釋：**

［一］介之推：見（一二〇）詩注［五］。墓在緜山。

［二］寒食：《荆楚歲時記》：「冬節一百五日，即有疾風甚雨，謂之寒食，禁火三日。」相傳晉文公焚林求介之推，之推抱木而死，文公哀之，禁人是日舉火，後世始有寒食之俗。

［三］榆枌：枌榆，鄉名，在豐縣，後以借喻鄉里。《漢書·郊祀志》：「高祖禱豐枌榆社。」

## （一二三）郭有道阡[一]

槐龍蜿地墓門荒，明哲千秋俎豆[二]香。師法獨推黄叔度，碑銘無愧蔡中郎。避人詎必皆遼海[三]，埋我何妨不首陽。依舊關心天下計，屋烏爰止慨興亡。

注釋：

［一］郭有道阡：郭有道，即郭泰。《後漢書·郭泰傳》：泰，字林宗，介休人。博通墳典，居家教授，弟子至數千人。嘗遊洛，與河南尹李膺相友善。後歸鄉里，諸儒送者車千乘，林宗獨與李膺同舟而濟，衆賓望之，以爲神仙。嘗遇雨，折巾一角，時人效之，號林宗巾。其見慕如此。嘗舉有道，不就。善品題海内仕，然不爲危言覈論，故黨錮禍起，而林宗獨免。靈帝建寧元年，太傅陳蕃、大將軍竇武爲閹人所害，林宗哭之於野，慟，既而歎曰：「人之云亡，邦國殄瘁，瞻烏爰止，不知於誰之屋耳。」初泰始至南州，過袁奉高，不宿而去，從叔度（黄憲，字叔度），累日不去。或以問泰。泰曰：「奉高之器，譬之氾濫，雖清而易挹；叔度之器，汪汪若千頃波，澄澄不清，撓之不濁，不可量也。」及卒，蔡邕題其墓，曰：「吾爲碑銘多矣，皆有慚德，惟郭有道無愧色耳。」阡，墓道也。杜甫《故武衛將軍輓歌三首》（其三）詩：「新阡絳水遥。」郭泰墓在介休。

［二］俎豆：祭享之器，用以薦牲者。

［三］「避人詎必皆遼海」二句：遼海，遼東。秦漢末亂世，人往往避居遼海。首陽，山名，在山西永濟縣南，即雷首山的南峰。《論語·季氏》：「伯夷、叔齊，餓死於首陽之下。」

## （一一三）晉祠[一]

桐戲祠[二]空草亂生，山懸如甕下環城。龍收隔岸黄雲氣，水送前朝碧玉聲。一夜沉鼉鳴毀壘，千秋盤木記屯兵。摩挲蘚壁留題遍，只數鴛湖[三]二老名。碑刻痏壁頗多，曹詩朱記獨絶。

注釋：

［一］晉祠：《水經注》：「昔智伯遏晉水，以灌晉陽，後人踵其遺跡，蓄以爲沼。沼西際山枕水，有唐叔虞祠。」

［二］桐戲祠：見（八〇）詩注［三］。

［三］鴛湖：鴛鴦湖，在浙江嘉興縣南，一名南湖。二老，曹源泓，字天來，號甫田，清嘉善人，工花鳥，好合寫天竹水仙，名天仙國。朱休度，字介裴，號梓廬，浙江秀水人。乾隆十八年舉人，授山西廣靈知縣，有治績，終任不妄殺一人。深經學，工詩，精數學。死葬皆預定時日如其言。卒年八十一。著有《學海觀滔録》等。

## （一二四）蔡忠襄公祠［一］

飛渡黃河勢已成，但憑一掌守孤城。三千兵帶饑寒色，百二關［二］傳慟哭聲。報國不能生殺賊，殉君何用死留名。遺祠蕭颯橫汾曲，夜夜泉飛白鶴鳴。公葬時，山泉忽飛出，白鶴繞墓。

**注釋：**

［一］蔡忠襄公祠：祠在山西省太原市，祀明末山西巡撫蔡懋德。李自成攻陷太原，懋德與晉王朱求桂同被害，謚忠襄。

［二］百二關：《史記·高祖紀》：「秦形勝之國……持戟百萬，秦得百二焉。」後以喻山河險固之地。《周書·賀蘭祥傳》：「固則神皋西嶽，險則百二猶在。」

## （一二五）北齊宮詞［一］（十首）

（一）席布金錢壁寶裝［二］，等閑握槊又何妨？瓠蘆中月鴞鳴帳，贏得人稱太上皇。

**注釋：**

［一］北齊：高歡之子洋，受東魏禪，國號齊，史稱北齊。都鄴（今河南安陽），轄境爲今河北、山東、河南、山西和遼寧西

部。共傳五主，凡二十八年，爲北周所滅。這十首七言絶句，分詠北齊宫闈瑣事，揭露穢跡：一、二首詠齊武成皇后胡氏與文宣皇后李氏的穢跡醜聞以及武成兄弟叔侄之間的權力鬥爭。三首詠武成殘害樂陵王百年事。四首詠神武婁后逝世後，武成悖禮，不爲服喪事。五首詠後主皇后胡氏和穆氏事。六首詠馮淑妃得後主殊寵，結果淒慘事。七首詠幼主高恒奢侈荒唐的宫廷生活。八首詠幼主高恒時，宫中的荒淫生活，婦女奇粧異服，以及武成的荒謬舉措。九首詠後主迷戀馮淑妃，不恤國事的行爲。十首亦詠後主與馮淑妃事。

［二］「席布金錢壁寶裝」四句：《北齊書·武成皇后胡氏傳》：其母范陽盧道約女，初懷孕，有胡僧指門曰：「此宅瓠蘆中有月。」既而生后。天保初，選爲長廣王妃。産後主（高緯，字仁綱）日，鴞鳴於産帳上。武成（高湛）寵和士開，每與后握槊，因此與后奸通。自武成崩後，數詣佛寺，與沙門曇獻通。布金於獻席下，掛寶裝胡床於獻屋壁，武成平日之所御也。世祖武成皇帝（高歡第九子），河清四年四月，傳位於皇太子高緯，群公上號曰太上皇。

（一）雌霓連蜷化兩雄［一］，二少尼乃男子。雄雞唤起白鳧翁。絹囊淋漉爲尼去，記否横刀昭信宫。

**注釋：**

［一］「雌霓連蜷化兩雄」四句：《北齊書·武成皇后胡氏傳》：帝（高緯）聞皇后不謹，而未之信，後朝太后，見二少尼，悦而召之，乃男子也。《北齊書·上洛王思宗傳》：思宗，神武從子也。天保初，封上洛王。子元海，累遷散騎常侍。皇建末，孝昭幸晉陽，武成居守，元海留典機密。孝昭初許立武成爲皇太弟，及踐祚，乃使武成在鄴主兵，立百年爲皇太子。武成甚不平。先是恒留濟南於鄴，以分武成之權。乃與河南王孝瑜僞獵謀於野。暗乃歸。先是童謡云：「中興寺内白鳧翁，四方側聽聲雍雍，道人聞之夜打鐘。」時丞相府在北城中，即舊中興寺也。鳧翁謂雄雞，蓋指武成小字爲步落稽也。道人，濟南（即廢帝）小名。打鐘，言將被擊也。《文宣皇后李氏傳》：諱祖娥，趙郡李希宗女也，容德甚美。初爲太原公夫人，及帝將建中宫，立爲后。孝昭即位，降居昭信宫，號昭信皇后。武成踐祚，逼后淫亂，云：「若不許我，當殺爾兒。」后懼從之，后有

娠。太原王昭德至閣，不得見。愠曰：「兒豈不知耶，姊姊腹大，故不見兒。」后聞之，大慚，由是生女不舉。帝橫刀詬曰：「爾殺我女，我何不殺爾兒。」對后前，筑殺昭德。后大哭。帝愈怒，裸后亂撾撻之，號哭不已，盛以絹囊，流血淋漉，投諸渠水，良久乃蘇，犢車載送妙勝尼寺。

（三）赤池金帶没深苔[一]，手玦哀號擘不開。人亦如余知愛子，濟南去後樂陵來。

**注釋：**

[一]「赤池金帶没深苔」四句：《北齊書·樂陵王傳》：樂陵王百年，孝昭第二子。初立爲皇太子。帝臨崩，遺詔傳位於武成，並有手書，其末曰：「百年無罪，汝可以樂處置之，勿學前人。」太寧中，封樂陵王。河清三年五月，白虹圍日再重，又橫貫而不達，赤星見，帝欲以百年厭之。召百年。百年自知不免，割帶玦留與妃斛律氏。見帝於玄都苑涼風堂。被捶殺，棄諸池，池水盡赤。於後園親看埋之。妃把玦哀號，不肯食，月餘亦死。玦猶在手，拳不可開。其父光自擘之，乃開。後主時，改九院爲二十七院，掘得一小尸，緋袍金帶，乃百年尸。廢帝高殷，字正道，小名道人，文宣長子也。文宣於天保十年崩，殷即位。因受悸，精神失常。次年八月，太皇太后令廢帝爲濟南王。皇建二年卒，年十七。

（四）晝下清霜夜彗星[一]，三臺置酒樂聲停。白袍未御山神見，漆鼓丁東帶小鈴。

**注釋：**

[一]「晝下清霜夜彗星」四句：《北齊書·齊武明皇后婁氏傳》：齊武明皇后婁氏，諱昭君，贈司徒内干之女也。少明悟，强族多聘之，並不肯行。及見神武於城上執役，驚曰：「此真吾夫也。」乃使婢通意，又數致私財，使以聘己。父母不得已而許焉。大寧二年崩。后未崩，有童謡曰：「九龍母，死不作孝。」后生九子，每孕，必夢龍，故云九龍母。及后崩，武成不改

服，緋袍如故。未幾，登三臺，置酒作樂。宮女進白袍。帝怒，投諸臺下。和士開請止樂。帝大怒，撻之。帝於昆季次實九，蓋其徵驗也。

（五）瑞璽文生鄴水涯[一]，喚他剃髮送還家。酒清酤滿黃花落，空負珠裙七寶車。

**注釋：**

[一]「瑞璽文生鄴水涯」四句：《北齊書·後主皇后穆氏傳》：名邪利，本斛律后從婢也。母名輕霄，本穆子倫婢也。轉入侍中宋欽道家，奸私而生后，莫知氏族，或云即欽道女子也。小字黃花，後字舍利。欽道服誅，黃花因此入宮。有幸於後主，宮內稱爲舍利太監。女侍中陸大姬知其寵，養以爲女，薦爲弘德夫人。武平元年，生皇子恒。陸陰結待，立爲皇太子。又奏請賜舍利姓穆氏。胡氏被胡太后剪髮逐還家，舍利立爲后。初有折衝將軍元正烈，於鄴水中得璽以獻，文曰「天皇后璽」，蓋石氏所作。詔書頒告，以爲穆后之瑞焉。武成時，爲胡后造真珠裙袴，所費不可稱計。被火所燒。後主既立穆后，復爲營之，又遣商胡齎錦綵三萬匹，欲市真珠，爲皇后造七寶車。先是童謠曰：「黃花勢欲落，清觴滿杯酤。」言黃花不久，後主沉湎於酒飲。

（六）賜名續命換隆基[一]，隆基，堂名。禕翟馳來命着之。一自琵琶弦斷絕，布裙老嫗配春時。

**注釋：**

[一]「賜名續命換隆基」四句：《北史·齊馮淑妃傳》：淑妃名小憐，大穆后從婢也。穆后愛衰，以五月五日進之，號曰續命，慧黠，能彈琵琶，工歌舞。後主惑之，坐則同席，出則並馬，願得生死一處，命處隆基堂。周師取平陽，帝獵於三堆。晉州亟告急，帝將還，淑妃請更殺一圍，帝從其言。識者以爲後主名緯，殺圍非吉徵。帝稱妃有功勳，將立爲左皇后，即令使

取褘翟等皇后服御。内參自晉陽以皇后衣至，帝爲按轡，命淑妃著之，然後去。及帝在周遇害，周以淑妃賜代王達，甚嬖之。淑妃彈琵琶，因弦斷，作詩曰：「雖蒙今日寵，猶憶昔時憐。欲知心斷絶，應看膠上弦。」達妃爲淑妃所譖，幾致於死。隋文帝將賜達妃兄李詢，令著布裙配舂。詢母逼令自殺。

（七）鏡殿盆燃火萬枝[一]，青廬牢饌濫恩施。匆匆鞍後金囊在，可似窮村乞食兒。

**注釋：**

[一]「鏡殿盆燃火萬枝」四句：《北齊書·幼主紀》：幼主高恒，人間稱無愁天子。增益宫苑，造偃武修文臺。其嬪嬙諸院中，起鏡殿、寶殿、玳瑁殿，丹青雕刻，妙極當時。鑿晉陽西山爲大佛像，窮極工巧。一夜燃油萬盆，光照宫内。御馬則藉以氈罽，食物有十餘種。將合牝牡，則設青廬，具牢饌而親觀之。又於華林園立貧窮村舍，帝自弊衣爲乞食兒。

（八）假髻西斜剪剔勞[一]，無端盡勢也名刀。持瓢摇樹人如海，索蠍餘功索蝟膏。

**注釋：**

[一]「假髻西斜剪剔勞」四句：《北齊書·幼主妃》：婦人皆剪剔以著假髻，而危邪之狀如飛鳥，至於南面，則髻心正西。又，爲刀子者，刃背狹細，名曰盡勢。又，好不急之務，曾一夜索蠍，及旦得三升。又，初，河清末，武成夢大蝟攻破鄴城，故索境内蝟膏以絶之。持瓢摇樹，魏徵《齊論》：「持瓢者非止百人，摇樹者不惟一手，於是土崩瓦解，衆叛親離，顧瞻周道，咸有西歸之志。」

（九）守龜茲國獵三堆[一]，何用愁爲樂一回。已見林宗從冢出，更聞明月遺兵來。

注釋：

[一]「守龜茲國獵三堆」四句：龜茲，漢時西域古國，今新疆庫車縣境。這裏借比北周。獵三堆、樂一回，見本組詩第六首注[一]。明月，《北史·隋煬帝紀》：「賊帥盧明月，聚衆十餘萬，寇陳汝間。有大流星如斛，墜明月營，破其衝車。」

（十）刻木誰爲死魃形[一]？聖人石上跡曾經。秃師莫叫阿那瓌，且與歸休解卸廳。

注釋：

[一]「刻木誰爲死魃形」四句：《北史》：魏之先，出自黄帝軒轅氏，其裔始均仕堯，時逐女魃於弱水，北人賴其勳，舜命爲田祖。聖人石跡，《北史·馮淑妃傳》：「舊俗相傳，晉州城西石上有聖人跡，淑妃欲往觀之。」「秃師莫叫阿那瓌」，《北史·蠕蠕公主傳》：蠕蠕公主，蠕蠕主鬱久閭阿那瓌女也。蠕蠕强盛，與西魏通和，欲連兵東伐，神武病之，令杜弼使蠕蠕，爲世子求婚。阿那瓌曰：「高王自娶則可。」乃從之。神武崩，子蒸（亂倫）之，從其國俗也。解卸廳，《北史·恩幸傳》：「神獸門外，有朝貴憇息之所，時人號爲解卸廳。」

**（一一六）紀俺答欵塞事，懷明王襄毅公**[一]余分修《山西通志》，見俺答屢入寇，前後死二百餘萬人，自襄毅受欵，迄明季不變，然始多異議，而主於中，善其後者，功俱不可没也（二首）

城郭豐州[二]帝制雄，鉤聯三鎮[三]潰雲中。唇吹石勒[四]漚麻嶺，血浴高歡[五]避暑宮。奇貨歸來和始定，名經請去貢長通[六]。相臣[七]新鄭江陵主議民休息，宋事虛徵葉夢熊[八]。

注釋：

［一］俺答款塞事：明穆宗隆慶四年，屢爲邊患的俺答，因其孫把漢那吉率其仆阿力哥等來降明，恐殺其孫，款塞請盟，通貢互市，以求還其孫。總督王崇古納之。邊吏嘩曰：「此孤孽，無足輕重，宜勿留。」崇古曰：「此奇貨可居。（《史記·呂不韋傳》：「呂不韋見秦異人，曰：『此奇貨可居也。』」）俺答即急之，因而爲市，諭以執送叛人趙全等，我還其孫；若其不急，則我因而撫之，如漢質子法，使招其故部居近塞。俺答老且死，其子黄臺吉（即老把都，蒙古語稱太子或儲君曰黄臺吉。見《清史稿·太宗本紀》）勢不能盡有其衆然後居者，谷蠡秩置塞外，其與黄臺吉搆，則兩利而俱存之；勿搆，則以兵助之，外博興滅扶危之名，而實收其用。」事聞，廷臣喧然，以爲不可。御史葉夢熊争之尤烈。上曰：「慕義來降，宜加獎勵。」其以把漢那吉爲指揮使，阿力哥爲正千户，賜衣一襲。俺答妻恐中國殺其孫，日夜怨俺答。俺答亦悔，遂擁衆十萬壓境。崇古命百户趙崇德往諭以國恩，要其縛叛示信。俺答夫婦感且愧曰：「漢乃肯全我孫，我且囓臂盟，世世服屬，何有於叛人？」遂定盟通市，執趙全（漢人，叛降俺答，導之侵犯北邊者）等來獻。崇古遣那吉歸。那吉感泣，誓不敢負中國。帝封俺答爲順義王，賜紅蟒衣一襲，綵幣四表裏，昆都力合、黄臺吉授都督同知，各紅獅子衣一襲，綵幣表裏。王崇古，字學甫，蒲州人。嘉靖進士。隆慶初以兵部侍郎總督陝西延慶甘肅軍務，在陝七年，功甚多。後移宣大總督，以受降俺答功，進少保，兵部尚書，賜蟒玉，世襲錦衣千户，卒謚襄毅。

［二］豐州：明封俺答爲順義王。俺答築城豐州而居。即今内蒙古自治區呼和浩特市。

［三］三鎮：明代以居庸、紫荆、倒馬爲内三關，雁門、東武、偏頭爲外三關，均駐兵鎮守。雲中，郡名，戰國時，趙國北部地，今山西與内蒙交界之處。

［四］吹唇：《通鑑》：齊明帝建武四年，衆號百萬，吹唇沸地。吹唇，吹哨也。石勒，字世龍，初名間，晉代五胡之一，羯族，後趙國王。

［五］高歡：北齊之祖，初仕後魏，鎮朔方，起兵平爾朱氏之亂，擁立孝武帝。歡爲丞相專權，帝西走依宇文泰，歡别立孝静帝，由是魏分東西。及子高洋篡魏，進尊號爲神武帝。這兩句指俺答入寇山西等處，即五代逐鹿之地。

［六］「名經請去貢長通」句：《明實録》第六十五卷：隆慶六年，俺答請發給金字番經及遣喇嘛番僧傳習經咒。

［七］相臣：張居正，字叔大，別號太岳，江陵人。嘉靖進士。穆宗時，與高拱並相。神宗時，代拱爲首輔。飭吏治，整邊備，綜覈名實，信賞必罰，爲相十年，海内稱治。卒謚文忠。高拱，字肅卿，新鄭人。嘉靖進士。官至大學士。性强直自遂，頗快恩怨。初以徐階薦，入閣，旋與階不協，乞歸。後復入相。以彈内臣馮保被逐。卒謚文襄。

［八］葉夢熊：字男兆，歸善人，嘉靖進士。穆宗時爲御史，俺欵塞請盟，夢熊以宋代與遼金議和事爲例，諫穆宗，被貶郃陽丞。萬曆時屢擢右副都御史，巡撫甘肅。有膽識，敢任事。呼拜反，上疏自請討賊。尋代總督。寧夏平，以功進右都御史，太子太保。入爲南京工部尚書卒。

不信漁陽［一］突騎粗，連年膽落鐵浮圖［二］。奇功忽逸桃松寨［三］，小勝惟誇莜麥湖［四］。海若［五］何心邀祭典，閼氏［六］有手握兵符［七］。西方以次皆歸欵，衣賜紅獅老把都。事詳《韃靼傳》。

**注釋：**

［一］漁陽：唐郡名，約當今薊縣、平谷等地，州城西北有漁山，郡在山南，故名。突騎，衝鋒陷陣之騎兵。《漢書·光武紀》：「平原易地，輕車突騎。」

［二］鐵浮圖：《宋史》：「兀术被白袍，乘甲馬，其兵皆重鎧甲，號鐵浮圖。」此借指俺答軍。

［三］桃松寨：《明史·韃靼傳》：俺答子辛愛之妾名。私部目收令哥，懼誅來降。總督楊順詡爲奇功，致之闕下。辛愛來索不得，乃縱掠大同諸墩堡，圍右衛數匝。順懼，乃詭言敵願易，我以趙全、丘富（叛降俺答者），本兵許論以爲便，乃遣桃松寨夜逸出塞，紿之西走，陰告辛愛，辛愛執而殺之。

［四］莜麥湖：《明史·俺答傳》：四十一年冬，俺答數犯山西、寧夏塞，延綏總兵趙岢分部鋭卒，令裨將李希靖等東出

神木堡，擣敵帳於半坡山。徐執中等西出定邊營，擊敵於莜麥湖，皆勝之，斬一百五十級。

［五］海若：海神。《楚辭・遠遊》：「使湘靈鼓瑟兮，令海若舞馮夷。」

［六］閦氏：漢時匈奴皇后之稱。此借指俺答之妻。《明史・韃靼傳》：隆慶四年冬，俺答有孫曰把漢那吉，俺答第三子鐵背臺吉子也，育於俺答妻所。長娶妻比吉。把漢復聘襖爾都司女，即俺答外甥女，貌美，俺答奪之。把漢怒，遂率其屬阿力哥等十人來降。大同巡撫方逢時受之，給官爵，豐館舍，飭輿馬，以示俺答。俺答急，則使縛叛人趙全來，不聽則脅以誅把漢，使之歸撫。時俺答西掠土番，聞之，即還約諸部入犯。王崇古嚴禦之。敵使來請命。崇古告以朝廷待把漢厚，爾能執趙全等來獻，即釋把漢。俺答大喜從命。崇古乃釋把漢歸。俺答上表謝。帝封俺答爲順義王，賜紅蟒衣一襲，昆都力哈、黄臺吉授都督同知，各賜紅獅子衣一襲。

［七］握兵符：《明史・韃靼傳》：萬曆十五年春，黄臺吉死，子撦力克嗣，其妻三娘子，故俺答所奪之外甥女而爲婦者也，歷配三王，主兵柄，爲中國守邊保塞，衆畏服之，乃敕封爲忠順夫人，自宣大至甘肅，不用兵者二十年。

## （一二七）砥柱峰［一］

河從受降城［二］，北折徑南注。萬山束縛之，龍性馴不怒。及茲下三門［三］，噴礴流懸布。砥柱屹當衝，四旁絶依附。何所恃而傲，力與河伯［四］忤。摧剛終成柔，條分左右去。捲土趨向東，昏墊［五］逮徐豫［六］。神禹無治法，計窮籲天助。鏟除昆侖山，絶河之來路。西海爲尾閭［七］，是龍安身處。

**注釋：**

［一］砥柱峰：一作底柱，山名，在山西、陝西、河南交界一段黄河中。

［二］受降城：漢武帝使將軍公孫敖所築，在今内蒙自治區河套北。

［三］三門：三門峽，即砥柱所在地，在河南陝縣東北黄河中，河水至此分流，故名。
［四］河伯：黄河神。《史記·河渠書》：「河伯許兮薪不屬。」
［五］昏墊：泥沙淤積。
［六］徐豫：徐州、豫州。禹分天下爲九州：青、冀、兖、徐、豫、荆、揚、雍、梁。
［七］尾閭：海水所匯聚處。《莊子·秋水》：「天下之水，莫大於海，萬川歸之，不知何時止而不盈；尾閭泄之，不知何時已而不虚。」

## （一二八）天門關[一]

一髮峆岈[二]路，摩天虎勢蹲。豁崖排雁齒，紆磴蹙魚鱗。莽伏探丸地[三]，雞鳴載槖人[四]。盜依此爲窟穴，得手隨遁。春秋嚴重閉，甌脱[五]是西鄰。

**注釋：**

［一］天門關：一稱天井關，在山西省晉城東南，太行山之一隘。
［二］峆岈：山谷空洞貌。
［三］「莽伏探丸地」句：莽伏，謂潛伏兵戎於林莽之中，後來沿稱盜匪藏匿者曰伏莽。《易·同人》：「伏戎於莽。」探丸，《漢書·尹賞傳》：「長安閭里少年群輩殺吏受賕報仇，相與探丸爲彈，得赤丸者斫武吏，黑丸者斫文吏。」
［四］「雞鳴載槖人」句：雞鳴，兵器，句子戟，或謂之雞鳴，或謂之擁頸。見《考工記·治氏注》。槖，囊也。
［五］甌脱：境上斥堠之室。後沿稱邊界棄地爲甌脱。《史記·匈奴傳》：「東胡與匈奴間，中有棄地莫居千餘里，各居其邊界爲甌脱。」

## （一二九）赤洪嶺[一]

爾朱[二]曾敗績，元海[三]此稱兵。草没方山堡[四]，風寒左國城[五]。黄河魚大上，白晝虎横行。戰地稀人跡，深叢鬼火明。

注釋：

[一]赤洪嶺：在今山西省朔縣境。即北魏時的秀容附近。《北齊書·神武紀》：孝昌元年七月，破爾朱兆於赤洪嶺。

[二]爾朱：爾朱榮，後魏時人，世爲秀容領民酋長。明帝時，討賊有功，封六州大都督，擁兵屯晉陽，立莊帝，封太原王，被帝所殺。

[三]元海：《北齊書·上洛王思宗傳》：子元海，周建德七年，於鄴城謀逆，伏誅。

[四]方山堡：在陝西隴縣西南。

[五]左國城：在山西離石縣東北，西晉時，劉淵稱大單于於左國城。

## （一三〇）曲峪鎮遠眺 時西陲方用兵[一]

地近邊秋殺氣生，朔風獵獵馬悲鳴。雕盤大漠寒無影。冰裂長河夜有聲。白草衰如征髮短，黄沙積與陣雲平。洗兵一雨[二]紅燈濕，羊角魷魚堠火明。前明邊堠掛紅燈其上，魷魚皮爲之，膠以羊角，雨濕不壞。

注釋：

[一]曲峪鎮：在山西省北境。西陲用兵，指討准、回之役。

[二]洗兵雨：《説苑》：「武王伐紂，風霾而乘以大雨。散宜生曰：『此妖也。』武王曰：『非也，天洗兵也。』」

## （一三一）三垂岡[一]

英雄立馬起沙陀，奈此朱梁[二]跋扈何。隻手難扶唐社稷，連城且擁晉山河。風雲帳下奇兒在，鼓角燈前老淚多。蕭瑟三垂岡畔路，至今人唱百年歌。

**注釋：**

[一]三垂岡：亦名三垂山，在山西潞城縣西。唐晉王李克用（沙陀族）嘗置酒於此，令伶人歌《百年歌》（樂曲名），至於衰老之際，其詞甚悲，坐上皆悽愴。時長子存勗在側，方五歲，克用慨然捋鬚指而笑曰：「此奇兒也，後二十年，其能代我戰於此乎？」後存勗果於三垂岡破梁軍，歎曰：「此先王置酒處也！」凱旋後告廟。見《五代史》。

[二]朱梁：五代梁朱温。

## （一三二）分水嶺[一]

形如人字，一脊中分，山南據脊，利歸山南；山北據脊，利歸山北。遼爭黃嵬山三十餘里，意在得嶺而自上臨下也，見宋割分水嶺界議

人字山形扼兩頭，中分於此畫鴻溝[二]。增金已誤尋盟議[三]，澶州之役。啟户真成揖盜謀。始信啼鵑皆北徙，割地之議，荆公[四]主之，故並及福建子。能禁牧馬不南遊？黃嵬坡下無多路，直抵燕雲十六州[五]。

**注釋：**

[一] 分水嶺：在今河北省境。

[二] 鴻溝：本楚漢分界處，後相沿指分界曰鴻溝。《史記・高祖紀》：「項王乃與漢約，中分天下，割鴻溝以西者爲漢，鴻溝以東者爲楚。」

[三]「增金已誤尋盟議」句：宋真宗澶淵之役，契丹請盟，欲得關南地。帝曰：「索地無名，欲金帛，無傷朝廷之體。」結果以銀十萬兩，絹二十萬匹成約。

[四] 荆公：指王安石。王安石、吕惠卿皆南人也。《邵氏聞見録》：「先公治平間，與客散步天津橋上，聞杜鵑聲，慘然不樂曰：『洛陽舊無杜鵑，今始至，有所主。』客曰：『何也？』先公曰：『不二年，上用南士爲相，多引南人，專務變更，天下自此多事矣。』天下將亂，地氣自南而北。禽鳥得氣之先者也。」福建子，《宋史・吕惠卿傳》：「惠卿逢合安石，驟致執政。安石去位，遂極力詆之，至發其私書於上。安石退處江寧，往往寫『福建子』三字，蓋深悔爲惠卿所誤也。」惠卿，閩人，故云。

[五] 燕雲十六州：五代時，晉主石敬塘割與遼者，宋時未收歸版圖。

## （一三三）長平坑[一]

四十萬人無一活，誰實坑之曰趙括[二]。於武安君[三]乎何尤，乃云食報在杜郵[四]。設也其父馬服君行師，雖有百起胡能爲。讀父書者古來少，其母知之君不知。坐令千載長平下，孤人之子妻則寡。天陰雨濕聲啾啾，白骨如麻埋曠野。嗚呼新安二十萬降人[五]，從此勿怨西楚怨西秦。

**注釋：**

[一] 長平坑：在今山西省高平縣西北。秦將白起大敗趙師於此，坑降卒四十萬人。今其地有省冤谷，東西南北各

六十步，即白起坑趙卒處。舊名殺谷，唐明皇過此改名。

［二］趙括：趙國田部吏趙奢之子，徒能讀父書而不能活用。趙欲用之禦秦，其母諫不聽，曰：「毋累及我。」及戰，果大敗，趙卒四十萬降秦，爲秦將白起所坑。　趙奢，爲趙田部吏，秦伐韓，韓請救於趙，趙以奢爲將，大破秦軍，號爲馬服君。

［三］武安君：白起，郿人，善用兵，秦昭王用爲左庶長，戰勝攻取凡七十餘城，封武安君。後被秦王賜死於杜郵。

［四］杜郵，在今陝西省咸陽縣東北，有杜郵館，即白起伏劍處。

［五］「新安二十萬降人」句：新安，在今河南省澠池縣東。項羽率諸侯兵欲西入關。先是諸侯吏卒戍秦中，秦人遇之多無狀，及秦軍降楚，諸侯吏卒乘勝折辱奴虜使之，秦吏多怨，竊言。　羽計衆心不服，至關必危，於是夜擊坑二十餘萬人於新安。　西楚，項羽自號爲西楚霸王。

## （一三四）劉王溝［一］

龍門鬐鱗變日精［二］，左手文以名其名。提挈五部摧亂晉，蚩尤熒惑躔幽並。十年任子孤羈宦，欷歔縱酒傷讒間。摧胣宜早斷先機，養虎群知遺後患。一朝雲雨騰蛟龍，棲冰銜膽［三］老英雄。居然帝業紹炎漢［四］，玉璽躍出汶河中。前都離石後蒲子，荒溝廟貌留遺址。獵火當年照地來，旌旗影繞雲霞紫。再傳東市血斑斕，墓掘宮燒指顧間。永光陵名［五］遊魂棲泊處，蒙珠離國不周山［六］。

**注釋：**

［一］劉王溝：在山西省離石縣境，因劉淵稱帝於此而得名。

［二］「龍門鬐鱗變日精」等八句：劉淵，五胡前漢之主，匈奴種。南匈奴自漢以後，入居塞內，自以與漢和親，冒姓劉氏，家於汾晉之間。魏分其衆爲五部。淵於晉初爲左部帥。惠帝時，統兵駐鄴。八王之亂，淵勸成都王招集五部平亂。歸

至左國城（山西離石縣東北），遂被推爲大單于，稱漢王。又五年稱帝，徙都平陽。劉聰，淵第四子，母爲淵妾張氏，懷娠時，夢日入懷，十五月而生，形體偉岸，左耳有一白毛，長二尺餘，閃閃有光，淵因取名爲聰。及長博通經書百家及孫吴兵法，善騎射，膂力絶人，淵甚鍾愛。淵死，聰即帝位。聰荒淫酒色。時多天變，有三日出西方，平陽地震，崇明觀陷爲陂池，池水血，赤龍從水中飛去，流星起自牽牛，入紫微垣，狀如龍，墮平陽化爲肉，后生蛇獸走至墮肉處等。聰亦病危見鬼而死。詳見《晉史》。

［三］棲冰銜膽：用越王勾踐典，乃劉淵爲漢主時所下詔諭中語。

［四］炎漢：漢以火德王，故稱。

［五］永光陵：劉淵之陵墓。

［六］不周山：在新疆蒙古一帶，乃匈奴所居處。

## （一三五）寧武關弔周忠武［一］

函谷泥丸［二］封不固，黄河處處防飛渡。擺邊殘卒苦無多，連城已破蒲汾潞。晉陽退保寧武關，砲車四面高於山。彼衆番進我援絶，巷戰手中無寸鐵。跳篘［三］騰空三丈高，老拳巨顙相分裂。抵死罵猶不絶口，全家婢子登埤守。潰圍力竭劉遐妻［四］，斜築尸填朱序母［五］。烽火長驅達帝京，降書揖賊争前迎［六］。寧武既破，賊亦大創思退，大同、宣府兩鎮總兵官相繼迎降，賊遂長驅而東。關頭夜黑英雄鬼，風雨靈旂捲哭聲。

**注釋：**

［一］寧武關：在山西省太原西北。周忠武：周遇吉，山西總兵，駐代州（在寧武關東）。聞李自成軍至，閉城固守。食盡，退守寧武關。城破，巷戰而死。妻劉氏率婦女登城死守，闔家俱死。遇吉謚忠武。

［二］函谷泥丸：《東觀漢記》：「隗囂將王元説囂背漢，曰：『元請一丸泥，爲大王東封函谷關。』」

［三］跳篘：猶言跳躍。

［四］劉遐妻：《晉書·明帝紀》：石勒將石季龍寇兗州，刺史劉遐自彭城退保泗口。劉遐，字正長，廣平易陽人也，性果毅，便弓馬，開豁勇壯，冀方比之張飛、關羽，以功封泉陵公。冀州刺史邵續深器之，以女妻焉。妻驍果有父風。遐嘗爲石季龍所圍，妻單將數騎，拔遐出於萬衆之中。詩藉以贊周夫人劉氏。

［五］朱序母：《晉書·朱序傳》：序，字次倫，義陽人。爲梁州刺史，鎮襄陽。苻堅遣將圍序，城陷被執。後謝石與堅戰淝水，序唱言堅敗，軍遂大潰，序乃得歸，拜龍驤將軍，豫州刺史。苻堅攻襄陽時，序母韓氏，挈婢仆登城視察，見西北隅不固，即築斜城於内，城賴以不陷。序被督護李伯護縛送秦軍。母與婢仆出走，繞道歸晉。詩藉以贊周夫人劉氏。

［六］「降書揖賊争前迎」句：《明史》載：自成破寧武關後，大同總兵姜瓖、宣府總兵王承允相率降自成。自成乃得鼓行而東，直薄京師。

## （一三六）太行[一]（二首）

崑崙西極忽東遊，華蓋隆然一脈收。太行支脈，來自崑崙。形如華蓋。爵讓公侯頒五嶽[二]，靈興雲雨潤三州[三]。尚留丹竈媧皇石[四]，曾繫黃龍大禹舟[五]。南北兩條分半脊[六]，直將天地劃鴻溝[七]。

**注釋：**

［一］太行：山名，亦名五行山，爲昆侖山脈一支，跨河南、河北、山西界，山以百數，隨地異名，總曰太行。包括汾河以東，碣石以西，長城黃河間諸山，均爲太行山脈，山西晉城縣南太行山，乃太行之主峰。

［二］「爵讓公侯頒五嶽」句：謂太行不及五嶽，未得封爵。五嶽，嵩山、泰山、華山、衡山、恒山。古代天子巡狩之所，封以爵位。

［三］三州：幽州、冀州、并州。

［四］丹竈：山有仙人煉丹竈古跡。媧皇石，山有女媧補天石古跡。

［五］黃龍大禹舟：黃龍，指黃河。大禹舟，相傳大禹治水，繫舟於此。

［六］分半脊：《括地志》：「太行連亘河北諸州，凡數千里，始於懷而終於幽，爲天下之脊。」

［七］鴻溝：見（一三二）詩注［二］。

兒孫羅列百靈朝［一］，小白懸車［二］道路遥。掉尾爲龍翻碣石，太行連延，東北接碣石入海。連群如馬勒中條［三］。孕生碧獸跪而乳，有獸狀如麢羊，名曰騂。壓住黃河痞不驕。呵吸仰疑通帝座［四］，淩雲我欲上山椒［五］。

**注釋：**

［一］「兒孫羅列百靈朝」句：謂太行山爲主峰，其他峰如兒孫之羅列，如百靈之朝拜。

［二］小白懸車：山中道路名。

［三］中條：山名，在山西省永濟縣東南，東接太行，山狹而長，西華嶽，東太行，此山居中，故曰中條。

［四］帝座：星名，在天帝垣内。又太微垣，紫微垣，各有五帝座。

［五］山椒：山頂。

## （一三七）紫荊關［一］

燕趙南通路，雄關扼要樞。前心遮倒馬［二］，右臂展飛狐［三］。棘刺鉤衣利，霜稜殺草枯。歐陽遺策在，文忠公有疏，言紫荊形勢甚悉。保障指浮圖。關，一名石浮圖。

注釋：

［一］紫荆關：在今河北省易縣西紫荆嶺上，即太行山之第七陘——蒲陰陘，宋時名金陂關，金元以來，始名紫荆關，爲通山西之要道。

［二］倒馬：倒馬關，在今河北省唐縣西北，即漢之常山關，以山路險滑，馬爲之倒而得名。明代與居庸、紫荆，合稱内三關。

［三］飛狐：飛狐嶺，在今河北省淶源縣北，跨蔚縣界，其地兩崖壁立，一道微通，凡百餘里。漢初酈生説漢王距飛狐之口，塞白馬之津，即其地。東走宣府，西趨大同，爲往來必經之要道。紫荆、倒馬恃以爲外險。

## （一三八）汾郡[一]春日

一桁亭樓影，瓊簫出翠扉。花深鸎[二]入定，莎軟燕忘歸。宿雨隨旗卷，晴雲擁馬飛。吹來香不斷，蝶粉污春衣。

注釋：

［一］汾郡：即今之汾陽縣，在山西省。

［二］鸎：同「鶯」。

## （一三九）題崔拙圃太守詩集

名應階，江夏人，少隨廣東總戎任，善騎射，同知直隸西路，以捕劇盗報最，擢汾州府，時西事甫平

少游南上紅毛城[一]，鯨波熨貼樓舩行。黄來笏竹番蒜果[二]，入手磊落堆甲兵。北轅一官主殺賊，山東

西搜丸赤白[三]。弓聲霹靂箭餓鴟，月黑射虎如射石。帽檐欹側帶有餘，乃公雅復治詩書[四]。賦出入塞氣慷慨[五]，飄飄欲封狼居胥。有時變調宫商换，紅豆[六]相思情繾綣。柳條攀處馬蹄遥[七]，花片飛時鶯語勸。沅有芷兮澧有蘭[八]，楚人自昔多哀怨。秋風飛雁落汾河，我奏吴歈[九]和楚歌。和歌方酣拔劍舞，凱旋報道羌戎和。馬蒲桃[一〇]，草苜蓿。龜兹樂，于闐玉。邛竹蒟醬通身毒，底定屬國三十六。爲拓岐陽石鼓碑，載賡元狩簫鐃曲。

**注釋：**

[一]「少游南上紅毛城」句：秦觀，字少游，號太虚，宋高郵人。工文章，長於議論，詩詞亦清麗。元祐初，蘇軾薦於朝，除太學博士。累官國子編修。坐黨籍削秩，編管横州，徽宗時，復宣德郎，放還至藤州卒。有《淮海集》。這裏借指崔應階。紅毛城，指廣州。紅毛番，即荷蘭人。廣州爲外貿集中地，荷蘭人常來互市，故稱。

[二]「黄來笏竹番蒜果」句：黄來、笏竹、番蒜果，均廣東土産。見《廣東新語》。堆甲兵，謂廣東風物一入崔手，即成詩料。

[三]赤白丸：見（一二八）詩注[三]。指盜賊所用彈丸。這裏借指盜賊。蘇軾《約公擇飲是日大風》詩：「偷兒夜探赤白丸，奮髯忽逢朱子元。」

[四]「乃公雅復治詩書」句：《漢書·陸賈傳》：「賈時時前説稱詩書，高帝駡之曰：『乃公於馬上得天下，安事詩書？』賈曰：『馬上得之，寧可馬上治之？』」

[五]「賦出入塞氣慷慨」句：《晉書·樂志》：「出塞、入塞，漢横吹曲名，李延年造。」「封狼居胥」，見（一〇九）詩注[一一]。

[六]紅豆：亦稱相思子，産廣東。王維《相思》詩：「紅豆生南國，春來發幾枝。願君多採擷，此物最相思。」

[七]「柳條攀處馬蹄遥」句：許堯佐《章臺柳傳》：章臺街妓柳氏，爲韓翃所眷。天寶末，盜覆兩京，柳爲蕃將沙叱利

所得，虞侯許俊奪之，復歸於翃。翃失柳時，曾作歌曰：「章臺柳，章臺柳，昔日青青今在否？縱使長條依舊垂，也應攀折他人手。」

［八］「沅有芷兮澧有蘭」句：沅水、澧水旁所生之香草。《楚辭·九歌·湘夫人》：「沅有芷兮澧有蘭，思公子兮未敢言。」

［九］吴歈：吴歌。《楚辭·招魂》：「吴歈蔡謳，奏大呂些。」

［一〇］「馬蒲桃」八句：馬蒲桃、草苜蓿，均西域物産，詳見《漢書·張騫傳》。龜兹，漢時西域國名，約當今新疆庫車縣境。邛竹，可爲手杖，産四川省黎雅邛笮諸山。張騫言在大夏見蜀布邛竹杖。邛，同筇。蒟醬，蒟子所作之醬，可調味。左思《三都賦》：「邛杖傳節於大夏之邑，蒟醬流味於番禺之鄉。」「底定屬國三十六」，張騫通西域，屬國三十六。見《漢書·張騫傳》。這裏借指清初平定新疆准、回事。「載賡元狩簫鐃曲」：載，發語詞；賡，和也。元狩，漢武帝年號。簫鐃曲，簫鐃歌。《雲笈七籤》：「黄帝以伐叛之功，始令岐伯作軍樂鼓吹，謂之簫鐃歌，以爲軍之警衛。」

## （一四〇）題《耕巖草堂圖》，爲沈榑崖山人［一］

河邊石人眼一隻［二］，翟泉鵝一蒼白色。剿餉練餉名無實［三］，六隅四正空豢賊。墨縗據坐中樞堂［四］，三疏抗論直臣直，帝閽沉沉日月黑。鼎湖大去廟祏空［五］，一馬渡江魚非龍。春燈蟋蟀獅子賺，持此籌國何從容。漢起黄巾赦鉤黨［六］，小朝廷反張羅網。網盡東林復社人，報復私仇忘板蕩。但見倉鷹擊殿飛，誰防鐵騎横江上。耕巖名在刊章中［七］，弋者何篡冥冥鴻。破家無事容張儉，亡命幡然竄蔡邕。金華山深瑶草秀，有流可枕石可漱。亂定草堂歸去來，白髮如新面已縐。彭澤松菊認宋遺，武陵衣冠襲秦舊。文孫墨妙繪作圖［八］，展卷一片煙糊糢。君不見洛陽銅駝卧荆棘，玉津金谷青蕪國。此堂獨作魯靈光，不受昆明刼灰蝕。他年宛水去揚舲，門巷依稀夢餉經。其旁定種冬青樹，其下應修野史亭。

注釋：

〔一〕《耕巖草堂圖》：沈壽民，字眉山，號耕巖，世爲宣城人。明季魏忠賢興黨禍，以先生爲首。先生變姓名，入金華山中。南都亡，遂匿跡山中，採藜藿以自食，足不履城市者三十年。康熙乙未（一七一五）五月卒，年六十九。疾革，命門人執筆曰：「以此心還天地，此身還父母，此學還孔孟。」語畢瞑目。圖爲其孫沈樗崖所作。

〔二〕「河邊石人眼一隻」二句：指李自成。自成，陝西米脂人。初從其舅高迎祥。迎祥死，被推爲闖王。開封之戰，明將陳永福射中自成左目。崇禎十七年，稱王於西安，國號大順。率兵東向，所至皆破，遂攻下京城。崇禎帝自縊於景山。吴三桂引清兵入關，自成西走，清兵追之，自成逃至九宫山，爲村民圍困，自縊死。翟泉，在洛陽城内，大倉西角池水也。《晋書·懷帝紀》：「洛陽步廣地陷，有二鵝出，色蒼者沖天，白者不能飛。」

〔三〕「剿餉練餉名無實」二句：謂明末苛捐雜税，剿餉練餉，名爲練兵，實則擾民，民叛四起。剿餉練餉：崇禎十二年，命邊鎮及畿輔山東河北四總督各抽練兵額，共七十三萬多，又練民兵，於是剿餉外，復畝加練餉銀一分，共增銀七百三十萬，時與遼餉剿餉並稱爲三餉。六隅四正，指全國。

〔四〕「墨縗據坐中樞堂」三句：崇禎中行保舉法。浙江巡撫張國維以沈壽民應詔。壽民至即疏劾兵部尚書楊嗣昌奪情及熊文燦主撫之罪。由是名動天下。墨縗，喪服。楊嗣昌在服喪中被奪情起用爲兵部尚書。

〔五〕「鼎湖大去廟祏空」四句：指崇禎帝自殺，福王朱由嵩在南京登位，改元弘光。寵用馬士英、阮大鋮等，朝政日非事。鼎湖，《史記·封禪書》：「黄帝鑄鼎於荆山下，鼎成，乘龍上仙。後人因名其處曰鼎湖。」後人用以指帝王之死。廟祏，宗廟藏宔之石室。「一馬渡江魚非龍」，《晋書》載：司馬氏南渡時民謡云：「五馬渡江來，一馬化成龍。」此借指朱由嵩非治天下之帝王。「春燈蟋蟀獅子賺」，阮大鋮撰傳奇《春燈迷》等進宫中，取媚弘光帝。蟋蟀，蟋蟀相公，指馬士英。《柳南隨筆》：「馬士英爲人極似賈秋壑，其聲色貨利，無一不同，羽書倉皇，猶以鬥蟋蟀爲戲，一時目爲蟋蟀相公。」獅子賺，亦馬士英嬉戲之一。賺，宋代市井賣唱者所唱之纏令。

〔六〕「漢起黄巾赦鉤黨」六句：黄巾，東漢靈帝時，鉅鹿人張角，奉道教，以符水咒語治病，號太平道，聚衆數十萬，起兵叛漢，皆著黄巾。　鉤黨，東漢桓帝時，宦官排斥正人，指李膺、范滂等爲黨人，株連萬餘人，史稱鉤黨之禍。「小朝廷反張羅網」，謂弘光朝廷，馬士英、阮大鋮等排斥東林、復社之陳貞慧、夏允彝等。　東林，明萬曆年間，無錫顧憲成就宋楊時東林書院講學，議論朝政，爲魏忠賢所忌，目爲東林黨，誅斥殆盡。　復社，明天啟時，張溥等結復社，繼東林講學，弘光時，阮大鋮以報私仇，逮主持者陳貞慧等，亦爲黨禍之一。　板蕩，謂政局動盪也。《詩・大雅》有《板》、《蕩》二篇，言厲王失政，天下不安。　倉膺擊殿，《戰國策》：「要離之刺慶忌也，倉鷹擊於殿上。」　鐵騎，謂軍馬之强悍也。《魏書》載：司馬德宗將劉裕伐慕容超，超曰：「但令度硯，我以鐵騎踐之。」此指清軍。

［七］「耕巖名在刊章中」十句：　刊章，謂沈壽民名在黨人名單中，將被排斥。「弋者何篡冥冥鴻」，謂沈壽民隱居深山，無從捕獲也。《後漢書・逸民傳序》：「揚雄曰：『鴻飛冥冥，弋者何篡焉。』言其違患之遠也。」　張儉，字元節，高平人。漢桓帝時，嘗劾中常侍侯覽。覽誣以黨事搜捕之。　遁去，望門投止，莫不重其名行，破家相容。嘗奔東華李篤家，外黄令毛欽提兵到門，篤曰：「張儉知名天下而亡，非其罪，豈忍報之乎？」欽歎息而去。　蔡邕，字伯喈，陳留人。靈帝時拜郎中，與楊賜等奏定六經文字，立碑太學門外。　尋以事免官。　董卓辟爲祭酒，邕竄逃無所，不得已而出，累官中郎將。後以卓黨死獄中。　枕流漱石，《世説新語・排調》：「孫楚欲隱，謂王濟曰：『當枕石漱流。』誤云枕流漱石。濟詰之。楚曰：『枕流欲洗其耳，漱石欲礪其齒。』」　歸去來，晋陶潛爲彭澤令，恥爲五斗米折腰，將歸隱，賦《歸去來辭》以見志。辭有「三徑就荒，松菊猶存」等句。　陶爲晋之遺民。入劉宋，詩文但書甲子，不用年號。「武陵衣冠襲秦舊」，陶潛《桃花源記》中語。

［八］「文孫墨妙繪作圖」十句：　謂沈壽民之孫沈樗崖繪作圖。　文孫，敬稱人之孫。《書・立政》：「繼自今文子文孫。」本謂文王子孫，後人沿用以稱人之孫。　銅駝荆棘，見（一一）詩注［五］。　玉津，玉津園，在河南開封南門外，五代時周置，宋代諸帝嘗遊幸之。　金谷，金谷園，在洛陽西，晋石崇建。　魯靈光，靈光殿，漢景帝子魯恭王所建。王延壽《魯靈光殿賦序》：「初恭王始都下國，好治宫室，因魯僖基兆而營焉。　遭漢中微，自西京未央、建章之殿，皆見隳壞，而靈光巋然獨存。」　劫灰，見（一八）《鳳凰臺》詩注［五］。　宛水，源出安徽宣城縣東南三十里之峄山。　冬青樹，見（一三）詩注

[一四]。野史亭，《金史·元德明傳》：「子好問，晚年尤以著作自任，以金源氏有天下，典章制度，幾及漢唐，不可令一代之跡泯而不傳，乃築亭於家，著述其上，號野史亭。」

## （一四一）懷人詩（六首）

### 吳浣陵[一]

白髮梨園[二]幾個存，花殘月謝忍重論。珊瑚樹大徒豪舉[三]，薏苡車多是禍根[四]。城上鶴歸應失路[五]，樓中燕老尚銜恩[六]。瀟瀟寒食西泠雨[七]，誰對棠梨哭墓門？

**注釋：**

[一]吳浣陵：生平不詳。

[二]梨園：《唐書·禮樂志》：「明皇選坐部伎子弟三百，教於梨園，聲有誤者，帝必覺而正之，號皇帝梨園弟子。宮女數百，亦爲梨園弟子，居宜春北苑。」後沿以稱演員。

[三]「珊瑚樹大徒豪舉」句：《晉書·石崇傳》：石崇，字季倫，南皮人。累官荊州刺史。使客航海致富。置金谷別墅於河陽。後遷衛尉。與王愷、羊琇之徒以奢靡相尚。愷得珊瑚樹，高二尺，以示崇。崇以鐵如意擊碎之。愷惋然。崇曰：「不必怏怏。」使左右取三四尺高者六七枝。愷恍然自失。有妾曰綠珠。孫秀索之，不與。秀譖於趙王倫，崇棄市。

[四]「薏苡車多是禍根」句：《後漢書·馬援傳》：援……建武中，拜伏波將軍，征交趾，平之。還時，後車載薏苡，人謗以珍珠。

[五]「城上鶴歸應失路」句：《搜神記》：丁令威，遼東人。學道於靈虛山。後化鶴歸遼，集華表柱云：「有鳥有鳥丁令威，去家千年今始歸。城郭如故人民非，何不學仙冢累累。」

［六］「樓中燕老尚銜恩」句：關盼盼，唐代徐州妓。貞元中，徐州鎮將張建封納爲妾，築燕子樓居之。建封卒，樓居十五年不嫁。有燕子樓詩三百首，白樂天爲序，並爲詩二絶云：「滿窗明月滿樓霜，冷被殘燈拂卧床。燕子樓中霜月苦，秋宵只爲一人長。」「今春有客洛陽回，曾到尚書冢上來。見説白楊堪作柱，争教紅粉不成灰？」盼盼見詩墜樓而死。

［七］「瀟瀟寒食西泠雨」二句：寒食，見（一二一）詩注［二］。寒食節與清明節相連，爲掃墓之節。西泠，在杭州西湖濱，吴浣陵墓在此。棠梨，《歲時記》：「驚蟄後花信風，一候桃花，二候棠梨。」庾信《小園賦》：「有棠梨而無館，足酸棗而非臺。」

## 韓丈怡園［一］

尊甫蘧廬先生，有《明詩兼選》，丈續成之，故於前明遺事甚詳。一生酷愛登場觀劇，因之墮水。與令弟碧成友善，惟談詩不合，往往酒間忿争。琴瑟静好，丈詠茉莉詩：「碧玉枕横涼氣味，水晶簾卷夜精神。」蓋有爲也

鍊得童顔似曉霞，目光爛爛輔鼸車［二］。佃漁一代歸譚柄，歌舞千場入夢華。仲智火攻聊借酒［三］，王濛水厄不關茶［四］。老來熨冷情依舊［五］，玉枕晶簾末麗花。

**注釋：**

［一］韓怡園：清歸安韓純玉之子。

［二］輔鼸車：《釋名·釋形體》：「頰車，或曰鼸車。鼸，鼠之食積於頰，人食似之，故取名也。」

［三］「仲智火攻聊借酒」句：謂怡園兄弟論詩不合，借酒忿争也。見作者題注。《世説新語·雅量》：「周仲智醉謂兄伯仁曰：『君才不如弟，而横得重名。』舉蠟燭擲伯仁。伯仁笑曰：『阿奴火攻，固出下策耳。』」

［四］「王濛水厄不關茶」句：謂怡園觀劇墮水也。見題注。《洛陽伽藍記》：「王濛好茶，人過輒飲之，士大夫以爲苦，每欲候濛，曰：『今日有水厄。』」

［五］「老來熨冷情依舊」二句：謂怡園夫婦琴瑟静好也。見題注。

**馮丈十畝**[一]著有《毛詩陶詩解》。别墅在長超山麓，號留此莊

一生潔癖[二]米南宫，元箸超超[三]解最工。景豫秘應徵食疏[四]，鄴侯輕欲立熏籠[五]。長川樹遠雲帷卷，小塢花深鳥路通。留此空名今易主，滿籬蜻蛚弔秋風。

**注釋：**

［一］馮十畝：生平不詳。

［二］潔癖：見（一一六）詩第二首注［一］。

［三］元箸超超：《世説新語·言語》：「王夷甫曰：『裴仆射善談名理，混混有雅致，張茂先論《史》、《漢》，靡靡可聽。我與王安豐説延陵、子房，亦超超玄（元）箸。』」箸，通「著」。

［四］食疏：食譜。

［五］「鄴侯輕欲立熏籠」句：《唐書·李泌傳》：泌，字長源，京兆人。七歲能文。張説稱爲神童。及長，博學多聞。嘗遊嵩華終南，慕神仙不死之術。歷官翰林，供奉東宫。肅宗立，待以賓友。參議軍國大事。代宗立，召之，爲朝臣所排，出爲楚州、杭州刺史。德宗立，拜中書侍中同平章事，以功封鄴侯。泌身輕，故曰可立熏籠。蜻蛚：蟋蟀。

**李寧周**[一]客蜀數年，甫得合州判，病卒。無子，遺一妾不嫁，與大婦歸守。父戍遼左，不知所終

遨頭未看客星淪[二]，萬里魂迷去住因。斜日青楓巇峽暮，落花紅雨杜鵑春。緯相與邮[三]有嫠婦，祭則告哀[四]無寡人。入地料難尋戍骨，遼東不是蜀西鄰。

**注釋：**

［一］李寧周：生平不詳。

［二］「遨頭未看客星淪」句：遨頭，《成都記》：「太守出遊，仕女則於木床觀之，謂之遨床，故太守爲遨頭。自正月出遊，至四月浣花爲止。」客星，《後漢書・李郃傳》：和帝分遣使者觀採風謡。使者二人到益投郃侯舍。郃因仰觀，問曰：「二君發時，寧知朝廷遣二使耶？」問：「何以知之？」郃指星示之云：「有二使星向益州分野，故知之。」

［三］緯相與卹：謂婦人織布以佐家。《左傳・昭公二十四年》：「嫠不卹其緯。」

［四］祭則告哀：《左傳・襄公二十六年》：「政歸寧氏，祭則寡人。」

## 家卧山伯［一］善山水，禁斷葷酒，終身不娶，客遊以老

一生供養録雲煙，八難三塗［二］累早捐。禁酒却齋蘇晉［三］佛，神弦不降智瓊仙［四］。與山偕隱何須買？此樹多陰大可眠。死後青蠅［五］莫相弔，長容我我［六］作周旋。

**注釋：**

［一］家卧山伯：嚴英，字卧山，清烏程人。山水得小米法，尤工松竹。爲人性癖，終身不娶。晚歲倦遊，結廬依墓地以老。

［二］八難三塗：佛家語。難，謂難見佛聞法也。八者，凡有八端，故名八難。三惡道爲三難，罪業太重，不能見佛；四，生於北拘盧州，有樂無苦，不思修道；五，生於長壽天，皆躭於安樂，謂色界及無色界天長壽安樂之處，其逸樂遠勝北拘盧，更不欲修道；六，生於佛前佛後，不能與佛相值；七，聰明才辯，自謂已能；八，諸根不具，即癡聾之類於求道皆有障礙。三塗，佛經云：地獄名火塗道，餓鬼名刀塗道，畜生名血塗道，是爲三塗，亦曰三惡道，三惡趣。

［三］蘇晉：唐蘇珦之子，數歲知爲文，作《八卦論》。房穎叔、王紹宗歎曰：「後來之王粲也。」杜甫《飲中八仙歌》：「蘇晉長齋繡佛前，醉中往往愛逃禪。」

［四］「神弦不降智瓊仙」句：神弦，曲名，祀神所用之樂曲，凡十一曲。見《古今樂録》。智瓊，即紫瓊。紫瓊：仙女名。《搜神記》：魏濟北郡從事掾弦超，字義起，以嘉平中夜獨宿，夢有神女來從之，自稱天上玉女，東郡人，姓成公，名紫瓊，

早失父母，天帝哀其孤苦，遣令下嫁從夫。超覺寤欽想，若存若亡，如此三四夕，一旦顯然來遊，遂爲夫婦。

［五］青蠅：《詩·小雅·青蠅》：「營營青蠅，止於樊，豈悌君子，無信讒言。」後世因此以青蠅喻讒人。

［六］我我：《五燈會元》：一祖摩訶迦葉尊者，因外道問如何是我我？者曰：「覓我者汝我。」外道曰：「這箇是我我，師我何在？』者曰：「汝問我覓。」又：夫出家者，無我我故，無我我故，即心不生不滅，心不生滅，即是常道。

## 謝散木［一］余在山西聞其凶問

雁聲吹墮朔雲堆，髯也無年首重回。昨歲似聞中散［二］病，青山不待巨卿［三］來。破除生業書偏富，慰藉神遊子尚才。地下若逢姚合［四］逸山問，黃蒿如柱粉成灰。

**注釋：**

［一］謝散木：名洲，字散木，別號載月軒，浙江餘杭人。

［二］中散：《三國志·魏志》：嵇康，字叔夜，三國時魏國譙郡人。拜中散大夫，不就。常彈琴自樂。爲竹林七賢之一。景元中，爲司馬昭所害。

［三］巨卿：《後漢書·范式傳》：式，字巨卿，金鄉人。遊太學，與張劭友，並告歸。式約曰：「後二年，當過拜尊卿。乃共刻期。」至日，劭殺雞炊黍以待。式果至。後夢劭告以已死。式素服奔赴，如期會葬。式累官至荊州刺史。

［四］姚合：唐詩人，選唐詩《極玄集》。這裏借指姚逸山。

## （一四二）《煙花債傳奇》爲拙圃［一］太守題

宋單飛英，字騰實，小字符郎，與邢氏女名春娘同居汴梁孝感坊，本屬中表，蚤歲定情。值宣和亂，春孃被虜，轉入全州娼家，更姓楊，適符郎司户來州，目成心許，探得實，以言挑之，無祭他胙[二]意，遂禮成夫婦焉。宛邱崔拙圃太守客東京時，爲作《煙花債》雜劇。余有感於中，因題其後。

單符郎，邢春娘。同住東京孝感坊。美人脂盝調鸚鵡，公子華衫鬥鳳凰。兩家本是內兄弟，玉鏡一枚盟早締[三]。草短蘼蕪金埒[四]開，花深豆蔻珠房[五]閉。捲地烽煙入汴梁，大河南北作戰場。炮具移來艮嶽[六]石，宫車載出牟駝岡[七]。狐狸豎毛虎擇肉，玉葉金枝泣路旁。掌上雙擒生翡翠，池邊半拆睡鴛鴦。春娘流落秋娘妬[八]，鏤月裁雲等閒度。眉挑綵筆劃啼粧[九]，背剔銀燈結窮袴[一〇]。符郎天遣到全州，司户曹閑夜暗遊。問柳依依馱細馬[一一]，采蘋宛宛蕩扁舟。誰知目送楊家女，望夫山[一二]前風雨語。寶鏡重歸徐德言[一三]，繡鞋卒配程鵬舉[一四]。風流此段合傳奇，宛邱太守有情癡。蘸將紅粉飄零淚，彈出烏絲[一五]絶妙辭。十年我已念華屋[一六]，一曲淒涼忍卒讀？任其所之絮盡飛，未能遣此膠難續[一七]。琵琶按譜不成聲，空灘孤雁蘆梢宿。余惲亡後，一妾死，一妾去。

**注釋：**

[一] 宛丘崔拙圃：宛丘，即河南省淮陽縣。崔拙圃，生平見（一三九）詩題注。江夏，江夏縣，後魏置，隋廢，改縣爲慈丘，故治在河南泌陽縣北。

[二] 胙：祭神時所用的肉，祭畢分賜預祭者。《左傳·僖公九年》：「王使宰孔賜齊侯胙。」句謂邢女心仍屬單，無琵琶別抱意。

[三]「玉鏡一枚盟早締」句：《世説新語·假譎》：温嶠姑有女，囑嶠覓婿。嶠曰：「佳婿難得，但如嶠比云何？」少日，報云已覓得婚處，因下玉鏡臺一枚。姑大喜，既婚交禮，女大笑曰：「我固疑是老奴。」

[四] 金埒：馬埒，馬圈外的短圍牆。《晉書·王濟傳》：「時洛京地甚貴。濟買地爲馬埒，編錢滿之，時人謂之金埒。」

〔五〕珠房：珠蚌所飾之房。《洞天清録》：「古人不用金玉而貴蚌徽，用海産珠蚌，更多光彩。」

〔六〕艮嶽：宋徽宗在京城汴梁所建園林名。園内山石，乃朱勔從江南太湖所採集，即所謂花石綱。

〔七〕牟駝岡：在開封城外。

〔八〕秋娘妬：指鴇母。白居易《琵琶行》詩：「曲罷曾教善才服，粧成每被秋娘妬。」

〔九〕啼粧：《後漢書・五行志》：恒帝元嘉中，京都婦女作愁眉啼粧。啼粧者，薄拭目下若啼處。始自大將軍梁冀家所爲，京都歙然，諸夏皆仿效。

〔一〇〕窮袴：《漢書・上官皇后傳》：霍光欲皇后擅寵有子，雖宫人使令皆爲窮袴，多其帶。服虔注：「窮袴有前後襠，不得交通也。」

〔一一〕「問柳依依馱細馬」句：問柳，尋花問柳，狎邪遊也。細馬，《唐六典》：「使司每歲簡細馬五十匹，敦馬一百匹，進之。」李白《對酒》詩：「葡萄酒，金叵羅。吴姬十五細馬馱。」

〔一二〕望夫山：有三處。此指在山西黎城縣者。《水經注》：「漳水又東北，歷望夫山。山之南有石人，佇於山上，狀有懷於雲表，因以名焉。」

〔一三〕「寶鏡重歸徐德言」句：《本事詩》：陳徐德言尚樂昌公主。陳政衰，德言謂妻曰：「國破必入權貴家。」乃破鏡，各分其半，約他日以正月望日賣於都市。及陳亡，妻爲楊素所得。德言至京，有蒼頭賣半照者，德言出半照合之，題曰：「鏡與人俱去，鏡歸人未歸。無復嫦娥影，空留明月輝。」樂昌得詩，悲泣不食。素知之，乃召德言至，還其妻。

〔一四〕「繡鞋卒配程鵬舉」句：《輟耕録》：「《分鞋記傳奇》，明陸采作，演宋季程鵬舉與其妻離合事。離時以鞋爲記，合時亦以鞋。」

〔一五〕烏絲：烏絲欄，凡卷册有墨綫格子者，稱烏絲欄。《國史補》：「宋亳間，有織成界道絹素，謂之烏絲欄。」

〔一六〕華屋：華屋山丘，謂興亡之速。曹植《箜篌引》詩：「生存華屋處，零落歸山丘。」

〔一七〕「未能遺此膠難續」句：「未免有情，誰能遺此」之縮寫。膠難續，續娶謂之續膠。《漢武外傳》：「西海獻鸞膠，武帝弦斷，以膠續之，弦兩頭遂著，終日射不斷，帝大悦，名續弦膠。」

## （一四三）題《怨綺録》，和商寶意太史[一]

姑蘇張氏女，居采蓮巷，年十三，色明豔。綺川[二]蔣生鬻之歸，名秋霞，憚其婦未發。久之，託疾命侍茶，得暱。尋有饒舌者，伺而獲，竟別屬。生遂與婦訣。越二十六年，向人言，撫別時香囊所盛髮，猶欷歔泣下。山陰[三]諸名士録其事，曰《怨綺》，相和答。余爲補《討妬婦檄》，而讒人罔極，亦可以思反矣。

采蓮巷口人如玉，照耀紅欄三百六[四]。芳信初將荳蔻含[五]，幽情未許鴛鴦宿。婀娜腰圍楊柳斜，袖尖微露牡丹芽。侯家浪設生絲帳[六]，帝里輕推雜寶車[七]。畫船載上澄江水，小字秋霞新唤起。無可回頭憶餅師[八]，且教捧手充燈婢[九]。病榻呻吟怨寂寥，奩緣茗具可憐宵。據經曾説鴿鶊膳[一〇]，放甕偏騰鸜鵒謡[一一]。隄防不料桃花斧[一二]，手捉迷藏力孔武。鄉入温柔睡正圓，咆哮躍出臙脂虎。鐵騎衝闌玉樹歌，羽衣打破漁陽鼓。隔河消息逗誰家[一三]，別去紅牆萬里遐。雙鞬應佩許虞候，靈藥難求古押衙。二十六年他胙祭[一四]，靈犀兩地遥相寄。依稀舊物認香囊，宛轉遺言剪丫髻。吁嗟乎世間薄命鍾美人，處處風波妬婦津[一五]。喧呼不怕逢狂鬼，綽約生憎誦洛神。寧知四海皆臣妾，銷金衆口[一六]空□囁。毒醪定要賜金瓶，休勑姑容賣皂莢[一七]。

**注釋：**

[一]商寶意：商盤，字寶意，號蒼雨，清會稽人。雍正進士，官順寧知府。有《質園詩集》。

[二]綺川：江蘇省江陰縣之別稱。江陰，亦名澄江。

〔三〕山陰：今浙江省紹興市。

〔四〕紅欄三百六：指蘇州。白居易《蘇州》詩：「緑浪東西南北水，紅欄三百九十橋。」

〔五〕「芳信初將荳蔻含」句：謂張秋霞年方十三。杜牧詩：「娉娉嫋嫋十三餘，荳蔻梢頭二月初。」

〔六〕生絲帳：《古今詩話》：唐元載寵妾薛瑶英，能詩書，善歌舞。載處以金絲帳，却塵褥，衣以紅綃衣。

〔七〕雜寶車：《北史·隋文獻皇后傳》：上以后不好華麗，時齊七寶車及鏡臺極巧麗，使毁車而以鏡臺賜后。袁凱《賦緑珠得「車」字》詩：「緑珠初嫁石崇家，細馬輕駝七寶車。」

〔八〕餅師：《全唐詩話》：寧王取賣餅者妻，問曰：「汝憶餅師否？」默然不對。使見之，雙淚垂頰，若不勝情。王乃歸之餅師，以終其志。

〔九〕燈婢：《天寶遺事》：寧王宫中，每夜於帳前羅列木雕矮婢，飾以綵繒，各執華燈，自昏達旦，名曰燈婢。

〔一〇〕鶬鶊膳：鶬鶊，鳥名。《詩經》作倉庚。《山海經》云：食之不妬。楊夔《止妬論》：梁武帝郗后性妬，或言鶬鶊爲膳，療妬。遂令茹之，妬果減半。

〔一一〕鸚鵡謡：謂饒舌人。唐朱慶餘《宫詞》：「含情欲説宫中事，鸚鵡前頭不敢言。」

〔一二〕「隄防不料桃花斧」六句：謂大婦捉奸也。桃花斧，喻大婦。温柔鄉，《飛燕外傳》：「是夜進合德，帝大悦，以輔屬體，無所不靡，謂爲温柔鄉。曰：『吾老是鄉矣，不能效武皇帝更求白雲鄉也。』」羽衣，唐玄宗所製《霓裳羽衣曲》。漁陽鼓，謂安禄山反於漁陽。

〔一三〕「隔河消息逗誰家」四句：謂張秋霞被逐别嫁，無法挽回也。許虞候《章臺柳傳》：唐韓翃幸姬曰柳氏，豔絶一時。有蕃將沙吒利劫以歸第。虞侯許俊徑造沙吒利之第，奪柳氏歸於翃。古押衙，《劉無雙傳》：劉震有女名無雙，才色雙絶，曾許其甥王仙客。震被誅，無雙没入禁掖。仙客乞押衙設法出之。無雙既出，押衙遂自殺。

〔一四〕「二十六年他胙祭」四句：謂張秋霞别嫁後，蔣張猶相思不斷，蔣尚時時把玩香囊留髮。他胙祭，見（一四二）詩注〔二〕。靈犀，李商隱《無題》詩：「身無彩鳳雙飛翼，心有靈犀一點通。」

［一五］妬婦津：《酉陽雜俎》：臨清有妬婦津，相傳晉太始中，劉伯玉妻段氏，字明光，性妬忌。伯玉常於妻前誦《洛神賦》，曰：「娶婦得如此吾無憾矣。」明光曰：「君何得以水神美而輕我；我死，何愁不爲水神？」乃自沉而死。託夢語伯玉曰：「我今爲神矣。」有婦人渡此津者，皆壞衣枉粧，然後敢濟。不爾，風波暴發。醜婦雖粧飾而渡，其神亦不妬也。

［一六］銷金衆口：成語，衆口鑠金，聚毀銷骨，謂謡言害人。

［一七］皂莢：《宋書·劉休傳》：妻王氏妬。明帝賜妾，勅王氏開小店，親賣皂莢掃帚以辱之。

## （一四四）晉問（四首）[一]

回紇見大人[二]，契丹呼異人[三]。兩人爲晉有，璧馬[四]何足珍？

注釋：

［一］這四首五言絶句，分别詠晉地歷史人物：郭子儀、文彦博、司馬遷、司馬光、王通、高歡以及山川沿革。

［二］大人：《唐書·回紇傳》：仆固懷恩叛，誘回紇以犯奉天。郭子儀屯涇陽，數摧其鋒。回紇請降曰：「要見令公。」子儀脱兜鍪槍甲，策馬挺身而前。回紇便下馬羅拜。子儀命酒與之盟。皆喜曰：「初發本部日，巫師云：『此行大安，隱見一大人，即歸。』今日見令公，巫師有徵矣。」

［三］異人：見（一一九）詩注［一］。

［四］璧馬：《左傳·僖公二年》：「晉荀息請以屈産之乘與垂棘之璧，假道於虞以伐虢。」

龍門家有史[一]，涑水國有史[二]。彼哉忠孝經[三]，中有文中子[四]。

**注釋：**

［一］「龍門家有史」句：司馬遷，字子長，漢龍門人。父談爲太史公，遷繼父業。李陵降匈奴，遷極言其忠，觸怒武帝，下腐刑，乃作《史記》。《史記》乃一家之言，非官修之史。

［二］「涑水國有史」句：司馬光，字君實，宋陝州夏縣涑水鄉人。寶元初進士，歷仕仁宗、英宗、神宗朝，位至參知政事。卒謚文正，贈温國公。世稱涑水先生。著《資治通鑑》，詳於治亂興亡之跡。

［三］忠孝經：《忠經》，舊本題漢馬融撰，鄭玄注。擬《孝經》，故也爲十八章。《孝經》：孔子爲曾子陳孝道而作，凡十八章。

［四］文中子：王通，字仲淹，隋龍門人。幼篤學。西遊長安，奏太平十二策。知謀不用，退居河汾教授，受業者千數，唐初名臣魏徵、房玄齡等皆其弟子。屢徵不起。卒後，門人謚曰文中子。著有《中説》等。

灌城抉晉水［一］，水枯空有祠。如何山頂上，雁乃爲之池。

**注釋：**

［一］「灌城抉晉水」四句：周威烈王二十三年，智伯與韓魏攻趙襄子於晉陽，圍而灌之，城不没者三版。晉祠，在太原，祀叔虞。雁池，《輿地志》：虞國爲日南太守，愛及民物，出則雙雁隨軒。秩滿還家，雁與俱至。後人名其水曰雁池。

中流横樓船［一］，雁飛簫鼓咽。一夕賀六渾，移之使斷絶。

**注釋：**

［一］「中流横樓船」四句：《北史·高歡紀》：歡，小字賀六渾，渤海蓨人。初仕後魏，鎮朔方。起兵平爾朱氏之亂，擁

立孝武帝，歡爲丞相專權。帝西走依宇文泰。歡别立孝静帝。由是魏分東西。及子高洋簒位，號北齊。進尊歡爲神武帝。歡與宇文泰戰時，移汾水使斷流。

## （一四五）故晉王宮[一]

晉陽城北隅，藩封遺故宮。繚垣如玦[二]斷，塵網雙扉紅。階戺[三]草深没，瀟碧池魚窮。袿熏履綦[四]跡，隨風飄何從。巋然甲仗庫，藏器光熊熊。火藥十三缸尚在。石卵銜狼牙弩名，昔以乘其墉。臨淮爲唐守[五]，穴地用火攻。忠襄[六]效前法，賊營逃虚空。副車椎博浪[七]，天意人無功。襄洛繼淪陷，踰太行而東。井陘避重閉，北折趨居庸。中央一孤注，環攻圍數重。鉦鼓屋瓦震，血流汾河中。鹽尸舂磨[八]寨，不知王所終。史不言王死處。荒壟枕林麓，陵距城北三四里。獸材披蒙茸。蚝刺[九]貍獰鬥，束枯擔樵童。日落四山黑，鬼妾[一〇]宵潛蹤。金床[一一]可哀曲，嗚咽幽蘭叢。

**注釋：**

[一]這首五言古詩，詠明代晉王故宮，描寫其規模形勢，殘存的遺蹟。緬想當時晉王朱求桂與巡撫蔡懋德死守太原孤城，力抗李自成的作戰情況。及至城陷，李自成遂得鼓行而東，攻破京城，覆亡明皇朝。字裏行間，對一代興亡，深表感慨。晉王宮，在山西省太原市。爲明朝所封晉王朱求桂的王宮。朱求桂在李自成攻破太原時，被俘而死。

[二]玦：玉佩飾，形如半環。

[三]戺：門前石級兩旁的斜形夾石。

[四]袿熏履綦：袿熏，婦女上衣用香熏者。履綦，鞋帶，履跡。班婕妤《自悼賦》：「思君兮履綦。」李善注引晉灼曰：「履跡也。」

［五］「臨淮爲唐守」句：臨淮，地名，此指睢陽。《唐書·張巡傳》：巡守睢陽，拒安禄山。禄山軍蟻附而上，巡束蒿灌油，焚而投之。後城陷，不屈被殺。

［六］忠襄：見（一二四）詩注［一］。

［七］「副車椎博浪」句：《史記·留侯世家》：張良，字子房。其先韓人也。秦滅韓，良悉以家財求客刺秦皇，爲韓報仇。得力士，狙擊始皇於博浪，誤中副車。始皇大怒，大索天下十日，竟不獲。

［八］舂磨：《新五代史·趙犨傳》：「（黄巢）乃悉衆圍犨，置舂磨，糜人之肉以爲食。」

［九］蚝刺：蚝，同蛓，短尾狐。韓愈《城南聯句》詩：「痒肌遭蚝刺。」

［一〇］鬼妾：杜甫《草堂》詩：「鬼妾與鬼馬，色悲充爾娱。」

［一一］金床曲：曲名。

# 海珊詩鈔注

【卷五】

## （一四六）涿州張桓侯廟[一]

里指樓桑樹影重，廟檐黑壓陣雲濃。魂歸欲裂譙周[二]表，運去難追召虎[三]蹤。初封西鄉侯，策曰：「俾召虎蹤。」醉撻健兒胡不誡？婚辭狢子與俱凶[四]。壯繆事。吞吴未遂無多恨，恨逐騾車[五]受晉封。次子紹爲侍中，從後主入晉，封列侯。

眉批：金質甫曰：「識大義者唯趙順平侯，固見不及此也，結意補圓。」

**注釋：**

[一]涿州張桓侯廟：涿州，今河北省涿縣。桓侯廟，祀三國蜀張飛。張飛，字翼德，涿郡人，少與關羽俱事劉備，歷官右將軍、車騎將軍。愛君子而不恤小人，備常戒之曰：「卿好殺，又鞭撻健兒，而令在左右，此取禍之道也。」飛不悛，卒被范彊、張達所刺，持其頭，順流而奔東吴。備伐吴，得范、張二人，剜心以祭。卒謚桓侯。

[二]譙周：字允南，廣安人，仕蜀漢爲光禄大夫。《三國志·後主》：景耀六年，魏大興徒衆，命征西將軍鄧艾、鎮西將軍鍾會、雍州刺史諸葛緒，數道並攻。用譙周策，奉書降於鄧艾。

[三]召虎：周宣王時，淮夷不服，王命召虎率師循江漢討平之。

[四]「婚辭狢子與俱凶」句：《三國志·蜀志·關羽》：關羽董督荆州事。孫權遣使爲子索羽女。羽罵辱其使曰：「狢子敢爾！」不許婚。權後乘魏與羽戰之機，躡羽後，襲殺羽於臨沮。劉備伐吴報仇，飛因被刺，故曰與俱凶。

[五]騾車，《三國志·蜀志·後主》：景耀六年，後主輿櫬自縛，詣軍壘門。艾解縛焚櫬，延請相見。晉諸公贊曰：劉禪乘騾車詣艾，不具亡國之禮。後主降後，魏封禪爲安樂縣公。

## （一四七）安肅[一]道中

水粼粼淥菜畦香，塔影如龍卧夕陽。高柳亂蟬風不住，殘聲曳過浣衣塘。浣衣塘，孟姜女浣衣處。

注釋：

［一］安肅：縣名，在今河北省保定市附近。今爲保定市徐水區。

## （一四八）滿城[一]道中

一雨遥山抹嫩涼，車驅不覺大隄長。風隨柳轉聲皆緑，麥受塵欺色易黄。士以金來輕郭隗[二]，民因法死怨張蒼[三]。兩家爵里相鄰近[四]，極目頽垣蔓草荒。

注釋：

［一］滿城：縣名，在今河北省保定市附近。

［二］郭隗：周代燕人。昭王欲招賢以强燕，隗曰：「昔有求千里馬者，齎千金往，馬已死，五百金買其骨還。怒曰：『何爲？』曰：『死馬尚買之，況生者乎！馬至矣。』不期年，千里馬之至者三。大王欲招賢，先從隗始。賢於隗者，豈遠千里哉！」王乃築臺置金，師事之。樂毅、鄒衍、劇辛聞風而至。乃並强齊。

［三］張蒼：漢陽武人。嘗仕秦爲御史。後歸漢。從攻臧荼，以功封北平侯。孝文帝時，爲丞相。年老無齒，食女子乳，得百餘歲卒。著書十八篇，專言律曆陰陽。

［四］「兩家爵里相鄰近」句：郭隗燕人，張蒼封北平侯，故云。

## （一四九）唐縣[一]

墮樵滿地紡機橫，兒女唐裝太古情。白骨未收銅馬賊[二]，青山猶繞樂羊城[三]。平沙入暮多牛跡，疏柳迎涼帶水聲。欲問葛仙修煉處[四]，天風臺畔月初明。

**注釋：**

[一]唐縣：在今河北省保定市附近。帝堯封於唐，即此。

[二]銅馬賊：《後漢書·光武紀》：淮陽王二年，立劉秀爲蕭王。秋擊銅馬賊於鄗（今河北巨鹿），悉收其衆。

[三]樂羊城：樂羊，周人。遠遊就師，一年來歸，其妻跪問其故。羊子曰：「久行懷歸，無他。」妻乃引刀趨機曰：「此織生自蠶繭，成於機杼，一絲而累，以至於寸，寸累不已，遂成丈匹。夫子積學，當日知其所亡，以就懿德，若中道而歸，何異斷斯機乎？」羊子感其言，遂還終學。七年不返。後仕魏文侯，伐中山，三年拔之。樂羊返而論功。文侯示以謗書一篋。羊再拜稽首曰：「此非臣之功也，主君之力也。」侯封之於靈壽，子孫因家焉。按：靈壽，縣名，在今河北省保定市附近，與唐縣相近。

[四]「欲問葛仙修煉處」二句：葛仙，葛玄，字孝先，吴人，初從左慈授九丹金液仙經。後得仙，號葛仙公。其修煉成仙之所曰閤皁，第二十福地也。與客對食，口中飯盡成大蜂飛出，復嚼成飯。帝曰：「百姓思雨。」玄乃飛符著社，遂大雨。天風臺，在唐縣。

## （一五〇）重過正定[一]，柬解蘭田明府

十二年前夢，荷花開滿汀。重遊怨遥夜，煙雨秋冥冥。草綠龍騰苑[二]，風寒麥飯亭[三]。美人[四]渺何

許，鼓瑟聞湘靈[五]。蘭田隸楚籍。

注釋：

[一] 正定：縣名，在今河北省石家莊附近。解蘭田，楚人，善畫花鳥，生平待考。

[二] 龍騰苑：在正定。《晉書・慕容熙傳》：大築龍騰苑，廣袤十餘里，役徒二萬人。起景雲山於苑内，基廣五百步，峰高十七丈。

[三] 麥飯亭：即蕪蔞亭。漢馮異進光武豆粥麥飯於此。《後漢書・馮異傳》：光武自薊東南馳，晨夜草舍，至饒陽蕪蔞亭，時天寒烈，衆皆饑疲。異（字公孫）上豆粥。明日光武謂諸將曰：「昨得公孫豆粥，饑寒俱解。」

[四] 美人：喻好友解蘭田。《詩經・邶風・簡兮》：「云誰之思，西方美人。」

[五] 湘靈鼓瑟：《楚辭・遠遊》：「使湘靈鼓瑟兮，令海若舞馮夷。」

## （一五一）龍泉關[一]

燕晉分疆處，雄關控上游。地寒峰障日，天近鶚橫秋。虎護千年樹[二]，人披六月裘[三]。夜來風不止，嚴鼓出譙樓。

注釋：

[一] 龍泉關：在河北省阜平縣西七十里，太行山隘口，有上下二關，相距二十里。關之西北，沿山曲折，長城嶺在其西二十里，隘口共百餘處。

[二] 千年樹：《西京雜記》：上林苑有萬年長生樹，千年長生樹，白銀樹，黃銀樹，扶老木，守宮槐，上林令虞淵所上草

木名二千餘種。

〔三〕六月裘：《高士傳》：披裘公者，吴人也。延陵季子出遊，見道中有遺金，顧披裘公曰：「取彼金。」公投鎌瞋目拂手而言曰：「何子處之高而視人之卑，五月披裘而負薪，豈取金者哉。」詩借喻龍泉關地處高寒，雖六月亦要披裘。

## （一五二）虎跑泉[一]

斯泉昔無名，創置自中貴[二]。有亭何翼然，隱隱露螺髻。旁出澗峥淙，樹杪與之際。混茫眼不分，水氣雲雷氣。佛身浸純緑，四圍助蓊蔚。紺碧半以頳，弘願待茨菮[三]。催歸鐘杵停，隔巘聞虎嚏。

**注釋：**

〔一〕虎跑泉：在山西省代縣者。《曲洧舊聞》：代州五臺山太平興國寺，乃古白虎庵遺址。昔有僧誦經庵中，苦乏水，適有虎跑足湧泉，因號虎跑泉。庵以此得名。

〔二〕中貴：中貴人，内臣之貴重者。白居易《渭村退居寄禮部崔侍郎翰林錢舍人詩一百韻》詩：「窐銀中貴帶。」

〔三〕「弘願待茨菮」句：謂發大願心修佛寺也。茨菮，即菮茨。菮，應作墍。以茅蓋屋。《書·梓材》：「惟其塗墍茨。」

## （一五三）阜平縣[一]齋題壁（二首）

地形陂不平，犖確莽淩亂。熊館[二]人三休，羊腸路百轉。支河四五道[三]，一河匯湍悍。力能捲土去，而不資澆灌。居晉之下流，東南蔽畿甸。鹿角犄三關[四]，犬牙制九縣。俺答昔入寇[五]，闖賊遊魂散。間道實阻隘，狼藉經四戰。載筆闕誌乘，考古發遥歎。

**注釋：**

［一］阜平：縣名，在河北省保定市西南，太行山麓。這二首五言古詩，爲作者官於阜平時，題於縣齋壁的詩。第一首描寫阜平的地理形勢，常爲兵家所争，表示慨歎。第二首描寫阜平爲貧瘠之區，官於斯邦，境況非常清苦。

［二］熊館：《倦遊雜録》：「熊踡伏之所，在石巖枯木中，謂之熊館。」《聞見後録》：「熊山行數千里，各於巖穴林蒨，有藏匿之所，山中人謂之熊館。」

［三］「支河四五道」六句：指大沙河，東南流經北京南，故曰蔽畿甸。

［四］「鹿角犄三關」二句：批瓦橋關、益津關、草橋關。均在河北省的雄縣、霸縣、高陽縣一帶。九縣，指保定附近九縣。

［五］「俺答昔入寇」六句：俺答，明代韃靼酋長，土默特之祖，據河套一帶。明世宗嘉靖時，入寇京畿。穆宗曾爲所俘。後和好。李自成攻北京後，吴三桂引清兵入關，自成西走，清兵追之，逃入九宫山，爲村民所圍，自縊而死。

五日刲一羊[一]，十日刲一豕。日出數丈高，寥寥黄帝市[二]。官無食肉相，清芬襲牙齒。雨肥菜甲滋，霜老瓜團委。佐箸良已奢，調饑[三]念田里。橡實以爲餦，桑椹以爲醴。監河活枯魚[四]，安用西江水？

**注釋：**

［一］刲：割也。《易·歸妹》：「士刲羊，無血。」

［二］黄帝市：昔黄帝與蚩尤戰涿鹿之野。爲帝，都於有熊。阜平爲其疆域。

［三］調饑：朝饑也。《詩·周南·汝墳》：「未見君子，惄如調饑。」

［四］「監河活枯魚」二句：枯魚，喻貧困。《莊子·外物》：莊子家貧，故往貸粟於監河侯。監河侯曰：「諾，我將得邑金。將貸子三百金，可乎？」莊子忿然作色曰：「周昨來，有中道而呼者，顧視車轍中，有鮒魚焉。周問之曰：『鮒魚來，子何

爲者邪？』對曰：『我，東海波臣也。君豈有斗升之水而活我哉？』周曰：『諾，我且南遊吳越之王，激西江之水而迎子，可乎？』魚曰：『吾失常與，我無所處。我得斗升之水然活耳，君乃言此，曾不如早索我枯魚之肆。』』

## （一五四）長城嶺[一]

太行從西來，一折亘南朔[二]。龍脊長蜿蜒，天塹[三]劃地軸。三關尾龍泉，在紫荆、倒馬二關下。壓五臺山[四]麓。晉所據者高，勝勢瓴建屋[五]。東瞰幽燕東，萬象皆俯伏。有城跨兩戒[六]，左右歸掌握。敵樓高崔嵬，雲中大旗卓。西向莽周原[七]，退即墮坑谷。直下二十里，里里八九曲。中休喘小憩，僧寺縇丹臒[八]。幽森老樹精，甲鏽霜皮緑。有大樹，相傳楊延釗掛甲於此。近關岈然窪，磊砢石聚族。雙壁削劍刃，一門閂筍角。中通洞逼仄，人入虵之腹。萬古本無路，巨靈以蹠擽[九]。道狠關轉嚴，鎖鑰攻守局。乘輿[一〇]昔巡幸，曾費斧斤斲。盤蹬甃納級，累累就崩駁。雉堞亦半隳，我昔議興築。乾隆五年，議修長城嶺並阜平舊城等工。興築良獨難，源泉湧萬斛。匯以衆山力，輥雷震彯鬻[一一]。頃刻亂縱横，虎蹲羊抵觸。安得役五丁[一二]，神通變平陸。車亦不必懸，馬亦不必束。天險今可忘，行歌聽樵牧。

**注釋：**

[一]長城嶺：在龍泉關西二十里，太行山上。

[二]南朔：北方也。《書·禹貢》：「朔南暨。」

[三]天塹：天險。《南史·孔範傳》：隋伐陳。孔範曰：「長江天塹，古來限隔，虜軍豈能飛渡。」

[四]五臺山：在山西省五臺縣東北，爲佛教名山之一。

[五]瓴建屋：即高屋建瓴。《漢書·高帝紀》：秦形勝之國也，地勢便利，其以下兵於諸侯，譬猶居高屋之上，建瓴

水也。

［六］兩戒：謂中國山河形勢之界限。《唐書・天文志》：一行以爲天下山河之象，存乎兩戒：北戒自三危積石，負終南地絡之陰，東及太華，逾河，並雷首、底柱、王屋、太行，北抵常山之右，乃東循塞垣，至濊陌、朝鮮，是爲北紀，所以限戎狄也；南戒，自岷山、潘冢，負地絡之陽，東及太華，連商山、熊耳、外方、桐柏，自上洛南踰江漢，攜武當、荆山至於衡陽，乃東循嶺徼，達東甌閩中，是爲南紀，所以限蠻夷也。故里傳北戒爲胡門，南戒爲越門。

［七］周原：地名，在陝西省岐山縣。《詩・大雅・緜》：「周原膴膴，堇荼如飴。」

［八］縇丹雘：縇，同絢，文飾也。丹雘，髹漆五彩。《書・梓材》：「惟其塗丹雘。」

［九］「巨靈以蹠摞」句：巨靈，河神。張衡《西京賦》：「綴以二華，巨靈贔屓，高掌遠蹠，以流河曲。」薛綜注：「古語云，此本一山當河，水過之而曲行，河之神以手擘開其上，足蹋離其下，中分爲二，以通河流。」摞，擊也。

［一〇］乘輿：御駕，指乾隆帝巡幸至此。

［一一］「輥雷震影髾」句：謂車走雷聲，震動影髾。影髾：車上的彩帶和獸角飾品也。

［一二］五丁：力士也。《水經注・沔水》：「秦惠王欲伐蜀，而不知道，作五石牛，以金置尾下，言能糞金。蜀王令五丁引之成道，因曰石牛道。」

## （一五五）北湯泉［一］

水挾火爲體，火借水爲用。陰陽互其宅［二］，搏攫造物［三］弄。尋源犯嚴冬，重掩樹葉凍。碕屋石厜㕒［四］，黑雲彌罅縫。黝然聞丁戡［五］，疑陷蛟龍洞。鼻觀熏丹砂，姹女嬰兒動［六］；躁怒戒金石［七］，伐性斧斤痛。泉以柔道行，外鑠息內閧［八］。宿疢如詭隨，沸湍一綱縱。清風生左腋，鶴跨仙人鞚。何當醮楊枝［九］，置符提汲甕。天漿迸地流，沐浴與民共。勿藥者良醫，私據吾深恐。

**注釋：**

［一］北湯泉：北湯泉甚多，此指在阜平者。《抱樸子》：「水主純冷，而有温谷之湯泉；火體宜熾，而有蕭丘之寒焰。」

［二］「陰陽互其宅」句：陰陽，指水火。宅，位也。互其宅，交換了位置。

［三］造物：謂大自然的主宰者。

［四］「碕屋石厜㕒」句：碕屋，石屋。厜㕒，《爾雅·釋山》：「山頂塚崒者，厜㕒。」邢昺疏：「崒者，謂山巔之末，其峰巉巖厜㕒然者也。」

［五］丁戡：象聲詞。

［六］姹女：道家煉丹，稱水銀爲姹女。《參同契》：「河上姹女，靈而最神，得火則飛，不見埃塵。」嬰兒動，謂丹成而飛也。

［七］「躁怒戒金石」二句：性躁者戒服金石所煉之丹，因服之將更加其燥。耽嗜女色爲伐性之斧。

［八］「外鑠息内閧」句：謂身浴湯泉，可以愈内躁。

［九］「何當蘸楊枝」六句：謂應當將湯泉公開，爲人民共用，以醫疢疾，勿爲一人私據也。楊枝，佛家淨身之具。《法苑珠林》：「用七物除去七病，得七福報。何謂七物？一者燃火，二者淨水，三者澡豆，四者蘇膏，五者淳灰，六者楊枝，七者内衣，此是澡浴之法。」

## （一五六）南湯泉［一］

北泉冬氤氳［二］，南泉夏泮渙。涼堂敞四周，砥平白日燦。養魚灌菜圃，水暖能養魚澆稻菜，北泉亦然。清泚毛髮鑑。其旁别一區，婦女登彼岸。亦復湔羅巾，軒軒日魚貫［三］。采蘭戲溱洧［四］，流風逮唐漢。賜浴華清池［五］，竊浴昭陽殿［六］。人非長乳星［七］，可令侍中見。兹邦氣淳樸，習苦輟遊宴。澡身去其疾，藉以勿藥汗。吾聞女有誡［八］，守坊毋越畔。宋宫不姆隨［九］，楚臺不符喚。寧死於水火，一溺一焦爛。矧乃采薪憂［一〇］，方寸何足亂。陰陽割左右[一一]，位置合璧判。魚龍終雜沓，觀聽意未善。紐結玉鏘鳴，内飾固嚴憚。踰閾輜軿垂，適野帷裳扞。此禮非僻書，煌煌列女傳。使者司采風[一二]，舊染當革變。量移時未暇，筆之古僧院。時余已調阜城。

**注釋：**

[一]南湯泉：亦在阜平境。

[二]氳氤：即氤氳。天地合氣也。郭印《再作雲溪》詩：「超然人境異，佳氣日氤氳。」

[三]「軒軒日魚貫」句：軒軒，舞貌。《淮南子》：「軒軒然迎風而舞。」魚貫，絡驛不絶。此句謂婦女來浴者不斷也。

[四]「采蘭戲溱洧」句：謂男女淫佚。以蘭草芍藥相饋贈也。《詩·鄭風·溱洧》：「士與女，方秉蕑兮，……伊其相謔，贈之以芍藥。」蕑，菊科，香草名。亦名蘭。

[五]「賜浴華清池」句：白居易《長恨歌》詩：「春寒賜浴華清池，温泉水滑洗凝脂。」

[六]「窺浴昭陽殿」句：《漢書》載：成帝寵趙飛燕，立爲后，其女弟合德絶幸，爲昭儀，居昭陽宮。帝嘗窺其浴。

[七]「人非長乳星」二句：《耆舊傳》：漢武帝祀甘泉，至渭橋，有女子浴於渭，乳長七尺。上怪而問之。女曰：「帝後七車侍中知我所來。」時張寬在第七車。對曰：「天星主祭祀者，齋戒不嚴，則女人星見。」

[八]「吾聞女有誡」二句：《女誡》，後漢曹世叔妻班昭作，一篇七章，以柔順之道告誡女子者也。

[九]「宋宮不姆隨」四句：《詩小序》：「婚姻之道，缺陽倡而陰不和，男行而女不隨。」「楚臺不符喚」，《列女傳》：貞姜者，齊侯之女，楚昭王之夫人也。王出遊，留夫人漸臺之上。王聞江水大至，使使者迎夫人，忘持其符。夫人曰：「王與宮人約，令召宮人必以符；今使者不持符，妾不敢往。」使者取符，則水大至，夫人流而死。王乃號之曰貞姜。

[一〇]「矧乃采薪憂」二句：謂小病不足憂。《孟子·公孫丑》：「有采薪之憂。」趙岐注：「言疾不能采薪。」方寸，指心。

〔一一〕「陰陽割左右」十句：謂男女有别，婦女浴於湯泉，視聽不善。割，分也。合璧，日月爲合璧。日晝出，月夜出，位置分明。紐結玉鏘鳴，婦女佩玉，行則有聲。内飾，傅玄《衣銘》：「衣以飾外，德以備内，内修外飾，禮有制也。」「踰閾輜軿垂」，謂婦女出門，必乘車垂簾。「適野帷裳扞」，謂婦女適野，必以帷裳扞蔽。《列女傳》：漢劉向撰，凡七卷，又續一卷，或曰班昭撰，或曰項原撰。又《古今列女傳》三卷，明解縉奉敕撰。

〔一二〕「使者司采風」四句：謂已有采風之責，當移風易俗，因調任，故題僧院壁以爲戒。使者，作者自謂。采風，即采詩之官。《漢書·藝文志》：「古有采詩之官，王者所以觀風俗，知得失，自考正也。」量移，唐時人臣得罪，貶竄遠方，遇赦改近地安置，謂之量移。後誤作遷官解。

## （一五七）答錢學使香樹先生阜城〔一〕，無城，無公廨，寄居於廟（二首）

黄葉落滿地，殘書懶復親。虎倀寒弔月，鵲矢暗封塵。與佛三生〔二〕友，無城九縣鄰。恒河莫相照，老矣不如人。沙河經流縣中，一名恒河。

**注釋：**

〔一〕錢香樹：錢陳，字主敬，號香樹，浙江嘉興人，康熙六十年進士。官至刑部尚書。卒謚文端。阜城，縣名，在河北省德州市西北。

〔二〕三生：三世轉生之意。《傳燈録》：「有一省郎，夢至碧巖下一老僧前，煙穗極微，云此是檀越結願，香煙存而檀越已三生矣。」

使節一以至，鏘洋動古歡〔一〕。集傳憑庾信〔二〕，時以詩序見委。見晚惜嚴安〔三〕。舊雨吴江冷〔四〕，丁巳姑蘇舟次一晤。西風易水寒[五]。我思曷云慰，空谷采幽蘭[六]。

注釋：

[一]鏘洋：玉佩聲。魏徵《奉和正日臨朝應詔》詩：「鏘洋鳴玉佩，灼爍耀金蟬。」古歡，謂與古爲徒。清王士禎作《古歡録》，述上古至明，林泉樂志之人。

[二]庚信：見（一七）詩注[一]。

[三]嚴安：漢臨淄人。武帝朝，以故丞相史上書，言周失之弱，秦失之强。上召見，問曰：「公安在？何相見之晚也。」拜朗中。後爲騎馬令。

[四]舊雨：舊友也。吴江冷，《新唐書·崔信明傳》：嘗矜其文，謂遇字百煉。尤誇其「楓落吴江冷」之句。

[五]「西風易水寒」句：《史記·刺客列傳》：荆卿爲燕王西刺秦王，祖於易水，高漸離擊筑，歌曰：「風蕭蕭兮易水寒，壯士一去兮不復還。」

[六]「空谷采幽蘭」句：空谷，古詩：「絶代有佳人，幽居在空谷。」幽蘭，喻錢香樹。

## （一五八）宿易家山莊[一]

老樹紛壓屋，漏天星小明。壞籬容鹿入，側砌讓泉行。鳥不作常語，山能無俗情。此間覺秋早，颯颯林風生。

注釋：

[一]易家山莊：在阜城縣境。

## （一五九）重遊城南諸山[一]

南山昔葱翠，姱修畫眉嫵[二]。雲氣相縈迴，山亦作龍舞。重遊歎黃落，山遇風而蠹[三]。如人去冠裳，兀然獻頭股。任質固自佳，已甚毋乃魯[四]。春風來何時，懷新百花吐。

**注釋：**

[一]城南諸山：當指在阜城者。

[二]姱修：美好。

[三]蠹：侵蝕。

[四]魯：愚笨。

## （一六〇）懷同年吴涵清明府[一]名方平

山環白鹿臺，月上龍吟閣[二]。瑶琴一罷彈，夜寒傳魯柝[三]。西湖數舊遊，一去如黃鶴。存者不相聞，死者不可作。我來華陽亭[四]，百里天仍各。孤鳥没長河，荒雲帶叢薄。佛燈青熒熒，空庭一葉落。

**注釋：**

[一]吴涵清：吴方平，字涵青、澄清，浙江仁和人。雍正二年三甲進士。明府，古稱太守牧令爲府君，或明府君，簡稱府君。唐詩中亦稱縣令爲府君。《漢書・孫寶傳》：寶爲京兆尹，故吏候之曰：「明府君素著威名。」

[二]白鹿臺、龍吟閣：在河南省洪縣境。

[三]魯柝：喻近鄰。《左傳·哀公七年》：「秋伐邾，茅成之請告於吴，不許，曰：『魯擊柝，聞於邾，吴二千里，不三月不至，何及於我？』」

[四]華陽亭：在阜城，相傳爲嵇康彈琴處。

## （一六一）索蘭田[一]畫

解君作畫通畫理，不畫山與水，不畫人與鬼。畫花花有香，襲人衣袂蜂飛揚。畫鳥鳥有聲，隨風吹碎花枝晴。花既畫香不畫骨，鳥亦畫聲不畫色。意在似與不似間，飄飄直欲無筆墨。筆墨之外別有得，求畫於虚不於實。摇之可活呼使出，能事千秋幾人識！君也奄有崔徐黄[二]，後輩那數藍錢塘[三]。乞歸一幅掛寺壁，空山雪夜生輝光。莫浪語，勿漫與[四]。此畫通靈[五]欲亡去。

**注釋：**

[一]蘭田：即解蘭田。見（一五〇）詩注[一]。

[二]崔、徐、黄：崔子忠，明末畫家，初名丹，字開予，後改名子忠，字道貫，號青蚓（一作青引），北海人。曾遊董其昌之門，擅畫人物仕女，與陳洪綬齊名，有南陳北崔之稱。徐渭，字文長，號天池山人，青藤道人，明山陰人。擅花鳥畫。黄公望，字子久，號一峰，大癡道人。元常熟人。擅畫山水。

[三]藍錢塘：藍瑛，字田叔，號蝶叟、石頭陀，清錢塘人，擅畫山水、人物、花鳥、蘭竹。「塘」，世綸堂本作「唐」。

[四]漫與：任情率意也。杜甫《江上值水如海勢聊短述》詩：「老去詩篇渾漫與，春來花鳥莫深愁。」

[五]畫通靈：《水衡記》：張僧繇於金陵安樂寺，畫四龍於壁，不點睛，每曰：「點之，即飛去。」人以爲誕。因點其一，須臾雷電破壁，一龍乘雲上天，不點睛者皆在。

## （一六二）後梅花（四首）

東風取次返離魂[一]，粧點江南水一村。自入山來皆雪意[二]，最無人處有煙痕。攜琴未許鶴爲子[三]，拄杖忽聞僧在門[四]。歸路冷香收滿袖，月斜牆角正黃昏[五]。

**注釋：**

[一]離魂：《太平廣記》：唐張鎰居衡州，有女曰倩娘，甥曰王宙。宙幼聰慧，鎰許以女妻之。及長兩相愛慕。鎰忽以女別字，女聞鬱抑。宙亦恚恨，托言赴京，買舟遠行。夜半，倩娘忽至。挈與俱逝。居蜀五年，生二子，始共歸衡州。宙詣鎰自謝。鎰大驚，以其女固在室，病數年，未離閨闥也。兩女相見，翕然合爲一。

[二]「自入山來皆雪意」句：高啟《梅花》詩：「雪滿山中高士臥，月明林下美人來。」煙痕，陸游《置酒梅花下》詩：「瘦影寫微月，疏枝横夕煙。」

[三]鶴子：宋林逋隱於西湖孤山，不娶無子，所居多植梅蓄鶴，人謂之梅妻鶴子。

[四]僧門：蘇軾《松風亭梅花盛開作》詩：「海南仙雲嬌墮砌，月下縞衣來扣門。」

[五]黃昏：林逋《梅花》詩：「疏影横斜水清淺，暗香浮動月黃昏。」

縞衣仙子玉華宮[一]，曲牖疏簾面面通。却立偏於人影外，餘情多付水聲中。即空是色[二]休疑月，在遠能香[三]不畏風。忍著嫩寒看未厭，一天微雨又濛濛。

**注釋：**

[一]玉華宮：在陝西省宜君縣西南。《元和郡縣志》：「本縣人秦小龍宅。唐太宗云：『小龍出，大龍入。』營之爲宮。」

蘇舜卿《長史垂虹橋中秋對月》詩：「佛氏解爲銀色界，仙家多住玉華宮。」

[二] 即空是色：《心經》：「空即是色，色即是空。」

[三] 遠香：周敦頤《愛蓮説》：「香遠益清，亭亭浄植。」

獨抱冬心[一]凍不枯，欹斜未許緑陰扶。忽飛雙鳥對相語，微礙一雲疑欲無。若入詩評爲島瘦[二]，即論畫格亦倪迂[三]。老來禁斷揚州夢[四]，夢去孤山雪滿湖[五]。

**注釋：**

[一] 冬心：崔國輔《子夜冬歌》詩：「寂寥抱冬心，裁羅又褧褧。夜久頻挑燈，霜寒剪刀冷。」

[二] 島瘦：唐賈島，字浪仙，范陽人。島與孟郊之詩，以清刻瘦硬爲尚，故時評曰：「郊寒島瘦。」

[三] 倪迂：元倪瓚，字元鎮，號雲林，善畫山水，性好潔，深自晦匿，人稱倪迂。

[四] 揚州夢：杜牧《遣懷》詩：「十年一覺揚州夢，贏得青樓薄倖名。」

[五] 「夢去孤山雪滿湖」句：孤山，在浙江杭州西湖中，界裏外二湖之間，孤峰聳立，秀麗清幽，爲湖山勝絶處。宋林逋曾隱於此，喜種梅養鶴，世稱孤山居士。孤山北麓有放鶴亭與梅林，其墓亦在焉。

酸鹹外味隔塵緣，管領將昏未曉天。殘笛一聲涼在水，遠峰數點碧於煙。驢鞍斜掛橋邊路[一]，鶴氅橫披竹外船[二]。知有人家住深處，落英流出第三泉[三]。

**注釋：**

[一] 「驢鞍斜掛橋邊路」句：《全唐詩話》：相國鄭綮善詩，或曰：「相國近爲新詩否？」對曰：「詩思在灞橋風雪中驢

子背上，此何以得之？」

［二］「鶴鷺横披竹外船」句：蘇軾《和秦太虚梅花》詩：「江頭千樹春欲暗，竹外一枝斜更好。」

［三］第三泉：蘇州虎丘劍池爲第三泉。（唐張又新《煎茶記》引劉伯芻説。）

## （一六三）書縣齋[一]壁（四首，存二）

窺書洗得癩兒名[二]，描畫無妨戴帽餳[三]。漸老年光憎蒜髮[四]，此間絶味愛羊羹。故應有説成寬陿，亦復何心校重輕。劇碎匆匆良我分，爲持面目謝宣明[五]。

**注釋：**

［一］縣齋：指阜城縣衙。

［二］「窺書洗得癩兒名」句：「窺書」，世綸堂本作「寬書」。癩兒，《魏書・崔暹傳》：暹遷瀛州刺史，常出獵州北，單騎至於民村。井有汲水婦人，暹令飲馬，因問曰：「崔瀛州何如？」婦人不知其暹也，答曰：「百姓何罪，得如此癩兒刺史。」

［三］戴帽餳：餳，用麥芽或穀芽熬成的飴糖。戴帽餳，謂戴帽像個人，但柔軟如餳粁。比喻軟弱無能。《隋書・梁彦光》：彦光前在岐州，其俗頗質，以静鎮之，合境大化……及居相部，如岐州法。鄴都雜俗，人多變詐，爲之作歌，稱其不能理化。上聞而譴之，竟坐免。歲餘，拜趙州刺史，彦光言於上曰：「臣前得罪相州，百姓呼爲戴帽餳。臣自分廢黜，無復衣冠之望，不謂天恩復垂收採，請復爲相州，改絃易調，庶有以變其俗，上答隆恩。」上從之。

［四］蒜髮：《雲谷雜記》：「今人言壯而髮白者，目之曰蒜髮。《本草》蕪菁條下云：蔓菁子壓油塗頭，能變蒜髮。」

［五］謝宣明：《南史・謝晦傳》：晦字宣明。嘗與謝混同在武帝前。帝目之曰：「一時頓有兩玉人。」宋初爲鎮北將軍。與傅亮等同受顧命。後被文帝所誅。

帽落衣垂老見侵，底須潤古又彫今。爲郎自合難庯峭[一]，公子何妨借陸沉[二]。月下偶人無俊辨，堂邊修竹有貞心。不勝官亦尋常事，留此良琛[三]在藝林。

**注釋：**

［一］庯峭：《湘煙録》：北齊魏收謂庯峭難爲。齊魏間以人之有儀矩可喜者，則謂之庯峭。今造屋勢有曲折者曰庯峭。俗又謂轉語爲波峭。

［二］陸沉：《莊子·則陽》：「有方且與世違，而心不屑與之俱，是陸沉者也。」郭象注：「人中隱者，譬之無水而沉也。」

［三］琛：珍寶。《詩·魯頌·泮水》：「憬彼淮夷，來獻其琛。」

## （一六四）晉宮詞（八首）[一]

（一）暴雨收書一婢知[二]，粥流衣落氣如絲。可憎老物何煩出，忘却春華執爨時。

**注釋：**

［一］這八首七言絶句，詠晉代宫闈秘事。各首所詠事實：

（一）詠晉宣帝司馬懿和張皇后事，責帝嫌張后老，忘其有功。

（二）詠晉代北燕主慕容熙與小苻后軼事。熙納二苻女，姊爲昭儀，妹皇后。造龍騰苑以居之。后死，熙不忍遽殮，停尸數日，尸壞乃殮。

（三）詠晉武帝司馬炎沉湎女色，特别寵愛胡貴嬪事。

（四）詠晉武帝后楊豔妬忌成性，拒武帝納美貌者爲妃事。

（五）詠晉惠帝司馬衷后賈南風悍妬成性，擲戟殺孕妃事。

（六）詠惠帝后賈南風以巾箱運洛南小吏入宫事。

（七）詠晉成帝司馬衍皇后杜氏奇跡。

（八）詠晉簡文帝司馬昱納織坊女爲妃，而生貴子事。

［二］「暴雨收書一婢知」四句：《晉書·宣穆張皇后傳》：宣帝初辭魏武之命，託以風痺。嘗曝書遇雨，不覺自起收之，家惟一婢見之。后恐事泄致禍，遂手殺之以滅口，而親自執爨。帝由是重之。《晉書·宣帝紀》：帝與曹爽有隙，詐疾篤，累月不出，婢進粥，皆流出霑胸。　春華，白居易《早冬》詩：「十月江南天氣好，可憐冬景如春華。」

（二）布帛陳陳吝百錢[一]，犢車雨濕露車乾。如何空室尸經壞，不造靈床通替棺。

**注釋：**

［一］「布帛陳陳吝百錢」四句：百錢，《漢書·景帝紀》：賜諸侯王列侯馬二駟，吏二千石黄金二斤，吏民户百錢。　犢車，《妒記》：王丞相曹夫人性甚忌，禁制不得有侍御。王公不能久堪，密宫別館，衆妾羅列，兒女成行。曹聞大恚，命車將黄門及婢二十人，持食刀，自出尋討。王公亦遽命駕飛轡出門，捉麈尾柄助御者打牛，狼狽奔馳，劣得先至。　韋莊《延興門外作》詩：「芳草五陵道，美人金犢車。」　露車，無帷蓋的車子。《南史》載：謝幾卿、庾仲容並肆情誕縱，或乘露車，歷遊郊野，醉則執鐸挽歌，不屑物議。　通替棺，見（四二）詩注［六］。

（三）絳紗一繫泣玫瑰[一]，竹葉遮門望幸來。灑地紅鹽羊舐汁，多因將種一徘徊。

注釋：

〔一〕「絳紗一繫泣玫瑰」四句：《晉書》：武帝選妃，鎮軍大將軍胡奮女胡芳入宮預選。選中，以絳紗繫臂。胡芳籠紗下殿，自思不得還見父母，哭有聲。左右禁哭。芳朗聲曰：「死且不怕，何怕陛下？」尋拜貴嬪。竹葉羊車，帝常乘羊車至後宮。宮女望帝臨幸，往往以竹葉插門，鹽汁灑地，引羊車到來。將種，《晉書·后妃傳》：胡貴嬪名芳，父奮。帝嘗與之摴蒲爭矢，遂傷上指。帝怒曰：「此固將種也。」對曰：「北伐公孫，西距諸葛，非將種而何？」

（四）卞藩衛瓘無緣入掖庭〔一〕，瓊芝性妬語偏靈。婚姻禁斷成何用，長白收來又短青。后採長白賈納《短青傳序》語。

注釋：

〔一〕「卞衛無緣入掖庭」四句：《晉書》載：武帝后楊豔，字瓊芝，被立爲后，感舅氏趙氏恩，趙虞有女名粲，后召入宮，勸帝納爲嬪嬙，賜號夫人。后結以爲助，以排斥他女。卞藩女應選，楊后妬其貌美，擯不録。武帝太子衷，年十二，擇配。帝欲聘衛瓘女。楊后主聘賈充女。帝曰：「衛女有五可，賈女有五不可：衛氏種賢而多子，美而長白，賈氏種妬而少子，醜而短黑。」后固以爲請，帝聽之，乃聘賈充女名南風，果性妬而面半青半黑。

（五）永年築室鏡鸞分〔一〕，攘袂專爭佐命勳。戟刃幾枝胎墮地，黎民莫怨廣城君。

注釋：

〔一〕「永年築室鏡鸞分」四句：《晉書》：惠帝后賈南風妬悍異常。武帝孫遹，乃妾媵謝玖所生，不善之。恐他妾復生男，嚴加防範。適一妾懷孕，爲妃所覺，擲戟妾腹。責宮女防不密，自持刀殺數人。后父賈充，武帝受魏禪，有佐命勳。充有妻郭槐。武帝命置左右夫人。充母柳氏命迎李豐女。充畏槐不敢，别築室於永年里居之。槐盛粧往省，既入户，不覺膝屈，因遂再拜，自是充每出行，槐輒使人尋之，恐其過李也。

（六）洛南小吏入巾箱[一]，天上嵯峨白玉堂。傳得窺賓青瑣訣，殷勤西域遺去聲奇香。

**注釋：**

[一]「洛南小吏入巾箱」四句：洛南盜尉部小吏，年輕貌美，嘗遇老嫗誘令處簏箱中，車運入宫，與賈后幽會，因衣宫錦袙衣，被指爲盜，小吏因供真相。韓壽，南陽人，爲賈充司空掾。每進謁，充幼女賈午窺簾從青瑣（同瑣，窗上花紋）中望之，慕其才貌，命婢通意，遂諧所好。午贈以西域奇香。香聞事覺，壽入贅。充薦爲散騎常侍。

（七）宫中懸籥漏聲斜[一]，備禮親輸杜姥家。織女齒生曾幾夜，三吴素柰遍簪花。

**注釋：**

[一]「宫中懸籥漏聲斜」四句：《晉書》載：成帝后杜氏，名陵陽，杜預曾孫。成帝咸康中拜爲皇后。少有姿色，年十四猶無齒。及帝納采之日，一夜齒盡生。入宫時，帝親御太極殿，受群臣慶賀，盛賜筵宴，直至晝漏已盡，宫門懸籥，百官始退。年二十一崩，謚恭。后崩，三吴女子並簪白花，好似素柰一般。籥，同鑰，門鎖。

（八）織坊門掩夜黄昏[一]，不及諸姬沐帝恩。日月入懷龍枕膝，相經偏葉黑昆侖。

注釋：

[一]「織坊門掩夜黄昏」四句：《晉書》載：晉簡文帝膝下無男，召相士遍視後宫，皆云不宜男。後視織坊女李陵容，身長色黑，宫中稱昆侖婢，嘗夢兩龍枕膝，日月入懷，喜爲吉兆，相士云：「必生貴男。」帝納之，果生昌明。李氏臨盆時，曾夢神人賜一兒，囑取名昌明。簡文帝以昌明爲字，取其義爲名曰耀。帝崩，昌明即位，是爲孝武帝。

## （一六五）古風，呈江太守[一]（二首）

天下無冤民，我聞張釋之[二]。益重經術吏，得之雋不疑[三]。太守未出山，六籍勤敷菑[四]。折角樹妙義[五]，解頤[六]鉤深思。醖釀入治譜，安用法律爲？公羊穀梁傳，據以斷獄辭。求其生而得[七]，樂至不可支。祀典祧咎繇[八]，敬告良有司。

注釋：

[一]江太守：不詳。這兩首五言古詩，呈江太守，發表對吏治的意見，用儒不用法，寧寬毋嚴，使百姓有相忘於江湖之樂。字裏行間，對江太守的執法用刑太嚴，致以婉諷。

[二]張釋之：字季，南陽堵陽人，漢文帝時拜廷尉，執法平恕，時人爲之語曰：「張釋之爲廷尉，天下無冤民。」景帝時，出爲淮南相。

[三]雋不疑：漢渤海人。治《春秋》，爲郡文學，進退必以禮。昭帝時，爲京兆尹，嚴而不殘。時有男子詣闕，冒稱衛太子（武帝太子，因巫蠱事出亡，自殺），丞相御史莫能決。不疑叱從吏收縛，曰：「蒯聵違命出奔，輒拒而不納，《春秋》是之。」遂送詔獄。天子與大將軍霍光聞而嘉之，曰：「公卿大臣，當用經術，明於大誼。」由是名重朝廷。

[四]「六籍勤敷菑」句：六籍，六經也。敷菑，布穀除草。這裏借喻鑽研六經。

[五] 折角：見（一二二）詩注[一]。樹妙義，謂林宗解經有創見。

[六] 解頤：匡衡，字稚圭，漢東海承人，官至太子太傅。朝廷有政議，輒引經以對。言多法義。時人語曰：「匡説詩，解人頤。」後拜相，封樂昌侯。

[七]「求其生而得」二句：宋歐陽修《瀧岡阡表》：「嘗夜燭治官書，屢廢而歎。吾問之，則曰：『此死獄也，我求其生不得爾。』吾曰：『生可求乎？』曰：『求其生而不得，則死者與我皆無恨也。矧求而有得耶？』以其有得，則知不求而死者有恨也。」

[八] 咎繇：一作皋陶，舜時獄官之長。《書・舜典》：「帝曰：『皋陶汝作士。』」

謂我父母者，我當以爲子。天子命我來，道在安之耳。魚相忘江湖[一]，奚忍擾獄市[二]。與爲猛於火，寧爲懦於水。用刑如用兵，出於不得已。罔謂天聽高[三]，去天尺有咫。

**注釋：**

[一]「魚相忘江湖」句：《莊子・大宗師》：「泉涸，魚相與處於陸，相呴以濕，相濡以沫，不如相忘於江湖。」

[二] 獄市：《漢書・曹參傳》：「參去，屬其後相曰：『以齊獄市爲寄，慎勿擾也。』」顔師古注引孟康曰：「獄市者，兼受善惡，若窮極奸人，奸人無所容竄，久且爲亂。」

[三]「罔謂天聽高」二句：《書・泰誓》：「天聽自我民聽。」天咫，天威咫尺之省。謂帝皇所居之地。《左傳・僖公九年》：「天威不違顔咫尺。」

## （一六六）上魯觀察亮儕先生[一]

公年十五六七時，擘窠[二]能書磨崖碑。出語往往壓長老，萬斛湧地瓊琚[三]辭。阿翁滇南開幕府，公復有力鬬虓虎[四]。親臨戰陣矢着面，不動如山手提鼓。下馬容與翰墨場，忍饑誦經聲瑯瑯。忽然倚天一長嘯，鬼雄騰逃鼇罷釣[五]。毁祠常斥梓潼神[六]，觀察以神乃張惡子，凡所到，必毁其祠。投巫不數西門豹[七]。晚登一第官洛陽，飲冰茹蘖[八]排風霜。蔣濟謂能來阮籍，汲黯本自輕張湯[九]。二語集蘇。白簡封彈强項吏[一〇]，帝曰卿材兼數器。楩楠厄震棟梁成，鷹隼揺風[一一]牙爪利。至今清夢繞紅雲，説着先皇便流涕。高牙[一二]遷轉燕南城，書三十乘隨身行。醖釀老夫經國具，佐禹治水兼治兵。時制府已兼筦河務。滹沱[一三]魚龍受戒律，上谷[一四]草木知威聲。政餘好事等年少，晝静登登亭墨妙[一五]。乃爾嫵媚一詩成，露咽三危香九竅[一六]。文通武達能何多，顔如渥丹腹則皤。試看據鞍詑馬援[一七]，誰能遺矢譏廉頗[一八]。時平投却封侯筆[一九]，陣圖閑曬晴窗日。

**注釋：**

[一]魯亮儕：魯之裕，字亮儕，清麻城人，康熙舉人，累官至直隸清河道，署布政使。有詩古文及纂輯經史源流諸書，共二百餘卷，又有《長蘆鹽法志》。

[二]擘窠：《洞天清録》：「漢印多用五字，不用擘窠。」謂刻印不分格匀排，以篆字筆劃多少配置，使其停匀也。故分格書謂之擘窠。亦指大字，此處當言能作大字。

[三]瓊琚：韓愈《祭柳子厚文》：「玉佩瓊琚，大放厥詞。」謂辭藻華美。

[四]鬬虓虎：喻勇猛之將士，奮怒如虎吼也。《詩·大雅·蕩》：「進厥虎臣，闞如虓虎。」闞，模象虎吼聲。

[五]「鬼雄騰逃鼇罷釣」句：鬼雄，謂陣亡之鬼，魂魄雄毅，仍爲百鬼之雄。《楚辭·國殤》：「身既死兮神以靈，魂魄毅兮爲鬼雄。」釣鼇，《列子·湯問》：「渤海之東，有五山焉。帝使巨鼇十五，舉首而載之。龍伯之國有大人，一釣而連六鼇，岱輿員嶠沉於大海。」

[六]梓潼神：《茶香室叢鈔》：「《隸釋》：益州太守高聯修《周公禮殿記》云：『至於甲午，故府梓潼文君增造吏寺

二百餘間。』」洪氏《跋》云：『故府梓潼文君，建武中益州太守文參也。按後世祀梓潼帝君爲文昌，疑即以此傳訛。』」《明史·禮志》：「神姓張，名亞子，居蜀七曲山，仕晉戰歿，人爲立廟。……道家謂梓潼掌文昌府事及人間禄籍，故加號爲帝君，而天下學校亦有祠祀者。」

［七］西門豹：《史記·西門豹傳》：西門豹，戰國魏人。爲鄴令，引漳水灌田，民賴之。鄴巫取民女，沉之河，謂爲河伯娶婦。豹投巫於河，其俗乃革。

［八］飲冰茹蘗：喻刻苦自勵。《莊子·人間世》：「今我朝受命而夕飲冰，我其内熱歟？」蘗，黄蘗，味苦。

［九］「汲黯本自輕張湯」句：汲黯，漢濮陽人，字長孺。武帝時爲東海太守，東海大治。召爲九卿，面折廷諍。帝嚴憚之。嘗曰：「古有社稷之臣，如黯近之矣。」後出爲淮陽太守，七歲而卒。張湯，漢之酷吏。杜陵人。兒時，以鼠盜肉，劾鼠掠治，傳爰書訊鞫，論報具獄，磔鼠堂下，文辭如老獄吏。武帝時，拜大中大夫，治獄務深文刻酷。後爲朱買臣等所陷，自殺。汲黯嘗目湯爲刀筆吏。

［一〇］强項吏：《後漢書·董宣傳》：董宣爲洛陽令，殺湖陽公主蒼頭。光武使小黄門持宣，使謝公主。宣兩手據地，不肯俯。帝勅曰：「强項吏出。」白簡，《晉書·傅玄傳》：傅玄爲御史中丞，每有奏劾，或值日暮，捧白簡，整簪帶，竦踊不寐，坐而待旦，於是貴遊懾伏，臺閣生風。

［一一］鷹隼培風：「培」，世綸堂本作「培」。

［一二］高牙：謂武臣出鎮。《南部新書》：「近代通謂府廷爲公衙。字本作牙。《詩·小雅·祈父》曰：『祈父，予王之爪牙。』祈父，司馬，掌武備，象猛獸以爪牙自衛，故軍前大旗謂之牙旗，出師則建牙。」

［一三］滹沱：河名，源出山西，流經河北省，入渤海。

［一四］上谷：地名，今河北省懷來縣。

［一五］墨妙亭：原在浙江吴興舊湖州府署内，今遷至飛英公園。宋時孫莘老守吴興所建。取境内自漢以來古文遺刻，築亭貯之，謂之墨妙亭，蘇軾有記。

〔一六〕三危九竅：三危，山名，在今甘肅省敦煌縣南。《書・禹貢》：「三危既宅。」九竅，《周禮・疾醫》：「兩之以九竅之變。」鄭玄注：「陽竅七，陰竅二。」按陽竅七，謂眼耳鼻口；陰竅二，謂前後竅也。

〔一七〕馬援：《後漢書・馬援傳》：馬援，字文淵，茂陵人。武陵五溪蠻反，援年已八十餘，請征之。帝以爲老。援據鞍顧盼，以示可用。帝曰：「矍鑠哉是翁。」果討平之。

〔一八〕廉頗：戰國時，趙之良將。惠文王時破齊，孝成王時破燕，皆頗之成功。與藺相如同爲趙之將相，秦不敢加兵於趙。後趙中秦間，以趙括代頗，遂有長平之敗。悼襄王時，得罪奔魏。魏不能用。趙困於秦，復思用頗，使使者覘之，尚可用否。仇人郭開與使者金，使毀頗。使者至，頗一飯斗米，肉十斤，披甲上馬，以示可用。使者歸報曰：「廉將軍雖老尚健飯，然與臣坐頃之，三遺矢矣。」趙王以爲老，遂不召。

〔一九〕投却封侯筆：班超，字仲升，漢安陵人。少有大志，家貧，傭書養母。嘗投筆歎曰：「大丈夫當效傅介子、張騫，立功異域，以取封侯，安能久事筆硯間乎？」明帝時，使西域，服西域五十餘國，任西域都護，封定遠侯。和帝時，年老受代還。在西域三十一年。

## （一六七）蓮花池，和顧香霞明府〔一〕

我來蓮花池，已過蓮花時。二句即顧語。蓮花不見見蓮葉，采之采之不用檝〔二〕。屬玉〔三〕一雙飛向人，垂楊垂柳無復春。弦歌間與蓮歌發，亭臺又是一番新。憶昔金源末，元取燕雲割。守帥張柔此駐師，借得一池作納缽。納缽，元國書語，猶華言宿頓所也。撞鐘伐鼓氣豪粗，鑿之深深役萬夫。開平梨庭捨僧寺〔四〕，至今香飯供伊蒲〔五〕。嗚呼武人好名雅好事，市閣淩霄展金翅。悲笳顧羽〔六〕暮生愁，何處東風横翠樓？東城外横翠樓、城中大悲閣，皆張柔建。今閣在而樓亡矣。「市閣」、「悲笳」、「顧羽」，見劉静修詩。

注釋：

[一] 蓮花池：在今北京市，爲元張柔所鑿。張柔，字德剛，定興人，慷慨尚氣節，善騎射。金末盜起，柔聚族保西山東流寨。後歸元，留戍滿城，移守順天，營建城市廬舍，百廢俱興。拜河北路都元帥。戰勝攻取，威震河朔。封蔡國公，追封河南郡王，謚忠武。顧香霞，生平不詳。

[二] 不用檝：《古今樂録》：王獻之愛妾名桃根、桃葉。獻之嘗臨渡歌以送之曰：「桃根復桃葉，渡江不用檝。」

[三] 屬玉：水鳥，如鴨而大，長頸赤目紫紺色。《後漢書·司馬相如傳上》：「鵁鶄鸀鳿，鴐鵞屬玉，交精旋目。」

[四] 「開平梨庭捨僧寺」句：謂常遇春平元後，將蓮花池捨爲僧寺。常遇春，明懷遠人，性剛毅，膂力絶人。初爲群雄劉聚所得。度聚無成，乃歸明太祖。從征，所至克捷，運籌決勝之方，皆不學而能。累官至中書右丞相，封鄂國公。卒，追封開平王，謚忠武。

[五] 伊蒲：伊蒲饌，佛寺素席也。《名山記》：謝東山《遊雞足山記》曰：「山之絶頂一僧，洛陽人。留供食，所具皆佳品，予謂野亭曰：『此伊蒲饌也。』」

[六] 羽：鴻雁。《周禮·天官》：「庖人冬行鱻羽。」鄭玄注：「羽，雁也。」

## （一六八）道逢李座主穆堂先生[一]使車（二首）

眼光那復在三臺[二]，肯向孫劉長揖來[三]。十載閑身隨史局[四]，九重清夜歎奇才[五]。文饒[六]曾下孤寒淚，元禮[七]從呼部黨魁。今日郵亭[八]逢使節，江南江北報花開。

注釋：

[一] 李穆堂：李紱，字巨來，號穆堂，清臨川人。少讀書，日可二十本，過目不忘。康熙四十八年進士。官至内閣學士

致仕。曾坐事論斬，奉旨赦還。繫獄時，日讀書飽啖熟眠，人歎爲鐵漢。座主，門生稱主考官曰座主。

〔二〕三臺：漢因秦制，以尚書爲中臺，御史爲憲臺，謁者爲外臺，合稱三臺。《後漢書·袁紹傳》：「坐召三臺，專制朝政。

〔三〕「肯向孫劉長揖來」句：孫劉，孫權、劉備，偏安之君，喻李氣節高傲，不向反叛割據一方之主低頭也。長揖，拱手自上而下以相禮也。《史記·高祖本紀》：沛公方踞床，使兩女子洗足而見酈生。酈生入，則長揖不拜。

〔四〕史局：國家修史之所。漢開東觀，爲史局之始。

〔五〕「九重清夜歎奇才」句：《史記·賈生列傳》：文帝召賈誼，夜半問鬼神之事，帝歎爲奇才。九重，人君所居之處。《楚辭·九辯》：「豈不鬱陶而思君兮，君之門以九重。」

〔六〕文饒：李德裕，字文饒，唐贊皇人。少力學，卓犖有大節。敬宗時，爲浙西觀察使。武宗時，爲宰相。宣宗時，爲忌者讒構，貶崖州司户參軍，卒。

〔七〕元禮：即李膺。詳見（六七）詩注〔三〕。

〔八〕郵亭：傳送文書止息之所。見《漢書·黄霸傳》注。

渡江入洛師於庚子〔一〕，有孫策渡江、陸機入洛之目氣如雲，小異當初識此君。轉眼漸防顔駟〔二〕老，到頭終讓趙衰〔三〕文。憑渠檻外千帆過，乞與山中一席分。腰鼓弟兄〔四〕今隔面，華陽亭月照離群〔五〕。皐城有華陽亭，相傳嵇康彈琴處。

**注釋：**

〔一〕庚子：乾隆四十五年（一七八〇）。

〔二〕顔駟：《文選》張衡《思玄賦》李善注引《漢武故事》：顔駟，不知何許人，漢文帝時爲郎。至武帝輦過郎署，見駟龐眉皓髮，上問曰：「叟何時爲郎，何其老也？」答曰：「臣文帝時爲郎，文帝好文而臣好武，至景帝好美而臣貌醜，陛下即位，好少而臣已老，是以三世不遇，故老於郎署。」上遂感其言，擢拜會稽都尉。

〔三〕趙衰：春秋時，晉文公之臣。從文公出亡十九年。文公之立，多得從者之力，衰與狐偃尤稱首功。返國後，佐文公定霸。人稱趙衰如冬日之可愛。

〔四〕腰鼓弟兄：《南史·沈沖傳》：沖與兄淡、深名譽有優劣，世號爲腰鼓兄弟。並歷御史中丞，晉宋所未有也。

〔五〕離群：《禮·檀弓》：「子夏曰：『我離群而索居，亦已久矣。』」

## （一六九）玉芝山院〔一〕，示諸子

試聽沙河逝水聲〔二〕，流光易老最無情。培風小鷂乘秋下，仰雨平田趁曉耕。衣上上聲墨痕如畫格，夢回書味在茶鐺。此中可有消閑法？花落明朝草又生。

**注釋：**

〔一〕玉芝山院：清代書院名，在阜城境。

〔二〕「試聽沙河逝水聲」句：沙河，在河北省，滹餘水、渦水、泒水之總名。逝水，《論語·子罕》：「子在川上曰：『逝者如斯夫，不舍晝夜。』」

## （一七〇）贈馮漢儒少尹〔一〕是歲交河旱，分司災務

哀鴻〔二〕栩栩澤中聞，半載塵勞與子分。謝朗〔三〕自佳何預事，君叔與余同年。陸機〔四〕從小最能文。河光

夜定呈明月，山意秋闌愛冷雲。青史他年徵治譜，小馮君接大馮君。尊甫官高密令。

**注釋：**

［一］馮漢儒：生平不詳。少尹，州縣佐貳之官。

［二］哀鴻：流民也。《詩·小雅·鴻雁》：「鴻雁于飛，哀鳴嗷嗷。」

［三］謝朗：晉謝奕之子，善言玄理，文義豔發，名亞於謝玄。總角時，病新起，體甚羸，未堪勞，於叔父安前與沙門支遁謀論，遂至相苦。其母再遣信令返。安欲留，使竟論。王氏因出云：「新婦少遭艱難，一生所寄，惟在此兒。」遂流涕攜兒去。安謂座客曰：「家嫂辭情慷慨，恨不使朝士見之。」

［四］陸機：晉吳郡人。少有異才，文章冠世，服膺儒術，非禮不動。太康末，與弟雲俱入洛。張華素重其名，曰：「伐吳之役，利獲二俊。」後事成都王穎。穎起兵，拜機大將軍、河北大都督。孟玖等忌之，譖機有異志，被殺。

## （一七一）憶亡室，示大兒名裘

我讀書，卿刺繡。一燈坐對黃昏後。卿憂我不早成名，我則憂卿病消瘦。一兒以悸死，一兒以痘殤。慰情弱女方扶床，過年苦索新衣裳。新衣裳，舊年換米充饑腸。饑腸饑可耐，頭上釵鈿問安在？也入城中富貴家，算利如今賈三倍。匆匆廿載嫁黔婁[一]，薄命誰知不到頭。生存已無華屋分[二]，零落況復歸山邱。臨終遺一語，語我琴弦勿重舉[三]，怕使他人打兒女。是時阿三歲甫周，和淚呼娘呼不休。阿二是時三歲半，小小麻衣朝暮奠。有爺長出門，姊妹相與視眠膳。跉跰[四]念此兩孤雛，一生不識娘顏面。大兒今年年十九，可能回首思娘否？知汝娘魂隨我來，夢中長見舊粧臺。殯宮隔斷三千里[五]，暮雨瀟瀟沒草萊。

注釋：

[一] 黔婁：複姓。黔婁先生，齊之隱士，貧甚，歿而衾不蔽體。後人因以爲貧士之喻。元稹《悼亡》詩：「謝公最小偏憐女，自嫁黔婁百事乖。」

[二]「生存已無華屋分」二句：華屋山丘，謂興亡之速。曹植《箜篌引》詩：「生存華屋處，零落歸山丘。」

[三] 琴弦勿重舉：謂勸勿娶後妻也。古以琴瑟喻夫婦，故喪妻曰斷弦，再娶曰續弦。杜甫《病後遇王倚飲贈歌》詩：「麟角鳳嘴世莫辨，煎膠續弦奇自見。」

[四] 竛竮：同伶俜，孤苦也。

[五] 三千里：此詩作於北方，故云。

## （一七二）崔德超學博[一]餉魚

吾家於水鄉，性酷嗜水族。鄗哉大蘭王[二]，取作秦客逐。次第品衆珍，魚爲君子獨。西塞桃花肥[三]，東江蓴菜熟[四]。嗚榔刺船來，供奉將軍腹。北遊饜官廚，食譜近凡俗。退休磬復懸[五]，塵甑飯脫粟[六]。按圖考鴟蹲[七]，攖夢悸羊蹴[八]。今晨指忽動[九]，遺來鱗六六。濛濛煙雨痕，虛室生寒淥。入腸搜葩芬[一〇]，顛趾[一一]棄垢宿。臭味逢故人，清風濯梅竹。雅意當報君，秫田種苜蓿[一二]。

注釋：

[一] 崔德超：生平不詳。學博，《禮記·儒行》：「君子之學也博，其服也鄉。」唐制，府郡置經學博士一人，掌以五經教授學生。後以稱學官爲學博。

[二]「鄗哉大蘭王」二句：謂大蘭王不食魚，魚當作秦客驅逐也。大蘭王，漢樓蘭國王。秦客逐，《史記·秦始皇本

紀》：「秦大索逐客，李斯上書諫，乃止逐客令。」

〔三〕「西塞桃花肥」句：張志和《漁父歌》：「西塞山前白鷺飛，桃花流水鱖魚肥。青箬笠，緑蓑衣。斜風細雨不須歸。」

〔四〕蓴菜熟：《晉書・張翰傳》：張翰，字季鷹。齊王冏辟爲東曹掾。因見秋風起，乃思吴中菰菜蓴羹魚膾，曰：「人生貴適志，何能羈官數千里，以要名爵乎！」遂命駕而歸。

〔五〕磬復懸：懸磬，器中空，喻家中匱乏。

〔六〕「塵甑飯脱粟」句：《韓非子・外儲説左上》：「夫嬰兒相與戲也，以塵爲飯，以塗爲羹，以木爲胾，然至日晚必歸饟者，塵飯塗羹，可以戲而不可食也。」脱粟，謂粗而不精之米。《晏子春秋・雜下》：「晏嬰相齊，衣十升之布，食脱之粟食，五卵、苔菜而已。」

〔七〕鴟蹲：即蹲鴟，大芋也。《史記・貨殖傳》：「吾聞汶山之下沃野，下有蹲鴟，至死不饑。」《顔氏家訓》：「江南有一權貴，讀誤本《蜀都賦》注，解『蹲鴟，芋也』，乃爲羊字。人饋羊肉，答書云：『損惠蹲鴟。』舉朝驚駭，不解事義。」

〔八〕「攖夢悸羊蹴」句：《啟顔録》：「有人常食菜，忽食羊，夢五臟神曰：『羊踏破菜園。』」陸游《閑户》詩：「腸枯那有蹴蔬羊。」攖，纏繞。

〔九〕指忽動：《左傳・宣公四年》：「子公之食指動，以示子家，曰：『他日我如此，必嘗異味。』」

〔一〇〕葩芬：張衡《南都賦》：「藻茆菱芡，芙蓉含華，從風發榮，斐披芬葩。」

〔一一〕顛趾：《易・鼎》：「鼎顛趾，利出否得妾以其子無咎。」孔穎達疏：「鼎之爲物，下實而上虚，初六居鼎之始，以險處下，則是下虚而鼎足倒矣，故曰鼎顛趾。」

〔一二〕「秋田種苜蓿」句：《晉書・陶潛傳》：潛，公田半以種秫，半以種粳，凡客造者，輒設酒，若先醉，便對客曰：「我醉欲眠，君且去。」苜蓿，即金花菜。明朱多炡《寄黎君實》詩：「懷人夜雨靡蕪草，留客春風苜蓿盤。」

## （一七三）夜聞沈樊桐内翰[一]過泊頭[二]，將由江南之江西

聞道征帆過泊頭，離亭摇落遠含愁。壁蟲秋静作人語，露葉夜明如水流。潮信茫茫五馬渡[三]，雨聲淰淰百花洲[四]。憑君尋我題名處，廿載西風感舊遊。

**注釋：**

[一]沈樊桐：生平不詳。内翰，宋代稱翰林爲内翰。清代稱内閣中書爲内翰。

[二]泊頭：地名，在河北省阜城縣東北。

[三]五馬渡：《輿地志》：「五馬渡在幕府山前，晉元帝與諸王渡江處。時童謡曰：『五馬浮渡江，一馬化成龍。』」

[四]淰淰：魚受驚貌。百花洲，《百城煙水》：「百花洲在胥門外姑蘇臺下。」

## （一七四）柬同年金蒿亭[一]明府 時甲子正月杪，蒿亭解鹽山任，將歸。予交河事竣，循例入京

收燈一笛落殘梅[二]，此曲人間也可哀。春水方生公欲去，桃花浄盡我重來。宜男誰獻鴿鶌膳[三]，避債須登駿馬臺[四]。大半閑情同漫與，青鸞[五]飛下小蓬萊。 蒿亭無子，多妾，亦日事扶鸞。

**注釋：**

[一]金蒿亭：生平不詳。明府，見（一六〇）詩注[一]。鹽山、交河，均地名，在河北、天津附近。

[二]「收燈一笛落殘梅」句：舊曆元宵爲燈節，十五上燈，十九收燈。笛曲有《梅花落》。

[三]鴿鶌膳：見（一四三）詩注[一〇]。

［四］避債臺：《漢書·諸侯王表序》：周景王作誃臺。後赧王以負債逃居此臺，因名逃債臺。駿馬臺，即黄金臺。在北京東南。戰國時，燕昭王築臺於易水東南，置千金其上，延天下士，號黄金臺。郭隗言市駿馬之骨，因以自薦，即此。

［五］青鸞：扶乩，亦曰扶鸞。

## （一七五）有感，題泊頭［一］壁

離人夜上潞河［二］船，燕燕［三］差池小雨天。春盡緑楊風落絮，淒迷七十二沽［四］煙。

注釋：

［一］泊頭：見（一七三）詩注［二］。

［二］潞河：水名，即白河，爲北運河之上游。

［三］燕燕：《詩·邶風·燕燕》：「燕燕于飛，差池其羽。」詩指所眷之女。

［四］七十二沽：水名，匯潮河、白河等水。在天津附近有七十二沽。

## （一七六）無題

泛泛征帆下析津［一］，瀟瀟暮雨［二］暗傷神。朝雲［三］不佞東坡佛，樊子［四］空歸白傅春。山下蘼蕪［五］成故我，臺邊楊柳屬何人［六］？夢回猶似聞吹笛，無數梅花落斷塵［七］。

**注釋：**

[一]析津：天津，一稱析津。

[二]瀟瀟暮雨：《暮雨瀟瀟》，曲名。

[三]朝雲：宋蘇軾之妾，姓王氏，錢塘人。蘇軾官錢塘時，納爲常侍。初不識字，既侍軾，遂學書，粗有楷法。

[四]樊子：樊素，唐白居易之妾。白居易詩殘句：「櫻桃樊素口，楊柳小蠻腰。」小蠻，亦白居易妾。

[五]山下蘼蕪：古詩：「上山採蘼蕪，下山逢故夫。」

[六]「臺邊楊柳屬何人」句：用韓翃與柳氏事。見（一四三）詩注[一三]。

[七]梅花落斷塵：笛曲有《梅花落》。見（一七四）詩注[二]。

## （一七七）題盧雅雨[一]觀察《出塞集》

三年萬里一身遊，莽莽高臺塞草秋。旗影曉翻紅日凍[二]，笳聲夜裂黑鵰愁。索鈴[三]虛警防胡騎，裙履清吟對楚囚[四]。回首那堪明月夢[五]，二分依舊照揚州。

**注釋：**

[一]盧雅雨：盧見曾，字抱孫，號雅雨，清德州人。康熙進士。官兩淮鹽運使。刻《雅雨堂叢書》、《金石三例》，有《出塞集》。

[二]「旗影曉翻紅日凍」句：岑參《白雪歌》詩：「紛紛暮雪下轅門，風掣紅旗凍不翻。」

[三]索鈴：王禹偁《揚州寒食贈屯田張員外成均吴博士同年殿省柳丞》詩：「閑就通中枕，時聞索上鈴。」

[四]楚囚：《左傳·成公九年》：「晉侯觀於軍府，見鍾儀，曰：『南冠而縶者誰也？』有司對曰：『鄭人所獻楚囚

也。』」後人因借喻處境困迫者。

〔五〕「回首那堪明月夢」二句：徐凝《憶揚州》詩：「天下三分明月夜，二分無賴在揚州。」盧曾在揚州做官，故云。

## （一七八）感興[一]

修樹翳涼蟬，夜露養孤潔。於雀於螳螂，恩仇罔分別。一以股倒鉤，一以喙橫截。循環駭殺機，報復怵覆轍。宛然義俠士，不平鏥[二]劍血。蟬至死不知，疇伺螳螂缺。問雀爾胡爲？袒乃左右設[三]。答云人誤猜，二物今同穴。區區無他腸，解道徒哺啜[四]。

注釋：

〔一〕這首五言古詩，借螳螂捕蟬黃雀在後的故事，闡述自然界相生相剋的哲理。

〔二〕鏥：同鏽，鐵生衣也。

〔三〕左右袒：《史記·呂后紀》：諸呂用事擅權，欲爲亂。太尉周勃入軍門，行令軍中曰：「爲呂氏者右袒，爲劉氏者左袒。」軍中皆左袒。

〔四〕徒哺啜：《孟子·離婁》：「子之從于子敖來，徒哺啜也。」謂只知吃喝也。

## （一七九）題臨城[一]公廨壁

車馬所不到，山牆帶女蘿。逼城河力大，弔古鬼雄[二]多。陳餘[三]戰歿於此。吏向雅[四]前散，官於枕上過。爽亭碑尚在，剔蘚一摩挲。縣郭有普利寺，宋徽宗駐蹕賜額，命蔡京書「爽亭」二字碑。

注釋：

［一］臨城：縣名，在河北省大名附近。

［二］鬼雄：見（一六六）詩注［五］。

［三］陳餘：漢大梁人，初與張耳同仕趙王武臣，後張耳降漢，與韓信破趙井陘，斬陳餘於泜水上。

［四］雅：同「鴉」。

## （一八〇）偕王大容[一]學博臨城城上晚步

山如龍遊如雁鶩，四面盤旋不肯住。城居其中震仰盂[二]，濕氣滃然壓煙霧。登臨恰值晻𡹎暮，不見人家但見樹。樹裏山山形影神，隔幃評泊李夫人[三]。明朝拂衣便歸去，山竟無緣一相遇。遇不遇兮君莫悲，省却與山生別離[四]。

注釋：

［一］王大容：生平不詳。

［二］震仰盂：八卦中震卦，其形爲☳，類仰盂。

［三］李夫人：《漢書·外戚傳》：夫人早卒。方士齊少翁言能致其神。乃夜張燈燭，設帷帳，令武帝居帳中，遥望見好女如李夫人之貌，不得就視，帝愈悲戚，爲作詩曰：「是耶非耶，立而望之，翩何姍姍其來遲。」

［四］生別離：《孔子家語》：「孔子聞哭聲甚哀。顔回曰：『此有生別離者。』」

## （一八一）歸自臨城，題保陽[一]旅壁

剝啄客入門，坐定辭不費。四顧壁氤氳，鼻觀釀寒味。是我入山來，袖中之雲氣。徐徐問日晷，西移樹陰既[二]。半起枯竹簾，青生竈煙未？

**注釋：**

[一]保陽：地名，在河北省境。

[二]既：盡也。《左傳·桓公三年》：「日有食之既。」

## （一八二）又題

兩三點雨地衣[一]斑，禪榻光陰户早關。風約秋聲涼入樹，月銜暮氣遠沉山。食如許少寧量腹，酌亦無多且駐顏。昨夢細君[二]親口問，自君之出[三]幾時還？內子已下世九年矣。

**注釋：**

[一]地衣：菌藻類植物。

[二]細君：古人稱妻爲細君。《漢書·東方朔傳》：「歸遺細君，又何仁也？」

[三]自君之出：《自君之出矣》，樂府雜曲歌辭。徐幹《室思詩》（其三）曰：「自君之出矣，明鏡暗不治。思君如流水，無有窮已時。」

## （一八三）寄示大兒臨城山中

棄爾空山裏，晴檐濕翠微[一]。父書無足讀，母墓有誰依？病屨僮賒藥，寒偏庫[二]典衣。行廚[三]冬菜熟，弟妹可言饑？

**注釋：**

［一］翠微：見（五九）詩注［四］。

［二］庫：質庫，即當鋪。

［三］行廚：謂傳送酒食。杜甫《嚴公仲夏枉駕草堂兼攜酒饌》詩：「竹裏行廚洗玉盤，河邊立馬簇金鞍。」

## （一八四）大兄[一]將歸，誌別（二首）

不如歸去子規[二]魂，啼到家山第幾村？天各一方分弟妹，地無半畝與兒孫。薄遊滋味如嘗酒，垂老光陰合閉門。只是我今愁獨寐，千章風雨樹黄昏。

**注釋：**

［一］大兄：長兄。

［二］子規：鳥名，即杜鵑，亦稱杜宇，鳴聲淒厲，如云「不如歸去」，能動旅客歸思。

貧踐方知骨肉尊，檀欒白屋[一]也春温。生甥可得如其舅，娶婦原因爲抱孫。姪廢芸書[二]葱肆去，嫂空蓋篋[三]藥爐存。最憐麥飯[四]鴉銜處，細雨棠梨[五]冷墓門。

注釋：

[一] 檀欒：竹貌。枚乘《梁王菟園賦》：「修竹檀欒。」白屋，《漢書·蕭望之傳》：「士或起白屋而致三公。」顔師古注：「白屋者，謂白蓋之屋，以茅覆之，賤人所居。」

[二] 芸書：書籍也。芸，香草，置書頁中，可以辟蠹。故稱書曰芸書。

[三] 蓋篋：草編之箱。元稹《悼亡》：「顧我無衣搜蓋篋，泥他沽酒拔金釵。」

[四] 麥飯：指祭墓之飯。

[五] 棠梨：見（一四一）詩第一首注[七]。

## （一八五）與静軒先生旅話★（原詩缺）

## （一八六）重過方順橋[一]有感

優曇[二]一現去來因，照冷今宵月半輪。淼淼琵琶孤舫夢，離離蛺蝶別枝春。武陵源[三]已不知路，沙吒利[四]爲何許人？算到盡頭應破涕，同歸白首總成塵。

注釋：

[一] 方順橋：在阜城境。這首七言律詩，乃懷念舊歡之作，佳人已歸權貴，義士今無，重過舊遊之處，不禁感慨繫

之矣。

［二］優曇：《梁書・波斯傳》：「國中有優鉢曇花，鮮華可愛。」《法華經》：「如是妙法，諸佛如來時乃説之，如優曇花，時一現爾。」

［三］武陵源：即桃花源。用陶淵明《桃花源記》典故。

［四］沙吒利：即沙叱利，指霸占他人妻室或强取民婦的權貴。明徐復祚《紅梨記・赴約》：「那沙吒利又十分威壯，如何更酌量？」。

## （一八七）雨止

阿香［一］掉車龍行師，雨罷脱落麟之而［二］。山得一雲欲招去，被風吹掛松樹枝。

**注釋：**

［一］阿香：推雷神車之女。《搜神記》：永和中，義興人姓周，出都日暮，道邊有一新草小屋，一女子出門。周求寄宿。一更中，門外有小兒喚阿香聲云：「官喚汝推雷車。」女乃辭去。夜遂大雷雨。向曉，周看所宿處，止見一新冢。

［二］麟之而：《周禮・考工記》：「梓人爲筍虡，深其爪，出其目，作其麟之而。」鄭玄注：「之而，頰頷也。」言爲鐘磬之架，其雕刻龍蛇之屬，必鉤爪努目而麟甲張起也。

# 海珊詩鈔注

【卷六】

## （一八八）論前人詠菊諸詩[一]

偶逢籬花[二]黄，秋田[三]釀正熟。後人雅好事，詠菊積卷軸。首首陶淵明，一身千手目。掛冠見南山，本意屏棖觸[四]。反令身後名，爲菊所征逐。生閑得死忙，孤清以衆濁。何如空色相，一物無所欲。欲者心之苗，去苗先去穀。遊於元牝[五]門，死灰而槁木[六]。譬如天地初，原未嘗生菊。

**注釋：**

［一］這首五古，論陶淵明因愛菊而成爲後人故實，生閑反得死忙，不如無欲，歸真返樸爲好。

［二］籬花：菊花。陶淵明《飲酒二十首》（其五）詩：「采菊東籬下，悠然見南山。」

［三］秋田：見（一七二）詩注［一二］。

［四］棖觸：感觸。趙翼《青山莊歌》詩：「我聞此語心棖觸，信有興衰如轉轂。」

［五］元牝：元，同「玄」，避康熙帝諱改。玄牝，《老子·六章》：「谷神不死，是謂玄牝，玄牝之門，是謂天地根。」

［六］槁木死灰：謂毫無生意。《莊子·齊物論》：「形固可使如槁木，心固可使如死灰乎？」

## （一八九）唐帝廟[一]

毀齒[二]受尚書，曰若稽古帝[三]。遥遥遂至今，屏息瞻廟制。古木龍骨枯，頹垣虵蜕瘞。菜根絡瓜蔓，縱横見農器。山龍[四]衣飄蕭，苔鏽泥垢敝。緬想諸禪院，紺碧壓山礪。窸窣[五]錢十萬，一朝棄於地。寶玉嵌佛身，灌腦珠舍利[六]。顧兹孕帝都[七]，祠官致私祭。禮惟簡故肅，史以文爲累。松雲不剪茨[八]，大哉合帝意。拜罷來村農，手把廟門閉。明嘉靖建山刹甚衆，費皆鉅萬。

注釋：

［一］唐帝廟：祀古唐堯。廟在衮州。

［二］毀齒：謂年幼易乳齒時。《白虎通》：「八歲毀齒，始有知識，入學學書計。」

［三］「曰若稽古帝」句：《尚書・堯典》：「曰若稽古，帝堯曰放勳。」

［四］山龍：古人衮服及旌旗之文飾，謂山形龍形。《書・益稷》：「日月星辰，山龍華蟲，作會宗彝，藻火粉朱，黼黻絲繡。」

［五］窸窣：不安貌。

［六］舍利：舍利子，佛徒焚化後所結之骨珠。《釋氏要覽》注：「釋迦既卒，弟子阿難等焚其身，有骨子如五色珠，光瑩堅固，名曰舍利子，因造塔以藏之。」

［七］帝都：唐堯初都陶，後徙於唐。

［八］不剪茨：《史記・秦始皇本紀》：「堯舜采椽不刮，茅茨不剪。」

## （一九〇）堯母陵［一］

三阿斗維野［二］，石血流雷電。黃雲上蓋之，聖母此降誕。鬱葱陳酆廬［三］，吉卜中妃選。位亞簡狄［四］次，名占訾娵［五］先。鍾孕赤龍［六］祥，帝範萬古冠。毋負名世名，宋《符瑞志》載，慶都大帝之女，有名於世。虞書缺紀贊。封樹［七］幸未堙，穹窿堂斧觀。母名義所諱［八］，胡然名其縣。嬴政［九］實不學，沿襲陋西漢。我來采唐風［一〇］，城隅湧寢殿。周遭繚朱垣，居中設瑶幔。肖像垂褘褕［一一］，髣髴大帝面。母形像大帝，亦見《符瑞志》。尊神上穆肅，議以木主奠。啟聖［一二］合追祀，私祭禮則賤。不見文武廟［一三］，累葉肸蠁薦［一四］。有廢莫敢舉，瞻拜發長歎。空留贔屓碑［一五］，大哉三字篆。

## 注釋：

［一］堯母陵：堯母名慶都。《宋書・符瑞志》：「堯之母曰慶都，生於斗維之野。嘗有黃雲覆護其上。」後所謂「唐風」，唐，唐縣，在河北省。陵當在此。

［二］三阿：地名，今曰北阿鎮，在今江蘇省高郵縣西北。東晉時，苻堅圍三阿，謝玄擊走之。《史記・五帝紀》司馬貞注引皇甫謐云：「堯初生時，其母在三阿之南，寄於伊長孺之家，故從母所居爲姓也。」斗維野，謂三阿之地，當斗星之分野也。

［三］酆盧：謂墳墓。酆都，地府也。

［四］簡狄：有娀氏之長女，爲帝嚳妃。堯時與其妹娣浴於玄丘之水，有玄鳥含卵，過而墜之，五色甚好，簡狄得而含之，誤吞之，娠而生契，爲殷商之祖。

［五］訾娵：一作訾陬，複姓。《姓氏辨證》曰：三皇時，諸侯以國爲氏。帝嚳妃，訾娵氏女也。

［六］赤龍：《宋書・符瑞志》：「帝堯之母慶都，赤龍感之，而生帝堯。」

［七］封樹：聚土爲墳曰封，種樹以標其處曰樹。

［八］「母名義所諱」二句：謂不應以慶都爲縣名。按地即今河北省慶雲縣。

［九］嬴政：秦始皇姓嬴名政。

［一〇］采唐風：采風，古之采詩官收集里巷歌謠，以供統治者施政之參考。唐風，唐地之歌謠。

［一一］褘褕：王后之衣。《禮・玉藻》：「王后褘衣。」褕，褕狄，亦后衣也。

［一二］啟聖：謂繼承王位者。任昉《齊禪梁表》：「夫五德更始，三正迭興，馭物在賢，登庸啟聖。」

［一三］文武廟：謂周文王、武王之廟。

［一四］肸蠁：謂祭享興盛。肸蠁，濕生之蟲，如蚊蚋之類，因其衆多而飛騰，故以爲興盛之喻。左思《蜀都賦》：「景福肸蠁而興作。」

[一五]「空留贔屓碑」二句：贔屓，鼇屬，石碑下形如龜者即是。三字篆，指「堯母陵」三個篆字。

## （一九一）友人許予□妾止之

乖崖遺處女[一]，忠武拒名姬[二]。古義足師法，況今老漸衰。長陵嬖宛若[三]，不救東方饑[四]。但願乞如願[五]，養屙聊自怡。戒律守未定，浩歌雉朝飛[六]。好友輒心喜，四出旁求之。有目不自覩，而暇爲人爲？友人自謙妾陋。毋用相士法，相士者取皮。毋用相馬法，相馬者舉肥。金篦慎刮膜[七]，點頭防朱衣。舍旃[八]復舍旃，歸田[九]會有期。扶杖攜童孫，吴興觀水嬉[一〇]。

**注釋：**

[一]「乖崖遺處女」句：宋魏泰《東軒筆録》卷十：自王均、李順之亂後，凡官於蜀者，多不挈家以行，至今成都猶有此禁。張詠知益州，單騎赴任，是時一府官屬，憚張之嚴峻，莫敢蓄婢使者。張不欲絶人情，遂自買一婢，以侍巾幘，自此官屬稍稍置姬屬矣。張在蜀四年，被召還闕，呼婢父母，出貲以嫁之，仍處女也。詠畫一像，自作贊云：「乖則違衆，崖不利物；乖崖之名，聊以表德。」因號乖崖公。

[二]「忠武拒名姬」句：《宋史·岳飛傳》：「吴玠素服飛，願與交歡，飾名姝遺之。飛曰：『主上宵旰，豈大將安樂時？』却不受，玠益敬服。」

[三]「長陵嬖宛若」句：漢高祖陵名長陵。《史記·封禪書》：「上求神君，舍之上林中蹏氏觀。神君者，長陵女子，以子死，見神於先后宛若，宛若祠之其室。民多往祠。及今上即位，則厚禮置祠之内中，聞其言，不見其人云。」

[四]東方饑：《漢書·東方朔傳》：「朔曰：『侏儒長三尺餘，奉一囊粟，錢二百四十；臣朔長九尺餘，亦奉一囊粟，錢二百四十，侏儒飽欲死，臣朔饑欲死。』」

[五]如願：《搜神記》：「如願者，彭澤湖神青洪君婢也，將歸，所願輒得。」

[六]雉朝飛：樂府琴曲。崔豹《古今注》：齊宣王時，處士犢牧子年五十無妻，出採薪於野，見雉雄雌相隨而飛，意動心悲，乃作雉朝飛之操以自傷。

[七]「金篦慎刮膜」二句：金篦慎刮膜，謂當刮目審視，勿霧裏看花也。點頭防朱衣，《侯鯖録》：「歐陽公知貢舉日，每遇考試卷，坐後常覺一朱衣人時復點頭，然後其文入格。始疑侍吏，及回視之，一無所見，因語其事於同列，爲之三歎。」

[八]旃：助詞，即「之」。《詩·唐風·采苓》：「舍旃舍旃，苟亦無然。」

[九]歸田：謂辭官還鄉也。杜甫《寄岳州賈司馬六丈巴州嚴八使君兩閣老五十韻》詩：「安排求傲吏，比興展歸田。」

[一〇]水嬉：見（二九）詩注[二]。

## （一九二）月下有懷

明月澹吾慮，滿庭無垢氛。天光多是水，暮氣却非雲。屋小農談寂，沙空鶴警[一]聞。離人如落葉，飄泊不成群。

**注釋：**

[一]鶴警：《風土記》：鶴性警，至八月白露降，流於草葉，滴滴有聲，即高鳴相警，徙所宿處，慮有變害也。

## （一九三）聞改堂[一]先生將歸維揚 銓升滇郡，仍留禮部（二首）

六詔[二]指窮邊，崎嶇叱馭[三]前。君恩能息老，臣意在歸田。孰是二千石[四]，而無十萬錢[五]。柳條沿岸綠，春穩潞河船。

**注釋：**

[一] 改堂：唐紹祖，字次衣，號改堂，江南江都人，康熙五十四年進士，官湖州知府，內用刑部郎中，旋補禮部。工書法，有《改堂文鈔》。

[二] 六詔：古代國名，今雲南四川西南部之地。蠻語謂王曰詔。《南詔記》：六詔者，一曰蒙舍詔，二曰浪穹詔，後改爲浪劍詔，三曰鄧賧詔，亦作邆賧詔，四曰施浪詔，五曰摩些詔，亦作越析詔，六曰蒙巂詔。蒙舍詔最南，謂之南詔，五詔皆爲所併。

[三] 叱馭：地名，在雲南。

[四] 二千石：漢太守秩二千石，世因謂太守爲二千石。

[五] 十萬錢：《商芸小説》：「有客相從，各言所志，或願爲揚州刺史，或願多貲財，或願騎鶴上升，其一人曰：『腰纏十萬貫，騎鶴上揚州。』欲兼三者。」

望溪方學士先予告[一]，繼者穆堂[二]師臨川座師。同輩復誰在？後生姑避之。江山留老眼，魚鳥討新詩。二十四橋[三]月，清光照所思。

**注釋：**

[一]「望溪先告予」句：方苞，清桐城人，字靈臯，號望溪，康熙進士，累官侍郎。文爲桐城派之祖。予告，大臣年老致仕，謂之予告。《漢書·馮野王傳》：漢律，在官連有三最，則得予告，予告得歸家。

[二] 穆堂：見（一六八）詩第一首注[一]。

〔三〕二十四橋：在揚州西門外。《揚州畫舫録》：「即吴家磚橋，一名紅藥橋。古有二十四美人吹簫於此，故名。」杜牧《寄揚州韓綽判官》詩：「二十四橋明月夜，玉人何處教吹簫。」

## （一九四）再可上舍〔一〕締姻雲間王氏

聽風聽雨片帆孤，到及瓊花〔二〕開也無？乞得鑑湖〔三〕偏不戀，時侍吾師刑部公假歸。醉人春色在淞鱸〔四〕。

**注釋：**

〔一〕再可：爲李穆堂之子李紱之弟，生平不詳。上舍，見（二八）詩注〔一〕。

〔二〕瓊花：見（四六）詩注〔一三〕。

〔三〕鑑湖：一名鏡湖，在浙江省紹興市。

〔四〕淞鱸：淞江四鰓鱸，自魏晉以來，即稱名産。借指締姻松江王氏事。

## （一九五）韓上舍璋以草花三種相餉，各繫一詩（三首）

紅兒玉杵〔一〕碎脂田，散作零雲錦洞天。秃袖指尖微露處，子規啼破十三弦〔二〕。鳳仙

**注釋：**

〔一〕紅兒：《摭言》：「鄜州籍中有紅兒，善爲音聲。羅虬爲作絶句百首，號比紅兒詩。」玉杵，《唐傳奇》：裴航經藍橋驛，道渴求漿，見女子雲英，願納厚禮娶之。訪得玉杵臼，更爲搗藥百日。仙姬引航往一大第就禮，遂遣航將妻入玉峰洞

中，餌絳雪瓊英之丹，超爲上仙。

〔二〕十三弦：《隋書·音樂志》：「絲之屬，四曰箏，十三弦。」劉禹錫《夜聞商人船中箏》詩：「清聲促柱十三弦。」

綠衣倚檻鬢雲輕，金釧銀蟬贖不成。想見嫩瓊王母〔一〕侍婢新出浴，夜闌涼露墮無聲。玉簪

**注釋：**

〔一〕王母：西王母，古之仙人。《穆天子傳》：「周穆王好神仙，臨西王母於瑤池之上。」

茸茸鶴頂爛蒸砂，妒月欺霜不著花。王母年如三十許，斑龍〔一〕扶上紫雲車。老少年

**注釋：**

〔一〕斑龍：《漢武内傳》：「王母乘芝雲之輦，駕五色之斑龍。」

## （一九六）題安天廟碑〔一〕，爲曲陽孫明府

彗出天市掃文昌〔二〕，輅車册寶朝金祥〔三〕。以國與人競舞蹈，誰復一卿惜太常〔四〕？沙陀異姓隴西王〔五〕，始終臣節仇朱梁。當年往援中山國〔六〕，返旆取道上曲陽。曲陽亦名上曲陽，其實在晉陽曲。刻石未泐鬼神護，掘地爛爛騰幽光。波磔遒勁挾柳骨，歟眼龍角森開張。鴟兒軍聲最驍捷，餘事乃能及詞章。遊魂夜縋上源驛，老淚秋灑三垂岡。崎嶇禍難示整暇，墨盾橫刃磨天揚。孫君汲古〔七〕獲奇寶，徵詩吳敦復厲樊榭遠寄將〔八〕。嗚呼紇干山雀凍已死〔九〕，此碑歲月猶書唐。

注釋：

［一］安天廟碑：爲李克用所立，在曲陽安天廟者。李克用，本西域突厥種，居沙陀嶺，因以爲國。其父貞元中歸唐，討賊有功，因賜姓李。克用少驍勇，軍中號曰李鵶兒。黄巢陷京師，克用率沙陀兵大破之，功居第一，封晉王。朱全忠忌其能，嘗欲襲殺克用，二人因而有仇。旋與王重榮起兵犯闕，僖宗出奔鳳翔。然克用實忠於唐室。唐亡，淮、蜀、燕、岐皆擬稱帝，晉獨守臣節。臨終以三矢遺子存勗曰：「一解潞州圍，一滅梁報仇，一復唐宗社。」言訖而卒。存勗北却契丹，東滅燕劉仁恭，又滅朱梁，乃還矢太廟，自立爲後唐，即莊宗。孫明府，不詳。

［二］「彗出天市掃文昌」句：唐昭宗三年夏四月，彗星出西北，長竟天。

［三］「輅車册寶朝金祥」句：唐昭宗四年，帝下詔禪位於梁，遣宰相張文蔚、楊涉等奉寶册、傳國寶，備法駕，詣大梁。全忠改名晃，即皇帝位。文蔚等升殿讀册寶已，降，率百官舞蹈祝賀。金祥，指朱全忠，原名温，初從黄巢爲盜，後降唐，僖宗賜名全忠。以破秦宗權、拒李克用之功，累官至四鎮節度使，封梁王。天祐末篡位，弑唐昭宗及哀帝，國號梁，更名晃，都汴州，據有十八州，後爲子友珪所弑。廟號太祖。

［四］「誰復一卿惜太常」句：優人張廷範得寵於朱全忠，表薦爲太常卿。被王殷誣稱與何后謀復唐室，車裂而死。

［五］「沙陀異姓隴西王」二句：李克用因功封晉王。朱全忠篡唐，蜀王王建初與楊渥移檄諸道，欲興復唐室，無應者，乃謀稱帝，與晉王書云：「請天各一方。」晉王復書不許，曰：「誓於此生，靡敢失節。」

［六］「當年往援中山國」十二句：指李克用攻梁之潞州事。柳骨，謂碑字遒勁如柳公權書。歐眼龍角，形容碑字筆劃遒勁之狀。歐，盛氣怒貌。上原驛、三垂岡，均在山西省境，李克用用兵之地。

［七］汲古：謂鑽研古籍，如汲水於井也。韓愈《秋懷》詩：「歸愚識夷塗，汲古得修綆。」

［八］吴敦復：清錢塘人，名城，字敦復，號甌亭，監生。厲樊榭，見（二二）詩注［一］。

［九］「紇干山雀凍已死」句：唐昭宗三年，朱全忠逼帝遷都洛陽。上至華州，民夾道呼萬歲。上泣曰：「勿呼萬歲，朕不復爲汝主矣。鄙語云：『紇干山頭凍死雀，何不飛去生處樂。』朕今漂泊，不知竟落何所。」五月被全忠所弑。

## （一九七）題盧忠烈公祠，爲傑夫明府[一]

公生歷劫丁龍漢[二]，白皙而文手搏戰。少負殊力抱大志，酒酣常讀張巡岳飛傳。天雄[三]備軍殺賊多，大礪[四]遮住燕山河。旋鎮鄖襄期盡賊，拘閡其奈中樞何[五]？君不見車箱峽潰穀城火[六]，前後庸臣[七]受賊侮。擊之以舌不以手，亦不主剿專主撫。胡然下詔徵覲王，移督用違其所長。我朝龍興膺帝籙，仁義之師來堂堂。以衆克寡小逆大，遂獲死所於賈莊。在今巨鹿縣。麻衣[八]血裹鏃一斗，地掘故劍青燐光。傑夫求得公故所佩寶劍。嗚呼麗牲之碑孫述祖[九]，國論回遹臣心苦。榜掠對簿詞不易，驗視經旬肉已腐。食廟應配唐睢陽，問年恰符宋忠武。岳忠武死時年三十九，公與之同。

**注釋：**

[一] 盧忠烈：盧象昇，明宜興人，字建斗，天啟進士，嫻將略，能治兵。白皙而臞，膊獨骨，負殊力。少讀張巡、岳飛傳，輒歎曰：「我得爲斯人足矣。」由員外郎稍遷大名知府。崇禎二年，京師戒嚴，募士萬人入衛。事定還郡，進右參政兼副使，整飭大名、廣平、順德三郡兵備。次年進按察使。崇禎六年，李自成自山西入京畿，象昇攻却之。由是威名大震。奉命總理江北、河南、山東、湖廣、四川軍務，兼湖廣巡撫。未幾進兵部侍郎，加督山西、陝西軍務，賜上方劍。清兵至京城，命總督各鎮入衛。及至都城，已解嚴。再遷兵部右侍郎，總督宣大、山西軍務。象昇名爲總督天下軍，部下實只二萬。師次順義，遇清軍，力戰，身中四矢三刃而死。贈太子少保，兵部尚書。至福王立，追謚曰忠烈。傑夫，盧象昇之孫。

[二] 龍漢：《雲笈七籤》：「過去有劫，名曰龍漢。……龍漢一運，經九萬九千九百九十九劫，氣運終極，天淪地崩，四海冥合，乾坤破壞，無復光明，經一億劫，天地乃開，劫名赤明。」

[三] 天雄：指盧象升在大名整飭軍備事。天雄軍，唐以魏博節度使所領爲天雄軍。宋初專以大名府爲天雄軍。

[四] 大礪：以礦利物。《書・費誓》：「礪乃鋒刃，無敢不善。」

〔五〕「拘閡其奈中樞何」句：謂盧象昇在外用兵，遭朝廷中大臣如楊嗣昌等掣肘也。

〔六〕「車箱峽潰轂城火」句：謂明末農民軍李自成、張獻忠曾各被扼於此，採取詐降法，才得脱去。

〔七〕庸臣：指受農民軍詐降之騙的陳奇瑜、熊文燦等。

〔八〕麻衣：象昇戰死，覓其尸，有麻衣者，乃是象昇，因象昇尚在服孝中也。

〔九〕「麗牲之碑孫述祖」六句：麗，繫也。《禮·祭義》：「君牽牲，既入廟門，麗於碑。」孫述祖，謂象昇之孫傑夫能述祖志，爲象昇鳴冤，卒得昭雪，謚忠烈也。唐睢陽、宋忠武，謂張巡、岳飛。

## （一九八）詠樸，次樸庭韻〔一〕

拘尼佗畢缽羅樹〔二〕，材大合副工師求。千門萬户要梁棟，誰築亭子名休休〔三〕？蔡邕張華眼界小〔四〕，咄咄專爲琴材謀。深山待價耐孕蓄，不放鍾乳石髓人間流。樸庭之庭苔滿地，日影一過龍螭遊。香葉不多掛么鳳，交錯屈鐵森戈厹〔五〕。閲人成世手植古，得非樂自蒲姑逢伯陵爽鳩〔六〕？吴君逃名别有託，富貴於我浮雲浮。婆娑其下日吟嘯，琵琶措指聲清悠。安能捷徑騁捷足？朝射東莒夕浿邱〔七〕。得全我天寶我樸，不巧不美諸侯憂。世間莞枯同一集，何用楚妃竊歎齊女謳〔八〕？且聽黄鸝攜斗酒，醉鄉九錫綿蠻侯〔九〕。

**注釋：**

〔一〕樸：落葉喬木，高數丈，葉橢圓而粗糙，實圓如豆大，熟則黑，味甘可食。《詩·大雅·棫樸》：「芃芃棫樸，薪之槱之。」樸庭，吴燴文，字璞存，一字樸庭，浙江山陰人。雍正中監生。歷舉不第。生平遊歷，寄諸吟詠。有《樸庭詩稿》。

〔二〕「拘尼佗畢缽羅樹」句：《法苑珠林》：「諸山中間，皆是海水，水皆有優缽羅華，缽頭摩華、拘牟佗華、奔茶利迦華等諸妙香物，遍覆於水。」

［三］休休亭：《唐書·司空圖傳》：圖本居中條山王官谷，有先人田，遂隱不出，作亭名休休，爲文以見志曰：「量才，一宜休；揣分，二宜休；耄而瞶，三宜休。」

［四］「蔡邕張華眼界小」二句：蔡邕，見（一四〇）詩注［七］。蔡邕見吴人有燒桐以爨者，聞火烈之聲，知其良材，因請裁爲琴，果有美音，而其尾猶焦，時人名曰焦尾琴。張華，字茂先，晉方城人，學業優博，辭藻温麗，圖緯方伎之書，莫不詳覽。贊伐吴，以功封廣武侯。後爲趙王倫所害。著有《博物志》。辨琴材乃《志》中語。

［五］厹：三棱矛。《詩·秦風·小戎》：「厹矛鋈錞，蒙伐有苑。」

［六］「得非樂自蒲姑逢伯陵爽鳩」句：蒲姑，古地名。《史記》作薄姑，今山東博興縣東北有薄姑城。周成王滅奄，遷其君於薄姑。逢伯，《左傳·僖公六年》：蔡穆侯將許僖公以見楚子於武城，許男面縛銜璧。楚子問諸逢伯。對曰：「昔武王克殷，微子啟如是。」武王親釋其縛，受其璧而祓之。楚子從之。林堯叟注：「逢伯，楚大夫，楚子問以受降之禮。」爽鳩，爽鳩氏，古官名。《左傳·昭公十七年》：「少皞摯之立也，鳳鳥適至，故紀以鳥，爲鳥師而鳥名。……爽鳩氏，司寇也。」杜預注：「爽鳩，鷹也，鷙，故爲司寇，主盜賊。」

［七］「朝射東莒夕浿邱」句：東莒，莒，縣名。《清一統志》：「按春秋時別有三莒：一爲周境内邑，《左傳·昭公二十六年》陰忌奔莒是也；一爲齊東境邑，《左傳·昭公三年》齊侯田於莒，陳桓子請老於莒是也，戰國齊襄王保莒城，亦即此；一爲魯邑，《左傳·定公十四年》魯定城莒父，子良爲莒父宰是也。」詩指齊莒。浿邱，《括地志》：「浿邱在青州臨淄縣西北。」《史記·楚世家》：「夕發浿邱。」

［八］「何用楚妃竊歎齊女謳」句：陸機《吴趨行》詩：「楚妃且莫歎，齊女且莫謳。」

［九］「醉鄉九錫綿蠻侯」句：醉鄉，謂隱於酒中，別有一種境界也。《唐書·藝文志》有皇甫松《醉鄉日月》三卷。又王績著有《醉鄉記》，以次劉伶《酒德頌》。九錫，古天子優禮大臣，而賜以器物殊禮以寵異之也。一曰車馬，二曰衣服，三曰樂器，四曰朱户，五曰納陛，六曰虎賁，七曰弓矢，八曰鐵鉞，九曰秬鬯。綿蠻侯，《後漢書·郭后紀》：后父昌，娶真定恭王

女，號郭主。生后及子況。建武元年，生皇子彊。帝善況小心謹慎，年始十六，拜黄門侍郎。二年，貴人立爲皇后。彊爲太子。封況爲綿蠻侯。綿蠻，鳥聲。《詩・小雅・綿蠻》：「綿蠻黄鳥，止于丘阿。」

## （一九九）寄冀寧徐恕齋觀察[一]

余昔與修《晉志》，見明臣轉漕、榷鹽、復井田諸疏

碧油幢曳戟門煙[二]，鎖鑰三關[三]落眼前。自古晉陽爲保障，幾曾汾曲有樓船？開中可以疏鹽政，劃一如何議井田？四面皆山山下路，亭亭楊柳馬連錢[四]。

**注釋：**

[一] 冀寧：路名，元置，今山西陽曲等縣地。徐恕齋，作者友人，字堦五，號恕齋，浙江德清人，散館授編修，官至江西按察使。當時官冀寧。著有《南陔堂詩集》。觀察，官名，唐置。清代稱道員爲觀察。

[二]「碧油幢曳戟門煙」句：碧油幢，軍幕也。張仲素《塞下曲五首》（其二）詩：「燕然山下碧油幢。」戟門，立戟於門，貴顯之家裝飾。唐制，官、階、勳皆三品，始能立戟。

[三] 三關：見（一五三）詩第一首注[四]。

[四] 連錢：馬飾，梁元帝蕭繹《紫騮馬》詩：「長安美少年，金絡鐵連錢。」

## （二〇〇）呈浣桐[一]太守，即題《舒嘯軒集》（二首）

蔭檐老樹絡藤蘿，許我攜琴幾度過。暑月忽疑霜氣至，清流轉愛惠風多。玉山[二]小隊吟情健，金谷[三]歡場酒數苛。一片蓮花池畔月，照人顔色到三阿[四]。有坐坐軒、種墨齋唱和疊韻詩。

注釋：

[一] 浣桐：朱浣桐，歷任霸州知縣，典保陽郡，由清河升山西藩臺。著有《舒嘯堂集》。

[二] 玉山：喻人之美。《晉書·裴楷傳》：裴楷風神高邁，時人稱見裴叔則如近玉山，照映人也。《世説新語·容止》：「嵇叔夜之爲人也，巖巖若孤松之獨立；其醉也，傀俄若玉山之將崩。」

[三] 金谷：見（一四〇）詩注[八]。

[四] 三阿：見（一九〇）詩注[二]。

征衣乍浣酒鱗生，一醉留髠笑絶纓[一]。自分□先惟耳學[二]，漫誇張籍[三]未心盲。燕垂趙際清商氣，漢寢唐陵變徵聲。屬以定文吾豈敢？集傳還藉庚蘭成[四]。成自宣府歸，太守留飲，出《燕秦遊草》屬集。

注釋：

[一]「一醉留髠笑絶纓」句：《史記·滑稽列傳》：淳于髠，嘗以飲酒諷齊威王云：「臣飲一斗亦醉，一石亦醉。」威王曰：「先生飲一斗而醉，惡能飲一石哉，其説可得聞乎？」髠曰：「賜酒大王之前，執法在旁，御史在後，髠恐懼俯伏而飲，不過一斗，徑醉矣。……日暮酒闌，合尊促坐，男女同席，履舄交錯，杯盤狼藉，堂上燭滅，主人留髠而送客，羅襦襟解，微聞薌澤，當此之時，髠心最歡，能飲一石。故曰：『酒極則亂，樂極則悲。』」又：威王八年，楚大發兵加齊。齊王使淳于髠之趙請救兵，齎金百斤，車馬十駟。淳于髠仰天大笑，冠纓索絶。王曰：「先生少之乎？……」

[二]「自分□先惟耳學」句：所缺字疑爲「弘」。弘先，《宋書·沈慶之傳》：沈慶之，字弘先。慶之曰：「衆人雖見古今，不如下官耳學。」耳學，目不識丁，只憑聽覺。亦曰耳剽。

[三] 張籍：字文昌，唐烏江人，善古詩及書翰行草。舉進士。官至國子司業。藉性狷直不容物，是時韓愈以文衡輕重天下士，而藉爲愈客，且薦於朝，自是名播人口。當時賢士争慕之。心盲，視覺雖不缺損，但不能憑視覺以認識物體，謂之

心盲。

［四］庚蘭成：見（一七）詩注［一］。

## （二〇一）與樸庭[一]夜話

月斜枯樹轉庭陰，每到當杯夜已深。老去英雄皆仿佛，世間魚馬[二]亦知音。樸庭通内典，兼曉音律。卿言畢竟佳於我，古法安能用至今。流水高山[三]意無限，瀟瀟松石罷彈琴。

**注釋：**

［一］樸庭：見（一九八）詩注［一］。

［二］魚馬：楊維楨《龍王嫁女詞》：「天吳擘山成海道，鱗車魚馬紛來到。」

［三］高山流水：《列子·湯問》：「伯牙鼓琴，志在登高山，鍾子期曰：『善哉，峨峨兮若泰山。』志在流水，鍾子期曰：『善哉，洋洋乎若江河。』」

## （二〇二）方伯問亭先生惠七里瀧詩扇[一]，次韻賦呈

美德揚清風，袖納煙霞氣。山水受模範，一百二十字。中挾縮地法，咫尺萬里勢。烏龍[二]何牙牙，橘蔗陪坎位[三]。蘄王古將臺[四]，俯壓城之背。林梢湧塔尖，冥濛墮靉靆[五]。公昔消摇遊[六]，客星近取譬。高踪彼一時，不可以爲例。人人理釣竿[七]，蒼生安所置？補唇晞髮子[八]，此間偶避世。弔古憑虚空，遁作無爲謂。得詩雙眼明，宛對桐君[九]峙。

**注釋：**

［一］問亭：清桐城張敏求，别號問花亭。方伯，一方諸侯之長。《禮・王制》：「千里之外，設方伯。」明清時借以稱布政使。七里瀧，見（八七）詩注［一］。

［二］烏龍：茶名。

［三］坎位：坎，卦名。坎位，西方。指畫中橘蔗在西方。

［四］蘄王將臺：見（八九）詩第一首注［一］。

［五］靉靆：雲貌。又視不審貌。木華《海賦》：「故可仿像其色，靉靆其雲。」

［六］「公昔消摇遊」二句：消摇遊，即散步。《瑯嬛記》：「老人飯後必散步，欲摇動其身以消食也。故以散步爲消摇。」或作逍遥。客星，見（一四一）詩第四首注［二］。

［七］釣竿：釣魚所用之細竹竿。戴復古《釣臺》詩：「萬事無心一釣竿，三公不换此江山」。

［八］「補唇晞髮子」句：補唇，指方干。孫郃《玄英先生（方干）傳》：「貌寢又兔缺，有司以故不與科名。隱會稽之鏡湖。及遇醫者補唇，已老矣，因終身不出。」晞髮子，指謝翱，字皋羽，宋浦城人。嘗爲文天祥諮議參軍。已復别去。宋亡，天祥被執死，翱挾酒登子陵臺，設天祥主，跪拜號慟，取竹如意擊石，作《楚些歌》招之。歌闋，竹石俱碎。卒葬於子陵臺南。翱自號晞髮子。所著有《晞髮集》。

［九］桐君：黄帝時人。嘗採藥求道，止於桐廬縣東山，偎桐樹下，因名。識草木金石性味，定三品藥物，以爲君臣佐使。撰《藥性》四卷及《採藥録》。

## （二〇三）鍾山亭藏李陽冰篆，爲李刑部［一］

秦相斯爲玉筯篆［二］，史籀省文蒼頡變。歷東西漢迄於隋，絶筆空無一人半。師承乃有唐陽冰，隔一千年與相見。俯仰流峙窮元思[三]，上出播脚甘生之。篆法有播脚，若「生」、「甘」、「之」等字，却以上出爲脚。直下不倒一縷墨，瓔珞垂露金薤披。種山山人[四]得古本，書易謙卦爻彖辭[五]。不師其辭師其意，謙謙君子[六]良我師。力猛格峻入篆室，號書中虎無愧色。懸之可作座右銘，義取貞吉中心得。惜哉瑯琊鄒嶧之罘碑[七]，斯乎斯乎侈頌秦功德。

**注釋：**

[一] 鍾山亭：在江蘇省南京市東郊鍾山。李陽冰，見（四四）詩注[三]。李刑部，李光型，字儀型，清福建安溪人。官刑部主事。著有《臺灣私議》、《崇雅堂文集》、《趨庭録》等。世綸堂本作「種山亭」。

[二]「秦相斯爲玉筯篆」句：秦始皇之相李斯，首創小篆，由《史籀篇》省文、《蒼頡篇》變化而來，一名玉筯篆。

[三] 元思：元通玄。避清帝諱改。玄思，深思也。

[四] 種山山人：指李刑部。

[五]「書易謙卦爻彖辭」句：謂篆文所書内容爲《易經》中謙卦之彖辭。

[六] 謙謙君子：謙卦彖辭。下「貞吉」二字亦同。

[七]「惜哉」二句：瑯琊、嶧山、之罘，均有李斯所書頌秦始皇功德碑。

## （二〇四）前懷人（十六首）

### 齊瓊臺[一]學士

赤城[二]霞氣一囊收，來造□家五鳳樓[三]。改作必諮孔獨頌[四]，威儀當問范長頭[五]。不妨給事亡三篋[六]，安用開行擁八騶[七]？門巷依然寒士素，客來手自瀹茶甌。

注釋：

〔一〕齊瓊臺：齊召南，字次風，號瓊臺，晚號息園，清浙江天台人。幼有神童之目。乾隆元年舉鴻詞科。授庶吉士，累官禮部侍郎。精輿地之學。卒年六十六。

〔二〕赤城：山名，在浙江省天台縣北六里。往天台者必經此。《會稽記》：「土色皆赤，狀如雲霞，望之如雉堞。」孫綽《遊天台山賦》：「赤城霞起而建標。」

〔三〕「來造□家五鳳樓」句：所缺字似應作「韓」。《五代史·羅紹威傳》：「太祖即位，將都洛陽，紹威取魏良材爲五鳳樓。」《法苑》：韓浦、韓洎能爲古文。洎嘗輕浦曰：「吾兄爲文，如繩樞草舍，聊庇風雨而已；余之文，造五鳳樓乎！」

〔四〕孔獨頌：孔至，字惟微，唐中宗時，歷著作郎。精氏族學。與韋述、蕭穎士、柳沖齊名。撰《百家類例》，以張説等爲近世新族，鏟去説子垍。方子寵怒曰：「天下氏族何豫若，是而紛紛耶！」垍弟素善至，以實告。初書成，示韋述。謂可傳。及聞垍語。懼欲增損，述曰：「士大夫奮筆成一家書，奈何因人動耶？有死不可改也。」遂止。

〔五〕范長頭：《南史·范迪傳》：迪字懋賓，博涉多通，尤悉魏晉以來吉凶故事。南鄉范雲謂人曰：「諸君進止威儀，當問范長頭。」

〔六〕三篋：《漢書·張安世傳》：武帝幸河東，嘗亡書三篋，詔問莫知，惟安世識之，具記其事。後購求得書，以相校，無所遺失。

〔七〕八騶：《南史·王融傳》：融自恃人地，三十内望爲公輔，槌車壁曰：「車前豈可乏八騶。」謂八騶卒前行，以辟除行人也。

**吴觀揚**〔一〕**觀察**今巡宣府

杯酒斯文莫細論〔二〕，只留諫草〔三〕誌君恩。淮揚不與朝廷議，魏郡原爲鎖鑰門。竹室銅盤〔四〕名克副，令阮冠山太史。脂田粉碓[五]韻猶存。畜衆妾各膳。吾師歸老風流散，剩得如今幾弟昆。庚子同譜。

**注釋：**

[一]吴覲揚：吴廣譽，字覲揚，廣東海陽人。雍正五年進士。

[二]杯酒論文：杜甫《春日懷李白》詩：「何時一樽酒，重與細論文。」

[三]諫草：諫章之草稿。

[四]竹室銅盤：《北齊書・楊愔傳》：愔季父暐，爲愔於竹林邊别葺一室，命獨處其中，常以銅盤具盛饌以飯之，因以督厲諸子曰：「汝輩但如遵彦，自得竹林别室，銅盤重肉之食。」遵彦，愔字也。

[五]脂田粉碓：《晉書・安帝紀》：夏四月壬戌，罷臨沂、湖熟皇后脂澤田四十頃，以賜貧人，弛湖田之禁。

**徐讓符[一]刑部** 僑居於衛，時掌晉陽教

古來師訓最紛綸，别裁方知僞亂真。大意略觀搆户牖[二]，他書可廢充樵薪。甄明我愧臧榮緒[三]，文質今稱賀德仁[四]。壯學深蕪枝葉盛，重開南學[五]見斯人。

**注釋：**

[一]徐讓符：生平不詳。

[二]户牖：《文心雕龍・諸子》：「六國以前，去聖未遠，故能越世高談，自開户牖。」

[三]臧榮緒：晉泉陵人。博聞强記。隱居京師，教授生徒。學者稱爲披褐先生。有良史才。康帝即位，拜著作郎。修《晉書》三十卷。官至御史大夫。

[四]賀德仁：唐山陰人，德基從弟。與德基並師事周弘正，以文辭稱。人爲語曰：「學行可師賀德基，文質彬彬賀德

仁。」兄弟八人，時比漢之荀氏。太守王伯仁改所居滂里爲高陽。貞觀初卒。

［五］南學：《宋書·何尚之傳》：尚之雅好文義。爲丹陽尹。立宅南郭外，置玄學，聚生徒。東海徐秀，盧江何曇、黄回，穎川荀子華，太原孫宗昌、王延秀，魯郡孔惠宣，並慕道來遊，謂之南學。

**王萊堂**［一］**學使** 去年正月之中州，試南陽、彰德二府。即丁内艱以去，卜葬歙縣原籍，將移家焉

春擁旌旄一渡河，天中［二］陳跡半消磨。幾經墨蟻迷黄蟻［三］，漫説蒼鵝化白鵝［四］。入夢摩敦［五］裝帶在，斷腸陀利［六］落華多。前年悼亡。有田到處爲家好，何必重尋舊屈沱？

注釋：

［一］王萊堂：生平不詳。

［二］天中：謂中州居天下之中也。《晉書·天文志上》：「北斗七星……運乎天中，而臨制四方。」

［三］黄蟻：見（一一三）詩第二首注［一］。

［四］蒼鵝化白鵝：《晉書·懷帝紀》：洛陽步廣里地陷，有二鵝出，色蒼者沖天，白者不能飛。

［五］摩敦：一譯摩登。《楞嚴經》：「阿難因乞飲食，經歷婬室，遭大幻術，摩登伽女以娑毗迦羅先梵天呪，攝入婬席，婬躬撫摩，將毁戒體。」

［六］陀利：即曼陀羅花。《法華經》：「佛説法，天雨曼陀羅花。」

**盧雅雨**［一］**太守** 甲子夏五，太守至保陽，與余同舍，爲言江蘇戴卯君廉使、常鎮馬墨麟觀察維揚唱和事，甚相得也。今太守遷永平

十年前事説揚州，以我曾同馬戴遊。漫浪不嫌處叔舛［二］，浮沉終比伯松［三］優。林深轍跡逢獅［四］地，石

峭弓聲射虎[五]秋。別後北平煩坐嘯[六]，遥山如綺帶長流。

**注釋：**

[一] 盧雅雨：見（一七七）詩注[一]。

[二]「漫浪不嫌處叔舛」句：《唐書·元結傳》：結逃亂入猗玗洞，稱猗玗子。後家瀼濱，乃自稱浪士。及爲官，人以爲浪者亦漫爲官乎，呼爲漫郎。處叔，晉王隱，字處叔，陳郡陳人。隱以儒素自守，不交勢援，博學多聞，受父遺業，西都舊事多所諳究。太興初，召隱爲著作郎，令撰《晉史》。時著作郎虞預疾隱之能，斥隱，竟以謗免，黜歸於家。後依征西將軍庾亮，書乃得成，詣闕上之。隱雖好著述，而文辭鄙拙，蕪舛不倫。年七十餘，卒於家。

[三] 伯松：漢張竦，字伯松。一字德松，紹興劉崇攻王莽敗，竦與崇族父嘉詣闕自歸，竦爲作奏，封淑德侯，官丹陽太守。長安語曰：「欲求封，過張伯松。力戰不如巧爲奏。」莽敗，爲賊兵所殺。

[四] 逢獅：《博物志》：魏武帝伐蹋頓，經白狼山，逢獅子，自率常從健兒數百人擊之。獅子哮吼奮迅，左右咸驚，忽見一物從林中出，如狸，超上王車軛上，獅子將至，此獸便跳於獅子頭上，獅子即伏不敢起。此獸還未至洛陽三十里，洛陽雞狗皆伏，無鳴吠者。

[五] 射虎：《漢書·李廣傳》：廣出獵，見草中石，以爲虎而射之，中石没矢，視之石也。廣所居郡國有虎，常自射之。及居右北平，虎騰傷廣，廣亦射殺之。

[六] 坐嘯：《後漢書·黨錮傳》：岑晊爲成瑨功曹，瑨委心任之，無所事事。當時諺云：「南陽太守岑公孝，弘農成瑨但坐嘯。」

## 孫編修葯亭[一]

學士風流雅復賢，曩行今止四字見任昉詩讓人先。醞良那免三升戀[二]，子拙何辭十擲犍[三]。事有底忙經籍志，分修《續文獻通考》。月無餘剩菜鹽錢。臣心如水門如市[四]，質庫來言要過年。

注釋：

[一] 孫葯亭：孫人龍，字葯亭（一作約亭），號瑞人，歸安人。雍正八年進士。授編修。歷任滇粵學使，《文獻通考》纂修官，甲戌會試同考官。著有《約亭未定稿》、《頤齋未定稿》等。

[二] 三升戀：《唐書·王績傳》：績自號東皋子，乘牛經酒肆，留或數日。高祖武德初，以前官待詔門下省。故事，官給酒日三升。或問待詔何樂耶？答曰：「三升可戀耳。」

[三] 十擲犍：《晉書·劉毅傳》：後於東府聚摴蒱大擲，一判應至數百萬，餘人並置犢以還，惟劉裕及毅在後，毅次擲得大雉，大喜，褰衣繞床，叫謂同坐曰：「非不能盧，不事此耳。」

[四]「臣心如水門如市」句：《漢書·鄭崇傳》：鄭崇爲尚書仆射。上責崇曰：「君門如市。何以欲禁切主上？」崇對曰：「臣門如市，臣心如水。」

## 諸具茨[一]翰林

繡幢高掛客不前，太夫人有千佛幢。且去我今方醉眠[二]。露髮掩頭鮑孤雁[三]，常朝服入朝，上戴雨纓帽。搖唇振足尉寒蟬[四]。丐公徐之腕欲脱[五]，都自非是車空還[六]。東道若逢一夕話，山河表裏騰雲煙。主晉試回，見訪，余適往文安。

注釋：

[一] 諸具茨：生平不詳。

[二] 我醉欲眠：《晉書·陶潛傳》：潛性恬淡，凡客造者，輒設酒，若先醉，便語客曰：「我醉欲眠，君且去。」

〔三〕鮑孤雁：《宋史·鮑當傳》：景德中，爲河南法掾。時薛尚書映知郡，因事怒之，乃獻孤雁詩云：「天寒稻粱少，萬里孤難進。不惜充君廚，爲帶邊城信。」薛大嗟賞。時因目之爲鮑孤雁。

〔四〕尉寒蟬：《北史·尉瑾傳》：尉瑾，仕齊，除吏部尚書，見人好笑。時論目爲北之寒蟬。

〔五〕腕欲脱：《唐書·蘇頲傳》：頲拜中書舍人，書詔填委，口所占授，輕重無差。書吏白曰：「丐公徐之，不然，手腕脱矣。」

〔六〕車空還：《齊書·張融傳》：融與吏部尚書何戢善，往詣戢，誤通尚書劉澄，融下車入門，乃曰：「非是。」至户外望澄，又曰：「非是。」造席視澄，曰：「都非是。」乃去。

## 戴卯君〔一〕太守 時守潯州

流水寒亭碧玉如，紅蕉葉大障腰輿〔二〕。未航儋耳〔三〕餐藷菜，已檄潮陽徙鱷魚〔四〕。鱷魚别有所指。酒侶飄零投轄〔五〕少，詩情盤礴解衣〔六〕初。老來喧寂隨緣去，白石巖中有道書。

**注釋：**

〔一〕戴卯君：見（五三）詩注〔一〕。

〔二〕腰輿：《決疑要録》：「腰輿，以手挽之，别於肩輿。」

〔三〕儋耳：郡名，漢置，尋廢。其地在海南島儋縣西。

〔四〕徙鱷魚：韓愈貶潮州，見鱷魚爲害，作祭文檄討之，鱷魚徙去。

〔五〕投轄：《漢書·陳遵傳》：遵大會賓客，輒閉門，取車轄投井中，使客不得去。

〔六〕解衣：《莊子·田子方》：宋元君將畫圖，衆史皆至，受揖而立，舐筆和墨，在外者半。有一史後至者，儃儃然不趨，受揖不立，因之舍。公使人視之，則解衣槃礴羸。君曰：「可矣，是真畫者也。」

**沈勞山**[一]**徵君**家竹墩。甲寅冬，扁舟夜訪，君善飲，必盡室樽空乃止。行第六，兄寅御行三，有孝威、孝綽之目。恒大笑，人又以士龍爲比。從戴卯君太守遊粤，歸裝滿貯端溪石，蓋不知金之已盡矣

沿溪槳打白萍開，坐月[二]譚深漏鼓催。酣盡一門無我法[三]，詩兼三筆[四]有卿才。抬頭帛倚張華[五]笑，拍手花隨陸賈[六]回。南海載素馨花事。投老傭書貧轉甚，壯轅重與上金臺[七]。

**注釋：**

[一]沈勞山：生平不詳。

[二]坐月：李白《北山獨酌》詩：「坐月觀寶書，拂霜弄瑤軫。」

[三]無我法：佛家語，謂一切皆空。佛教三論宗，以般若所説諸法皆空爲宗。故人稱無相宗。孟浩然《陪姚使君題惠上人房》詩：「會理知無我，觀空厭有形。」

[四]三筆：《南史·劉孝綽傳》：孝儀幼孤，與諸兄相勗以學，並工屬文。孝綽嘗云：「三筆六詩。」三即孝儀，六即孝威也。

[五]張華：見（一九八）詩注[四]。

[六]陸賈：見（五九）詩注[三]。

[七]金臺：見（一七四）詩注[四]。「壯轅」，世綸堂木作「北轅」。

**商寶意**[一]**司馬**

泉出山來水亦清[二]，清郎何以厭承明？低頭不作入中想，吟嘯雅留方外名。萬卷藏家多異本，四弦上殿善新聲。沂東莫演春遊劇，且待三朝寶録成。王九思善琵琶，以同知被放。後因《三朝寶録》未成，將復召。有以春遊劇賈婆婆事嗾巨珰者，竟止。

注釋：

[一] 商寶意：見（一四三）詩注[一]。

[二] 「泉出山來水亦清」句：古詩：「在山泉水清，出山泉水濁。」

## 周石帆[一]學士

地逼三清[二]最上層，宴歸蓮炬[三]撤紅燈。曾抽花簟逃何憲[四]，又取巾箱奪陸澄[五]。髯向竹坡誰遍種，詩如陣馬每先登。用周羅睺詩必前成事。東南竹箭[六]收羅後，鼓角行田[七]上隴曾。時典江南試，請假省覲拜墓。

注釋：

[一] 周石帆：周長發，字蘭坡，號石帆，清會稽人。雍正甲辰進士。乾隆丙辰，試鴻詞科，授檢討。官至侍講學士。詩才敏捷，不亞張南華。著有《賜書堂集》。

[二] 三清：道家以玉清、上清、太清爲三清，皆仙人所居之府，故多以爲宮觀之名，這裏借喻周石帆官居清要。

[三] 蓮炬：《翰苑新書》：唐令狐綯爲翰林學士承旨，夜對禁中，燭盡，上勅以金蓮花炬送綯還院。

[四] 何憲：南北朝時廬江人，字子思，博通經籍，與任昉、劉渢共執秘閣四部書。試問所知，自甲至乙，每説一書，並敘述作之體，連日累夜，莫見所遺。宗人何遁，退讓士也。見而美之，願與爲友。齊武帝時，位本州別駕，國子博士。花簟，《南史·王摛傳》：儉嘗使賓隸事，多者賞之，惟何憲爲勝。乃賞以花簟、白團扇。摛後至，儉以所隸示之，曰：「卿能奪之乎？」摛操筆便成，乃命左右抽憲簟，手自掣扇，登車而去。

[五] 陸澄：字彥淵，南齊吴人，少好學博覽，無所不知，時稱碩學。王儉嘗曰：「陸公書櫥也，」卒謚靖，著有地理書及雜傳。巾箱，巾箱本。《南史·齊衡陽王鈞傳》：鈞嘗手自細書，寫五經都爲一卷，置於巾箱中。賀玠問曰：「殿下家自有墳

素，復何須蠅頭細書，别藏巾箱中？」答曰：「巾箱中有五經，於檢閲既易，且一經手寫，便永不忘。」諸王聞之，争效爲巾箱五經。

［六］竹箭：喻人材之美者。《爾雅·釋地》：「東南之美者，有會稽之竹箭焉。」

［七］鼓角行田：《宋書·張興世傳》：父仲子，由興世致位給事。興世欲將往襄陽。愛戀鄉里，不肯去。嘗謂興世：「我雖田舍老公，樂聞鼓角，可送一部行田時吹之。」

## 陳勾山［一］翰林

鹵州［二］門外草痕青，落葉深宵旅夢醒。毁室人言銷愠孽，家中失火。登朝如亦歎沉冥［三］。移床遠客靡之去，執拂譚經晷不停。記否槐陰涼雨歇，叢臺歌吹瑟湘靈［四］。君去年夏過署阻雨，出示邯鄲道上詩，並三楚闈墨。

注釋：

［一］陳勾山：陳兆崙，字勾山，號理齋，清錢塘人。雍正八年進士。乾隆元年召試鴻詞科，授翰林院檢討，官順天府尹。京師士大夫奉爲文章宗匠。

［二］鹵州：鹵，同西，西州，地名，在今江蘇南京江寧區。晉時揚州刺史治所。其東有東府城，會稽王導子於東府城領州，故號此爲西州。

［三］沉冥：《法言·問明》：「蜀莊沉冥。」韓敬注：「沉冥猶玄寂，泯然無跡之貌。」

［四］湘靈：見（一五〇）詩注［五］。

## 厲樊榭孝廉［一］歲客揚州，時將謁選

渡江聞説採芳蓀［二］，風月官中不可論。何點［三］勸人全遯節，殷臻［四］竟日畢清言。若徵經義須重

席[五]，每憶簫聲或返魂[六]。君有悼亡姬詩。況是諸賢半零落，瓶花琴斷月黄昏。曩同集吴繡谷瓶花齋。

**注釋：**

[一]厲樊榭孝廉：見（二二）詩注[一]。孝廉，舉人之别稱。

[二]芳蓀：香草。採芳蓀，借喻覓姬侍。

[三]何點：字子晳，南北朝宋廬江人，容貌方雅，博通群書。宋時累徵不起。與梁武帝有舊。帝踐祚，賜以鹿皮冠，手詔徵之，召見華林園，欲拜爲侍中。點以手捋帝鬚曰：「乃欲臣老子耶？」尋辭疾歸。

[四]殷臻：《南史·殷景仁傳》：「子臻字後同，幼有名行，袁粲、褚彦回并賞異之。每造二公之席，輒清言畢景。」

[五]重席：《左傳·襄公二十三年》：季氏飲大夫酒，臧紇爲客，既獻，臧孫命北面重席，樽酒既新，復潔滌之，以示敬。

[六]返魂：返魂香。《博物志》：武帝時，西域月氏國，度弱水，貢返魂香三枚，大如燕卵，黑如桑椹。值長安大疫，西使請燒一枚辟之，宫中病者聞之即起，香聞百里，數日不息。疫死未三日者，熏之即活，乃返生神藥也。

## 姚薏田[一]秀才所居蓮花莊，即趙承旨鷗波亭故址

讀書聲出緑楊陰，結得芳鄰趙翰林[二]。八面皆山樓一角，萬花在水月中心。那能病作棲泉鳥[三]，善病，屢徵不應。未屑貧收諛墓金[四]。便渡江來無好夢，玉人簫[五]不是知音。時客揚州。

**注釋：**

[一]姚薏田：姚世鈺，字玉裁，號薏田，清歸安人。諸生。有《孱守齋遺稿》。

[二]趙翰林：趙孟頫，字子昂，元歸安人，宋宗室，博通經史，工詩文善畫。舉進士。爲潤州録事參軍。宋亡，家居，益力於學。至元間，以薦入朝。世祖見其神采焕發，甚奇之，授兵部侍郎。累官翰林學士承旨。卒謚文敏。所居曰鷗波館。

[三] 棲泉烏：《南史・吴慶之傳》：王琨爲吴興太守，欲召吴爲功曹，答曰：「以明府見接有禮，所以奔走歲時，若欲見吏，則是棲魚於樹，棲鳥於泉耳。」

[四] 諛墓金：《唐書・韓愈傳》：劉乂持愈金數斤去，曰：「此諛墓中人得耳，不若與劉君爲壽。」蓋譏愈受金爲人作墓誌也。

[五] 玉人簫：杜牧《寄揚州韓綽判官》詩：「二十四橋明月夜，玉人何處教吹簫。」

## 董芑堂[一]太守

潯溪荷花池，余妹婿董經遠所居，與群從唱和處。芑堂年最少，氣逎上雅，以奕自負。余被酒亦得狂名。皆與謝三丈若善，今風流雲散，或墓木已拱，而余老矣。芑堂新遷武定

沉沉兵衛寢凝香[二]，巾角彈棋[三]妙擅場。從小便知偉節怒[四]，老來始悔次公狂[五]。余行二。空池舊夢無春草[六]，散木散木，文若別字孤墳又夕陽。生怕絶交書不免[七]，竹林例得斥山王。

注釋：

[一] 董芑堂：董承勳，字對揚，號芑堂，烏程人。雍正七年副貢。覺羅官學教習。以知縣揀發直隸，歷升山東兗州知府，擢分巡天津道、按察副使，轉長蘆鹽運使。

[二]「沉沉兵衛寢凝香」句：韋應物《郡齋雨中與諸文士燕集》詩：「兵衛森畫戟，燕寢凝清香。」

[三] 巾角彈棋：《世説新語・巧藝》：「彈棋始自魏宫内用粧奩戲。文帝於此戲特妙，用手巾角拂之，無不中。有客自云能，帝使爲之。客著葛巾角，低頭拂棋，妙逾於帝。」

[四] 偉節怒：《後漢書・賈彪傳》：彪字偉節，兄弟三人，並有高名，而彪最優。天下稱之曰：「賈氏三虎，偉節最怒。」

[五] 次公狂：《漢書・蓋寬饒傳》：饒字次公。嘗曰：「無多酌我，我乃酒狂。」

[六] 春草：謝靈運《池上樓》詩：「池塘生春草，園柳變鳴禽。」謝惠連十歲能屬文。靈運云：「每有篇章，對弟惠連，

輒得佳句。」嘗於永嘉西堂吟詩，竟日不就，忽夢惠連，即得此句，大以爲佳。

［七］「生怕絶交書不免」二句：《絶交書》，三國時嵇康作。嵇康，字叔夜，上虞人。拜中散大夫，不就。與山濤、阮籍、阮咸、王戎、向秀、劉伶爲友，遊於竹林，號竹林七賢。山濤爲晉吏部尚書，欲舉自代，康作《絶交書》以拒之。山王，指山濤、王戎。

**胡竹巖**[一]**明府** 君丁巳從中丞王師之楚，越七年甲寅，在黄門帥師學幕。二師即君師也。兩次俱於錢塘江上登舟作別，嗣後不相見。今王師歿，帥師戍。余亦老矣，感慨繫之

掞金伐鼓唱開篷，兩度分襟事則同。江上青峰[二]應念我，鏡中白髮已成翁。申脩[三]有廟原非制，徐晦[四]何人亦可風？回首師門重惆悵，笛聲流怨滿虛空。

**注釋：**

［一］胡竹巖：胡浚，字希張，號竹巖，清浙江山陰人。康熙舉人。乾隆間舉鴻博。官洧川知縣。有《緑夢山莊詩文集》。

［二］江上青峰：錢起《湘靈鼓瑟》詩：「曲終人不見，江上數峰青。」

［三］申脩：應爲「申胥」，「脩」爲「胥」之形訛。申胥，即伍子胥。唐劉蛻《論江陵耆老辯申胥廟書》：「太原王生嘗移耆老書，以江陵故楚也，子胥親逐其君臣，夷其墳墓，且楚人之所宜怨也，而江陵反爲之廟，也享其餴，謂耆老而亡其君父也。吾以爲不然。……吾以其廟申包胥之廟也，包胥有復楚之功。年代浸遠，楚人以子胥嘗封諸申，故不謂包胥耳。不然，則子胥何爲殄人之食，而江陵何爲事仇人之神乎？耆老得書，速易其版曰申胥之廟，無使人神皆愧耳。」

［四］徐晦：唐人，與楊憑善。李夷簡彈憑，貶臨賀尉，親友無敢送者，晦獨至藍田與別。權德輿謂之曰：「毋乃爲累乎？」對曰：「晦自布衣，蒙楊公知獎，今日遠謫，安得不與之別？」數日，夷簡奏爲御史。晦謝曰：「平生未奉顔色，公從何

而取之？」夷簡曰：「君不負楊臨賀，豈負國乎？」

## （二〇五）題蘭田[一]畫十册（十首）

### 白梅

不施皂角[二]畫紅粧，對月人居玉照堂[三]。漫説水邊籬落下，嫩寒春曉不聞香。翻用山谷觀光華長老畫梅語。

注釋：

［一］蘭田：解蘭田，見（一五〇）詩注［一］。

［二］皂角：皂角膠性黏，畫家用以粘附鉛粉、珠紅等礦物顔料。

［三］玉照堂：即玉堂。《宋會要》：淳化三年，蘇易簡獻《續翰林志》二卷，太宗賜御詩二章，又飛白書「玉堂之署」四字以賜。

### 杏花

手種仙人藥竈[一]芽，群芳會裏醉流霞[二]。老來合把農書讀，三月如何播白沙。見《氾勝之書》。

注釋：

［一］藥竈：杜甫《寄彭州高三十五使君適虢州岑二十七長史參三十韻》詩：「竹齋燒藥竈，花嶼讀書床。」

［二］流霞：揚雄《甘泉賦》：「噏清雲之流霞兮，飲若木之露英。」

## 梨花

真妃[一]素袖碧紗裙，蝴蝶香迷落落雲。小試邊鸞[二]折枝手，四分清氣割鵝群[三]。

注釋：

[一]真妃：陶弘景《真靈位業圖》：「女真位第七紫清上宫，九華真妃。」張昱《唐天寶宫詞十五首》（其九）詩：「只將彩戲悦真妃。」

[二]邊鸞：《畫斷》：邊鸞，京兆人，攻丹青，最長花鳥，折枝之妙，古所未有。段成式《遊長安諸寺聯句·崇仁坊資聖寺》（其三）詩：「活禽生卉推邊鸞。」

[三]鵝群：用王羲之籠鵝换字故事。劉長卿《過包尊師院》：「遺經終爲寫，不慮惜鵝群。」

## 玉蘭

漢掌[一]高枝浥露華，香生月冷曉風斜。徵蘭有夢[二]人如玉，不數唐昌觀[三]裏花。蘭田無子，新納妾。

注釋：

[一]漢掌：《三輔故事》：漢武帝以銅作承露盤，高二十丈，大十圍，上有仙人掌承露，和玉屑飲之以求仙。

[二]徵蘭有夢：《左傳·宣公三年》：鄭文公妾燕姞夢天使與己蘭，曰：「余，爾祖也，以是爲爾子，以蘭有國香，人服媚之如是。」既而生穆公，名之曰蘭。

[三]唐昌觀：《劇談録·玉蕊院真人降》：長安安業坊唐昌觀，舊有玉蕊花，元和中，有女子年可十七八，衣繡緑衣，乘馬，峨髻，容色迥出於衆，從以二女冠，三小仆，下馬以白角扇障面，直造花所，異香聞數十步之外，令小仆買花數枝而出，曰：「曩有玉峰之約，可以行矣。」舉轡百餘步，已在半天矣。方信神仙之遊。嚴給事休復、元相國、劉賓客、白醉吟

皆有詩。

## 薔薇

繡難相似畫偏宜，碎剪紅綃緑間之。只爲刺多傷手易，年年扳斷鳳凰枝[一]。

注釋：

[一]鳳凰枝：杜甫《秋興八首》（其八）詩：「香稻啄餘鸚鵡粒，碧梧棲老鳳凰枝。」

## 牡丹

滿枝酒氣夢初回，李泰伯畫牡丹事。彩筆朝雲[一]那得如？别院紫衣[二]誰作配？歐陽公記蔡公書[三]。

注釋：

[一]朝雲：宋蘇軾之妾，姓王氏，錢塘人。蘇軾官錢塘時，納爲常侍。初不識字，既事軾，遂學書，粗有楷法。

[二]紫衣：牡丹品種繁多，有魏紫姚黄。歐陽修《洛陽牡丹記·花釋名》：牡丹中魏家花者，千葉肉紅，出於魏仁溥故相家。姚黄者，千葉黄花，出於民姚氏家。

[三]「歐陽公記蔡公書」句：歐陽修、蔡襄曾爲牡丹作記作書。

## 白芍藥

釵莖粉蕊澹春愁，宫面迎風向玉樓[一]。初罷霓裳天上舞[二]，二分明月夢揚州[三]。

注釋：

［一］玉樓：《十洲記》：昆侖山之一角，有金臺五所，玉樓十二所。

［二］霓裳舞：本婆羅門曲，傳自西涼，唐河西節度使楊敬述獻之，明皇潤飾其詞，而易以美名。或言道士葉法善引明皇入月宫，聞樂，歸寫其半，會西涼進婆羅門曲，聲調吻合，遂以月中所聞爲散序云。

［三］「二分明月在揚州」句：徐凝《憶揚州》詩：「天下三分明月夜，二分無賴在揚州。」

## 山茶

占月烘霞豔豔春，蓝雕鶴頂［一］葉魚鱗。江南池館空零落，畫上屏風與北人。

注釋：

［一］鶴頂：紅色，名鶴頂紅。

## 海棠

捲簾側卧薦觴遲，嫋嫋東風赤玉枝。雨泣煙愁描不就，更何人繼許昌詩［一］？

注釋：

［一］許昌：唐薛能，汾州人，字大拙，會昌進士。癖於詩，著有《許昌集》等，時人稱爲「薛許昌」。

## 水仙

六銖衣［一］薄影亭亭，碎珮寒聲浸畫屏。乞得君王湯沐邑［二］，湘雲湘月弔湘靈［三］。蘭田楚籍。

注釋：

［一］六銖衣：《博異志》：貞觀中，岑文本於山頂避暑，有叩門云：「上清童子。」岑問曰：「衣服皆輕細，何土所出？」答云：「此上清五銖服。」又問曰：「比聞六銖者天人衣，何五銖之異？」答云：「尤細者，則五銖也。」出門忽不見，惟見古錢一枚。

［二］湯沐邑：古代天子賜諸侯以湯沐之邑，以其所入，爲湯沐之資，所以便齋戒而潔身也。

［三］湘靈：見（一五〇）詩注［五］。

## （二〇六）陳勾山[一]太史還朝，雨宿望署，次原韻

夢醒□天漏六更[二]，蕭蕭涼意枕邊生。七年强半三年病，一別七年，兩人各已抱病。十日之中一日晴。相對秋容憐晚節，已無花樣鬥時英。酒徒燕市今零落，腸斷歌聲是渭城[三]。

注釋：

［一］陳勾山：見（二〇四）第十二首詩注［一］。

［二］六更：《豹隱記談》：楊誠齋詩：「天上歸來有六更。」蓋内樓五更絶，梆鼓交作，謂之花蟆更，禁門方開，百官隨入，所謂六更者也，外方謂之攢點云。

［三］渭城：送別詩。王維《渭城曲》詩：「渭城朝雨浥輕塵，客舍青青柳色新。勸君更盡一杯酒，西出陽關無故人。」

## （二〇七）和勾山《邯鄲道上》詩[一]

雪洞[二]天橋總渺然，只餘魯酒薄[三]如前。絞車水汲榛中墓，銅鏃人耕雨後田。風俗放鳩[四]猶記趙，英

雄磨劍[五]不歸燕。寒塘無影柔桑[六]綠，淒絶箏聲[七]起暮煙。

注釋：

[一]勾山：見（二〇四）第十二首詩注[一]。邯鄲，戰國時趙國都城，在河北省。

[二]雪洞：《名山記》：雪洞在獨秀山西，石壁垂乳，潔白如雪。唐人有詩刻。今滅，惟雪洞二字尚存。

[三]魯酒薄：《莊子·胠篋》：「魯酒薄而邯鄲辱。」陸德明《音義》注：「楚宣王朝諸侯。魯恭公後至而酒薄，宣王欲辱之。恭公不受命，遂不辭而還。宣王怒，乃發兵與齊攻魯。梁惠王嘗欲擊趙而畏楚救，楚以魯爲事，故遂得圍邯鄲。」

[四]放鳩：《太平御覽》：「滎陽有井，漢王避項羽於中，雙鳩飛井上，羽以爲無人，故沛公得免。故漢世正旦放鳩爲此也。」

[五]磨劍：《戰國策·齊策》：趙氏襲衛，衛君跣行，告遡於魏，魏主身被甲砥劍，挑趙索戰。

[六]柔桑：穉桑。《詩·豳風·七月》：「遵彼微行，爰求柔桑。」

[七]箏聲：《北史·孫紹傳》：紹兄世元善彈箏，早卒。紹後聞箏聲，便涕泗嗚咽，捨之而去。

## （二〇八）聞香霞客保陽[一]却寄

香霞以秦官解組，來客保陽，眷屬散處蘇、濮二州

秦關落葉最飄零，一片離聲不可聽。雁斷清霜瓠子瀆[二]，蓮沉細雨錦帆涇[三]。緣何未老偏多病？賴是無官得獨醒[四]。今夜月明吾入夢[五]，瑤琴理罷水哉亭[六]。

注釋：

[一]香霞：顧香霞，生平不詳。保陽，在河北省。

[二]瓠子瀆：在河北省濮陽縣南，亦名瓠子口。漢武帝時，河決瓠子注巨野，通淮泗。帝發卒數萬人塞之，不成，爲作

《瓠子歌》二章。

[三]錦帆涇：在蘇州城内。相傳吴王鑿此涇，與西施泛舟於上。

[四]獨醒：《史記·屈原列傳》：「舉世混濁，而我獨清；衆人皆醉，而我獨醒。」

[五]月明入夢：杜甫《夢李白二首》(其一)詩：「落月滿屋梁，相思見顔色。」

[六]瑶琴：琴之以玉爲飾者。水哉亭，在保陽。

## (二〇九)友人之楚旅話

向柳[一]依然恃素情，逢君擁傳[二]楚中行。將吟北渚秋風[三]句，如聽東坡夜雨[四]聲。語及令兄霞山舊事，時已下世。銅鼓銷沉瀘水渡[五]，金龜流落夜郎城[六]。吟滇黔懷古詩中，述前明平蠻遷謫諸事。酒酣今古無窮事，話到蝦蟆鼓六更[七]。

注釋：

[一]向柳：見(二〇六)詩注[三]。

[二]擁傳：即乘傳，謂馳驛而往。《漢書·高帝紀》：「乘傳詣洛陽。」

[三]北渚秋風：屈原《離騷·九歌·湘夫人》：「帝子降兮北渚，目眇眇兮愁予。」

[四]東坡夜雨：蘇軾《東坡》詩：「雨洗東坡月色清，市人行盡野人行。」

[五]「銅鼓銷沉瀘水渡」句：銅鼓舊傳爲諸葛亮、馬援征南蠻時所鑄，實非，蓋蠻中早已有之。瀘水渡：在貴州省。諸葛亮《出師表》：「五月渡瀘，深入不毛。」

[六]「金龜流落夜郎城」句：指李白被流放夜郎事。金龜，唐初，品官皆佩魚，以防召命之詐。天授二年，改佩魚皆爲

龜，三品以上，袋飾以金，四品以銀，五品以銅。李白曾官翰林，賜金龜。夜郎城，夜郎，國名，在貴州省境。

［七］蝦蟆鼓六更：見（二〇六）詩注［二］。

## （二一〇）書《蒼梧王傳》[一]

狡獪小袴衫，漆帳竿胡旋。排突厮養群，般遊營署遍。偷狗青尼園，養驢曜靈殿。裁衣作帽能，執管吹篪便。方其即位初，內外猶嚴憚。一自京口平[二]，天怒人胥怨。投弓笑射堋[三]，懷鴆嫌毛扇[四]。正立眉刺矛，察氣腹剖蒜。空敕[五]痛捶之，不讀伊霍傳[六]。織女伺渡河，東阿張幄幔。喁喁臥穿鍼，目光閃如電。拊膺歎劉韞[七]，閤手仰袁粲[八]。袖裏血模糊，拍張手身健[九]。童昏借未知，元服已加冠。地下諫豬王[一〇]，諸弟當友善。

**注釋：**

［一］蒼梧王：《南史·宋後廢帝紀》：帝諱昱，字德融，明帝長子。泰始二年立爲皇太子。泰始六年出東宮，又製太子元正朝賀服袞冕九章衣。泰豫元年即帝位。五年七月遇弒。帝生之夕，明帝夢人乘馬，馬無頭及後足。有人曰：「太子也。」及在東宮，五六歲能緣漆帳竿，去地丈餘，如此者半食。漸長，喜怒乖節。左右失旨者，手加撲打。徒跣蹲踞。及嗣位，內畏太后，外憚大臣，猶未得肆志。自加元服三年，好出入，單將左右，或十里二十里，或入市里。遇慢罵則悦而受焉。四年，無日不出。與左右解僧智、張五兒，恒夜出開承明門，夕去晨返，晨出暮歸。從者並執鋋矛，行人男女及犬馬牛驢，逢無免者。人間擾懼，晝日不開門，道無行人。嘗著小袴，不服衣冠。有白棓數十，各有名號。鉗鑿錐鋸，不離左右。爲擊腦、椎陰、剖心之誅，日有數十。常見臥尸流血，然後爲樂。左右人見有嚬眉者，帝令其正立，以矛刺洞之。曜靈殿上養驢數十頭。所自乘馬，養於御床側。與右衛翼輦營女子私通，每從之遊，持數千錢爲酒肉之費。出逢婚姻葬送，輒與挽車小兒群聚飲酒以爲歡……察孫超有蒜氣，剖腹視之……凡諸鄙事，過目則能。鍛銀裁衣、作帽，莫不精絶。未嘗吹篪，執管便韻。天性好殺，一日無事，輒慘慘不

樂。內外憂惶，夕不及旦。領軍將軍蕭道成與直閤將軍王敬則謀之。七月戊子，帝微行出北湖，單馬先走，羽儀不及，左右張五兒馬墜湖，帝怒，自馳騎刺馬屠割之。與左右作羌胡伎爲樂。又於蠻岡賭跳。因乘露車，無復鹵簿，往青園尼寺、新安寺偷狗，就曇度道人煮之飲酒。楊玉夫常得意，忽然見憎，遇輒切齒，曰：「明日當殺小子，取肝肺。」是夜七夕，令玉夫伺織女度，報己，因與內人穿鍼訖，大醉，卧於仁壽殿東阿氈幄中。帝出入無禁。王敬則先結玉夫、陳奉伯、楊萬年等合二十五人，其夕，玉夫候帝眠熟，至乙夜，與萬年同入氈幄內，取千牛刀殺之。時年十五。己丑，皇太后令貶帝爲蒼梧郡王，葬丹陽秣陵縣郊壇西。

［二］京口平：指元徽二年，江州刺史桂陽王休範舉兵反，旋被討平事。

［三］「投弓笑射堋」句：《南史・齊高帝紀》：蒼梧王立帝於室內，畫腹爲射的，引滿將射之，蒼梧王左右諫曰：「領軍腹大，是佳射堋，而一箭便死，後無復射，不如以雹箭射之。」乃取雹箭，一發中的。堋，箭靶。

［四］「懷鳩嫌毛扇」句：《南史・明恭王皇后傳》：廢帝即位，尊爲皇太后，宫曰弘訓。廢帝失德，太后每勗譬，始猶見順，後狂慝稍甚。太后嘗賜帝玉柄毛扇。帝嫌毛扇不華，因此欲加鴆害，令太醫煮藥。左右止之曰：「若行此事，官便作孝子，豈得出入狡獪。」帝曰：「汝語大有理。」乃止。

［五］空敕：即空頭敕。廢帝時，阮佃夫恃寵弄權。時欲用張澹爲武陵郡衛將軍，袁粲以下皆不同，而佃夫稱敕施行。

［六］伊霍傳：《北齊書・元暉業傳》：父褒嘗問之曰：「比何所披覽？」對曰：「數尋伊霍之傳，不讀曹馬之書。」伊霍，指伊尹、霍光。

［七］劉韞：《宋書・刘韞傳》：字彦文，步兵校尉，宣城太守。子勛爲亂，唯韞棄郡赴朝廷。明帝嘉其誠。雖才識凡庸，仍蒙優寵。順帝昇明元年謀反伏誅。

［八］袁粲：見（一〇三）詩第一首注［八］。廢帝昱爲太子時，粲爲太子詹事。

［九］手身健：世綸堂本作「身手健」。

［一〇］「地下諫豬王」二句：《南史・後廢帝紀》：孝武二十八子，明帝殺其十六，餘皆帝殺之。豬王，廢帝母陳太妃，丹陽建康屠家女，故云。

## （二一一）書《東昏侯傳》[一]

白魚嘗藥喉斯痛[二]，捕鼠擔幢弱好弄。腰邊傀儡蠡器懸，胯下玲瓏木馬動。二百十六射雉場，七寶纏矟作急裝。屏除預起長圍號，棄尸輿病何披猖？泥途冰結哀號滿，飛仙帳裏香魂嬾。翻身貼地步蓮花，花如人面紅潮煖。檐角琉璃掛玉鉤，釧條琥珀攜鈿管。破蒸授灤爾何愚[三]，試看塗壁金爲泥。苑樹宮鶯聲斷續[四]，似聞輟哭禿鶖啼。裨販成行市令守，白縗緑屩人沽酒。魚肉紛綸包裹多，五省黃案歸烏有。解菜悲銜幼女腸，縛菰怒射先皇首。香火當年太少恩[五]，高祖子孫無復存。金翅上天搏龍子，襄陽外寇兵雲屯。賊來取我我用武[六]，趙鬼能歌魔媼舞。羽儀出蕩蔣山神，鷹犬齊驅媒翳主。受降也召後堂來，步障裏之環角鼓。歡譟吹笙夜未闌，潘妃突遇韓擒虎[七]。

**注釋：**

[一] 東昏侯：齊廢帝，姓蕭，名寶卷，字智藏。明帝第二子，建武二年立爲皇太子。永泰元年，明帝崩，太子即位。在位三年，爲王珍國、張稷所殺。宣德太后令依漢海昏侯故事，追封東昏侯。見《南史·廢帝東昏侯》。

[二]「白魚嘗藥喉斯痛」十四句：《南史·齊紀》：高祖明皇帝諱鸞，字景棲，性猜忌，亟行誅戮。通道術，用計數，每出行幸，先占利害。簡於出入，將南則詭言之西，將東則詭言之北，皆不以實。竟不南郊。初有疾，無輟聽覽，君臣莫知，及疾篤，敕臺省府署文簿求白魚以爲藥。外始知之。又，《南史·齊紀》：廢帝欲速葬明帝，惡靈在太極殿。徐孝嗣固争得踰月。每當哭，輒云喉痛……帝在宫，嘗夜捕鼠達旦以爲樂……能擔幢（猶雜技頂竿）。初學擔幢每傾倒，在幢杪者必致踠傷。其後白虎幢七丈五尺，齒上擔之，折齒不倦……馳騁渴乏，輒下馬解取腰間蠡器，酌水飲之。復上馳去……始欲騎馬，未習其事，俞靈韻爲作木馬，人在其中，行動進退，隨意所適，其後遂爲善騎……置射雉場二百九十六處，翳中帷帳及步障皆袷以緑紅錦，金銀鏤弩牙，瑇瑁帖箭。每出輒與鷹犬隊主徐令孫、媒翳隊主俞靈韻齊馬而走，左右争逐之。又甚有筋力，牽弓至

三斛五斗……著織成袴褶（騎馬的衣服），金薄帽，執七寶縛矟……巷陽懸幔爲高障，置人防守，謂之屏除……時人以其所圍處號爲長圍。及建康城見圍，亦名長圍，識者以爲讖焉……處處禁斷，不知所過。至於乳婦婚姻之家，移産寄室，或輿病棄尸，不得殯葬。禁斷又不即通，處處屯咽，或泥途灌注，或冰凍嚴結，老幼啼號，不可聞見……又别爲潘妃起神仙、永壽、玉壽三殿，皆帀飾以金璧。其玉壽中，作飛仙帳，四面繡綺，窗間盡畫神仙……又鑿金爲蓮花以帖地，令潘妃行其上，曰：「此步步生蓮花也。」……椽桷之端，悉垂鈴佩。江左舊物有古玉律數枚，悉裁以鈿笛。莊嚴寺在玉九子鈴，外國寺佛面有光相，禪靈寺塔諸寶珥，皆剥取以施潘妃殿飾。武帝興光樓上施青漆，世人謂之青樓。帝曰：「武帝不巧，何不純用琉璃？」

〔三〕「破蒸授濼爾何愚」二句：謂過分節儉者乃愚笨。《南史·明帝紀》：帝嘗用皂莢訖，授餘濼於左右曰：「此猶堪明日用。」大官進御食有裹蒸，帝十字劃之，曰：「可四片破之，餘充晚食。」《南史·齊紀》：廢帝令山石皆塗以采色。跨池水立紫閣。諸樓壁上盡畫男女私褻之像。明帝時多聚金寶，至是金以爲泥，不足用，令富室買金，不問多少，限以賤價，又不還直。

〔四〕「苑樹宫鶯聲斷續」以下八句：《南史·齊紀》：廢帝又以閱武堂爲芳樂苑，窮奇極麗。當暑種樹，朝種夕死，死而復種，率無一生。於是徵求人家，望樹便取，毁徹牆屋以移置之。大樹合抱，亦皆移掘。插葉繫花，取玩俄頃。剗取細草，來植階庭，烈日之中，至便焦燥，紛紜往返，無復已極……明帝崩，大中大夫羊闡入臨，無髮，號慟俯仰，幘遂脱地。帝輟哭大笑，謂官者王寶孫曰：「此謂禿鶖啼來乎？」……又開渠立埭，躬自引船。埭上設店，坐而屠肉。於時百姓歌云：「閱武堂，種楊柳。至尊屠肉，潘妃沽酒。」又於苑中立店肆，模大市，日遊市中，雜所貨物，與宫人閹豎共爲稗販。以潘妃爲市令，自爲市吏録事，將鬥者就潘妃罰之。帝小有得失，潘則與杖。乃敕虎賁威儀不得進大荆子，閤内不得進實中荻。雖畏潘氏，而竊與諸姊妹淫通。每遊走，潘氏乘小輿，宫人皆露褌，著緑絲屩，帝自戎服騎從後……閹豎以紙包裹魚肉還家，並是五省黄案（公文紙）……明帝之崩，竟不一日蔬食，居處衣服，無改平常。潘氏生女，百日而亡，製斬衰經杖，衣悉粗布，群小來弔，盤旋地坐，舉手受執蔬膳，積旬不聽音伎。左右直長閹豎王寶孫諸人，共營肴羞，云爲天子解菜……又偏信蔣侯神，迎來入宫，晝夜祈禱。左右朱光尚詐云見神動，輒諮啟，並云降福……范雲謂光尚曰：「君是天子要人，當思百全計。」光尚曰：「至尊不可諫正，當託鬼神以達意耳。」後東入樂遊，人馬忽驚，以問光尚。光尚曰：「向見先帝大瞋，不許數出。」帝大怒，拔刀與光尚等尋覓，既不見處，乃縛菰爲明帝形，北向斬之，懸首苑門。秃鶖啼，世綸堂本作「秃秋啼」。

［五］「香火當年太少恩」四句：金翅，《齊書·五行志》：明帝送豫章王第二女綏安公主降嬪，還上輦，輦上金翅無故自折落地。龍子，《南史·齊太祖高皇帝紀》：帝以宋元嘉四年丁卯歲生，姿表英異，龍顙鐘聲，長七尺五寸，鱗文遍體……帝舊塋在武進彭山，岡阜相屬數百里不絶，其上常有五色雲，又有龍出焉。襄陽外寇，《南史·齊明帝紀》：永泰元年，沔北諸郡，爲魏所攻，相繼敗亡。新野太守劉忌隨宜應接，食盡，煮土爲粥，而救兵不至，城被克，死之。

［六］「賊來取我我用武」六句：《南史·齊紀》：永元二年，西中郎長史蕭穎胄起兵於荆州。雍州刺史蕭衍起兵於襄陽。三年，蕭衍兵至，帝謂茹法珍曰：「須來至白門前，當一決。」趙鬼能歌，《南史·齊紀》：永元三年，殿内火，燒璿儀、曜靈等十餘殿及柏寢，北至華林，西至秘閣，三千餘間皆盡。左右趙鬼，能讀《西京賦》，云：「柏梁既災，建章是營。」魔媪舞，《南史·齊紀》：帝又曲信小祠，日有十數師巫魔媪，迎送紛紜。蔣山神，《南史·齊紀》：帝又偏信蔣侯神，迎來入宫，晝夜祈禱……蕭衍師至，帝著烏帽袴褶，備羽儀，登南掖門臨望，又虚設鎧馬齋仗千人，皆張弓拔白，出東掖門，稱蔣王出蕩……帝尤惜金錢，不肯賞賜。茹法珍叩頭請之，帝曰：「賊來獨取我耶？何爲就我取物！」後堂儲數百具榜，啟爲城防，帝曰：「擬作殿。」竟不與城防……帝出，巷陌懸幔爲高障，置人防守，謂之屏除。高障之内，設部伍羽儀，復有數部，皆奏鼓吹羌胡伎，鼓角横吹。

［七］韓擒虎：隋東垣人，字子通。文帝時，拜廬州總管，委以平陳之任。擒虎以輕騎五百直取金陵，執陳後主。陳平，進位上柱國。按齊爲梁所滅。梁武帝入建康，見潘妃色美，欲納之。王茂諫曰：「亡齊者此物也，不可留。」將以賜田安啟。妃不從，自縊而死。作者以爲遇韓擒虎，乃以作比。蘇軾《虢國夫人夜遊圖》詩：「當時一笑潘麗華，不知門外韓擒虎。」

## （二一二）爲劉生敬敷［一］題琴心中斷詩（二首）

枯桐［二］掛壁澀秋苔，蠹篋無衣甑有埃［三］。忍聽孤兒垂涙問，娘何處去幾時回？

注釋：

［一］劉敬敷：劉教五，字敬敷，號春臺，湖南長沙人，散館改刑部主事。

［二］枯桐：桐可爲琴材。此借以喻琴弦斷者。

［三］蓋篋：見（一八四）詩第二首注［三］。甑生埃，狀貧不能舉炊也。《後漢書·范冉傳》：冉，字史雲。桓帝時，以爲萊蕪長，不到官，賣卜於市，時至絶粒。里中歌之曰：「甑中生塵范史雲。」

情文孫楚[一]斷人腸，我亦曾歌薤露[二]行。余有《薤露》樂府，亦悼亡也。省得管寧王駿[三]意，似於此處有微長。時敬敷已續膠[四]。

注釋：

［一］孫楚：字子荆，晉太原中都人，才藻卓絶，爽邁不群，除婦服，作詩以示王濟，曰：「未知文生於情，情生於文？」覽之慨然，增伉儷之重。

［二］薤露：見（四）詩注［一］。

［三］管寧：字幼安，漢朱虚人。漢魏之際，居遼東二十年。孟觀、蔡邕、王基薦之曰：「寧含章葆素，冰潔淵清，匿景藏光，嘉遯養浩，金聲玉色，久而彌章，前世未有勵俗獨行若寧者。」魏明帝安車蒲輪，束帛加璧聘焉。家貧好學，一藜床五十年，當膝處皆穿。卒年八十四。王駿，漢時以孝廉爲郎，因薦轉諫議大夫，累遷京兆尹。先是，京兆有趙廣漢、張敞、王尊、王章及駿皆有能名，時稱前有趙張，後有三王。後代薛宣爲御史大夫。

［四］續膠：即續弦。「膠」，世綸堂本作「繆」。

## （二一三）懷樸庭信都[一]

別來風物又清和[二]，夢繞東南路不多。一夜雨聲吹到曉，草痕青過葛榮陂[三]。

**注釋：**

[一]樸庭：見（一九八）詩注[一]。信都：縣名，在河北省。

[二]清和：《歲時記》：「四月朔爲清和節。」故俗稱四月爲清和。

[三]葛榮陂：《後漢書·方術傳》：費長房曾爲市掾。市有老翁賣藥，懸一壺於肆頭，及市罷，輒跳入壺中，唯長房覩之，遂欲求道，隨入深山，長房辭歸，翁與一竹杖，曰：「騎此任所之，則自至矣。既至，可以杖投葛陂中也。」李賢注：「陂在今豫州新蔡縣西北。」

## （二一四）題文安來敷五少尹廨壁[一] 駐劄蘇家橋

有蟹無監地，東西二澱間。藕分魚值賤，波齧岸形彎。嗚咽稠桑[二]驛，時甫悼亡。峥嶸木假山[三]。二子皆能文。蘇橋明月夜，夜夜照慈顏。母年八十二。

**注釋：**

[一]文安：縣名，在今河北省白洋淀東。來敷五，作者友人，生平不詳。少尹，見（一七〇）詩注[一]。

[二]稠桑：地名。《北史·毛鴻賓傳》：車駕西幸，漿粮乏絶，鴻賓奉獻酒食，迎於稠桑。武帝把其手曰：「寒松勁草，所望於君也。」

［三］假山：皮日休《晚秋訪李處士所居》詩：「兒童不許驚幽鳥，藥草須教上假山。」

## （二一五）從趙北口夜渡西澱［一］

蘆屋煙青水四隈，卧吹銅笛［二］掛帆來。荷香頗與風留戀，葑勢全憑月展開。更打雁奴［三］如鼓亂，浪吹魚婢［四］有花堆。空明忽動湘湖夢，雉紖龜鬚［五］採一回。湖中富水草而無蓴菜。

**注釋：**

［一］趙北口、西澱：均在河北省白洋淀附近。

［二］銅笛：陸游《明日復理夢中意作》詩：「高掛蒲帆上黃鶴，獨吹銅笛過垂虹。」

［三］雁奴：《玉堂閑話》：「雁宿於江湖沙渚中，動計千百，尤者居中，令雁奴圍而警戒採捕者。」孫覿《讀類説二首》（其一）詩：「誰言鳩作婦，漫道雁爲奴。」

［四］魚婢：《爾雅·釋魚》：「鱊鮬，鱖歸。」郭璞注：「小魚也，似鮒子而黑，俗呼爲魚婢，江東呼妾魚。」此爲鰟鮍的俗稱。呂本中《海陵雜興八首》（其六）詩：「土俗爲魚婢，生涯欠木奴。」

［五］雉紖、龜鬚：蓴菜的別名。

## （二一六）平階弟量移清苑［一］

樓臺近水月［二］先知，莫道湘東［三］下子遲。戀劇安繁聊復爾，巧心妍手好爲之。方圓要製鴛鴦［四］陣，内外兼吟蟋蟀［五］詩。人食其秋農盡力，雕橋煙柳不勝思。指正定任内事。

注釋：

［一］平階：生平不詳。清苑，縣名，在河北省保定市附近。量移，唐時，人臣得罪，貶竄遠方，遇赦改近地安置，謂之量移。

［二］近水樓臺：蘇麟詩殘句：「近水樓臺先得月，向陽花木易爲春。」范仲淹鎮錢塘，兵官皆被薦，獨巡檢蘇麟不見録，乃獻此詩，公即薦之。事見俞文豹《清夜録》。

［三］湘東：梁元帝蕭繹，初封湘東王。帝於伎，無所不精。

［四］鴛鴦：《詩・小雅・鴛鴦》：「鴛鴦于飛，畢之羅之。」「鴛鴦在梁，戢其左翼。」

［五］蟋蟀：《詩・唐風》篇名。《左傳・襄公二十七年》：鄭伯享趙孟於垂隴，趙孟曰：「七子從君，以寵武也，請皆賦，以卒君貺，武亦以觀七子之志。」印段賦蟋蟀。趙孟曰：「善哉，保家之主也，吾有望矣。」

## （二一七）聞笠亭得松溪［一］令弟健君先宰是邑

索子［二］翻新摸暗中，荔支重與擘輕紅。三間屋兑東西陸［三］，一曲歌傳大小馮［四］。何不對將華近筦［五］？却如代者踐更［六］同。板輿［七］此去迎無日，瞻灑松楸［八］別殯宮。太夫人前卒於署。

注釋：

［一］笠亭：朱炎，字桐川，號笠亭，浙江海鹽人。乾隆三十一年進士，有《楓江湖樓集》、《陶説》，又抄明人詩十四卷。松溪，縣名，在福建省。

［二］索子：葉子戲牌名，同貫索。

［三］東西陸：《後漢書・律曆志》：日行北陸謂之冬，東陸謂之春，南陸謂之夏，西陸謂之秋。

[四]大小馮：《漢書·馮立傳》：馮立與兄野王，代爲西河守，人歌之曰：「大馮君，小馮君。兄弟繼踵相因循，聰明賢智惠吏民。」

[五]華筦：江總《雜曲》：「風前華筦颺難留，舞處花鈿低不落。」

[六]踐更：漢時更賦之一。《漢書·昭帝紀》顔師古注引如淳曰：「古者正卒無常人，皆當更迭爲之，貧者欲顧（雇）更錢者，次直者出錢顧之，是爲踐更。」

[七]板輿：潘岳《閑居賦》：「太夫人乃御板輿。」岑參《酬成少尹駱谷行見呈》詩：「榮禄上及親，之官隨板輿。」後人因以爲在官者迎養其親之代詞。

[八]松楸：李遠《過舊遊見雙鶴愴然有懷》詩：「謝公何歲掩松楸。」後以爲墓地之代詞。

## （二一八）聞王谿堂明府青澗訃音[一]

秦雲渭樹[二]路迷漫，白頸烏啼[三]夜雨闌。尼子[四]鬢眉良復勝，景文[五]哺啜亦殊觀。一盂麥飯[六]無兒祭，半篋蟲書[七]有婦看。散木謝洲與余皆谿堂丱角交亡來琴息絶[八]，西風老淚不禁寒。

注釋：

[一]王谿堂：王起鵬，字蕙如，號谿堂，歸安人。青澗，縣名，在陝西省北部。

[二]秦雲渭樹：杜甫《春日憶李白》詩：「渭北春天樹，江東日暮雲。」

[三]白頸烏啼：《世説新語·輕詆》：支道林入東，見王子猷兄弟，還，人問：「見諸王何如？」答曰：「見一群白頸烏，但聞喚啞啞之聲。」

[四]尼子：潘尼，晉人，字正叔，潘岳之從子，少有清才，與岳俱以文章見知，性静退不競，惟以勤學著述爲事，著《安身

論》以明所守。

［五］景文：《世説新語・言語》：王景文風姿爲一時之冠，袁粲歎曰：「景文非但風流可悦，乃哺啜亦復可觀。」又見《南史・王彧傳》：憐美風姿爲一時推謝。

［六］麥飯：見（一八四）詩第二首注［四］。

［七］蟲書：《漢書・藝文志》顔師古注：「蟲書謂爲蟲鳥之形，所以書幡信也。」

［八］散木：見（二三）詩注［一］。琴息絶，《晉書・王徽之傳》：王獻之卒，徽之不哭，取獻之之琴彈之，久而不調，歎曰：「嗚呼子敬，人琴俱亡！」

## （二一九）與同年李眉州話汾上舊事，兼柬榮金門閩中［一］

彼汾一曲夢華胥［二］，簫鼓樓船［三］事總虛。吏部何心碁射酒［四］，眉州今官吏部，故用王思範［五］事。廣文［六］不事畫詩書。金門前官介休學博。三人涕淚青衫在，余與李榮別，皆相繼居憂。十載生涯白髮餘。同寄賓鴻［七］南向望，閩山樹斷海雲疏。

**注釋：**

［一］李眉州：李濤澎，字眉州，號半軒，武定人。榮金門，生平不詳。

［二］華胥：《列子・黄帝》：黄帝晝寢而夢遊於華胥氏之國，其國無師長，其民無嗜欲，不知親己，不知疏物。故無憂憎，不知背逆，不知向順，故無利害。

［三］樓船：漢武帝《秋風辭》：「泛樓船兮濟汾河，横中流兮揚素波。」

［四］碁射酒：李洞《贈宋校書》詩：「石上鋪碁勢，船中賭酒分。」

［五］王思範：《南史・王瞻傳》：瞻，字思範，年十二，居父憂，以孝聞。襲封東亭侯。

［六］廣文：唐置廣文館博士一人，助教一人，並以文士爲之。明清時，稱教官爲廣文。《唐書・鄭虔傳》：明皇愛鄭虔，置左右，以不事事，更爲置廣文館，以虔爲博士。虔聞命，不知曹司所在，訴宰相。宰相曰：「上增國學，置廣文館以居賢者，令後世言廣文博士自君始，不亦美乎！」虔乃就職。久之，雨壞廨舍，有司不復修完，寓治國子館。自是遂廢。鄭虔善書詩畫，時稱三絶。

［七］賓鴻：《禮記・月令》：「季秋之月，鴻雁來賓。」

## （二三〇）題居敬軒[一]（二首，存一）

暮祭葅庫葅神蔡伯喈茶庫茶神陸羽，朝勘蘊書瓻書[二]。生涯亦殊好在，此味富者不如。

**注釋：**

［一］居敬軒：清石屏朱丹臒之室名。

［二］蘊書瓻書：蘊書，《癸辛雜識》：余檀著書以擬《太玄》、《潛虚》，名曰《蘊書》。此字備三才，故用之。瓻，應作「郗」。《廣韻藻》：「隆州跨鼇李先生著書，名《郗書》。」

# 海珊詩鈔注

【卷七】

## （二二一）衆春園[一]

從公暢舞討春遊，水木清華冠北州。司馬園唯名獨樂[二]，岳陽記亦在先憂[三]。九區[四]山積環花塢，三陣風[五]馳入酒樓。一綫白溝[六]知有備，不叫戎馬飲河流。魏公[七]帥定武分九區，積粟芻曰實廩，又製方、圓、鋭三陣，精勇冠河朔。

**注釋：**

[一]衆春園：在河北省定興縣，爲宋韓琦所築。

[二]獨樂：園名，宋司馬光所築，在洛陽城南。光自作序，蘇軾有詩。

[三]先憂：范仲淹《岳陽樓記》：「其必曰：『先天下之憂而憂，後天下之樂而樂。』」

[四]九區：見詩自注。《南齊書·明帝紀》：「鈞陶萬品，務本爲先；經緯九區，學校爲大。」

[五]三陣風：范成大《客中呈幼度》詩：「吹酒小樓三面風。」

[六]白溝：河名，上流爲巨馬河，出河北淶水縣，至定興新城爲白溝河。

[七]魏公：《宋史·韓琦傳》：琦，字稚圭，安陽人。弱冠舉進士。仁宗時，西夏反，琦爲陝西經略招討使，與范仲淹率兵拒戰。又曾爲定武帥。久在兵間，名重當時，爲朝廷所倚重。後爲相，臨大事，決大議，不動聲色，執政十年，輔佐三后。歐陽修稱爲社稷臣。封魏國公。卒謚忠獻。

## （二二二）雪浪石[一]

睥睨仰蘇亭[二]，磦礡[三]雪浪石。石以盆盛之，震仰[四]蓮花式。五十六字銘，縱橫丈八尺。春風颺殘紅，夜月淪寒碧。雀踔楊柳枝，遊塵拂瑤席。魏公去已久，備弛俗流失。奏上三司使[五]，條條見擘劃。禁軍營已葺，常平倉[六]已積。有鼓以擒盜，有弓以克敵[七]。胡馬不渡河，文武飭衆職。公暇時一遊，琴歌竟朝夕。袖中小仇池[八]，相對鬥奇色。東海洶波濤，起立北嶽北。北嶽，宋時祭於曲陽，屬定州轄。此樂同衆春，題詩入齋壁。碧紗籠[九]至今，登登[一〇]拓遺墨。

**注釋：**

[一]雪浪石：在河北定興，亦韓魏公遺跡。

[二]仰蘇亭：在定興，與雪浪石爲鄰。

[三]磥磾：不平貌。

[四]震仰：《易》：「震，仰盂。」

[五]三司使：宋代理財之官，即鹽鐵、度支、户部三司。王安石變法，罷三司，推行青苗、免役等新政。韓琦安撫陝西時，上疏言青苗法不便，曰：「陛下勵精求治，但若躬行節儉，以化天下，自然國用不乏，何必使興利之臣，紛紛四出，以致遠近之疑，乞盡罷諸路提舉官，依常平舊法施行。」

[六]常平倉：漢宣帝時，耿壽昌請於邊郡皆築倉，穀賤時，增價而糴，貴時賤價而糶，名曰常平倉。其後，各朝均有常平倉。

[七]克敵弓：《續名臣言行録》：紹興初，韓世忠造克敵弓。

[八]小仇池：《夢溪筆談》：「蘇軾云：『仆有所藏小仇池石，希代之寶。王晉卿以小詩借觀，意在於奪。不敢不借，以此詩先之。』」

[九]碧紗籠：見（二一）詩注[六]。

[一〇]登登：築牆用力相應聲。《詩·大雅·緜》：「築之登登，削屢馮馮。」

## （二二三）余既作前詩，按公原序記石質色與今不類，復爲是作（原詩缺）

## （二二四）爲袖壇題金門[一]太守水墨畫册（五首）

美人怨遲暮[二]，臨鏡粧不明。水風一相激，時聞環佩聲。荷花

**注釋：**

[一]袖壇：生平不詳。金門，金質甫，名文淳，號金門，浙江仁和人，乾隆進士，官至直隸順德府知府。

[二]「美人怨遲暮」句：《楚辭·離騷》：「惟草木之零落兮，恐美人之遲暮。」

與世相遺者，對之交始真。晚香生此夜，無月更無人。菊花

蕭疏幾个字[一]，中有雙鳳鸞[二]。飛去不知處，瀟湘煙雨寒。竹

**注釋：**

[一]幾个字：謂竹葉形如「个」字。

[二]鳳鸞：《莊子·秋水》：鵷鶵（鸞鳳之屬）非梧桐不止，非練實不食。

磊砢[一]不盈尺，黑垂天宇寬。以風大雷電，疑是蛟龍蟠。松

注釋：

[一] 磊砢：委積貌，謂衆多也。司馬相如《上林賦》：「水玉磊砢。」

其名酪爲奴[一]，其味甘於醴。可以换涼州[二]，比之食雁美[三]。葡萄

注釋：

[一] 酪奴：茶之别名。見《洛陽伽藍記》。此處借以喻葡萄。

[二] 换涼州：王翰《涼州詞二首》(其一)：「葡萄美酒夜光杯，欲飲琵琶馬上催。」

[三] 食雁美：《後漢書・王符傳》：皇甫規解官歸安定，鄉人有以貨得雁門太守者，亦去職還家，書刺謁規，規卧不迎，既入而問：「卿前在郡，食雁美乎？」

## （二二五）得戴學圃雲陽書[一]

傳聞蜀道易，乃號黄居難[二]。安得此間樂[三]？大都如是觀[四]。險經人鮓甕[五]，燒出玉冰欄[六]。地昔富朐䏰[七]，助吟清夜寒。

注釋：

[一] 戴學圃：生平不詳。雲陽，縣名，在四川省夔州附近。漢名朐䏰縣，北周改名雲安，元改雲陽州，明改雲陽縣。

[二] 黄居難：《金華子》：「有舉子能爲詩，每通名刺云：鄉貢進士黄居難，字樂地。欲比白居易，字樂天也。」

[三] 此間樂：《三國志・後主禪紀》：劉禪曰：「此間樂，不思蜀也。」

［四］如是觀：《佛經》：「作如是觀。」

［五］人鮓甕：地名。《侯鯖録》：「瞿塘之下，地名人鮓甕。」

［六］玉冰欄：庾肩吾《石橋詩》：「秦王金作柱，漢帝玉爲欄。」

［七］朐䏰：蟲名，即蚯蚓。《藝文類聚》：「唐以開州盛山郡多朐䏰蟲，故改爲朐䏰縣。」多，世綸堂本作富。

## （二二六）過無極，懷黄壺溪［一］

扈［二］雲層迭出，資水［三］逕南流。花散高樓［四］雨，沙量廢壘籌［五］。長箋邑子禮［六］，上計苦陘侯［七］。是處讀書者，古槐空谷秋。

**注釋：**

［一］無極：縣名，在河北省石家莊東北。　黄壺溪，生平不詳。

［二］扈：有扈，古國名。今陝西省鄠縣。

［三］資水：在湖南省，流入洞庭湖。

［四］散花樓：李白《上皇西巡歌》：「北地雖誇上林苑，南京還有散花樓。」顧雲《築城篇》詩：「散花樓晚掛殘紅，濯錦秋江澄倒碧。」

［五］籌量沙：《南史·檀道濟傳》：道濟爲宋伐魏，糧盡，夜唱籌量沙，以所餘少米散其上。及旦，魏人視之，見道濟資糧有餘，乃不敢進。道濟全軍而返。

［六］長箋：訓詁之書，採集衆説而爲之，會通辨駁，以定一是，謂之長箋。　邑子禮，《史記·張耳陳餘傳》：廷尉以貫高事辭聞，上曰：「壯士，誰知者？」以私問之中大夫泄公，曰：「臣之邑子素知之，此固趙國立名義，不輕爲然諾者也。」

［七］「上計苦陘侯」句：上計，漢制，郡國每歲遣吏詣京師，進計簿，謂之上計。苦陘侯，《韓非子・難二》：「李兑治中山，苦陘令上計而入多。李兑曰：『語言辯，聽之説，不度於義，謂之窕言；無山林澤谷之利而入多者，謂之窕貨。君子不聽窕言，不受窕貨，子姑免矣。』」

## （二二七）春暮書懷，贈金質甫[一]太守

鋪遍苔錢不當金，老來護惜是光陰。花飛尚剩春如海，雨止方聞鳥在林。事爲紛拏無解法，人從患難得知音。師行未已[二]城謳起，風信[三]更番直到今。時西師過望都，太守有修城之役。

**注釋：**

［一］金質甫：見（二二四）詩第一首注［一］。

［二］師行未已：指乾隆討伐新疆准、回事。

［三］風信：謂風之時期和方向，以有准期，故謂之信。如花信風，俗亦謂之二十四番風信。司空圖《江行二首》（其二）詩：「初程風信好。」

## （二二八）呈黄侍郎崑圃先生[一]

先生親受業於新城尚書之門。新刻《五代詩話》並《史通補志》寄贈

曾爲揖客[二]老難忘，先生撫浙時，余以庚子舉人隨例揀選，庭立長揖。聞得如今鬢未蒼。宗派別開黄魯直[三]，典型猶見蔡中郎[四]。詩鐫五季行之遠，史埒三通[五]注最詳。歎息□經堂[六]已圮，叫殘鶗鴂[七]草痕荒。

注釋：

[一] 黄崑圃：黄叔琳，字崑圃，清順天大興人。康熙三十一年進士。官至詹事。坐事落職。後以重宴瓊林，賞侍郎銜。卒年八十五。公以文學政事受知康熙、雍正、乾隆三朝，當代推爲巨儒，時稱爲北平黄先生。著有《硯北易鈔》、《詩經統説》等。

[二] 揖客：平揖不拜之客，謂與主人分庭抗禮者。《漢書·汲黯傳》：「夫以大將軍有揖客，顧不重耶！」大將軍指衛青。

[三] 黄魯直：黄庭堅，字魯直，號山谷道人，宋分宜人。舉進士。紹興初知鄂州，爲章惇、蔡京所惡，貶宜州。詩專學杜甫，爲宋代大家，江西詩派之開創者。又善行草書，亦有名於時。

[四]「典型猶見蔡中郎」句：即蔡邕。見（一〇九）詩注[六]。《後漢書·孔融傳》：融與蔡邕素善，邕卒後，有虎賁士貌類於邕，融每酒酣，引與同坐，曰：「雖無老成人，且有典型。」

[五] 三通：《通典》、《通志》、《通考》，合稱三通。

[六] □經堂：《東京記》：「崇慶坊司空李昉宅有三經堂。」獨孤及詩「肅肅五經堂」。按王士禛，新城人，官刑部尚書，爲黄崑圃座主。著《帶經堂集》。故缺字似應作「帶」。

[七] 鶗鴂：即杜鵑鳥，鳴聲淒厲，似曰：「不如歸去。」

## （二二九）雜興（四首，存三[一]）

芝蘭室不香[二]，鮑魚肆不臭。久而相澹忘，各以器爲構。分塗有清濁[三]，賦性無薄厚。君子慎厥居，習慣自童幼。流不可以枕，石不可以漱[四]。烏喙[五]不可食，此理明如晝。絲及未染時，染則不可又。

注釋：

［一］這三首五言古詩，都是有感而發。第一首歎近朱者赤，近墨者黑。人之初，性本相近，習則相遠，故宜慎於開端。第二首抒發了自甘窮困的意志。第三首譏仕途争競，類乎風漢（言語行動顛狂的人。風，今作瘋），抒發自己行藏出處光明磊落的操守。

［二］「芝蘭室不香」四句：《孔子家語》：「與善人居，如入芝蘭之室，久而不聞其香；與惡人居，如入鮑魚之肆，久而不聞其臭。」

［三］「分塗有清濁」句：涇水濁，渭水清。黄庭堅《次韻答王眘中》詩：「胸中涇渭分。」

［四］枕流漱石：《世説新語·排調》：孫楚隱，欲謂王濟曰：「當枕石漱流。」誤曰「枕流漱石」。濟詰之。楚曰：「枕流欲洗其耳，漱石欲礪其齒。」

［五］烏喙：一名烏頭，中藥附子的别稱，有毒植物。《戰國策·燕策》：「人之饑，所以不食烏喙者，以爲其充腹與餓死同患也。」

杜陵瀼西宅［一］，風卷茅三重［二］。東坡逐清景［三］，雪泥踏飛鴻。吾無岸上船，一身爲飄蓬。家具一車足，他年歸何從？預辦錢千萬，買鄰於空中。樂天蓬萊院［四］，平甫［五］靈芝宫。

注釋：

［一］「杜陵瀼西宅」句：瀼西，《清一統志》：「地名，在四川奉節縣。杜甫居夔州，三徙居，皆名高齋。其一在瀼西。明萬曆間，於瀼西故址建草堂。」瀼，山溪之水。

［二］「風卷茅三重」句：杜甫《茅屋爲秋風所破歌》詩：「卷我屋上三重茅。」

［三］「東坡逐清景」二句：蘇軾《和子由澠池懷舊》詩：「人生到處知何似，應是飛鴻踏雪泥。泥上偶然留指爪，飛鴻那復計東西。」又《水調歌頭》：「起舞弄清影，何似在人間。」

［四］蓬萊院：白居易《長恨歌》詩：「昭陽殿裏恩愛絶，蓬萊宫中日月長。」

［五］平甫：王安國，字平甫，宋臨川人，安石弟。舉進士，任西京國學教授。反對安石行新法，親佞人，被放歸田里。

卿曹博一拜，家産破其半。得失那可較？大哉此風漢。吾持半段槍[一]，三十六峰[二]硯。往遊五都[三]市，終日無人見。步歸亦欣然，本無求售願。婆娑乞米帖[四]，三公[五]吾不换。

**注釋：**

［一］半段槍：《唐書·哥舒翰傳》：吐蕃盜邊，與翰遇苦拔海。吐蕃枝其軍爲三行，從山差池下。翰持半段槍迎擊，所向輒披靡，名蓋軍中。蘇軾《次韻孔毅父集古人句見贈五首》（其二）詩：「路旁拾得半段槍，何必開爐鑄矛戟。」

［二］三十六峰：《清一統志》：「嵩山，山三十六峰，東曰太室，西曰少室，相去七十里，嵩其總名也。謂之室者，以其下各有石室也。」

［三］五都：謂繁華的城市。漢以洛陽、邯鄲、臨淄、宛、成都爲五都。唐以長安、洛陽、鳳翔、江陵、太原爲五都。魏以長安、譙、許昌、鄴、洛陽爲五都。

［四］乞米帖：唐顔真卿所書。

［五］三公：周以太師、太傅、太保爲三公。西漢以大司馬、大司徒、大司空爲三公。東漢以太尉、司徒、司空爲三公。

## （一三〇）後懷人（十六首，存十五）

**吴牧園[一]學使** 自南楚歸，不復出，居前丘，精易理，於詩家少所許可，年六十如三十許人

水抱前邱燕尾分，出門放眼便看雲。何須問主袁大尹[二]，如匿其年李少君[三]。鼎善説詩[四]了無取，鬼

争談易[五]空所聞。紛紛餘子何爲者？總是人云我亦云。

注釋：

[一] 吴牧園：見（七三）詩注[一]。

[二] 「何須問主袁大尹」句：《南史·袁粲傳》：粲，字景倩，陳郡陽夏人……五年加中書令，又領丹陽尹。郡南一家，頗有竹石。粲率爾步往，亦不通主人，直造竹所，嘯詠自得。主人出，語笑款然。俄而車騎羽儀並至門，方知是袁尹。

[三] 李少君：字雲翼，漢臨淄人。入泰山採藥，病困，遇安期生，以神護散一匕與之服而愈。以祠竈却老方見漢武，言方術，可益壽，顏如少女。上信而尊禮之。

[四] 善説詩：《漢書·匡衡傳》：衡，字稚圭，東海人。善説詩。諸儒爲之語曰：「無説詩，匡鼎來；匡説詩，解人頤。」

[五] 談易：李商隱《獻韓郎中啟》：「望犬附書，冀雞談易。」

## 沈篙師[一]翰林 辛酉阜城送太史之南粵，歸即丁内艱兼悼亡，至今尚未赴都

梅花大庾嶺[二]南行，六載空聞北雁鳴。加我老形生鼠乳，余年來右耳生小瘤，漸長鼠乳，李神念頸間所生。還君故物守蓴羹。用齊高「蓴羹故應還沈」語。藥丸夜裹伊蒿[三]淚，髩局秋涵弱蕙[四]情。嗚咽劉麟橋[五]下水，別時無此斷腸聲。

注釋：

[一] 沈篙師：沈榮攜，字嗛之，又字檝師，歸安人。乾隆元年舉人，薦舉博學鴻詞。有《竹溪館詩集》。

[二] 梅花大庾嶺：大庾嶺，一名梅花嶺，在贛粵交界。

[三] 伊蒿：《詩·小雅·蓼莪》：「蓼蓼者莪，匪莪伊蒿。」

［四］弱蕙：《楚辭·離騷》：「余既滋蘭之九畹兮，又樹蕙之百畮。」

［五］劉麟橋：在浙江長興縣境。以明弘治時劉麟曾隱於此而得名。劉麟，字元瑞，一字子振，安仁人。弘治進士，官刑部主事，出守紹興。忤劉瑾，被貶爲編民。寓居長興。與邑民吴琉、郡人施侃、宜春龍霓、關中孫一元結社，稱爲湖南五隱。

## 姚礪圃[一]徵士

聽斷蓮塘夜雨聲，與從兄蕙田同居友善。歸遲只爲啖虛名。才華見許盧思道[二]，規矩難繩禰正平[三]。珠帕簪花三館[四]夢，錦衣泣月[五]十年情。在禮館最久，書十上，三中副車。洞庭葉落秋將老，渺渺愁予與目成[六]。銓掣長沙二尹，將行，丁内艱。

注釋：

［一］姚礪圃：清歸安人，名世來，字念慈，後名汝金，字改之，號長庵。雍正副貢生，選長沙縣丞。以丁艱歸。與姚世鈺爲從兄弟。

［二］盧思道：南北朝涿人。仕北齊，官至武陽太守。操行文學爲時所重。文宣帝崩，朝士皆作輓歌，擇其善者用之。時魏文、祖孝徵輩止得一二首，惟思道獨八首，時稱爲八采盧郎。

［三］禰正平：即禰衡，三國魏人，氣尚剛傲，矯時慢物。數罵曹操，不爲劉表、黄祖所容，被殺。

［四］簪花：《宋史·司馬光傳》：仁宗寶元初，中進士甲科，性不喜華靡，獨不戴花。同列語曰：「君賜不可違。」乃簪花一枝。三館，《梁溪漫志》：「唐三館者，昭文館、集賢院、史館也。修史、藏書、校讎皆其職。宋因之。」唐又以弘文館、崇文館、國子館爲三館。宋以廣文館、律學館、太學爲三館，則爲學子所居。

［五］泣月：陳陶《獨摇手》詩：「仙娥泣月清露垂，六宫燒燭愁風欷。」

〔六〕目成：以目示意相許。《楚辭・九歌・少司命》：「滿堂兮美人，忽獨與余兮目成。」

**家毅亭**〔一〕**觀察**三月過署，十一月寄贈寶臣先生《詩經質疑》，前已奏上

楊柳郵亭折〔二〕暮春，每聞夜雨省前因。阿兄不要斑斕物〔三〕，如弟才爲率爾〔四〕人。魏笏〔五〕表陳褒祖德，鄭箋〔六〕拜賜祭詩神。一燈風雪瀟湘夢，聲自南來有雁臣〔七〕。道州牧翁君入京，附書至。

注釋：

〔一〕嚴毅亭：生平不詳。

〔二〕折楊柳：樂府歌：「上馬不提鞭，反拗楊柳枝。下馬吹横笛，愁殺行客兒。」

〔三〕斑斕物：《南史・張敬兒傳》：「既得開府，又望班劍，語人曰：『我車邊猶少班蘭物。』」斑斕物，劍也。

〔四〕率爾：輕遽貌。《論語・先然》：「子路率爾而對。」

〔五〕魏笏：《唐書・魏謩傳》：謩爲起居舍人。帝問：「卿家書詔頗有存者乎？」謩對曰：「惟故笏在。」詔令上送。

〔六〕鄭箋：鄭玄，字康成，漢高密人。師事馬融。注《詩》、《書》、《易》、《禮記》、《儀禮》、《論語》、《孝經》凡百餘萬言。梅堯臣《代書寄歐陽永叔四十韻》詩：「問傳輕何學，言詩詆鄭箋。」

〔七〕雁臣：《洛陽伽藍記》：「匈奴遣子入侍，秋來春去，號曰雁臣。」

**桑弢甫**〔一〕**水部**省母歸，不復出，教授生徒常數百人。雅好遊，擅濟勝具，性儉，踰月一肉食

理窟勃窣〔二〕發跡奇，以理學發科。浩然歸詠南陔詩〔三〕。顧協〔四〕本自難衣食，遵明何曾質粟絲〔五〕。齋亦留賓拔鬉本〔六〕，勇能踐陸纏樓綦〔七〕。平生五嶽已遊四，矯首衡雲開有時。五嶽惟南嶽未到。

**注釋：**

［一］桑弢甫：字君佐，號弢甫，清浙江錢塘人。雍正進士。官工部主事。引疾歸。有《論語説》、《躬行實踐録》、《弢甫集》。

［二］理窟勃窣：《晉書·張憑傳》：憑爲鄉國所稱舉。劉惔言於簡文帝。帝召與語，歎曰：「張憑勃窣爲理窟。」勃窣，聲不安貌。

［三］南陔詩：詩經篇名。《詩·小序》：「《南陔》，孝子相戒以養也，有其義而亡其辭。」

［四］顧協：字正禮，顧榮之後，南北朝人。清介有奇操。初爲廷尉，冬日單衣。蔡子度欲解衣與之，不敢言。語人曰：「顧郎難衣食者。」將成婚，值母喪，喪後不復娶。至六十餘，此女猶未他適，協義而迎之。卒無嗣。

［五］遵明質粟絲：《北史·徐遵明傳》：遵明頗好聚斂，與劉獻之、張吾貴皆河北聚徒教授，懸納絲粟，留衣服以待之，名曰影質，有損儒者之風。

［六］韲本：韲，同「薤」，菜名。

［七］樓綦：履帶用樓製者。梅堯臣《元政上人遊終南》詩：「環錫恣探勝，樓綦方踐陸。」

## 汪師李[一]上舍

楚望迢迢雁影浮，思君今夜倚南樓[二]。一江涼月人吹笛，半樹疏煙鶴解秋。聽雨記從支隴別，壬戌阜城晤別。淩雲真作洞庭遊。析津[三]紀事詞淒絶，誰與雙鬟鬥酒籌。師李有《析津記事百詠》，時方楚遊。

**注釋：**

［一］汪師李：浙江錢塘人，與汪師韓爲兄弟。

［二］南樓：《晉書·庾亮傳》：亮在武昌，諸佐吏殷浩之徒，乘秋夜往共登南樓，俄而不覺亮至，諸人將起避之，亮徐

曰：「諸君少住，老子於此處興復不淺。」

［三］析津：天津，一稱析津。

## 杭董浦[一]翰林

重沓時方升曲鉤[二]，故應到岸把帆抽。遥知夜夢鬼争義[三]，閑作白雲人外遊[四]。既醉輒張謝方眼[五]，不休且問賈長頭[六]。名山一席誰分得，極進還居第二流。

注釋：

［一］杭董浦：杭世駿，字董浦，清浙江仁和人。乾隆元年召試鴻博，授編修，官至御史。罷官後，主講粵秀、安定兩書院，著書數十種。

［二］升曲鉤：《後漢書·五行志》：「直如弦，死道邊；曲如鉤，反封侯。」

［三］夢争：劉兼《江岸獨步》詩：「是非得喪皆閑事，休向南柯與夢争。」

［四］人外遊：《南史·孔淳之傳》：淳之與徵士戴顒、王弘之及王敬弘等，共爲人外遊。

［五］謝方眼：《南史·顔協傳》：時又有會稽謝善勛，飲酒至數斗，醉後輒張眼大罵，雖復貴賤亲疏無所擇也，時謂之「謝方眼」。而胸衿夷坦，有士君子之操焉。

［六］賈長頭：《後漢書·賈逵傳》：自爲兒童，常在太學，不通人事。身長八尺二寸。諸儒爲之語曰：「問事不休賈長頭。」

## 水西莊主人查心穀[一]以《花影庵集》、《蓮坡詩話》見贈

不謂當今見此才，玉山[二]歌酒好追陪。清言都自空虚得，勝事偏從患難來。人借一花爲寢饋，地因近海

有樓臺。夢遊我挾飛仙羽，昨夜水西莊上回。

注釋：

［一］查心穀：查爲仁，字心穀，別號水西莊主，清宛平人。

［二］玉山：《世説新語·容止》：「嵇叔夜之爲人也，巖巖若孤松之獨立；其醉也，傀俄若玉山之將崩。」

## 章虞部容谷［一］

御史記名，久不得調，及門居上者衆。一侍姬又亡。向余言明春有歸志，令長公子入補中書自代

十年郎署［二］半勾留，無數東坡放出頭［三］。浥浥神傷羊志淚［四］，姍姍意倦馬卿遊［五］。聲猶老鳳清雛鳳［六］，駕合犍牛易牸牛［七］。只恐黃麐［八］歌未歇，潞河春水滯歸舟。

注釋：

［一］章容谷：生平不詳。

［二］郎署：郎官之署。明清稱京曹爲郎署。

［三］出頭：《宋史·蘇軾傳》：軾以書見歐陽修。修語梅聖俞曰：「吾當避此人出一頭地。」

［四］「浥浥神傷羊志淚」句：浥浥，應作「悒悒」，憂鬱、愁悶。《大戴禮記·曾子制言中》：「故君子無悒悒於貧。」羊志淚：見（四二）詩注［四］。

［五］馬卿遊：《史記·司馬相如傳》：司馬相如，字長卿，漢成都人。以《子虛》、《上林》賦得幸於武帝。後倦於遊，返蜀，與卓文君賣酒。

［六］雛鳳：李商隱《韓冬郎即席爲詩相送一座盡驚……因成二絶寄酬兼呈畏之員外》（其一）詩：「桐花萬里丹山路，雛鳳清於老鳳聲。」

〔七〕特牛：《魏略》：時苗爲壽春令，始之官，乘特牛。歲餘，牛生一犢，及去，留犢，謂主簿曰：「是淮南所生也。」

〔八〕黄麞：張翥《寄題顧仲瑛玉山詩一百韻》詩：「棘童供紫蟹，庖吏進黄麞。」麞，同「獐」。崔豹《古今注》：「麞有牙而不能噬，鹿有角而不能觸。」

## 顧香霞〔一〕明府

江天鴻影望冥冥〔二〕，未必南歸户便扃。花信春風〔三〕揮扇渡，潮聲曉月識舟亭。近客蕪湖。三期有口分賢佞〔四〕，一夢從頭説醉醒〔五〕。拉雜秦箏燕市筑〔六〕，驪歌〔七〕到處歎飄零。以故秦吏遊燕，不得志而歸。

**注釋：**

〔一〕顧香霞：生平不詳。

〔二〕鴻飛冥冥：《後漢書·逸民傳序》：「揚雄曰：『鴻飛冥冥，弋者何篡焉？』」

〔三〕信風：見（二二七）詩注〔三〕。

〔四〕「三期有口分賢佞」句：庾信《張良遇黄石贊》：「張良取履，跽受無辭，兵書一卷，長者三期。」分賢佞，《漢書·五行志》：「賢佞分別，官人有序。」

〔五〕「一夢從頭説醉醒」句：薛瑩《宿東巖寺曉起》詩：「野寺寒塘晚，遊人一夢分。」醉醒，高適《留上李右相》詩：「倚伏悲還笑，棲遲醉復醒。」

〔六〕「拉雜秦箏燕市筑」句：《風俗通》：「箏，秦聲也，或言蒙恬所造。」岑參《秦箏歌送外甥蕭正歸京》詩：「汝不聞秦箏聲最苦，五色纏弦十三柱。」燕筑，《史記·荆軻傳》：高漸離，戰國燕人，善擊筑。荆卿與之善。荆卿刺秦王不中而死，漸離爲秦皇擊筑，以筑撲秦皇，被殺。

〔七〕驪歌：告別之歌。《逸詩》：「驪駒在門，仆夫具存；驪駒在路，仆夫整駕。」

## 符葯林[一]農部 與吴繡谷、厲樊榭等七人爲《南宋雜事詩》，以河工起家

南宋蒐羅七子偕，雲無心出[二]到江淮。張譏[三]麈可松枝代，思遠[四]冰於暑月懷。能與檀弓[五]言物始，偶聞牛鐸[六]識音諧。退朝今輒得佳語，拄笏西山爽氣[七]佳。

注釋：

[一]符葯林：符曾，字幼魯，號葯林，清錢塘人。乾隆初，由國子生試鴻博，不遇。後官郎中。有《春鳧小稿》。

[二]雲無心出：陶潛《歸去來兮辭》：「雲無心以出岫，鳥倦飛而知還。」

[三]張譏：南北朝陳人。後主宴東宮，造玉柄麈尾新成，後主親執之曰：「當今雖復多士如林，至於堪執此者，獨譏耳。」即以授譏。後幸鍾山，令譏豎議，索麈尾未至，勑取松枝，亦手授譏焉。

[四]思遠：《南史·陸慧曉傳》：何點常稱慧曉心如照鏡，遇形觸物，無不朗然。王思遠恒如懷冰，暑月亦有霜氣。

[五]檀弓：周代魯人，善於禮。《禮記》有《檀弓》篇。

[六]牛鐸：《晉書·荀勖傳》：初勖路逢趙賈人牛鐸，識其聲。及掌樂，音韻未調，乃曰：「得趙之牛鐸則諧矣。」遂下郡國，悉送牛鐸，果得諧者。

[七]西山爽氣：《晉書·王徽之傳》：爲桓沖騎兵參軍。桓謂徽之曰：「卿在府日久，此當相料理。」徽之初不酬答，直高視，以手版拄頰云：「西山朝來致有爽氣耳。」

## 徐恕齋[一]廉使

辣闥吴羌[二]山名葉葉風，滿家蠻語[三]喚姑公。事當伐木燒磚後，人在零雲碎雨中。來書營葬並築室。可道秋來還噉粥[四]，試看春轉又吹桐[五]。遲君五渡三楓外[六]，重掛珠娘[七]翡翠篷。前轉粤臬未上，聞訃。

注釋：

［一］徐恕齋：見（一九九）詩注［一］。

［二］辣闥吴羌：辣闥，不整洁，即「邋遢」。項安世《釣臺》詩：「辣闥山头破草亭，祇須此地了生平。」吴羌山，即乾元山，在今浙江省德清縣，漢高士吴羌避王莽亂於此。

［三］蠻語：《世説新語・排調》：郝隆爲桓公南蠻參軍。三月三日作詩，不能者，罰酒三升。隆攬筆便作一句云：「娵隅躍清池。」桓問娵隅何物？答曰：「蠻名魚爲娵隅。」恒曰：「作詩何以作蠻語？」隆曰：「千里投公，僅得作蠻府參軍，那得不作蠻語也？」

［四］啜粥：《南史・王思遠傳》：明帝廢立之際，謂從兄晏曰：「兄荷武帝厚恩，及此引決，猶可保全門户。」晏曰：「方啜粥，未暇此事。」

［五］吹桐：蕭愨《臨高臺》詩：「笙吹汶陽篠，琴奏嶧山桐。」

［六］「遲君五渡三楓外」句：《水經注》：「潁水又東，五渡水注之。其水東流，南陽城西，石流縈委，溯者五涉，故亦謂之五渡水。」三楓，《埤雅》：「楓葉作三脊，霜發色丹。」

［七］珠娘：《述異記》：「越俗以珠爲上寶，生女謂之珠娘，生男謂之珠兒。」

## 戴經農［一］孝廉

濕紅軒［二］，晉臬署，經農讀書處，時年十四，性强記，索余評選杜詩，通曉律例

濕紅軒裏夜篝燈，記否丹鉛［三］杜少陵。發語便知鬷蔑［四］善，器人始信謝玄［五］能。瘴江樹黯鵑啼血，時潯州訃音已至。秦隴關嚴馬躡冰。是冬遊陝。佩得真香巴里茗［六］，書廚［七］絶倒大儒曾。

注釋：

［一］戴經農：戴文燈，字經農，號匏齋，歸安人。乾隆二十二年進士。官禮部員外郎。有《静退齋集》、《甜雪詞》。

［二］濕紅軒：在山西省太原市，清代臬署。
［三］丹鉛：丹砂、鉛粉，古人校勘文字用之。韓愈《秋懷詩十一首》（其七）詩：「不如覷文字，丹鉛事點勘。」
［四］鬷蔑：春秋鄭人，字然明。晉叔向如鄭，蔑貌惡，執器堂下，一言而善，叔向曰：「必然明也。」執其手以上。
［五］謝玄：晉陽夏人，謝奕之幼子，字幼度，少甚穎異，屢辟不起。苻堅侵晉，求文武良將，謝安舉玄。郗超聞而歎曰：「安達衆舉親，明也。玄必不負所舉。」累破秦軍。
［六］真香巴里茗：《述異記》：「巴東真香茗，其花白色如薔薇，煎服令人不眠，能誦無忘。」
［七］書廚：《南史・陸澄傳》：澄當世稱爲碩學，讀易三年不解文義，欲撰宋書，竟不就。王儉戲之曰：「陸公書廚也。」

## 家侍御桐峰［一］叔

十載重爲入洛行，巢痕坐認舊題名。清聲已辨妃豨［二］學，初艱於嗣，今已就外傅矣。直節今容仗馬［三］鳴。羅漢沉吟左徒賦［四］，黄侍中。板磯實召鬻拳兵［五］。左寧南。皖城絲竹開堂處，回首江潮萬古情。主安慶書院久，多懷古詩。

**注釋：**

［一］嚴桐峰：作者之叔，官侍御。
［二］妃豨：漢樂府《有所思》：「妃呼豨，秋風肅肅晨風颸，東方須臾高知之。」
［三］仗馬：立仗馬。見（二八）詩注［三］。
［四］「羅漢沉吟左徒賦」句：羅漢沉吟，《冷齋夜話》：惠洪往臨川景德寺，得禪月所畫十八應真像，甚奇，而失其第五軸。惠洪口占嘲之曰：「十八應聞解唾根，少叢羅漢亂山門。不知何處修齋去，未見雲堂第五尊。」左徒賦，指屈原之《離

騷》，屈原曾任楚左徒。

［五］「板磯實召鬻拳兵」句：《左傳·莊公十九年》：「鬻拳强諫楚子，楚子弗從，臨之以兵，懼而從之。鬻拳曰：『吾懼君以兵，罪莫大焉。』遂自刖也。楚人以爲大閽，謂之大伯，使其後掌之。」

## 胡穉威[一]徵士

飛去[二]真須迮大材，可堪紙尾[三]署丞哉。離騷合是狂人作，管子豈非天下才。一榻別施隨手校[四]，三年無語比肩來[五]。紫薇敕下傳呼急[六]，爛醉樓頭夜未回。

**注釋：**

［一］胡穉威：胡天遊，字穉威，號雲持，清山陰人。乾隆丙辰舉鴻博，十六年舉明經，皆報罷。工駢體文。

［二］飛去：徐夤《李翰林》詩：「遺編往簡應飛去，散入祥雲瑞日間。」迮，迫促也。大材，《四子講德論》：「大廈之材，非一丘之木；太平之功，非一人之力也。」

［三］紙尾：見（一〇三）詩第四首注［一］。

［四］校：校書。《風俗通》：「按劉向《別録》：一人讀書，校其上下，得謬誤，爲校；一人持本，一人讀書，若怨家相對，爲讎。」

［五］「三年無語比肩來」句：陸龜蒙《奉和襲美題達上人藥圃二首》（其二）詩：「淨名無語是清羸。」比肩，《新唐書·文藝中》：宋之問、沈佺期文如錦繡，學者宗之，號爲沈宋。語曰：「蘇李居前，沈宋比肩。」

［六］「紫薇敕下傳呼急」二句：薇，應作「微」。星座名，三垣之一。《晉書·天文志》：「紫微垣十五星，一曰紫微，天帝之座也。天子之所居。」敕，詔敕。唐玄宗與貴妃沉香亭賞牡丹，敕李白作樂章。白時爛醉，左右水類其面，醉稍解，帝使貴妃捧硯，即成《清平調》三章。

## 徐笠山[一]學博（原詩缺）

注釋：

[一] 徐笠山：徐廷槐，字立三，一字笠山，號墨汀。浙江會稽人。雍正庚戌進士，候補教授，禮部尚書任蘭枝薦舉。著有《南華簡鈔》等。

## （二三一）題惲壽平畫，爲劉滄水少尹[一]（八首）

### 水仙花

風骨自是仙之癯[二]，淡粧[三]絶與時世殊。此花一生唯愛水，不道此間水亦無。有花，無盆與水。

注釋：

[一] 惲壽平：惲格，字壽平，自號東園草衣生，又號白雲外史，晚稱南田老人。清武進人。工古文詞，畫尤精絶，初畫山水，後畫花卉，創没骨花派，自爲題識書之，世稱南田三絶。劉滄水：生平不詳。

[二] 仙之癯：《史記·司馬相如傳下》：「列仙之儒居山澤間，形容甚臞。」癯，瘦也。癯，同「臞」。

[三] 淡粧：蘇軾《飲湖上初晴後雨》詩：「欲把西湖比西子，淡粧濃抹總相宜。」時世，白居易《時世粧》詩：「時世粧，時世粧，出自城中傳四方。」

### 萱花

莛抽股玉粉丹含，倚石攲風態亦憨。嫁得蕭郎[一]年已老，佩來總是不宜男[二]。

注釋：

〔一〕蕭郎：《全唐詩話》：崔郊有婢端麗善音律，既貧，鬻婢於連帥。郊思慕無已。其婢因寒食來從事家，值郊立於柳陰馬上，漣泣誓若山河。崔贈之以詩曰：「公主王孫逐後塵，緑珠垂淚滴羅巾。侯門一入深如海，從此蕭郎如路人。」公睹詩，令召崔生，及見郊，遂命婢同歸。

〔二〕宜男：萱草，一名忘憂，一名宜男。

## 秋荷

殘紅敗緑化爲煙，一柱亭亭立鷺拳。三十六陂〔一〕秋水夢，恍疑撐出檝頭船〔二〕。

注釋：

〔一〕三十六陂：《寰宇記》：「圃田澤在中牟縣，爲陂三十有六。」姜夔《惜紅衣》詞：「問甚時同賦，三十六陂秋色。」

〔二〕檝頭船：《幽明録》：陽羨小吏吴龕乘檝頭船過溪，獲五色浮石，乃變爲女，自稱河伯女。

## 水墨葡萄

馬乳龍鬚〔一〕種不同，攜來西域貳師〔二〕功。憑他馳譽丹青手〔三〕，著色離宫别殿中。

注釋：

〔一〕馬乳龍鬚：韓愈《葡萄》詩：「若有滿盤堆馬乳，莫辭添竹引龍鬚。」

〔二〕貳師：西域大宛國城名，産善馬、葡萄。漢武帝命李廣利爲貳師將軍，征貳師城，取善馬，以功封海西侯。

〔三〕「憑他馳譽丹青手」二句：《漢書·西域傳》：大宛左右以葡萄爲酒，富人藏酒至萬餘石。宛貴人立蟬封爲王，遣子入侍，質於漢，因使使賂鎮撫之。宛王蟬封與漢約，歲獻天馬二匹，漢使采葡萄、目宿歸。天子以天馬多，又外國使來衆，益種葡萄、目宿離宮館旁，極望焉。

## 白百合花 自題霓裳三疊

白玉無環擲畫廊[一]，亦無曲子舞霓裳。軟温他日冥搜到，當作都波[二]國裏糧。

**注釋：**

[一]「白玉無環擲畫廊」二句：用楊貴妃故事。貴妃小字玉環。霓裳羽衣曲，唐玄宗所製曲名。

[二]都波：《唐書·都波傳》：都播，亦曰都波，其地北瀕小海，西堅昆，南回紇，分三部，皆統制。

## 桂子

連蜷一樹老於人，大豆圓珠糝滿身。不獨辛香通月路[一]，軟條可以拂遊塵。

**注釋：**

[一]辛香通月路：董思恭《詠星》詩：「流輝下月路，墜影入河源。」《酉陽雜俎》：吴剛，漢西河人，學仙有過，謫伐月中桂，桂高五百尺，斫之斧痕隨合。

## 雞冠

十分精彩費雕剜，昂首西風獨立難。金距[一]不施無鬥志，霞痕捻上遠遊冠[二]。

注釋：

［一］金距：《左傳·昭公二十五年》：「季、郈之雞鬥，季氏介其雞，郈氏爲之金距。」

［二］遠遊冠：製如通天冠，有展筒横之於前，諸王所服。漢以後歷代因之。宋爲皇太子受册謁廟之服。元時始廢。

**菊花** 自題仿唐解元，略得賦色意，黄紫二色

賦色非難賦意難，六如［一］粉本墨初乾。冷香正味何人識，只作姚黄魏紫［二］看。

注釋：

［一］六如：唐寅，字子畏，又字伯虎，號六如，明吴縣人。弘治中，舉於鄉。家無擔石，座客常滿。文章丰采，照映江左。善畫山水人物，無不維妙，稱爲神品。

［二］姚黄魏紫：歐陽修《洛陽牡丹記·花釋名》：姚黄者，千葉黄花，出於民姚氏家。魏家花者，千葉肉紅花，出於魏相仁溥家。

## （一三二）秋庭夜坐

不知秋已半，槐陰如髮稀。宿鳥露其巢，明月入我帷。滴瀝時一響，葉垂清露滋。茶煙揚滿地，蜿蜿蠶吐絲。習静亂聞見，並此坐忘［一］之。冥心參周易［二］，一畫未生時［三］。

注釋：

［一］坐忘：《莊子·大宗師》：「墮肢體，黜聰明，離形去知，同於大通，此謂坐忘。」

〔二〕周易：文王、周公、孔子所作。因伏羲所畫八卦，重之爲六十四卦，三百八十四爻。秦焚書，周易獨以卜筮得存，故於諸經中獨爲完善。

〔三〕一畫：八卦始於一畫，終於六畫。「一畫未生時」，指混沌之初。《易·乾元利亨貞》孔穎達疏：「初有三畫，雖有萬物之象，於萬物變通之理猶有未盡，故更重之而有六畫，備萬物之形象，窮天地之能事，故六畫成卦也。」

## （二三三）東金門保陽〔一〕

吾亦無家客，君毋歎轉蓬〔二〕。土功興難後〔三〕，花事廢兵中。馬脊如山立〔四〕，豚肩〔五〕以火攻。燒割之事不絶。詩材今掃地〔六〕，窮復可能工〔七〕？

**注釋：**

〔一〕金門：即金質甫。見（二二四）詩第一首注〔一〕。

〔二〕轉蓬：曹植《雜詩六首》（其二）詩：「轉蓬離本根，飄飖隨長風。」

〔三〕「土功興難後」二句：土功，指修城垣事。難：指乾隆征准、回事。

〔四〕「馬脊如山立」句：馬脊，山名，在九江。何英詩殘句：「羊腸有路地多險，馬脊無人天一隅。」詩中形容馬。

〔五〕豚肩：豬腿。傅玄《惟漢行》：「嗔目駭三軍，磨牙咀豚肩。」

〔六〕掃地：《漢書·魏豹、田儋、韓信傳贊》：「秦滅六國，而上古遺烈，掃地盡矣。」

〔七〕「窮復可能工」句：歐陽修《梅聖俞詩集序》：「然則非詩之能窮人，殆窮者而後工也。」

## （二三四）柬礪圃[一]河南 金水，宋葬宫人處

雪苑[二]風流盡，鴻聲在杳冥[三]。寒煙金水[四]暮，黄葉噎瓜亭[五]。貧則何關病[六]？狂原不待醒[七]。七陵[八]問消息，可尚有冬青[九]？

**注釋：**

[一]礪圃：姚礪圃，見（二三〇）詩第三首注[一一]。

[二]雪苑：即梁園，漢代梁孝王所營，一名兔園。在河南商丘縣治東。李嶠《兔》詩：「漢月澄秋色，梁園映雪輝。」

[三]「鴻聲在杳冥」句：梁園有雁池。孟浩然《同曹三御史行泛湖歸越》詩：「杳冥雲外去，誰不羡鴻飛。」

[四]金水：《賈子説林》：「子産死，家無餘財，子不能葬，國人賻之，金銀珍寶不可勝計。其子不受，自負土葬於邢山。國人悉輂以沉之河，因名金水，至今水上時有金氣。」

[五]噎瓜亭：《聞見録》：呂文穆公讀書龍門，見賣瓜者，意欲得之，無錢。其人遺一枚。公悵然食之。後作相，以噎瓜名亭。

[六]「貧則何關病」句：《史記·仲尼弟子列傳》：孔子卒，原憲亡在草澤中。子貢相衛，而結駟連騎，排藜藿，入窮閻，過謝原憲。憲攝敝衣冠見子貢。子貢恥之曰：「夫子豈病乎？」原憲曰：「吾聞之，無財者謂之貧，學道而不能行者謂之病。若憲，貧也，非病也。」子貢慚，不懌而去。

[七]「狂原不待醒」句：《晉書·劉伶傳》：伶，字伯倫，沛國人，仕晉爲建威將軍。縱酒放達，長醉不醒。

[八]七陵：指北宋太祖、太宗、真宗、仁宗、神宗、英宗、哲宗七陵。

[九]冬青：《輟耕録》：元僧楊璉真迦發起趙氏諸陵。唐珏收遺骸，蕝田而藏，又掘宋常朝殿冬青植於上爲識。一説乃林景熙所爲。

## （二三五）萬孝廉循初[一]自京邸貽詩見懷，依韻和答（二首）

九龍吐水出山清[二]，種柳成陰緑繞城。長夜無人苛酒禁，婦歿已多年矣。餘春與我鬥花評[三]。漸防白髮三千丈[四]，忍聽黃鸝[五]四五聲。惆悵故人今速化，聞查心穀一夕病卒。水西[六]月減二分明。

注釋：

[一] 萬循初：萬光泰，字循初，號柘坡，乾隆丙辰舉人。善畫山水，尤精於周髀之學，上自注疏，旁及諸史，以至明之三曆，布算了了，時稱絶才，有《柘坡居士集》。孝廉：舉人之別稱。

[二]「九龍吐水出山清」句：《五代史》：馬希範作九龍殿，八龍繞柱，自言身一龍也。王維《送方尊師歸嵩山》詩：「仙官欲往九龍潭，旄節朱幡倚石龕。」出山清，古詩：「在山泉水清，出山泉水濁。」

[三] 花評：陸游《分韻作梅花詩得「東」字》詩：「從來遇酒千鍾少，此外評花四海空。」

[四] 白髮三千丈：李白《秋浦歌十七首》（其十五）詩：「白髮三千丈，緣愁似个長。」

[五] 黃鸝：即黃鶯。《詩・小雅・伐木》：「嚶其鳴矣，求其友聲。」《高隱傳》：戴顒春日攜雙柑、斗酒，人問何之，曰：「往聽黃鸝聲。」

[六] 水西：水西莊，查心谷之別墅。查別號水西莊主人。

滿架藤陰史局[一]中，讓君一手定三通[二]。時館梁相國家，修三通。試看春去秋來雁，誰趁朝南暮北風。日思誤書自一適[三]，掾作了語將毋同[四]。我今且辨中元會[五]，滿院秋花露氣融。

注釋：

［一］史局：修史之所。《唐書・劉子玄傳》：「史局深籍禁門，所以杜顏面，防請謁也。」

［二］三通：書名。杜佑《通典》、馬端臨《通考》、鄭樵《通志》也。

［三］一適：《北齊書・邢邵傳》：邢邵有書甚多，而不甚讎校。見人校書，常笑曰：「何愚之甚，天下書至死讀不可遍，焉能始復校此，且誤書思之，更是一適。」

［四］將毋同：《世説新語・文學》：「太尉夷甫見阮千里而問曰：『老莊與聖教同異？』阮曰：『將毋同。』太尉善其言，辟爲椽。世號阮瞻爲三語掾。」

［五］中元會：道家以陰曆七月十五日爲中元節，於此日作盂蘭盆會，係民間超度先人的節日。

**（二三六）余因病少食，禁斷雞鶩，即肉味或月一至，唯茗茶不廢。不得已，有魚癖，而産非其地，今且怠矣。樸庭［一］於他處食鮮，輒貽書垂念，賦此作答**

去其已甚［二］議門生，腹爲長齋時一鳴。許食蛤蜊［三］非易事，爛蒸鵝鴨［四］乃虚名。蘇蘭竹裏有奴婢［五］，加帽甕頭［六］無弟兄。多謝故人遠相憶，臨淵今少羨魚情［七］。

注釋：

［一］樸庭：吴樸庭，見（一九八）詩注［一］。

［二］已甚：《孟子・婁離下》：「仲尼不爲已甚者。」

［三］蛤蜊：《南史・王融傳》：沈昭略不識王融，曰：「是何年少？」融曰：「仆出於扶桑，入於暘谷，何人不知，而卿此問？」昭略曰：「不知許事，且食蛤蜊。」

［四］鵪鶉：《琅琊代醉編》：盧懷慎爲相，召客食。曰：「爛蒸去毛，莫拗折項。」客疑是鵪鶉。已而下粟米飯，葫蘆一枚而已。

［五］「蘇蘭竹裏有奴婢」句：蘇蘭，《煎茶記》：「粉槍末旗，蘇蘭薪桂。」 竹裏，杜甫詩：「竹裏行廚洗玉盞，花邊立馬簇金鞍。」 奴婢，李咸用《讀修睦上人歌篇》詩：「明月清風三十年，被君驅使如奴婢。」

［六］加帽：歐陽修《與石推官書》：「周禮六藝，有六書之學，其點劃曲直，皆有其説。今足下以其直者爲斜，以其方者爲圓，譬如設饌於案，加帽於首，正襟而坐，然後食者，此世人常爾。若其納足於帽，反衣而衣，坐乎案上，以飯實酒卮而食，可乎？不可也！」 甕頭：《法書要録》：「江東云缸面酒，河北稱甕頭，謂初熟酒也。」孟浩然《戲題》詩：「已言雞黍熟，復道甕頭清。」

［七］臨淵羨魚：《漢書·董仲舒傳》：「古人有言曰：『臨淵而羡魚，不如退而結網。』」亦作「臨河羨魚」，《淮南子·説林訓》：「臨河而羨魚，不若歸家織網。」

## （一二三七）樸庭又言潞河鱖魚之肥，遠莫能致，慨然有作

灤河［一］南北多釣磯，家在水鄉胡不歸？一片桃花飛白鷺［二］，無魚也合辦簑衣。

**注釋：**

［一］灤河：古濡水，在河北省，流入渤海。

［二］「一片桃花飛白鷺」二句：張志和《漁歌子》：「西塞山前白鷺飛，桃花流水鱖魚肥。青箬笠，緑簑衣。斜風細雨不須歸。」

## （一二三八）馬文毅［一］公《彙草辨疑》書後

入獄集少陵，手書詩二百。從容赴柴市，千秋弔信國［二］。 文山在獄中，曾集杜詩二百首。馬公曠代起，蒙難

究心畫。疑辯信乃堅，守臣當死職。引脰絶粒時，薈萃十二册。異同析秋毫，一字一箋釋。侍姬亦嫵媚，楷法淚痕積。闔門無吹火[三]，燐青鬼其宅。遺書誰護持？裝池述祖德。幽囚緬四載，展卷我心惻。此筆如卓笏[四]，生擊朱泚賊。此墨尚流血[五]，濕濺嵇紹軾。同時范忠貞[六]，淋漓炭畫壁。閩粵遥相望，對勒平原石[七]。

公諱鎮雄，巡撫廣西，值逆吴之亂，被羈四年，屢祈死不獲，彙晉唐人草書爲十二部，辯析甚覈，其標題真書，則姬人顧氏筆。後卒遇禍，從死甚衆。及旅櫬歸，無一物，唯此書在焉。公孫日炳守金華時，囑余題詞，久之未有以應。今補是作，而太守下世，冥冥之中，負此諾責矣。己巳中秋朔自記。

**注釋：**

[一]馬文毅：馬鎮雄，字錫蕃，號垣公，漢軍鑲紅旗人。官至廣西巡撫。吴三桂反，馬被執，勸降不屈，駡賊而死。妻妾子女仆衆從死者四十餘人。贈太子太保，兵部尚書，謚文毅。

[二]信國：文天祥，字履善，又字宋瑞，號文山，宋吉水人。舉進士第一。元兵入侵，舉兵勤王。兵敗被俘，被殺於柴市。封信國公。

[三]吹火：疑爲炊火。

[四]「此筆如卓笏」二句：段秀實，字成公，唐汧人。六歲母病，勺飲不入口七日，號孝童。建中初，召爲司農卿。朱泚反，秀實唾面大罵，以象笏擊之，中泚顙，流血沾衣，秀實遂遇害，謚忠烈。興元初，詔贈太尉。

[五]「此墨尚流血」二句：嵇紹，字延祖，嵇康之子。事母孝。累官至侍中。會河間、成都二王舉兵，紹從晉惠帝與二王戰於蕩陰，侍衛皆潰，惟紹以身捍衛，遂被害，血濺御衣。事完，左右欲浣衣，帝曰：「此嵇侍中血，勿浣。」

[六]范忠貞：范承謨，字覲公，瀋陽人，范文程子。順治九年進士。屢官總督。耿精忠反，誘降不屈，閉土室，絶粒八日不死。後三載被害，贈兵部尚書，加太子太保，謚忠貞。著有《吾廬存稿》、《百苦吟》等。

〔七〕平原石：謂馬文毅可與唐顔真卿媲美也。顔真卿，字清臣，博學工詩，侍親以孝。累官監察御史、平原太守。安禄山反，公獨倡義討之。元宗歎曰：「河北三十四郡，無一人忠臣耶？」及聞真卿討賊，曰：「我不識真卿作何狀，乃能如是。」後爲李希烈縊殺。封魯國公，謚文忠。

## （二三九）瓊臺侍郎墮馬，柬周石帆學士〔一〕

石路盤盤石角利，侍郎走馬磨旋蟻。風吹玉山〔二〕樹倒掛，砉然一聲墮於地。口眼凹凸血淋漓，馬本不爲卿面計。急呼蒙古大夫來，鞏〔三〕用黄牛肉一堆。築之登登數百下，腦受朱亥〔四〕之神槌。蒙古大夫醫法：腦出，納之，用鐵槌槌數百，牛肉三觔覆首，布裹之。踰時始蘇痛良已，堵牆觀者顙有泚〔五〕。絡盛不躍飛將軍〔六〕，跌碎終饒瓦學士〔七〕。可惜失却記事珠〔八〕，玄冥〔九〕喫詬追攝之。六月四日以前事尚能記，後則皆忘矣。我來排闥入問疾，作力强起人扶持。爲言再生得今我，故舊一一新相知。下堂傷足〔一〇〕我所戒，政有母在官當辭。勸公勿歸去，板輿〔一一〕迎京師。天台之山三萬六千丈，登高何異於騎危。以馭惡人法馭馬，馬知人意乘船如。南鄰周髯約今夕，沽酒索和墮馬詩。周石帆學士是夕招飲。

**注釋：**

〔一〕瓊臺侍郎：即齊召南，見（二〇四）詩第一首注〔一〕。　周石帆：見（二〇四）詩第十一首注〔一〕。

〔二〕玉山：見（二〇〇）詩第一首注〔二〕。

〔三〕鞏：以韋束物也。《易·革》：「鞏，用黄牛之革。」

〔四〕朱亥：戰國魏人，隱於屠肆，爲侯嬴之客。信陵君救趙，嬴薦之，以四十斤之鐵椎擊殺晉鄙，奪其兵，退秦存趙。

〔五〕顙有泚：泚，汗水出也。《孟子·滕文公上》：「其顙有泚，睨而不視。」

［六］飛將軍：李廣爲漢將，擊匈奴。匈奴畏之，號飛將軍。廣嘗負傷，以兩馬絡之以歸。

［七］瓦學士：《北齊書·元景皓傳》：「豈得棄本宗，逐他姓，大丈夫寧可玉碎，不能瓦全。」以爲不欲自損氣節以求活。

［八］記事珠：《開元天寶遺事》：張説爲相，有人惠一珠，紺色有光，曰記事珠，或有闕忘之事，則以手持弄此珠，便覺心神開悟，事無巨細，涣然明曉，一無所忘。

［九］玄冥：水神。《禮·月令》：「孟冬之月……其神玄冥。」

［一〇］下堂傷足：《禮記·祭義》：「樂正子春下堂而傷其足，數月不出，猶有憂色。」言不忘孝道。

［一一］板輿：潘岳《閒居賦》：「太夫人乃御板輿。」後人因以作在官者迎養其親之代詞。

## （二四〇）胡泰舒銀臺［一］歸自蜀，述西師始末，賦呈凱旋四章

一丸泥［二］塞大金川，負固憑陵已二年。絶壁跨空横鐵索，危江剪溜泛皮船。樓盤雕勢梯難上，箭作鴟聲甲易穿。薄險王師身手健，拍張都是肉飛仙［三］。雲梯兵

**注釋：**

［一］胡泰舒：胡寶瑔，字泰舒，江蘇青浦人，乾隆二年授内閣中書，累官巡撫，加太子少傅。力行教養之政，在河南最久，習知其地形民俗，盡心經劃，民樂歸之。卒贈太子太保，兵部尚書，謚恪靖。銀臺，《宋史·職官志》：「銀臺司，掌收天下奏狀。」此指胡泰舒官中書時。

［二］一泥丸：見（一三五）詩注［二］。

［三］「拍張都是肉飛仙」句：手搏捽胡之戲。《南史·王敬則傳》：王敬則善拍張，宋帝使跳刀，接無不中。肉飛仙，《北史·沈光傳》：禪定寺幡杆繩絶，沈光口銜索，拍杆直上龍頭，繫畢，透空而下，以掌拓地，倒行十餘步。人號肉飛仙。

相公[一]露冕萬重山，過午傳餐也未閑。草檄宵馳宣廟略，封章晨拜見天顏。板橋壓擔牛涔重，冰磴牽繩馬汗斑。特製軟材平底屐，滿天風雪過桃關。達尚書奏十二月初八日至桃關，雨雪地滑路險狹，鑿冰爲磴，馬引繩上，有橋橫竹索甚殆，命鋪板其上，大學士暨從官皆穿脚齒步行。酉刻，住宿肉食。丑時，拜登本章徒御負戴者，卯午時繼至。

**注釋：**

[一]相公：指經略傅恒。傅恒，號春和，姓富察氏，滿洲鑲黃旗人。定金川，征緬甸，剿准格爾，積功至大學士，封一等忠勇公，卒謚文忠。

臨行典禮重推輪[一]，算到成功不七旬。十二月初三日啟行，正月既望納降奏至。飛兔[二]却行三萬里，黑龍江至金川，萬五千里。錦衣重見六千人。京兵三千，東省兵三千。別時燈火纏綿語，歸路風花澹沲[三]春。藿肉紛綸漿酒賤，大家佽[四]具洗征塵。飛兔，神馬名，日行三萬里，見《瑞應圖》。

**注釋：**

[一]推輪：即推轂。《漢書·馮唐傳》：「臣聞上古王者遣將也，跪而推轂，曰：『閫以內，寡人制之，閫以外，將軍制之。』」

[二]飛兔：參詩後自注良馬名。《吕氏春秋·離俗》：「飛兔要裹，古之駿馬也。」高誘注：「日行萬里，馳若兔之飛，因以爲名。」

[三]澹沲：恬静貌。杜甫《醉歌行》詩：「春光澹沲秦東亭。」

[四]佽：助也。《詩·唐風·杕杜》：「人無兄弟，胡不佽焉。」

西域山川畫掌[一]收，籌邊罷築最高樓[二]。迅雷夕掃苞三蘖，良爾吉阿扣王秋。湛露朝頒鬯一卣[三]。利見群羅回紇拜[四]，刼盟竟息吐蕃謀。黄金鑄佛生祠建，香火年年祀武侯[五]。經略傳至軍營，圖畫形勢甚悉，攻碉奪卡，連戰皆捷，上嘉其功，封爲忠勇公。受降之日，酋嚴兵自衛，惶怖跪迎，獻銅佛一座，謂公即達剌喇麻也，黄金萬兩，却之，即爲建生祠，誓奉香火不絶焉。

**注釋：**

［一］畫掌：《南史·齊武陵昭王曄傳》：高帝雖爲方伯，而居處甚貧，諸子學書無紙筆，曄嘗以指畫空中及畫掌學字，遂工篆法。

［二］最高樓：按指籌邊樓，唐李德裕建，在四川成都，四壁畫蠻夷險要，德裕日與習邊事者籌畫其上。

［三］鬯一卣：鬯，祭祀所用之酒，以鬱金釀秬黍爲之，謂之秬鬯。《書·文侯之命》：「用賚爾秬鬯一卣。」秬，黑黍，釀以鬯草，以賜有功之諸侯者。卣，酒器名，亦作爲量詞。

［四］「利見群羅回紇拜」句：《唐書·郭子儀傳》：仆固懷恩誘吐蕃、回紇等叛，入奉天。子儀奉召屯涇陽，出見回紇酋長。酋驚曰：「果令公，昨夜夢裏見大人，今果然。」下拜受約束。

［五］武侯：諸葛亮，卒謚忠武侯。此處指胡泰舒。

## （一四一）高制府東軒先生《讀易圖》[一]

圖中一几，几上一書。先生自序讀《周易》，宗朱子，工夫以「主敬、慎獨」爲本（十首）

經十有三[二]，制科取五。君子不多[三]，多亦奚補？以相天下[四]，魯論半部。一解

注釋：

［一］高東軒：高斌，字右文，號東軒、固哉草堂，漢軍鑲黄旗人。《易》，《易經》，古卜筮之書，有《連山》、《歸藏》、《周易》三種，今存《周易》。易有八卦，文王重之爲六十四卦，孔子爲之作彖辭。

［二］「經十有三」句：十三經指《易》、《詩》、《書》、《周禮》、《禮記》、《儀禮》、《左傳》、《公羊傳》、《穀梁傳》、《孝經》、《論語》、《孟子》、《爾雅》。科舉考士子，則限於五經，即《易》、《詩》、《書》、《禮》、《春秋》，加上四子書，《論語》、《孟子》、《大學》、《中庸》。

［三］「君子不多」句：《論語・子罕》：「君子多乎哉，不多也。」

［四］「以相天下」二句：趙普，字則平，宋薊人。初事太祖爲書記，能以天下事爲己任。太宗立，拜太師，歷相兩朝，決事如流。普初寡學術，太祖勸以讀書，自是手不釋卷。嘗謂太宗曰：「臣有《論語》一部，以半部佐太祖定天下，以半部佐陛下致太平。」卒贈尚書令，封韓王。按《論語》漢時有齊、魯二家。解，樂曲、詩歌或文章的章節。

逸已足惜［一］，況刪三千。存什於百，其然不然。後儒聚訟，起司馬遷。二解

注釋：

［一］「逸已足惜」六句：指詩不在三百篇而常引用者，如《茅鴟》、《唐棣之華》等。又《易經》之《連山》、《歸藏》不傳於世，故曰逸。又《書》亦有逸篇，如孔安國家所存者。刪三千：《詩》很多，經孔子刪存三百零五篇。《史記・孔子世家》：「古者詩三千餘，孔子去其重。」聚訟，衆說紛紜，久無定論。見下注。

壁中未上［一］，獄沮巫蠱［二］。詰屈聱牙［三］，今古於古。訖大航頭［四］，金絲啟魯。三解

注釋：

［一］「壁中未上」句：《史記》：漢魯恭王壞孔子宅，欲以爲宮，於壞壁中得古文《尚書》及《禮記》、《論語》、《孝經》數十篇，謂之壁中書。從此儒者對經書有今古之爭，聚訟不休。

［二］巫蠱獄：《史記·武帝紀》：武帝時，方士及諸神巫多聚京師，女巫往來宮中，教美人度厄，埋木人祭祀。會帝病，江充言疾在巫蠱，掘蠱宮中。充與太子有隙，因言太子宮得木人尤多。太子恐，收充斬之，舉兵反，尋敗自殺。後田千秋訟太子冤，族江充家。

［三］詰屈聱牙：讀不順口。韓愈《進學解》：「周誥殷盤，詰屈聱牙。」

［四］「訖大航頭」二句：孔穎達《尚書序》疏：古文尚書亡失《舜典》一篇，至齊蕭鸞建武四年，姚方典於大航頭得而獻之。啟魯，謝莊《豫章長公主墓誌銘》：「神葉靈條，爰自帝堯，文信啟魯，肇京於楚。」

聖小爲吏［一］，乃敗於墨。列在學宮［二］，此席且側。不假外索，爾家大德。四解

注釋：

［一］「聖爲小吏」二句：《孟子·萬章》：「丘嘗爲委吏矣。」敗於墨，韓愈《原道》：「其言道德仁義者，不入於楊，則入於墨。」

［二］「列在學宮」四句：高堂生，漢魯人，官博士，以禮書十七篇授瑕丘蕭奮，奮以授孟卿，孟卿以授后蒼，蒼以授戴德、戴聖，言禮者多宗之。高堂生附祀孔廟，故言「側席」。與高東軒同姓，故曰「君家大德」。

周治世書［一］，宋用以亂。議全廢之，真僞却半。爰質班史，莽歆所竄。五解

**注釋：**

［一］「周治世書」六句：謂《易》、《禮》等，周以之治國平天下，宋以之治天下則亂。宋科舉曾一度廢經義。經書至漢，有今古文之爭，又有汲冢書出，故曰真僞參半。據班固所著《漢書》，或言王莽時劉歆所竄改。

斷爛朝報［一］，已甚王氏。安有匹夫，擬於天子。以赴以告，仍魯舊史。六解

**注釋：**

［一］「斷爛朝報」六句：宋王安石嘗目《春秋》爲斷爛朝報，故云「已甚王氏」。孔子以匹夫而擬於天子，人目爲素王。故應恢復魯史之本來面目也。「擬於天子」，世綸堂本作「疑於天子」。

易因卜筮［一］，阨逃秦火。是爲完書，盡信焉可。研朱滴露，跏趺以坐。七解

**注釋：**

［一］「易因卜筮」六句：秦焚書，惟卜筮、種樹之書不焚，故《易》仍爲完書。研朱滴露，謂圖中人跏趺而坐，以朱筆標點讀《易》。

自肇訓詁［一］，經乃不明。廓清摧陷，純粹以精。關濂暨洛，閩集大成。八解

**注釋：**

［一］「自肇訓詁」六句：訓詁，注釋文義。詁者古也，古今異言，通之使人知也。《漢書·藝文志》載，魯申公爲詩訓詁，

而齊轅固，燕韓生皆爲傳，故《詩》有魯故，韓故，齊后氏故，齊孫氏故。　關、閩、濂、洛，爲宋代理學四派。關爲張載，閩爲朱熹，濂爲周敦頤，洛爲程頤、程顥。

二山伯仲[一]，式好紫陽。疑相與析，執友之常。孫侮初祖，至於披猖。九解

**注釋：**

[一]「二山伯仲」六句：張載，字子厚，宋郿人，宋神宗時爲崇文校書，未幾，屏居南山下，教授諸生，其大旨尚禮，生平以《易》爲宗，以《中庸》爲體。著《正蒙》、《東銘》、《西銘》，世號横渠先生，卒謚明公。　呂祖謙，字伯恭，宋婺州人。舉進士，調宗學教授，丁内艱，居四明招山，四方之士争趨之，稱東萊先生。與朱熹、張栻爲友，時稱東南三賢。卒謚成，封開封伯，從祀孔廟。　紫陽，朱熹，字元晦，改仲晦，宋婺源人。父松官建州，因僑寓焉。舉進士。累官至秘閣修撰。卒謚文，封徽國公，從祀孔廟，位十哲之次，人稱朱子，朱文公。　始居崇安時，榜廳曰紫陽書堂。　又創草堂於建陽之雲谷，榜曰晦庵，自稱雲谷老人，亦曰晦翁。晚年卜築於建陽之考亭，作滄洲精舍，自稱滄洲病叟，又更號遯翁。　宋之理學，至熹而集其大成，稱閩派。　疑相與析，陶潛《移居》詩：「奇文共欣賞，疑義相與析。」　執友，《禮·曲禮》：「執友，稱其仁也。」鄭玄注：「執友，志同者。」　孫侮初祖：熹長子塾，字受之，從呂祖謙學。　以蔭官將仕郎。早卒，贈中散大夫。　按朱熹父松，亦鑽研經學。

天空海闊[一]，庇萬間屋。水流花開，忘三月肉。書來告余，必慎其獨。十解

**注釋：**

[一]「海闊天空」六句：杜甫《茅屋爲秋風所破歌》詩：「安得廣廈千萬間，大庇天下寒士俱歡顔？」《論語·述而》，

「孔子聞《韶》，三月不知肉味。」《大學》：「故君子必慎其獨也。」

## （二四二）柬費農部用中[一]

嫩晴天氣礙微陰，機息橦摧[二]直到今。卿是卿非姑認屐[三]，郎疑郎信竟償金[四]。半場哀樂中年[五]夢，一樹榮枯畫史心。雅善花卉。聞入秋來長卧疾，鍾山可有鹿銜參[六]？

**注釋：**

[一]費用中：生平不詳。

[二]機息橦摧：謂不願用心於世務。 橦，雜技中的爬竿。張衡《西京賦》：「都盧尋橦。」謂都盧國人體輕善緣。尋橦，指爬竿。

[三]認屐：《南史·沈麟士傳》：嘗行路，鄰人認其所著屐，麟士曰：「是卿屐耶？」即跣而返。鄰人得屐，送前者還之，麟士曰：「非卿屐耶？」笑而受之。

[四]償金：《漢書·直不疑傳》：爲郎侍文帝。其同舍有告歸，誤持同舍郎金去。已而金主覺亡，意不疑。不疑謝有之，買金償。而告歸者來而歸金，而前郎亡金者大慚。

[五]哀樂中年：《世說新語·言語》：謝太傅語王右軍曰：「中年傷於哀樂，與親友別，輒作數日惡。」

[六]鹿銜參：《梁書·阮孝緒傳》：母王氏有疾，合藥須得生人參。舊傳鍾山所出。孝緒躬歷幽險，忽見一鹿前行，孝緒感而隨後，至一所遂滅，就視，果獲此草，母得服之，遂愈。

## （二四三）柬同年吴緘庵[一]

宰吴橋九年，銖積若干，寄一客營什一，忽逸去，不知所終。前年長子殁客邸，太翁迎侍。性嗜棋，每日不廢

山貲留以待歸耕，負負[二]無言盡族行。諛墓[三]攫金猶細事，舉船兕客[四]大多情。瀾滄[五]故道花空落，羸博[六]新阡草又生。何物娱親銷永晝？古松流水有棋聲。

注釋：

〔一〕吴緘庵：生平不詳。

〔二〕負負：《後漢書·張步傳》：耿弇拔臨淄，步悉將其衆攻弇，大敗還。蘇茂將萬餘人來救之曰：「大王奈何就攻其營，既呼茂，不能待耶？」步曰：「負負，無可言者。」李賢注：「負，愧也，再言之者，愧之甚。」

〔三〕諛墓：見（二〇四）詩第十三首注〔四〕。

〔四〕兕客：《魏書·高允傳》：允年九十八，高祖文明太后遣使備賜御膳珍羞，自酒米至於鹽醢，百有餘品，皆盡時味，及床帳衣服茵被几杖，羅列於庭。允喜形於色，謂人曰：「天恩以我篤老，大有所齎，得以贍人矣。」

〔五〕瀾滄：瀾滄縣，在雲南省瀾滄江東。

〔六〕羸博：《禮·檀弓》：「延陵季子適齊，於其返也，其長子死，葬於羸博之間。」《三國志·陳群傳》：「群疏曰：『聖人制禮，或抑或致，以求厥中，防墓有不修之儉，羸博有不歸之魂。』」

## （二四四）寄宣府吴朔占[一]太守

春迴上谷[二]不彫荒，前年宣府旱，皇恩普賑。坐鎮清時鎖鑰長。爨市酒坊見毛西河《明武宗外記》無夜禁，繩

連弓轂見高澹人《塞北小抄》昔秋防。河歸故道香通合，香、通二河名，時水利告竣。碑仆空亭樹木涼。故元東涼亭、西涼亭，永樂時樹木郁然，見《昌平山水記》。北顧詩成思少蓋，西風老雁淚秋霜。宣府新建鎮朔樓，故用到溉孫蓋和《北顧樓詩》事，時太守殤一孫。

**注釋：**

［一］吳朔占：吳應枚，字朔占，浙江歸安人。雍正二年二甲進士。

［二］上谷：秦置郡，易州、宣化屬之，今之河北懷來縣。

## （二四五）五君詠（五首）

**董扶摇**［一］遘惡疾多年而卒

□晏叩其刃［二］，昇之溺於水。云何遘斯疾［三］，夢夢窺天咫。昔人廢蓼莪［四］，今人廢芣苡［五］。

**注釋：**

［一］董扶摇：董大鯤，字北溟，號扶摇，清婺源人，諸生。著有《十三經音劃辨僞》、《春秋四傳合編》、《二十一史編年》、《喪服圖考》等。

［二］「□晏叩其刃」二句：□晏、昇之，均董扶摇親屬，不得善終者。

［三］遘斯疾：《論語·雍也》：「胡斯人而有斯疾也。」

［四］蓼莪：《詩·小雅》篇名，孝子追念父母也。有「哀哀父母，生我劬勞」之語。晉王裒讀《詩》至此，未嘗不三復流涕，門人爲廢《蓼莪》之篇。

[五]芣苡：《詩·周南》篇名，喻有惡疾也。劉峻《辨命論》：「冉耕歌其芣苡。」《文選》李善注引《家語》：「冉耕……以德行著名，有惡疾。」《韓詩》説詩《芣苡》篇，謂傷夫君子之有惡疾。芣苡，臭惡之菜，詩人傷其君子之有惡疾，人道不通，求己不得，發憤而作，以事興，芣苡雖號臭惡乎，我猶樂之而不已者，以與君子雖有惡疾，我猶守而不離去也。

**吴赤鳧**[一] 博學工詞，有齋名瓶花

逯父薄歐九[二]，耆卿壓秦七。不讀萬卷書，誰敢入此室[三]。殘月照空壘，瓶花萎秋實。

**注釋：**

[一]吴赤鳧：吴焯，字赤（一作尺）鳧，號繡谷，清錢塘人。喜藏書，瓶花齋藏書之名著於天下。有《藥園詩稿》、《玲瓏簾詞》等。

[二]「逯父薄歐九」二句：逯父，劉克莊。劉《梅花一首》詩：「平生恨歐九。」歐九，歐陽修行九。耆卿，柳永字。秦七，秦觀行七。均宋代詞人。

[三]入此室：謂作詞人。入室，《論語·先進》：「由也，升堂矣，未入於室也。」

**董渭瑄**[一] 丙子相繼歿，甲子，丙子同登賢書

算盡[二]復誰代，並舉枝連芬。樂爲哀所奪，起起龍蚍聞。九原[三]不可作，誰歟定吾文[四]？

**注釋：**

[一]董渭瑄：作者友人，生平不詳。

[二]算盡：壽限已至也。

〔三〕九原：見（一一九）詩注〔四〕。

〔四〕定文：曹植《與楊德祖書》：「敬禮謂仆，卿何所疑難，文之佳惡，吾自得之，後世誰相知定吾文者耶？」

## 倪南琛〔一〕由翰林授知縣，不赴。無疾，午睡不起

於事無機心〔二〕，如田之方面〔三〕。攤飯蟬委脱〔四〕，泠泠御風〔五〕善。竟不轉頭銜，魂歸翰林院。

注釋：

〔一〕倪南琛：倪師孟，字南琛，號嶧堂，浙江歸安人。散館授編修，降知縣。

〔二〕機心：巧詐之心。《莊子·天地》：「有機事者，必有機心。」

〔三〕「如田之方面」句：《南吏·李安人傳》：宋明帝大會新亭樓，勞諸軍，主摴蒲官賭，安人五擲皆盧，帝大驚，目安人曰：「卿面方如田，封侯相也。」

〔四〕「攤飯蟬委脱」句：謂飯後小睡也。《詩人玉屑》：「東坡謂晨飲爲澆書，李黄門謂午睡爲攤飯。」委脱，即委蜕。蟲類蛹化，所蜕之外皮。《列子·天瑞》：「孫子非汝有，是天地之委蜕。」

〔五〕御風：《莊子·逍遥遊》：「列子御風而行，泠然善也。」

## 張雪爲〔一〕使蜀，停驂望邑，歸至獲鹿，客死

去時弭絳節〔二〕，來時飄素幡〔三〕。相望二百里，容易招君魂。篋中隴蜀記，淚漬鵑啼痕。

注釋：

〔一〕張雪爲：張映斗，字雪爲，號蘇潭，烏程人。雍正十一年進士。乾隆丁丑典蜀試。歸卒於獲鹿。工詩。有《秋水

齋集》。

[二] 弭絳節：弭，低也，止也。絳節，即赤節。庾信《贈司寇淮南公》：「傳呼擁絳節，交戟映彤闈。」

[三] 素幡：靈幡也。

## （二四六）後猛虎行[一]

以獸爲肉林，以人爲酒池。不食醉，不食癡。三躍不中棄[二]之去，謂虎甚暴能忍饑。奈何假其威於狐？傅以翼，蒙以皮。外則龐然大，其技止一臨江麋[三]。風嘷雨嘯餐人膚[四]，銀纏金釧簡籙冠，帔分狼藉兮剪屠。吾呼渠搜獅駮[五]搤爾尾，吾召朐䏰秦精[六]編爾鬚。涽不卑勢勢負隅[七]，泱踏環寸留其軀。虎一直行不回顧，安知曲路中險紆。誅之不勝誅，似虎非虎繁有徒。吾將籲天埽除星精樞[八]，慎毋生虦、生虥、生虪、生鶶魈[九]，於菟。但願三山五嶽滿地皆騶虞[一〇]。

**注釋：**

[一] 後猛虎行：卷一有《猛虎行》，故此篇名《後猛虎行》。這首七言歌行體詩，詠虎雖殘暴，尚有不食醉癡，三躍不中，棄之而去的好處，至於假虎威以嚇人，蒙虎皮以騙人者，則又虎之不若矣。詩蓋借詠虎以諷世之欺世盜名者。

[二] 棄：世綸堂本作「舍」。

[三] 臨江麋：柳宗元《臨江之麋》載：臨江無麋，好事者船載以入。虎見其龐然大物而畏之。後見其無他能，遂噉而食之。

[四] 「風嘷雨嘯餐人膚」三句：謂虎在風嘷雨嘯時攫人而食，衣冠狼藉於地也。風嘷雨嘯，鮑照《蕪城賦》：「木魅山鬼，野鼠城狐。風嘷雨嘯，昏見晨趨。」

〔五〕渠搜：古西戎之國。見《禹貢》。獅駮，猛獸名，能食虎豹，産西域。見《山海經》。

〔六〕朐：蟲名，即蚯蚓。唐以開州盛山郡多朐蟲，故改爲朐縣。見《藝文類聚》。秦精，人名。編虎鬚：《莊子·盜蹠》：「料虎頭，編虎鬚，幾不免虎口矣。」

〔七〕負隅：《孟子·盡心》：「有衆逐虎，虎負隅，莫之敢攖。」

〔八〕星精樞：駱賓王《上郭贊府啟》：「樞精嘯谷，韻清瀨於鷲蘋；震德昇乾，霞玄枝而布暖。」

〔九〕甝、虦、虪、虒虒：甝，白虎。虦，《爾雅》：虎竊毛，謂之虦貓。虪，黑虎。虒虒，虎也。

〔一〇〕騶虞：獸名，白質黑紋，不食生物，不履生草，名曰仁獸。《詩·召南》篇以比諸侯之仁民而愛物者。

# 海珊詩鈔注【卷八】

## （二四七）歸客詩，和太守夢堂[一]先生，即依原韻

衡寒破曉眼生稜，宿麥連雲數十塍。客路老於孤竹馬[二]，歸心猛似郅都鷹[三]。山皆北向猶含雪，風自東來未解冰。取次從公尋舊夢，百花塢名春望亭名記遊曾。予癸丑歲過大名郡。

注釋：

［一］夢堂：任觀瀛，字子登（或作紫登），別號夢鼎堂，蕭人。康熙進士。官至陝西潼商道。有《夢鼎堂文集》、《若溪集》。

［二］孤竹馬：《韓非子·說難》：「管仲、隰朋從於桓公而伐孤竹，春往冬返，迷惑失道。管仲曰：『老馬之智可用也。』乃放老馬而隨之，遂得道。」

［三］郅都鷹：《史記·酷吏傳》：郅都，大陽人。景帝時爲濟南太守，後遷中尉。治尚嚴酷，不避貴戚，列侯、宗室，側目而視，號曰蒼鷹。

## （二四八）上元第二夜，吴鑑南[一]秀才過飲寓齋，即題其詩集後

燈市寂寥鐘漏遲，酒酣耳熱放厥詞。何無忌[二]果似其舅，寶意太史。嚴挺之[三]那有此兒？堂上雨風不成夢，集多憶弟之作。鏡中金翠空所思。謂《無題》諸篇。旗亭他年客畫壁[四]，三月喚渡桃花時。「三月生波喚渡時」，集中詠桃花句。

注釋：

［一］吴鑑南：吴璜，字方甸，號鑑南，山陰人。

[二] 何無忌：晉東海郯人，性忠直，爲太學博士，後爲廣武將軍。桓元篡位，與劉裕等起兵討之，元敗走，以興復功封安城郡開國公。後爲盧循戰敗，厲聲曰：「取蘇武節來。」躬執督戰而死，謚忠肅。

[三] 嚴挺之：唐嚴武之父。《唐書·杜甫傳》：武爲劍南節度使時，杜甫嘗客其門下。一日乘醉指武曰：「嚴挺之乃有此兒！」幾遭不測。

[四]「旗亭他年客畫壁」句：《集異記》：唐王昌齡、高適、王之渙同飲旗亭，有伶官並妓數輩續至。昌齡等私約，視諸伶所謳，若爲己詩者，各畫壁記之。俄而高適得一，昌齡得二，獨遺之渙。之渙指諸妓中最好者一人曰：「如所唱非我詩，即不敢與諸君爭衡。」此妓果唱「黃河遠上白雲間」，正之渙得意之作也，因大諧笑。

## （二四九）紀拉少司空[一]死節事

公諱布敦，戊辰冬監西藏歸，止望都，爲余言其國制及生産甚悉。館使者於碉樓相見，行鈞禮惟謹。次年正二日，復西行，踰時報至，則王子弟繼立，思拒命，夜以兵萬人環樓下，氛甚惡。公紿之登，酒行，取刃於靴，殺之。遂自焚。遺一子京師，甫四歲，殤。嗚呼，忠魂不嗣。余以一夕之衛，聞之爲泣下也。

一萬六千里，正朔[二]頒西藏。使者監其國，賓筵席東向。紺碧飾藩溷[三]，蟒繡被廝養。南維斷交趾[四]，北鄙遮澤旺[五]。蠢爾懷貳心，中宵洶兵仗。公起持漢節[六]，憑樓與揖讓。王乃介[七]而登，靴刀揕其吭。仲升烏郎城[八]，介子樓蘭[九]帳。我昔蒞傳舍，往來識公狀。清瘦僅勝衣，外懦內大壯。群囂既底定，餘燼安用葬。四歲憫孤兒，報忠天不諒。恩縻瓶侯封[一〇]，祀餧寢邱相[一一]。遥遥打箭爐[一二]，遊魂永飄蕩。

## 注釋：

［一］拉少司空：拉布敦，姓棟鄂氏，滿洲正黃旗人。官至左都御史，兼漢軍都統。西藏郡王珠爾默特那木札勒謀叛，公設計翦除，遂遇害。贈一等伯，謚壯果。少司空，官名。「取刃於靴」，世綸堂本作「取刀」。

［二］正朔：正月一日爲正朔。古代王者易姓，改正朔，頒佈天下，使咸奉行。如夏正建寅，殷正建丑，周正建子。

［三］藩溷：籬笆與廁所。泛指處處。《晉書·文苑傳·左思》：「復欲賦三都……遂構思十年，門庭藩溷皆著筆紙，遇得一句，即便疏之。」

［四］「南維斷交趾」句：維，連結。《詩·小雅·節南山》：「秉國之均，四方是維。」交趾，即今之越南。

［五］澤旺：即水旺。《孟子·天時不如地利疏》：「水旺在申酉戌亥子。」澤旺，指西北當申酉戌亥子之地。

［六］漢節：節，古使臣執以示信之物。《周禮·掌節》：「掌守邦節而辨其用，以輔王命。」漢節，蘇武，武帝時，以中郎將使匈奴，被留居海上，齧雪吞氈，仗節牧羝，十九年得還，昭帝拜爲典屬國。

［七］介：即甲冑。

［八］「仲升烏郎城」句：班超，字仲升，東漢安陵人。投筆從戎，明章二帝時，出使西域，官都護，安集五十餘國。烏郎城，在西域，一作烏壘。

［九］介子樓蘭：傅介子，漢義渠人。年十四，好讀書。嘗棄觚而歎曰：「大丈夫當立功異域，何能坐屋宇下，作老儒生。」後以從軍爲官。先是龜兹、樓蘭嘗殺漢使者。昭帝時，介子以使大宛，至其國，斬樓蘭王首，還詣闕下，以功封義陽侯。

［一〇］「恩糜瓶侯封」句：西藏語稱瓶曰奔巴。藏俗呼圖克圖轉世，向由神巫拉穆吹忠作法，降神其體，指出呼畢勒罕所在，迎歸供養。乾隆五十七年，平定廓爾喀後，整飭藏務，特頒金奔巴於布拉達大昭，凡達賴喇嘛、班禪額爾德尼及諸呼圖克圖大喇嘛圓寂後，將報出之呼畢勒罕數名字生辰，繕簽入金瓶内，由駐藏大臣監看，掣出一人，以爲呼畢勒罕，加以册封。

［一一］「祀餒寢邱相」句：餒，饑也。《左傳·襄公二十年》：「吾有餒而已。」寢邱：地名，春秋楚封邑。楚相孫叔敖戒其子曰：「荆楚間有寢邱者，前有妬谷，後有戾丘，其名惡，可長有也。」

[一二] 打箭爐：地名，在四川省西部康定附近。俗傳諸葛亮打箭於此，故名。

## （二五〇）挽岳將軍[一]

公諱鍾琪，前寧遠副將軍，後提督四川，己巳春，入覲京師，還止望都傳舍，余謁見，長身頳面，被服儒素。爲言金川形勢及納降事。蓋虜夙重公，故臥護十年，卒無事。唐以李世勣爲長城，信然。然公雅能詩，即席千言立就。唯食前方丈，行廚之費不貲。此外，固無一毫負公也。將星已沒，當爲天下惜此人。

萬山插天天無際，江深無底下無地。迫隘碉樓俯射人，圍之數重持久計。將軍素能得虜情，深入招來虜環涕。反唇而惎申申詈[二]，殺降阻我歸降意。達賴喇嘛再世生，香火氛氳銅佛詣。二句注見前。皇帝曰可赦勿誅，歸視爾師保西鄙。無煩充國營屯田[三]，但効武侯罷置吏。耆定[四]功成反掌間，一身萬里安危繫。郵亭戾止[五]識公面，褒衣博帶儒者氣。參宴前成衛率[六]詩，贍生豐過賓遊費。大星夜隕東西川，可惜生埋文武器。突厥祠刊仁願[七]銘，鮮卑墓致陳龜[八]祭。

**注釋：**

[一] 岳鍾琪：字東美，號蓉齋，清成都人。生駢脅，兒時好布石作陣，進退群兒頗有法。母疾，割股以進。歷仕康、雍、乾三朝，征西藏、東海、准噶爾、莎羅奔等，所向克捷。加太子少保，兵部尚書。圖像南書房，賜號威信。卒謚襄勤。著有《薑園》、《蛩吟》等集。

[二]「反唇而惎申申詈」句：惎，毒害也。《左傳·定公四年》：「管蔡啟商，惎間王室。」申申詈，罵人也。《楚辭·離騷》：「女嬃之嬋媛兮，申申其詈予。」

〔三〕充國營屯田：趙充國，漢上邽人。沉勇有方略。武帝時，破匈奴有功，拜中郎將。宣帝時，羌人叛。充國年已七十餘，馳至金城，圖上方略，因此破羌。其言屯田十二便，寓兵於農，尤爲後人所宗。

〔四〕耆定：耆，致也。耆定，達成。《詩・周頌・武》：「勝殷遏劉，耆定爾功。」

〔五〕郵亭：驛舍。戾止，戾，來也；止，至也。《詩・魯頌・泮水》：「魯侯戾止，言觀其旂。」

〔六〕衛率：官名，秦置，漢因之，屬詹事，主門衛徼循衛士。

〔七〕仁願：張仁願，唐下邽人。有文武才。神龍中，爲洛州長史，盜不入境。又爲朔方總管，築三受降城。拜同中書門下三品，封韓國公。又爲范陽節度使。仁願爲將，號令嚴，將吏信服。後人思之，爲立祠受降城，出師輒享焉。宰相文武兼者，當時稱李靖、郭元振、唐休璟、仁願云。

〔八〕陳龜：字叔珍，漢順帝時，拜使匈奴中郎將。時南匈奴左部反亂，龜以匈奴不能制下，外順内叛，促令自殺。龜因此下獄。免後，再遷拜京兆尹。時三輔强豪之族，多侵擾小民。龜則厲聲嚴色，悉平理其冤屈者，郡内大悦。

## （二五一）房山〔一〕（四首）

水繞鹽溝一道斜，紅螺嶮色屬誰家？寒林墨竹尚書畫，不採荒墳鼓子花。高房山〔二〕宅

**注釋：**

〔一〕房山：縣名，因山得名，在北京市西南，京漢路西。

〔二〕高房山：元西域高克恭，字彦敬，號房山，占籍大同，後居燕京，累官至刑部尚書。

蘋果園荒滿地苔，幽燕奥室五丁〔一〕開。山環溪帶花無路，突見門徒數百來。霍原〔二〕宅

注釋：

［一］五丁：見（一五四）詩注［一二］。

［二］霍原：字休明，晉廣陽人。嘗詣京師，貴遊子弟皆求一見。同郡劉岱將舉之，未果而病篤，臨終敕其子沈曰：「原慕道清虛，汝當薦之。」原山居積年，門徒百數。及沈爲燕國大中正，進原爲司徒。不就。後王褒以賢良徵，亦不就。

石竇如門玉璧沉，桃花一瓣水流深。頳鱗仙鼠斷消息，樵牧猶聞絲竹音。孔水洞［一］

注釋：

［一］孔水洞：在雲蒙山南麓萬佛堂下，有泉水勢洶湧。洞壁有隋大業十年刻經和隋唐時代造像。

琬公石版鑿金錢，大涅槃經一部傳。街巷無人車寂寂，蓮峰空號小西天。石經洞［一］

注釋：

［一］石經洞：《清一統志》：山經洞，在石經山東，隋大業間，法師静琬者處此，募緣鑿石爲板，刻經一藏，以傳於後。

## （二五二）杏花堂與同年蔣艮山［一］守夜有感

城頭角止鼓停撾，仿佛三條燭影斜。虛壑陰風啼怪鳥，空堂殘月照寒花。眼光於我復誰在，峰距若人敢爾邪？垂老弟兄緣底事，今宵淪落共天涯［二］？

**注釋：**

［一］蔣艮山：生平不詳。

［二］天涯淪落：白居易《琵琶行》詩：「同是天涯淪落人，相逢何必曾相識？」

## （二五三）與質甫[一]太守集別

笛聲吹折柳條長[二]，未展離筵意已傷。燕子生涯如怨幕[三]，杏花世界不禁霜。時清明後微霜。可堪舊雨[四]人俱去，晉藩及幕中諸友。周雪舫又西行矣。況是新阡[五]草又芳。陶未堂先生佩璁令弟。獨客飄零今夜夢，冷雲殘月滿河梁[六]。

**注釋：**

［一］質甫：全文淳，字質甫，號金門，浙江錢塘人，乾隆己未進士，改庶吉士，後出知直隸順德府。著有《蛾子録》、《讀史卮言》。

［二］折柳：折楊柳，漢横吹曲名。《三輔黄圖》：霸橋在長安東，跨水作橋，漢人送客至此橋，折柳贈别。

［三］燕幕：比喻危險。《左傳·襄公二十九年》：「夫子之在此，猶燕巢於幕上。」

［四］舊雨：喻故交。杜甫《秋述》詩小序：「卧病長安旅次，多雨，尋常車馬之客，舊雨來，今雨不來。」

［五］新阡：新墓。杜甫《故武衛將軍輓歌》：「哀輓青門去，新阡絳水遥。」

［六］河梁：謂送别之地。李陵《與蘇武》詩：「攜手上河梁，遊子暮何之。」

## （二五四）南行懷古（十二首）

### 定州[一]

戲馬聞雞[二]處，山河古博陵[三]。神麚[四]迷故址，華塔守殘僧。竹塢[五]秋披褐，牧之。松屏[六]地裂冰。東坡。詩人今不作，吟繞牡丹[七]曾。杜荀鶴。

注釋：

[一]定州：今名定縣，在河北省保定南。

[二]戲馬：指戲馬臺，在河北臨漳縣西，後趙石虎所築。《水經注》：「石虎於臺上放鳴鏑，爲軍旗出入之節。」按臺距定縣很遠，恐作者記誤。聞雞，《晉書·祖逖傳》：祖逖與劉琨共被同寢，中夜聞荒雞鳴，蹴琨覺曰：「此非惡聲也。」因起舞。按琨在湣帝時，拜都督并、冀、幽三州諸軍事。定縣在轄内。

[三]博陵：隋置博陵郡，即今定縣。

[四]神麚：麚同麚，牡鹿。中山王劉勝《文木賦》：「麚宗驥旅。」

[五]竹塢：杜牧《雨中》詩：「一褐擁秋寒，小窗侵竹塢。」

[六]松屏：猶言松扉。蘇軾《書辨才白雲堂壁》詩：「不辭清曉叩松扉，却值支公久不歸。」

[七]牡丹：杜荀鶴《中山臨上人院觀牡丹》詩：「閑來吟繞牡丹叢，花豔人生事略同。」

### 曲陽[一]

九出蓮花勢，依然在此間。浮休洛光水，奇勝少容山。鬼尉[二]何人畫，仙樵[三]有日還。荒唐傳宋將，狄武襄[四]。漕運石橋灣。

注釋：

［一］曲陽：縣名，在河北省保定西南。

［二］鬼尉：曲陽城内北岳廟，始建於北魏宣武帝時。廟内東西壁壁畫，有飛天神，形象猙獰，傳説爲吴道子作，疑爲元人仿唐人技法之作。

［三］仙樵：成廷珪《送干克莊僉憲調淮西道》詩：「甘泉詞客河東賦，蓬島仙人海上樵。」

［四］狄武襄：見（一一八）詩注［一］。

## 正定［一］

景雲［二］十七丈，步步異香生。碑可風中動［三］，蛟於岸上行。俗傳河中有蛟，變爲人，同行岸上，至懸絶處，推之俱下，今不復見。何人記鹵簿，是處過槍城［四］。試問藏書室，林疇没令名。虞道園《詠蘇參知天爵藏書室》詩有「林疇廣敷潤」與「齋居托令名」之句。

注釋：

［一］正定：縣名，在河北省石家莊北。

［二］景雲：《瑞應圖》：「景雲者，太平之應也。一曰慶雲。非氣非煙，五色絪緼。」

［三］「碑可風中動」句：碑一名封凍，訛爲風動，在正定城内。唐永泰二年，成德軍節度使李寶成立，王佑撰文，王士則行書，筆法瀟灑清逸。

［四］鹵簿、槍城：鹵簿，天子之儀仗隊。按北宋開寶二年，宋太祖曾駐蹕於此。又宋與契丹交戰於此，故云槍城。

## 趙州[一]

宋子城[二]邊路，修垣彼一時。望漢臺西古井，明成化間修垣得之，名惠民泉，今適重興此役。柿凋婁敬[三]藥，苔卧耿球碑[四]。柱若虎而翼，山爲龍所夷。南門兩柱翼路若高闕，又龍平山本高聳，龍過夷其半，故名。茫茫花石浦，空復日休[五]詩。

**注釋：**

[一]趙州：今名趙縣，在河北省大名附近。

[二]宋子城：《漢書·地理志》：巨鹿郡宋子，莽曰宜子。

[三]婁敬：漢齊人。以布褐見高帝，説帝都關中，賜姓劉，拜郎中，號奉春君。匈奴入寇，帝欲擊，敬言不可，帝不聽，後果被圍七日，始得解。帝謂敬曰：「吾不用公言，以困平城。」乃封爲關内侯，號建信君。

[四]耿球碑：在趙州。

[五]日休：皮日休，字襲美，唐襄陽人。能文章。舉進士。與孟浩然隱鹿門山。自號閒氣布衣，一號醉吟先生，又曰酒民、酒士。與陸龜蒙爲友。有唱和詩集。

## 邢臺[一]

李滄溟[二]《登邢州城樓》詩：「紫氣東蟠滄海日，黄河西抱漢關流。」王弇州[三]《過邢州黄榆嶺》詩：「倚檻邢臺過白雲，城頭風雨太行分。」及身履其地，方知此景了無交涉，習爲大聲耳。

所見聞不逮，傳疑今是非。日離滄海遠，雲入太行微。塚草埋銅鼎，關榆掛鐵衣[四]。明陳萬言黄榆嶺詩。後賢收昔遁，水溉稻田肥。時滿明府新疏泉，添種水稻。

注釋：

〔一〕邢臺：縣名，在河北省石家莊南，京廣鐵路經此。

〔二〕李滄溟：李攀龍，字于鱗，號滄溟，明歷城人。嘉靖進士。累官至河南按察使。好爲詩古文，詩以聲調勝，文多佶屈聱牙。與王世貞、梁有譽等號七才子。

〔三〕王弇州：王世貞，字元美，號鳳洲，又號弇州山人，明太倉人。萬曆時，官至刑部尚書。其詩文與李攀龍齊名。

〔四〕「關榆掛鐵衣」等三句：掛鐵衣，指民間傳説楊五郎掛甲到五臺山爲僧事。陳萬言，大名人。世宗孝潔皇后之父，諸生。這兩句指邢臺歷史悠久。「水溉稻田肥」，刑臺郊外泉水很多，有百泉之譽，元代科學家郭守敬築堤引水疏河，有通舟楫灌田之利。滿明府修復古蹟。

## 沙河〔一〕

愈疾勿以藥，湯名天下誇。冶司曾鑄鐵，湡水〔二〕但流沙。縣小盜所棄，自古少兵事。村荒燕不家。峰巒九十里，何處問梅花？

注釋：

〔一〕沙河：縣名，在河北省邢臺南。有湯泉可治病。

〔二〕湡水：水名，即沙河。源出太行山，東流入大陸澤。

## 邯鄲〔一〕

閣樓研子冢〔二〕，風雨照看池〔三〕。訪古迷處所，傷春屬阿誰？箏彈桑下陌〔四〕，服袨柳邊騎。祀客土人世祀程嬰、杵臼，謂之祀客無香火，巖崳河名聲夜悲。

**注釋：**

[一] 邯鄲：地名，在河北省邢臺市南，今京廣鐵路經此。

[二]「閣樓研子冢」句：閣樓，即趙王妃嬪之梳粧樓，在邯鄲西郊，今存兩土墩，旁有照眉池。周燀《北轅録》：邯鄲縣，古趙國。趙王叢臺在縣之北。聞每年三月二十四日，空巷上簡子冢。冢形如硯，世謂之硯子冢。程嬰、公孫杵臼墓亦在焉。研，同「硯」。

[三] 照看池：一名照眉池，在邯鄲市西北郊，梳粧樓遺址旁。據《廣平府志》載，相傳趙王妃嬪自叢臺輦輿過此，嘗照眉於池。今猶有池，跡方數十畝。李白《照眉池》詩：「清虚一鑑湛天光，首照邯鄲宫女粧。」即指此。

[四]「箏彈桑下陌」二句：《古今注》：《陌上桑》者，出秦氏女子。秦氏，邯鄲人，有女名羅敷，爲邑人王仁妻。王仁爲趙王家令。羅敷出采桑於陌上，趙王登臺，見而悦之，因置酒欲奪焉。羅敷巧彈箏，乃作《陌上桑》之歌以自明。趙王乃止。

## 魏縣[一]

真廟迴龍地，迴龍寺，俗傳宋真宗北征至此迴鑾，因名迴龍，「龍」訛爲「隆」。提封屬大梁[二]。輔車依趙衛[三]，高屋建洹漳[四]。墓決懷司隸，蓋寬饒墓爲河水決去。花開弔夕陽。明薛斌《弔魏臺》詩：「半下夕陽飛鳥去，行人笑指野花開。」殘碑書法古，天保紀高洋[五]。

**注釋：**

[一] 魏縣：在河北省大名西北。

[二]「提封屬大梁」句：提封，諸侯之封地，謂舉四封之内計之也。《漢書·刑法志》：「提封萬井。」大梁，星次之名，與昴宿相當。《爾雅》：「大梁，昴也。」謂魏縣境當大梁之分野也。

［三］「輔車依趙衛」句：輔車，《釋名》，「頣，或名輔車，其骨强，可以輔持其口，或謂牙車，牙所載也。」《左傳・僖公五年》：「諺所謂輔車相依，唇亡齒寒者，其虞虢之謂乎？」趙、衛，周代末國名，均與魏縣相近。

［四］「高屋建洹漳」句：《漢書・高帝紀》：秦形勝之國也……地勢便利，其以下兵於諸侯，譬猶居高屋之上，建瓴水也。洹、漳，二水名，與魏縣相近。

［五］「天保紀高洋」句：北齊文宣帝高洋，年號天保。

## 大名［一］

留守北都地［二］，名賢履跡經。綠波何窅眇，香雪最飄零。草没彈碁局［三］，沙崩過馬廳［四］。樹頭風不定，鶯喚女姓［五］靈。

**注釋：**

［一］大名：縣名，在河北省邯鄲市東南。

［二］「留守北都地」句：大名，北宋時建爲北京。寇準，宋華州人，字平仲。太宗時，擢進士。真宗時，累官同平章事。會契丹入寇，準決策請帝親征，成澶淵之功。鎮守大名。北使謂公曰：「相公重望，何以不在中書？」公曰：「北門鎖鑰，非準不可。」後遭王欽若、丁謂等讒，貶雷州卒。仁宗時，贈中書令，封萊國公，謚忠湣。

［三］彈碁局：碁，同棋。《藝經》：「彈棋，兩人對彈，白黑棋各六，後先列棋相當，復相彈也。其局以石爲之。」《世說新語・巧藝》：「彈棋始自魏宮内用裝奩戲也。」

［四］過馬廳：《詩話總龜》：「北都使宅，舊有過馬廳。按唐韓偓詩云：『外使進鷹初得按，中官過馬不教嘶。』注云：乘馬必中官馭以進，謂之過馬。既乘之，然後蹀躞嘶鳴也。蓋唐時方鎮亦效之，因而名廳事也。」

［五］女姓：《寰宇記》：沙麓在元城縣東，亦名女姓丘。時穆王東征至此，喪盛姬，其女叔姓過之思哭，因名。

## 南樂[一]

東郡爲昌樂，於今俗則訛。俗訛昌樂，謂黃帝子昌意所築。營名懸晉胄[二]，水勢劃龍窠[三]。羅疃[四]村煙小，花磚墓[五]草多。造書臺[六]不見，醉魄滿山河。杜康、劉伶俱葬此。

注釋：

[一] 南樂：縣名，在今河南省北部，與河北省大名縣相近。秦取魏地置東郡，轄大名、東昌、長清等地，跨今河北、河南、山東三省境。南樂，漢名樂昌縣，後魏改昌樂縣，五代唐改南樂縣。

[二] 懸胄：營名，在南樂。《左傳·僖公二十二年》：井陘之戰，「邾人獲公胄，懸諸魚門」。庾信《周上柱國宿國公河州都督辛威神道碑》：「門多懸胄，箭必申鞍。」懸胄於門，以示辱敵也。

[三] 龍窠：《雲仙雜記》：中山僧表堅，面多瘢痕，偶溪中得石如雞子，夜覺涼冷，信手磨面，瘢痕盡滅。後讀《博異志》曰，龍窠石磨瘡瘢，大效。按衛河流經南樂，故曰劈龍窠。

[四] 疃：禽獸所踐之跡。《詩·豳風·東山》：「町疃鹿場，熠燿宵行。」羅疃，南樂地名。

[五] 花磚墓：南樂古蹟。花磚，表面刻有花紋的磚。元稹《江邊四十韻》詩：「花磚水面鬥，鴛瓦玉聲敲。」

[六] 造書臺：在南樂。

## 濬縣[一]

太行俯左趾，成堰爲枋頭[二]。荆棘黎侯[三]寓，風雲魏武[四]收。三山爭勢出，五水合支流。地古多名跡，蕭條別墅秋。善化山分而爲三，亦名三山。五水號五穴口，今併爲二。

注釋：

［一］濬縣：在今河南省北部，京廣鐵路東。

［二］枋頭：《水經注》：「魏武王於水口下大枋木以成堰，遏淇水入白溝，以通漕運。故時人號其處爲枋頭。」按在濬縣西南。

［三］黎侯：《詩·式微序》：「黎侯寓於衛，其臣勸以歸也。」《釋文》：「黎在上黨壺關縣。」

［四］魏武：三國魏武帝曹操。

## 滑縣[一]

滑臺古重鎮，城小匝三重。賦乃圖龍馬[二]，陵猶託鮒鰅[三]。金隄[四]無後患，畫舫有前蹤。一夜冰澌合[五]，蒼黄渡慕容。

注釋：

［一］滑縣：在今河南省北部，京廣路東側，與濬縣相近。一名白馬城、滑臺。《元和郡縣志》：「滑州治白馬城，即古滑臺。昔滑氏於此爲壘，後人增以爲城。」南燕慕容德都滑臺。

［二］龍馬：瑞馬也。《尚書中候》：「帝堯即政，龍馬銜甲，赤文緑色，自河而出，有帝王録，紀興亡之數。」《禮·河出馬圖》孔安國疏：「龍而形象馬，故云馬圖，是龍馬負圖而出。」

［三］鮒鰅：鮒鰅山，在河南省東北部，一名廣陽山。《山海經》：「務隅之山，帝顓頊葬於陽，九嬪葬於陰。」務隅，即鮒鰅。

［四］金隄：堤名金，喻其堅。金隄，在滑縣東。《漢書·司馬相如傳》：「槃姍勃窣上金隄。」

［五］冰澌合：《魏書·昭成帝紀》：帝征衛辰，時河冰未成，帝乃以葦絙約澌，俄然冰合，乃散葦於上，冰草相結如浮橋焉，衆軍利涉。

## （二五五）送陸午峰甥之楚視四甥玉飛病

不遠千里道，三月援而止[一]。依依渭陽[二]情，劬勞[三]念母氏。母氏不可見，舅乃母之弟。見舅如見母，天涯得所主。主人生計拙，無錢爲汝使。新詩日以多，亦不能和汝。匆匆晨告别，楚遊采蘭芷[四]。南望鶺鴒原[五]，兄曰嗟兮季。季也展[六]吾甥，見甥如見姊。姊昔視吾病，吾病瀕於死。扶床拊吾手，掩袂提吾耳[七]。阿弟好自將，行行我去矣。戊午夏，余病劇，姊來省視，隨之松陽任，不復相見矣。一去不復還，九原[八]隔萬里。回首十三年，悠悠夢魂裏。此意甥毋忘，淚落清漳[九]水。

**注釋：**

[一]「三月援而止」句：《詩·王風·采葛》：「一日不見，如三月兮。」援，引也。

[二]渭陽：甥舅之情。《詩·秦風·渭陽》：「我送舅氏，曰至渭陽。」此詩爲秦康公送晉文公歸國之作。康公爲文公之甥，故後世言舅甥多用之。

[三]劬勞：《詩·小雅·蓼莪》：「哀哀父母，生我劬勞。」

[四]采蘭芷：束皙《補亡詩六首》（其一·南陔）詩：「循彼南陔，言采其蘭。」

[五]鶺鴒原：謂兄弟之難，互相救援也。《詩·小雅·常棣》：「鶺鴒在原，兄弟急難。」

[六]展：省視也。

[七]提吾耳：謂教誨懇切。《詩·大雅·抑》：「匪面命之，言提其耳。」

[八]九原：見（五二）詩注[三]。

[九]清漳：水名，漳河之上源。源出山西平定縣東南之沾嶺，西南流經遼縣，合西漳水入河南涉縣，與濁漳合。

## （二五六）新葺書室成，自題以落之

一官如傳舍[一]，淹忽五六遷。住此復幾時，而乃謀所安？王事況靡盬[二]，匆匆理征鞍。一散頑腰脚，隙地尋西偏。蕪穢受畚挶[三]，拓之强使寬。徑直使之曲，衺斜如弓弦。坐移咫尺勢，穹壑羅雲煙。甘蕉紅一本，苦竹菉[四]四竿。杲杲[五]望新雨，雨司生殺權。十年計樹木[六]，成陰良獨難。棄我去者去，後來知誰賢？吾姑樂今夕，少飲得晏眠。月明解人意，花影紛檀欒[七]。

**注釋：**

[一]傳舍：驛站所設之房舍，以便行人休息者。《漢書・蓋寬饒傳》：「富貴無常，忽則易人，此如傳舍，所閱多矣。」

[二]盬：閒暇也。《詩・唐風・鴇羽》：「王事靡盬，不能蓺稷黍，父母何怙？」

[三]挶：舁土之器。《左傳・襄公九年》：「陳畚挶。」

[四]菉：與緑通。《詩・小雅・采緑》：「終朝采緑，不盈一匊。」孔穎達疏：「緑同菉。」

[五]杲杲：晴朗也。《詩・衛風・伯兮》：「其雨其雨，杲杲出日。」

[六]十年樹木：《管子・權修》：「一年之計，莫如樹穀；十年之計，莫如樹木；終身之計，莫如樹人。」

[七]檀欒：竹美貌。枚乘《梁王兔園賦》：「修竹檀欒，夾水碧鮮。」

## （二五七）先賢仲子祠[一]

藁葬衣冠處，空祠澶水[二]濱。此邦無父子[三]，吾道自君臣。鼠跡塵瑶瑟，苔痕細錦茵。翛翛風振木，下馬拜行人。

注釋：

[一] 仲子：仲由，字子路，春秋卞人。孔子弟子，列政事科。事親孝，嘗爲親負米百里之外。性好勇，聞過則喜。仕衛。死於孔悝之難。墓在河南濮陽城東北七百米處。

[二] 澶水：在河南省濮陽縣西南。

[三] 「此邦無父子」二句：謂衛侯父子荒淫無道，子路重君臣之義也。

## （二五八）黎陽道中，與管司馬思策論古[一]

莽莽臺陰野[二]，雌雄百戰場。征艱曾有賦，盧諶。陸遞已無倉[三]。桑柘分淇右[四]，雲煙接太行。望中亭瞭敵，巨礎閱隋唐。瞭敵亭，李密建，四巨礎猶存。

注釋：

[一] 黎陽：縣名，後漢置，元廢，故城在今河南省濬縣東北。濬，今作浚。管思策，生平不詳。司馬，官名，府官的佐貳。

[二] 臺陰野：臺，指銅爵臺，在河南省安陽市。黎陽在其陰，故云。

[三] 倉：黎陽倉，濬縣西南有黎陽倉城，相傳爲袁紹聚粟之所。隋文帝亦置黎陽倉於此，漕河北之粟以輸京師。

[四] 淇右：淇水，源出河南省林縣東南臨淇鎮，東北流經淇陽，合淅河折東南流，經湯陰，至淇縣，入衛河。

## （二五九）又絶句

斑斑花石硋屏風，古罅蟠虬迸兩松。行盡東黎山下路，誰知中露與泥中[一]。泥中、中露，二邑名。

注釋：

［一］中露、泥中：中露之中讀去聲，動詞，謂早行露濕衣也。泥中，《世説新語·文學》：鄭康成家奴婢皆讀書。嘗使一婢，不稱旨，怒，使人曳著泥中。須臾，復有一婢來，問曰：「胡爲乎泥中？」答曰：「薄言往愬，逢彼之怒。」這二句用雙關修辭法。

## （二六〇）夏日開州城南即目［一］

潭潭積水魚子肥，柳風四面吹荷衣。此間大可以逃暑，白鷺遇人都不飛。

注釋：

［一］開州：金代縣名，即今之濮陽縣，在河南省東北部。

## （二六一）題《春閨獨坐圖》

聽得鶯聲訴曉寒，東風扶夢鬢雲殘。無人庭院春如水，背著瓶花不忍看。

## （二六二）題小南軒壁［一］

三面開窗不向西，半弓割取作花畦。曉來一雨活新竹，便有水蟲［二］清夜啼。

注釋：

［一］小南軒：在濮陽。

［二］水蟲：《周禮・秋官》：「壺涿氏掌除水蟲，以炮土之鼓毆之，以焚石投之。」鄭玄注：「水蟲，狐蜮之屬。」

## （二六三）過相州，題李敬亭明府壁［一］

高樓鐘鼓對崔巍，城中鐘樓、鼓樓相對峙。馬首龍山［二］夕照開。利病劇應籌二水，州在淇、洹二水間。廢興何必問三臺［三］？牙軍魏府爲雄鎮［四］，片石韓陵［五］亦麗才。父老但知鄉郡事［六］，相公辭節北門迴。

注釋：

［一］相州：北周置，隋廢，唐復置，尋改鄴郡。宋稱相州。金升爲彰德府。即今河南安陽市。李敬亭，李肄頌，字彥三，號敬亭，滄縣人。

［二］馬首、龍山：均安陽山名。

［三］三臺：銅雀臺、金虎臺、冰井臺，在河南安陽市。

［四］「牙軍魏府爲雄鎮」句：臨漳縣（今安陽市），東魏置。牙軍，牙中軍。《舊唐書・羅威傳》：魏之牙中軍者，自至德中田承嗣盜據相魏等六州，召募軍中子弟，置之部下，遂以爲號。

［五］片石韓陵：《朝野僉載》：温子昇作韓陵山寺碑，庾信讀而寫其本。南人問曰：「北方文士何如？」信曰：「唯有韓陵一片石堪共語。」韓陵山，在相州境。

［六］「父老但知鄉郡事」二句：用寇準鎮守澶淵事。寇準，見（二五四）詩第九首注［二］。

## （二六四）秋夜投止[一]山家

山當面立路疑窮，轉過灣來四望通。涼月滿樓人在水，遠煙著地樹浮空。熊羆之狀乃奇石，鸛鶴有聲如老翁。清福此間殊不乏，可容招隱桂花叢[二]？

**注釋：**

［一］投止：托足也，暫時寄寓。《後漢書·張儉傳》：「儉得亡命，困迫遁走，望門投止。」

［二］招隱：招隱士，謂招隱士出仕也。《楚辭》有淮南小山《招隱士》篇，言山中不可以久居。至晉代則反其意，謂招出仕之人歸隱。此詩用後意。桂花叢，《招隱士》篇：「桂樹叢生兮山之幽，偃蹇連蜷兮枝相繚。山氣巃嵸兮石嵯峨，溪谷嶄巖兮水曾波。猿狖群嘯兮虎豹嗥，攀援桂枝兮聊淹留。」

## （二六五）袁姚氏[一]節孝詩

妾有夫，身未分明夫已殂。夫家中落幼早孤，妾上堂時無舅姑。下堂又無黃口雛，妾胡生爲天不可以呼。呼天不應呼阿母，母自爹亡病長久。有小弱弟與母守，妾代持家操井臼。弟索哺，妾朝炊虀暮作糜；弟讀書，妾夏揮扇冬抱爐。及弟成人母遄死，母死妾緩須臾死。年未逮例例不旌[二]，後母十年死，年甫逾四十。妾死徒死生徒生。立節原非爲立名，茹荼飲蘖[三]淚暗傾。落然人不聞其聲，亦不見其形，尸還袁氏墓合銘。樹德務滋維爾馨[四]，孝思維則[五]妥母靈。夫字德滋，弟字維則。

注釋：

[一] 袁姚氏：不詳。

[二]「年未逮例例不旌」句：封建時代，婦女節孝，可申請朝廷頒詔旌表。但有年齡規定，不及年限者，不得旌表。

[三] 茹荼飲蘗：荼蘗，苦菜。白居易《和晨興因報問龜兒》詩：「誰謂荼蘗苦，荼蘗甘如飴」。

[四]「樹德務滋維爾馨」句：見《書・泰誓》，謂做好事務必要做得多。爾馨，《書・君陳》：「黍稷非馨，明德維馨。」

[五] 孝思維則：謂孝思值得效法。見《詩・大雅・下武》：「永言孝思，孝思維則。」這句和上句有雙關意。

## （二六六）李芳亭[一]印譜

五兵[二]之用刀爲筆，文武器二合而一。如錐劃沙鉤含絲[三]，中陷者凹隱起凸。陰陽八角十二芒，披彩畫圖散霞色。研朱翕赩鐘鼎文[四]，蝨碧繆悠[五]周漢物。見此珉款[六]手乃精，不數四屧白石[七]生；花乳採之霏雪録[八]，寶奩押以神龍名[九]。黄仙鶴[一〇]，伏靈芝。可以詭託北海鐫其辭。君家璋[一一]也本絶藝，一礫一運壓倒茅紹之[一二]。篆法亦號中書虎[一三]，陽冰變自秦相斯[一四]。

注釋：

[一] 李芳亭：生平不詳。

[二] 五兵：《周禮・司兵》：「掌五兵五盾。」鄭玄注：「五兵者，戈、殳、戟、酋矛、夷矛也。」

[三] 鉤絲：黄庭堅《寄王定國二首》之二詩：「貧家能有幾鉤絲。」楊萬里《垂絲海棠》：「破曉驟晴天有意，生紅新曬一鉤絲。」詩指刻紋細如絲。

〔四〕「研朱翕赩鐘鼎文」句：翕，合也。赩，赤色。鐘鼎文，金文，鑄於古銅器上者，與小篆不同。

〔五〕蝨碧繆悠：蝨碧，銅緑色。繆悠，繆篆。《説文序》記新莽六書：「五曰繆篆，所以摹印也。」段玉裁注：「規度印之大小，字之多少而刻之。繆讀綢繆之繆。」

〔六〕珉：石之美者，似玉而非玉也。《荀子·法行》：「君子之所以貴玉而賤珉者，何也？」款，刻也，指印章的邊款。

〔七〕四㸦白石：四㸦，猶四履，謂四境所至。詩中指印字之四周。白石，《山海經》：「白石之山，惠水出於陽而南流，注於洛，其中多水玉。澗水出於其陰。」

〔八〕「花乳採之霏雪録」句：花乳，花之初生者曰花乳。孟郊《杏殤》詩：「零落小花乳，爛斑昔嬰衣。」亦指泡茶時，浮於水面之泡沫。劉禹錫《西山蘭若試茶歌》詩：「欲知花乳清泠味。」蘇軾《和蔣夔寄茶》詩：「一甌花乳浮輕圓。」詩指印文之狀。霏雪録，書名，明鎦績撰。

〔九〕寶奩：鏡匣之類。神龍，唐中宗年號。

〔一〇〕「黄仙鶴」三句：仙鶴，許敬宗《謝皇太子玉華山宫銘賦》：「仙鶴和吟，慚八音於雅韻；神龍縟彩，謝五色於雕文。」伏靈芝，《六書略》：「隸作出，象芝出地。」北海，指李邕，唐玄宗時爲北海太守。善書，才藝出衆，擅名天下。此三句謂刻印如鶴脛靈芝，可以詭託李北海。

〔一一〕李璋：李芳亭之兄，長書法篆刻。

〔一二〕茅紹之：元代著名刻工。何良俊《四友齋叢説》：趙孟頫與人寫碑，非茅紹之刻則不書，以其稍能知其筆意耳。此句謂李氏兄弟刻印水平皆極得書法筆意。

〔一三〕書虎：《法書苑》：李陽冰善小篆，自謂蒼頡後身，時謂之筆虎。

〔一四〕陽冰：李陽冰。見（四四）詩注〔三〕。秦相斯，李斯，嘗爲秦相，變蒼頡籀文爲小篆。

## （二六七）書《宋明帝[一]傳》

移床修壁祭紛紜[二]，夢裏人誰以反聞[三]。白帽已徵蕭散騎[四]，黄羅空託李將軍[五]。琴書不算傾資獻[六]，瓜馬何緣取字分[七]。多所剪除安用泣[八]？金罌齎藥氣如雲。

**注釋：**

[一]宋明帝：劉彧，字休景，文帝劉義隆第十一子，景和元年，弑前廢帝劉子業，即帝位。在位八年，病死。

[二]「移床修壁祭紛紜」句：《南史·明帝紀》：帝末年好鬼神，多忌諱。路太后停尸漆床，移出東宫門，上幸宫，見之怒，免中庶子，以之坐死者數十人。內外常慮犯觸，人不自保。移床修壁，先祭土神，使文士爲祝策，如大祭饗。

[三]「夢裏人誰以反聞」句：《南史·明帝紀》：帝夜夢豫章太守劉愔反，遣使就郡殺之。

[四]「白帽已徵蕭散騎」句：《南史·明帝紀》：帝弑廢帝於後堂。建安王休仁便稱臣奉引，升西堂，登御座。事出倉卒，上失履跣，猶著烏紗帽。休仁呼主衣，以白紗代之。　蕭散騎，《南史·齊高帝紀》：齊高帝蕭道成，父蕭承之，仕宋爲漢中太守。梁州之平，以功加龍驤將軍，後爲南山太守，封晉興縣五等男，遷右將軍，元嘉二十四年殂。梁土思之，於峨公山立廟祭祀。升明二年，贈散騎常侍，金紫光禄大夫。

[五]「黄羅空託李將軍」句：黄羅，帝之服御，見《隋書·禮儀志》、《中華古今注》、《南渡典儀》。　李將軍，《南史·後廢帝紀》：後廢帝諱昱，字德融，明帝長子，大明七年正月辛丑生於衛尉府。帝母陳氏，李道兒妾，明帝納之，故人謂帝爲李氏子，帝亦自稱李將軍。

[六]「琴書不算傾資獻」句：《南史·明帝紀》：帝好讀書，愛文義，在藩時，撰《江左以來文章志》，又續衛瓘所注《論語》二卷。

[七]「瓜馬何緣取字分」句：《南史·明帝紀》：帝末年好鬼神，多忌諱，言語文書有禍敗凶喪疑似之言應回避者，犯

即加戮。改「騧」字爲「駈」，以「騧」字似「禍」故也。

［八］「多所剪除安用泣」二句：《南史·明帝紀》：二年三月，永嘉王子仁、始安王子真、淮南王子孟、南平王子産、廬陵王子輿、松滋侯子房，並賜死。　金罌齎藥，以上諸王並被明帝賜藥鴆死。

## （二六八）雜詠北齊諸王事（四首）

佛牙第内夜光明，摩女重逢一目成。頓飲酒杯三十七，金雞又上白楊鳴。　河南王孝瑜［一］，河間王孝琬［二］

**注釋：**

［一］河南王孝瑜：北齊世宗文襄帝高澄之長子，初封河南郡公，齊受禪，進爵爲王。爾朱御女名摩女，本事太后，孝瑜先與之通，後因太子婚夜，孝瑜竊與之言，武成大怒，頓飲酒三十七杯，體至肥大，腰帶十圍，使婁子彦載以出，鴆之於車，至西華門，煩熱燥悶，投水而絶。

［二］河間王孝琬：高澄第三子，天保元年封。以文襄世嫡，驕矜自負。河南王之死，宫内莫敢舉聲，唯孝琬大哭而出。又怨執政，爲草人而射之。和士開、祖珽譖於帝，初魏世謡言：「河南種穀河北生，白楊樹頭金雞鳴。」珽以附會之。時孝琬得佛牙置於第内，夜有神光照玄都，法順請以奏，不從，帝聞搜之，得填庫矟幡數百，帝以爲反，誅之。

萊葉書成市上懸，五郎筆跡出天然。如何但飲此鄉水，鹿脯雞羹不用錢。　彭城王浟［一］

**注釋：**

［一］彭城王浟：字子深，齊神武帝高歡第五子。河清三年三月，群盗白子禮等謀劫浟爲主，詐稱使者，稱敕呼浟上馬，

不從遇害，年三十二。湫年幼時，筆跡未工。博士韓毅戲湫曰：「五郎書劃如此，忽爲常侍開國，今日後宜更用心。」湫答曰：「甘羅爲秦相，未聞能書，凡人唯論才具何如，豈必勤勤筆跡。」出爲滄州刺史，爲政嚴察，纖介知人間事。有隰縣主簿張達，嘗詣州，夜投人舍食雞羹，湫察知之。守令畢集，湫對衆曰：「食雞羹何不還他價值也？」達即伏罪。又有一人從幽州來，驢馱鹿脯，至滄州界，脚痛行遲，偶會一人爲伴，盜驢及脯去，明旦告州。湫乃令左右及府僚吏分市鹿脯，不限其價。其主見脯識之，推獲盜者。又有老母姓王，孤獨，種菜三畝，數被偷。湫乃令人密往，書菜葉爲字，明日市中看菜葉有字獲賊。爾後，境内無盜，政化爲當時第一。天保四年，徵爲侍中，人吏送別悲號，有老公數百人，相率具饌白湫曰：「自殿下至東五載，人不識吏，吏不欺人，百姓有識以來，始逢今化，殿下唯飲此鄉水，未食百姓食，聊獻疏薄。」湫重其意，爲食一口。

邙山功高罪莫贖，有疾不療吞聲哭。一瓜數果亦分甘，休唱蘭陵入陣曲。蘭陵王長恭[一]

**注釋：**

[一] 蘭陵王長恭：長恭，一名孝瓘，高澄第四子。累官并州刺史、司州，牧青、瀛二州。爲帝所忌，使徐之範飲以毒藥而死。贈太尉。爲并州刺史時，突厥入晉陽，長恭盡力擊之。芒山之敗，長恭爲中軍，率五百騎，再入周軍，遂至金墉之下，被圍甚急，城上人勿識，長恭免胄示之面，乃下弩手救之，於是大捷。武士共歌謠之，爲蘭陵王入陣曲是也。長恭既遭帝忌，頗收貨賄以自穢。恐復爲將，有疾不療。長恭貌柔心壯，音容兼美，爲將躬勤細事，每得甘美，雖一瓜數果，必與將士共之。

裸人爲畫蛆盈斗，被誣刃借長鸞手。腦如不壞血塗之，也應飼與波斯狗。南陽王綽[一]

**注釋：**

[一] 南陽王綽：綽，字仁通，武成帝高湛長子，以五月五日辰時生，至午時，後主乃生，武成以綽母李夫人非正嫡，故貶

爲第二。初名融，字君明，出後漢陽王。河清三年，改封南陽王，別爲漢陽置後。綽愛波斯狗，好裸人畫爲獸狀，縱犬噬而食之。有婦人抱兒在路，走避入草。綽奪其兒，飼波斯狗。婦人號哭，綽怒，又縱狗使食。狗不食，塗以兒血乃食。後主問何者最樂？對曰：「多取蠍，將蛆混，看極樂。」後主即夜索蠍，置之浴斛，使人裸卧浴斛中，號叫宛轉，主與綽臨觀，喜噱不已。由是大爲後主寵，拜大將軍，朝夕同戲。韓長鸞聞之，除綽齊州刺史，將發，令綽親信誣告其反，奏云：「此犯國法，不可赦」。後主不忍顯戮，使寵胡何猥薩後園與綽相撲，搤殺之。瘞於興聖佛寺，經四百餘日乃大殮，顏色毛髮如生。俗云，五月五日生者腦不壞。

## （二六九）于役阜城紀事，兼示華陽書院諸子，即誌別[一]

王事遠于役[二]，驅車來阜昌。是我樂思地，民亦不我忘。老者聞我來，鳩杖[三]相扶將：「使君[四]去我時，我筋力尚强。今吾頭雪白，兩目一以盲。」壯者聞我來，倚鋤歎道旁：「使君去我時，歲適遭旱荒。乾隆八年。今吾娶新婦，薄田饜糟糠。」少者聞我來，挽鬚争跳梁[五]：「使君去我時，聞我方扶床[六]。我今讀《論語》，口誦兩三行。」紛紛競羅拜，下堂復上堂：「使君昔爲官，畏縮氣敢揚。使君今爲客，舞蹈容我狂。狂呼未及已，忽焉淚霑裳。使君之來此，爲日苦不長。終當捨我去，我民心内傷。」「爾民心内傷，我亦九回腸。某家翁已死，某氏兒又殤。某貴今罷斥，某富今消亡。九年一彈指[七]，清淺閲滄桑[八]。所喜二三子，學業不可量。他年驗師説，瓣香[九]留華陽。」華陽埽趺跡，駕言歸蒲匡[一〇]。扳卧[一一]竟何益？依依送出疆。出疆一回首，雲樹[一二]隔蒼茫。

**注釋：**

[一] 阜城：見（七一）詩第二首注[一一]。華陽書院在阜城。

〔二〕于役：行役也。《詩·王風·君子于役》：「君子于役，不知其期。」

〔三〕鳩杖：老人手杖。《後漢書·禮儀志》：「年七十者，授之以玉杖，端以鳩鳥爲飾。鳩者，不噎之鳥，欲老人不噎也。」

〔四〕使君：漢時稱太守曰府君，刺史曰使君，又凡奉使之官，亦以使君稱之。

〔五〕「挽鬚争跳梁」句：挽鬚，杜甫《北征》詩：「問事競挽鬚，誰能即嗔喝。」跳梁，《莊子·秋水》：「東西跳梁，不避高下。」本言貍狌矯捷之狀，後借爲叛亂之稱。詩中用本義。

〔六〕扶床：謂年幼扶床而行也。漢樂府《孔雀東南飛》：「新婦初來時，小姑始扶床。」

〔七〕彈指：謂時間短暫也。《戒疏·二下》：「僧祇云：『二十念爲瞬，二十瞬名一彈指。』」蘇試《過永樂文長老已卒》詩：「一彈指頃去來今。」

〔八〕滄桑：謂世事變化無常。《神仙傳》：麻姑謂王方平云：「接侍以來，已見東海三爲桑田，今水又清淺矣。」

〔九〕瓣香：佛家語，述欽仰他人之意。陳師道《觀兖文忠公家六一堂圖書》詩：「向來一瓣香，敬爲曾南豐。」任淵注：「諸方開堂，至第三瓣香，推本其得法所自，則云，此一瓣香，敬爲某人云云。」

〔一〇〕蒲匡：均地名。蒲，蒲縣，在山西省西南郊。匡，在河北省長垣縣。

〔一一〕扳卧：扳轅卧轍，謂挽留官長也。《後漢書·侯霸傳》：霸後爲淮平大尹，及王莽之敗，保固自守，卒全一郡。更始元年，遣使徵霸，百姓老弱相攜號哭，遮使者車，當道而卧，皆曰：「願乞侯君復留期年。」《六帖》作「攀轅卧轍」。

〔一二〕雲樹：杜甫《春日憶李白》詩：「渭北春天樹，江東日暮雲。」

## （二七〇）李家店〔一〕芍藥牡丹

四月十二日過此，芍藥僅含蕊，牡丹數叢開甫盛，踰月重經，兩失却矣。余既與世緣，悔匿之不早也，感作二章（二首）

我去花未開，我來花已落。何相避之深，垣踰而坏鑿〔二〕。急於炫世者，智不如芍藥。誰能肖像求〔三〕，毋乃懸賞索。遐哉朱桃椎[四]，道上置芒屩。

**注釋：**

[一]李家店：在阜城境。這兩首五言古詩，分詠芍藥、牡丹，名爲寫花，實則借花以抒胸中不平之意。第一首寫避世者唯恐人知，炫世者唯恐人不知。第二首贊揚牡丹，但恨無緣一面。

[二]「垣踰而坯鑿」句：謂隱士避人求見而逃也。踰垣，《孟子·滕文公》：「段干木踰垣而避之。」坯鑿，即鑿坯，揚雄《解嘲》：「(士)或鑿坯以遁。」李善注：「坯，一作坏，屋後牆。魯君欲相顔闔，使人以幣先焉，鑿坯而遁。」

[三]「誰能肖像求」二句：傅説版築傅巖之野，殷高宗夢得賢臣，因以圖像求之，得傅説，置爲相，殷以大治。懸賞，《宋書·孔琛傳》：孔琛大懼墮床曰：「懸賞所購，唯我而已。」

[四]朱桃椎：《唐書·隱逸傳》：朱桃椎，澹泊絶俗，被裘曳索，人莫能測其爲。嘗織十芒屩置道上，見者曰：「居士屩也。」爲鬻米茗易之，置其處，輒取去，終不與人接。

牡丹去正開，今來花不見。髣髴帷中人，優曇[一]一湧現。情波未易恬，意蕊最繾綣[二]。不如不目成，與花無半面。去亦不汝德，來亦不汝怨。

**注釋：**

[一]優曇：梵語花名，亦名優曇鉢花，爲無花果類，産印度、錫蘭等處。世稱三千年開花一度，值佛出世始開。《法華經》：「佛告舍利弗，如是妙法，如優曇鉢花，時一現耳。」故今稱不世出之物爲曇花一現。

[二]繾綣：牢固相著之意。《詩·大雅·民勞》：「無縱詭隨，以謹繾綣。」

## （二七一）曉出通州南門渡潞河[一]

車馬爭趨渡，城魚[二]夜不關。鳥聲喧夏澤[三]，帆影轉螺山。霜逼金花落[四]，沙沉鐵矢斑。中流遺魏堨，眇望石籠間。漾澤水上開花浮若金盞，今不見。又塔頂楊彦昇鐵矢今亦無存。魏劉文於高梁河立水堨，積石籠，並失所在。

注釋：

[一] 通州：一稱北通州，今稱通縣，在北京市東。潞河，即白河，爲北運河的上游。

[二] 城魚：《芝田録》：「門鑰必以魚，取其不瞑目守夜之義。」梁簡文帝蕭綱《秋閨夜思》詩：「夕門掩魚鑰。」

[三] 「鳥聲喧夏澤」二句：夏澤、螺山，均在通縣境。

[四] 「霜逼金花落」四句：見作者自注。堨：降水之土堨。《三國志·魏志·劉馥傳》：劉馥治吴塘諸堨，以溉稻田。

## （二七二）吴鴻臚頴庵招飲，有懷少司馬梅庵先生[一]

蕉窗緑暗樹燈紅，舊雨[二]沉綿一夢中。去燕有樓吟白傅[三]，過車無酒酹橋公[四]。明星夜集仍東井[五]，老柳秋垂向北風。何處紫雲[六]迴奏曲，傷心不待管弦終。司馬東井書屋有蕉窗秋柳唱和詩。

注釋：

[一] 吴頴庵：吴應枚，字頴庵，清歸安人。官至大理寺卿。善畫山水，師王原祁，工詩。鴻臚，官名。周官行人之職，秦曰典客，漢改爲鴻臚，掌贊導相禮，歷代相沿，至清末始廢。梅庵爲頴庵之弟。少司馬，官名，府州之同知。

[二] 舊雨：見（一五七）詩第二首注[四]。

[三]「去燕有樓吟白傳」句：（見一四一）詩第一首注[六]。

[四]「過車無酒酹橋公」句：橋玄，字公祖，漢睢陽人。少爲縣功曹。桓帝時，爲渡遼將軍。靈帝初，遷司徒。見曹操而異之，曰：「今天下將亂，生民者其在君乎！」操後經玄墓，祠以斗酒只雞，感其相知也。

[五]「明星夜集仍東井」二句：見作者自注。

[六]紫雲：《唐詩紀事・杜牧》：杜牧爲御史，分務洛陽。李司徒願罷鎮閒居，聲妓豪侈，高會朝客。杜獨坐，南行瞪目注視，引滿三卮，問李云：「聞有紫雲者孰是？」李指之。杜凝睇良久曰：「名不虛得，宜以見惠。」李俯而笑，諸妓亦回首破顔。

## （二七三）胡鏡舫儀部《漢書詠》[一]

美人香草托靈均[二]，問道呻吟病有因。聊借義山[三]爲畫像，詩用義山體。非關班史[四]要忠臣。一朝無食錢休質[五]，三輔[六]如今本不真。昔讀此書曾命酒[七]，讓君舊事盡翻新。

**注釋：**

[一]胡鏡舫：胡嵩年，字鏡舫，號修丹山房，峽江人。　此詩乃題胡鏡舫所作《漢書詠》者，謂能不蹈故常。

[二]靈均：屈原《離騷》：「名余曰正則，字余曰靈均。」《離騷》以美人香草喻君子賢人。

[三]義山：李商隱，字義山，唐河東人。開成二年進士，累官工部員外郎。詩與温庭筠齊名，稱温李。爲宋代西昆體祖。

[四]班史：《漢書》爲班固所著，人稱班史。元盛如梓《庶齋老學叢談》：「謝僑，朏之族。嘗一朝乏食，其子啟欲以班史質錢。僑曰：『寧餓死，豈可以此充食乎！』」

[五]錢休質：林寬《獻同年孔郎中》詩：「質盡寒衣典盡書。」

[六]三輔：《三輔黄圖》，不著撰人名氏，蓋六朝舊本而唐修補之者，記漢代三輔（京兆、左馮翊、右扶風）古蹟，於宮

殿苑囿尤詳。凡六卷。

［七］「昔讀此書曾命酒」句：蘇子美讀《漢書》下酒。見《中吴記聞》。

## （二七四）聞墨莊主人吹笛 金陵人，時寓天雄僧舍[一]

一聲入破決雲層[二]，蕭寺[三]閑愁寄老僧。仿佛秦淮[四]人定後，月明如水滿船燈。

**注釋：**

［一］墨莊：清涇縣胡承珙之別字。天雄，軍名，唐以魏博節度使所領爲天雄軍。宋初，專以大名府爲天雄軍。後即以天雄爲大名之別名。

［二］「一聲入破決雲層」句：入破，謂樂曲將終合奏之聲。《唐書·五行志》：天寶後，詩人多爲憂苦流寓之思，及寄興於江湖僧寺，而樂曲亦多以邊地爲名，有伊州、甘州、涼州等。至其曲遍繁聲，皆謂之入破。決雲層，謂吹笛之妙，其聲能遏止行雲。《列子·湯問》：秦青撫節悲歌，聲振林木，響遏行雲。

［三］蕭寺：《國史補》：梁武帝造寺，命蕭子雲飛白大書一「蕭」字，後寺毀，惟此字獨存。李約見之，買歸東洛，處一室以玩之，號曰蕭齋。

［四］秦淮：秦淮河，源出今江蘇省南京市溧水區，西北流入長江。在今南京市區一段，舊時爲歌樓畫舫集中之地。

## （二七五）題章黄門[一]《亡姬沈小同傳》後（二首）

樊榭[二]姬亡製豔詞，屬孝廉樊榭有悼亡姬八首，詩甚麗。君今小傳質言[三]之。柳枝逸去楊枝別[四]，急淚如余灑向誰？

**注釋：**

［一］章黄門：生平不詳。黄門爲其官職。宮門爲黄色，因供職於黄門之内，故稱。漢時黄門官參用士人及宦者，晉以後專用士人，建門下省。

［二］樊榭：見（二二）詩注［一］。

［三］質言：實言也。《史記·張釋之傳》：文帝問釋之秦之敝，具以質言。

［四］柳枝楊枝：謂妾也。白居易有《鬻駱》、《遣楊枝》二詩。楊枝即小蠻。所謂「櫻桃樊素口，楊柳小蠻腰」是也。蘇軾《朝雲詩》：「不似楊枝別樂天。」《苕溪漁隱叢話》引《唐語林》：退之二侍妾，一曰絳桃，一曰柳枝，皆能歌舞。《初使王庭湊至壽陽驛絶句》云：「風光欲動別長安，春半邊城特地寒。不見園花並巷柳，馬頭惟有月團圓。」蓋寄意二姝。逮歸，柳枝踰垣遁去，家人追獲，故《鎮州初歸詩》云：「別來楊柳街頭樹，擺亂春風只欲飛。惟有小園桃李在，留花不發待郎歸。」自是專寵絳桃矣。

松林路遠一亭孤，此計君毋學老蘇［一］。春水方生花滿陌，魂隨帆影到菱湖［二］。 生前即有同穴之請，時黄門方乞假。姬，菱湖人。

**注釋：**

［一］老蘇：指蘇軾。軾妾名朝雲。見（二〇五）詩第六首注［一］。

［二］菱湖：在浙江吴興市東南三十五里。

## （二七六）王中丞《耕田圖》[一]

人情以爲田，脩禮而耕之。此田在方寸[二]，中公環維私[三]。私者民所賴，公則無人知。君子秉經訓，鎡基[四]善待時。去惡如去莠，良苗相扶持。志不在一飽，而憂天下饑。精白[五]動天鑑，東南命往釐[六]。財賦繁重地，有田久不治。三江[七]道入海，疏濬煩籌咨。忠靖夏原吉昔經始[八]，瘠鹵漸以肥。曠世周文襄忱[九]，履畝匹馬騎。有倉名濟農，沙柴成疇菑。公繼二公後，嘉惠今在兹。種德如種穀，雨露發華滋[一〇]。告成登萬寶[一一]，民用歌樂思。繪事繪以意，其意主於慈。一圖亦寄耳，敢告良有司！

**注釋：**

[一]王中丞：生平不詳。這首五言古詩，乃題於王中丞《耕田圖》上者。詩中規勸中丞應耕心田，忠於王事，勤於治民，使民安居樂業。

[二]方寸：謂心也。《列子·仲尼》：「吾見子之心矣，方寸之地虚矣。」

[三]「中公環維私」句：周制，授田之法，以地方一里，劃爲九區，每區百畝，中爲公田，其外八家各受一區爲私田。形如井字，故稱井田。《詩·小雅·大田》：「雨我公田，遂及我私。」

[四]鎡基：耕田器。《孟子·公孫丑上》：「雖有鎡基，不如待時。」

[五]精白：是非清楚。《春秋繁露》：「各應其事，以致其報，精白分明，然後民知所去就。」

[六]釐：治理也。《書·堯典》：「允釐百工，庶績咸熙。」東南，謂王中丞受命爲江南巡撫也。

[七]三江：指太湖之支流吴淞江、婁江、東江。見《吴地記》、《水經注》及庾仲初《揚都賦》。

[八]夏原吉：字維喆，明湘陰人。洪武時，以鄉薦入太學。累官户部尚書。治浙西大水有功。卒謚忠靖。經始，謂興建開始也。《詩·大雅·靈臺》：「經始靈臺，經之營之。」

［九］周文襄：周忱，字恂如，明吉水人。永樂進士。累官刑部主事，工部右侍郎，江南巡撫，户部尚書。卒謚文襄。有《雙崖集》。

［一〇］「雨露發華滋」句：謂王中丞恩澤及於草木也。古詩：「彈箏奮逸響，雨露發華滋。」

［一一］「告成登萬寶」句：謂秋收豐登也。

## （二七七）方宫保[一]《貯蘭圖》，次原韻 蘭外惟梧桐、竹

栽桑八百株[二]，種粳五十畝[三]。未離衣食計，清風亦塵垢。無人不必無，有人所應有。維竹暨梧桐，與蘭訂三友。公託契[四]者高，俯地視南斗[五]。百卉絶尠歡，棄多斯大受。走[六]也乃弱植，愛顧忘其醜。草不言而芳，木不才而壽。莞[七]枯隨所集，遑問灌園叟。何相賞之深，以心不以手。春華敢争先，夕秀寧殿後？窅然空谷中，居以甕爲牖[八]。摒擋桃李姿，勿令二五[九]偶。童約[一〇]慎持之，瓣香[一一]期耐久。

**注釋：**

［一］方宫保：方觀承，字宜田，號文亭，清安徽桐城人。官至太子太保，直隸總督。卒謚恪敏，祠名宦祠及賢良祠。詩借蘭花的幽姿，以頌方公的品節，自謙爲枯木朽枝，甘於貧老。

［二］「栽桑八百株」句：《三國志·諸葛亮傳》：亮自表後主曰：「成都有桑八百株，薄田十五畝，子弟衣食，自有餘饒。」

［三］「種粳五十畝」句：《南史·陶潛傳》：潛爲彭澤令，不以家累自隨。公田悉令種秫稻。妻子固請種粳，乃使二頃五十畝種秫，五十畝種粳。

［四］契：精神相合、意志相合曰相契。詩中謂方氏與蘭相契。

[五]南斗：星名。《星經》：「南斗六星，主天子壽命，亦宰相爵禄之位。」

[六]走：自謙之稱。司馬遷《報任安書》：「太史公牛馬走再拜言……」

[七]莞，當爲菀之誤。

[八]甕牖：謂寒微之家，以甕口爲牖也。《禮·儒行》：「篳門圭窬，蓬户甕牖。」

[九]二五：《左傳·莊公二十八年》：「驪姬嬖，欲立其子，賂外嬖梁五與東關嬖五……晉人謂之二五耦。」杜預注：「姓梁名五，在閨闥之外者。東關嬖五，别在關塞者，亦名五，二人俱嬖傷晉室。」

[一〇]童約：即僮約，主奴契約。《顔氏家訓》：「王褒過章《僮約》，揚雄德敗《美新》。」戴復古《僮約》詩：「吾家僮約無多事，辦取小心供使令。」

[一一]瓣香：見（二六九）詩注[九]。

## （二七八）上襄勤伯鄂中丞[一]

四方樞要扼中州，出鎮親臣帝眷優。望冠三朝兼將相，爵班一位亞公侯。雪中筆札梁園[二]會，姚念慈、趙樹斯諸君。花下麾幢洛水遊[三]。太夫人迎養，諸公弟咸侍。新是翠華[四]臨幸地，松高繚繞五雲[五]浮。

**注釋：**

[一]襄勤伯鄂中丞：鄂爾泰，清滿洲鑲藍旗人，字毅庵。雍正時，官三省總督。平雲貴諸苗，前後凡數十戰。世宗最信任之，進保和殿大學士，封襄勤伯。卒謚文端。詩頌揚鄂爾泰武功文治，彪炳一時，賓客雅會，家庭雍睦，並得皇帝寵信。

[二]梁園：亦名兔園、梁苑。漢時，梁孝王好營宫室園囿之樂，以通賓客，枚乘、小山之流，皆從之遊。李白《書情題蔡舍人雄》詩：「十載客梁園。」

［三］「花下麾幢洛水遊」句：麾幢，旂旛，官吏的儀仗。韓愈《贈張十八》詩：「吾欲盈雲氣，不令見麾幢。」洛水遊，謝朓《始之宣城郡》詩：「棄置宛洛遊，多謝金門裏。」白居易《答蘇庶子》詩：「偶作關東使，重陪洛下游。」

［四］翠華：天子之旗，以翠羽爲飾。司馬相如《上林賦》：「建翠華之旗，樹靈鼉之鼓。」

［五］五雲：一雲而具五色，乃吉祥之兆，仙人所御。庾信《道士步虛詞》：「東明九芝蓋，北燭五雲車。」

## （二七九）寄呈衣亭先生寶坻［一］

心指真師號法師，門流濁碎［二］一麾之。枚乘已罷□農守［三］，管輅［四］惟高象繫思。崔蹟《答豫章王啟》：「理高《象》、《繫》，管輅思而未解。」。生理只憑樵采給，世紛不用馬輿［五］隨。圖形構廟［六］棲遲處，禪窟［七］生麻鵲繞枝。師内外服闋，葬訖，竟不出。

**注釋：**

［一］衣亭先生：芮衣亭，嚴遂成之師。寶坻，縣名，在北京市東。

［二］濁碎：謂猥鄙瑣碎之人。

［三］枚乘：漢淮陰人，亦稱枚叔。景帝時仕吴，上書諫吴王不納，去之梁，孝王尊爲上客。景帝召拜弘農都尉，以病去官，復遊梁。善屬文，嘗作《七發》。武帝時，乘年已老，以安車蒲輪徵之，道卒。所缺字，應爲「弘」。

［四］管輅：三國魏平原人，字公明。明周易，善卜筮，所占無不應。自知不壽，當終於四十七八間，不見男婚女嫁也，果四十八而卒。

［五］馬輿：《孔子家語》：孔子曰：「相馬以輿，相士以居。」

［六］圖形構廟：《宋書・禮志》：「漢興以來，小善小德，而圖形立廟者多矣。」

［七］「禪窟生麻鵲繞枝」句：《北史·皇甫遐傳》：少喪父，事母以孝聞。後遭母喪，乃廬於墓側，負土成墳，復於墓南作一禪窟，陰雨則穿窟，晴霽則營墓，曉夕勤力，未嘗暫停，積以歲年，墳高數丈，周迴五十餘步，禪窟重臺兩匝，總成十有二室，中間行道，可容百人。「生麻鵲繞枝」，《北史·紐因傳》：因性至孝，父母喪，廬於墓側，負土成墳，廬前生麻一株，高丈許，圍之合拱，枝葉鬱茂，冬夏恒青，有鳥棲上，因舉聲哭，鳥即悲鳴。

## （二八〇）題龔光禄醇齋［一］《聽鴻圖》

草閣内一人撫琴，閣外松石落落，煙波渺然，雁一繩在天末。醇齋，楚籍

楚明光一奏雲和［二］，便覺飛鴻［三］到眼多。相賞不離松石意，有愁付與洞庭波［四］。落霞影作樓前舞，摩月聲傳塞上歌。展畫忽驚人萬里，霜吹箄篥［五］草鳴駝。圖爲蘭皋先生指頭畫，時方出塞。

**注釋：**

［一］龔醇齋：生平不詳。光禄，官名，光禄卿，掌宫殿門户。唐以後爲司膳之職。

［二］「楚明光一奏雲和」句：楚，龔醇齋爲楚人。明光，《三秦記》：漢宫殿名，在未央宫西，以金玉珠璣爲簾箔，晝夜光明。雲和，《周禮·大司樂》：「雲和之琴瑟，冬日至，於地上之圜丘奏之。」鄭玄注：「雲和，山名。」按樂器笙箏琵琶之屬，名「雲和」者甚多。《通考》謂其首爲雲象，因以名之，非周官之雲和也。

［三］飛鴻：嵇康《贈秀才入軍》詩：「手揮五弦，目送飛鴻。」

［四］洞庭波：《楚辭·湘夫人》：「嫋嫋兮秋風，洞庭波兮木葉下。」李白《書情題蔡舍人雄》詩：「舟浮瀟湘月，山倒洞庭波。」

［五］箄篥：吹樂器，以竹爲管，以蘆爲首，狀如胡笳而九竅，軍中吹以爲號。

## （二八一）送陸生惠南歸獨山[一]

藍謝冰生[二]怵我先，消寒小住九龍泉[三]。平時守默若蕭啞[四]，忽地放狂爲柳癲[五]。土塞孟門[六]成底事，薪填瓠子[七]待何年？子規[八]勸汝遄歸去，趁及荼蘼[九]釀酒天。欲赴河工，余力阻之。

**注釋：**

［一］陸惠南：生平不詳。獨山，縣名，在貴州東南部。

［二］藍謝冰生：《荀子·勸學》：「青取之於藍，而青於藍，冰水爲之，而寒於水。」《北史·李謐傳》：謐初師孔璠，數年後，璠還就謐請業。同門生爲之語曰：「青成藍，藍謝青，師何常，在明經。」

［三］九龍泉：王維《送方尊師歸嵩山》詩：「仙官欲往九龍潭，旄節朱幡倚石龕。」

［四］蕭啞：《南史·蕭坦之傳》：坦之肥黑無鬚，語聲嘶，時人號爲「蕭啞」。

［五］柳癲：《魏書·柳遠傳》：柳遠字季雲，性粗疏無拘檢，時人謂之「柳癲」。

［六］孟門：山名，在龍門山北，黄河兩岸，山西吉縣、陝西宜川之間，山勢綿延相接，其在河中者，實爲巨阸。堯時洪水，河出孟門之上，故禹特治之。漢賈讓曰：「大禹治水，山陵當路者毀之，故鑿龍門，辟伊闕，孟門即龍門之上口也。」

［七］瓠子：地名，在河南省濮陽縣南，亦曰瓠子口。漢武帝時，河決濮陽瓠子，注巨野，遍淮泗，帝發工塞之，築宣防宫其上。

［八］子規：見（一八四）詩第一首注［二］。

［九］荼蘼：即酴醾，酒名。《輦下歲時記》：「長安每歲清明，賜宰臣以下酴醾酒，即重釀酒也。」

## （二八二）題盧司馬贈公[一]六圖（六首）

### 一圖補衣草履，衆犬環之，倀倀[二]獨行，其時有被嗾事

百衲之衣雙足赬[三]，吾止且止行吾行。忽聞籬間趙師掔[四]，安見殿上提彌明。

注釋：

[一]盧司馬贈公：盧司馬，生平不詳。司馬，官名，六卿之一，掌軍旅之事。後世用以稱兵部尚書。稱府之同知亦曰司馬。贈公，舊制稱官員之父曰贈公，亦稱贈君，因任大官者，朝廷往往有封贈賞賚及其親也。

[二]倀倀：狂行不知所之也。《禮記·仲尼燕居》：「治國而無禮，譬猶瞽之無相與，倀倀乎其何之。」

[三]「百衲之衣雙足赬」句：百衲，僧衣，補綴多也。赬，赤色。

[四]「忽聞籬間趙師掔」二句：《左傳·宣公二年》：晉靈公不君，宣子驟諫，公患之，飲趙盾酒，伏甲將攻之。其右提彌明知之，趨登曰：「臣侍君宴過三爵，非禮也。」遂扶以下。公嗾夫獒焉。明搏而殺之。盾曰：「棄人用犬，雖猛何爲！」鬥且出。提彌明死之。掔：引，引縴也。

### 一圖輸金濟貧

有用之金置無用，雀飛[一]蝶化何爲哉？一朝散盡計良得，省却奴輩利我財。

注釋：

[一]雀飛：《搜神記》：南方有蟲，名青蚨，大如蠶子，取其子，母即飛來，以母血塗錢八十一文，以子血塗錢八十一文，每市物，或先用母錢，或先用子錢，皆復飛歸，輪轉無已。《文獻通考》：宋寧宗慶元二年，吴縣金鵝鄉銅錢百萬自飛。

## 一圖梅亭讀書

日與古聖賢相對，有亭翼然人晏如。百花都趁遊春劇，只有梅花酷愛書。

## 一圖施藥濟病

三神山[一]竟有迴船，施與人間不要錢。但得一丸舐其鼎[二]，也隨雞犬上升天。

**注釋：**

[一]三神山：《史記·秦始皇本紀》：蓬萊、方丈、瀛州，此三神山者，在渤海中，諸仙人及不死藥在焉。而黄金白銀爲宫闕。武帝使方士採藥，皆曰：「望見之，不能至。」

[二]「但得一丸舐其鼎」二句：《神仙傳》：淮南王安臨去時，餘藥鼎置在中庭，雞犬舐啄之，盡得升天，故雞鳴天上，犬吠雲中也。

## 一圖坐蓮葉泛大洋

東坡海市[一]見應稀，博望槎迴[二]是也非。比較争如蓮葉穩？粘天黑浪不霑衣。

**注釋：**

[一]東坡海市：海市，海市蜃樓。蘇軾《海市詩序》：「予聞登州海市舊矣，父老云：『常出於春夏，今歲晚，不復見矣。』予到及五日而去，以不見爲恨，禱於海神廣德王之廟，明日見焉，乃作此詩。」

[二]博望槎迴：見（五五）詩第二首注[一]。

## 一圖出獵

脱韝[一]一鷹從兩騎平聲，小隊西行安所之？獵取三十有音又六國[二]，滿山狐兔空爾爲。

注釋：

[一]韝：皮製之臂衣，養鷹者所用。

[二]「獵取三十有六國」句：《後漢書·班超傳》：「前世議者，皆曰：『取三十六國，號爲斷匈奴右臂，今西域諸國，自日之所入，莫不向化，大小欣欣，奉貢不絶。』」

## （二八三）荇帶[一]

以菜爲名不捄[二]饑，腰圍解道瘦勝肥。横紆荷柱通魚路，倒綰菱絲漾月輝。曉夢贈迷交甫珮[三]，秋香紉冷屈平衣[四]。槳牙劃得風漪碎，撈取星星水鏡歸。

注釋：

[一]荇帶：即荇菜，多年生草，葉似蓴，面青背紫，平貼水面，夏日開合瓣花，淡黄五裂。莖葉嫩時可食，故稱荇菜。《詩·周南·關雎》：「參差荇菜，左右采之。」

[二]捄：與救同。《漢書·董仲舒傳》：「將以捄溢扶衰。」

[三]交甫珮：《韓詩内傳》：鄭交甫遵彼漢皋臺下，遇二女，與言曰：願請子之佩。二女與交甫，交甫受而懷之，超然而去，十步，循探之，即亡矣。回顧二女，亦即亡矣。

[四]屈平衣：屈原《離騷》：「製芰荷以爲衣兮，集芙蓉以爲裳。」

# 海珊詩鈔注

【卷九】

## （二八四）故明潞王[一]妃墳

在輝縣城東二十五里，墳有二，左王右妃，妃陵園更宏麗，有萬曆敕封之碑，今改爲寺。康熙年間，僧以四百金買得之

福王[二]之國時，裝儲罄山積。潞乃帝母弟，其妃受封册。富亦不可量，塋制亘廣陌。外以石爲城，重門高百尺。拾級杖而登，殿寢嵌紺碧[三]。迴廊如遊龍，有亭鳥斯革[四]。繕具十年計，輸材萬夫力。枯骨期速朽，謾藏[五]鑑古昔。已而群盜[六]起，中原陵毀蝕。邑小僻在山，卒逢赤眉[七]赤。污吕后尸。襄陽投之水[八]，洛陽以鼎食[九]。寶玦青珊瑚[一〇]，草間淚沾臆。亡命棄故都，佛來宅其宅。歸降年不永[一一]，何以安魂魄。長夜漆燈翳，重泉銀盌匿。曩令裁流水[一二]，冬青數行植。麋鹿往遊焉，詎爲僧所得？下馬感盛衰，悠悠我心惻。潞簡王翊鏐，穆宗第四子，妃李氏，子常淓嗣。崇禎中，盜發王妃冢，常淓流寓於杭，順治三年六月降。

眉批：南岡先生曰：「厚葬誨盜，而前藩汰侈，卒致亂亡，亦以死見之。」

**注釋：**

[一] 潞王：朱翊鏐，穆宗朱載垕第四子，神宗朱翊鈞之弟，封潞王。

[二] 福王：朱由崧，明神宗朱翊鈞之孫，福恭王朱常洵之子，崇禎十六年襲封福王，明年李自成攻破京師，崇禎自縊死，南京諸臣迎立之，稱號弘光。清順治二年，兵敗被俘，死於北京。

[三] 紺碧：紺，青赤色；碧，深青色。謂以紺碧之色飾殿宇也。

[四] 鳥斯革：謂宮室之美麗。《詩·小雅·斯干》：「如鳥斯革，如翬斯飛。」革，鳥之翼；翬，鳥之奇異者。

[五] 謾藏：《易·繫》：「謾藏誨盜，冶容誨淫。」

[六] 群盜：統治者對農民起義的蔑稱。此指明末農民起義。

［七］赤眉：西漢末農民起義軍之一。王莽篡漢，瑯琊樊崇起兵於莒，恐與莽兵亂，因朱其眉以相别，曰赤眉。後爲光武所平。

［八］「襄陽投之水」句：《明通鑑》：莊烈帝崇禎十四年二月庚戌，張獻忠陷襄陽，執襄王翊銘於城南樓，屬巵酒曰：「我欲借王頭，使（楊）嗣昌以陷藩伏法，王其努力盡此酒。」遂與從子貴陽王常法同遇害。按「投之水」者，乃楚王朱華奎。恐作者記憶有誤。《明通鑑》：莊烈帝崇禎十六年五月壬戌，張獻忠陷武昌，縛楚王，籠而沉之江，盡殺楚宗室。

［九］「洛陽以鼎食」句：《明通鑑》：莊烈帝崇禎十四年正月丙申，李自成陷河南。初河南大旱蝗，人相食，民間藉藉，謂先王耗天下肥福王，洛陽富於大内。援兵過洛者，喧言王府金錢山積，而令我輩枵腹死賊手。南京兵部尚書吕維祺，方僑居洛陽，聞之懼，以利害告福王常洵，力勸其散財餉士，不從。城陷，王縋城出，匿迎恩寺，賊跡而執之。賊殺王，勺其血雜鹿肉以食，曰「福禄酒。」

［一〇］「寶玦青珊瑚」四句：謂潞王常淓遭亂離，草間偷活，李妃陵園，終爲佛寺。「寶玦青珊瑚」，指王室之寶物。

［一一］「歸降年不永」四句：謂潞王常淓流寓於杭，卒降清朝，而妃之陵墓亦不能保全。漆燈，見（一一八）詩「銅雀臺」注［七］。銀盌，殉葬寶器。《東京夢華録》：「駕詣射殿，一人口銜一銀盌，兩臂兩手共五只，箭來則能承之。」

［一二］「曩令裁流水」六句：謂倘薄葬，則不爲盜發，不爲僧寺。流水，《北史·蕭大圜傳》：「面修原而帶流水，依郊甸而枕平原。」

## （二八五）遊蘇門山，示徐堉見初昆季並三子 百泉出此山下［一］

蘇門山庳隘，濯濯［二］無顔色。孫登鸞鳳嘯［三］，阮籍鴟鳶嚇。風雨颯中天，百獸爲之匿。臨眺動群疑，虚名若浪得。而我不謂然，闡微貴摭實。此山空其中，上土下則石。萬竅搜天根［四］，一綫貫地脈［五］。靈氣縈繞之，源源通不塞。運濟衛河流，濫觴［六］罅縫坼。其功助灌溉，其害謝沖激。倒浸玻瓈屏，山固兼水德。嗒然［七］不自明，悃愊［八］道用默。受侮於目論［九］，甄藻賴賓識。朗朗見山心，白雲澹夷懌。清輝閣名良復佳，試泊張融［一〇］宅。

**注釋：**

[一]蘇門山：在河南省輝縣西北七里，一名蘇嶺，又名百門山，上有百門泉，故名，爲太行之支脈。這首五言古詩，詠蘇門山，辯解人們對山的認識不深，以爲童山濯濯，貌不驚人。其實山有竅穴，百泉出其下，運濟衛諸河均濫觴於此，有灌溉之功，山具水德。詩雖詠山，實寓評價人物不可貌相之意，蓋以誡其子婿者。

[二]濯濯：形容山無草木，光禿狀。《孟子·告子上》：「是其日夜之所息，雨露之所潤，非無萌蘖之生焉，牛羊又從而牧之，是以若彼濯濯也。」

[三]「孫登鸞鳳嘯」二句：《世説新語·棲逸》：阮籍嘗於蘇門山遇孫登，與商略終古及棲神導氣之術，登皆不應，籍因長嘯而退。至半嶺，聞有聲若鸞鳳之音，響乎巖谷，乃登之嘯也。鴟鳶嚇，《莊子·秋水》：惠子相梁，莊子往見之。或謂惠子曰：「莊子來，欲代子相。」於是惠子恐，搜於國中，三日三夜。莊子往見之曰：「南方有鳥，其名爲鵷鶵……非梧桐不止，非練實不食，非醴泉不飲。於是鴟得腐鼠，鵷鶵過之，仰而視之，曰：『嚇！』今子欲以子之梁國嚇我邪？」

[四]天根：氐宿之别名。《爾雅·釋天》：「天根，氐也。」郭璞注：「角亢下繫於氐，若木之有根。」

[五]地脈：王充《論衡》：「水者，地之血脈。」

[六]濫觴：謂水之發源處，僅泛一觴之微也。《孔子家語》：「夫江始於岷山，其源可以濫觴。」

[七]嗒然：喪魂失魄貌。《莊子·齊物論》：「南郭子綦隱几而坐，仰天而噓，嗒焉似喪其耦。」

[八]悃愊：誠樸不炫耀也。《後漢書·章帝紀》：「安静之吏，悃愊無華，日計不足，月計有餘。」

[九]目論：謂見識膚淺也。《史記·越世家》：「吾不貴其用智之如目，見毫毛，不見其睫也。今王知晉之失計，而不自知越之過，是目論也。」

[一〇]張融：字思先，南齊吴郡人。有早譽。廣越嶂嶮，獠賊執融將殺食之，融神色不動，方作《洛生詠》，賊異，釋之。浮海至交州，於海中作《海賦》，文辭詭激。累官至太子中庶子、司徒左長史。太祖奇愛之，嘗曰：「此人不可無一，不可有二。」有文集名《玉海》。

## （二八六）新鄉[一]過黃河故道 縣亦有臨清關

臨清[二]虛設一重關，下有河形亘此間。假道豈容兼沁水[三]，拍堤何止及金山[四]？石洋東塞功仍舊，金明昌五年，泛及金山，次年塞石洋河，仍其舊。原武[五]南通勢轉灣。龍性喜遷無治法，請從天上便西還。黃河昔從縣南入界，沁水從縣西入界，自元時，河改從原武東南流徑陽武。

注釋：

[一] 新鄉：縣名，在今河南省北部新鄉市附近。詩詠新鄉縣境的黃河故道，對黃河常常改道，有無可奈何之感。

[二] 臨清：關名，在新鄉縣東北。又一在山東臨清縣運河上。

[三] 沁水：在河北省邯鄲縣西。

[四] 金山：山名金者甚多，此指在河南省新鄉者。

[五] 原武：縣名，在河南省北部。

## （二八七）過大梁，書李光壂《守汴日記》後[一]

國家無兵又無餉，空腹空拳與賊抗。雲梯柏臺高於城，城上懸樓屹相向。藥煙一綫紅光開，地皮倒陷轟雄雷。從空磨盤星迸落，血肉狼藉飛灰埃。督師丁啟睿[二]茫茫喪家狗，畏賊如虎背而走。按臣嚴雲京臨河不敢渡，委棄孤城要誰守？城中食盡人食人，牛皮皮襖遭割烹。鹽池忽生纓絡草，拌入魚米蔥油並。紅蟲，即金魚子，加蔥油炒食，謂其味如魚米。馬矢尾追手俯拾，糞堆中物靡不爭。鳩形鵠面滿路側，白晝陰陰火光黑。抵死終無一人降，神號鬼哭呼殺賊。賊一再至鋒甚凶，刻期肉薄乘我墉。三至意態反閒暇，雌伏處女啞以聾。

黃河天上鞭魚龍，齧堤北入崩而東。城如仰盂水羹沸，萬馬蹴踏鳴萬鐘。艮嶽[三]差高没至頂，周王何罪瀦其宮？人盡擠之窟穴底，一切葬具無所庸。賊前閉氣規地脈，順勢導與黃河通。黃河一通不可塞，賊亦奔逃喪魂魄。彫攰[四]百年今漸蘇，城之四隅草其宅。鍬鋤掘深二三尺，屋脊宛然瓦龜坼。下埋金寶未銷泐，川媚山輝[五]一富國。

**注釋：**

[一] 大梁：即開封。李光壂，明祥符人，字康侯，貢生。崇禎中，李自成攻汴，光壂率兵抵抗。敘功，以知縣用。有《守汴日記》。明崇禎十四年十二月起，李自成三次攻開封，次年九月，開封久困食盡，人相食。巡撫高名衡、推官黃澍不能支持，引黃河水環壕以自固，並決堤灌自成軍。自成先營高處得免。河流入城，水如山嶽，水驟長二丈餘，士民溺死數十萬，高名衡、周王朱恭枵等以小舟逃出城外，自成入城擄餘民數千而去。

[二] 丁啟璿：時任河南督師，會同楊文岳、左良玉、虎大威等率軍援開封，在朱仙鎮兵潰而逃。

[三] 艮嶽：宋徽宗所築之假山，在開封城内東北隅。

[四] 彫攰：攰，即敝字，不正貌。彫攰，破敗之形。

[五] 川媚山輝：陸機《文賦》：「石韞玉而山輝，水懷珠則川媚。」

## （二八八）朱仙鎮[一]弔岳忠武

憑弔朱仙鎮，當年此駐師。長河飲怒馬，老樹見歸旗。二帝遊魂遠，千秋墮淚遲。空塋風雨夜，亦有向南枝[二]。湯陰故里，有葬衣冠墓。

注釋：

［一］朱仙鎮：在河南省開封西南，以朱亥故里而得名。宋岳飛曾擊敗金兵於此。

［二］向南枝：傳説西湖岳墳，松檜枝皆南向。

## （二八九）許州曲水園求筍不得，題旅店主人壁★（原詩缺）

## （二九〇）潁橋弔李元禮墓［一］

碧血千年化水濱，回天力盡遂亡身。知臨虎穴攖常侍，忍仆龍門負黨人。覆轍可堪尋白馬［二］，禍胎竟至釀黃巾［三］。東林［四］亦遘同文獄，漢碣摩挲重愴神。

眉批：迴環推宕古今三大黨案，一綱盡之。

注釋：

［一］李元禮：見（六七）詩注［三］。這首七言律詩，憑弔東漢爲宦官排斥的李膺之墓，對李的高風亮節，表示欽仰，想到明末東林黨人亦遭宦官陷害，前後如出一轍，不勝感慨。

［二］白馬：古時常殺白馬祭神而盟。此處指李膺與竇武盟約共除宦官。

［三］「禍胎竟至釀黃巾」句：此句謂漢末黨錮之禍引起黃巾起義。黃巾，東漢末之農民起義。靈帝時，巨鹿人張角，奉事道教。以符咒治病，號太平道，遣弟子轉相誑惑，衆至數十萬，見漢室日衰，遂起爲亂，皆著黃巾，時人謂之黃巾賊。皇甫嵩討平之。

［四］東林：見（四〇）詩注［一五］。

## （二九一）過襄城[一]，示二兒 蛟龍池，在縣北。《左傳》「龍鬥於時門外」，即此。又徐君墓、延陵季子掛劍處，在城北十里

北走襄陽道[二]，舟車亦四衝。夾城縈潁洛[三]，穴地鬥蛟龍[四]。潦減秋田麥，寒留曉樹松[五]。延陵曾掛劍[六]，荒遠墓雲封。

**注釋：**

[一]襄城：縣名，以周襄王嘗居於此而得名，在河南省許昌市東南。

[二]「北走襄陽道」句：「北」，世綸堂本作「此」。

[三]潁洛：二水名，均在河南省境。

[四]鬥蛟龍：見作者題下注。

[五]「寒留曉樹松」句：「松」，世綸堂本作「淞」。

[六]「延陵曾掛劍」句：《史記·吴泰伯世家》：季札之初使，北過徐君。徐君好季札劍，口弗敢言。季札心知之，爲使上國，未獻。還至徐，徐君已死。乃解其寶劍，繫之徐君冢樹而去。從者曰：「徐君已死，尚誰予乎？」季子曰：「不然。始吾已心許之，豈以死倍吾心哉。」按《寰宇記》云，掛劍處在安徽泗州治北一百二十里，安湖西岸，有土阜類臺，徐君墓也，不知孰是。

## （二九二）渡洛水 在襄城南門外，石橋數十丈，橫貼水面，有船有小車，販煙葉者集此

淡巴菇[一]葉捆成堆，槳打潛魚跋浪開。橋面不應低貼水，宓妃[二]夜半步虛來。

注釋：

〔一〕淡巴菰：煙草的譯名，由菲律賓傳入我國。

〔二〕宓妃：司馬相如《上林賦》：「若夫青琴、宓妃之徒者，絶殊離俗，妖冶嫺都。」李善注引如淳曰：「宓妃，伏羲氏女，溺死洛，遂爲洛水之神。」

## （二九三）昆陽城望光武軍戰處〔一〕（二首）

陣壓如山一面當，不勞突騎佐漁陽〔二〕。兵因數少翻騰趠，帝尚年輕易奮揚。計定入關除莽亂，功成踰月哭兄喪〔三〕。艱危卒就中興業，此是開基大戰場。

注釋：

〔一〕昆陽：今名葉縣，在河南省南陽附近。東漢光武帝劉秀大破王莽兵百萬於此。

〔二〕「不勞突騎佐漁陽」句：突騎，衝突敵陣之騎兵。《漢書·光武帝紀》：「平原易地，輕車突騎。」漁陽，漁陽郡，唐置，在今河北省薊縣、平谷縣一帶。唐時，漁陽突騎，號稱勁軍。

〔三〕哭兄喪：劉秀之兄劉縯，與秀同起義於南陽，大敗莽兵後，更始立爲帝，拜縯大司徒，封漢信侯，旋爲更始所害。光武即位，進封齊武王。

尸填滿野水流丹，雷鼓從天怒上干〔一〕。項羽不能誇巨鹿〔二〕，王郎多事起邯鄲〔三〕。尚尊讖緯誣《周禮》〔四〕，劉歆以讖緯竄入《周禮》，故此書真僞各半，而光武仍以緯學治天下。旋睹威儀復漢官〔五〕。從此執金吾不羨〔六〕，遷都終合建長安〔七〕。

**注釋：**

[一]「雷鼓從天怒上干」句：昆陽之戰，劉秀兵只數千，衝突莽軍。適值雷雨大至，莽軍遂崩潰。這句謂王莽無道，上干天怒，下雷雨以助劉秀成功也。

[二]「項羽不能誇巨鹿」句：巨鹿，郡名，秦置，在今河北省邢臺市東北，今爲縣名。項羽大破秦軍於此。此句謂昆陽大戰超過巨鹿之戰。

[三]「王郎多事起邯鄲」句：據史載：王郎本賣卜爲業，乘漢末大亂，冒充漢成帝之子劉子輿，稱帝於邯鄲，後爲光武討平。

[四]讖緯：讖，預兆也，如符讖、圖讖等，皆言將來得失之兆者。緯，書名，六經皆有緯，如《易緯》、《詩緯》等，相傳爲經之支流，亦孔子所定，後世因其多陰陽五行家言，遂以吉凶占驗之事爲緯，如圖緯、讖緯。史載：劉秀信讖緯，起兵前，於蔡少公家，聞説依圖讖劉秀當爲天子，遂決意起兵。

[五]漢官儀：光武帝平定天下，入長安，父老夾道聚觀，曰：「久不睹漢官威儀矣。」

[六]不羡執金吾：《後漢書·光武帝紀》：陰麗華，新野人。初光武聞其美，悦之，嘗歎曰：「仕宦當作執金吾，娶妻當得陰麗華。」後果納之，生明帝。郭后廢，立爲后。

[七]「遷都終合建長安」句：光武立，遷都洛陽。此句謂洛陽四戰之地，不如長安據關中扼險可守。

## （二九四）舊縣[一]二絶（二首）

**葉尹墨池**[二]在飼龍臺旁，俗傳沈諸梁畫龍泚筆處

飼龍既有臺，畫龍亦有水。蒙恬[三]尚未生，安得管城子？[四]

眉批：秦以前已有筆，此案《博物志》。

注釋：

[一] 舊縣：即葉縣，在河南省南陽附近。

[二] 葉尹墨池：葉尹，即沈諸梁。沈諸梁，字子高，食采於葉，因以葉爲氏。尹：官名，如縣尹。《新序·雜事》：葉公子高之好龍，雕文畫之，天龍聞而下之，窺頭於牖，施尾於室，葉公見之，五色無主。是葉公非好龍也，好其似龍非龍也。後人因葉公畫龍，遂附會有墨池。

[三] 蒙恬：秦將，統兵禦匈奴，督造長城。相傳筆是其發明創造者。見《古今注》。

[四] 管城子：筆的別名。見韓愈《毛穎傳》。

## 王喬[一]墓

賜履點朝班，飄颻落網間。到頭飛不去，遺蛻[二]在青山。山谷《雙鳧觀》詩：「青山空在衣冠古。」

注釋：

[一] 王喬：東漢河東人，明帝時爲尚書郎，出爲葉令，朔望常自縣來朝。帝怪其來數而不見車騎，令太史觀之，言其臨至有雙鳧飛來。於是候鳧至，舉羅張之，得一舄，乃所賜履也。或曰古仙人王子喬。

[二] 遺蛻：謂人死所遺尸體。

## （二九五）入南陽郡[一]

光武中興地，披圖我素諳。龍池星聚五，五龍池。鴉路鼎分三。三鴉路。山勢連商阪[二]，江聲劃漢南[三]。最多名士傳，懷古輒停驂。

注釋：

[一] 南陽：今南陽市，在河南省。東漢光武帝劉秀爲南陽之宛人，平王莽，創立東漢王朝。從光武起兵者，多爲南陽人。

[二] 商阪：一名商山，在陝西省商縣東。「四皓」避秦亂，隱居於此。

[三] 漢南：指漢水流域。

## （二九六）博望城 張騫故封[一]

侯封故里望依稀，太息西行應募非。海上牛羊拘屬國[二]，月中環珮送明妃[三]。烽屯絶塞崑崙遠，血膏去聲離宫苜蓿[四]肥。使者何功膺上賞？歸槎載得石文機[五]。

眉批：被拘辱國屈體，和親、勞師，遠征耗財，飼牧有罪無功，何當封之有。

注釋：

[一] 博望城：在河南省南陽市東北，今爲縣。張騫，《漢書·張騫傳》：騫，字子文，河内成國人。以郎應募使月氏，爲匈奴所留。亡歸，以校尉從大將軍擊匈奴，知水草處，軍得以不乏。封博望侯，拜中郎將。出使烏孫致賜諭指，分遣副使使大宛、康居、月氏、大夏。烏孫報謝。西北國始通於漢。還拜大行。旋卒。諸後使往者，皆稱博望侯以爲信於外國。

[二] 屬國：《史記》：蘇武，字子卿，杜陵人。天漢初，以中郎將使匈奴，被留十九年，齧雪餐氈，仗節牧羝海上，得還，拜典屬國。宣帝立，賜爵關内侯，圖形麒麟閣。

[三] 明妃：即王嫱。《漢書·匈奴傳》：單于自言，願婿漢氏，以自親。元帝以後宫良家子王嫱字昭君賜單于。

[四] 苜蓿：即金花菜。《史記·大宛傳》：馬嗜苜蓿。漢使取其實來，於是天子始種苜蓿。

〔五〕「歸槎載得石支機」句：見（五五）詩第二首注〔一〕。

## （二九七）渡淯水 即白水，今名白河，諸將立更始於此〔一〕

白河依舊水流澌，曾見群雄歃血時〔二〕。祖臘分歸銅馬帝〔三〕，孫心名假牧羝兒〔四〕。雲臺有氣龍方鬥〔五〕，威斗無靈火漸移〔六〕。可惜伯升〔七〕爲誰死？寒風蕭颯到今悲。

注釋：

〔一〕淯水：一名白河，源出河南嵩縣西南攻離山，東南流經南陽，至湖北襄陽縣，合唐河入漢水。更始，年號。王莽篡漢，天下兵起，立劉玄爲天子，號更始。

〔二〕「曾見群雄歃血時」句：歃血，盟誓也。謂王莽篡漢，新市、平林、下江諸將擁劉玄號聖公者稱帝一事。

〔三〕「祖臘分歸銅馬帝」句：祖臘，臘祭祖先也。銅馬，爲王莽時起義軍之一支，後爲光武擊破，衆降光武，故人稱光武爲銅馬帝。

〔四〕「孫心名假牧羝兒」句：《史記·項羽本紀》：范增說項梁曰：「陳勝敗固當。夫秦滅六國，楚最無罪，自懷王入秦不返，楚人憐之至今，故楚南公曰：『楚雖三户，亡秦必楚也。』今陳勝首事，不立楚後而自立，其勢不長。今君起江東，楚蜂起之將，皆爭附君者，以君世世楚將，爲能復立楚後也。」於是項梁然其言，乃求楚懷王孫心民間，爲人牧羊，立以爲楚懷王，從民所望也……項王欲自王，先王諸將相謂曰：「天下初發難時，假立諸侯後以伐秦，然身被堅執鋭首事，暴露於野，三年滅秦定天下者，皆諸將相諸君與籍之力也。」

〔五〕「雲臺有氣龍方鬥」句：雲臺，《後漢書·明帝紀》：永平中，顯宗追感前世，乃圖畫二十八將於南宫雲臺。龍方鬥，《易·坤》：「龍戰於野，其血玄黄。」後因謂群雄爭天下之際爲龍戰。《後漢書·光武紀》：讖文：「劉秀發兵捕不道，四夷雲集龍門野。」

［六］「威斗無靈火漸移」句：威斗，《漢書·王莽傳》：象北斗，長二尺五寸，王莽所作。莽出在前，入在御旁，欲以厭勝寇亂，故名。火漸移，漢以火德王。謂威斗無靈，帝業仍歸於漢。

［七］伯升：光武帝之兄劉縯，字伯升。爲更始帝所殺。見（二九三）詩第一首注［三］。

## （二九八）臥龍岡[一]訪武侯草廬 明宣德中，就廬址建祠，春秋致祭

山脈起嵩少[二]，蜿蜒西南馳。崖斷截奔馬，龍頭覆壓之。武侯本流寓[三]，相地愜所宜。躬耕置理亂，長謝與世辭。其時天下才，魏得什八九。吴亦大有人，抗衡劃江守。帝胄[四]無尺土，又無開濟手[五]。躍馬避險艱[六]，拊髀歎衰朽。軒軒三顧餘，一龍爲我有。出處關際會，漢廈扶將傾。世盡昧大義，卓哉趙順平[七]。後世短將略[八]，據蜀宜斂兵。顧維付託重[九]，敢忘白帝城。伯仲見伊吕[一〇]，杜陵實公評。竊比於管樂[一一]，謙詞懼過情。草廬今安在？憑軾[一二]興不淺。廟勢拱荆樊，博望鎮有廟在山頂。泉神達漢沔。廬有井，青石爲床，汲綆渠數百道，數不能真。入夜聞兵聲，有道士居住，夜聞兵聲，乃移去。馨香臚祀典。歌罷神弦曲[一三]，風雲莽舒卷。

**注釋：**

［一］臥龍岡：在河南省南陽市西南，起自嵩山之南，綿亘數百里，至此截然而止，迴旋盤繞。相傳諸葛亮草廬在焉。（見《清一統志》）據《三國志》，亮家在襄陽城西二十里隆中，流寓南陽。

［二］嵩少：指嵩山、少室山。

［三］「武侯本流寓」句：諸葛亮琅琊陽都人。早孤，隨從父玄官豫章太守。玄將亮及亮弟均之官，故曰流寓。

［四］帝胄：先主劉備，漢景帝子中山靖王勝之後，故云。

［五］開濟手：謂開創帝業，濟世治民之大臣。杜甫《蜀相》詩：「三顧頻煩天下計，兩朝開濟老臣心。」

［六］「躍馬避險艱」二句：《世語》：「備屯樊城，劉表禮焉。憚其爲人，不甚信用。曾請備宴會，蒯越、蔡瑁欲因會取備，備覺之，僞如廁，潛遁出。所乘馬名的盧。騎的盧走，墮襄陽城西檀溪水中，溺不得出。備急曰：『的盧，今日厄矣，可努力。』的盧乃一躍三丈，遂得過，乘桴渡河。中流而追者至，以表意謝之曰：『何去之速乎？』」拊髀，《九州春秋》：「備住荆州數年，嘗於表坐起至廁，見髀裏肉生，慨然流涕。還坐，表怪問備，備曰：『日月若馳，老將至矣，而功業不建，是以悲耳。』」

［七］趙順平：趙雲，字子龍，蜀漢真定人。事劉備，官至翊軍將軍。建興初，封永昌亭侯。遷鎮軍將軍。卒謚順平。

［八］「後世短將略」句：《三國志·諸葛亮傳》：「評曰：『可謂識治之良才，管蕭之亞匹矣，然連年動衆，未能成功，蓋應變將略，非其所長歟？』」

［九］「顧維付託重」二句：先主劉備於白帝城託孤於諸葛亮。

［一〇］「伯仲見伊吕」二句：伊吕，伊尹、吕尚。杜甫《詠懷古蹟五首》（其五）詩：「伯仲之間見伊吕，指揮若定失蕭曹。」

［一一］「竊比於管樂」二句：諸葛亮嘗自比於管仲、樂毅。

［一二］軾：輿前横木，乘車有所敬，則俯而憑之。《淮南子》：「魏文侯過其閭而軾之。」

［一三］神弦曲：祀神所用之樂曲。《古今樂録》：神弦歌十一曲：一曰宿阿，二曰道君，三曰聖郎，四曰嬌女，五曰白石郎，六曰青溪小姑，七曰湖就姑，八曰姑恩，九曰採菱童，十曰明下童，十一曰同生。古詞並見古詩紀，皆晉人所作也。

## （一一九九）樊城感左寧南事 先封伯，晉爲侯［一］

百里長溝一夜城［二］，左家從此不能兵。山河運盡英雄老，侯伯封高盜賊輕。旗脚星移無定所，馬蹄雷動只虛聲。樊城舊是屯營地，滿目頹雲暮氣生。

注釋：

［一］樊城：在湖北省北部，跨漢水，今稱襄樊市。左寧南，左良玉，明臨清人，字崑山。初爲都司，積功封寧南侯，擢太子太保。與張獻忠、李自成戰，拒清兵，頗有功。福王時，引兵討馬士英，至九江死。

［二］「百里長溝一夜城」句：《明史》：懷宗十年二月，左良玉大破賊於舒城、六安，連戰三捷。總兵張國維檄良玉入山搜捕。良玉新立功，驕蹇不奉調發。十一年正月，良玉破賊於鄖西。十三年二月，左良玉大破張獻忠於太平縣之瑪瑙山。獻忠止千餘騎自隨，遁入興歸山中。良玉屯興安、平利諸山，連營百里。諸軍憚山險，圍而不攻，致獻忠復振。

## （三〇〇）宿江城[一]，晨起即事

江城鼓歇一燈懸，竹葉春宣城酒名寒飲少眠。涼笛生於無月夜，曉鶯啼及未花天。水邊魚氣濛濛霧，樓外山光澹澹煙。試問白銅鞮[二]唱罷，近來可有弄珠仙[三]？

注釋：

［一］江城：即宜城，在湖北省襄陽附近。

［二］白銅鞮：一作白銅蹄。樂名。《隋書·音樂志》：梁武帝在雍鎮，童謡云：「襄陽白銅蹄，反縛揚州兒。」識者曰：「白銅蹄，馬也。白，金色也。」及義師之興，實以鐵騎，揚州之士皆面縛，果如謡言。即位後，帝自爲詞三曲，以被管弦。《古今樂録》：「襄陽《白銅鞮》，梁武帝西下所製也。」

［三］弄珠：張衡《南都賦》：「耕父揚光於清泠之淵，遊女弄珠於漢皋之曲。」王適《江濱梅》詩：「不知春色早，疑是弄珠人。」

## （三〇一）渡襄江[一]，題酒樓壁

代謝諸賢記勝遊[二]，大堤剩有最高樓。風吹歌舞如花去，月展江山與酒謀。封殖至今推格壘[三]，審音多半出黎邱[四]。一時冠蓋飄零盡，重鎮空傳南雍州[五]。

**注釋：**

[一] 襄江：指漢水經襄陽一段。

[二]「代謝諸賢記勝遊」句：《襄陽耆舊傳》，歷載襄陽著名人物。

[三]「封殖至今推格壘」句：封殖，《左傳·昭公二年》：晉宣子宴於季氏，有嘉樹焉，宣子譽之。武子曰：「敢不封殖此樹，以無忘角弓。」格壘，姓格名壘，清初人，善於封殖者。

[四]「審音多半出黎邱」句：黎邱，在今湖北省宜城縣北，王莽時，秦豐據黎邱，稱楚黎王。此句謂黎邱人善音律。

[五] 南雍州：即襄陽。五胡十六國時，雍州僑寄於襄陽。

## （三〇二）題贈襄陽杜羹臣明府，兼呈陳白崖太守[一]

槎頭出網酒懸旌，半日淹留十載情。甲子冬，别於京邸。絲竹從新編禮逸，竹簡青絲簡編，楚昭王冢中掘得，南齊劉繪曰：「此《周禮》逸編。」池臺終古愛詩名。荆樊仲介牛頭勢，牛頭，山名，在均州。江漢長流虎爪聲。襄水中有物如虎掌爪。付與登臨賢太守，落梅風裏聽倉庚。太守曾和予《後梅花》詩四首。

**注釋：**

［一］杜羹臣、陳白崖：杜羹臣，杜鼒，字羹臣，號聽松軒，濱州人。陳白崖，陳鍔，字霜赤，號廉泉，一號白崖、孝質先生，吴江人。

## （三〇三）口號

琵琶在手不停聲，飯甑輕煙水面生。莫向野鷹臺[一]上望，斷腸最是囀春鶯。

眉批：使襄陽事恰好。

**注釋：**

［一］野鷹臺：即呼鷹臺，劉表所築，在襄陽東七里，高三丈，周七十丈。見《襄沔記》。《襄陽耆舊傳》：「劉表爲荆州刺史，築臺名呼鷹。仍作《野鷹來》曲。」

## （三〇四）入安陸郡，由富市之石城

安陸，明嘉靖間曰興都，富市即漢新市也。莫愁村在石城，今因金陵莫愁湖名較著，忘其爲楚産矣

道是興都跡已陳，江山到眼境猶新。漢因帝業收群盜[一]，楚以村名贖美人[二]。黯黯風雲如欲暮，娟娟水月四字見項安世詩却逢春。披襟當處歌聲起，白雪樓高不動塵[三]。樓以陽春白雪名，在府南城上。

注釋：

[一]「漢因帝業收群盜」句：王莽時，天下大亂，平林、新市兵起，光武帝劉秀收以爲創業之本。

[二]「楚以村名贖美人」句：莫愁，古美女，石城人。《舊唐書·音樂志》：莫愁樂，出於石城樂。石城有女子，名莫愁，善歌謡。故歌云：「莫愁在何處？莫愁石城西，艇子打兩槳，催送莫愁來。」《清一統志》：「石城，在竟陵，今湖北之鍾祥縣。縣西有莫愁村。」

[三]不動塵：謂樓高歌聲不能使梁塵墜落也。《列子·湯問》：「韓娥過雍門，鬻歌假食，既去而餘音繞梁欐，三日不絶。」《七啟》：「飛聲激塵，依違厲響。」激，飄也，此言善歌者。

## （三〇五）訪龍洞古跡★（原詩缺）

## （三〇六）雨霽，由園林之建陽[一]

車幃三日閉新婦，今朝明霽眉始開。遠坡樹欲向空立，平嶺水從何處來？屋若斷雲不成族，田皆斜幅誰所裁？自鄢之郢[二]四百里，黑土一色夷陵[三]灰。皆黑壤。

注釋：

[一]園林、建陽：均地名，在湖北省宜城、鍾祥縣境。

[二]鄢郢：鄢：今湖北省宜城縣境。郢：今湖北省鍾祥縣。

[三]夷陵：縣名。本楚先王墓名。秦白起攻楚，燒夷陵，即指此，後即以名縣。

## （三〇七）登雄楚樓[一]（二首）

西陝荊州爲西陝，見《元和志》遮三楚[二]，南音[三]革百蠻。奔瀧狼尾磧，叱馭虎牙山[四]。樹隱空煙外，朱子《曲江樓記》語。花霏絳雪堂名間。雄風[五]樓畔起，四望一開顏。

**注釋：**

［一］雄楚樓：在襄陽。

［二］三楚：《漢書》顔師古注引孟康曰：「舊名江陵爲南楚，吴爲東楚，彭城爲西楚。」梁元帝蕭繹五言詩：「留滯淹三楚，巑岏保一城。」

［三］南音：《吕氏春秋・音律》：「禹未遇而巡省南土，塗山氏之女乃令其妾候禹於塗山之陽，女乃作歌，歌曰：『候人兮猗。』實始爲南音，周公召公取風焉，以爲《周南》、《召南》。」

［四］狼尾磧、虎牙山：均在襄陽附近。

［五］雄風：宋玉《風賦》：「清清泠泠，愈病析酲，發明耳目，寧體便人，此所謂大王之雄風也。」

上游推重鎮，合築寸金堤。堤堅厚，故以寸金名。拊背憑三海，孟珙[一]引諸澤水成之，以護城。吞胸納五溪[二]。地蟠衡嶽北，天壓武關[三]西。戍鼓[四]今虛設，滿街歌踏蹄[五]。

**注釋：**

［一］孟珙：字璞玉，宋將，以功封漢東郡侯，兼京湖安撫制置使，知江陵府，屢敗金師。端平初，與元共滅金。守荆襄二十年，朝廷賴之。有恢復志，未就而卒。贈太師，吉國公，謚忠襄，廟曰威愛。

［二］五溪：《水經志》：「武陵有五溪，謂雄溪、樠溪、西溪、潕溪、辰溪，悉蠻夷所居。」
［三］武關：在陝西商縣東。
［四］戍鼓：戍樓鼓角，古代兵士駐防之所，鼓角用以警夜者。
［五］歌踏蹄：見（三〇〇）詩注［二］。「蹄」，世綸堂本作「啼」。

## （三〇八）書《精華録・漫興雜感》諸詩後［一］ 因詩首及荆襄，固余甫經地，故有是作（四首）

親藩護衛削嫌遲［二］，明宸濠。異姓王封徙更宜。成命毋收須用斷［三］，反形已具又何疑。關中降盜罹袄鳥［四］，馬鷂子等。江左嚴城卧老羆。長沙守臣，望風奔逸。若使先期防守密，只消折簡便招攜。

**注釋：**

［一］《精華録》：清王士禛撰，十卷。士禛爲清初詩人，吟詠繁富，擇其優者匯成《精華録》。這四首七律，乃作者讀了《精華録・漫興雜感》諸詩後，對所詠史事有所感觸，因而寫了這些書後之詩。詩對吴三桂反清和耿、尚附逆以及回疆之亂均加評騭，表現了傾向清廷的思想。

［二］「親藩護衛削嫌遲」二句：謂宗室親藩反跡暴露，固應及早削藩平定，至於如吴三桂、尚之信、耿精忠乃異姓王，防其反叛，徙封更爲適宜。宸濠，明太祖子寧王朱權之後代。明武宗時，反於南昌，攻南康九江，沿長江東下，攻安慶，將襲南京。王守仁起兵攻南昌，宸濠回救，被擄。異姓王封，指叛明降清之吴三桂、耿精忠、尚可喜。吴封平西王，尚封平南王，耿襲祖仲明封爲靖南王。吴三桂，字長白，高郵人。崇禎時爲總兵，鎮山海關。李自成攻下北京，三桂引清軍入關，破自成，被封爲平西王，鎮雲南。康熙議撤藩，三桂乃叛，稱天下都招討大元帥，旬月間，攻下雲南、貴州、四川、湖南、廣西各省。耿精忠、尚可喜皆起響應，旋於衡陽稱周帝。不久，病死。其孫世璠襲位，逃雲南，爲清軍所滅。耿精忠，清遼東人。祖仲明，

以明官降清，從世祖入關，封靖南王。父繼茂襲封，鎮福建。與吴三桂、尚之信、孔有德爲清初四藩。精忠嗣位，與吴三桂同反，旋爲清軍擊敗投降，仍統所部，後又謀叛，被殺。尚可喜，遼東人。仕明爲遊擊。降清，從世祖入關，封平南王。平湘粵有功，鎮廣州。吴三桂起兵雲南，可喜之子之信附之。可喜旋以憂死。之信降清。

［三］「成命毋收須用斷」二句：謂康熙決定撤藩，大臣膽小，主張勿撤，康熙不爲動摇。反形已具，謂吴三桂聞撤藩消息，密函耿精忠，相約反叛事。

［四］「關中降盗罷祆鳥」二句：謂祆教徒馬鷂子等從吴叛，陝西不安。老罷，謂湖南巡撫盧振、提督桑額守長沙，吴軍入湖南，即望風奔潰也。

跋扈雄風萬里生［一］，隔江烽火照襄荆。險憑鐵壁［二］因藏甲，富倚銅山［三］可鑄兵。閩粵雞連空鼎峙［四］，戎蠻烏合易巢傾。天亡劉濞征無戰［五］，坐障黄河側手成。

**注釋：**

［一］「跋扈雄風萬里生」二句：謂吴三桂鎮雲南，驕横不法，反清後，進至長沙，聞其子應熊被清所殺，乃進至湖北松滋，將進襲荆襄，遥應陝西之王輔臣等。

［二］鐵壁：謂城堅不可破也。指吴據雲南。徐積《和倪復》詩：「金城不可破，鐵壁不可奪。」

［三］銅山：《漢書·文帝紀》：文帝嘗以蜀之嚴道銅山，賜佞臣鄧通，使得自鑄錢，富甲天下。此處指吴攻下四川後，可用銅山鑄兵。

［四］「閩粵雞連空鼎峙」二句：謂吴連閩之耿精忠，粵之尚可喜，成鼎足之勢，但耿、尚反復不可靠也。戎蠻，謂吴連戎蠻，亦烏合不足恃。雞連，《戰國策》：秦惠王謂，蘇秦欲連六國抗秦，其勢不可能，猶連雞之不可俱止於棲。

［五］「天亡劉濞征無戰」二句：劉濞，漢初封吴王，後連七國反，漢遣周勃討平之。此借指吴三桂。征無戰，天子之

師，有征無戰。坐障黃河，謂吳三桂之反，未能越黃河也。

金甌無缺泰階平[一]，不意同時告變生。邊隙竟亡甥舅禮[二]，噶爾噶。海氛又盜婦翁兵[三]。孔壯武婿孫延齡。頻啼杜宇全家血，楊三知、劉士英及劉欽鄰、陳丹赤、徐喆、王臨元、諸士英諸家。忽墮妖星大將營[四]。王輔臣攻殺莫忠愍。以次剪除如反掌，受降兼許築三城[五]。

**注釋：**

[一]「金甌無缺泰階平」二句：謂清初太平無事，不意三藩之叛，忽然起也。金甌，喻疆土完整。《南史·朱异傳》：武帝言我國家猶若金甌，無一傷缺。泰階平，《漢書·東方朔傳》：「願陳泰階六符，以觀天變。」顏師古注引應劭曰：「黃帝《泰階六符經》曰：『泰階者，天子之三階也。上階爲天子，中階爲諸侯卿大夫，下階爲士庶人。』……三階平，則陰陽和，風雨時，社稷神祇咸獲其宜，天下大安，是爲太平。」

[二]「邊隙竟亡甥舅禮」句：謂康熙時，蒙古的土謝圖、札薩克圖、車臣三部互攻，帝出長城親征事。舅甥，謂中國與蒙古的關係。漢代和親政策，匈奴娶漢女，故謂舅甥。噶爾噶，一作噶爾丹。「亡」，世綸堂本作「忘」。

[三]「海氛又盜婦翁兵」句：孔有德，山東人。居遼陽。仕明爲參將，後降清，從入關，封定南王，鎮廣西。與明將李定國戰死，謚壯武。其女四貞，留養宮中，視郡主食俸，及長嫁與孫延齡爲妻。孫因此得鎮守廣西。三桂招之叛清。孫與清帝的關係是婦翁也。

[四]「忽墮妖星大將營」句：康熙委莫洛爲經略大臣，由陝入川。陝西提督王輔臣不滿莫洛，叛降吳三桂，回兵襲殺莫洛。事聞，謚忠愍。

[五]「受降兼許築三城」句：謂康熙依次平三藩，可築三受降城也。受降城，見（一二七）詩注[二]。

短簫鐃吹[一]戛龍吟，亦有遺忠録可尋。柴市三年從信國[二]，范忠貞畫壁，記馬忠毅《彙草辨疑》。灰釘一夕請王琳[三]。熊蹯未熟修降表[四]，雀鷇曾探識苦心[五]。尚之信劫父可喜，叛降吴逆，可喜以憂死。功節分明頒賞重，哈番世襲到於今[六]。

**注釋：**

[一] 短簫鐃吹：《後漢書·禮儀志》李賢注：「其短簫鐃歌，軍樂也。」又謂之騎吹，軍行時，馬上奏此。漢大駕出遊，或建威揚德，大捷，亦用此曲。通謂之鼓吹。

[二]「柴市三年從信國」句：謂范承謨、馬鎮雄忠於清，死於三藩之手，可追蹤文天祥也。文天祥起兵抗元，兵敗被俘，不屈，死於燕京柴市。范忠貞，范承謨，字覲公，范文程子，順治九年進士。累官總督福建。耿精忠反，誘范降，范守正不屈，被閉土室，絶粒八日不死。後三年被害。贈兵部尚書，加太子太保，謚忠貞。著有《吾盧存稿》、《百苦吟》(即《畫壁記》)。馬忠毅，馬鎮雄，見(二三八)詩注[一]。按：忠毅，應爲文毅。

[三]「灰釘一夕請王琳」句：灰釘，棺釘也。王琳，應作王淩。《三國志·王淩傳》裴松之注引《魏略》：「淩自知罪重，試索棺釘以觀太傅，太傅給之，淩遂自殺。」徐陵《册陳公九錫文》：「玉斧將揮，金鉦且戒，祅酋震慴，遽請灰釘。」陵用王淩事而易爲灰釘，乃請死之意也。此句謂耿精忠、孫延齡、尚之信初降吴三桂，後又降清請死也。

[四]「熊蹯未熟修降表」句：謂王輔臣叛降吴三桂，康熙遣其子繼貞諭降，輔臣方被圖海所困，即忽遽請降。熊蹯未熟，謂時間迫促。《左傳·文公元年》：「楚成王請食熊蹯而死，弗聽。」

[五]「雀鷇曾探識苦心」句：《史記·趙世家》：趙公子成李兑圍主父宫，主父欲出不得，又不得食，探爵鷇食之，三月餘餓死沙丘宫。此句謂尚可喜被子劫降吴三桂，可喜以憂死事。鷇，由母哺食的幼鳥。

[六]「哈番世襲到於今」句：謂康熙封平吴三桂功臣爲戈什哈。戈什哈，清代護衛之名。將軍、都統、副都統，下至協領佐領皆有之。番，護衛更番值宿也。

## （三〇九）絳帳臺 荆州西門外，馬融教授之所[一]

水齧臺基樹少陰，殘碑字斷土埋深。彈絲吹竹傳經具，倚社憑城草詔心[二]。花底有人呼狎客[三]，傳中無地著儒林[四]。披紗縹緲今安在？萬卷書堂别處尋[五]。朱昂萬卷閣，田偉博古堂藏書三萬七千卷，俱在城内。

注釋：

[一] 馬融：東漢茂陵人，字季常。安帝時，爲校書郎。桓帝時，爲南郡太守。才高博洽，著述甚富，爲世通儒。諸生常千數，坐高堂，施絳帳，前授生徒，後列女樂，以次相傳，鮮有入其室者。盧植、鄭玄皆其徒也。荆州，屬南郡。

[二]「倚社憑城草詔心」句：謂鄧太后臨朝，鄧騭兄弟輔政，俗儒世士，以爲文德可興，武功宜廢，融憂之，乃上《廣成頌》，勸整武備之事。倚社憑城，用城狐社鼠典。《晉書·謝鯤傳》：王敦謂謝鯤曰：「劉隗奸邪，將危社稷。我欲除君側之奸。」對曰：「隗誠始禍，然城狐社鼠也。」言欲掘狐則壞城，欲薰鼠恐灼社，故取以爲喻。

[三] 狎客：《南史·陳後主紀》：陳後主起臨春、結綺、望仙三閣，江總、孔範等文士十餘人，常侍宴後庭，謂之狎客。此句謂馬融生活豪侈，列女樂事。

[四]「傳中無地著儒林」句：謂馬融傳不在《後漢書·儒林傳》中。

[五] 萬卷書：朱昂，字舉之，宋溪陂人。少好讀書，時朱遵度稱朱萬卷，昂稱小萬卷。真宗時，累官翰林學士。致仕，閒居以諷誦爲樂。自稱退叟。有《資理論》。及卒，門人謚曰正裕先生。田偉，宋燕人。爲江陵尉，因家焉。作博古堂，藏書三萬七千卷，無重複者。其子鎬，撰有《田氏書目》。

## （三一〇）孱陵[一]弔孫夫人

孫夫人，疑昭烈別築城以居，即此

紫髯將軍都建業[二]，西吞巴蜀東吳越。長江南北劃鴻溝[三]，要與曹瞞分漢室。區區鼎峙非其志，左公[四]可以恩義結。筮得歸妹[五]昏媾之，天下英雄多好色。妹亦女中一人傑，侍婢明粧劍環列。月下玉人誰復佳？凜凜戎機臨虎穴。荊州借得作湯沐[六]，割據幡然帝號竊。中宮正位吳夫人[七]，妹乃徘徊中斷絶。阿兄誤我母則亡，劉郎薄倖心如鐵。孱陵別築衛以兵，兵敗猇亭[八]人不活。從此遊魂無所歸，淚灑湘妃斑竹裂[九]。神弦鼓曲[一〇]沉紅絲，誰赴蟂磯[一一]寒食節。遺廟宵來風雨多，明珠步障[一二]聲蕭瑟。

**注釋：**

[一]孱陵：縣名，漢置，隋廢。故城在湖北省公安縣南。這首七言古詩，憑弔孱陵孫夫人廟，對孫夫人被孫權利用以結好劉備，劉終加遺棄，表示不平之意。

[二]「紫髯將軍都建業」句：謂孫權，權紫髯，稱帝都建業。

[三]鴻溝：見（一三二）詩注[二]。

[四]左公：指劉備。備爲昭烈帝，承漢正統，故稱。《左傳·襄公十年》：「天子所右，寡君亦右之；所左，亦左之。」

[五]歸妹：《易經》卦名，兑下震上，謂之歸妹。這裏借喻孫權以妹歸劉備。

[六]湯沐：湯沐邑，天子封贈的土地，供湯沐之用，故稱。

[七]吳夫人：劉備立爲帝，於章武二年立皇后吳氏。

[八]猇亭：在今湖北省宜昌市，曾名虎腦背。劉備與吳將陸遜戰，兵敗於此，旋即死於白帝城。

[九]湘妃竹：相傳舜崩於蒼梧，二妃娥皇、女英追至，哭帝極哀，淚染於竹，斑斑如淚痕，稱湘妃竹。

[一〇]神弦鼓曲：見（二九八）詩注[一三]。

〔一一〕蟂磯：地名，在安徽省蕪湖西七里江中，高十丈，周九畝有奇，磯上有靈澤夫人祠，相傳爲昭烈夫人孫權妹。今漲沙連無爲州西岸。見《清一統志》。

〔一二〕明珠步障：立竹張幕爲屏障，以障蔽塵土者。《晉書·石崇傳》：「作錦步障五十里。」此處指孫夫人廟中飾物。

## （三一一）唐塚夜坐 在公安、澧州之交〔一〕

流水怨遥夜，斷雲思故山。湖分南北半，公安屬湖北，澧州屬湖南。春在有無間。鳥倚風傳語，花邀酒解顏。夢中如得路，及此便東還。

**注釋：**

〔一〕這首五言律，寫旅途夜宿唐冢，指出唐冢地理位置，所見夜景，觸景生情，有倦鳥歸林之意。

## （三一二）公安〔一〕感昭烈事

荆樊險已失重城〔二〕，老去英雄用憤兵。孝直〔三〕猶存可及止，孔明何事不從行〔四〕？繡林月暗山無色，金屋風淪浦有聲。淒絶永安〔五〕宮不見，榛蕪莽與暮雲平。繡林山，昭烈娶孫夫人處，以錦障若繡，故名。黄金屋，見吕温、劉郎浦詩。

眉批：法孝直可惜，孫夫人可哀。

注釋：

［一］公安：在湖北省南部與湖南相鄰處，爲劉備與孫權將陸遜交戰之地。

［二］「荆樊險已失重城」二句：謂關羽鎮守荆州，爲吴攻殺，劉備興師報仇事。

［三］孝直：法正，字孝直，蜀漢郿人。劉備平蜀，任爲蜀郡太守，終尚書令。備愛信之。備征吴大敗，諸葛亮歎曰：「孝直若在，必能止主上東行，不至傾危也。」

［四］「孔明何事不從行」句：劉備征吴，諸葛亮留守成都。此句對諸葛亮有譴責意。

［五］永安：即白帝城。在四川省奉節縣東。漢昭烈帝改魚復縣爲永安縣。後死於此。

## （三一三）順林道中★（原詩缺）

## （三一四）宋玉廟在澧州長樂鄉[一]

巫山神[二]乃天降予，玉篆靈符佐大禹。淮渦鎖住無支祈[三]，神去神來神不語。霞爲衣兮風爲裳，羽旂璇室渺何許[四]？無端一賦誤高唐[五]，暮暮朝朝有雲雨。迷離絶似武陵孃[六]，荒誕幾同磨麵女[七]。從此無情生有情，是邪非邪夢境呈。楚襄坐以忘仇罪[八]，宋玉蒙其好色名。當年託諷神光遠，女也懷春愁繾綣[九]。水中羅襪[一〇]步非虚，月下玉笙吹不斷。先生遺行[一一]豈在多？貞淫二字關懲勸。遺廟荒村今尚存，牆隙無人[一二]啼鳥怨。蘭草香飄明月池[一三]，桃花目斷銅昏堰[一四]。

注釋：

［一］宋玉：戰國楚人，屈原弟子，爲楚大夫。憫其師放逐，乃作《九辯》，述其志以悲之。又作《神女》、《高唐》二賦，

皆寓言託興，有所諷喻。澧州，今爲澧縣，在湖南北部。這首七言長慶體詩，憑弔宋玉廟，結合宋玉生平和所寫文章及傳説，贊揚他善於設譬諷諫，但也因此引起了許多誤解。

〔二〕巫山神：陸游《入蜀記》：「過巫山凝真觀，謁妙用真人祠。真人即世所謂巫山女神也。巫山峰巒，上入雲霄，山脚直插江中，太華衡廬，皆無此奇。然十二峰者，不可悉見。所見八九峰，惟神女峰最爲纖麗奇峭，宜爲仙真所托。祝史云：『每八月十五夜月時，有絲竹之音，往來峰頂，山猿皆鳴，達旦漸止。廟後山半有石壇平曠，傳云夏禹見神女，受符書於此。』」

〔三〕無支祈：淮水之神。《寰宇記》：「按《古嶽瀆經》云，禹治水，三至桐柏山，乃獲淮渦水神，名曰無支祈。」

〔四〕「羽旂璇室渺何許」句：謂神女之宫室儀仗。羽旂，即羽葆，儀仗中之華蓋，以鳥羽連綴爲飾者。璇室，以玉爲飾之宫室。《淮南子·本經》：「桀紂爲璇室瑶臺，象廊玉床。」許，同「所」。

〔五〕高唐：宋玉所作賦。賦云：「昔者先王嘗遊高唐，怠而晝寢，夢見一婦人曰：『妾巫山之女也，爲高唐之客。聞君遊高唐，願薦枕席。』王因幸之。去而辭曰：『妾在巫山之陽，高丘之阻，旦爲朝雲，暮爲行雨，朝朝暮暮，陽臺之下。』旦朝視如言，故爲立廟，號曰朝雲。」

〔六〕武陵孃：謂陶潛的《桃花源》中婦女。蘇軾《玉女洞》詩：「蜀客曾遊明月峽，秦人今在武陵溪。」

〔七〕磨麪女：《聞見後録》：王元之七八歲已能文，畢文簡公爲郡從事，始知之，聞其家以磨麪爲生，因令作麪詩。元之不思以對：「但存心裏正，無愁眼下遲。若人輕著力，便是轉身時。」文簡大奇之，妻以女。

〔八〕「楚襄坐以忘仇罪」句：謂楚襄王因宋玉《高唐》、《神女》賦而沉湎酒色，忘掉仇人也。

〔九〕懷春：《詩·召南·野有死麕》：「有女懷春，吉士誘之。」繾綣：《詩·大雅·民勞》：「無縱詭隨，以謹繾綣。」

〔一〇〕羅襪：曹植《洛神賦》：「淩波微步，羅襪生塵。」

〔一一〕遺行：謂品德有缺點。宋玉《對楚王問》：「王曰：『先生其有遺行歟？何不譽之多也？』」

〔一二〕牆隙無人：宋玉《登徒子好色賦》：「有處子窺牆者三年，臣未之許也。」

[一三]明月池：《宋九域志》：「武陵郡有明月池。」

[一四]銅昏堰：亦在武陵境。

## （三一五）遊武陵溪，書《桃花源記》[一]後

四圍環繞天如甕，紅霞織錦花無縫。船從何處刺花開？世間那有秦人洞？秦人避亂晉談仙[二]，與楚好鬼相牽連。陶公假託出世想，毛女[三]附會升天緣。茲來亦是桃花渡，桃花未開杏花暮。杏花亦復可憐人，何必桃花問前度[四]？漁弟漁兄不知數，滿前指點安得誤。峰迴谷轉水淙潺，到眼濛濛隔煙霧。倦遊人自不尋源，琴彈歸去來兮賦[五]。此賦已入琴譜。三十五天懸道書，桃源白馬洞，即道書三十五洞天。何人敢犯龍威怒？藉口重來津已迷，阮劉惆悵天台路[六]。東風遮住洞中春，歲歲桃花笑煞人。

**注釋：**

[一]《桃花源記》：晉陶潛作。這首七言歌行體詩，敘述遊武陵溪時，想起陶潛的《桃花源記並詩》，指出這是陶有出世想，故假託爲之，希望後人勿爲所惑辛勤探索，使桃花笑煞。

[二]「秦人避亂晉談仙」二句：謂秦人避亂入桃花源，晉人崇尚虛無，好談神仙。

[三]毛女：《列仙傳》：毛女，字玉姜，秦始皇宫人，逃之華陰山中，食松柏，遍體生毛，故謂之毛女。

[四]「何必桃花問前度」句：劉禹錫《再遊玄都觀》詩：「前度劉郎今又來。」

[五]歸去來辭：晉陶潛作。

[六]「阮劉惆悵天台路」句：見（二一）詩第一首注[四]。

## （三一六）堤上[一]名花馬堤，在西關

山水有佳致，二字見劉禹錫《武陵序》。長堤亘斷虹[二]。帆行螺髻[三]上，城坐翠屏中。魚濫村多霧，江虛夜易風。無家不事鬼，腰鼓打巴童。

注釋：

[一] 堤上：花馬堤，在武陵西關。

[二] 斷虹：小橋。

[三] 螺髻：謂水面小山形如青螺髻。

## （三一七）武陵郡[一]雜詠（六首）

**蟠桃巷**邑人開地見土龕，得大果九枚，遂引《博物志》以爲蟠桃名巷

寂寂花溪鎖翠嵐，桃根桃葉[二]不宜男。九枚果似周萍實[三]，錯認蟠桃出土龕。

注釋：

[一] 武陵郡：今爲桃源縣，在湖南省西部。

[二] 桃根桃葉：晉王獻之之愛妾。《古今樂録》：晉王獻之愛妾名桃葉，其妹曰桃根。獻之嘗臨渡歌以送之，辭曰：「桃根復桃葉，渡江不用楫。」桃葉渡，在秦淮、青溪會流處。

[三] 萍實：《孔子家語》：楚昭王渡江，江中有物大如斗，圓而赤，直觸王舟。舟人取之。王大怪之，使使聘於魯，問

於孔子。孔子曰：「此萍實也，可割而食之，吉祥也，惟霸者爲能獲焉。」

## 玉帶河

河如玉帶形，後張頡[一]爲發運使，畀玉帶，果符其讖

一條秀水玉無痕，符讖方知玉帶尊。畢竟東坡能作達[二]，解來佈施與山門。

### 注釋：

[一]張頡：宋桃源人，字仲舉。第進士。調江陵推官，歲饑，遣使安撫，頡條獻十事，活數萬人。哲宗時，累官户部侍郎。所歷以嚴致理，而深文狡獪。出爲河北都運使，徙知瀛州、荊南卒。

[二]「畢竟東坡能作達」二句：蘇東坡在鎮江金山寺，與佛印談禪，東坡不能答，留玉帶於金山寺。見《遯齋閑覽》。

## 木瓜山

李白謫夜郎，過此有詩

夜郎去後不曾還[一]，一曲清平沮玉環。如此談仙如此酒，客心也厭木瓜山。

### 注釋：

[一]「夜郎去後不曾還」二句：《唐音癸籤》：李白，生於蜀之昌明青蓮鄉，號青蓮居士。天才英特。賀知章見其文，歎爲謫仙。言於玄宗，供奉翰林。貴妃於沉香亭賞牡丹，玄宗召白賦詩。白乘醉賦《清平調》三章。有句云：「借問漢宮誰得似，可憐飛燕倚新粧。」高力士譖於貴妃云：「白以貴妃比趙飛燕。」貴妃恨之，屢沮其升遷。後以附永王璘，貶夜郎。遇赦得還。死於安徽。夜郎，國名，在貴州西境，漢滅之，改縣。

**萊公泉**公與丁相先後過此，分題名於東西楹，丁有詩，而公無詩[一]

一楹西峙一楹東，兩相南來禮佛同。詩板空題金掌露，此泉到底屬萊公。

**注釋：**

［一］萊公泉：在武陵，以寇準得名。寇準，字平仲，下邽人。太宗時，擢進士。真宗時，累官同平章事。會契丹入寇，準決策請帝親征，成澶淵之功。後爲王欽若等所讒，罷相。又爲丁謂等讒害，貶雷州。仁宗時，贈中書令，封萊國公，謚忠湣。丁謂，字公言，宋長洲人。真宗時，寇準爲相，謂參政，事準甚諂。旋譖去準而代之。仁宗立，謂以營山陵不謹，貶雷州。曾封晉公，故亦稱丁晉公。準與謂先後貶雷州，均經武陵。又澧陽道旁有甘泉寺，因萊公、丁謂曾留行記，從而題詠者甚衆，碑牌滿屋。見《苕溪詩話》，《詩人玉屑》卷十一亦引。

**琵琶洞**洞中隱隱聞琵琶聲

聽雨聽風洞水流，哀絲[一]誰作下泉遊。馬嵬坡冷檀槽澀[二]，環佩歸魂伴素秋。

**注釋：**

［一］哀絲：謂弦管之聲悲壯動人也。杜甫《醉爲馬墜諸公攜酒相看》詩：「酒肉如山又一時，初筵哀絲動豪竹。」

［二］「馬嵬坡冷檀槽澀」二句：用楊貴妃死於馬嵬坡事。

**爛船洲**世傳漁郎入洞後出，舟已爛

路曲仙迷櫂不回，空身抽出水雲堆。筆床茶竈傾家具，換得桃花一面來。

## （三一八）由武陵之桃源

南岸山連蜷，北岸樹蹙遨[一]。船行乎其間，渾身潑寒渌[二]。石子凸江心，與水相沐浴。琤琤琮琮聲，雜珮鏘碎玉。不見一捻紅[三]，雲陰天霢霂[四]。陶公[五]倘重來，何以答幽獨？桃花殊有知，公所愛者菊[六]。菊得秋氣佳，我未能免俗。迄今持晚節[七]，退居於空谷[八]。溪上多遊士，避之恐不速。招摇鶴巢松，禁止鶯啼竹。再隔三千年，出尋東方朔[九]。

**注釋：**

［一］蹙遨：局促狀。

［二］渌：水清貌。

［三］一捻紅：花名。《全芳備祖》：唐明皇時，有獻牡丹者，時貴妃匀面，口脂在手，印在花上，詔栽於仙春館。來歲花開，瓣有指印，名爲一捻紅。

［四］霢霂：小雨也。《詩·小雅·信南山》：「上天同雲，雨雪雰雰，益之以霢霂。」

［五］陶公：指陶潛，作《桃花源記並詩》。

［六］「公所愛者菊」句：謂陶潛愛菊。周敦頤《愛蓮説》：「晉陶淵明獨愛菊。」

［七］晚節：韓琦《九日小閣》詩：「莫嫌老圃秋容淡，猶有黄花晚節香。」這裏借喻作者的晚節。

［八］空谷：古詩：「絶代有佳人，幽居在空谷。」

［九］東方朔：見（一九一）詩注［四］。

## （三一九）川石★（原詩缺）

## （三二〇）由虎跳澗至銀壺山[一]

雌雷[二]洛洛雨鈴淋，才得微晴忽又陰。雲氣屏横山半面，磯聲箭擘水中心。地皆砂礫晨炊少，人似猿猱谷汲深。聞道華風在城市，此間椎髻[三]學蠻音。居山之背皆猺，俗刀耕火耨爲業。唯近城始有華風。

**注釋：**

[一]虎跳澗、銀壺山：在桃源至辰州道上。

[二]雌雷：《表異録》引師曠占：「春雷初起，其音格格霹靂者，所謂雄雷，旱氣也；其鳴依依，音不大霹靂者，謂之雌雷，水氣也。」

[三]椎髻：《漢書·陸賈傳》顔師古注：「椎髻者，一撮之髻，其形如椎。」

## （三二一）壺頭山★（原詩缺）

## （三二二）新息侯[一]廟 在辰州城東三十里

遺民立廟俯江隈，萬里功成得禍胎。人借明珠填謗篋，天留銅柱配雲臺[二]。據鞍垂老不須諱，穿穴避炎[三]良可哀。身後妻孥淚無限，蠻鄉藁葬[四]幾時回？

注釋：

[一] 這首七律，憑弔新息侯馬援廟，對馬的功高遭謗，藁葬蠻鄉，表示惋惜。新息侯，馬援，詳見（一六六）詩注[一七]。

[二] 雲臺：見（八八）詩注[六]。馬援以外戚，不預雲臺二十八將之列。

[三] 穿穴避炎：馬援南征，嘗穿穴避暑熱。

[四] 藁葬：謂草草埋葬也。《後漢書·馬援傳》：「援妻孥惶懼，不敢以喪還舊塋，裁買城西數畝地，藁葬而已。」

## （三二三）仙蜕石木槽

石，在沅陵倒水洞上，石竇十一，竇中藏木槽五，所謂沉香棺也。仙蜕之名，或取諸此。聞有健兒緪而上，以竿撩之，雷輒怒擊，不知何代物。溆浦楠木洞，有船長可八尺，所謂沉香船也，亦不可解。雲間陸寉沙《東還記程》指爲懸崖攻洞之具，引瀘溪機床巖爲證，究亦臆斷耳，志皆未詳

巖巖仙蜕石，舉手天可攀。瞰臨無底溪，樹根戟倒攢。勢削鋭頭出，下絶梯升緣。何年木槽五？累累風槌懸。放悲昆吾觀[一]，披髮神州躔。又疑尸陁林[二]，銜肉鴉騰騫。回視楠木洞，乃有沉香船。嵌空無波濤，誰爲百丈牽。識是攻崖具，其式機床然。昔者蠻叛服，度師於其顛。鯨鯢同一族，狼藉堆空棺。時聞雷火擊，殺氣森戈鋋。及至星月黑，啾啾寒號煙。煩冤[三]一湔雪，死綏[四]惟汝賢。無家可遄返，長此姑安眠。

注釋：

[一]「放悲昆吾觀」句：放悲，同仿佛。《漢書·禮樂志》：「相放悲，震澹心。」昆吾觀，《左傳·哀公十七年》：「衛侯夢於北宮見人登昆吾之觀。」杜預注：「衛有觀，在古昆吾之虛，今濮陽城中。」

[二] 尸陁林：梵語，本作尸多婆那，譯作寒林。此林多死尸，人入寒畏也。亦名恐畏林，安陀林，晝暗林。《西域記》：

「如來在日，葬比丘於尸陀林。」

[三] 煩冤：謂戰死疆場之鬼魂煩冤也。杜甫《兵車行》詩：「新鬼煩冤舊鬼哭，天陰雨濕聲啾啾。」

[四] 死綏：《司馬法》：「將軍死綏。」謂軍敗而退，則將軍當死之。按《朝野僉載》卷二：五溪蠻父母死，於村外閣其尸，三年而葬，打鼓路歌，親屬飲宴舞戲一月餘日。盡産爲棺，於臨江高山半肋鑿龕以葬之。自山上懸索下柩，彌高者以爲至孝，即終身不復祀祭。初遵喪，三年不食鹽。則唐代以前，有此葬法。又按武夷山亦有懸棺葬。大抵古代少數民族風俗如此。

## （三二四）辰州城[一] 城爲黔中門户，扼五溪之要，猺俗雜居，故設巡道總鎮衙門（二首）

城倚山爲壁，形規月半彎。犀迷防物怪[二]，茭托[三]限溪蠻。馬躡紅旗上，人酣白霧間。俯江樓名共辰一座，鎖鑰視嚴關。

**注釋：**

[一] 辰州：今湖南省沅陵縣。

[二] 「犀迷防物怪」句：《晉書·温嶠傳》：嶠旋武昌，至牛渚磯，水深不可測，世云其下多怪物，嶠遂燃犀角而照之，須臾，見水族覆火，奇形異狀，或乘馬車著赤衣者，其夜夢人謂己曰：「與君幽明道別，何意相照也。」意甚惡之。

[三] 茭托：茭白也，生於水際，阻礙舟行。

長江一千里，中介立兵屯。耕種皆刀火[一]，槃瓠[二]有子孫。猎狑、犵獠、不狼聚，皆其遺種。石梯緣虎落，銅柱馬希範[三]所立，非伏波也蔽龍門。麻陽舊爲龍門縣。跕跕鳶飛處[四]，伏波今尚存。

注釋：

[一]「耕種皆刀火」句：刀耕火種，原始的農業生產方法。

[二]槃瓠：《搜神記》：高辛氏有老婦人得耳疾，醫爲挑治，得一物大如繭，婦人盛之以瓠，覆之以槃，俄頃而化爲犬，其文五色，名曰槃瓠。時有犬戎之寇，帝患之，募有能得犬戎將吴將軍頭者，賜封邑，並妻以女。時帝有畜狗槃瓠，遂銜頭造闕下。帝曰：「槃瓠不可妻以女。」議欲有報。女聞之，以爲皇帝下令，不可違信，固請行。槃瓠負女入山，經三年，生子十二人，六男六女，後因自相夫妻，其後滋蔓，號曰蠻夷，即武陵長沙蠻。

[三]馬希範：五代時楚王馬殷之第四子，字寶規。兄希聲死，以次立爲楚王。在位十五年。卒謚文昭。

[四]「跕跕鳶飛處」句：跕跕，墜落貌。《後漢書·馬援傳》：「毒氣重蒸，仰視飛鳶跕跕墮水中。」謂交趾炎熱景象。

## （三二五）舟居七日，無日不雨，有作★（原詩缺）

## （三二六）毛家蕩[一]晚目

山家也厭山枯槁，爨起青煙一縈繞。隔離樹石晚多姿，此山却比他山小。明朝祈雨不祈晴，晴猶如鏡忌太明。雲繒霧縠雨織成，帷中邢尹同傾城[二]。看花宜趁天未曉，霧氣濛濛花幻眇。世間誰是别花者？唤起鳥名一聲花已了。山不如花山易老，目成[三]勿用窮微渺。那堪轉側爲君容，朝縱暮橫看盡好？

注釋：

[一]毛家蕩：在辰州境。

[二]「帷中邢尹同傾城」句：《史記·外戚世家》：尹夫人與邢夫人，同時並幸於武帝。有詔不得相見。尹夫人自請

願望見邢夫人。帝即令他夫人飾爲邢夫人來前。尹見之曰：「此非邢夫人，其形狀不足以配人主。」於是帝使邢夫人衣故衣來。尹夫人即見之，曰：「此真是也。」俯而泣，自痛其不如。 帷中，借喻如煙霧中。

[三] 目成：見（八五）詩注[二]。 「渺」，世綸堂本作「緲」。

## （三二七）辰溪[一]舟行，不得見山中石色

自船溪驛至縣四十里，山石千形萬狀，無所不有，林隝風景，謂得《輞川圖》中北垞意，此陸道也。舟行則山脚粗醜，了無足觀，然其内美不可没，故記之

五城之山莊蹻築[二]石狡猾，詭裝奇服紛多態。或如鸞翔或虎踞，或蔽林間如鬼魅。有時樓閣造天匠，無端車馬破地械[三]。人家竹塢森周遭，雲卷煙升畫圖内。乃知佳處在腹不在外，而我溪行相其背。狐裘反衣將毋同，珠藏賈胡櫝出賣[四]。咫尺千里背而馳，平生錯鑄[五]兹遊最。南宮[六]贋本姑自誑，東坡袖中失東海。蘇詩：「我攜此石歸，袖中有東海。」真入寶山空手回，眼眶負此車輪大。

**注釋：**

[一] 辰溪：在沅陵境，五溪之一。這首七言古詩，敘辰溪山石詭麗多姿，却以舟行未能寓目，表示了深爲惋惜的心情。

[二] 莊蹻：戰國時楚莊王之裔。（《史記索隱》云：楚莊王弟爲盜者。）威王時，爲將軍。威王使蹻將兵循江上，略巴蜀黔中以西。蹻王滇池，以兵威定屬楚。欲歸報，會秦擊奪楚巴黔中郡，道塞不通，因還，以其衆王滇，蠻服從其俗以長之。秦滅諸侯，惟楚裔王滇，爲西南夷君長。漢武帝時，滇王始與漢通，以其地爲益州郡。

[三] 地械：地限也。

[四] 「珠藏賈胡櫝出賣」句：用買櫝還珠典，見（一一四）詩注[一〇]。

[五] 錯鑄：《五代史・羅紹威傳》：「聚六州四十二縣鐵，鑄一個錯不成。」謂錯誤之大也。

［六］南宫：米芾，官至禮部員外郎，世稱米南宫。見（七五）詩注［二］。

## （三二八）穆天子［一］藏書室

在辰溪縣鐘鼓洞。明正統間，樵父入石室見書，報縣，縣令某往取之，書隨風滅盡無存

大禹藏書委宛山［二］，繡衣使者授之金簡青玉編。鐘鼓洞中藏書室，神呵鬼護乃在南服之要蠻［三］。始知蒼頡作書後［四］，鳥跡雲布蟲絲纏。隨時堙棄不知幾多少，非無書也書無傳。緬維帝堯年，事事開其先。若無天官書［五］，璿璣玉衡何以懸？若無地理書［六］，何以封濬諸山川？若無禮樂博物志［七］，柴望何以升中天？咸池雲門大章何由宣［八］？何由九鼎［九］圖神姦？人言皋夔稷契［一〇］書不讀，不讀書者爲此言。竹簡易斷爛，刀削筆劃半不全。一經兵燹往往散之墟墓榛莽間。後人悉以歸罪秦火燔［一一］，孰與嬴政鳴奇冤？即如穆天子，藏其副於柱下史［一二］。而乃取其餘，八駿馱之行萬里。大酉小酉高嶔嶔，辰溪大酉山，又小酉山在沅陵，皆云穆天子藏書處。洞虛其中綆汲深。弆此免受耰鋤斤斧侵，千萬世後當自有知音。君不見汲冢周書書古文，魯壁鏘然金絲聞［一三］。書之顯晦或幸或不幸，天也留待真能讀書人。人非其人脱相遇，寧隨風滅化爲灰與塵。傫然［一四］一樵父，破壞此局胡不仁。此書得出競傳寫，當與岐陽獵碣［一五］同作周家珍。

**注釋：**

［一］穆天子：《詩·祈招》云，穆王乘八駿，周遊天下。晉太康二年，汲縣人不准盜發魏冢，後得竹書數十車，皆簡編，名汲冢書。中有《穆天子傳》。書中所記，爲周穆王西行事，小説書之最古者，晉郭璞爲之注。這首歌行體詩，詠辰溪鐘鼓洞所藏周穆王之書，認爲古代之書頗多，堙棄斷爛者不少，非盡毀於秦火，非無書，乃不得傳書之人。對穆天子之書不能傳世，深表惋惜。

［二］委宛山：即宛委山，又名玉笥、天柱、石匱，在浙江省紹興縣東南十五里，會稽山之支峰也。上有石匱，壁立干雲，升者累梯而上。古稱禹得金簡玉字之書於此。

［三］南服要蠻：《周禮·職方氏》：「乃辨九服之邦國：方千里曰王畿，其外方五百里侯服；又其外方五百里，曰甸服；又其外方五百里，曰男服；又其外方五百里，曰采服；又其外方五百里，曰衛服；又其外方五百里，曰蠻服；又其外方五百里，曰夷服；又其外方五百里，曰鎮服；又其外方五百里，曰藩服。」鄭玄注：「服，服事天子也。」要，衛圻之外爲要服。《書·禹貢》：「五百里要服。」

［四］「始知蒼頡作書後」二句：《説文序》：「黄帝之史倉頡，見鳥獸蹏迒之跡，知分理之可相别異也，初造書契。」蒼，或作倉。

［五］「若無天官書」二句：《史記·自序》：「論其行事，驗於軌度，以次作天官書第五。」司馬貞注：「按天文有五官，官者，星官也。星座有尊卑，若人之官曹列位，故曰天官。」璿璣玉衡，測天之器。

［六］「若無地理書」二句：封，謂天子封五嶽。濬，謂疏導河川。

［七］「若無禮樂博物志」二句：《史記》、《漢書》乃至歷代史書，均有禮志、樂志。《博物志》，晋張華撰。宋李石有《續博物志》。柴望，柴，天子燔柴以祭天也；祭山川曰望。《書·武成》：「越三日庚戌，柴望，大告武成。」

［八］咸池、雲門、大章：咸池，堯之樂。雲門，黄帝所作之樂。大章，亦堯之樂。

［九］九鼎：《左傳·宣公三年》：「昔夏之方有德也，遠方圖物，貢金九牧，鑄鼎象物，百物而爲之備，使民知神奸。」

［一〇］皋、夔、稷、契：皋陶，舜之獄官。夔，舜之典樂官。稷，后稷，舜之農官，名弃。契，亦舜之臣，商之始祖也。

［一一］「後人悉以歸罪秦火燔」二句：謂秦始皇焚書。始皇，姓嬴名政。

［一二］柱下史：官名，管圖籍者。周代老聃嘗爲柱下史。

［一三］「魯壁鏘然金絲聞」句：《漢書·景十三王傳》：魯恭王好治宫室，壞孔子舊宅以廣其宫，聞鐘磬琴瑟之聲，遂不敢復壞，於其壁中得古文經傳。魯壁，在曲阜孔廟東詩禮堂後，宋時在故址建金絲堂。

[一四] 傫然：傫，《廣韻》：「同儽，懶懈貌。」

[一五] 獵碣：孫何《碑解》：「世稱周宣王獵於岐陽，令從臣刻石。今謂之石鼓，或曰獵碣。」

## （三二九）鸕鷀灘[一] 嚴陵瀨，亦有灘名鸕鷀

釣臺倒影鏡空明，猶記彎環七里瀧名[二]程。一夜鸕鷀灘上泊，曉煙啼徹畫眉聲。

**注釋：**

[一] 鸕鷀灘：在辰溪附近。

[二] 七里瀧：在浙江省桐廬縣境，有漢嚴子陵釣臺。

## （三三〇）黔陽[一]道中

放舟十日九日雨，當面錯過千萬山。偶遇微晴啟篷坐，後未及顧瞻之前。蜿蜒一氣連不斷，石坡陀上牛横眠。昂頭鶴立忽俯啄，兩翼拍拍鵬摩天。一峰介然意不黨，旁無姬侍鰥夫鰥。亦有兒孫尾而後，丈人領袖蒼其顏。大都生竹樹者少，半額寡髮頂禿鬝[二]。崔氏不施種藝法[三]，脩髯剔去郭恕先[四]。蠻邦婦女昧裝束[五]，無鉛粉碓無脂田。坐學此山太古色，混沌永絶蛾眉緣。中江夜浄貼奩鏡，空讓月浸花嬋娟。

**注釋：**

[一] 黔陽：縣名，在湖南省西部沅陵附近。

[二] 鬜：鬢禿也。韓愈《南山詩》：「或赤若禿鬜。」王儔注：「頭瘡也。」

[三] 崔氏：漢，安平人，字子瑋，名琦。遊學京師，以文章著。梁冀慕其才，折節下之。琦作《外戚箴》、《白鵠賦》以諷。冀怒，遣之歸，尋令刺客陰殺之。客見琦於壟上且耕且詠，不忍加害，乃以實告曰：「將軍索子急，可亟自逃，吾亦從此逝矣。」

[四] 郭恕：即郭忠恕，字恕先，宋洛陽人。性剛直傲恣，善屬文。宋初，與御史符昭文爭忿朝堂，貶乾州司户參軍。秩滿遂不仕。放曠岐、雍、京、洛間，或絶粒不食，盛暑暴日中無汗，大寒鑿冰而浴。善畫，有求之者，輒怒而去。太宗聞其名，召赴闕，館於内侍者押班竇神與舍。恕先長髯面美，忽盡去之。神與驚問其故。曰：「聊與效顰。」神與大怒，除國子監主簿。益縱酒肆言時政。事聞決杖配流登州。道中尸解而逝。

[五] 昧裝束：「裝」，世綸堂本作「粧」。

## （三三一）高梁洞[一]上灘

萬山建瓴[二]水，直下勢懸溜。而故屈折之，拗怒毒愈厚。呀然立洞門，夾束氣不透。穿罅鴟鳴箭，殷空牛吼柩。濤舂堆疊雪，漩撇蹴衆縐。船尾如曳龜，船頭仰舒咮。鏗然不受篙，支左先詘右。中心起鐔鍔，大聲呼疾救。跳珠濕滿身，手與霹靂鬥。負索腰環環，邪許聲應候。宋鵲[三]防退飛，吴象[四]忌反走。蟻旋磨[五]出險，喃喃口詛咒。不敢問前灘，憊矣矧多又。

**注釋：**

[一] 高梁洞：在辰溪。

[二] 建瓴：見（一五四）詩注[五]。

［三］宋鷁：《公羊傳・僖公十年》：「六鷁退飛過宋都。」

［四］吴象：《左傳・昭公四年》：「吴伐楚王，鞁（同陣）及郢。己卯，楚子取其妹季芈畀我，以出涉睢，鍼尹固與王同舟，王使執燧象，以奔吴師。」

［五］蟻旋磨：形容上灘似蟻繞磨行。《冷齋夜話》：「謝逸有句云：『貪吏蟻旋磨，冷官魚上竹。』爲魯直所賞。」

## （三三二）淩霄宫［一］ 宫塑淩霄女，沅州祀爲火神。時有火鴉銜火置茅屋上，兩翅扇風發火，故境多火災

南方赤帝主祝融［二］，舍之弗祀乃有淩霄宫。宫中夫人姱脩容［三］，時聞環珮聲丁東。女丁婦壬［四］水配火，火乃用事陰陽通。不然何以霹靂常在手，雌霓連蜷爲雄虹［五］。豚肩斗酒日饜足，紙錢三品金銀銅。小一不戒災立至，燎原煙焰天爲紅。君不見甘將軍廟［六］江之中，慈烏啞啞翔虛空。帆檣安隱護出境，不聞下策用火攻。夫人好雨亦好風，樹桂旗兮駕螭龍，雲中君［七］兮時相從。馴擾鴉翅化鷹眼，鴞音一革鳴嚾嚾［八］，鳳凰其羽棲梧桐［九］。

眉批：水爲火主，詮出實諦。

**注釋：**

［一］淩霄宫：在沅陵境。淩霄女，詳題下注。　這首七言歌行體詩，詠淩霄宫火神淩霄，認爲淩霄乃婦女，屬陰屬水，不應主火。但如真能捍災禦患，人當以神明祀之。

［二］祝融：火神。《通鑑前編》：「顓頊氏之孫黎，爲火正，曰祝融。」

［三］姱脩容：姱，好貌。《楚辭・招魂》：「姱容脩態，絙洞房些。」

［四］女丁婦壬：丁壬，水，婦女，陰類，屬水。水剋火。

［五］雌霓雄虹：《爾雅》郭璞注：「虹雙出，色鮮盛者爲雄，雄曰虹；闇者爲雌，雌曰霓。」

［六］甘將軍廟：謂甘寧廟。甘寧，字興霸，三國巴西臨江人。少有氣力，好遊俠。爲孫權將，屢立戰功，時稱江表虎臣，官至折衝將軍。及卒，權痛惜之。

［七］雲中君：雲神豐隆也，一名屏翳。屈原《九歌》、《漢書·郊祀志》，均有《雲中君》篇。

［八］噰噰：《爾雅》：「音聲和也。」

［九］「鳳凰其羽棲梧桐」句：《詩·大雅·卷阿》：「鳳凰鳴矣，於彼高岡；梧桐生矣，於彼朝陽。」鄭玄箋：「鳳凰之性，非梧桐不棲，非竹實不食。」

## （三三三）過沅州，奉懷瑭珠［一］太守

戊辰冬，西師過望都，太守以兵部郎監督站務，駐定州數閱月

中山持節冬徂春［二］，旁午羽書馳火輪。安得狻猊［三］五百里？一時限行五十里。却來組練［四］三千人。京兵此數。漿酒藿肉太爛熳［五］，鼉鐘鷺鼓［六］何紛綸。如今一麾［七］出典郡，兵衛燕寢［八］無纖塵。

**注釋：**

［一］瑭珠：生平不詳。　這首七律，頌揚瑭珠在望都監督兵站事務時的勞績以及作沅陵太守時的政簡刑輕。

［二］「中山持節冬徂春」二句：謂瑭珠奉命到望都監督兵站事。　中山，戰國時國名，在今河北、山西境，望都在其境內。旁午羽書，謂軍書忙迫忽遽也。　火輪，日也。　韓愈《桃源圖》詩：「夜半金雞啁哳鳴，火輪飛出客心驚。」

［三］狻猊：獅子也。　或曰野馬也。《穆天子傳》：「狻猊野馬，走五百里。」

［四］組練：軍隊也。《左傳·襄公三年》：「楚使鄧廖帥組甲三百，被練三千，以侵吴。」

［五］爛漫：消散也。《楚辭》嚴忌《哀時命》：「生天墜之若過兮，忽爛漫而無成。」

［六］鼍鐘鷺鼓：《舊唐書·音樂志》祀五方上帝於五郊樂章：「笙歌籥舞屬年韶，鷺鼓鼍鐘。」

［七］一麾：謂秉旌麾，出爲太守也。顔延年《爲阮始平》詩：「屢薦不入官，一麾乃出守。」

［八］兵衛燕寢：韋應物《郡齋雨中與諸文士燕集》詩：「兵衛森畫戟，燕寢凝清香。」

## （三三四）龍溪口［一］西三十里，即黔界

箬篷蓋頭懸地窟，伏雨闌風［二］晦日月。公亭驛名，此地一見日光，是夜復雨漏洩扶桑暾［三］，優曇一湧蟾蜍没［四］。昨夜有鷕［五］禽始鳴，今朝刺眼桃花横。前此棄我置勿問，得償少許良已盈。但願此境如啖蔗［六］，齒頰漸漸瓊漿生。惜乎楚尾［七］亦易盡，逝將去汝［八］黔中行。黔中新人非故人，故人疏索［九］新人親。新人織絹故人素［一〇］，而我一步一回顧。楚歌楚舞［一一］無前度，楚水楚山有餘慕。思公子兮未敢言［一二］，恐美人之遲暮。

**注釋：**

［一］龍溪口：在湖南省西部。　這首七言歌行體詩，描寫龍溪口多雨少晴，桃花耀目，過桃源時，未飽眼福，得此稍慰。但過溪口即爲黔境，故人少而新人多，又不免對楚境之留戀，結尾則自傷老大無所成就。

［二］伏雨闌風：《敬齋古今注》：「杜子美《秋雨歎》云：『闌風伏雨秋紛紛。』闌風，謂薰風闌盡，將變而爲涼風也。」一説久風也。《山堂肆考》：「風不已曰闌風。」

［三］扶桑暾：早日也。日出於扶桑。

［四］「優曇一湧蟾蜍没」句：謂日如優鉢曇花一現，而月又没也。

［五］鷕：雌雉鳴聲也。《詩・邶風・匏有苦葉》：「有瀰濟盈，有鷕雉鳴。」

［六］「但願此境如啖蔗」二句：謂希望漸入佳境。《世説新語・排調》：顧愷之每食甘蔗，自尾至本，曰漸入佳境。

［七］楚尾：謂湖南西部乃楚地之尾。洪芻《職方乘》：「豫章之地，爲吴頭楚尾。」

［八］逝將去汝：《詩・魏風・碩鼠》：「逝將去女，適彼樂土。」女，同「汝」。

［九］疏索：疏，遠也；索，離群而居也。

［一〇］「新人織絹故人素」句：古詩：「新人工織縑，故人工織素。織縑日一匹，織素五丈餘。將縑來比素，新人不如故。」

［一一］楚歌楚舞：《史記・項羽本紀》：「我爲若楚歌，若爲我楚舞。」

［一二］「思公子兮未敢言」二句：《楚辭》：「沅有芷兮澧有蘭，思公子兮未敢言。」又：「惟草木之零落兮，恐美人之遲暮。」

# 海珊詩鈔注

【卷十】

## （三三五）玉屏舟中，讀《五代詩話》，詠南唐後主事（十首）[一]

（一）卷帛書成妙擷襟，文房牙校印澄心。歸朝不作降王長，只許頭銜署翰林[二]。

**注釋：**

[一] 玉屏：縣名，在貴州省與湖南省接壤處。《五代詩話》：清王士禛撰。王未完成，鄭方坤續成之，凡十卷。南唐李後主，名煜，字重光，初名從嘉，元宗李璟六子，世稱後主。爲人仁孝，善屬文，工書畫。一目重瞳子，豐額駢齒。建隆二年嗣立。常怏怏以國蹙爲憂，日與群臣酣飲，愁思悲歌。性驕奢，好聲色，又佞佛，高談不恤國事。奉宋正朔，稱江南國主。旋爲宋太祖所滅。封違命侯，隴西郡公。卒封吴王，贈太師，在位十六年。這十首七絶，詠南唐後主李煜生平軼事，既贊許其文采風流，亦譏嘲其奢侈淫佚，治國無方，可作史評看。

[二] 這首詩詠李煜善書法，始創澄心堂紙，降宋不應作降王長，應該作翰林。擷襟，書法的一種。《書史會要》：「南唐後主作大字，不事筆，卷帛而書，皆能如意，世謂擷襟。」澄心，後主於内苑澄心堂造紙，故名。《詩文發源》：澄心堂紙乃江南李後主所製。劉貢父詩云：「當年百金售一幅，澄心堂中千萬軸。後人聞此那復得，就使得之當不識。」《六一詩話》：「余家嘗得南唐澄心堂紙，曼卿爲余書其《籌筆驛》詩，至今藏之，貌爲三絶，真余家寶也。」降王長，《宋史・南漢世家》：太宗將討晉陽，召近臣宴，（劉）鋹預之，自言朝廷威靈及遠，四方僭竊之主今日盡在座中，旦夕平太原，劉繼元又至，臣率先來朝，願得執梃爲諸國降王長。太宗大笑，賞賚甚厚。翰林，《十國春秋》：江南國主既入汴，太祖嘗因曲宴，問聞卿在國中好作詩，因使舉其得意者一聯。煜沉吟久之，誦其詠扇云：「揮讓月在手，動摇風滿懷。」上曰：「滿懷之風，却有多少？」它日復宴煜，顧近臣曰：「好一個翰林學士。」

（二）暮雨憑闌風滿懷，紫鳳流下玉生埋。黛煙漸冷琵琶背，爲有香階金縷鞋[一]。

注釋：

[一] 這首詩詠後主悼念周昭惠后，旋又移愛小周后事。 紫風流，花名。《天禄識餘》：廬山僧舍有麝囊花一叢，色正紫，類丁香，號紫風流。後主詔取數十根，植於移風殿，號蓬萊紫丁香。 玉生埋，謂昭惠后死去，埋玉。《晉書·庾亮傳》：庾亮將葬，何充會之，歎曰：「理玉樹於土中，使人情何能已。」琵琶，《十國春秋》：昭惠國后周氏，小字娥皇，司徒元宗女，通書史，善歌舞，尤工琵琶。嘗爲壽元宗前，元宗歎其工，以燒槽琵琶賜之。 元宗寶惜之器也。 又：《霓裳羽衣曲》絶不復傳，后得殘譜，以琵琶奏之，於是開元天寶遺音復傳於世。后卒，後主哀苦傷神，自製誄刻石，與后所愛金屑檀槽琵琶同葬。金縷鞋，後主《菩薩蠻》詞：「花明月暗籠輕霧，今宵好向郎邊去。剗（一作衩）襪步香階，手提金縷鞋。」爲小周后作也。

（三）寶裝瓔珞九枝分，稱體宮衣篤褥熏。步步生蓮金貼地，不如纖小足淩雲[一]。

注釋：

[一] 這首詩詠後主寵妃窅娘體輕善舞事。 瓔珞，項鏈，連綴珠玉而成。《南史·林邑國傳》：「其王著法服，加瓔珞，如佛象之飾。」篤耨，香名。《清一統志》：「真臘國有樹如杉檜，香藏於皮，老而脂白流出，名篤耨香。冬月因凝而取之者，名黑篤耨，盛之以瓢，碎瓢爇之，尤異。」顧瑛《以「春水船如天上坐，老年花似霧中看」平聲字分韻得「如」字》詩：「爐篆寶香薰篤耨。」 步步生蓮，《南史·東昏侯紀》：東昏侯鑿金爲蓮花貼地，令潘妃行其上，曰：「此步步生蓮花也。」 足淩雲，《輟耕録》：窅娘乃後主宮嬪，纖麗善舞。後主作金蓮高六尺，蓮中作品色瑞雲，令窅娘以帛繞脚，纖小屈曲，作新月狀，舞雲中，有淩雲之態。

（四）僧伽裁帽衣袈裟，佛帳春寒四面遮。桃李風吹輸一半，紅羅猶自罥梅花[一]。

**注釋：**

[一]這首詩詠後主佞佛和生活奢侈事。僧伽，梵語僧伽邪之簡略，其義爲衆比丘。《江南野史》：開寶三年，命境内崇修佛寺，改寶公院爲開善道場，國主與后，戴僧伽帽，衣袈裟，誦佛經，拜跪頓顙，至爲瘤贅。《江南餘載》：後主於宮中建永慕宮，又於苑中建静德僧寺，鍾山亦建精舍，御筆題爲報恩道場，日供千僧，所費皆二宮玩用。「桃李春風輸一半」句：指江北已爲周占。《十國春秋》：後主作紅羅亭子，四面栽紅梅花，作豔曲歌之。韓熙載和云：「不須誇爛熳，已輸了春風一半。」時已割淮南與周矣。「紅羅罥梅花」，《五國故事》：後主尚奢侈，嘗於宮中，以銷金紅羅幕其壁，以白銀釘瑇瑁而押之。又以細鈿飾隔眼，糊以紅羅，種梅花於其外。又於花間彩畫小木亭子，才容二人座，煜與愛姬周氏對酌於其中。如是數處。

(五)遷鼎南都議不終，靈槎西下錦帆東。割江已引屏風障，那得杯中落皖公[一]？

**注釋：**

[一]這首詩詠李璟避周遷都，伶人詠詩嘲諷事。史載：周伐唐，取全淮地。唐主李璟南遷豫章，以疾卒於南都。太子煜時留建康，遂即帝位。靈槎西下，指李璟乘舟西遷豫章。錦帆東，指宋將曹彬自荆州發舟師襲唐。《江南餘載》：開寶末，長老法倫夢金陵兵火四起。有書生朗吟曰：「東上波流西上船，桃源未必有真仙。干戈滿目家何在，寂寞空山聞杜鵑。」史載：初江南士子樊若水，舉進士不第，因謀歸宋。借漁釣測江寬，獻計造浮梁渡江。太祖善之。遣使往荆州，造黄黑龍船數千艘，即用以連成浮梁，渡兵滅江南。屏風障，《十國春秋》：李璟南遷後，退朝之暇，北望金陵，恒鬱鬱不樂。澄心堂承旨秦承裕，常引屏風障之。「杯中落皖公」，《釣磯立談》：李璟南遷，伶人李家明獻詩云：「龍舟悠漾錦帆風，雅稱宸遊望遠空。偏恨皖公山色翠，影斜不落酒杯中。」皖山在江北，已被周占，故云。

(六)石城舟渡雨瀟瀟，隨虎明徵篆未凋。金錯刀書金縷子，如何抹筆誤金朝[一]？

注釋：

［一］這首詩詠南唐被宋所滅，鐵銘已有先兆，而後主的昏庸則是主要原因。「石城舟渡雨瀟瀟」句，指宋師從浮梁渡江。隋虎明徵，《十國春秋》：先是元宗保大中，伏龜山圮，得石函，長二尺，廣八寸，中有鐵銘：「莫問江南事，江南自有憑。乘雞登寶位，跨犬出金陵。子建司南位，安仁秉夜燈。東鄰家道闕，隋虎遇明徵。」好事者謂後主生丁酉，辛酉襲位，是乘雞也；開寶甲戌宋圍金陵，是跨犬也；曹彬屯城南，是子建也；潘美營北，是安仁也；後吳越王入覲，即東鄰也；家道闕，是無錢也；隋虎，遇戊寅也，又忠懿王小字虎子。一時以爲絶解。按後主死於宋太平興國三年，歲次戊寅。金錯刀，書法名。《談薈》：南唐李後主善書，作顫筆樛曲之狀，遒勁如寒松霜竹，謂之金錯刀。金樓子，書名，梁元帝著。《十國春秋》：後主手題金樓子，曰：「梁孝元謂王仲宣昔在荆州，著書數十篇，荆州壞，盡焚其書，今在者一篇，知名之士咸重之，見虎一毛，不知其斑。」後西魏破江陵，帝亦盡焚其書，曰文武之道盡今夜矣。何荆州壞、焚書二語，先後一轍也。詩以慨之曰：「牙籤玉軸裹紅綃，王粲書同付火燒。不是祖龍留面目，遺篇那得到今朝。」「今朝」字誤「金朝」，徽廟忌之，以筆抹去。後書竟如讖入金也。

（七）振破金鈴染肆開，番兒水上唱檀檀音陀，俗謂之檀來。可憐徐舍人多事，簁落空中作豆魁［一］。

注釋：

［一］這首詩詠南唐被宋滅，有許多預兆，非人事所能挽回。這流露了作者宿命論的觀點。振破金鈴：《五國故事》：李煜善音律，造《念家山》及《振金鈴曲破》。言者取要而言之：「家山破，金鈴破。」染肆開，《五國故事》：建康染肆之榜，多題天水碧。尋而皇家蕩平之，悉前兆也。天水碧因煜之内人染碧，夕露中庭，爲露所染，其色特好，遂名之。按天水碧，猶言天水逼也。天水爲趙的郡望。檀來，《十國春秋》：先是江南小兒偏唱檀來，人不知爲何因。李璟保大十五年，周世宗南征，步騎數萬，水陸並進，番兒軍士作《檀來》之歌，聲聞數十里。徐舍人，徐鍇，字楚金，鉉之弟。四歲而孤，母方教鉉，未暇及鍇，能自知書。李璟見其文，以爲秘書省正字，累官至内史舍人。李穆使江南，見其兄弟文章，歎曰：「二陸不及

也。」李氏失德，國勢日削，鍇以憂卒。簁，同篩。《十國春秋》：宋師伐江南，金陵將陷，有夢四角女子行空中，以巨簁簸揚，散落如豆，落地皆成人。或問之，對曰：「此當死於難者。」後見一金紫貴人墜地，云：「此徐舍人也。」既寤異之，及旦，則聞鍇死矣。豆魁，謂首先死也。按：詩言多事，則非徐鍇，而是徐鉉。鉉使宋，指責太祖伐唐，師出無名。李煜無罪。欲以口舌止干戈，故言其多事也。作者記憶有誤。

（八）金箔櫻桃落暗香，風吹池水玉笙涼。不知世有牽機藥，蝶舞鶯狂到醉鄉[一]。

**注釋：**

[一] 這首詩詠後主奢淫亡國，被宋毒死的故事。櫻桃，《十國春秋》：後主處圍城中，作長短句「櫻桃落盡」一闋，未就而城已破。又：後主又有長短句《臨江仙》云：「櫻桃結子春歸盡，蝶翻金粉雙飛。子規啼月小樓西。玉鉤羅幕，惆悵捲金泥。門巷寂寥人去，望殘煙草低迷。」而無尾句，劉延仲爲補云：「何時重聽玉驄嘶。撲簾飛絮，依約夢回時。」玉笙涼，李璟《攤破浣溪沙》：「細雨夢回雞塞遠，小樓吹徹玉笙寒。」牽機藥，毒藥名。服之，前後却數十回，頭足相就如牽機狀而死，故名。《默記》：徐鉉見李煜，煜長吁歎曰：「當時悔殺個潘佑、李平。」鉉既去，有旨召對，詢後主何言。鉉不敢隱，遂使秦王攜具就飲，賜牽機藥。蝶舞鶯狂，《十國春秋》：李後主重建建康城，高三丈，因江山爲險固，其敵惟東北兩面，壕塹重複，皆可堅守。至紹興間，已二百餘年，所有不及十之一。後主嘗作詩云：「鶯狂應有限，蝶舞已無多。」未幾失國，蓋詩讖也。

（九）結綬南歸愧可知，樂官山下宴殘時。海青一慟琵琶碎，絕勝秋槐葉落詩[一]。

**注釋：**

[一] 這首詩詠南唐樂官尚有愛國思想，金陵陷落時，宋將召之侍宴，樂人悲傷，因而被殺。譴責後主只耽樂女

色，對樂人應有愧色。「結綬南歸愧可知」句：謂曹彬奉命伐唐，本約不戮無辜，而部將竟違令妄殺樂官。樂官山：《南唐拾遺記》：金陵有樂官山，南唐樂官所葬處也。宋初下南唐，諸將置酒作樂，樂人大慟，殺之，聚瘞此山，因名。「海青一慟琵琶碎」句：《明皇雜録》：雷海青精琵琶，供奉宫廷。安禄山叛兵入長安，掠文武朝臣及宫嬪樂師，送至洛陽，禄山宴於凝碧池，露刃威迫衆樂師作樂。雷將琵琶擲地痛哭。被禄山支解示衆。詩以比樂官。秋槐葉落，《十國春秋》：昭惠后周氏殂，後主哀苦傷神，扶杖而起，自製誄，有句云：「輯柔爾顔，何樂靡從，蟬響吟愁，槐凋落怨。」

（十）瓊枝碧月兩模糊，譜按霓裳記得無？地下若逢陳後主，多因治國少功夫[一]。

**注釋：**

[一] 這首詩詠後主沉湎酒色，治國無方，和陳後主一樣。 瓊枝碧玉，指後主所寵妃嬪。霓裳，《霓裳羽衣曲》，唐玄宗得自西涼，潤色其詞，易以美名。《十國春秋》：後主與昭惠后妹通，后憤恚死，妹入爲繼后。得楊玉環《霓裳羽衣曲》，日夕研摩，竟得神似。自是朝夕歌舞，煜意蕩心迷，無心國事。 陳後主，南朝陳後主，名叔寶，宣帝子。嗣位後，荒淫無度，不恤政事。嘗造臨春、結綺、望仙三閣，日與妃嬪狎客遊宴其中。及災異數見，帝乃自賣於佛寺爲奴以禳之。隋師至，猶奏伎行樂。隋將韓擒虎入朱雀門，始與張、孔二貴嬪匿於胭脂井。引之出，俘至長安。仁壽中，卒於洛陽。「碧」，世綸堂本作「壁」。

## （三三六）又雜詠五代事（十二首）

（一）曲宴宣華唱柳枝[一]，朝天萬里執鞭絲。憑樓烹燀廚當面，家世元來是餅師。

**注釋：**

［一］「曲宴宣華唱柳枝」四句：詠五代前蜀後主王衍和後蜀後主孟昶的荒淫生活，已兆亡國。宣華，宣華苑，王衍造以供遊樂者。《五國故事》：衍初封鄭王，後嗣立，是爲後主。衍荒淫酒色，重陽宴於宣華苑，自旦至暮。柳枝，曲名。《十國春秋》：宋光浦侍後主爲内侍監。乾德中，後主飲宴無度，嘗以重陽日宴群臣於宣華苑。夜半酒酣，後主唱韓琮《柳枝》詞，詞曰：「梁苑隋堤事已空，萬條猶舞舊春風。何須思想千年事，誰見楊花入漢宫！」光浦意欲以諷爲諫，遂詠胡僧詩曰：「吴王恃霸棄雄才，貪向姑蘇醉緑醅。不覺錢塘江上月，一宵西送越兵來。」後主聞之，不樂而罷。「朝天萬里執鞭絲」，史載：孟昶末年，百官競執長鞭，自馬至地；婦人競戴高冠子，皆謂之朝天。又製新曲，名《萬里朝天》云，意謂萬里皆朝於己也。及歸降，崎嶇川陸，至於京師，萬里朝天之讖驗矣。廚當面，《五國故事》：王衍嗣位，荒淫酒色，出入無度。嘗以繒綵數萬段，結爲綵樓，山上立宫殿亭閣，一如居常棟宇之制。衍宴樂其中，或踰旬不下。又别立一綵亭於山前，列以金銀錡釜之屬，取御廚食料，烹燀於其間，衍憑綵樓以觀之，謂之當面廚。餅師，《五國故事》：蜀主王建，許州舞陽人也，世爲餅師。

（二）涼風吹水皺摩訶［一］，鬢亂釵横奈爾何？九十朱尼今已死，更無人記洞仙歌。

**注釋：**

［一］「涼風吹水皺摩訶」四句：詠後蜀後主孟昶與花蕊夫人夏夜乘涼摩訶池上事。孟昶，孟知祥第三子，字保元，初名仁贊，後唐清泰間嗣位，不改元，仍稱明德。至五年改廣政。在位三十年。生活奢侈，喜文學，工聲曲。宋乾德中，遣王全彬伐蜀，昶敗降。至京封秦國公。七日而卒，謚恭孝。花蕊夫人，陶宗儀《輟耕録》：孟昶納徐匡章女，拜貴妃，别號花蕊夫人，意花不足擬其色，似花蕊之翾輕也。或以爲姓費，則誤矣。朱尼，蘇軾《洞仙歌》序：「余七歲時，見眉山老尼，姓朱，忘其名，年九十歲，自言嘗隨其師入蜀主孟昶宫中，一日大熱，蜀主與花蕊夫人夜納涼摩訶池上，作一詞，朱具能記之。今四十

年，朱死久矣，人無知此詞者。但記其首二句，暇日玩味，豈《洞仙歌令》乎，乃爲足之云。孟昶《玉樓春》詞：「冰肌玉骨清無汗，水殿風來暗香滿。簾間明月獨窺人，欹枕釵横雲鬢亂。　三更庭院悄無聲，時見疏星渡河漢。屈指西風幾時來，只恐流年暗中换。」

（三）九龍帳子夜燈紅[一]，綵舫歌聞美滿風。春燕進飛遊轉樂，荷花一路活秦宫。

**注釋：**

[一]「九龍帳子夜燈紅」四句：詠五代閩主王鏻、后陳金鳳侍妾李春燕等宫闈秘事。王鏻，本名延鈞，王審知之次子。殺其兄延翰而自立，僭稱帝。信鬼神道家之説，任用宵小，荒淫無度，爲子昶及皇城使李倣所弑。在位三年。鏻每夜宴，燃金龍燭數百枝，作九龍帳，與后陳金鳳宣淫其中。國人歌道：「誰謂九龍帳，只貯一歸郎。」歸郎，歸守明，鏻之孌童，而與陳金鳳私通者。春燕，李春燕，鏻之侍妾，後以之賜其子繼鵬。荷花，《金鳳外傳》：端陽日，造綵舫數十於西湖，每舫載宫女二十餘人，衣短衣，鼓楫争先。延鈞御大龍舟以觀。金鳳作《樂遊曲》，使宫女同聲歌之。曲曰：「龍舟摇曳東復東。采蓮湖上紅更紅。波澹澹，水溶溶。奴隔荷花路不通。」又曰：「西湖南湖鬥綵舟。青蒲紫蓼滿中洲。波渺渺，水悠悠。長奉君王萬歲遊。」遊人士綺繡夾岸，雜遝爲市。　秦宫，謂王鏻所築之長春宫，一如秦之阿房宫也。

（四）摸金埋玉送還家[一]，漢水東流夕照斜。垂涕驚鴻徵舊曲，春愁煙鎖木蘭花。

**注釋：**

[一]「摸金埋玉送還家」四句：詠荆南高季興、高從誨的無賴行爲和奢侈生活。「摸金埋玉送還家」，《十國春秋·荆南》：文獻王高從誨乾佑十年，荆南地狹兵弱，介於吴楚爲小國。自吴稱帝，而南漢、閩、楚皆奉中原正朔，歲時貢

奉，多借道荆南。於是武信王（高季興）及王奉邀其使者，掠取其物。而諸道移書責誚，或發兵加討，即復還之，而無愧色。其後南漢與閩亦稱帝，惟王所向稱臣，利賜予，故諸國賤之，皆目爲「高賴子」，又曰「高無賴」。俚語謂奪攘苟得無愧恥者爲「賴子」也。　木蘭花，歐陽炯《南鄉子》詞云：「洞口誰家，木蘭船繫木蘭花。紅袖女郎相引去，南浦，笑倚春秋相對語。」

（五）五色靈芝骨本粗[一]，相公曲子嫁名無。釣龍過馬經遊處，忍對含桃憶帝都？

**注釋：**

[一]「五色靈芝骨本粗」四句：詠和凝年輕時作豔詩《香奩集》，及貴爲宰相，恐累盛名，乃嫁名韓偓事。　和凝，字成績，須昌人。梁代舉進士。賀瑋辟爲從事，稱爲志義之士。歷仕晉、漢，官至左仆射、太子太傅，封魯國公。顯德間卒。凝好飾車服。爲文章以多富，有集百餘卷。性樂善，好稱進後進之士，故盛有當時之譽。　五色靈芝，指梁太祖朱温。温本粗人。温逼唐昭宣帝禪位，國號梁。盛稱符瑞，自言有慶雲蓋護府署，五色芝生於家廟第一室神主，有五色衣，爲代唐之兆。　曲子相公，《北夢瑣言》：和凝少年時好爲曲子詞，佈於汴洛，洎入相，專托人收拾焚毀不暇。然相固厚重有德，終爲豔詞所玷。契丹入夷門，號爲曲子相公。　釣龍，地名。《朝鮮志》：朝鮮扶餘縣東山下，有一怪石，跨於江渚，石上有龍攫之跡。相傳唐高宗時，蘇定方伐百濟，臨江欲渡，忽風雨大作，以白馬爲餌，釣得一龍。須臾開霽，遂濟師。故有釣龍臺。　過馬，廳名。《春明退朝録》：北都使宅舊有過馬廳。韓偓詩：「中官過馬不教嘶。」注云：上每乘馬，必閹官馭方進，謂之過馬。既乘之，然後蹀躞嘶鳴也。藩鎮僭禮，以名其廳。　含桃，韓偓《多情》詩：「蜂偷崖蜜初嘗處，鸎啄含桃欲咽時。」裴鉶《傳奇》：大曆中，有崔生爲千牛，其父使往省一品疾。一品命使以金甌貯含桃而擘之，沃以甘酪，與生食。

（六）蕭蕭風雨客窗涼[一]，秋苑春城夢渺茫。生長江南紈綺地，北來翻食剥皮羊。

**注釋：**

〔一〕「蕭蕭風雨客窗涼」四句：詠南唐後主李煜降宋後的淒涼生活。李煜，見（三三五）詩第一首注〔一〕。「秋苑春城夢渺茫」句，後主《憶江南》：「多少恨，昨夜夢魂中。還如舊時遊上苑，車如流水馬如龍。花月正春風。」剥皮羊，《十國春秋》拾遺韓熙載條：韓熙載奉使中原，或問「江南何不食剥皮羊？」對曰：「江南地産羅紈，故爾。」皆不喻，迨熙載去，乃悟。《五國故事》：僞侍中周宗，既阜於家財而販易，每自淮上通商，以市中國羊馬。及世宗將謀渡淮，乃使軍中人蒙一羊皮，人執一馬，僞爲商旅，以渡浮橋而守。繼以用兵，遂入臨淮。雖金陵弛於邊防，亦周宗務於貪黷，破國之釁，有若此者，爲臣之咎，不亦深乎！

（七）司徒不作況司空〔一〕，流水桃花玉洞中。九朵峰巒徵復起，沈公竟不效何公。

**注釋：**

〔一〕「司徒不作況司空」四句：詠南唐李建勳、宋齊丘、沈彬等隱居不仕事。李建勳，字致堯，隴西人。好學能文。李昪鎮金陵，用爲副使。參預篡吴之謀，拜中書侍郎，同平章事。昪元中，放還私第。李璟立，召拜司空。以司徒致仕，賜號鍾山公。宋鄭文寶《江南餘載》：李建勳致仕，自稱鍾山公。詔授司徒，不起。學士湯悦致狀賀之。建勳以詩答曰：「司空猶不作，那敢作司徒。幸有山公號，如何不見呼？」「九朵峰巒徵復起」句，指宋齊丘。齊丘，字子嵩。廣陵人，家洪州。干李昪，官至右仆射，平章事。昪受吴禪，進司徒。李璟立，召拜太保中書令，坐植黨罷。歸隱九華山，號九華先生。再起爲中書令，封楚國公。有言其謀簒者，再放九華山，自經卒。齊丘上表乞歸九華，其略云：「千秋載籍，願爲知己之人；九朵峰巒，永作乞骸之客。」沈彬，字子文，高安人。讀書能詩。初仕吴，授校書郎。以尚書郎致仕。南唐時，絶不求進，隱雲陽山，學仙道。何公，何澤，番禺人。少好學，長於歌詩。舉進士，爲洛陽令。莊宗、明宗時，數切諫。外雖直言，内實邪佞。以太仆少卿致仕。年七十，尚希仕進，詣匭上章，請立秦王爲太子。秦王素驕，多不軌，遂成其禍。晉高祖入立，召爲太常少卿。卒於家。

（八）石裂金雞事近誣[一]，西湖使宅免漁租。雲英重見衣仍白，不伴秦松作大夫。

**注釋：**

[一]「石裂金雞事近誣」四句：詠晚唐五代吳越羅隱軼事。羅隱，字昭諫，本名横，新城人。貌寢陋，凡十上不中第，遂更名隱。光啓中，爲錢塘令，有善政。錢鏐辟爲從事。朱全忠篡唐，以諫議大夫召隱。隱不行，且勸鏐舉兵討梁。鏐雖不能用，然心甚義之。累官鹽鐵發運使，著作佐郎，遷諫議大夫、給事中而卒，年七十七。世傳隱出語成讖，閩中書筒灘、玉髻峰皆留異跡。豫章兩越八閩人，凡事俗近怪者，皆曰此羅隱秀才説過。後訛爲羅衣秀才云。見吳任臣《十國春秋》、黎士宏《仁恕堂筆記》。石裂金雞，《南康記》：「雩都縣有金雞石，旁有穴，宋永初中，見金雞棲翔此穴。」《徑山山門事狀》：「法欽師一日坐石屏之下，有白衣士自言：『我誦俱胝觀音咒，功力無比。』師欲驗之，乃曰：『吾坐後石屏，汝能咒之令破否？』曰：『可。』遂叱之，石屏裂爲三片。今謂之喝石巖。」「西湖使宅免漁租」，《十國春秋·羅隱傳》：武肅王待隱日隆，時西湖日納魚數斤，號使宅魚。會王召隱題《磻溪垂釣圖》，隱詩：「吕望當年展廟謨，直鉤釣國更何如。若教生在西湖上，也是須供使宅魚。」王遂免供。「漁」，世綸堂本作「魚」。雲英，《唐詩記事》、《十國春秋》：雲英，鍾陵妓，羅隱與之有舊。下第見之。雲英曰：「羅秀才尚未脱白。」隱贈詩云：「鍾陵醉别十餘春，重見雲英掌上身。我未成名君未嫁，可能俱是不如人。」秦松，《史記·秦始皇本紀》：秦始皇上泰山，風雨暴至，休於樹下，因封其樹爲五大夫。《漢官儀》謂是松樹，後世遂稱松爲五大夫。

（九）鍾舉玻璃滿酌之[一]，吐茵倒載出宫時。尖檐帽子葫蘆樣，大好春光驛女詞。

**注釋：**

[一]「鍾舉玻璃滿酌之」四句：詠五代人陶谷爲周、宋出使南唐、吳越，行爲不檢受辱事。陶谷，字實，新平人。歷仕

晉、漢，至周爲翰林學士，兵部侍郎，入宋歷禮、刑、户三部尚書。開寶中卒。《十國春秋》等載：谷爲周報聘南唐，頗矜持。唐主使歌伎秦蒻蘭僞充驛役，谷與之歡，並贈《春光好》詞。唐主宴谷時，出蒻蘭侑觴，並歌所贈詞曰：「好姻緣，惡姻緣。祇得郵亭一夜眠，别神仙。琵琶撥盡相思調，知音少。再把鸞膠續斷弦。」谷慚愧無比，托言醉不能飲，即辭歸。「尖檐帽子葫蘆樣」句：《順存録》：宋開寶三年九月，宋命翰林學士陶谷使越，忠懿王俶宴之。因食蝤蛑，詢其族類。王命自蝤蛑至蟚⿰虫越，凡十餘種以進。谷曰：「真所謂一蟹不如一蟹」，蓋以譏王也。王因命進葫蘆羹，曰：「此先王時有此品味，庖人依樣造者。」谷在中朝，或作詩嘲之曰：「堪笑翰林陶學士，年年依樣畫葫蘆。」故王以此戲也。

（十）嶓冢祠前漢水旁[一]，呼名叫斷野賓腸。朝元閣與安妃閣，鸜鵒都曾問上皇。

**注釋：**

［一］「嶓冢祠前漢水旁」四句：詠五代唐王仁裕放猴故事。王仁裕，漢陽人。唐廢帝時，召令隨駕，一時詔書皆出其手。後漢初，充翰林承旨，兼知貢舉。尋爲兵部尚書。其所取門生王浦、范質、和凝皆至宰相。周初遷太子少保。所著有《紫泥集》、《江西集》、《入洛集》等。善爲詩。少時嘗夢人剖其腸胃，以西江水滌之。顧見江中沙石，皆爲篆籀之文，由是文思日進。野賓，《王氏聞見録》：王仁裕從事漢中，有獻猿兒者，小而慧黠，名曰野賓，呼之則應。經年，於頸上繫紅綃一縷，題詩送之。後行次嶓冢，群猿自峭巖下飲，有巨猿舍群而前，紅綃彷佛尚在。從者指之曰：「此野賓也。」呼之，聲聲相應。遂繼一篇曰：「嶓冢祠邊漢水濱，曉猿連臂下嶙峋。漸來仔細窺行路，認得依稀是野賓。」朝元閣，《唐書·席豫傳》：帝嘗登朝元閣賦詩，群臣屬和。帝以席豫詩最工，詔曰：「詩人冠冕也。」安妃，安太妃，後晉代北人，出帝母。老而失明，從出帝北遷，自遼陽徙建州，卒於道。臨卒謂出帝曰：「當焚我灰，南向揚之，庶幾遺魂得返中國也。」上皇，元稹《連昌宮詞》：「上皇正在望仙樓，太真同憑欄杆立。」鸜鵒，《談賓録》：嶺南獻白鸜鵒，甚聰慧，呼爲雪衣娘。後爲鷹搏之而斃。上與妃子歎息，命瘞苑中，立鸜鵒碑。朱慶餘《宮詞》詩：「含情欲説宮中事，鸜鵒前頭不敢言。」

（十一）楚水通吳路不長[一]，歸遲毋乃爲青箱。春風一夜飄零盡，白鳥雙飛下海棠。

**注釋：**

[一]「楚水通吳路不長」四句：詠五代楚王馬希崇兵敗降唐，不久死於金陵，已有前兆，及後主宮廷生活瑣事。「楚水通吳路不長」二句：《十國春秋·楚世家》：馬希崇降於唐（丙戌年），冬十月，唐將邊鎬趣希崇帥其族朝唐，宗人聚族相泣，欲重賂鎬，乞留居長沙，鎬拒不見。入唐數年，薨於金陵。《青箱雜記》云：劉建封定長沙，遣馬殷（希崇父，受梁封楚王）領衆浚城濠，得石碣，有古篆十八，其文曰：「龍舉頭，猳掉尾。羊爲兄，猴作弟。羊歸穴，猴離次。」解者以殷乾寧三年丙辰歲代立，乃龍舉頭也；至乾祐辛亥國亡，乃猳掉尾也；殷子希範以己未歲生，又以開運丁未歲薨，乃羊歸穴也；又子希崇壬申歲生，後爲江南所俘，乃猴離次也。歸遲，陸游《南唐書》：昭惠國后周氏，嘗雪夜酣宴，舉杯請後主起舞。後主曰：「汝能創爲新聲，則可矣。」后即命箋綴譜，爲《醉舞破》，又有《恨來遲破》。白鳥，《詩話類編》：李嗣主宴苑中，有白野鵲飛集，嗣主令王感化賦詩。應聲曰：「碧天深洞恐遊遨，天與蘆花作羽毛。要識此來棲宿處，上林瓊樹一枝高。」嗣主大悅，手寫《浣溪沙》與之。海棠，《太真外傳》：明皇登沉香亭，召太真妃。於時卯酒未醒，侍兒扶掖而至。妃子醉韻殘粧，釵橫鬢亂，不能再拜。明皇笑曰：「海棠春睡未足耶！」

（十二）五七聲中曲已移[一]，喝駝子乃俗傳疑。周郎死後無人顧，讓與西堂十四姨。

**注釋：**

[一]「五七聲中曲已移」四句：詠五代梁太祖朱全忠軼事。五七，《天祿閣外史》：韓王聞二姬死，謂徵君曰：「寡人雖有畫眉之妾五七，卷髻之女二八，亦無以爲也。」喝駝子，詞曲名。唐營妓葛大姊所製。梁主朱温作四鎮節度使時，駐兵魚臺，值十月二十一生日，大姊獻之。梁祖令李振填詞，付後騎唱之，以押馬隊，因謂之葛大姊。及戰，得勝回，始流傳河北，

軍中競唱。俗以押馬隊，故訛曰喝駝子。周郎，周瑜。瑜少精音律，或有闕誤，必顧，故諺曰：「曲有誤，周郎顧。」西堂，范梈《谷口散暑》詩：「維時仲夏半，織女當西堂。」十四姨，《後漢書·光武郭皇后紀》：武元之後，至乃掖廷三千，增級十四。婕妤一，娙娥二，容華三，充衣四，已上武帝置，昭儀五，元帝置美人六，良人七，七子八，八子九，長使十，少使十一，五官十二，順常十三，舞涓共和娛靈保休良娣使夜者十四，此六宮品秩同爲一等。是謂「十四姨」。

## （三三七）竹車[一]

激水灌田具，無車止有輪。輪有二，相去一尺，合編爲一，徑約二丈，中支數十小竹爲輻，輪外一扇一筒，相間各五六尺綴附之。扇長尺二寸，闊半之。入水則水激扇，即以轉輪，筒長如扇，口斜向右，俯吸水而左仰以上，至中高處，則水下傾，當其傾處，下刳椽木爲水船，瀉入田中，層層櫛比，可使及遠。然唯岸臨溜水可行。其法先於上流數十丈外壘石爲埂，由寬漸窄，逼水近岸，開缺口寬深三四尺，爲轉輪道。此需人力，吾鄉爲平江路，其法難行。或山居有泉有澗，亦可一試。比較水車，何止事半功倍哉

圩岸削立上有田，外臨急湍方洄沿。壘石遏防束以隘，輥[二]雷怒拓喉嚨寬。竹施橛杙形取彎，圍徑丈餘車輪然。再副其二爲重鐶，中安小輻著在扐[三]。咸傅軸心機轉關，孰爲激之間用扇。方幅狹裁相綴連，隨風濡首驅使前，降如月蝕升鷹騫。截筒口張載翕舌，長尺有咫勢小偏。俯作牛飲[四]水入腹，左旋而上蝸吐涎。半刳竹腹長於船，股束高架肱橫眠。職惟仰承主假道，尾閭[五]不絕泉涓涓。桔槔[六]尚煩一夫力，此法較逸人無權。耕父斂跡清泠淵[七]，歲三百億三百廛[八]。我歸山棲營數畝，種秫種秔隨所便。命工仿造老農喜，官□在外三十年。學取一具良已足，寒冬只愁衣裝綿。更須乞巧祀先蠶[九]，園客[一〇]甕繭蜂窠懸。

注釋：

[一] 這首七言歌行體詩，敘述黔中竹車形狀，作法和功用，不煩一夫之力，而可得灌溉之利。擬歸去仿製，以利農耕，

可以不愁食而只愁衣了。

［二］輥：車轂齊等貌，又轉速曰輥。

［三］著在扐：筮者將著草挾於指間也。此象小輻之形。

［四］牛飲：張守節《史記正義》：「《太公六韜》云：紂爲酒池，迴船糟邱，而牛飲者，三千餘人爲輩。」謂俯身就池而飲，形如牛。

［五］尾閭：見（一二七）詩注［七］。

［六］桔槔：井上汲水的工具。《淮南子·氾論訓》：「斧柯而樵，桔槔而汲」。

［七］清泠淵：《山海經·中山經》：「豐山，神耕父處之，常遊清泠之淵，出入有光。」

［八］三百億三百廛：《詩·魏風·伐檀》：「不稼不穡，胡取禾三百億兮……不稼不穡，胡取禾三百廛兮？」

［九］先蠶：始教民育蠶之神也。《通鑑外紀》：西陵氏之女嫘祖爲帝元妃，始教民育蠶治絲繭，以供衣服，後世祀爲先蠶。

［一〇］園客：《述異記》：園客，濟陰人，貌美不娶，常種五色香草，積十餘年，忽有五色蛾集香草上，客薦之以布，生華蠶焉。有一女自來助養蠶，食以香草，得繭一百二十枚，大如甕，每繭繅六七日，絲方盡。繅迄，此女與客俱仙去。

## （三三八）宿鎮遠［一］永安橋寓樓，夜聞溪水聲有感

猺花犵草［二］環參差，黔中北門鎖鑰之。有橋屹然禁踰越，船至此止。城借峭壁溪爲池。溪水南來諸葛洞，兩崖束帶旁無縫。及此山勢更屈蟠，圍之數重懸大甕。甕中水鳴鬱則怒，虎來咥人氣先餓。遇石抵觸龍噴涎，紅日當空風雨過。夜静颼颼茶鼎沸，朝喧浮浮飯甑破。或琴或筑或鉦鼙，隨水盛衰爲小大。嗚呼水趨沅澧［三］匯江流，直達於海無盡頭。我若回船向楚尾［四］，可作吴興清遠

遊[五]。田園易主那暇理？一盂麥飯[六]澆松楸。家家上壟作寒食[七]，時二月二十八日。腸斷溪聲是此樓。

**注釋：**

[一] 這首七言長慶體詩，詠鎮遠永安橋溪水聲，溪的形勢，水聲的動人，一一刻劃入微。想到水流歸海，引起故園之思，丘壟之念，不勝感慨。鎮遠，縣名，在貴州省東部。

[二] 猺花犵草：指貴州省之少數民族婦女。

[三] 沅澧：沅水、澧水，均在湖南省西北部，流入洞庭湖。

[四] 楚尾：見（三三四）詩注[七]。

[五] 「可作吴興清遠遊」句：《虎丘志》：吴興清遠道士沈恭子，有遊虎丘詩。鬼詩也。

[六] 麥飯：見（一八四）詩第二首注[四]。松楸，墓地樹木，因借代爲墳墓。李遠《過舊遊見雙鶴愴然有懷》詩：「謝公何歲掩松楸。」

[七] 寒食：見（一二一）詩注[二]。

## （三三九）相見坡[一]

坡三重疊起，高皆千仞，此以手招，彼以口答，響應若咫尺，而不知其三十里之遥也

一峰鋭頭出，左右拍兩肩。其形卓筆格，坤斷乾三連[二]。咫尺若暱就，萬古不得前。各各據其鼎，孤撐爭霸權。時復相斌媚，並馬秦虢韓[三]。我意聯屬之，駕空樓飛仙。閣道夾欄楯[四]，雲氣爲縈旋。銜石乏精衛[五]，中窪不可填。登頓疲蹇足，蟻路秋毫緣。呼嘯響捷報，壑風奔驚湍。垂堂[六]戒發軔，摇摇心旌懸。

注釋：

［一］相見坡：在貴州省鎮遠縣境。

［二］「坤斷乾三連」句：謂山形如八卦之坤卦三爻皆斷，乾卦之三爻皆連。

［三］秦虢韓：《舊唐書·楊貴妃傳》：「太真有姊三人，皆有才貌，並封國夫人之號。長曰大姨，封韓國，三姨封虢國，八姨封秦國。天寶七載，幸華清宮，同日拜命。

［四］欄楯：闌檻，縱曰欄，横曰楯。

［五］精衛：《述異記》：炎帝女溺死，化爲精衛，與海燕爲偶，常銜石以填海，一名冤禽。

［六］垂堂：《漢書·司馬相如傳》：「故鄙諺曰：家累千金，坐不垂堂。」謂堂階之地，懼瓦墮而傷人也。發軔，軔，止車行之具，起行則取去，故凡開始曰發軔。

## （三四〇）飛雲巖［一］

天工切石如切泥，摶之捖之紛刀圭［二］。亦復琢雲如琢玉，巧匠雕鏤納山腹。呀然一口中穿空，其下湧綿擘絮螺髻何蓬鬆？鍾乳滴成石變相［三］，鱗鬣森動雷而風。咸與雲氣相追從，當前矗立太華蓮花峰［四］，儼如三島［五］浮自海上蓬萊宮。傳聞巖性忌不潔，往往呼泉一洗滌。昔有身垢者宿此，泉水突起，彌漫山椒而澣之，再垢復澣。官中那有清淨身？杉槽漆斛［六］名無實。既來未便太怱怱，滿飲僧茶消水厄。

注釋：

［一］這首七言歌行體詩，描寫飛雲巖之特點，洞中出雲，幻成種種異狀，巖拒不潔，能湧泉以自滌。「官中那有清淨身」，對官吏貪贓枉法致以譏嘲。飛雲巖，在貴州省鎮遠縣。

［二］刀圭：量詞。《本草鋼目序例》：「一刀圭爲十分方寸匕之一。」

［三］變相：佛家語，菩薩之本相爲法身，其所現之相，種種不同，謂之變相。又指境言，如變現極樂世界諸相者，謂之淨土變相，變現地獄刀山劍樹諸相者，謂之地獄變相。

［四］太華蓮花峰：在陝西省，即西嶽。

［五］三島：即三神山。《史記·武帝紀》：「蓬萊、方丈、瀛洲，此三神山者，在渤海中，諸仙人及不死藥在焉，而黄金白銀爲宫闕。」

［六］杉槽漆斛：蘇軾《宿海會寺》詩：「高堂延客夜不扃，杉槽漆斛江湖傾。」王十朋注引師民瞻：「杉槽漆斛，謂浴室也。」

## （三四一）崇安江[一]

石級編排雁齒齊，引繩徐渡岸痕低。依山虎踞來諸衛[二]，挾雨龍遊下五溪[三]。莊蹻[四]椓船湄甕北，唐蒙[五]持節夜郎西。番禺不是經流處，賴有黔書辯白題。郭青螺謂「江入番禺」，田蒙齋考正其誤甚晰。丁煒評云「辯白題遜此精核。」

注釋：

［一］崇安江：今名重安江，貴州省東部。

［二］諸衛：衛，軍隊駐防要害之地曰衛所。明太祖立軍衛法，度天下要害之地，一郡者設所，連郡者設衛。每衛五千六百人。其駐兵之地，即謂之衛。

［三］五溪：見（三〇七）詩第二首注［二］。

［四］莊蹻：戰國時，楚莊王之後，爲威王將軍。威王使略巴黔中以西至滇池，以兵威定屬楚。會秦擊奪楚巴黔中郡，道塞，因王滇。漢武帝時，滇王始與漢通。後降漢，以其地爲益州郡。

［五］唐蒙：漢人。武帝時，官番陽令。上言請開夜郎以制粵。乃拜蒙爲中郎將，使夜郎。郎即聽約，置犍爲郡。夜郎，見（三一七）詩第三首注［一］。

## （三四二）楊老驛［一］

地衝而險，屢經苗亂，設城，城外有橋跨河，廟祀竹二郎，其河疑即遯水，禁民捕魚，唯官網取之

一塹截山腰，烽屯設麗譙［二］。兒啼浮竹［三］幻，洞接大風遥。大風洞在三十里外，其後門通此。斷罟懸魚禁，飛書落鳳鑣［四］。莒城［五］毋恃陋，城石頹敗。銅鼓擊花苗［六］。

**注釋：**

［一］楊老驛：在貴州省東部。

［二］麗譙：華麗的高樓。《莊子·徐无鬼》：「君亦必無盛鶴列於麗譙之間。」成玄英疏：「言其華麗嶕嶢也。」此指戰樓。

［三］浮竹：《後漢書·西南夷傳》：夜郎者，初有女子浣於遯水，有三節大竹流入足間，聞其中有號聲，剖竹視之，得一男兒，歸而養之，及長有才武，自立爲夜郎侯，以竹爲姓。

［四］「飛書落鳳鑣」句：《晉鞞舞歌》：「飛書告諭，響應來同。」鳳鑣，即鸞鑣。鑣，馬銜鐵。《詩·秦風·駟驖》：「輶車鸞鑣，載獫歇驕。」

［五］莒城：在山東省。戰國時，燕將樂毅攻齊，下七十餘城。齊襄王保莒。後田單破燕軍，復齊地。此借喻毋忘在莒之憂。

［六］「銅鼓擊花苗」句：銅鼓，縣名，在今貴州省之錦屏縣境。花苗，鏡屏境之少數民族。

## （三四三）過平越，懷明李襄毅平播事[一]

襄毅移駐重慶，黔撫郭子章駐貴陽，楚撫支可大駐沅州，爲犄角，川師四路，黔師三路，湖廣偏橋一路，又分兩翼

播寇根盤七百年，膏肓李靖握中權[二]。三方分鎮[三]逃無地，八路懸軍[四]降自天。書詔近交瀧澄、安疆臣除虎翼[五]，淚零悍將劉綎躍龍淵[六]。還朝奏捷須臾事，自出師至滅賊，一百十有四日。幾度南征笑麓川[七]？

**注釋：**

[一] 平越：縣名，明代屬播州，在貴州省。李襄毅，李化龍，字于田，明長垣人。萬曆進士。擢左僉都御史，巡撫遼東，邊塞讋服。總督湖廣川貴軍務，討平楊應龍之亂。又以工部侍郎治河，興水利。累加柱國少傅。卒謚襄毅。著有《平播全書》、《治河奏疏》、《場居集》。平播事：楊應龍，明萬曆初，襲四川播州宣慰使。性雄猜，阻兵恃殺。以次子被羈死，不得歸喪，遂置關據險，結苗人焚劫諸屯衛，陷綦江，恣行殺戮。總督李化龍駐重慶，分八路進討，劉綎、吴廣等連敗之。應龍闔室自焚死，子朝棟亦伏誅。楊氏自唐時居播州，傳至應龍八百餘年而亡。

[二]「膏肓李靖握中權」句：膏肓，人體中之部位。《左傳·成公十年》：「疾不可爲也，在肓之上，膏之下。」本謂疾病之深，不可醫治。此借喻楊應龍亂之甚。李靖，字藥師，唐三原人。嘗謂丈夫遭遇，當以功名取富貴。初仕隋，後歸唐，平吴，破突厥，定吐谷渾，功業甚偉。封衛國公。謚景武。此借比李化龍掌握楊應龍生死之權。

[三] 三方分鎮：見題下自注。

[四] 八路懸軍：四川四路：劉綎、馬孔英、吴廣、曹希彬；貴州三路：董元鎮、朱鶴齡、李應祥；湖南：陳璘。

[五] 除虎翼：謂瀧澄、安疆臣初懷觀望，經化龍書詰，始受命會師進軍。

[六] 躍龍淵：龍淵，劍名。謂李化龍揮淚斬悍將。

〔七〕麓川：指明英宗時，麓川蠻思任發叛，兵部尚書王驥督師進剿，雖得敉平，但勞師數十萬，轉餉半天下，實得不償失也。麓川，在雲南省西南部與緬甸接壤處。

## （三四四）冷溪曉行之谷溪〔一〕

雞犬聲遥樹亦稀，人家多與竹相依。濛濛霧結千絲網，棱棱田裁百衲衣〔二〕。絶壑臨溪如玦〔三〕斷，迴峰聳翠忽翬飛〔四〕。不愁前路花無賴，燒後黄緣草具腓〔五〕。

**注釋：**

〔一〕冷溪、谷溪：均在貴州省境。

〔二〕衲衣：百納衣，僧衣，以小方塊布縫成，此借喻田塊。

〔三〕玦：玉佩之一種，如半環。「溪」，世綸堂本作「虚」。

〔四〕翬飛：《詩·小雅·斯干》：「如鳥斯革，如翬斯飛。」喻宫室之壯麗。

〔五〕「燒後黄緣草具腓」句：燒後，謂草經燒後。黄緣，左思《吴都賦》：「黄緣山嶽之岊，羃歷江海之流。」劉逵注：「黄緣，布藤上貌。」李善注：「黄緣，出也。」草具腓：腓，小腿腹。草具腓，謂草已逢春萌生綻出腓也。

## （三四五）狆家〔一〕

多樓居，孟春跳月，編綵如瓜，謂之花毬，視所歡者擲之。其男子陰賊嗜殺，唯用雕勦法稍戢。俗以米糝牲骨作醢，至酸臭爲佳

狆家女兒新様粧，中蒙丫髻如箕張。短衣及腰才二尺，五色裙拖著地長。破瓜〔二〕年紀喉嚨小，彝歌唱出

晴絲[三]裊。被風吹斷忽無聲，聲曳前山青不了。春場草緑流鶯流，家家結隊抛花毬。參差未定落誰手，天壤[四]所重翁多牛。聘資多至牛三五十頭。淬刀躧屩[五]花底活，樓居酸臭空傾國[六]。學成雕勦[七]盗父兵，只爲阿奴應破賊。

**注釋：**

[一]狆家：少數民族之一，今名布依族，居雲南、貴州。字加犬旁，乃舊時代對少數民族的歧視。

[二]破瓜：俗以瓜字可分爲二八字，故以十六歲爲破瓜之年。多以稱女子。孫綽《情人碧玉歌二首》（其二）詩：「碧玉破瓜時，郎爲情顛倒。」

[三]晴絲：比喻歌聲細而不絶，亦喻情思。杜甫《春日江村五首》（其四）詩：「燕外晴絲卷，鷗邊水葉開。」虞集《次韻杜德常博士萬歲山》詩：「墨沼遊魚翻宿藻，畫檐飛燕罥晴絲。」

[四]天壤：《晉書·列女傳》：謝道韞初適王凝之，甚不樂，曰：「不意天壤之間，乃有王郎。」

[五]「淬刀躧屩花底活」句：淬刀，鍛刀淬火，使鋒利。躧屩，舞鞋。

[六]傾國：李延年《北方有佳人》詩：「北方有佳人，絶世而獨立。一顧傾人城，再顧傾人國。非不知傾城與傾國，佳人難再得。」

[七]雕勦：喻突然襲擊，如雕之捕鳥也。

**（三四六）甲秀樓** 明江公東之造，田中丞雯重修[一]，有記，在南城外釣鼇磯上。面涵碧潭，背霽虹橋，其水入粵西。東距棲霞山二里

江公締造越年[二]多，紀勝田碑字未磨。地鎖墱流横蝃蝀[三]，天擎柱石鎮黿鼉。月明筆札招王粲[四]，風

起樓船制趙佗[五]。況對棲霞山色好，環城空翠落檐阿[六]。

會城之水，皆入烏江，即牂牁江。唐蒙上書，浮舟牂牁[七]制越。第六句本此。

**注釋：**

[一]甲秀樓：在貴州省貴陽市。江東之，字長信，明歙人。萬曆進士，擢御史。首發馮保、徐爵奸，受知於帝。後因事貶霍州。累官右僉都御史，巡撫貴州。以討楊應龍敗績，黜爲民。有《瑞陽集》。田雯，字綸霞，又字紫綸，自號山薑子，晚號蒙齋，清德州人。康熙進士。累官工部郎中。督學江南，力崇古學，每按試，屏絶供張，自市蔬菜脱粟以食，遠近稱之。歷户部侍郎致仕。有《古歡堂集》。

[二]越年：世綸堂本作「閱年」。

[三]螮蝀，虹的别名。螮，又作蝃。《詩·鄘風·蝃蝀》：「蝃蝀在東，莫之敢指。」

[四]王粲：字仲宣，三國山陽高平人。避亂，依荆州劉表。博物多識，問無不知。蔡邕奇其才略，聞粲在門，倒屣迎之。粲年少短小，一座皆驚。邕曰：「此君奇才，吾不如也。吾家書籍當悉與之。」後仕魏，累官侍中。所著詩與曹劉並稱建安七子。粲作有《登樓賦》。

[五]趙佗：秦真定人。南海龍川令。南海尉任囂死，佗行南海尉事。秦滅，佗自立爲南越王。漢高帝定天下，遣陸賈立佗爲南越王。高后時，自立爲南越武帝，發兵攻長沙邊邑。文帝立，復使陸賈讓佗。佗上書謝。稱蠻夷大長老夫臣佗。孝景時，使人朝請。建元四年卒。漢武帝時，以楊仆爲樓船將軍，擊南越。

[六]阿：棟也。《儀禮》：「賓升西階，當阿東西致命。」

[七]牂牁：江名，一名都泥江，今名濛江。源出貴州定番縣西北山中，經廣西，入廣東爲西江。

## （三四七）陽明先生書院[一]

先生昔淪謫，馬曹[二]名位卑。耳目所聞見，侏儷而盱睢[三]。從者饑且病，析薪親作糜。逆珰[四]蓄蠆毒，鍼氈坐不時。欻然中夜起，若有人告之。與汝安心竟，了悟參良知。遂著五經説，衣被及羅施[五]。昔夢王越劍[六]，光焰騰雄雌[七]。擒濠挫岑猛[八]，撫玩如嬰兒。桶岡藤峽盜[九]，次第受平治平聲。當其規石槨，九死將安辭？一朝輟講席，虎變風霆馳。有明數將略，文武真兼資。龍場訪古驛，君子亭[一〇]已夷。鹿迒竄蔓草，熊館[一一]蔽枯株。中丞田[一二]新締構，典型儼在茲。四條問答録[一三]，遺聲傳金絲[一四]。水西安宣慰[一五]，三書曾致詞。伐謀安反側，功踰十萬師。壬戌一不戒，安奢[一六]之亂。禍變生瘡痍，轉借後車鑑，前事彌可思。肸蠁[一七]報明德，到今行路悲。

**注釋：**

[一]陽明先生書院：在貴州省貴陽。王守仁，字伯安，明餘姚人。弘治進士。正德初，以論救言官戴銑等忤宦官劉瑾，杖闕下，謫龍場驛丞。瑾誅，移廬陵知縣。累擢右僉都御史，巡撫南贛。平大帽山諸賊，定宸濠之亂。世宗時，封新建伯，總督兩廣。破斷藤峽賊。明世文臣用兵，未有如守仁者。卒謚文成。其學以良知良能爲主，謂格物致知，當自求諸心，不當求諸事物，故於宋儒特推重陸九淵，而以《朱子集注》、《或問》之類爲中年未定之論，世稱姚江派。嘗築室陽明洞中，學者稱陽明先生。有《王陽明全書》。

[二]馬曹：指驛丞。

[三]侏儷：蠻夷之語，聲不分明也。《後漢書·南蠻傳》：「衣裳斑斕，語言侏儷。」盱睢，即睢盱，質樸之形。王延壽《魯靈光殿賦》：「鴻荒樸略，厥狀睢盱。」

[四]逆珰：指宦官劉瑾。秦漢中常侍兼用士人，冠皆銀珰左貂。後漢明帝以後，專用閹人，改以金珰右貂。世故稱宦

官爲珰。

[五]羅施：羅，羅洪先，字達夫，號念庵，明吉水人。好王守仁學。舉嘉靖進士第一，授修撰。即請告歸。事親孝，親歿，苫塊蔬食，不入室者三年。後召拜春坊左贊善。罷歸。益尋求王學。甘淡泊，鍊寒暑，跨馬挽强，考圖觀史，其學靡所不窺。隆慶初卒，謚文莊。有《念庵集》。施，施璜，字虹玉，明休寧人。棄舉業，發奮自力於躬行。與同州吴慎等會講紫陽書院，教學者九容養外，九思養内，以造於誠。學者翕然宗之。已而遊無錫，師事高世泰。有《思誠録》、《小學近思録發明》、《誠齋文集》。

[六]王越劍：《莊子·説劍》：「諸侯之劍，以智勇士爲鋒，以清廉士爲鍔，以賢良士爲脊，以忠聖士爲鐔，以豪傑士爲夾。此劍直之亦無前，舉之亦無上，案之亦無下，運之亦無旁。上法圓天，以順三光，下法方地，以順四時，中和民意，以安四鄉。此劍一用，如雷霆之震也，四封之内，無不賓服而聽從君命者矣。此諸侯之劍也。」

[七]雄雌劍：《吴地記》：干將鑄成二劍，進雄劍於吴王，而藏雌劍，時時悲鳴，憶其雄也。

[八]「擒濠挫岑猛」句：宸濠，明太祖子寧王朱權之後，武宗時，反於南昌，攻南康九江，浮江東下，攻安慶，將據南京。王守仁起兵攻南昌，宸濠回救，被擄。岑猛，明廣西田州土知府，弘治襲職，年幼，土目黄驥與李蠻争權，挾猛奔思恩，久乃釋之。後降，授福建衛千户。重賂劉瑾，得留攝府事。撫輯遺民，兵復振。助平江西盜，以功遷指揮同知。嘉靖間，攻克泗城。與知州岑接相訐告。詔下勘處。時有上思州之役，奉徵不至，總督姚鏌奉命征之，猛懼出奔，爲歸順岑璋誘殺。

[九]「桶岡藤峽盜」句：即岑猛之黨盧蘇、王綬，明世宗嘉靖六年叛，王守仁討平之。

[一〇]君子亭：朱子《君子亭》詩：「俯仰新亭幽，曠然塵慮清。内正外自直，三揖奚所争？端居得深玩，君子非虚名。」

[一一]熊館：《倦遊雜録》：「熊踣伏之所，在石巖枯木中，謂之熊館。」

[一二]中丞：指田雯。詳見(三四六)詩注[一一]。

[一三]四條問答録：《傳習録》中語。《傳習録》，王守仁弟子徐愛撰，記守仁與門弟子論學答問之語。

［一四］金絲：梁元帝蕭繹《和彈箏人》詩：「瓊樹動金絲，秦聲發趙曲。」

［一五］「水西安宣慰」句：安疆臣，世居水西，管苗族。萬曆間襲貴州宣慰使。有犯被按，以助討播州楊應龍功得宥。巡撫郭子章並許酬還烏江故地。總督王象乾又責其歸播州所侵地，久持不決。朝議多右疆臣，得地增秩，水西益强。

［一六］安奢：安邦彦、奢崇明。崇明，玀玀族，世居永寧，爲宣撫司，傳至崇明，與其子寅均好亂。熹宗時，募川兵援遼，崇明等遂反，進圍成都，國號大梁。貴州水西安邦彦起兵應之，自稱羅甸大王。朱燮元討平之。

［一七］肸蠁：見（一九〇）詩注［一四］。

## （三四八）遊白雲山，與僧談遜國諸僞書 山在貴陽城南七十里，有庵名羅永，相傳老佛遜跡之所［一］

黄石公書僞不真［二］，留候亦是尋常人。帷幄運籌其事秘，以之竊比劉誠意。誠意果挾前知具，僨轅之駕何能斃？偶識西湖一雲氣，附會刊成紅篋記。青宫儲位嫡長君，預與他年辦披剃。金川門啟地道閉，軒轅升遐爲火帝。牢落西南四十秋［三］，詩出元人誰託戲？江陵耳食輒以聞，傳信傳疑無定議。一使胡濙、朱祥齎香十四年［四］，鄭和屢泛紅毛船。網羅告密滿天地，何物公然有程濟？仲彬生平不識字［五］，孫誣其祖置科第。從亡客問致身録，年月日時皆互異。我鄉史筆三數公［六］，西河、竹垞、稼堂諸公。老吏斷獄案足據。兹來禮佛羅永庵，杉合東向乃向南。洞中流米井跪汲，黔人好鬼姑妄譚。維貌之黧祀南八，貴陽有南霽云廟，謂之黑神。以筆爲諱王竹三。筆竹之筆，改而從貴，諱之也。黔多竹三郎祠。溪龍獻水一洗耳，白雲仰視縈山嵐。庵前大杉數株，謂帝手植。枝皆南向，有流米洞，帝去則不復流。又有井，汲者必跪乃可得，相傳以爲溪龍所獻以供帝。

永樂十四年，胡忠安還朝，成祖已就寢，急召入，語至夜半。嗣後遂止掣蹻之訪［七］，詔鄭和班師，則行遜之跡絶矣。至題壁三詩，謂在滇獅山龍隱庵者，乃元人前作，江陵未之見耶？然使天下大師，果已歸老有墓，君臣安用此問答爲？亦足以破一妄也。

## 注釋：

［一］這首七言歌行體詩，憑吊白雲山羅永庵，與僧人共話建文帝朱允炆軼事，傳信傳疑，莫可究詰。指出有些遺跡，可能出諸好事者附會。老佛遯跡之所，老佛，指建文帝。谷應泰《明史紀事本末》等書載建文帝軼事：朱允炆，懿文太子之子，太祖之孫。在位四年，靖難兵破京城，帝祝髮遯去。正統五年，迎入西内，以壽終。帝初聞金川門破，欲自殺。翰林院編修程濟曰：「不如出亡。」少監王鉞跪進曰：「昔高帝升遐時有遺篋，曰：『臨大難當發。』謹收藏奉先殿之左。」群臣言急出之。俄而舁一紅篋至，四圍俱固以鐵，二鎖亦灌鐵。程濟碎篋，得度牒三張，一名應文，一名應能，一名應賢，袈裟帽鞋剃刀俱備，白金十錠。朱書篋内，應文從鬼門出，餘從水關御溝西行，薄暮會於神樂觀之西房。帝曰：「數也。」程濟即爲帝祝髮。吴王教授楊應能願祝髮隨亡。監察御史葉希賢毅然曰：「臣名賢，應賢無疑，亦祝髮。」隨帝出亡。帝至鬼門，而一舟艤岸，爲神樂觀道士王昇，見帝叩頭稱萬歲，曰：「臣固知陛下之來也，疇昔高皇帝見夢，令臣至此耳。」帝出亡，先後至滇之永嘉寺，重慶之大竹善慶里，結茅於白龍山，至鶴慶山，建大喜庵居之。又遊衡山、四川諸勝，入楚遊漢陽、大别。下江南至史彬家。往寧波蓮花洋。回鶴慶山。又入四川，遊漢中，至成都，往陝西。後遊湖北、江西、浙江。二次入粵西。英宗正統五年，建文同寓僧至思恩知州岑瑛處，冒稱建文帝。僧及建文帝同被執至京師，御史廷鞫之。僧稱年九十餘，旦晚死，思葬祖父陵旁耳。御史推建文應六十四歲，何得九十餘。僧實爲楊應祥，鈞州白沙里人，論死罪。老閹吴亮證實建文帝，乃迎養於西内。宫中人皆呼爲老佛，以壽終，葬西山。

［二］「黄石公書僞不真」十二句：留侯，漢張良封留侯。良少時嘗遊下邳，遇圯上老父，爲老父納履。老父以爲可教，贈以太公兵法。父自言濟北穀城下黄石也。劉誠意，劉基，字伯温，明青田人。元末進士。明初，佐太祖定天下，論功封誠意伯。相傳劉基能前知，紅篋藏建文帝度牒事，乃劉基爲太祖所作。紅篋記，小説名。即敷衍建文披剃出亡故事。軒轅火

帝，借指建文帝。燕兵破金陵，索建文帝，宫人内侍以投火自焚之馬皇后尸應之，故云火帝。

［三］「牢落西南四十秋」四句：指建文披剃出亡後，在西南各省浪跡數十年。詩出元人，傳説建文善作詩，道出貴州，嘗題詩二章於壁云：「風塵一夕忽南侵，天命潛移四海心。鳳返丹山紅日遠，龍歸蒼海碧雲深。紫微有象星還拱，玉漏無聲水自沉。遥想禁城今夜月，六宫猶望翠華臨。」其二云：「閲罷楞嚴磬懶敲，笑看黄屋客團瓢。南來瘴嶺千層回，北望天門萬里遥。款段久忘飛鳳輦，袈裟新换衮龍袍。百官此日知何處，惟有群烏早晚朝。」或云，詩乃元人作，傳者託之建文耳。江陵耳食，張純，字志忠，明江陵人。永樂辛丑進士，官御史，升右僉都御史，巡撫畿郡，調南京都察院，升兵部尚書，參贊機密。居官四十年致仕。耳食，信傳聞之言曰耳食。《史記·六國年表序》：「此與以耳食無異。」耳食，指張純誤信建文題詩，以之上聞事。

［四］「二使齎香十四年」四句：謂明太宗永樂皇帝恐建文帝復辟，使胡濙、朱祥攜書物色他。又傳建文帝避於南方，乃使太監鄭和下西洋搜索之。紅毛船，紅毛，明代稱荷蘭人爲紅毛番。程濟，朝邑人。有道術。洪武末，官岳池教諭。建文初，上書言某年月日北方兵起。帝謂非所宜言，逮至將殺之。濟大呼曰：「陛下幸囚臣，臣言不驗，死未晚。」乃下之獄，燕兵起，釋之，爲翰林編修。燕兵入金川門，隨建文出走，莫知所終。

［五］「仲彬生平不識字」四句：謂冒充建文帝之僧人楊應祥。冒充建文帝，故云孫誣其祖，置身於科第。致身録，書名，一稱《從政名言》，薛瑄著。具載楊應祥冒認的事。

［六］「我鄉史筆三數公」二句：西河，毛奇齡，字大可，學者稱西河先生，清蕭山人。明季諸生。康熙中召試鴻博，授檢討。所著文集凡二百三十四卷。竹垞，朱彝尊，字錫鬯，號竹垞，清浙江秀水人。康熙中，舉鴻博，授檢討。著有《曝書亭集》、《經義考》、《詞綜》、《日下舊聞》等。稼堂，潘耒，字次耕，號稼堂，清吴江人。康熙中，舉博學鴻詞，試授檢討。著有《遂初堂詩文集》。

［七］掣蹋之訪：掣蹋，謂研究建文行蹤，到處察訪。

## （三四九）柳坑[一] 所謂養龍阬，在養龍司，去貴陽百里，事見明宋濂溪《天馬讚序》

龍性好淫牝馬貞，一水一陸分道行。而況齊大非鄭偶[二]，□然作合於柳阬。兩山夾峙中停泓，春日輪𡚶[三]花始明。欻忽晦冥起雲霧，蜿蜒沙跡陰陽争。寶畜其母潔寢處，子氣無闕龍駒生。絆而曳之齊其足，毋使振鬣輕一鳴。亦用古人胎教法，責在千里期大成。緬維洪武初開國，明昇[四]貢馬阬中得，長十一尺高九尺，人立而吼謝羈勒。囊沙壓之遊苑中，追風躡電清涼宫。文憲宋作贊晉馬作繪[五]，賜名乃命飛越峰。世間英物不常有，踰四百載阬長空。太平天厩龍勿用，吉行[六]三十我馬同。鼓車已却重譯獻[七]，蒲桃不録邊軍功。尋常惟肖銅馬式[八]，龍亦歸馴戒在色。

**注釋：**

［一］這首七言歌行體詩，詠柳阬的傳説，龍馬相交而生駒，貢於明廷的故事。結尾抒發了時世太平，龍駒亦無所用的意見。

［二］齊大非鄭偶：《左傳·桓公六年》：齊侯欲以文姜妻鄭太子忽，太子忽辭。人問其故，太子曰：「人各有偶，齊大非吾偶也。」

［三］輪𡚶：同和暢。草木茂盛貌。

［四］明昇：明初隨州人。父明玉珍，從徐壽輝與元軍戰，定有全蜀。陳友諒殺徐壽輝，玉珍遂據蜀稱帝，國號大夏，建元天統。與明太祖通好。立五年而卒。昇嗣位。洪武初，諭昇歸降，不從，兵敗，昇面縛降。被徙於高麗。

［五］「文憲作贊晉作繪」句：文憲，宋濂，字景濂，明浦江人。博聞强記，通五經。元時授翰林院編修，辭不就。後仕明，累官至翰林學士。撰有《元史》。卒謚文憲。晉，馬晉，明初畫家。

［六］吉行：《漢書·王吉傳》：「古者吉行日五十里。」張正見《上之回》詩：「林光稱避暑，回中乃吉行。」

［七］「鼓車已却重譯獻」二句：駕鼓車，《漢書·循吏傳》：建武十三年，異國有獻名馬者，日行千里。詔以馬駕鼓車。蒲桃，即葡萄，本出西域。張騫使西域，傳入中國。見《漢書·張騫傳》。

［八］銅馬式：《後漢書·馬援傳》：馬援於交趾得駱越銅鼓，乃鑄以爲馬式，還上之。

## （三五〇）黔中雜述（四首）

山周遭處路疑無，石磴盤盤一綫孤。躡險反教飛鳥退，縋深賴有斷雲扶。花還念舊常相見，泉自均輸不用符。正值春場跳月[一]後，摇鈴振鐸鬧蠻奴。

**注釋：**

［一］跳月：《續通考》：「苗人仲春刻木爲馬，祭以牛酒，老人並馬箕踞，青年未婚男女吹蘆笙以和歌詞。謂之跳月。」

蒸秫朝朝瘴氣重，西行仙跡失三峰[一]。何山不肖蹲龍虎，是石皆鳴戛鼓鐘。諸洞中石鐘鼓皆擊之有聲。一水懸流分楚蜀，烏江一説北入岷，一説南入古州，東合五溪入大江。六時[二]易候合春冬。朝御重裘，過午綿衣苦熱。傳奇最是花生竹，玉粒珠旒濟病農。某年貴陽旱，竹頻生花，結實如粳糯，民多採食，味清甘，獲濟。

**注釋：**

［一］三峰：張三峰，明洪武初，至太和山修煉，結庵玉虛宫五樹邊。身長七尺，美髯如戟。經書一覽即成誦。寒暑惟一箬笠，日行千里，静則瞑目旬日，所啖升斗輒盡，或辟穀數月，自若也。洪武二十年九月二十日，自言辭世，留頌而逝。民人楊輙山等置棺殮訖，臨葬發視之，三峰復生。後入蜀，見蜀王。又入武當，或遊襄鄧間。永樂中，遣使尋訪不遇，爲宫以待

之。隱顯不測，莫知所在。「峰」，世綸堂本作「豊」。

[二]六時：釋氏分一晝夜爲六時，即晨朝、日中、日没、初夜、中夜、後夜。

鬼方[一]巫號大奚婆，要熟[二]須從這裏過。馬蚌凶於逢魑魅，蘆笙淫似唳駕鵝。明知野葛鉤腸少，錯認燖麻螫手多。更有金蠶[三]光飲水，行囊檢點佩蘘荷。馬蚌即馬蟥，上岸時如屋大，蘆笙聲如駕鵝之唳，蘘荷葉能解諸蠱毒。

**注釋：**

[一]鬼方：古地名，即今貴州境。

[二]要熟：熟，年豐也。要熟，謂希望豐年，必須巫婆祈禱也。

[三]金蠶：金蠶蠱，苗人畜以害人者。《續博物志》：南方人畜金蠶，飼以蜀錦，取其遺矢，雜飲食毒人。多以金銀藏篋，置蠶其中，投路隅，人或取之，蠶隨往，俗謂嫁金蠶。

山谷[一]書藏墮杳冥，楚僧摹刻亦飄零。汞流凱里[二]生鉛，地名誰提槧，花照薇垣[三]不效靈。撫署紫微花大四十圍，高出鴟表，黔省惟此一株。中夜文成[四]王曾悟道，六年忠介[五]鄒繼傳經。天荒一破唐劉蛻[六]，爾雅方言近[七]可聽。山谷離黔時，留經史詞賦理學數百卷於學宮。閱五年，提學某以瘴亡，書盡散失。黔人秦子明置石摹勒長沙僧寶月古法帖十卷，置之黔江之紹聖院，今皆無存。

**注釋：**

[一]山谷：黄庭堅，字魯直，號山谷道人，宋分宜人。舉進士。紹興初，知鄂州。爲章惇、蔡京等所惡，貶宜州。詩學

杜甫，爲宋代大家。又善行草書，亦著名於世。

［二］凱里：地名，在貴州省東部，湘黔鐵路經此，產汞。

［三］薇垣：即紫薇垣，星座之名，在北斗北。唐開元間，改中書省曰紫微省，以中書令掌佐天子執大政，有藩臣匡衡之義，取象於紫微。又藩司堂名紫微，蓋因元代行中書省之故。見《名義考》。

［四］文成：王陽明，見（三四七）詩注［一］。

［五］忠介：鄒元標，字爾瞻，明吉水人。萬曆進士。熹宗時，累官左都御史。建首善書院，集同志講學，有高名。魏忠賢亂政，罷歸。崇禎初，贈太子太保，謚忠介。

［六］「天荒一破唐劉蛻」句：《北夢瑣言》：唐之荆州，衣冠藪澤。每歲解送舉人，多不成名。號爲天荒。劉蛻舍人，以荆解及第，人號破天荒。劉蛻，字復愚，唐荆南人。官至左拾遺。因論令狐藻恃權納貨之罪，謫華陰令。有《文泉子集》。

［七］爾雅：書名，詳訓詁名物，通古今之異言。唐以後列於經部。相傳爲周公、孔子、子夏等所作。方言，書名，漢揚雄著。

## （三五一）安順府［一］ 提督駐劄

節鎮嚴兵地，魚鱗萬瓦稠。井參捫六詔［二］，襟帶綰三州［三］。嶺碎分龕立，雲低合掌收。盤江［四］天設險，沉鎖制江流。

**注釋：**

［一］安順府：清代爲府，今爲市，在貴州省貴陽市西南。

［二］「井參捫六詔」句：井參，星名。井宿，二十八宿之一。小寒子初初刻十二分之中星。參宿，二十八宿之一，冬至

子初三刻五分之中星。六詔，見（一九三）詩第一首注［二］。

［三］三州：指安順附近之安順州、鎮寧、普定等地。

［四］盤江：指北盤江，即古之牂牁水，源出貴州咸寧縣亂山中，上游稱可渡河，東南流由雲南經貴州，又西行與廣西南盤江合，稱紅水江，亦曰烏泥江。

## （三五二）淮陰侯後［一］

鍾屋難作，有客匿侯三歲兒詣蕭相。相遣客作書與南粤王佗，佗養爲子，封海濱，用韓半姓，錫誥勒之鼎器，其説得諸楚張燧，今定番有韋番司，其後也。然問其受姓之由及書與誥，率皆不知，而云無有

韋番司是淮陰後，其説荒唐出楚咻［二］。復有程嬰［三］存趙氏，由來士燮［四］在交州。間關萬里書誰寄，著姓千年誥可留？姑妄聽之差快意，漢家網漏［五］小韓侯。

**注釋：**

［一］淮陰侯後：韓信，與張良、蕭何稱漢初三傑。初爲齊王，改封楚王。有人告信謀反。高祖僞遊雲夢，執之，赦以爲淮陰侯。後又爲呂后殺於鐘室。傳言蕭何保存其子事，見題下原注。

［二］楚咻：謂出於楚人傳説。《孟子·滕文公下》：「一齊人傅之，衆楚人咻之。」

［三］程嬰：春秋時，晉趙朔之友。晉屠岸賈殺趙朔，滅其族。朔妻遺腹生一兒。朔客公孫杵臼與程嬰謀，取他兒負之匿山中。嬰出，告所匿處，賈攻而殺之。嬰乃抱趙氏真孤匿山中居。後韓厥言於景公，立爲趙氏後，是爲趙武。遂攻屠岸賈，滅之。武既冠，嬰曰：「今宜下報宣孟、杵臼。」遂自殺。

［四］士燮：春秋時晉人，士會之子，爲晉大夫。景公時，從伐齊，勝而歸。會曰：「無爲我望爾也乎？」燮曰：「吾知免矣。」卒謚文子，亦稱范文子。此借指韓信之子，謂當在南越，不在貴州境也。

［五］網漏：網漏吞舟之魚，喻法網之寬。《史記·酷吏傳》：「網漏於吞舟之魚，而吏治蒸蒸，不至於奸，黎民艾安。」

## （三五三）白水巖瀑布［一］

萬山水匯一水大，訇訇聲聞十里外。巖口偪仄勢更凶，奪門而出懸白龍。龍鬚帶雨浴日紅，金光玉色相蕩春。雪浄鮫綃落刀尺，大珠小珠飄隨風。風摺疊之繪變相［二］，三降三升石不讓。有如長竿倒拍肉飛仙［三］，中絶援繩躍復上。伏犀埋頭不敢出，懷寶安眠遮步障［四］。内有靈犀，相傳吴叛時，有解餉官，棄數十萬於此。我欲割取此水置袖中，曰恒燠若書乾封［五］。叩門挈瓶滴馬鬃［六］，槁苗平地青芃芃［七］。豈不賢於谷泉之在香爐峰？坐享大名而無功。匡廬谷泉名三疊，與此巖同。

**注釋：**

［一］白水巖瀑布：白水，在貴州省西南部鎮寧附近，即黄果樹瀑布。

［二］變相：見（三四〇）詩注［三］。

［三］飛仙：《杜陽雜編》：永貞元年，南海貢奇女盧眉娘，工巧無比，善作飛仙，蓋以絲一縷，分爲三縷，染成五彩，於掌中結爲傘蓋五重，其中有十洲三島，天人玉女，臺殿麟鳳之象，外列執幢棒節之童，不啻千數。

［四］「懷寶安眠遮步障」句：謂餉藏於瀑後。《論語·陽貨》：「懷其寶而迷其邦，可謂仁乎？」步障，立竹張幕爲屏障，以蔽塵土。《晉書·石崇傳》：石崇作錦步障五十里。

［五］「曰恒燠若書乾封」句：謂天氣炎熱，久旱不雨。乾封：見（一〇一）詩注［四］。

［六］滴馬鬃：《太平廣記》：李靖射獵山中，會暮，抵宿一朱門家。夜半叩門甚急，一婦人謂靖曰：「此龍宫也，天符命行雨，二子不在，欲奉煩頃刻。」遂命鞴青驄馬，又取一小瓶，戒靖取瓶水一滴，滴馬鬃上，慎勿多也。

［七］芃芃：茂盛貌。

## （三五四）由坡貢之郎岱［一］

望遠峨峨冠切漢，衣襟霞舉天之半。經宿崎嶇目已迷，雲煙各自開生面。一峰匿近若舊識，乃是三日前所見。以身盤磨蟻穿珠，左縈右拂香爐篆。高履星行下窺井，轉眼之間凡幾變。區田隨勢列等差，如規曲尺如劃綫。什什伍伍不成村，殘梨在樹落微霰。風無定所歷亂來，畫眉聲碎彈翎［二］怨。

**注釋：**

［一］坡貢、郎岱：地名，在貴州省西南部安順西南。

［二］彈翎：彈，恐爲彈之誤。彈翎，鸞鳥。宋濂《贈劉俊民先輩》詩：「文鸞側彈翎，皓鶴仰褰噣。」

## （三五五）打鐵關［一］

高懸鳥道曲盤虵，打鐵關頭取路差。霧湧海濤噓颶母［二］，雲蒸山翠幻曇華［三］。俯臨萬仞疑無地，旁指三苗［四］近有家。忽得一亭堪小憩，泠然借作禦風［五］車。關上有亭，額曰「泠然善也」。

**注釋：**

［一］打鐵關：在貴州省郎岱附近。

［二］颶母：《嶺表録》：「夏秋之間，有暈如虹，謂之颶母，必有颶風。」

〔三〕曇華：即曇花。

〔四〕三苗：古國名。《史記·五帝紀》：「吴起曰：三苗之國，左洞庭而右彭蠡。」當即湖南溪洞諸苗，其種不一，自唐虞時即號三苗。三者約數之辭，非必僅三種也。

〔五〕禦風：「禦」，應作「御」。《莊子·逍遥遊》：「列子御風而行，泠然善也。」

## （三五六）渡盤江　鄂太傅作督時，新改道江口，自題其坊曰西林渡，距鐵鎖橋六十里〔一〕

盤江源出金沙江，自烏撒〔二〕入懸奔瀧。踰二千里流益怒，彯砂礨石〔三〕以力扛。尸浮鱉令〔四〕不知數，天塹〔五〕劃斷蠻夷邦。始焉貫絙三十六〔六〕，兩崖雲棧横空絡。有風撓之鐵則鳴，人到中央濤浪作。後來改製橋落成，巨材排比雁齒生。鋭頭而上牛鬥角，中跨鵬背魚貫行。幬以板屋夾欄楯，琳宫梵宇交回縈。積日累月計程度，鬼神助役工非輕。豈知迤西有僻路〔七〕，舍淺就深前事誤。花河夅音棒鲊地名黄草霸，赴滇較近目無睹。直從莊蹻至於今，地老天荒扃鐍固。偉人帝錫創奇功，屹然坊建西林渡。江寬尋丈水安流，昔遁新獲罔用泅。陰平間道取鄧艾，盧龍絶塞規田疇。鼋鼍爲梁烏鵲駕，遂此平板龍夷猶。省水衡錢民利涉，櫂歌一聲飛白鷗。

**注釋：**

〔一〕盤江：北盤江，詳見（三五一）詩注〔四〕。　鄂爾泰，字毅庵，清滿洲鑲藍旗人。康熙三十八年舉人。授二等侍衛。雍正四年，貴州狆苗叛，議撫無成，鄂奏非用兵不可，世宗任爲三省總督。鄂三路進軍，狆苗等悉就擒。自丙午用兵，至庚戌成功。乃造橋雲貴交界處，曰庚戌橋。官至保和殿大學士。封三等襄勤伯。卒贈太傅，謚文端。

〔二〕烏撒：地名，在貴州境，今之威寧。

〔三〕彯砂礜石：彯，同飄。礜石，礦石之一種，即硫砒鐵礦，色白有毒。《山海經・西山經》：「（皋塗之山）有白石焉，其名曰礜，可以毒鼠。」

〔四〕尸浮鱉令：《後漢書・夫餘國傳》：「東明奔走，南至掩光淲水，以弓擊水，魚鱉皆聚浮水上，東明乘之得度，因至夫餘而王之焉。」

〔五〕天塹：見（一五四）詩注〔三〕。

〔六〕「始焉貫絙三十六」十二句：描寫原來的鐵索橋建築宏偉。

〔七〕「豈知迤西有僻路」以下各句：描寫鄂爾泰於西林渡新建橋梁，安全便捷。莊蹻，見（三四一）注〔四〕。偉人，指鄂爾泰。鄧艾，三國時魏將。伐蜀，從陰平小道進，取得成功。盧龍塞，在河北省永平縣。這裏借喻邊疆要地。黿鼉爲梁，《竹書紀年》：周穆王大起九師，東至九江，駕黿鼉以爲梁。遂伐越，至於紆。烏鵲駕，《風俗記》：織女七夕當渡河，使鵲爲橋。相傳七夕鵲首無故皆髡，因爲梁以渡織女故也。夷猶，遲疑不決狀。《楚辭・九歌・湘君》：「君不行兮夷猶，蹇誰留兮中洲。」水衡，漢代官名，掌上林苑，兼主稅務，司帝之私財。沿至唐始廢。庾信《射馬賦》：「水衡之錢山積。」

## （三五七）象責〔一〕 普安州新開銀礦，云夜見白象出遊

馬竜之象所好義〔二〕，吸水噴泥以戰斃。州有義象冢，死於明水西之戰。普安〔三〕之象所好利，魂遊夜現金銀氣。爾不見白水巖〔四〕掛珠簾泉，下有伏犀懷寶眠。彼徒硜硜〔五〕自守耳，爾乃能令廉夫頑〔六〕？躧壍勘牖捶其塹〔七〕，蛇行而入傴僂焉。呴呴伏雌聲走漏，欻如風滅空手還。有時水溢土頹壓，松肪一爇雷沖天。是皆亡命無賴賊，睚眥動輒操戈鋋。追維禍始導先路，視冢中骨功罪何相懸？如今披鎧執燧兵不用〔八〕，滇南歲例充王貢。膽隨四季柱山立，瑞比祥麐押威鳳。劍佩花迎柳拂旗，瓶裝七寶朝儀重。前車以賄焚爾身〔九〕，

茲胡不戒婪蠻峒？爾惟火急驅除之，毋負農田春播種。

**注釋：**

［一］這首七言歌行體詩，詠普安州銀礦，據傳説因白象出遊而被發現，初被盜賊竊據。故詩責象實爲導先路之禍首，不如四川義象能助明兵作戰，以平水西楊應龍之亂，並戒象毋以寶而焚身，應助民春耕以立功。詩主旨乃借責象以責人之慢藏誨盜、懷寶迷邦者。

［二］「馬竜之象所好義」句：竜，即龍字。馬竜，地名，在雲南省。《字彙補》：「雲南有佴革竜，地有九山，最高。」此指助明平水西之亂之義象。

［三］普安：普安州，在貴州省西南部，近雲南省。

［四］白水巖：見（三五三）詩注［一］。

［五］硁硁：喻淺見固執的人。《論語·子路》：「言必行，行必果，硁硁然小人哉！」

［六］廉夫頑：《孟子·萬章下》：「故聞伯夷之風者，頑夫廉，懦夫有立志。」此反用其意，謂象導人開銀礦，使廉夫也貪頑。

［七］「躧躄勘牖捶其塹」十句：謂亡命之徒，開礦盜銀，動輒争鬥，追原禍始，實白象導其先路。伏雌，伏卵之雞，《風俗通》：百里奚仕秦，其妻歌曰：「百里奚，五羊皮，憶别時，烹伏雌，炊扊扅。今富貴，忘我爲？」無賴賊，《唐書·李勣傳》：李勣言：「我十二三，爲無賴賊，逢人即殺。」睚眥，張目忤視貌。《史記·范睢蔡澤列傳》：「一飯之德必償，睚眥之怨必報。」導先路，《楚辭·離騷》：「乘騏驥以馳騁兮，來吾道夫先路。」冢中骨，指義象。

［八］「如今披鎧執燧兵不用」六句：謂現在太平時代，滇南之銀充貢，非禍胎，乃祥瑞了。

［九］「前車以賄焚爾身」四句：謂象以齒而焚身，白象應懲前車之戒，助民春耕。象齒焚身，《左傳·襄公二年》：「象有齒以焚其身，賄也。」

## （三五八）由劉官屯之大山凹[一]

半年少雨如火燔，地龜背坼沙飛翻。風挾山豗[二]有殊力，鳥耽林寂相與言。石皴鬼臉大於屋，花靧[三]粉團饑可飡。轉過一橋涼滿耳，涓涓不絶泉之源。

**注釋：**

[一]劉官屯、大山凹：地名，均在貴州省普安附近。

[二]豗：相擊也。木華《海賦》：「石菿菿而相豗。」

[三]靧：洗面也。

## （三五九）黔行録疑

山川無語石憨生，碑刻傳疑未易明。關索不書陳壽志[一]，㚖音虔公應易顧成[二]名。子能爵父千秋祀[三]，佛爲尋仙萬里行[四]。那暇深求姑縱目，三岔河上石花晴。

壯繆二子，長曰平，次曰興，興曾從武侯南征蠻，無所謂索也。此關索嶺之可疑也。《玉堂漫録》：鎮遠侯顧玉卒贈㚖國公。夏上少一劃。《正韻》不載此字。贈夏國公者，顧成也。此㚖國公祠之可疑也。宋高陽都部署康保裔，以子承嗣爲清江太守，祀於新麥，此與南將軍以子繼英爲貴州團練使，得祀貴陽，同一可疑也。張掣蹋，本道者流，假其名以跡老佛，從而仙之，則倒馬坡巾策西行之跡又可疑也。三岔河絶壁石花，小如掌，大如輪，花開時，水大盛，不能往，及涸而尋之，淨無根瓣，即目擊亦大可疑[五]，而碑刻所傳無論已。

注釋：

[一] 陳壽志：《三國志》，晉陳壽撰。

[二] 顧成：字景韶，明江都人。狀貌魁偉，膂力絶人。從太祖征戰有功，累遷右軍都督僉事。自洪武八年守貴州，十餘年間，討平諸苗峒寨以百數。建文禦燕師，被執。燕王釋其縛，送北平，輔世子居守。及即位，論功封鎮遠侯。命仍守貴州。卒謚武毅。

[三] 「子能爵父千秋祀」句：貴陽有南霽云廟，謂之黑神。見（三四八）詩「維貌之黷祀南八」句後注。南霽云，唐頓丘人。少爲人操舟。安禄山反，巨野尉張超起兵，拔以爲將。從張巡守睢陽。城破，不屈而死。其子南承嗣，授婺州別駕，遷施州刺史，轉涪州刺史。貴陽南霽云廟爲其所建。故云「子能爵父千秋祀」。

[四] 「佛爲尋仙萬里行」句：張三豐，明懿州人。名全，一名君實，三豐其號。以其不修邊幅，又號張邋遢。一衲一蓑，所啖升斗輒盡，行遊四方，無定處。太祖、成祖求之，皆不得。英宗時，贈通微顯化真人。佛，指建文帝。建文晚年被迎養於西内，宫人稱爲老佛。成祖託名尋仙人張三豐，實乃蹤跡建文。

[五] 亦大可疑：「大」，世綸堂本作「入」。

## （三六〇）雲安坡[一]

鐵索橋舊道白雲、雲安諸坡、鸚哥觜等處，尖仄峻險，不可方物，春夏連雨，山水成湖，瘴氣無分朝暮，逼近諸蠻。橋於順治十七年、康熙二七兩年屢經請帑修治。今新道則盤江至此淺狹，路較平易，避前諸艱。顧歷代渡師，舍之勿由，直自鄂太傅發之，誠異事也

白雲坡接雲安坡，行不得也[二]鸚鵡呼。有鸚鵡寺。手捫霄漢瞰深壑，劍刃倒插牙角粗。劣容單騎一失墜，毬轉圓石抛頭顱。雨霪成湖朝暮瘴，叢篁密箐森兵仗。屢修屢圮鐵索橋，安得般倕將作匠[三]。何如鎮寧[四]取路生，盤江失險瀏其清[五]。陳倉[六]燒絶蜀道易，波濤不與魚龍爭。傅湯諸公[七]明初狃陳跡，椓船削栿趨昆明。水西[八]渡師我朝入滇亦迂拙，貽我太傅[九]功告成。烏撒[一〇]已除七驛置，奢香事。[一一]麓

川[一二]無族三征平。驊騮跨踔[一三]騁捷足，萬里一塵今不驚。

**注釋：**

[一]雲安坡：在貴州省西南部永寧附近，爲入滇要道，有鐵索橋。

[二]行不得也：《本草綱目》：鷓鴣性畏霜露，早晚稀出，夜宿以木葉蔽身，多對啼。今俗謂其鳴曰行不得也哥哥。丘濬《禽言》詩：「行不得也哥哥，十八灘頭亂石多。」

[三]「安得般倕將作匠」句：般，即公輸班，魯班，魯之巧人。倕，黄帝時巧人名。將作，官名，秦置，掌營造宫室。漢魏晉稱將作大匠。

[四]鎮寧：地名，在貴州省安順南。

[五]「盤江失險瀏其清」句：盤江：見（三五六）詩注[一]。瀏，水清貌。《詩·鄭風·溱洧》：「溱與洧，瀏其清矣。」

[六]陳倉：地名，在陝西省寶雞東，爲入蜀要道。三國時，諸葛亮北伐，曾攻之，不克而還。此處借喻黔道。

[七]傅湯諸公：謂明太祖遣傅友德、湯和西征西夏明玉珍事。

[八]水西：地名，即今之黔西縣，在貴陽市西北。康熙三年，水西土司安氏反，討平之，置黔西府。

[九]太傅：即鄂爾泰。見（三五六）詩注[一]。

[一〇]烏撒：《元史·地理志》：烏撒者，蠻名也。所轄烏撒、烏蒙等六部。後爲烏蠻之裔，盡得其地，因取遠祖烏撒爲部名。至元十年始附。十三年立烏撒路。其地即今雲南之鎮雄縣及貴州之威寧縣境。明於威寧設烏撒衛。土司於清初附安邦彦反，後被討平。

[一一]奢香事：奢崇明，本儸儸種，世居永寧，爲宣撫司，傳至崇明，與其子寅均好亂。熹宗時，募川兵援遼，崇明遂反，進圍成都，國號大梁。貴州水西安邦彦起兵應之，自稱羅甸大王。朱燮元討平之。

［一二］麓川：地名，元置麓川路，明置麓川平緬宣慰司。後以思任發叛，遣王驥討平之，改麓川爲隴川，設宣撫司。在今雲南騰沖縣南。

［一三］跉踔：且行且却貌。《莊子·秋水》：「吾以一足跉踔而行，予無如矣！」

## （三六一）野花

東風如剪刀，剪碎五雜組［一］。蝴蝶麻姑裙，紛飛作團舞。點綴溪谷間，毋謂黔也魯［二］。土人棄物棄，薪材供爨釜。移置無花處，超然亦霞舉。目成［三］今則誰？英殘躪草屨。

注釋：

［一］五雜組：即《五雜俎》，古樂府名，其辭曰：「五雜俎，岡頭草。往復還，車馬道。不獲已，人將老。」

［二］黔也魯：謂貴州亦出名花，並非愚魯。《論語·先進》：「柴也愚，參也魯。」此句本此。

［三］目成：見（八五）詩注［二］。

## （三六二）惲冰牡丹 冰，壽平女，畫得父風［一］，婿縱博數負進，丐畫償之，蓋逸品也（二首）

宛然水養蠟封來［二］，家法流傳博士才。只爲殷君充戲責［三］玉纖親捧紫龍盃。止一蕊紫色。

注釋：

［一］惲冰：字清子，南田之族曾孫女，善寫生，芊眠蘊藉，用粉精純，迎目花朵俱有光。適同縣毛鴻調。築小樓，夫婦

居之，以吟詩作畫老焉。惲壽平，名格，以字行，自號東園草衣生，又號白雲外史，晚稱南田老人，清武進人。工古文詞，畫尤精絶，初畫山水，後畫花卉，創没骨花一派，自爲題識書之，世稱南田三絶。

[二]「宛然水養蠟封來」句：水養，《春秋繁露》：「木已生而火養之，金已死而木藏之。火樂木而養以陽，水克金而喪以陰，土之事天竭其忠。」臘封，歐陽修《洛陽牡丹記·風俗記》：「以蠟封花蔕。」

[三] 戲責：責，通債。戲責，博負也。

蘸得梢頭酒氣無[一]？印痕一捻可煎酥。品題極妙曹宗婦[二]，不讓桃溪柳岸圖[三]。

**注釋：**

[一]「蘸得梢頭酒氣無」二句：《全芳備祖》：唐明皇時，有獻牡丹者，時貴妃匀面，口脂在手，印於花上，詔栽於仙春館，來歲花開，瓣有指印，名爲一捻紅。

[二] 曹宗婦：《梁書·曹景宗傳》：景宗幼善騎射，好獵，常與少年數十人，澤中逐麞鹿，衆騎赴鹿，鹿馬相亂，景宗於衆中射之，人皆懼中馬足，鹿應弦斃。仕梁，累功封公。嘗凱旋宴華光殿，令沈約賦詩。景宗求韻，惟餘「競」、「病」二字，景宗操筆便成曰：「去時兒女悲，歸來笳鼓競。借問行路人，何爲霍去病。」

[三] 桃溪柳岸圖：韓愈《桃源圖》詩：「神仙有無何渺芒，桃源之説誠荒唐。流水盤回山百轉，生綃數幅垂中堂。武陵太守好事者，題封遠寄南宮下。南宮先生忻得之，波濤入筆驅文辭。文工畫妙各臻極，異境恍惚移於斯。」

## （三六三）賦得雞棲樹★（二首，原詩缺）

## （三六四）黄靈

桃花潭異龜，身長而狹，喙鉤類鸚鵡，背生鬐，尾帶甲如龍鱗[一]

有鱗如龍，不能雲雨。喙如鸚鵡，不能言語。鬐如蝦鬚，帆檣斯舉。割取成簾，爾吝不與。龎然大也，靈於何許？誰錫嘉名？黄能爲侶。漳江月色，八景之一。爾清夜遊。桃花環匝，與爾目謀。懸布跳珠，瀑布千尺，滴入潭中。富爾所求。潭深無底，爾優爾休。緊爾遠祖[二]，浮洛獻籙。二四爲肩，八六爲足。平平無奇，立洪範學。爾虚有表，無字煮腹。駕黿鼉梁[三]，爾長勿屬。負贔屭[四]碑，爾狹勿副。安所用之，不才者木[五]。惟壽可知，容容後福[六]。

**注釋：**

［一］這首四言詩，詠桃花潭異龜名黄靈者，厥狀特別，詫爲未見，一身無可用之處，故能優遊自在，長壽無疆。桃花潭，在貴州省。

［二］「緊爾遠祖」六句：謂夏禹治水時，龜獻書事。大禹治水，理龜負文列於背，有數至九，禹遂因而第之，以成九疇。其文載九履一，左三右七，二四爲肩，八六爲足，而五居中。《周書・洪範》：初一曰五行，以下六十五字，皆洛本文。洪範者，箕子敘天地之大法，陳於武王者也。

［三］黿鼉梁：見（三五六）詩注［七］。

［四］贔屭：即贔屭，碑下石龜名。張衡《西京賦》：「巨靈贔屭。」

［五］不才者木：《莊子・逍遥遊》：「吾有大樹，人謂之樗，其大本擁腫而不中繩墨，其小枝捲曲而不中規矩，立之塗，匠者不顧。」《莊子・人間世》：「匠石之齊，至于曲轅，見櫟社樹，其大蔽數千牛，絜之百圍，其高臨山十仞而後有枝，其可以爲舟者旁十數。觀者如市，匠伯不顧……曰：『是不才之木也，無所可用，故能若是之壽。』」

［六］容容後福：謂苟且求容。《後漢書・左雄傳》：「公卿以下，類多拱默，至相戒曰：『白璧不可爲，容容多後福。』」

# 海珊詩鈔注

【卷十二】

## （三六五）題滇南勝境坊[一]

歷盡崎嶇見此坊，轉從高處得平陽。月明手摘星辰大，風暖衣熏草樹香。山壓黔中羅釜缶，朔頒海外達梯航[二]。有苗格[三]後今無戰，水習昆池陋漢皇[四]。

**注釋：**

[一]勝境坊：在雲南省彝平縣境，處滇黔交界。

[二]「朔頒海外達梯航」句：謂海外諸國奉中國正朔，梯山航海入貢。

[三]有苗格：格，感動。謂蠻夷感德降服。《書·大禹謨》：「七旬，有苗格。」

[四]「水習昆池陋漢皇」句：昆明池，在今陝西省西安市西南，漢武帝鑿以習水戰，將用以討伐西南夷者。

## （三六六）交水★ 即霑益州合盤江蠟溪，故名。孫可望挾永歷求封秦王，李定國奪之去，即此。廢石梁縣在州南境

（原詩缺）

## （三六七）菜海弔沐氏別業[一] 一名九龍池，今半涸

黔寧英，追封王開國初，夙夜懷靡及。繼世不永年，平西侯春[二]，年二十六卒。定遠[三]晟，伯爵戰屢捷。三傳逮莊襄[四]，黔國公崑，著有《玉岡集》。漸漸文字起，稍稍武功輯。宴安媒鴆毒[五]，臺觀水中立。五華山[六]環之，風雨與離合。紅羢吸奩鑑，碧漪熨衣褶。擘箋狎客[七]並，摇扇蠻奴夾。蹋場頭倒刺，歌筵腰反貼。沃以金澡鑵，牏廁焚艾納[八]。多藏鬼瞰室[九]，甚固盜胠篋[一〇]。闖然沙定洲[一一]，土宣府聞沐氏富，夜

襲之，盡據其所有，家屬焚死。夕至朝以入。灰燼落池寒，九龍夜深泣。珠沉漁網利，釵斷牧鋤拾。玉啼鯁蟲淒，紺唾鎔萏瀏。何處是文樓？崑孫朝輔有《文樓漫稿》。鴛鴦瓦沙壓。菜圃不收魂，曬乾金玉蜨[一二]。用庫中金銀化蝶飛還事。海果變爲田[一三]，盛衰閱雙塔。海左即雙塔寺。平滇數諸將，傅友德主帥，藍玉與英爲副。穎川朝露溘[一四]。藍獄禍連染[一五]，幾人保世業。綿衍至天波，石鎚揮搯膂。朝輔至天波又四世，緬獻由根時，天波揮石鎚殺數十人，遂遇害。無廢厥祖勳，終始光史牒。三百六十區，剗除龍漢劫[一六]。此意問水濱，荷花笑不答。

**注釋：**

[一] 沐氏別業：明初功臣沐英的別業。沐英，字文英，定遠人。初爲太祖養子。積功至大都府同知。以破土番功，封西平侯。尋從傅平雲南，戰功最著。留鎮其地，宣佈恩惠，招懷番酋，得其歡心。先後鎮雲南十年。墾田至百餘萬畝，疏節闊目，民以便安。菜海：在雲南昆明城內西北隅，九龍池畔。其地蔬圃居半，故曰菜海。沿五華之右，貫城西南匯於盤龍江而達於滇池。明沐氏有別業在其上，額曰「柳營」。這首五言古詩，憑弔明初功臣沐英別業，在盛贊英功績之後，對他的後代，棄武修文，生活奢侈，以至謾藏誨盜，基業蕩然無存，深表惋惜，抒發了滄桑之感。

[二] 沐春：英子，字景春，襲父爵，鎮雲南。先後討平維摩十一寨、越巂蠻阿資、寧遠酋力拜爛等。刀干孟逐麓川宣慰使思倫發叛，帝命春總滇黔蜀兵攻之，未發而卒，謚惠襄。

[三] 定遠：沐晟，春弟，字景茂，繼春爵，鎮雲南。撫夷人有恩惠，遠近化服。永樂中，以平交趾有功，進封黔國公。在鎮四十年，地方寧謐。卒贈定遠王，謚忠敬。晟用兵非所長，善事朝貴，以故得中外聲譽。

[四] 莊襄：沐崑，字元中，沐瓚之孫，沐琮撫爲子，遂嗣琮爵。先後討平龜山、竹箐諸蠻。加太子太傅。通賂權近，所請無不得。卒謚莊襄。

[五] 宴安鴆毒：謂貪圖享受，導至禍患。《左傳·閔公元年》：「宴安鴆毒，不可懷也。」

［六］五華山：在昆明城内，由螺峰疊巘而下，領袖群山，土色赤，可煅金。

［七］狎客：見（三〇九）詩注［三］。

［八］「牏廁焚艾納」句：謂廁所中焚香。牏廁，便器。艾納，香名，出西國。見《香譜》。

［九］鬼瞰室：謂謾藏誨盜也。揚雄《解嘲》：「高明之家，鬼瞰其室。」李嶠《代公主讓新宅表》：「常憂鬼瞰之易災，實懼滿堂之難守。」

［一〇］胠篋：謂發人箱篋以竊物。《莊子》有《胠篋》篇。

［一一］沙定洲：明崇禎間雲南土司。時沐氏後裔沐天波襲封黔國公，鎮雲南。土司沙定洲作亂，天波奔永昌，母陳氏、妻焦氏均自焚死。亂定，天波復歸滇。永明王朱由榔入滇，天波任職如故。後從奔緬甸。緬人欲劫之，不屈而死。

［一二］金玉蜨：《搜神記》：南方有蟲，名青蚨，大如蠶子。取其子，母即飛來。以母血塗錢八十一文，以子血塗錢八十一文，每市物，或先用母錢，或先用子錢，皆復飛來，輪轉無已。

［一三］「海果變爲田」句：用滄海桑田典。見（二六九）詩注［八］。

［一四］「潁川朝露溘」句：傅友德，明碭山人。初從陳友諒。太祖攻江州，率衆降，用爲將。洪武初，封潁川侯。伐蜀之役，論功第一。復充征南將軍。蠻地平，進爵公，加太子太師。旋遣還鄉。後坐事賜死。福王時，追封麗江王，謚武靖。溘朝露，喻不能文。《漢書·蘇武傳》：「人生如朝露，何久自苦如此。」

［一五］「藍獄禍連染」句：藍玉，明定遠人。初隸常遇春，累功官至大都府僉事。從馮勝征納哈出，代勝爲大將軍。又率師征元有功，進封涼國公。繼破哈剌章，平都勻安撫司散毛諸洞。師還，命爲太子太傅。後驕蹇自恣，動多不法，遂坐謀反誅。列侯以下，連坐者數百家，元功宿將，相繼以盡。夾注「緬獻由根時」，「根」，似應爲「榔」。

［一六］龍漢劫：《雲笈七籤》：「過去有劫，名曰龍漢。龍漢一運，經萬九千九百九十九劫，氣運終極，天淪地崩，四海冥合，乾坤破壞，無復光明，經一億劫，天地乃開，劫名赤明。」

## （三六八）金牛

本銅質，以金名，在金牛寺前，鎮壓水怪。孫可望竊號，毀以鑄錢，後因瀑溢，募銅重立[一]

孫恩走死餘盧循[二]，屠僇暴於無道秦。假封秦王。收召亡命造私幣，破壞四出連邊輪[三]。爾牛虎皮冒羊質[四]，刳之剔之燔其身。充貨鑄此一大錯[五]，躍不祥冶污錢神[六]。嗚呼金仙[七]露泫金莖斷，銅狄銅駝[八]宮闕換。六朝龍虎盡皈依[九]，萬里貙狼應厭亂。退掣降旗下楚江，可望赴長沙降。西南戎索疆蒙段[一〇]。爾乃竄自賊中來，認取昆明舊劫灰[一一]。天亡銅馬山齊甲[一二]，地産金驢夜振雷。晉僧朗住金榆山，朱所乘驢，人見之化金驢矣，一鳴響，天下太平。爾不見寺前流水名上善，爾去年年罔象[一三]現。範形重領水犀軍[一四]，湔洗前生大公案。

**注釋：**

[一] 孫可望：延長人，張獻忠養子。順治間，豪格征四川，獻忠敗死，可望遂襲據川南，由貴州入雲南。旋降桂王朱由榔，乞封秦王，與李定國合拒清軍。後與定國絶，叛桂王自立，爲定國所敗，窮蹇降清。授爵義王。卒謚恪順。這首七言歌行體詩，詠金牛寺前金牛被孫可望冶以爲錢的經過。借與金牛問答，抒發了對孫可望竊據僭號，使生靈塗炭的譴責。

[二]「孫恩走死餘盧循」句：孫恩，晉瑯邪人，孫秀同族，字靈秀。世奉五斗米道，傳其叔父泰妖術。泰謀爲亂，被誅。恩逃海上，聚合亡命入寇，陷會稽。時東土諸郡，恨會稽世子縱暴，多殺長吏以應，旬日之間，衆數十萬。恩自號征東將軍，號其黨曰長生人。尋爲謝琰、劉牢之所敗，逃入海。自是頻年入寇。元興初，寇臨河，太守辛景討破之，窮蹇赴海死。盧循，盧湛之曾孫，字于先，小名元龍。神采清秀，善草隸弈棋之藝。娶孫恩妹。恩亡，餘衆推循爲主。寇東陽，攻永嘉。旋泛海寇廣州。時朝廷新定，未暇征討，以循爲廣州刺史。義熙中，劉裕伐慕容超，循乘虚而出，連陷南康、廬陵、豫章諸郡，進逼建康。後爲劉裕擊退，南奔交州，投水而死。此處借喻張獻忠、孫可望。

[三] 輪：廣輪，地形，東西曰廣，南北曰輪。《周禮·地官·大司徒》：「周知九州之地域廣輪之數。」此處指南方邊疆。

［四］虎皮冒羊質：謂虚有其表。《揚子法言》：「羊質虎皮，見草而悦，見豺而戰，忘其皮之虎也。」

［五］大錯：謂錯誤甚大。《五代史・羅紹威傳》：「聚六州四十二縣鐵，鑄此大錯不成。」

［六］「躍不祥冶污錢神」句：《莊子・大宗師》：「今之大冶鑄金，金踴躍曰：『我必且爲鏌鋣，大冶必以爲不祥之金。』」

［七］金仙：《大智度論》：「是賢劫中有四佛：一名迦羅鳩飡陀，二名迦那伽牟尼，秦言金仙人也。」此言寺廟殘破，菩薩悲泣淚下。

［八］銅狄銅駝：見（一三）詩注［二］、（一一一）詩注［五］。

［九］「六朝龍虎盡皈依」句：六朝：晉、宋、齊、梁、陳、隋。此泛指各朝代。皈依：佛家語，謂善男信女信仰佛教也。

［一〇］「西南戎索疆蒙段」句：戎索，謂戎之法。《左傳・定公四年》：「疆以戎索。」杜預注：「大原近戎而寒，不與中國同，故疆理土地用戎之法。」蒙段，蒙，受也。段，通鍛。段氏，攻金之工，鑄農器者也。見《考工記》。

［一一］劫灰：見（一一八）詩《鳳凰臺》注［五］。

［一二］「天亡銅馬山齊甲」句：見（一四九）注［二］。山齊甲，謂投降之甲仗，堆與山齊也。

［一三］罔象：水怪名。《國語・魯語下》：「水之怪曰龍罔象。」

［一四］水犀軍：見（三一）詩注［四］。

## （三六九）弔楊文憲公［一］

博物如公帝所知，排閶一慟荷戈辭。不堪張桂［二］皆當軸，誰與何王［三］更致師。薈蔚高峣即碧峣公精舍生色畫，纏綿杜宇斷腸詩［四］。黄夫人寄外語。可憐投老歸無日，贏得猺花插鬢絲。

注釋：

［一］楊文憲公：楊慎，明楊廷和之子，字用修，號升庵，年二十四，登正德間廷試第一，授修撰。武宗微行出居庸關，慎疏諫。世宗立，充經筵講官。大禮議起，慎與同列伏左順門力諫。帝命執首事者下獄。慎與王元正等撼門大哭。帝益怒，悉下詔獄廷杖之，削籍，遣戍雲南永昌衛。卒年七十二。慎投荒多暇，書無所不覽，明世記誦之博，著述之多，推爲第一，詩文外，雜著至一百餘種。有《升庵集》八十一卷。天啟中，謚文憲。妻黄夫人，有才情。慎久戍滇中，夫人兩寄詩詞，讀者傷之。祠在昆明市西之高峣，背西山，面滇池。

［二］張桂：張，指張璁；桂，指桂萼。均爲翰林學士。桂議大禮，與楊慎等意見相左。

［三］何王：何，指何孟春；王，指王元正。與慎同駁大禮者。

［四］斷腸詩：黄夫人《寄夫》詩：「雁飛曾不到衡陽，錦字何由寄永昌？三春花柳妾薄命，六詔風煙君斷腸。曰歸曰歸愁歲暮，其雨其雨怨朝陽。相聞空有刀環約，何日金雞下夜郎？」

## （三七〇）和觀察南岡先生《題〈浣紗記〉》詩次韻[一]

書垂越絶[二]了無奇，別有槃鈴[三]度小詞。一飯未容留蟹種[四]，千金只合鑄蛾眉[五]。荷涇[六]露氣香消盡，鶴市簫聲[七]怨屬誰？配食江潮遺廟在，江干有伍相與吴越王廟。素車強弩[八]驗殘碑。

注釋：

［一］南岡：姓張，昆明人。《浣紗記》，明梁辰魚撰，敷衍西施故事。梁辰魚，字伯龍，昆山人。好任俠，不屑就諸生試。嘉靖間，李攀龍、王世貞等七子皆折節與之交。好遊嗜酒，足跡遍吴楚間。雅擅詞曲。邑人魏良輔能喉囀音聲，始變弋陽、海鹽故調爲昆腔。辰魚填《浣紗記》付之，是爲昆曲之始。兼工詩，有《遠遊稿》。

[二]越絶：《越絶書》，《四庫全書提要》以爲漢袁康撰，共二十五篇，佚五篇，凡十五卷。書有西施事跡。

[三]槃鈴：雜技。劉禹錫《嘉話》：唐司空杜佑嘗言，致仕後，買小駟，跨之，著布襴衫，入市看槃鈴傀儡足矣。後果行其志。

[四]「一飯未容留蟹種」句：謂越王勾踐滅吴後，聽信譖言，將爪牙之臣文種處死。文種，字會，楚人。爲越大夫。吴王夫差敗越於夫椒，勾踐使種行成於吴。勾踐歸國，委種以政。滅吴，種謀居多。後以范蠡遺書，稱疾不朝。或譖稱將作亂，王賜以屬鏤之劍，遂自殺。

[五]「千金只合鑄蛾眉」句：謂西施助越沼吴，其功甚大，應範金鑄像以奉之也。

[六]荷涇：即所謂採香涇。吴王夫差館西施於靈巖山，種香於香山，山前辟採香徑，通香山，宫女乘舟前往採香，以奉西施。

[七]鶴市簫聲：鶴市，蘇州别名。吴王葬女，導以白鶴，引人聚觀，故名。簫聲，伍胥自楚逃至吴，嘗吹簫乞食於吴市。

[八]素車强弩：傳説伍胥死，貯以革囊，投於江。胥恨吴王，常乘素車，掀巨浪，人謂之子胥潮。强弩，五代時，吴越王錢鏐治錢塘江，嘗以强弩射濤頭。

## (三七一)遊近華浦[一]，題寺壁

北枕鏤鯨川，東風放蹶船[二]。碕蘆魚跋簄[三]，架葑鷺翹田。浪勇山無底，山隨水上下。花深月不先。貫休[四]鐘一撞，驚起夜龍眠。

**注釋：**

[一]近華浦：在昆明附近。

［二］蹶船：小船，一稱蹶頭船。

［三］簄：同簄，捕魚竹器。《太平記》卷二百九十五引《洽聞記》：隆安中，丹徒民陳悝，於江邊作魚簄，潮去，於簄中得一女。

［四］貫休：前蜀時僧，蘭溪姜氏子，字德隱，一字德遠，七歲出家，苦節峻行。能詩，善畫羅漢，工篆隸草書，人謂之姜體。爲吴越王錢鏐所重。後入蜀，王建禮遇之，號爲禪月大師。有《西嶽集》。此處借指僧人。

## （三七二）泛嘉利澤［一］

軋軋鵶聲起，秋雲水始波。裙鋪湘女翠［二］，襪剪洛妃羅［三］。牛口囊沙大，水出牛欄口，沙常淤塞。龍頭枕雨多。上游龍巨河雨甚，輒潰入澤。中流一捧腹，奈此果然［四］何！

注釋：

［一］嘉利澤：在昆明附近。

［二］「裙鋪湘女翠」句：謂遊玩仕女裙色青翠。湘女，湘靈湘妃，見（一〇〇）詩注［五］。

［三］「襪剪洛妃羅」句：洛妃，洛水女神。曹植《洛神賦》：「淩波微步，羅襪生塵。」

［四］果然：飽貌。《莊子·逍遥遊》：「適莽蒼者，三飡而返，腹猶果然。」

## （三七三）海潮寺［一］

樹壓鳥聲死，緑垂山四圍。漏雲雙塔過，病雨一花飛。魚甍［二］攤僧飯，蝸涎蔓佛衣。無風空外響，人説夜潮歸。

注釋：

[一] 海潮寺：在昆明。

[二] 魚蕘：乾魚。蕘，指乾的、腌製的食物。

## （三七四）訪三南居士石淙遺址，由堂螂川觀聖水浴湯池，晚宿雲濤寺，次壁間鈕翰林韻，柬友蘭刺史，時署安寧篆[一]

文襄將略古頗牧[二]，早年鱗甲天池浴。勦羽投林鐵甕城[三]，厭厭歌舞三宵燭。武宗宴其第三日夕。石淙舊夢尤難忘，水聲一片琅玕[四]綠。蟾背浮空閃碎金，龍唇穿罅潄瓔玉。二泉夾岸源雙雙，合流鬥捷騰飛黃。茶録採之陸桑苧[五]，糟床滴於顧建康[六]。我來垢膩脚不襪[七]，假館道逢刺史方。夜深洪濤翻海底，風雨吸入雲滿堂。君不見黔公題辭升庵記[八]，僧雛那識前賢事？曉聞啼鳥似催歸，花刺牽衣有深意。

注釋：

[一] 三南居士：即楊一清之別號，詳本詩注[二]。　堂螂川，在昆明西北。　鈕翰林，生平不詳。　方友蘭，作者友。安寧，縣名，在昆明西。

[二]「文襄將略古頗牧」句：楊一清，字應寧，安寧人，徙巴陵，成化進士。遷山西按察僉事。以副使督學陝西。在陝八年，以其暇究邊事甚悉。與張永謀誅劉瑾。三爲陝西三邊總制。累升至太子太師，特進左柱國，華蓋殿大學士。後被張璁等所構，落職。疽發背死。追謚文襄。一清博學善權變，尤曉暢邊事，羽書旁午，一夕占十疏，悉中機宜，其才一時無兩，或比之姚崇

云。頗牧，廉頗、李牧，戰國時趙國大將。

［三］鐵甕城：江蘇省鎮江。《鎮江府志》：「城，吴大帝所築，内外皆甃以甓，號鐵甕城。」《圖經》云：「古號鐵甕城，以其堅固如金城也。」明代改爲磚城，而舊城遂廢。

［四］琅玕：《書·禹貢》：「厥貢惟球琳琅玕。」孔安國傳曰：「石而似玉。」孔穎達疏：「石而似珠。」《山海經》：「昆侖山有琅玕樹。」

［五］陸桑苧：陸羽，字鴻漸，唐竟陵人。上元初，隱苕溪，自稱桑苧翁。拜太常寺太祝，不就，杜門著書。《梁溪漫志》備載其目。世所傳者，特《茶經》三卷而已。

［六］顧建康：《南史·顧憲之傳》：顧憲之令建康，無所阿縱，性又清儉，故都下飲酒者，醇旨輒號爲顧建康，謂其清且美焉。

［七］垢膩脚不襪：杜甫《北征》：「平生所嬌兒，垢膩脚不襪。」

［八］黔公：沐晟，見（三六七）詩注［三］。升庵，楊慎，見（三六九）詩注［一］。

## （三七五）詣黑龍潭［一］祈晴

潭深尋丈許，方廣如几式。其下龍泥蟠，子孫占窟宅。肸蠁［二］走村農，旱潦惟汝責。去年乃渴睡，馬鬣靳點滴［三］。今夏反故常，大小陣以百。之而［四］長蔽天，鬱華［五］坐溺職。堤堰時失禦，苗身立者踣。偏私慶獠田，在山不在澤。雨勤播斯周，更踐［六］息牛力。龍無耳有辭，予豈爲若役！遊戲憑一雲，奚暇相持擇。利亦勿我德，害亦勿我賊。往視歸宿處，停縈面黝黑。魚頭濈濈生，香餌隨手釋。爾不食於人，何以食人食？潭魚厲禁，食之輒疾。答云官素餐［七］，太倉鼠肥碩。事急瘞空文［八］，操約望賒獲［九］。砉然［一〇］雷一鳴，懸崖樹倒擘。

**注釋：**

［一］黑龍潭：在雲南省昆明北郊龍泉山麓。這首五言古詩，寫至黑龍潭祈晴，借與龍問答，責龍雨暘不時，有忝厥職。而龍答以不爲若役，不任其咎。歸結到有司素餐，坐耗廩粟，等於碩鼠，祈晴則操約望賒，安望龍爲之役。辭婉而諷，有教育意義。

［二］肸蠁：見（一九〇）詩注［一四］。

［三］「馬鬃斬點滴」句：見（三五三）詩注［六］。

［四］之而：《周禮・考工記》：「梓人爲筍簴，深其爪，出其目，作其鱗之而。」鄭玄注：「之而，頰頷也。」言爲鐘磬之架，其雕刻龍蛇之屬，必鉤爪努目而鱗甲張起也。段玉裁謂「之」象其上出，「而」象其下垂。

［五］鬱華：日精也。《海録碎事》：「鬱華赤父，與日同居。」

［六］更踐：即踐更，漢時更賦之一。《漢書・昭帝紀注》：「古者正卒無常人，皆當更迭爲之。貧者欲得顧更錢者，次直者出錢顧之，是爲踐更。」

［七］素餐：譏食禄而不做事也。《詩經・魏風・伐檀》：「彼君子兮，不素餐兮。」

［八］瘞空文：謂祭龍時之祭文。

［九］「操約望賒獲」句：謂祭品不豐而望收穫多。用淳于髡事。

［一〇］砉然：象聲詞。《莊子・養生主》：「庖丁解牛，奏刀砉然。」

## （三七六）上南岡先生[一] 辛壬之交，先生視學山左，過阜城

十二年前挹使星[二]，至今懷袖帶餘馨。歐陽史不修三國，荆公嘗以歐陽公不修《三國志》非是，蓋因劉義仲爲《五代史》糾誤故云，先生將有事於此。耶律文應定九經。唐谷那律號「五經庫」，宋張昭奉敕詳定九經文，先生以司寇《九經解》

尚多訛缺爲言。絲竹清遊無謝[三]墅，鶯花勝賞有秦亭[四]。鶯花亭，以少游「花影亂鶯聲碎之」句得名。我來萬里緣何事？只愛螺峰[五]一片青。

## 和詩

南岡

鵲湖車馬帶春星，驛路花開滿袖馨。萬里阜城空有夢，十年昆海但傳經。全收注疏歸藜閣，先司寇《九經解》宜將注疏補入。分别劉曹待考亭。三國正統自紫陽論定，陳壽《志》，非善本。惆悵華山松柏好，無邊風月眼青青。

注釋：

[一] 南岡先生：見(三七〇)詩注[一]。

[二] 使星：《後漢書·李郃傳》：漢和帝分遣使者，皆微服單行，各至州縣，觀采風謡。使者二人當到益部，投郃侯舍。郃問曰：「二君發京師時，寧知朝廷遣二使邪？」二人問：「何以知之？」云：「有二使星向益州分野，故知之耳。」

[三] 謝：謝安，字安石，晉陽夏人。少有重名。徵辟皆不就，隱居東山，以伎相從。人爲語曰：「安石不出，如蒼生何！」年四十餘，始出爲桓温司馬。以侄玄等淝水之戰取勝，累官至太保，卒贈太傅。故世稱謝太傅。

[四] 秦亭：紀念秦觀之亭。秦觀，字少游，號太虚，宋高郵人。工文學，長於議論，詩詞俱佳。元祐初，蘇軾薦於朝，除太學博士，累官國子編修。著有《淮海集》。

[五] 螺峰：在昆明。

## （三七七）喜徐大田上舍至，兼讀遊稿[一]

遲君麥熟便應還，「麥熟還」，見王建詩。直到如今始解顔。人面風吹三月柳，馬蹄電掣萬重山。從鎮遠匹馬兼程而至。施之大有棟樑用，得此多於林阜間。正值庭陰新雨緑，一聲么鳳百花斑。

眉批：余同麓曰：「《晉書》成語作對。」

## 和詩　徐嘉谷大田

萬里滇池匹馬還，笑吞丹篆侍慈顔。新詩貽我開榛塞，舊雨愁人醉曉山。半幅煙霞生字裏，多年聲價在雲間。埶書[二]從此鑾天著，典謁欣窺豹一斑。

**注釋：**

[一]徐大田：名嘉谷，生平不詳。上舍：見（二八）詩注[一]。

[二]埶書：顧堃《覺非盦筆記》卷四：「隆州李跨鼇名所著書曰《埶書》。」揚雄《方言》：「埶，倦也。」字又作「谻」，司馬相如《上林賦》：「徼谻受詘。」李跨鼇，即宋代李新，字元應，號跨鼇先生。

## （三七八）和薛天濤詠南唐後主詩[一]

紗帽纖裳盡室行[二]，回頭不見打標兵。麝囊花[三]下愁如許，金錯刀中讖已成[四]。漏語誰防徐騎省[五]，停歌劇憶李家明[六]。一江嗚咽春流水[七]，寫盡空宮梵唄聲。

## 原作　薛觀河天濤

榻前鼾睡可能閑，緑鈿紅羅貯玉顔。譜自翻新邀醉舞，聲何入破念家山。降箋夜向中原去，香夢春從故國還。忽地小樓風又起，柳條遮斷秣陵關。

**注釋：**

[一]天濤：薛觀河。作者友人。南唐後主，見（三三五）詩注[一]。

[二]「紗帽纖裳盡室行」二句：謂後主李煜在金陵城破後，降宋赴汴京。

[三]麝囊花：即瑞香花，見《群芳譜》。《益都方物略記》：瑞香花出青城山中，花率秋開，四出，與桃花類。然數十跗共爲一花，繁密若綴，先後相繼。蜀人號豐瑞花，更號瑞香花。《續廬山記》：瑞香花紫而香烈，非群芳之比，其始蓋出此山。

[四]「金錯刀中讖已成」句：《談薈》：南唐李後主善書，作顫筆樛曲之狀，遒勁如寒松霜竹，謂之金錯刀。又《宣和畫譜》：「後主又作金錯刀畫，亦清爽不凡，另爲一格法，蓋後主金錯刀書用一筆三過之法，晚年變而爲畫，故顫掣乃如書法。」此謂用筆顫掣，兆危亡也。讖已成，見（三三五）詩第六首注[一]。

[五]徐騎省：徐鉉，字鼎臣，仕南唐，官至吏部尚書。鉉使宋求罷兵，云：「如李煜恭順，仍要見伐，陛下未免寡恩。」太祖怒曰：「江南有何大罪，但天下一家，卧榻之旁豈容他人鼾睡。」鉉即辭歸。後隨李煜歸宋，爲太子率更令，累官散騎常侍。淳化初，坐累謫静難軍司馬，卒於官。著有《騎省集》。漏語，見（三三五）詩第八首注[一]。

[六]李家明：南唐泰和人，善詼諧滑稽，名重一時，李璟時爲伶官，常侍宴，爲俳戲，隨事託諷，往往得解。李煜時，因老失寵。詳見（三三五）詩第五首注[一]。

[七]「一江嗚咽春流水」二句：李煜《虞美人》詞：「問君能有幾多愁，恰如一江春水向東流。」李煜降宋後，封違命侯，居汴，以誦經爲消遣。

## （三七九）和天濤詠陳後主事[一]

滿江門艦鼓停撾[二]，驢肉堆柈酒便加[三]。但道黃衣圍橘樹[四]，誰防巴馬起楊花[五]。降來十客猶開府[六]，亂後三宮亦出家[七]。盼得雞臺重入夢[八]，幽蘭一曲按紅牙。

**注釋：**

[一]陳後主：名叔寶，宣帝子。荒淫無度。嘗起臨春、結綺、望仙三閣，日與妃嬪狎客遊宴其中。隋師至，猶奏伎行樂。隋將韓擒虎入朱雀門，始與張、孔二妃匿於胭脂井。引出之，俘至長安。

[二]「滿江門艦鼓停撾」句：《南史·陳後主紀》：二年，命沿江諸防船艦，悉從二王還都，爲威勢以示梁人之來者，由是江中無一鬥船。上流諸州兵，皆阻楊素軍，不得至。

[三]「驢肉堆柈酒便加」句：《南史·陳後主紀》：叔寶至長安，隋文帝問監者叔寶所嗜？對曰：「嗜驢肉。」問飲酒多少？對曰：「與其子弟日飲一石。」柈，同盤。

[四]黃衣圍橘樹：《南史·陳後主紀》：後主又夢黃衣圍城，乃盡去繞城橘樹。

[五]巴馬起楊花：《南史·陳後主紀論》：梁末童謡云：「可憐巴馬子，一日行千里。不見馬上郎，但見黃塵起。黃塵汙人衣，皂莢相料理。」及僧辯滅，群臣以謡言奏聞曰：「僧辯本乘巴馬以擊侯景，馬上郎，王字也，塵謂陳也。而不解皂莢之謂。」既而陳滅於隋，説者以爲江東謂羖羊角爲皂莢，隋氏姓楊，楊，羊也，言終滅於隋，然則興亡之兆蓋有數云。

[六]「降來十客猶開府」句：《南史·陳後主紀》：後主常使張貴妃、孔貴人等八人夾坐，江總、孔範等十人預宴，號曰狎客，先令八婦人擘彩箋製五言詩，十客一時繼和，遲則罰酒，君臣酣飲，從夕達旦，以此爲常。

[七]「亂後三宮亦出家」句：《南史·陳後主紀》：二年，災變屢見，帝以爲祆，乃自賣於佛寺爲奴，以禳之。

[八]「盼得雞臺重入夢」二句：《南史·陳後主紀》：初陳武帝始即位，其夜奉朝請史普直宿省，夢有人自天而下，

導從數十，至太極殿前，北面執玉策金字曰：「陳氏五帝，三十二年。」及後主在東宮時，有婦人突入唱曰：「畢國主。」有鳥一足，集其殿庭，以嘴劃地成文曰：「獨足上高臺，盛草變爲灰。欲知我家庭，朱門當水開。」解者以爲獨足蓋指陳後主獨行無衆，盛草言荒穢，隋承火運，草得火而灰。及至京師，與其家屬，館於都水臺，所謂上高臺當水也，其言皆驗。 幽蘭，曲名。 紅牙，紅牙板，節樂之器。

## （三八〇）東山寺[一]

路無可入日無影，萬緑垂天石横梗。螺旋而上得寺門，斑鳩一聲山四静。頗覺身與雲俱高，俯摩樹梢如兒頂。有泉不放出林去，貯以青磁瀹苦茗。可惜誤却花開時，花開時節僧索詩。僧壁有宜良張明府《茶花》等詩。老嬾寧使花不見，無花意造花顔面。

**注釋：**

[一] 東山寺：在昆明。

## （三八一）易門水城，爲黄眷齋明府題[一]

易門，因山爲城，小而孤，大龍泉環之，而山上無水。昔苗攻城，必遏泉，使内坐困。明季王公國勳，始於西門外爲重關，水從地道入，爲備禦計。眷齋明府今重修之，民並祠焉

平川浩如海，中央浮佛髻。高八九仞餘，圜以三里計。城削址[二]爲牆，雉堞齊階砌。上無多屋宇，下山憊水遞[三]。仰維大龍泉，灌汲一取給。苗民數搆患，長圍規便利。土斷徙其流，暍者[四]坐待斃。經始明王公，諱國勳。重關峙大礪。引脈使暗通，濫觴竅濞沸[五]。歲久石頽圮，修築君善繼。居安思預防，内捍釋外

懼。昔聞漢將營[六]，揚水敵退避。宋臣鑿青澗[七]，深觀井養[八]義。一水之有無，攻守所關繫。用敢勒此銘，報功祠永憩。

**注釋：**

[一] 易門：縣名，在雲南省昆明西南。　黃眷齋，生平不詳。

[二] 址：世綸堂本作「趾」。

[三] 憊水遞：謂汲水勞民。

[四] 暍者：病暑之人。

[五] 「濫觴竅濞沸」句：濫觴，《家語》：「大江始於岷山，其源可以濫觴。」謂發源處水小，僅可氾濫一觴也。　濞沸，水暴至聲。

[六] 「昔聞漢將營」二句：《史記·高祖記》：「漢王引水灌廢丘。」

[七] 鑿青澗：青澗，今陝西省青澗縣。宋於此築城防西夏，然處險無泉，議不可守。鑿地百五十尺至石，不及泉。工辭不可穿。種世衡命屑石一畚，酬百錢，卒得泉以濟。城成，賜名青澗。

[八] 井養：《易·井》：「井養而不窮也。」孔穎達疏：「井養而不窮者，歎美井德，愈給愈生，養千千無有窮已也。」

## （三八二）題易署南軒 城在龜山上，大龍泉距城五里

穹龜艮[一]其背，劍氣躍龍泉[二]。樹小不藏屋，雲孤欲到天。厄逃真武斗[三]，邑常地震，時方九月朔。窮乞鄧通[四]錢。有銅礦，獲甚少，貧民趨之。四面山橫障，僧衣畫水田[五]。滇俗九月初一至重九禮斗。明時，永昌地震，惟真武廟不動，禮斗人居其下。

注釋：

［一］艮：《易・説卦傳》：「艮象山。」此形容龜背如山。

［二］「劍氣躍龍泉」句：《寰宇志》：龍泉縣南五里水，可用淬劍。昔人就水淬之，劍化龍去，故劍名龍泉。此借指大龍泉。

［三］真武斗：即北斗。《雲麓漫鈔》：「玄武，北方之神。祥符間，避聖祖諱，始改玄武爲真武。」此指龜神廟宇。

［四］鄧通：漢南安人。以濯船爲黄頭郎，得幸於文帝，賜蜀嚴道銅山，得自鑄錢，鄧氏錢布天下。景帝時，没入官，鄧通貧餓死。

［五］「僧衣畫水田」句：謂水田如僧衣百衲。

## （三八三）秋丁香 丁香開以四月，此獨至八九月始開，花粉紅色，口含紫絲，與常種不類，以秋別之

四月同心結［一］，遷延伴拒霜［二］。紫沙紫沙冪，婦女粧名爲倭墮［三］，紅雨得啼粧［四］。酒魄招山鷓，香魂返海棠。小蠻［五］正豐豔，秋未老徐娘［六］。

注釋：

［一］同心結：《隋書・宣華夫人陳氏傳》：煬帝遣使者，齎金盒子，貼紙於際。親署封字，以賜夫人。盒中有同心結數枚。李群玉《贈琵琶妓》詩：「一雙裙帶同心結，早寄黄鸝孤雁兒。」丁香花蕾名丁香結。唐宋詩人用以比喻結不解之緣。李商隱《代贈二首》（其二）詩：「芭蕉不展丁香結，同向春風各自愁。」

［二］拒霜：芙蓉花一名拒霜。

［三］倭墮：髻名。司空曙《長林令衛象餳絲結歌》詩：「雪髮羞垂倭墮鬟。」

［四］啼粧：見（一四二）詩注［九］。

［五］小蠻：唐白居易侍妾名。白詩殘句：「櫻桃樊素口，楊柳小蠻腰。」

［六］徐娘：梁元帝妃徐氏，與帝左右暨季江通。季江曰：「徐娘雖老，猶尚多情。」

## （三八四）武定城望獅山龍隱庵，呈鄭履坡太守[一]

佛火空山照眼明，黔東庵亦白雲生。貴陽有羅永庵，在白雲山上，與此同。頻煩中使齎香出[二]，可許亡人托鉢行？卹典未傳程濟[三]謚，《南渡卹典》追録壬午難臣頗濫，無程濟其人。經科不載仲彬[四]名。《致身録》言仲彬以明經廷試，考科貢中無名。先公[五]入晉身遄死，賴有長陵[六]實録成。先司空死事澤州，見《成祖實録》。

**注釋：**

［一］武定：縣名，在雲南省昆明西北。縣境獅山龍隱庵，傳明建文帝曾居於此。事跡見（三四八）詩注［一］。鄭履坡，生平不詳。

［二］「頻煩中使齎香出」二句：謂成祖遣使物色建文帝，恐其復辟。

［三］程濟：見（三四八）詩注［四］。

［四］仲彬：見（三四八）詩注［五］。

［五］先公：作者遠祖嚴震直。震直，字子敏，烏程人。洪武初，以富民被推糧長，歲部糧至京師，無後期，帝才之，特授通政司參議。累官至工部尚書。坐事降御史。修廣西興安縣靈渠，得復工部尚書。已而致仕。成祖即位，命以故官巡視山西。至澤州病卒。

［六］長陵：明成祖陵。

## （三八五）渡白石江，懷黔寧王[一]平滇始事，東南寧游執庵明府 白石江，在曲靖城北二里

白石江邊黃霧塞[二]，扶桑[三]暾紅天漆黑。瞻落近前金鼓聲，芒芒[四]列陣未朝食。臨濟兵從山後繞[五]，泅兒蒙盾中堅搗。斷縶生歸達里麻，司徒平章守曲靖。降旗遥豎觀音保。雲南省右丞。南詔[六]禍唐宋鑑之，至元乃設宣慰司。八百媳婦交趾緬[七]，務勤遠略歲出師。詎知筦内尚分裂，臟腑患病醫四肢。潁川別取烏蒙道[八]，行省擒王成算早。傅友德北應永寧兵，王率師西趨雲南入其城，梁王把匝剌瓦爾赴滇池死。餘威南讋定邊營，討思倫。要勢東規寧越堡。降阿資。通侯永鎮十三傳[九]，轉戰而西此地先。瀟湘江名，在曲靖城南三里煙雨今秋色，蘆葦之間一鷺眠。

**注釋：**

[一]黔寧王：沐英以功封黔寧王。詳見（三六七）詩首句夾注。　南寧，今廣西省南寧市。　游執庵：生平不詳。

[二]黃霧塞：明洪武十四年，命傅友德、沐英、藍玉征把匝剌瓦爾密，至曲靖，大霧四塞，明軍冒霧進至白石江。

[三]扶桑：神木。《梁書·諸夷傳·扶桑國》：扶桑在大漢國東二萬餘里，地在中國之東，其土多扶桑木，故以爲名。　相傳爲日出處。

[四]芒芒：大貌。《詩·商頌·玄鳥》：「天命玄鳥，降而生商，宅殷土芒芒。」

[五]「臨濟兵從山後繞」四句：傅友德軍至白石江，佯作欲渡狀，遣步兵從下流潛渡，出敵後。　達里麻大驚。　沐英揮軍渡江，長刀蒙盾，遂破達里麻軍，俘達里麻。　縶，同「縶」。

[六]南詔：六詔之一。本哀牢夷之後，烏蠻之別種也。　其先原有六詔，蒙舍最南，謂之南詔。「南詔禍唐宋鑑之」，謂唐代疲於征討，宋太祖揮玉斧割去之。

[七]「八百媳婦交趾緬」四句：八百媳婦，部落名，在緬甸東，其酋有妻八百，各領一寨，因名八百媳婦。　交趾、緬甸和

八百媳婦，元代屢叛，元成宗出師討平。臟腑患病，喻内部鬥争。醫四肢，謂征八百媳婦、交趾、緬。

［八］「潁川别取烏蒙道」四句：謂傅友德從烏蒙進軍，討平叛蠻。傅封潁川侯。詳見（三六七）詩注［一四］。

［九］「通侯永鎮十三傳」四句：謂沐英封侯王，鎮雲南，傳十三世。

## （三八六）起馬塘［一］隔崦樹色 俗名三十里箐，即此

不知山起止，彌望青無際。樹亦若逃名，少同而多異。微風一簸盪，海浪天吴［二］戲。有時雲欲歸，萬竈饙餾［三］沸。絶壑泉收聲，叢陰豺虎庇。憶昔苗搆亂，中可藏兵器。行行日未晡，鼻尖森鬼氣。

**注釋：**

［一］起馬塘：在雲南省曲靖附近。

［二］天吴：見（二七）詩注［三］。

［三］饙餾：蒸飯氣，飯半熟時氣爲饙，全熟時氣爲餾。

## （三八七）由待補過以濯河，望納雄諸山，先呈東川義太守［一］

不聞一鳥啼，雉鷴取何義？雉雞塘、鷴鴣塘。不見一花飛，香名梅竊據。梅香古箐。老獠昔所都［二］，崛灅磊大礪。中通道容趾，團團磨旋蟻［三］。地底俯深叢，陰燩［四］吹鬼魅。天豁半峰晴，半峰雨未既［五］。擔樵者誰子？時時逢虎醉［六］。太守此坐鎮［七］，朱陸勘同異。太守宗陽明學。公餘飭庭訓，職要籌國計。筦銅政。孤城介黔蜀，大小關門蔽。大關在永善縣東，小關在四川界。叛服隨烏蒙［八］，爲其左右臂。抵巇或鼠竄，伺殆忽鷹鷙。鯨鯢

几上肉[九]，斬殺動萬計。追原咎禍始，元戎[一〇]坐招致。是維善撫綏，毋虎冠[一一]而吏。二十五年來，雍正八年始定。它姓如入繼。恃茲後母勤，不以前子棄。投醪[一二]群飲之，何由釀兵氣。居安戒垂堂[一三]，攬景洵足記。石牛石鼓山有巨石如牛耕牧資，金馬天馬山一名金馬戰場利。入夜泉涓涓，無絃愜琴意[一四]。

**注釋：**

[一] 納雄諸山：在雲南省東北部昭通北。待補、以濯河，地名、河名。東川，今東川市，在會澤縣南，雲南省東北部。義太守，生平不詳。

[二]「老獠昔所都」二句：老獠指少數民族。「崛澶磊大礪」，謂山勢高峻，堆滿大石。澶，混濁的積水。孟郊《城南聯句》：「湍澶亦騰聲。」

[三] 磨旋蟻：謂蟻行於磨上隨磨而旋轉也。《晉書·天文志》：「故日月實東行而天牽之以西没，譬之於蟻行磨石之上，磨左旋而蟻右去，磨疾而蟻遲，故不得不隨磨以左迴焉」。

[四] 燉：同焰。

[五] 既：盡也，事畢曰既。

[六] 虎醉：《爾雅翼》：「虎食人後亦復肉醉。」黄庭堅《題伯時畫揩痒虎》詩：「猛虎肉醉初醒時，揩磨苛癢風助威。」

[七]「太守此坐鎮」四句：朱陸，朱熹、陸象山，南宋理學家中二派。朱學以居敬窮理爲主。陸九淵，字子静，人稱象山先生，宋金谿人。乾道進士，官知荆門軍。嘗與朱熹合講鵝湖，論多不合。熹重道學問，九淵重尊德性。熹好注經，九淵謂學苟知道，則六經皆我注脚。庭訓，父母教子也。《論語·季氏》：孔子嘗獨立，伯魚趨而過庭，孔子教以學詩學禮。

[八] 烏蒙：少數民族部落名，在雲南省昭通縣境。境有山，亦名烏蒙。雍正時，烏蒙酋長禄萬鍾叛，鄂爾泰討平之。

[九] 几上肉：同俎上肉，謂任人宰割也。《史記·項羽本紀》：「如今人爲刀俎，我爲魚肉。」

［一〇］元戎：主帥。指當時駐滇的劉起元。

［一一］虎而冠：《史記·酷吏傳》：「其爪牙吏虎而冠。」謂雖衣冠而兇殘如虎也。

［一二］投醪：《文選》陸機《門有車馬客行》李善注：「《黄石公記》曰：『昔者良將之用兵，有饋簞醪者，投河令迎流而飲之。』夫一簞之醪，不味一河，而三軍思爲致死者，以滋味及之也。」張協《七命》：「單醪投川，可使三軍告捷。」

［一三］垂堂：見（三三九）詩注［六］。

［一四］無絃琴：昭明太子蕭統《陶潛傳》：「淵明不解音律，而畜無絃琴一張，每酒適，輒撫弄以寄其意。」

## （三八八）由水坪宿尋甸，與額觀文明府夜話［一］

滿林霜果落繽紛，二月花紅正夕曛。山與雲依相慰藉，水因石阻得聲聞。兵鋒險道窺南户，戍火嚴城駐北軍。容易時清君坐嘯［二］，當年滇蜀此平分。東昭二府，昔隸於蜀，州固滇北户也。烏蒙出没，戰守時聞，至雍正九年始定。

**注釋：**

［一］水坪：地名，在尋甸境。尋甸，縣名，在雲南省昆明東北。文額觀，生平不詳。

［二］「容易時清君坐嘯」句：謂時世太平。坐嘯，謂閑坐嘯歌。《後漢書·黨錮傳》：「南陽太守岑公孝，弘農成瑨但坐嘯。」

## （三八九）野宿望秀嵩山［一］

俗名摇鈴山，南一峰曰小秀嵩，在羅錦山南十五里，敕雾山西十里

何處鈴聲起，清霄小秀嵩。屏開羅錦北，障列敕雾東。廢壘沙屯月，孟獲立寨於此。靈旗樹嘯風。明吴雲［二］盡節處。萬山高插漢，有路入烏蒙。

注釋：

［一］秀嵩山：在尋甸境。敉雩山，地名。

［二］吴雲：字友雲，明宜興人。仕太祖爲湖廣行省參政。使招諭雲南，鐵知院令詐爲元使，改制書共紿梁王，雲誓死不從，遂見殺，謚忠節。

## （三九〇）拜升庵先生遺像［一］

兵火銷沉後，丹青尚儼然。鶴癯掄杖骨，松老著書年。病榻懸蕭寺［二］，戎衣［三］委下泉。遺魂歸蜀［四］未？海浪黑粘天。

注釋：

［一］升庵：見（三六九）詩注［一］。

［二］蕭寺：見（二七四）詩注［三］。

［三］戎衣：兵衣。楊慎被謫戍，故云。

［四］遺魂歸蜀：楊慎爲四川新都（成都附近）人，故云。

## （三九一）入東川，追紀烏蒙反正事，寄永善陶京山明府［一］

擔柴塞路中藏刀，夜半火發城四坳。内抉門出外突入，萬蟻傴謠雲湧潮。屠宰老弱等雞狗，粘天雨血兼風毛［二］。堂堂元戎劉起元規兔脱，馬濘而躓頭顱拋。東川土酋禄良珍、禄承爵暗通賊，奎鄉木谷皆繹騷［三］。

十日堵截郵遞絶，勢危累卵懸孤巢。間道得勝坡援師猝相遇，黑爪猓巨魁生獰鬬虎虓[四]。大呼閂來二字出《漢書》哈老大[五]元生，擲筧洞甲穿弓弢。既左辟之一矢復，應手霹靂鳴餓鴞。幡然墮地褫其魄，兜鍪斗大韡豬豪。其餘跳崖死無算，驚貐妖貕[六]見卷切紛遁逃。遂趨松林稻田壩，恢復郡治改名昭通功崇朝制閫[七]太傅鄂公神威秉廟略，發蒙振落沴盡消。卧漏侯降漢陳立[八]，末恭□二城拔唐韋皋[九]。玉斧不須劃大渡[一〇]，黔蜀一氣藩維牢。二府東黔西蜀。我行芒部[一一]想戰跡，虛箐歷歷棚安茅。蠻子蠻孫頗識字，簪花蠻女吹蘆簫[一二]。

**注釋：**

[一]東川：今東川市，在雲南省昆明東北。烏蒙：見（三八七）詩注[八]。烏蒙酋長禄萬鍾於雍正時叛亂，鄂爾泰討平之。陶京山，陶紹景，字京山，號慕庭，江寧人。

[二]雨血風毛：《西都賦》：「風毛雨血，灑野蔽天。」

[三]繹騷：謂驚慌逃走。《詩·大雅·常武》：「徐方繹騷，震驚徐方，如雷如霆，徐方震驚。」

[四]鬬虎虓：虎吼聲。《詩·大雅·常武》：「進厥虎臣，鬬如虓虎。」

[五]哈老大：哈元生，清河間人。雍正時，以守備隨征貴州諸苗，積功官至貴州提督。

[六]驚貐妖貕：貐，即貀字，獸名。《爾雅》：「貀無前足。」貕，《神異經》：「西方深山，有人長尺餘，袒身捕蝦蟹爲食。名山貕。」貕，此借喻少數民族。

[七]制閫：《史記·馮唐傳》：「臣聞上古王者之遣將也，跪而推轂曰：『閫以内寡人制之，閫以外將軍制之。』」後以稱統兵大將曰制閫。時鄂爾泰任三省總督，率兵平苗叛。

[八]「卧漏侯降漢陳立」句：卧漏侯，漢代牂牁蠻名。陳立，漢臨邛人。成帝時爲牂牁太守，討平寇亂，又徙守巴郡及天水，治績皆稱最，後入爲左護衛。

[九]韋皋：字城武，唐萬年人。初以殿中侍御史知隴州行營留守事。連拒朱泚僞命，迭斬其使。拜奉義軍節度使。

貞元初，代張延賞爲劍南西川節度使，經略滇南，諸蠻皆内附，以功封南康郡王。卒謚忠武。

［一〇］玉斧：宋太祖以西南邊遠要荒，無煩征討，按圖揮玉斧，以大渡河爲界。

［一一］芒部：地名。今雲南鎮雄縣西南有芒部故城。烏蒙子芒部居此。

［一二］蘆簫：即蘆笙。

## （三九二）由野馬川，過大石塘，至小龍潭［一］一百五里塘汛，外無人煙，山後老荒地，猓居之

白雲忙於人，知出不知處。山勢率然虵［二］，百里一首尾。日光懸半照，向背分寒暑。樹木頗有權，反風忽爲雨。夐乎不見人，蠻鬼衣襤褸。斬刈之所遺，好與謀生聚。蜾蠃［三］祝類我，饑則將噬汝。今年莜有秋，爨煙暮濡縷。

**注釋：**

［一］野馬川、大石塘、小龍潭：均在雲南省東川附近。

［二］率然虵：虵，同蛇。《神異經》：會稽常山有蛇，觸之者，中頭則尾至，中尾則頭至，中腰則首尾皆至，名曰率然。

［三］蜾蠃：蟲名。古人謂蜾蠃養螟蛉以爲己子，後世因以螟蛉爲養子之稱。《詩·小雅·小宛》：「螟蛉有子，蜾蠃負之。」鄭玄箋：「蒲盧取桑蟲之子，負持而去，煦嫗養之，以成其子。」按蜾蠃亦名蒲盧。煦嫗，蒲盧祝「類我」之聲。

## （三九三）易門送余同麓明府［一］

道所從來從夏環川太史遊知眼明［二］，一燈連夕瓶口傾［三］。誅茅寧有棟梁氣，結茅以居，不施欀椽。笮厝［四］寂

無雷霆聲。估工胡友耳聾，用《北史·藝術傳》。學問爲長故妄語[五]，酒漿[六]不責非公評。船摇軟浪地數動狀子姑去，在莒[七]毋忘今此情。

**注釋：**

[一]易門：縣名，在雲南省昆明市西南。余同麓，生平不詳。

[二]知眼明：梁昭明太子蕭統《令旨解二諦義》：「莊嚴寺僧旻諮曰：『若慧眼能見，則可以智知。若智不能知，則慧眼無見。令旨答慧眼無見，亦無法可見。』」《冷齋夜話》：「雲峰悦禪師，叢林敬畏爲明眼尊宿。」

[三]瓶口傾：謂善談如傾瓶倒峽。

[四]筭曆：筭，同算。筭曆，謂算術曆象。《晉書·郭璞傳》：璞好經術，博學有高才，好古文奇字，妙於陰陽曆算。

[五]妄語：《南史·何遠傳》：「每戲語人云：『卿得我一妄語，則謝卿一縑。』衆共伺之，不能記也。」

[六]酒漿：《北史·王晞傳》：晞指晉祠賦詩曰：「日落應歸去，魚鳥見留連。」忽有相王使召，晞不時至。明日盧思道謂晞曰：「昨被召，已朱顔，得無以魚鳥致怪？」晞緩笑曰：「昨晚陶然，頗以酒漿被責。卿輩亦是留連之一物，豈直在魚鳥而已。」

[七]在莒：《新序》：「桓公與管仲、鮑叔、寧戚飲，鮑叔奉酒而起曰：『祝吾君無忘其出而在莒也，使管仲無忘其束縛而從魯也，使寧子無忘其飯牛於車下也。』此言常思困隘之時，必不驕矣。」

## （三九四）贈江竹岑少尹[一]

轉因相見惜離群[二]，日下[三]聲華得舊聞。寒士誰應争吏部，江謐[四]。長途古亦屈參軍。江革[五]及弟觀。爲僧不易憐周賀[六]，姚念慈喪室棄官。有弟能文憶陸雲[七]。從弟爲龍。笑我今如劉□子，看花拄杖倚斜曛。時余足疾。

注釋：

[一] 江竹岑：生平不詳。少尹，官名，始於唐代，爲從四品，佐州縣官治事。這首七言律詩，用江家故事，作贈别江竹岑少尹之詩，慰離職遠行之苦，寓依依惜别之情。

[二] 離群：見（一六八）詩第二首注[五]。

[三] 日下：指京師。王勃《滕王閣序》：「望長安於日下，指吴會於雲間。」

[四] 江謐：謐，字令和，南齊考城人。仕宋爲于湖令。入齊屢官侍中，封永新縣伯，旋爲左民尚書，遷掌吏部。後以怨望賜死。

[五] 江革：字休映，梁考城人。初仕南齊。入梁爲御史中丞。後隨豫章王鎮彭城。及失守，爲魏人所執，厚相接待。革稱脚疾不拜，遂放還。累遷度支尚書，卒謚彊。

[六] 爲僧：《宋書·食貨志》：民避役者，或竄名浮圖籍，號爲出家。詔出家者須落髮爲僧，乃聽免役。杜荀鶴《贈僧》詩：「祇恐爲僧心不了，爲僧心了總輸僧。」方回《湧金門城望五首》（其五）詩：「此心擬欲爲僧去，政恐袈裟未慣穿。」周賀，《摭言》：「周賀，少從浮圖，法名清塞，遇姚合而反初。詩格清雅，與賈長江、無可上人齊名。」

[七] 陸雲：字士龍，晉吴郡人。與兄機齊名，人稱二陸。補浚儀令。後成都王穎表爲清河内史。穎晚節政衰，雲正言忤者，與機同遇害。

## （三九五）再和天濤詠李後主事[一]

番歌[二]一去更誰聽，天寶遺音滿後庭。煙氣暗生嬰玉鼎，花光深覆皂羅屏。只嫌搦雪[三]無仙爪，不信量絲[四]有釣舲。昨夜柔儀殿名鐘漏永，秋風簾押振金鈴[五]。

**注釋：**

［一］天濤：薛觀河，字天濤，作者友人。李後主，詳見（三三五）詩題注［一］。

［二］番歌：指檀來歌謡。見（三三五）詩第七首注［一］。

［三］搦雪：《南唐女冠耿先生傳》：「嘗搦雪爲挺，爇之成金。」

［四］量絲：庾信《玉律秤尺表》：「分粟累黍，量絲數龠。」

［五］金鈴：見（三三五）詩第七首注［一］。

## （三九六）秋夜海潮寺［一］茶亭小憩

不斷香風拂桂枝，腰輿［二］夢醒一甌持。寺臨馬埒無塵到，更打漁榔有雁知。海勢葑分容月少，山心雲護報鐘遲。摩挲忽墮遺民淚，兩壁紗籠太傅詩［三］。石刻鄂總制《還滇詩》於東西壁。

**注釋：**

［一］海潮寺：在雲南省昆明市滇池旁西山。

［二］腰輿：《決疑要録》：「腰輿，以手挽之，别於肩輿。」

［三］太傅詩：指鄂爾泰之詩。見（三五六）詩注［一］。

## （三九七）《兩先生傳》［一］書後

山陰劉小山閲余《明史雜詠》，詢曰：「詩至二百篇，先高祖念臺先生何獨見遺？」余曰：「身非史官，不敢臧否。偶因傳有所得，直意爲之，然先生固我浙完人。即石齋黄先生，當並書以補予闕。」乃以兩先生名篇（二首）

## 念臺先生劉宗周

崑黨宣黨[二]門户始，文吏虚拘武驕子。上迂其言左顧誰，義甫[三]如貓杞如鬼。周、温二相。運移逆案又重翻[四]，僞奉福藩之遺體。弘光非福王子。弈棋置鎮勢連雞[五]，横畜鷹蒼虎方乳。安得東林駐足地[六]？五事空陳歸去矣。田間等於不爲臣，可以死亦可無死。劉馬齗齗欲殺之[七]，争如一片西洋水。舟人扶出良復苦，茗飲三旬粒食止。從容祖墓坐無言[八]，間與超超晰義理。何煩炎午生祭爲！朱鳥魂啼謝皋羽。還有相從地下人，人師百世聞風起。門人祝淵、王毓蓍皆先月日死事。

**注釋：**

[一] 兩先生：指劉宗周、黄道周。劉宗周，字起東，號念臺，明浙江山陰人。萬曆進士。天啟初爲禮部主事。歷右通政。劾魏忠賢、客氏，削籍歸。崇禎初，起順天府尹。時帝方綜核刑名，宗周以仁義之説進，又請除詔獄，免新餉，帝不省。謝病歸。再召授工部侍郎，累擢左都御史。後以論救姜埰、熊開先，革職歸。福王監國，起原官。痛陳時政，劾馬士英、劉孔昭、劉澤清、高傑，又争阮大鋮必不可用，皆不納。乞骸骨歸。杭州失守，絶食二十三日卒。門人私謚正義。清賜謚忠介。宗周學以誠意爲主，慎獨爲功，清修篤行，不愧衾影。學者稱念臺先生。又嘗築證人書院，講學蕺山。故又稱蕺山先生。所著《周易古文鈔》、《聖學宗要》、《學言》、《人譜》、《人譜類記》、《論語學案》、《道統録》、《陽明傳信録》、《證人社約言》、《文集》等書，皆原本性命，闡明聖學，有關世道人心者。黄道周，字幼玄，一字螭若，號石齋，明漳浦人。天啟進士。崇禎初，官右中允。疏救錢龍錫，降調。龍減死。遘疾求去，瀕行上疏，語刺大學士周延儒、温體仁，斥爲民。後起爲少詹事。道周工書善畫，以文章風節高天下。嚴冷方剛，不諧流俗，公卿多畏而忌之。時廷推閣臣，帝用楊嗣昌等。道周劾之，謫戍廣西。越年復故官。以病歸。福王時，官吏部尚書。南都覆，唐王以爲武英殿學士。率師至婺源，與清師遇，兵敗不屈死。謚忠烈。著有《易象正義》、《三易洞璣》、《洪範明義》、《孝經集傳》、《春秋揆》、《續離騷》、《石齋集》等。

[二] 崑黨宣黨：明神宗末年，黨派紛争，有宣崑黨、齊黨、楚黨、浙黨。湯賓尹、顧天埈爲宣崑黨首，亓詩教、周永春、韓

竣、張延登爲齊黨首，官應震、吴亮嗣、田生金爲楚黨首，姚宗文、劉廷元爲浙黨首。四黨聯合與東林黨爲仇敵。

［三］義甫：李義府，唐饒陽人。太宗時，爲太子舍人，崇賢館直學士。以文翰顯，方諂事太子，而文致若讜直。高宗時，累官吏部尚書。義府貌柔恭，與人言，嬉怡微笑，而陰賊褊忌著於心，時號義府笑裏藏刀。又以柔而害物，稱爲人貓。後以罪流巂州死。盧杞，字子良，有口才，體陋甚，鬼貌藍色，惡衣菲食。以父蔭歷任虢州刺史。德宗奇其才，擢門下侍郎，同中書門下平章事。既得志，陰賊寖露，小忤己，不置死地不止。郭子儀病，百官造省，不屏姬侍，及杞至，則屏之。家人問其故，子儀曰：「彼外陋内險，左右見之必笑，使後執權，吾族無類矣。」此借喻温體仁、周延儒二相。温體仁，字長卿，明烏程人。萬曆進士。崇禎初，累官禮部尚書。爲人外曲謹而内猛鷙，機深刺骨。值會推閣臣，體仁望輕勿與，遂疏訐錢謙益結黨受賄。謙益坐罷官。諸臣先後劾之，帝益疑廷臣植黨。謂體仁孤立，漸寵用，兼東閣大學士。既輔政，勢益張，排去周延儒，代爲首輔。居位八年，專務刻核，迎合帝意。後帝察體仁有黨，體仁懼而稱疾引退。卒贈太傅，謚文忠。福王立，削贈謚，天下快之。周延儒，字玉繩，明宜興人。萬曆進士。崇禎初，拜大學士，參預機務。性警敏，善伺主意。帝信任之。旋爲温體仁所排，引疾歸。體仁敗，帝益尊禮。然延儒實庸才，且貪鄙。清兵至近畿，延儒自請視師，駐通州不敢戰，而僞報戰捷。清兵去，論功加太師。後爲廷臣揭發，並劾其十大罪。帝大怒，削職賜死，籍其家。

［四］「運移逆案又重翻」二句：逆案，明神宗時，楚王朱英㷿殁後，宫人胡氏遺腹孿生子華奎、華壁。人言非英㷿子，奎乃王妃兄王如言子，壁乃王玉子，罪實亂宗。此事引起廷臣沈一貫與郭正域之間争議。是爲逆案。神宗貴妃鄭氏子朱常洵，已封福王，鄭妃擬奪嫡，阻其就國洛陽。後迫於廷議，乃就國。常洵子由崧，崇禎十六年襲封福王。明年李自成攻破北京，崇禎帝自殺。南京諸臣馬士英等迎由崧立爲帝，年號弘光。清順治二年，兵敗被執，死於北方。「僞奉福藩之遺體」，謂劉宗周奉由崧爲帝。

［五］「弈棋置鎮勢連雞」二句：謂弘光帝分徐泗、淮海、滁和、風壽爲四鎮，命高傑、劉澤清、黄得功、劉良佐四總兵分地駐紮。連雞：謂群雄牽掣，不能一致也。《國策·秦策》：「諸侯不可一，猶雞不能俱止於棲，亦明矣。」蒼鷹乳虎，謂弘光帝廷之貪官酷吏。《史記·酷吏列傳》：「郅都用法嚴酷，尤不避貴戚，列侯宗室見之，側目而視，號曰蒼鷹。」《漢書·酷吏

傳》：「寧見乳虎，無值寧成之怒。」

［六］「安得東林駐足地」四句：東林，見（四〇）詩注［一五］。　五事，崇禎時，宗周上疏言，謂帝求治太急，用法太嚴，布令太煩，進退天下士太輕，願以堯舜之心，行堯舜之政，天下自平。帝迂其言，後又斥爲民。「駐」，世綸堂本作「置」。

［七］「劉馬齗齗欲殺之」四句：劉馬，指劉孔昭、馬士英。　西洋水，謂魯王覺察馬士英、阮大鋮嗾使張國安獻清軍之謀，和定西侯張名振航海東去事。齗，齗齗，爭辯貌。

［八］「從容祖墓坐無言」六句：超超，《世説新語·言語》：「王夷甫曰：『我與王安豐説延陵、子房，亦超超玄著。』」指與門人講學，語言超妙。　炎午，謂馬士英。　謝皋羽，見（二〇二）詩注［八］。

## 石齋先生黃道周

太極經三易洞璣［一］，天文歷數皇極書。窮年莫能竟其説，推驗治亂指掌如。胡乃勃谿屢觸諱［二］，人梟
猳鬼楊中樞。至黨鄭鄤叱曰佞，曾無一語受帝俞。南都淪覆事良已［三］，又奉勸進表於衢。命終丙年冊預
定，囚服別室毋乃愚。譬之父母疾不起，惶惶祈禱延醫巫。不然籲天以身代，義無坐視野棄諸。嗚呼留侯［四］
韜略率平淡，卒擒項羽如孤雛。祥甫鄧姓，劉誠意師應真席姓道士，姚廣孝師所傳授，各乘際會爲馳驅。獨於先
生百無効，獄備杖成身刑誅。銅山島中懸石室，坐臥養器成大儒。祇博清名著佳傳，學徒瞻拜生悲吁。

**注釋：**

［一］「太極經三易洞璣」四句：見本篇注［一］。　指掌，謂近而易明也。《論語·八佾》：「或問禘之説。子曰：『不知也。知其説者之於天下也，其如示諸斯乎。』指其掌。」　「極」，世綸堂本作「函」。

［二］「胡乃勃谿屢觸諱」四句：勃谿，爭論也。《莊子·外物》：「室無空虛，則婦姑勃谿。」楊中樞，楊嗣昌，字文弱，明武陵人。萬曆進士。崇禎時，累拜兵部右侍郎，總督宣大山西軍務。時群盜蜂起，上疏陳邊事，復議大舉平賊，爲十面張網

之計。而勢已不可收拾。及命督師，又以遥制失機會。襄陽陷，襄王被害，嗣昌驚悸，上疏請死。俄洛陽陷，福王遇害，遂不食而死。鄭鄤，號峚陽，明武進人。天啟進士。改庶吉士。崇禎中，爲温體仁所構，誣以杖母不孝，磔於市。鄤於詔獄中作《峚陽草堂説書》，授其子珏，皆提倡心學之談。俞，應答，表示同意。《禮·内則》：「男唯女俞。」

［三］「南都淪覆事良已」八句：衢，浙江衢縣。黄道周奉表唐王朱聿鍵稱帝於此，後遷福建。

［四］留侯：漢張良封留侯。

## （三九八）寄呈方桐城太保［一］（四首，存二）

畿輔塵勞甲九州，心安鎮石樂忘憂。酬賓一手千函了，按部三時萬里遊。差喜馬曹［二］皆易位，疏請裁驛歸縣，巡檢兼管，允行。只愁蟲達［三］要封侯。新例螞蚱處分甚嚴，每錢三十文易蟲一升。此時移節河邊住，歲於六月既望，駐固安防河。細浪浮花狎白鷗［四］。

**注釋：**

［一］方桐城太保：方觀承，字遐谷，號問亭，又號宜田，安徽桐城人。父方式濟戍黑龍江，觀承與兄徒步省親，以營菽水之奉。雍正間，平郡王福彭征准格爾，奏以爲記室，以布衣召見，賜中書銜。乾隆時，自直隸清河道累官至直隸總督，太子太保，皆掌治河。洞徹地勢，相時決機，前後數十疏，從之輒利。帝每稱善，謂非執成法者所可幾也。觀承以政在養民，故尤盡心於農田水利及溝洫倉儲諸務。工詩及書。卒謚恪敏，祠名宦祠及賢良祠。有《述本堂詩》、《薇香集》、《燕香集》、《問亭集》。

［二］馬曹：謂驛官。《晉書·王徽之傳》：爲桓沖騎兵參軍。沖問：「卿署何曹？」曰：「似是馬曹。」

［三］蟲達：漢高祖功臣。以西城户將三十七人，從高祖起碭。後定三秦，以都尉破項藉。封曲成侯。卒謚圉。此處借指嚴治螞蚱的人要有封侯之賞。

[四]狎白鷗：《列子·黃帝》：「海上之人有好漚鳥者，每旦之海上，從漚鳥遊，漚鳥之至者，百住而不止。其父曰：『吾聞漚鳥皆從汝遊，汝取來，吾玩之。』明日之海上，漚鳥舞而不下也。」

軟脚昌黎病漸增[一]，兵過時墮馬傷足，以不治屢發。南遷暮景已飛騰。東坡敢以它塗進[二]，公胄知爲劇縣能[三]。白屋[四]萬家多在水，黃河十月未成冰。是年陽武龍門，十一月始合。秋來陽武[五]關心切，負土填薪力可勝。去年九月陽武三決舊口，垣邑新堤搶護僅免。

**注釋：**

[一]「軟脚昌黎病漸增」句：唐韓愈，字退之，昌黎人。其《祭十二郎文》中，有「比得軟脚病」之句。此借指方觀承足傷。

[二]「東坡敢以它塗進」句：謂方觀承不從科第進也。蘇軾，字子瞻，號東坡居士。宋仁宗嘉祐六年，舉賢良方正直言極諫。復試禮部，歐陽修擢置第二。先亦不從科第進身也。

[三]「公胄知爲劇縣能」句：《左傳·昭公七年》：「子尹曰：『良霄我先君穆公之胄，子良之子，子耳之孫，敝邑之卿，從政三世矣。』」

[四]白屋：謂平民之家。《漢書·肖望之傳》：「士或起白屋而致三公。」顔師古注：「謂白蓋之屋，以茆覆之，賤人所居。」

[五]陽武：縣名，在河南省北部。

## （三九九）盤龍江歌，紀徐觀察典郡修六河[一]

六河置閘三十六，源發於江海歸宿。滿不即納輒倒流，齧堤之根潰堤腹。龍乃打鼓垂其鬍，躍入波中一沐浴。高田下田如掌平，可惜來犇[二]時正熟。十家相向九家哭，便是有身已無屋。太守聞之赤雙足，帶水拖泥輿脱輻。寒者以衣饑者粥，畚鍤雲興龍退縮。挖去污淤種穜稑[三]，歲仍有秋[四]民受福。龍忘前衄居成功，施施[五]入廟饜酒肉。

[一]盤龍江：源出雲南天山縣西北期烏洞，東南流經文山馬關，至越南入富良江。徐觀察，生平不詳。六河，在文山縣境。

[二]來麰：大麥。《詩・周頌・思文》：「貽我來麰，帝命率育。」

[三]穜稑：禾名。《周禮・天官・内宰》：「生穜稑之種而獻於王。」先種後熟曰穜，後種先熟曰稑。

[四]有秋：謂秋季有收穫也。《書・盤庚》：「若農服田力穡，乃亦有秋。」

[五]施施：喜悦貌。《孟子・離婁下》：「施施從外來，驕其妻妾。」

## （四〇〇）海口謡，紀徐觀察典郡濬海口[一]

海腹彭亨海口凸，亘起灘洲兩牛舌。雞心螺殼皆灘名銜尾來，箐流夾岸從六州縣八閘出腰横截。龍乃徘徊無所之，取民之田爲窟宅。太守繩量以圭[二]測，搠去粗砂伐巨石。數錢論斗如其直，深三四尺寬八尺。水由中行奪門出，龍亦懺悔皈於佛。痏生滎衛盗入室[三]，内祓除之道用逸。高公雍正三年鄂公[四]雍正七年、八年前事師，太守祇承神禹術[五]。

**注釋：**

[一]海口：指盤龍江流入越南處。

[二] 圭：用以觀測者。
[三]「痡生榮衛盜入室」句：痡，瘡也，瘢痕也。榮衛，血氣也，血爲榮，氣爲衛。此句謂水災如痡生於榮衛，盜入於室也。
[四] 高公：高其倬，字章之，號美沼，漢軍鑲白旗人。康熙進士。歷官雲貴、閩浙、江浙、兩江總督。在雲南時，平中甸諸番，平貴州苗，功尤著。後官工部尚書，調户部。卒謚文良。有《味和堂集》。鄂公，鄂爾泰，詳（三五六）詩注[一]。
[五] 神禹術：治水術。禹治水主疏導。

## （四〇一）懷廣川守侯佩斯[一]

爛爛眩巖電[二]，相親如負暄[三]。詩聲新叔迟[四]，俠氣老夷門[五]。法喜已成佛，不繼室。孝廉長嗣惣故猶有孫。諸姨解人意，摩桉到黄昏。憶昔遊宣府時韻語。

**注釋：**

[一] 廣川：前漢時王國，治信都。信都，在今河北省。侯佩斯，生平不詳。
[二]「爛爛眩巖電」句：《晉書·王戎傳》：戎視日不眩，裴楷見而目之曰：「戎眼爛爛如巖下電。」
[三] 負暄：《列子·楊朱》：「宋國有田夫，常衣緼黂，僅以過冬。暨春東作，自曝於日，不知天下之有廣廈隩室，綿纊狐狢，顧謂其妻曰：『負日之暄，人莫知者，以獻吾君，將有重賞。』」
[四] 叔迟：迟，同起。韓愈《喜侯喜至贈張籍張徹》詩：「吾黨侯生字叔起，呼我持竿釣温水。」
[五] 夷門：侯嬴，戰國時魏之隱士，年七十，家貧，爲大梁夷門監者。信陵君置酒大會賓客，駕車自迎侯生，引之上座。秦圍趙，求救，嬴薦朱亥於信陵君，擊殺晉鄙，奪其兵，却秦存趙。

## （四〇二）宿近華浦[一]

一島浮青水四環，尋僧來趁放參[二]閑。惜花綱要懸鈴護[三]，避月船多載酒還。露警鴻聲常到曉，雲連樹色不分山。依稀此景西湖是，夢斷殘荷積葑間。

**注釋：**

［一］近華浦：在昆明附近，大觀樓側，南臨滇池，與太華山隔水相望，明代因稱近華浦。

［二］放參：佛教徒參禪後休息時曰放參。

［三］護花鈴：《開元天寶遺事·花上金鈴》：寧王至春時，於後園中紉紅絲爲繩，密綴金鈴，繫於花梢之上，每有烏鵲翔集，則令園吏掣鈴索以驚之。

## （四〇三）題沈古稀照★（原詩缺）

## （四〇四）呈貢[一]即目

伽宗城[二]昔踞諸蠻，門牡[三]如今不上關。一片夕陽潮落後，早梅開遍小紅山[四]。

**注釋：**

［一］呈貢：縣名，在昆明市南。

［二］伽宗城：呈貢一名伽宗城。伽宗，取瑜伽宗義。

[三]門牡：鎖門之鍵。《漢書·五行志》：「長安城門，門牡自亡。」

[四]小紅山：呈貢境山名。

## （四〇五）襄勤伯鄂贊議[一]死事伊犁

鑾輿幸中岳[二]，公渡漳河北。叢臺夜將半，燈火照顏色。己巳秋，邯鄲旅夜。勉我在三義，來書中語。言離意悱惻。誰知後會難？生死分絶域。昔[三]聞公西行，戎機資擘劃。受降古所誡，隱然一敵國。嚴兵以自衛，猶懼禍叵測。胡乃遠遊牧，充牣況金帛。馴鷹未眼化，餧虎徒手格。星隕落如雨，頽雲壓陣黑。遥遥玉門關，萬古長征客。丈夫抱大志，裹尸當馬革[四]。瘵黄而不瘥[五]，瓜歎艾炷額。死綏[六]獲死所，詎必卜安宅。蹇帷母在堂，倚閭[七]頭雪白。閨夢望生還，寒燈理刀尺。九原[八]如有知，徘徊動魂魄。藐孤[九]彌可念，詔襲襄勤伯。好時録紀通[一〇]，龍侯封廣德[一一]。恩澤降自天，代興誓殺賊。滇中公舊履，屏障落遺墨。我具衣冠拜，酹酒淚霑臆。風吹敕勒歌[一二]，月照韓陵石[一三]。州屬海潮寺及茶亭，有公書聯並石刻二。

**注釋：**

[一]鄂贊議：鄂容安，鄂爾泰之子，字休如，號虚亭，雍正進士。襲封襄勤伯。乾隆間，累擢兩江總督，授西路参贊大臣。平伊犁。會阿睦爾撒納叛，與班第皆被陷，力戰自盡。謚剛烈。

[二]「鑾輿幸中岳」句：鑾輿，鑾，馬勒鈴也。天子之車有鑾鈴，故稱鑾輿。幸中岳：指乾隆十五年秋幸嵩山事。

[三]昔：世綸堂本作「自」。

[四]馬革裹尸：謂戰死者，無棺盛殮，尸身以馬革裹之也。《後漢書·馬援傳》：「援請擊匈奴曰：『男兒要當死於邊野，以馬革裹尸還葬耳，何能卧床上在兒女手中耶！』」

〔五〕「療黄而不瘥」二句：此借病爲喻，謂叛亂甚，用黄芪不治，則改瓜蒂艾炷也。「歕」，同「噴」。

〔六〕死綏：謂軍而退，則將軍當死之。《司馬法》：「將軍死綏。」退軍爲綏。

〔七〕倚閭：《國策・齊策》：「王孫賈母曰：『汝朝出而晚來，則吾倚門而望，暮出而不還，則吾倚閭而望。』」

〔八〕九原：見（一一九）詩注〔四〕。

〔九〕藐孤：藐，小弱也。孤：無父之兒。《左傳・僖公九年》：「獻公使荀息傅奚齊。公疾，召之曰：『以是藐諸孤，辱在大夫，其若之何！』」

〔一〇〕「好畤録紀通」句：紀成，以將軍從高祖破秦，入漢，定三秦，封定平侯，戰好畤，死事。

〔一一〕「龍侯封廣德」句：《漢書・宣帝紀》：「詔曰：『前將軍龍額侯增爵關内侯。』」龍額侯即韓增。韓增，字季君，襲父説爵龍額侯。昭帝時，官前將軍。與霍光定策立宣帝，神爵初，爲大司馬，車騎將軍，領尚書事。五鳳中卒，謚安。廣德，今縣名，在今安徽省。漢置。

〔一二〕敕勒歌：《樂府廣題》：「北齊神武（高歡）攻周玉壁，不克，恚憤成疾，勉坐以安士衆，悉召諸貴，使斛律金歌《敕勒》，神武自和之。其歌本鮮卑語，易爲齊言，故其長短不齊。」劉因《宋理宗南樓風月横披二首》（其一）詩：「試聽陰山敕勒歌，朔風悲壯動山河。」

〔一三〕韓陵石：《朝野僉載》：梁庾信，以南朝初至北方，文士多輕之。信將《枯樹賦》以示之，於後無敢言者。時温子昇作韓陵山寺碑，信讀而寫其本。南人問信曰：「北方文字何如？」信曰：「唯有韓陵一片石堪共語。薛道衡、盧思道少解把筆，自餘驢鳴狗吠而已。」

# 海珊詩鈔注

【補遺卷上】

## （四〇六）題旅壁畫

山山路斷絶，以橋聯屬之。松梢欹閣勢，欲落雲扶持。瀑泉白於綫，直下無旁支。赴澗冥蚍跡，漱石[一]淪以漪。此水不可聽，展誦王維詩[二]。

**注釋：**

[一] 漱石：見（二二九）詩第一首注[四]。此處指瀑刷山石。

[二] 王維詩：唐王維有《輞川别業》詩。王維能詩善畫。人評王維之畫，畫中有詩；王維之詩，詩中有畫。

## （四〇七）來月軒雅集

軒臨荷花池，集者九人：董訥夫、景純、扶摇、承餘、經遠、對颺，皆昆弟也，異姓謝文若、王蕙如及余[一]

開軒月未來，荷氣襲寒瀏。賢哉東道主，義錢[二]薦魚韭。經遠。于思髯參軍[三]，箕踞座之右。文若。尾以短主簿[四]，傴僂循牆走[五]。承餘。長身頳[六]其面，扶摇。白晰濯春柳。蕙如。山心厭軒冕[七]。景純。虎氣騰牛斗。對颺，年最小。都講訥夫時爲經遠館師鬮分題[八]，唱一和者九。嶰管雌雄鳴[九]，鐘筳[一〇]大小叩。談紛脣外焦，聽倦耳内吼。殷壁[一一]鄰里駡，觸屏童仆詬。日沉未許歸，歸輒挽其肘。明日亦復然，卯來去以酉。歡獲十乘珠，愁掃千金帚。賦别良獨難，歸夢落虛牖。夜寒雁叫群，殘月照魚罶[一二]。

**注釋：**

[一] 來月軒：江淹《别賦》：「日下壁而沉彩，月上軒而飛光。」軒名取此。軒在烏程縣。董熜：字訥夫，清烏程人，

諸生，雍正時舉鴻博。有《南江詩文集》。　董景純、董扶揺、董承餘、董經遠、董對颺，皆其兄弟。　謝文若，生平不詳。　王蕙如，王起鵬，字蕙如，號谿堂，歸安人。「蕙」，一作「翽」。

［二］義錢：醵錢也，謂聚資會飲。《歸田録》：「每歲乾元節醵錢飯僧，進香合以祝聖壽。」

［三］于思：多鬚貌。《左傳·宣公二年》：「于思于思，棄甲復來。」髯參軍，《晉陽秋》：郗超爲桓温參軍，多髯，人稱髯參軍。

［四］短主簿：《晉陽秋》：王珣爲桓温主簿，郗超爲記室參軍，温並親待之。府中爲之語曰：「髯參軍、短主簿，能令公喜，能令公怒。超髯珣短故也。」

［五］「傴僂循牆走」句：《左傳·昭公七年》：「正考父佐戴武宣，三命茲益共，故其鼎銘云：『一命而僂，再命而傴，三命而俯，循牆而走，亦莫予敢侮。』」

［六］頳：赤色。

［七］厭軒冕：謂不願做官。乘軒戴冕，仕官者所用。

［八］「都講鬮分題」句：都講，學舍之長也。《後漢書·楊震傳》：「有冠雀銜三鱣（同鱔）魚飛集講堂前，都講取魚進，曰：『蛇鱣者，卿大夫服之象也，數三者，治三臺也，先生自此升矣。』」鬮，拈鬮分韻賦詩。

［九］「嶰管雌雄鳴」句：《漢書·律曆志上》：「黄帝令伶倫取竹於嶰之谷，斷兩節間而吹之，以爲黄鐘之宫。」楊維楨《春俠雜詞》（其五）詩：「蜀琴初奏雙鴛鴦，嶰竹和鳴雙鳳凰。」嶰，山澗，溝壑。無水曰嶰，有水曰澗。《廣雅·釋山》：「嶰，谷也。」

［一〇］鐘筳：筳，小竹，叩鐘用之。

［一一］殷壁：殷，雷發聲也。殷壁，謂大聲震其鄰家。

［一二］魚罶：捕魚竹簏，魚入而不能出。

## （四〇八）雨後登逸老堂[一]

葑田低罩緑煙濃，三面迷茫一望中。嵐氣暗分鴉背雨，浪聲寒挾樹頭風。亭留荒碣無人醉，寺隔修篁有路通。忽地微香吹下界，荷花開遍夕陽紅。

**注釋：**

［一］逸老堂：在浙江吴興。《吴興園林記》：沈賓、王尚書園在奉勝門外，有靈壽書院、怡老堂、浮山亭、對湖臺，盡見太湖諸山。蘇軾《陶驥子駿佚老堂二首》（其二）詩：「似聞佚老堂，知是幾世孫？」清梁章鉅《楹聯續話》：「順治中官方山，備兵吴興，重修逸老堂。」

## （四〇九）池上

濠濮[一]不在遠，方池水沄沄[二]。竹聲涼迓雨，荷氣暖扶雲。一室自春夏，六時[三]何見聞？靜中吾喪我[四]，此樂與魚分。

**注釋：**

［一］濠濮：《莊子・秋水》：莊子與惠子遊於濠梁之上。莊子曰：「儵魚出游從容，是魚樂也。」惠子曰：「子非魚，安知魚之樂？」莊子曰：「子非我，安知我不知魚之樂？」

［二］沄沄：水轉流貌。杜甫《次空靈岸》詩：「沄沄逆素浪。」

［三］六時：佛教分一晝夜爲六時，即晨朝、日中、日没、初夜、中夜、後夜。

[四] 吾喪我：謂物我兩忘也。見《莊子》。蘇軾《客位假寐》詩：「豈惟主忘客，今我亦忘吾。」

## （四一〇）截句

日蒸花氣紅熏座，雨吸山光緑到門。野外朝儀[一]蜂出使，沙中偶語[二]燕新婚。

**注釋：**

[一] 野外朝儀：謂蜂衙。謂蜂早晚聚集如衙參。《埤雅》：「蜂有兩衙應潮。」陸游《青羊宫小飲贈道士》詩：「小窗幽處聽蜂衙。」《史記·高祖本紀》：叔孫通爲高祖於野外定朝儀。

[二] 沙中偶語：《史記·留侯世家》：「上在雒（同洛）陽南宫，從複道中望見諸將，往往相與坐沙中語。上曰：『此何語？』留侯曰：『陛下不知乎？此謀反耳。』」

## （四一一）兒歸行 兒歸，鳥名。傷芝兒也

兒歸兒歸，歸乎不歸？日之出兮，爾於何飛？日之入兮，爾於何棲？重陰蔽天，霰雪霏霏。爾戢爾翼，誰授兒衣[一]？田無秔穇[二]，隰[三]無棗梨。爾引而吭，誰恤兒饑？燐青古塚，木莽荒蹊。晝鳴梟獍，夜竄鼪狸。磨牙吮血，與爾驅馳。遊魂惘惘[四]，能勿驚啼？吾爲兒悲，轉爲兒癡。知兒已死，還望兒歸。兒歸兒歸，歸乎不歸！

**注釋：**

［一］授衣：《詩・豳風・七月》：「七月流火，九月授衣。」

［二］秔䆎：秔，同粳，稻之不黏者。䆎，同穗。

［三］隰：下濕之地。

［四］惘惘：中心如有所失貌。韓愈《送殷員外使回鶻序》：「出門惘惘，有離別可憐之色。」

## （四一二）贈潯溪董承餘秀才[一]

紫駝之背峰儼如，望而知其爲承餘。□□□□□□□，□□□□□□□。對人默塞數龜息[二]，市上禹步[三]姑徐徐。置之邱壑入畫格，枯木竹石神清虛。平生多病病亦善，前讀前漢後後漢。君自言初病讀西漢書，再病讀東漢書。牛溲馬渤敗鼓皮[四]，入手幻成錦繡段。江楓霜赤鱸魚香，一牛鳴地[五]潯之陽。片帆刺岸舍館定，汗流奔啄根琀琅[六]。紞如[七]鼓殘壁燈滅，三點五點懸星光。榑桑[八]日出人鼾睡，履聲橐橐聞繞床。主家老嫗竊相謂，謂此贏者毋乃狂。聞我打包告歸去，意殊戀戀無別語。目送孤鴻銜葦花，飛入煙深不知處。

**注釋：**

［一］潯溪：浙江吴興之南潯，一名潯溪。董承餘，見（四〇七）詩注［一］。

［二］龜息：《芝田録》：袁天綱相李嶠曰：「睡則氣從耳出，名龜息，必大富貴。」

［三］禹步：《荀子・非相》：凡步履兩足不能相過者，謂之禹步，又曰禹跳。道士作法步魁罡，即所謂禹步。

［四］「牛溲馬渤敗鼓皮」：均爲入藥之物，見《本草》。韓愈《進學解》：「牛溲、馬渤、敗鼓之皮，俱收並蓄，待用無遺者，醫師之良也。」

〔五〕一牛鳴地：《翻譯名義》：「枸羅舍，此云五百弓，亦云牛吼地，謂大牛鳴聲所極聞。」王維《與蘇盧二員外期遊方丈寺而蘇不至因有是作》詩：「回看雙鳳闕，相去一牛鳴。」

〔六〕瑲琅：玉聲。《詩·小雅·采芑》：「約軝錯衡，八鸞瑲瑲。」

〔七〕紞如：象聲詞，擊鼓聲。《晉書·良吏傳》：鄧攸在吴郡，刑政清明，百姓歡悦。後稱疾去職，數千人牽攸船不得進，攸乃小停，中夜發去。吴人歌之曰：「紞如打五鼓，雞鳴天欲曙。鄧攸挽不來，謝令推不去。」

〔八〕榑桑：同扶桑，日所出處。

## （四一三）夏日訪王抑亭明府於歸雲庵〔一〕

掛冠著遂初〔二〕，皈心究禪典。卜庵南山南，屐齒印蒼蘚。經聲出竹遲，日色礙松闇。寒翠撲人衣，泠泠然以善〔三〕。寥天奄欲暮，信宿〔四〕佇幽覽。風蘇暝禽夢，月破山鬼〔五〕膽。孤嘯答崖谷，半空天籟〔六〕捲。

**注釋：**

〔一〕王抑亭：生平不詳。歸雲庵，在蘇州西洞庭石公山歸雲洞。洞口懸石如雲故名。

〔二〕「掛冠著遂初」句：掛冠，謂辭官，退隱也。遂初：謂辭官隱居，得遂初服也。《晉書·孫綽傳》：綽少與高陽許詢，俱有高尚之志，居於會稽，遊放山水十餘年，作《遂初賦》以致其志。

〔三〕「泠泠然以善」句：風清和之聲。《莊子·逍遥遊》：「御風而行，泠然善也。」

〔四〕信宿：《左傳·莊公三年》：「凡師，一宿爲舍，再宿爲信，過信爲次。」

〔五〕山鬼：《史記·秦始皇本紀》：「山鬼不過知一歲事。」《楚辭》有《山鬼》篇。

［六］天籟：自然之音響。《莊子·齊物論》：「汝聞人籟，而未聞地籟；汝聞地籟，而未聞天籟矣。」

## （四一四）潤州［一］

芙蓉城［二］外莽平蕪，山色如灰冷霸圖。節鎮六朝雄北府［三］，襟喉半壁蔽東吴。海風夜湧潮聲大，江樹春浮塔影［四］孤。爲向杜鵑討消息，花開還有鶴林［五］無？

**注釋：**

［一］潤州：隋置，取州東潤浦爲名。唐因之。宋改爲鎮江軍，後升爲府。今江蘇省鎮江市。

［二］芙蓉城：鎮江之别名。《六一詩話》：石曼卿卒後，故人有見之者，恍惚如夢，言我今爲仙，所主芙蓉城。「城」，世綸堂本作「樓」。

［三］北府：《晉書·郄超傳》：「時愔在北府，徐州人多勁悍，温恒云：『京口酒可飲，兵可用。』」鎮江在東晉南朝時爲南徐州。處金陵之北，軍府坐鎮，故謂之北府。當時劉牢之北府兵，爲天下精鋭。

［四］塔影：指金山塔。

［五］鶴林：《續仙傳》：「潤州有鶴林寺。」

## （四一五）桐廬［一］道中

百里桐江路，礬邱畫裏逢［二］。水深仍見底，山好不妨重。小雨滋蟬響，清槐護岸容。隔溪蘭若［三］杳，薄暮一聲鐘。

注釋：

［一］桐廬：縣名，在浙江省金華附近。

［二］「營邱畫裏逢」句：營邱，地名，在山東省。《畫鑑》：「營邱李成，世業儒，胸次磊落，善畫山水林木，當時稱爲第一。」詩謂桐廬山水如李成的畫。

［三］蘭若：僧人所居之處，即寺廟。《釋氏要覽》：蘭若，本梵語阿蘭若之省，其義即空淨閑静之處。

## （四一六）婺江五色石子（原詩缺）

## （四一七）觀弈歌，戲贈吴大廣維［一］

余於弈居最下品，廉勇［二］之際謝不敏。希逢巨鹿［三］誇戰酣，屢坐滎陽［四］被圍窘。吴生輕我雅自矜，謂是小冠子夏香爐僧［五］。面戴一目易與耳，掀髯踞局虎上騰。一鼓再鼓三則竭［六］，手中漸漸生荆棘。儼赴敵場懼辱國，忠義勃然變顔色。輸攻墨守［七］窮所思，蟬蜕槁木［八］飛遊絲。計出萬全子欲落，旋復改悔移置之。間亦得利南風競［九］，暗許通盤主必勝。蔓延河北收鄧禹［一〇］，迅掃江東下王濬［一一］。一劫乘虚遇反攻，將敗未敗頰發紅。項筋暴起大於箸，此讐不報非英雄。反脣而詬語刺刺，我謹避之以囊括［一二］。旁觀大笑筆之書，死諸葛走生仲達［一三］。

注釋：

［一］吴廣維：生平不詳。這首七言歌行體詩，描寫吴廣維棋藝並不高明，却好勝恥敗，敗後常與人憤争不休。作者自謙棋藝低劣，但亦能勝吴，如死諸葛之走生仲達。

［二］廉勇：廉，矜誇。廉勇，矜誇其勇。

〔三〕巨鹿：戰國時趙邑，即今河北省平鄉縣。項羽大破秦軍於此。

〔四〕滎陽：縣名，在河南省西部。劉邦屢被項羽圍困於此。

〔五〕「小冠子夏香爐僧」句：小冠子夏，《漢書·杜欽傳》：欽，字子夏，少好經書，家富而目偏盲，故不好爲吏。茂陵杜鄴，與欽同姓字，倶以材能稱京師。故衣冠謂欽爲盲目杜子夏，以相別。欽惡以疾見詆，乃爲小冠，高廣纔二寸。由是亦師更謂欽爲小冠杜子夏，而鄴爲大冠杜子夏云。香爐僧，應供之僧。徐陵《長干寺衆食碑》：「庶使應供之僧，皆同自然之食。」陸游《冬日出遊十韻》詩：「問路鋤畬叟，争橋乞供僧。」

〔六〕「一鼓再鼓三則竭」句：《左傳·莊公十年》：「一鼓作氣，再而衰，三而竭。」

〔七〕輸攻墨守：《墨子·公輸》：「公輸般善攻，墨子善守。」

〔八〕蟬蜕槁木：《莊子·齊物論》：「心如蟬蜕槁木死灰。」喻凝神静思。

〔九〕南風競：《左傳·襄公十八年》：「晉人聞有楚師，師曠曰：『不害，我驟歌北風，又歌南風，南風不競，多死聲，楚必無功。』」此反用其意。

〔一〇〕鄧禹：漢光武之將，赤眉銅馬起義軍蔓延河北，禹平之。

〔一一〕王濬：晉將，率軍從四川循長江平吴者。

〔一二〕囊括：即括囊，結囊之口，言閉其智而不用，以喻緘口不言也。《易·坤卦》：「六四括囊，無咎無譽，吉。」

〔一三〕「死諸葛走生仲達」句：《三國志》：諸葛亮出師祁山，卒於五丈原，祕不發喪，木偶坐車中如生。司馬懿窺天象，料亮已死，及見，驚而反走。司馬懿，字仲達。

## （四一八）春日雜興，書縣齋壁〔一〕

春風不歸去，燕以花爲家。衆緑如蛾眉，一雨相矜誇。山光開奩鑑，爛爛蒸朝霞。紛矚愜微尚〔二〕，衙鼓姑停撾。

注釋：

[一] 縣：指山西臨汾縣，時作者任該縣知縣。

[二] 微尚：謂私衷之所好。

## （四一九）爲念慈遣懷之作 時館臬署

不須惆悵燕歸遲，且向華林[一]寄一枝。名士光陰多逆旅[二]，破書[三]滋味在貧時。甑從擔墮何須顧[四]？薪爲車勞[五]未便炊。只要此身長健飯，白雲親舍[六]有餘思。

注釋：

[一] 華林：《南史·祖沖之傳》：「沖之稽古有機思，宋孝武使直華林學省，賜宅宇車服。」

[二] 逆旅：旅館，李白《春夜宴桃李園序》：「夫天地者大塊之逆旅，光陰者百代之過客。」

[三] 破書：謂透徹瞭解書意。杜甫《奉贈韋左丞丈二十二韻》詩：「讀破書萬卷，下筆如有神。」

[四] 墮甑不顧：《郭林宗別傳》：「孟敏荷甑，墮地，不顧而去。郭林宗問其意。曰：『甑已破，顧之何益。』林宗異之。」

[五] 勞薪：析故車之脚以爲薪，曰勞薪。《晉書·荀勖傳》：荀勖在帝坐進飯，謂在座人曰：「此勞薪所炊。」帝遣問膳夫，乃曰：「實用故車脚。」

[六] 白雲親舍：《唐書·狄仁傑傳》：薦授并州法曹參軍，親在河陽，仁傑登太行山，反顧見白雲孤飛，顧左右曰：「吾

親舍在其下。」瞻悵久之，雲移乃得去。

## （四二〇）水南門

踠地垂楊颺麴塵[一]，嫩鳧毛羽濯波新。青山如黛花如綺，吹遍春風不見人。

**注釋：**

［一］麴塵：酒麴所生細菌，淡黄色，輕颺爲塵。此處借喻楊枝拂地之微塵。

## （四二一）憶南中

空山雨後百重泉，一夜春雷著地鞭[一]。誤却老僧燒筍會[二]，白雲滿屋聽禽眠。

**注釋：**

［一］地鞭：《筍譜》：「筍者，竹之萌也。竹根曰鞭。鞭節之間，乳贅而生者。」范成大《初約鄰人至石湖》詩：「春入葑田蘆綻筍，雨傾沙岸竹垂鞭。」

［二］燒筍會：釋惠洪《儞能禪三鄉俊宿山》詩：「烹茶煮筍未嘗勤，放意賦詩語奇峭。」

## （四二二）紀石樓[一]袁梅谷瘞髑髏事

石樓，古屈地。明懷宗四年，闖賊渡河入據屠剿，距今百有餘年矣。

庚戌夏，署西北隅，忽露一枯髑髏，掘之鱗次櫛比，斷鏃剥缺，爰瘞之義冢旁，且置田勒石，歲奉祀弗絕焉。余既嘉其事，又

重悲夫死者之姓名湮滅不可考，要皆生不辱於賊，而死則碧血一坏，何莫非勝國之勇夫、義婦也！詩以弔之

晉封夷吾地，迺今石樓縣。縣小山爲城，居民昔逃竄。石田廢春耕，土穴斷朝爨。隔河近米脂[二]，劇賊首發難。吹脣兵[三]搜牢，獻馘築京觀[四]。百年槎牙級[五]，瘢痍漬刀箭。是皆恥生降，忍死就塗炭。女不受賊污，男不從賊亂。中宵風月黑，啾啾[六]聲達旦。里居既蕩析，子孫亦糜爛。誰復與招魂，春秋澆麥飯[七]。袁君蒞茲土，撫循法稱善。餘波澤枯骨，幽魂雪煩怨[八]。朱囊白木柙，彙附義塚畔。而我想當時，賊勢遠搏戰。出入河南北，晚登未央殿[九]。淋漓人油炸，流毒天下遍。安得百袁君，遂爾首邱[一〇]願。鬼亦異遭逢，望空發遥歎。

**注釋：**

[一]石樓：縣名，在山西省汾陽西南，即古之屈地，晉封公子夷吾於此。

[二]米脂：縣名，在陝西省北部，東隔黄河，與石樓遥對。李自成起兵於此。

[三]吹脣兵：以齒齧脣，作氣吹之，使有聲，曰吹脣。《通鑑·齊明建武四年》：「衆號百萬，吹脣沸地。」此處借指李自成農民起義軍。

[四]「獻馘築京觀」句：馘，截耳也。凡殺敵而獻其左耳曰馘。京觀，積尸封土於上，以表戰功曰京觀。

[五]槎牙級：雜亂之首級。

[六]啾啾：鬼嘯聲。杜甫《兵車行》詩：「天陰雨濕聲啾啾。」

[七]「春秋澆麥飯」句：謂逢春秋以麥飯祭之也。

[八]煩怨：杜甫《兵車行》詩：「新鬼煩怨舊鬼哭。」

[九]未央殿：漢殿名，在長安。此借指北京宮殿。謂李自成破北京也。

〔一〇〕首邱：《禮・檀弓》：「古之人有言曰：『狐死正首邱，仁也。』」孔穎達疏：「邱是狐窟穴根本之處，雖狼狽而死，意猶向首邱。」

## （四二三）舟過平望，有懷王徵士載揚〔一〕

載將歸夢上輕橈〔二〕，煙合重湖樹影遥。白鷺一聲天乍曉，銜魚飛過畫眉橋〔三〕。

**注釋：**

〔一〕平望：鎮名，在江蘇吴江縣南，河湖匯聚之所，西通太湖，南通浙江。王載揚，生平不詳。

〔二〕輕橈：小舟。橈，舟之楫，借以指舟。陳子昂《白帝城懷古》詩：「停橈問土風。」

〔三〕畫眉橋：在平望鎮。

## （四二四）贈沈樗崖

諱廷瑞，字兆符，宣城人，善山水。祖壽民，以諸生疏論楊嗣昌，爲東林黨魁（原詩缺）

## （四二五）留别歸安裘魯青明府〔一〕

乙巳、丙午余遊江西，戊申明府宰歸安。乙酉余入魯，辛亥丁外艱，癸丑始歸。丙辰余將入都

昔年曾鼓潯陽〔二〕舵，一色長天落霞舞。瀑泉縹緲望珠簾，香霧氛氳尋鐵柱〔三〕。三王〔四〕遺跡但聞名，藉甚君家好弟兄。小隊纓鈴徐穉榻〔五〕，先聲旗鼓灌嬰城〔六〕。半面無緣一相遇，寶山〔七〕空指門邊路。入潁竟失李元禮〔八〕，渡江不謁張子布〔九〕。飄然來上箬篷船，采采蘋香住幾年？西遊我乃匆匆去，月落參横〔一〇〕悵

各天。家山夢遠迷蝴蝶[一一]，風雨聲寒泣杜鵑[一二]。歸來耳井喧雷電，神明人説歸安縣。傅琰[一三]庭鞭一穟絲，楊津[一四]騎獲三條絹。有兒讀書年紀小，大書特書好手爪[一五]。蜀道曾刊劍閣銘[一六]，鄗人正藉瑯玡稻[一七]。吾欲聯爲群紀交[一八]，烏篷吟過駱駝橋。芳草王孫[一九]春又緑，笛聲吹雨暮瀟瀟[二〇]。

**注釋：**

［一］歸安：縣名，在浙江省，現與吴興合併，爲湖州吴興區。裘魯青，生平不詳。「入魯」，世綸堂本作「入晉」。

［二］潯陽：今江西九江市。

［三］鐵柱：《後漢書·輿服志》：「法冠一曰柱後，高五寸，以纚爲展筩，鐵柱卷，執法者服之。」此借指裘魯青，時裘在九江任法曹。

［四］三王：南昌滕王閣，王勃作序，王緒作賦，王仲舒作記，號三王。見韓愈《新修滕王閣記》。

［五］「小隊纓鈴徐穉榻」句：小隊纓鈴，杜甫《嚴中丞駕見過》詩：「元戎小隊出郊坰，問柳尋花到野亭。」纓鈴，馬頭所飾之鈴。徐穉，字孺子，漢南昌人。家貧，常自耕稼，非其力不食，恭儉義讓，所居人服其德。太守陳蕃特設一榻以禮之，穉去則懸之。累舉皆不就。築室隱居。時稱南州高士。

［六］「先聲旗鼓灌嬰城」句：灌嬰，漢睢陽人，少以販繒爲業。以中涓從高祖定天下，封潁陰侯。吕后崩，吕禄等欲爲亂，嬰與周勃、陳平共誅諸吕，立文帝。進太尉，旋代勃爲丞相。卒謚懿。江右祀以爲城隍神。

［七］寶山：《正法念處經》：「汝得人身不修道，如入寶山空手歸。」

［八］李元禮：東漢潁川襄城人，名膺，字元禮，桓帝時，爲司隸校尉，以事殺宦者張讓之弟，宦官畏之。風裁峻整，太學中稱天下楷模李元禮。士被容接者，名爲登龍門。後宦者坐以黨錮免官。靈帝時，復列於朝。與竇武謀誅宦官，未成，被殺。

［九］張子布：張昭，字子布，三國彭城人。少好學，通《左氏春秋》。漢末大亂，昭渡江。孫策命爲長史，撫軍中郎將。策臨亡，以弟權託昭。權爲吴王，敬禮彌重，拜輔吴將軍，封婁侯。昭容貌矜嚴，有威風，自權以下皆憚之。卒謚曰文。

〔一〇〕月落參横：秦少游《和黄法曹憶建溪梅花》詩：「月没參横畫角哀，暗香銷盡令人老。」

〔一一〕「家山夢遠迷蝴蝶」句：馬令《南唐書》：「後主好音律，舊曲有念家山，王演爲念家山破，共聲焦殺，而其名不祥，乃敗徵也。」迷蝴蝶，《莊子·齊物論》：「昔者莊周夢爲蝴蝶，栩栩然蝴蝶也，俄然覺，則蘧蘧然周也。不知周之夢爲蝴蝶歟，蝴蝶之夢爲周歟？」

〔一二〕「風雨聲寒泣杜鵑」句：杜鵑之鳴聲，似曰「不如歸去」。李商隱《錦瑟》詩：「莊生曉夢迷蝴蝶，望帝春心託杜鵑。」

〔一三〕傅琰：字季珪，仕南朝宋，歷武康、山陰令，並著能名，二縣皆謂之傅聖。遷益州刺史。永明中，爲廬陵王安西長史，南郡内史，行荆州事。齊高帝輔政，以山陰獄訟煩積，復以琰爲山陰令。賣鍼賣糖老姥争團絲，來詣琰。琰不辨核，縛團絲於柱鞭之，密視有鐵屑，乃罰賣糖者。縣内稱神明。

〔一四〕楊津：字羅漢，後魏人。爲人端謹，以氣度稱。歷岐州刺史，皆有聲。孝昌中，除定州刺史。杜洛周圍州三年，城陷被執，尋得釋。元顥内逼，莊帝以爲中軍大都督。顥敗，爲司空。普泰初，爲爾朱天光所害。謚孝穆。津爲岐州刺史時，有武功人齎絹三匹，去城十里，爲賊所劫。時有使者馳驛而至，被劫人因以告之。使者到州，以狀白津。津乃下教云：「有人著某色衣，乘某色馬，在城東十里被殺，不知姓名，若有家人，可速收視。」有一老母，行哭而去，云是己子。於是遣騎追收，並絹俱獲。闔境畏服。

〔一五〕手爪：手藝，技藝。古詩：「新人雖言好，未若故人姝。顔色類相似，手爪不相如。」

〔一六〕劍閣銘：《晋書·張載傳》：載，字孟陽。父收，蜀郡太守。博學有文章。太康初，至蜀省父，道經劍閣，載以蜀人恃險好亂，因著銘以作誡。益州刺史張敏見而奇之，表上其文。武帝遣使鐫之於劍閣山焉。蘇轍《次韻子瞻遊羅浮山》詩：「試令子弟學諸許，還家不用劍閣銘。」

〔一七〕「鄅人正藉瑯玡稻」句：《唐書·李百藥傳》：百藥七歲能屬文。父友陸乂等共讀徐陵文，有「刈瑯玡之稻」，歎不得其事。百藥進曰：「春秋鄅子藉稻，杜預謂在瑯玡。」客大驚，號奇童。鄅，春秋國名，舊治在今山東臨沂北。

［一八］群紀交：《魏志·陳群傳》：魯國孔融，高才倨傲，年在紀群之間，先與紀友，後與群交，更爲紀拜，由是顯名。紀，陳群父。紀與陳群祖父寔，德冠當時，名高並著。

［一九］芳草王孫：王孫，芳草名。劉攽《泰州玩芳亭記》：「自詩人比興，皆以芳草嘉卉爲君子美德。」

［二〇］暮雨瀟瀟：曲名。

## （四二六）香樹先生[一]復和，再疊前韻

酌我忘憂酒[二]，開顏强自歡。學黄老[三]之退，貽子孫以安。蕙葉遲去聲春碧，梅花矜歲寒。美言良可佩，何必紉秋蘭[四]！

注釋：

［一］香樹先生：錢香樹，曾任阜城學使。見（一五七）詩第一首注［一］。

［二］忘憂酒：陶潛《飲酒二十首》（其七）詩：「汎此忘憂物，遠我遺世情。」

［三］黄老：黄帝、老子，道家之祖，主清静恬退，與世無爭。

［四］紉秋蘭：屈原《離騷》：「扈江離與辟芷兮，紉秋蘭以爲佩。」

## （四二七）袁松園[一]明府會獵

未老方用壯，無忙安得閑？傳烽巾子嶺[二]，行炙玉芝山[三]。箭作鴞聲疾，旗翻日影殷。龍城飛將在[四]，血灑虎毛斑。時尹遊府有殺虎事。

注釋：

［一］袁松園：生平不詳。

［二］「傳烽巾子嶺」句：傳烽，報警傳遞烽火。虞集《次韻馬伯庸少監四首》（其二）詩：「稱使不傳烽。」巾子嶺，巾子山，在浙江省鎮海縣東，山形卓立如巾幘，故名。宋末張世傑磔元將卞彪於此。

［三］「行炙玉芝山」句：行炙，傳遞膳羞也。《南史·王琨傳》：「傳酒行炙，皆悉内妓。」

［四］「龍城飛將在」句：唐王昌齡《出塞》詩：「但使龍城飛將在，不教胡馬度陰山。」

## （四二八）題張總戎《四時佳興圖》，爲樸齋太守［一］

蠶叢魚鳧天西頭［二］，山魈躑躅猿猱愁。白雲一望渺何極，尋親直到寧羌州。呼天不應音塵絶，黄蒿如柱麻如雪。淚落平羌江水流，迷離化作啼鵑血。一朝烽燧南雲擾［三］，兵阻鄉關歸夢杳。劍閣鴞張霸李雄，滇池豨突王莊蹻。天兵上隴堂堂來，呈身得隸將軍趙。諱良棟。黄皮褶袴大食刀，曲踴三百如龍跳。旋隨諸葛撾銅鼓，忽報韋皋渡鐵橋。百戰論功開幕府［四］，萬里長城天北户。馬埒蕪菁曉試鷹，圍場月黑秋射虎。十年池館樂升平［五］，譜按群芳妙寫生。手擘山川歸陣勢，眼明草木識兵聲。恒陽太守善紹述［六］，留題半屬公卿筆。黑王呼出怖兒啼，孝思況是番陽吉。亦張姓，尋親於蜀者。披圖花氣暖如雲，門外雪飛深尺一。總戎年十七，尋親於寧羌州，遂入蜀。吴叛路梗，從戎，積功總兵，宣大十年，圖其時所作也。總戎面深黑，觀圖日，值大雪。

注釋：

［一］張總戎：生平見詩自注。全詩概括張總戎生平事跡，贊揚其孝思不匱，武功彪炳，並欽佩其子樸齋之善於紹述。

［二］「蠶叢魚鳧天西頭」八句：寫張總戎幼年至寧羌尋親，羈旅川中。蠶叢，揚雄《蜀王本紀》：蜀王之先名蠶叢。是時人民椎髻龐言，不曉文字。李白《送友人入蜀》詩：「見説蠶叢路，崎嶇不易行」指蜀道也。魚鳧，《華陽國志》：蜀先稱王，有蠶叢。次王曰柏灌，次王曰魚鳧。魚鳧王田於湔山，忽得仙道。蜀人思之，爲立祠。山魈，《南康記》：「山間有木客，形骸皆人也，但鳥爪耳。巢於高樹，伐樹必害人。一名山魈。」白雲，見（四一九）詩注［六］。寧羌，縣名，在陝西省西南部。啼鵑血，杜鵑，相傳爲古蜀帝杜預之魂所化，往往啼而吐血。

［三］「一朝烽燧南雲擾」十句：謂吴三桂叛變，張總戎投效清軍，屢立戰功也。李雄，李特第三子，字仲儁。晉永興初，僭稱成都王，旋即帝位，號成漢。在位三十年。卒。謚武帝。莊蹻：見（三四一）詩注［四］。天兵，指清軍。趙良棟，字肇之，别字西華，寧夏人。順治初，從英王入關，署潼關守備，遷天津總兵，升寧夏提督。進兵平四川雲南，擢雲貴總督，兵部尚書。卒謚襄忠。大食，國名，即阿拉伯國。諸葛撾銅鼓：謂諸葛亮征南蠻孟獲。此借喻隨趙良棟征雲南。章皋，見（三九一）詩注［九］。

［四］「百戰論功開幕府」四句：謂張總戎以功擢宣大總兵。

［五］「十年池館樂升平」四句：謂張總戎坐享升平，乃繪《四時佳興圖》。《群芳譜》，明王象晉著。

［六］「恒陽太守善紹述」六句：謂恒陽太守，張總戎之子樸齋紹述其父。怖兒啼，徐陵《歐陽頠德政碑》：「仁恩可以懷猛獸，威名可以懼小兒。」

## （四二九）不倒翁［一］

範土搗楮匠心幻，傅以朱粉形活現。刳中弸外［二］底象天，唯圓遇動乃生變。身衣無縫之天衣［三］，帽設重檐韜假面。半啼半笑詭可憎，三起三眠煩不憚。以手捉搦懸旌搖，貼地盤盤舞轉旋。闖然躍立仰看天，直哉其躬頭亂顫。微似沉吟有所思，氣定須臾殭鐵漢。只恐傴師［四］剖膠革，竿木逢場一朝散。世間宦跡皆等閒，車泥馬瓦麒麟楦[五]。

**注釋：**

[一] 這首七言古詩，刻劃不倒翁種種醜態，實則借此以諷仕途中逢迎拍馬之風，一朝逢偃師膠革散亂，就現出了原形。

[二] 剞中弸外：《揚子法言》：「君子言則成文，動則成德，何以也？以其弸中而彪外也。」弸，滿也。中滿則彪炳於外。此句反其意用之，謂中空而徒炫外表也。

[三] 天衣無縫：《靈怪録》：郭翰暑月卧庭中，有人冉冉自空而下，曰：「吾織女也」徐覘其衣，無縫。翰問之。曰：「天衣本非鍼綫所爲也。」

[四] 偃師：周穆王時巧匠。《列子·湯問》：穆王巡狩，師謁王曰：「臣有所造，願王觀之。」王曰：「若偕何人？」對曰：「臣所造倡者。」王以爲實人，與妃御觀之。倡者瞬目招王侍妾。王欲誅之。師剖倡以示，皆傅會革木膠漆丹青爲之。

[五]「車泥馬瓦麒麟楦」句：車泥馬瓦，謂車馬皆泥瓦爲之。 麒麟楦，《朝野僉載》：「今弄僞麒麟者，修飾其形，覆之驢上，宛然異物，及去其皮，還是驢耳。」 楦，泛指填塞物體中空部分的模架。唐楊炯每呼朝士爲麒麟楦，言無德而朱紫，徒取飾於外觀也。

## （四三〇）清河觀察陶未堂先生見餉惠泉家釀[一]

錫山真面目，此蘗不爲狂[二]。醇似周公瑾[三]，清於顧建康[四]。引人踰本量，撫景近重陽。莫負黃花[五]約，南鄰借鶴觴。劉白墮[六]，中山人。

注釋：

［一］清河：縣名，在河北省南部。陶未堂，陶正中，字殿延，號田見，又號未堂，江南無錫人，散館授編修，歷官山西布政使，降直隸清河道。惠泉，在江蘇省無錫市錫山，泉水甘洌，宜烹茶釀酒。

［二］此藥不爲狂：酒，一名狂藥。

［三］周公瑾：周瑜，字公瑾，三國舒人。程普嘗告人曰：「與公瑾交，若飲醇醪，不覺自醉。」

［四］顧建康：酒之别名。《南史·顧憲之傳》：顧憲之令建康，無所阿縱，性又清儉，强力爲政，甚得人和，故都下飲酒者，醇旨輒號爲顧建康，謂其清且美焉。

［五］黄花：菊花。《禮·月令》：「菊有黄花。」

［六］劉白墮：《洛陽伽藍記》：河東人劉白墮，善釀酒，盛夏曝於日中，味不變。飲之經月不醒。朝貴遠相饋餉，號曰鶴觴，亦曰騎驢酒，以其遠至也。

## （四三一）樸庭下第，將應晉藩之聘，次韻却寄［一］

參元［二］失火是祥徵，時家毁於火。竟不還家讓爾能。西去風寒傷庾信［三］，南來日熱重徐陵［四］。莫言鼓瑟［五］無神助，絶勝彈琴［六］與鬼憎。芳草緑楊沙上路，招招車乘畏良朋［七］。

注釋：

［一］樸庭：見（一九八）詩注［一］。這首七言律詩，安慰樸庭下第與家中失火。比應晉藩聘如庾信之北去，不如南歸爲好，並勉其春闈再戰。

［二］參元：參，同三。三元，術數家以六十甲子配九宮，必一百八十年後度盡。第一甲子爲上元，第二甲子爲中元，第

三甲子爲下元。天地一變，盡三元而止。《十六國春秋》：「從上元人皇起，至中元，窮於下元，天地一變，盡三元而止。」陳子昂《感遇》（其一）詩：「太極生天地，三元更廢興。」

［三］庾信：見（一七）詩注［一］。

［四］徐陵：字孝穆，南朝陳人。八歲能文。釋寶誌摩其頂曰：「此天上石麒麟也。」仕梁爲通直散騎常侍。入陳加散騎常侍。所爲文頗變舊體，辭藻綺麗，與庾信齊名，號徐庾體。有《徐孝穆集》。

［五］鼓瑟：《楚辭・遠遊》：「使湘靈鼓瑟兮，令海若舞馮夷。」

［六］彈琴：《續齊諧記》：王彦伯善鼓琴，一日維舟中渚，秉燭理琴。一女子破帷而進，取琴調之，聲甚哀。女子曰：「子識此否？」彦伯曰：「所未曾聞。」女曰：「此曲所謂楚明光者也，惟嵇叔夜能爲此聲。」蘇軾《破琴詩引》：「元祐六年，宿吴淞江，夢長老仲殊挾琴過余，彈之有異聲，就視琴頗損，而有十三弦。余方歎息不已。殊誦詩云：『度數形名本偶然，彈琴今有十三弦。此生若遇邢和璞，方信秦箏是響泉。』」

［七］「招招車乘畏良朋」句：招招，以手呼也。《詩・邶風・匏有苦葉》：「招招舟子，人涉卬否。」畏良朋，畏友也。友之品望嚴重，使人可畏。陸游《跋王深甫先生書簡二》：「此書朝夕觀之，使人若居嚴師畏友之間。不敢萌一毫不善意。」

## （四三二）上元［一］燈下

一樹銀花［二］照酒卮，滿街正是蹋歌［三］時。鼓聲鬱勃明王夢［四］，鏡影沉銷棄婦辭［五］。鳳闕祥煙聽漏［六］杳，虹橋麗月步虛［七］遲。紅圈緑暈［八］知無數，付與旁人拾荔枝［九］。

**注釋：**

［一］上元：正月十五爲上元節。

［二］銀花：上元節之燈火也。蘇味道《正月十五夜》詩：「火樹銀花合，星橋鐵鎖開。」

［三］蹋歌：連手而歌，蹋地以爲節也。《通鑑・武則天聖曆元年》：「尚書位任非輕，乃爲虜蹋歌！」

［四］明王夢：殷高宗武丁也。因夢得傳説爲相，使攝政事。李乂《奉和幸韋嗣立山莊侍宴》詩：「祗應感發明王夢，遂得邀迎聖主遊。」

［五］棄婦辭：顧況《棄婦辭》：「古人雖棄婦，棄婦有歸處。」

［六］漏：銅壺滴漏，古計時器。

［七］步虛：步虛聲，道士誦經聲也。《吴苑記》：陳思王遊魚山，聞巖裏有誦經聲，清遠寥亮，因使解音者寫之，爲神仙之聲。道士效之，作步虛聲。許渾《紀夢》詩：「曉入瑶臺露氣清，天風吹下步虛聲。」

［八］紅圈緑暈：謂燈暈。

［九］荔枝：果名，色赤。蘇軾《寄蔡子華》詩：「荔子已丹吾髮白。」此處謂燈之暈影似荔枝之墮地。

## （四三三）送朱方伯浣桐先生之山西［一］

癸亥秋，交河災，先生以霸州牧監南皮賑，相會於東泊頭，得《梅花唱和詩》四首。將行，余以生鯉魚二馳送之。是冬，余謝事。次年改望都。適先生典保陽郡，出示《秦遊十圖》與《舒嘯堂集》囑序。未幾，由清河道奉藩於晉。晉，固余舊遊，與戴卯君廉使、孟東園觀察［二］觴詠地也。感逝傷離，一時並集，不覺其言之長矣。

衛河我于役［三］，公主南皮會。玉笛賡落梅［四］，筠籃斫生鱠。是時旱太甚，哀鴻［五］四野聞。救荒十二政［六］，何以答明君。言愁方未已，嫋嫋［七］秋風起。木葉洞庭波，揚舲［八］吾去矣。去矣復來遊，公領衆諸侯［九］。低頭拜床下，浮雲齊高樓［一〇］。高樓雲五彩，照我顔色改。蕭郎作騎兵［一一］，前言恕無罪。示我宦遊圖，花繞帝王都。秦箏挾趙瑟，舒嘯堂之隅。薔薇露盥手[一二]，侑之以醇酒。醉忽放清狂，忘其牛馬走。公顧心許之，爾毋公廢私。如以常禮待，將安用我爲？感公終古譽，鳳蔭龍淵據[一三]。每飯不能忘，驪駒忽在御[一四]。舍我竟西行，附書與故人。故人跡如埽，池塘草不春[一五]。春草池塘夢，月明千里共[一六]。土門[一七]一綫通，迢遥以目送。目送步遲遲，彈琴空所思[一八]。槐陰[一九]夜來雨，隔葉啼黄鸝[二〇]。

**注釋：**

[一]朱浣桐：見（二〇〇）詩題[一]。這首五言轆轤體詩，送朱浣桐赴山西藩臺任，詳敘交往經過，先爲同僚，後爲上下級，相契甚深，不拘形跡，故一往情深，不同泛泛。

[二]交河、霸州、南皮、東泊頭、望都、保陽、清河：均地名，在河北省。戴卯君，見（五三）詩注[一]。孟東園，生平不詳。

[三]衛河：一名永濟渠。以導源於河南輝縣，爲春秋衛地，故名。于役，見（一一〇）詩注[一]。

[四]「玉笛賡落梅」句：謂唱和梅花詩。笛曲有《梅花落》。

[五]哀鴻：謂流離失所之災民。《詩·小雅·鴻雁》：「鴻雁于飛，哀鳴嗷嗷。」

[六]「救荒十二政」句：《周禮·地官·大司徒》：「以荒政十有二聚萬民。」

[七]嫋嫋：風動貌。《楚辭·九歌·湘夫人》：「嫋嫋兮秋風，洞庭波兮木葉下。」

[八]舲：小船有窗牖者。揚舲，謂開船。

[九]「公領衆諸侯」句：謂朱浣桐任保陽太守，主管各縣知事。知縣一稱百里侯。

[一〇]「浮雲齊高樓」句：《古詩十九首》：「西北有高樓，上與浮雲齊。」

[一一]「蕭郎作騎兵」二句：《南史·任昉傳》：始梁武帝（蕭衍）與任昉遇竟陵王西邸，從容謂昉曰：「我登三府，當以卿爲記室。」昉亦戲帝曰：「我若登三事，當以卿爲騎兵。」以帝善騎也。

〔一二〕「薔薇露盥手」四句：謂慎重閱圖集也。《雲仙雜記》：柳宗元得韓愈所寄詩，先以薔薇露盥手，然後發讀。牛馬走，見（一一九）詩注〔四〕。

〔一三〕「鳳蔭龍淵據」句：謂叨蒙庇蔭，得好官也。

〔一四〕驪駒在御：客欲去之歌。《逸詩》篇名，辭曰：「驪駒在門，仆夫具存。驪駒在路，仆夫整駕。」

〔一五〕「池塘草不春」句：謝惠連十歲能屬文。靈運云：「每有篇章，對弟惠連，輒得佳語。」嘗於永嘉西堂詠詩，竟日不就，忽夢見惠連，即得「池塘生春草，園柳變鳴禽」句，大以爲工。

〔一六〕「月明千里共」句：蘇軾《水調歌頭》詞：「人有悲歡離合，月有陰晴圓缺，此事古難全。但願人長久，千里共嬋娟。」

〔一七〕土門：後魏所置縣名，在陝西富平縣東北。因縣界瀕山，有二土闕狀如門，故名。今名土門坊。

〔一八〕「彈琴空所思」句：漢鐃歌曲有《有所思》，表示悲絶者。

〔一九〕槐陰：《周禮·秋官·朝士》：「面三槐，三公位焉。」

〔二〇〕「隔葉啼黄鸝」句：杜甫《蜀相》詩：「映階碧草自春色，隔葉黄鸝空好音。」

## （四三四）聞瓊臺〔一〕晉禮侍

御試翰林《竹泉春雨圖賦》，學士居其最，遂晉是秩，仍兼上書房行走。簡素如故，迎養太夫人，不至。夫人勸别納妾，不許

淩雲一賦〔二〕冠卿曹，入寺壺漿手自操。曲宴誰能容冶葛〔三〕，菜名從此去邪蒿〔四〕。避嫌有道貽恭武，吴孟仁，本名宗。悔過無文責竇滔〔五〕。只是垂簾紅燭下，忍寒風雨夜蕭騷〔六〕。

注釋：

[一] 瓊臺：齊瓊臺，見（二〇四）詩第一首注[一]。

[二] 淩雲一賦：漢司馬相如，奏上《大人之頌》，天子大悦，飄飄有淩雲之氣，似遊天地之間。

[三] 冶葛：草名，汁可製酒，味美有毒，故以喻人之狠惡者。《北史·諸葛潁傳》：煬帝即位，甚見親倖。因間隙，多所譖毁，是以時人謂之冶葛。

[四] 邪蒿：草名，根葉古以爲蔬。

[五] 竇滔：應作竇韜。武則天《璇璣圖序》：前秦安南將軍竇韜，與寵姬赴陽臺之任，而遺其妻蘇蕙於家。蕙織錦迴文，題詩二百餘首，計八百餘字，縱横反覆，皆爲文章，名曰《璇璣圖》，以贈韜。

[六] 蕭騷：淒涼之意，蕭條也。羅隱《經耒陽杜工部墓》詩：「紫菊馨香覆楚醪，奠君江畔雨蕭騷。」

## （四三五）書《徐湛之傳》後（二首，附孝嗣、君蒨）[一]

安成食[二]，臨汝飾。枝江縣侯乃兼得。獨不念爾母，衲襖錦囊地上擲。到頭繞壁檢行時[三]，北户屏人燭光滅。嗚呼風臺月觀望鍾山[四]，竹藥成行鬼其宅。

注釋：

[一] 徐湛之：字孝源，東海郯人。仕劉宋爲散騎常侍，封枝江縣公。范曄謀反，事連湛之，將致大辟，湛之母會稽公主，素爲文帝所尊禮，以錦囊盛文帝微時衲布衣，擲地曰：「此是我母爲汝父作，今有一頓飽食，便欲殘害我兒子。」由此得免。尋爲南兗州刺史，威惠並行。入爲尚書仆射。以廢立事，爲元兇劉劭所殺。謚忠烈。徐孝嗣，湛之之孫，字始昌。父祖仕宋，爲元兇劉劭所殺，孝嗣以在孕得免。其母欲更嫁，以衣杵舂腰，服墮胎藥，俱無效。八歲襲封枝江縣公。嗣嘗卧齋

北壁下，夢兩童遽云：「移公床。」孝嗣驚起，聞壁有聲，行數步而壁崩，壓床。累拜太尉。入齊爲吴興太守，升尚書令。召入華林省，賜鴆酒，飲至斗餘乃卒。　徐君蒨，孝嗣之子，字懷簡。幼聰明好學，問無不對，尤長丁（集部也）部書。善弦歌，好聲色。爲湘東王參軍。侍妾數十，皆曳羅綺，服玩悉以金銀。有時載妓遊山，荆楚山川，靡不登踐。辯於辭令，有輕豔之才，新聲巧變，人多諷玩。時襄陽魚弘，亦以豪侈稱，於是府中謡云：「北路魚，南路徐。」卒於官。　這兩首古風，分詠徐湛之和其孫孝嗣及曾孫君蒨。概括三人生平事跡，對他們不能善始善終表示惋惜。

[二]「安成食」三句：《南史·徐湛之傳》：湛之産業甚厚，室宇園池，貴遊莫及。妓樂之妙，冠絶一時。門生千餘，皆三吴富人子，資質端美，衣服鮮麗，每出入行遊，塗巷盈滿。泥雨日，悉以後車載之。文帝每嫌其侈縱。時安成公何勖，無忌之子；臨汝公孟靈，休昶之子也，並名奢豪，與湛之以肴膳器服車馬相尚。都下爲之語曰：「安成食，臨汝飾，湛之美兼何孟勖。」

[三]「到頭繞壁檢行時」二句：《南史·徐湛之傳》：帝與湛之議廢立，或連日累夕。每夜使湛之自執燭，繞壁檢行，慮有竊聽者。劭入殺之旦，其夕上與湛之屏人語至曉，猶未滅燭。湛之驚起趨北，户未及開，見害。

[四]「風臺月觀望鍾山」二句：《南史·徐湛之傳》：湛之出爲南兖州刺史，善政俱肅，威惠並行。廣陵舊有高樓，湛之更修整之，南望鍾山。城北有陂澤，水物豐盛。湛之更起風亭月觀，吹臺琴室，果竹繁茂，花藥成行，招集文士，盡遊玩之適。

南路徐，北路魚。山川荆楚入華胥[一]。金翠抛殘丁部書。獨不念爾祖，衣杵舂腰床則移。到頭拜賜華林省，蟬冕[二]飲藥至斗餘。如此貽厥[三]力，前徐勝後徐。

**注釋：**

[一]華胥：夢境也。《列子·黄帝》：「黄帝晝寢而夢，遊華胥氏之國，其國無師長，其民無嗜欲，自然而已。不知親己，不知疏物，故無愛憎；不知背逆，不知向順，故無利害。」

［二］蟬冕：《南史・徐孝嗣傳》：孝嗣入華林省，帝遣茹法珍持鴆賜之。少能飲酒，飲藥至斗餘方卒。乃下詔言誅之。於時凡被殺者，皆取其蟬冕，剥其衣服。衆情素敬孝嗣，得無所侵。

［三］貽厥：謂傳於子孫之嘉言遺訓。《書・五子歌》：「有典有則，貽厥子孫。」

## （四三六）書《隋陳夫人傳》［一］

金盒同心結一個，到死方知獨狐誤。貴爲天子不自由，聚麀忍作傷神賦。珠簾玉箔不長春，不如鴆飲先朝露。恚而却坐悔應遲，金匙金虵規内助。

**注釋：**

［一］隋陳夫人：《北史・宣華夫人傳》：夫人，陳宣帝女也。性聰慧，姿貌無雙。陳滅，配掖庭。後選爲嬪。獨狐后性妬，後宫罕得進御，惟陳氏有寵。煬帝在藩，謀奪宗，規爲内助，進金駝金虵等物以取媚。太子廢立之際頗有力焉。獨狐后崩，進位貴人。擅寵，主斷内事。文帝大漸，遺詔拜宣華夫人。帝寢疾時，夫人與太子同侍疾，平旦更衣，爲太子所逼，拒之得免。歸於帝所。帝怪其神色有異，問之。夫人泣以實對。帝恚曰：「畜生何堪付大事，獨孤誠誤我。」及崩，太子遣使者齎金盒，帖紙於際，親署封字，以賜夫人。夫人發盒，有同心結數枚，恚而却坐，不肯至謝。宫人逼之，乃拜使者。其夜太子烝焉。煬帝即位，出居仙都宫。尋召入，歲餘而終。年二十九。帝深悼之，爲製《傷神賦》。

## （四三七）讀《北齊書》（三首）

大龍首尾入夢時［一］，舉手上指阿秃師［二］。相法何由得天子，塗傅粉黛成癲癡。左季舒，右桃枝。街巷遊行則負之。聚棘爲馬拍□鼓，登脊三臺舞雅舞。有刀不以斬亂絲，惡戲乃務楊大肚。宰輔呼來進廁籌，龍逢比干置急流。探懷一具琵琶骨，也作人間供御囚。齊文宣

## 注釋：

［一］「大龍首尾入夢時」句：《北史·齊武明后傳》：太后凡孕六男二女，皆感夢。孕文宣則夢大龍首尾屬天地，張口動目，勢狀驚人。

［二］「舉手上指阿禿師」以下各句：《北史·齊文宣帝紀》：文宣帝高洋，神武帝第二子，字子進。少有大度，外柔内剛，理劇處繁，終日不倦。魏武定中，累封齊王，進相國，總百揆，尋廢魏孝静帝而自立。初即位，頗留心治術，以法馭下。征伐四克，威振戎夏。六七年後，以功業自矜，遂留情躭湎，肆行淫暴，無故殺人，習以爲常。酷濫不可勝記。在位十年崩。謚文宣，廟號顯祖，年號天保。帝年長時，晉陽有沙門，乍愚乍智，時人不測，呼爲阿禿師。太后見諸子焉，歷問禄位，至帝，再三舉手指天而已，它無所言。文襄母嗤之曰：「此人亦得富貴，相法亦何由可解。」神武嘗令諸子，各使理亂絲。帝獨抽刀斬之，曰：「亂者須斬。」神武以爲然……帝或躬自鼓舞，歌謳不息，從旦通宵，以夜繼晝。或袒露形體，塗敷粉黛，散髮胡服，雜衣錦綵，拔刀張弓，遊行市肆。問婦人曰：「天子何如？」答曰：「顛顛癡癡，何成天子？」帝乃殺之。遊行多使劉桃枝、崔季舒負之而行。或擔胡鼓而拍之。或聚棘爲馬，紐草爲索，逼遣乘騎，牽引來去，血流灑地，以爲娱樂。三臺構木高二十七丈，兩棟相距二百餘尺，工匠危怯，皆繫繩自防，帝登脊疾走，都無怖畏。時復雅舞，折旋中節。楊愔爲宰輔，使進廁籌。以其體肥，呼爲楊大肚。馬鞭鞭其背，流血浹袍。以刀子務其腹。崔季舒託俳言曰：「老小公子惡戲。」因掣刀子而去之。典御丞李集面諫，比帝有甚於桀紂。帝令縛置流中，沉没久之，復令引出，謂曰：「吾何如桀紂？」如此數四，集對如初。帝大笑曰：「天下有如此癡漢，方知龍逢、比干不是俊物。」所幸薛嬪，甚被寵愛，忽意其輕與高岳私通，無故斬首，藏之於懷，於東山宴，勸酬始合，忽探出頭，投於柈上，支解其尸，弄其髀爲琵琶，一座驚怖，莫不喪膽，帝方收取，對之流淚云：「佳人難再得，甚可惜也。」忽令召斬鄴下繫徒，罪至大辟，簡取隨駕，號爲供御囚，手自刃殺，持以爲戲。務，同𠢕；割，劃開。

伏神虎門屯甲士[一]，腦滿腸肥一龍子。龍子固自不凡人，射人數步眼光紫。可憐食輿侍中迎，四男遺腹皆幽死。當年榮寵敕瑯琊，緑李新賓[二]賽大家。記得齊聲碎赤棒，華林張幙隔青紗。 瑯玡王儼

**注釋：**

[一]「伏神虎門屯甲士」各句：《北史·瑯玡王儼傳》：儼，字仁威，武成之三子，封瑯玡王。王領御史中丞。舊制中丞出，千步清道，與皇太子分路行，王公皆遥住車，去牛頓軛於地，以待中丞過。其或遲違，則赤棒棒之。自都鄴後，此儀浸絶。武成欲榮寵儼，乃使一依舊儀，帝與胡后在華林園東門外，張幕隔青紗步障觀之。遣中貴驟馬趣仗，不得入，言自奉敕，赤棒應聲碎其鞍，馬驚人墜。帝大笑，以爲善。儼器服玩飾皆與後主同，所須悉官給。於南宫嘗見新冰緑李，還怒曰：「尊兄已有，我何竟無！」於是後主先得新奇，屬官及工匠必獲罪。和士開、駱提婆等曰：「瑯玡王眼奕奕，數步射人，向者暫對，不覺汗出。」儼誑庫狄伏連曰：「奉敕令，領軍收和士開。」伏連信之，伏五十人於神獸門外，詰旦執士開送御史。儼使馮永洛就臺斬之。斛律光聞殺士開，撫掌大笑曰：「龍子作事，固自不凡。」帝欲誅儼，斛律光請帝曰：「琅玡王年少，腸肥腦滿，輕爲舉措，長大自不復然，欲寬其罪。」帝釋之。陸令萱勸帝除儼，何洪珍亦請殺之，未決，以食輿密迎祖珽問之。珽勸殺之。帝從之，使劉桃枝拉殺於永巷。時年二十四，贈謚曰楚恭哀帝，以慰太后。有遺腹四男，生數月，皆幽死。

[二]新賓：世綸堂本作「新冰」。

緋甲重重眼中鐵[一]，井泉禱湧寒冰液。鋪氈截稍出長城，絶勝段婆送女客。無端壓臂見長人，詔下二宫誅不臣。永巷遊魂應歎息，珠簾美女伴餘珍。 趙郡王叡

**注釋：**

[一]「緋甲重重眼中鐵」各句：《北史·趙郡王叡傳》：叡，琛之子，小名須拔。除太子庶子。文宣受魏禪，出爲定州

刺史。留心庶事，糾摘奸非，稱爲良牧。累官太尉。武成崩，叡奏和士開不宜居内，出士開爲兗州刺史。太后數以爲言，叡執彌固，因坐誅。河清三年，周師及突厥至并州，帝與宫人被緋甲，登故北城以望，軍營甚整。突厥咎周人曰：「爾言齊亂，故來伐之，今齊人眼中亦有鐵，何可當耶？」乃還。至陘嶺，凍滑，乃鋪氈以度。胡馬寒瘦，膝下皆無毛，比至長城，死且盡，乃截矟杖之以歸。是役也，段孝先持重，不與賊戰，自晉陽先道，爲虜所屠，無遺類焉。斛律面折孝先於帝前曰：「段婆善爲送女客。」六年詔叡領兵，監築長城，於時六月，叡塗中有蓋扇，親與軍人同勞苦。定州先常藏冰，長史宋欽道以叡冒熱，遣倍道送冰，正遇炎盛，咸謂一時之要。叡對之歎曰：「三軍皆飲温水，吾何義獨進寒冰？」遂至銷液，竟不一嘗。兵人感悦。八年，除都督、北朔州刺史。叡撫慰新遣，量置烽戍，備有條法，大爲兵人所安。無水處，禱而掘井，泉源湧出，至今號曰趙郡王泉。叡奏和士開不宜居内之夜，方寢，見一人長可丈五尺，臂丈餘，當門向床，以臂壓叡，良久遂失，甚惡之，起坐歎曰：「大丈夫運命，一朝至此！」次日入朝，遂遇害於永巷。又《北史·和士開傳》：士開得幸於胡太后，穢亂宫掖。趙郡王叡奏後主出士開爲兗州刺史。士開載美女珠簾及諸寶玩以詣婁定遠，謀留朝。騙得詔書，責趙郡王叡以不臣，召入殺之。復除士開侍中、尚書左仆射。定遠歸士開所遺，加以餘珍賂之。

## （四三八）讀《北史》（四首）

務農春夏學三冬，李鉉[一]。曲説傳家八十宗[二]。鄭玄《論語序》以八寸策爲八十宗，曲爲之説。雙鳳脱衣癡不免[三]，陰鳳。任人疥指駱駝峰。劉晝[四]。

**注釋：**

[一] 李鉉：字寶鼎，北齊高皮人。家貧，常春夏務農，冬乃入學。詣大儒徐道明受業。嘗撰定《孝經》、《論語》、《毛詩》、《三禮義疏》及《三傳異同》、《周易義例》。又作《字辨》。文宣帝時，累遷至國子博士。

[二]「曲説傳家八十宗」句：《北史·儒林·徐遵明傳》：遵明，字子判，華陰人，見鄭玄《論語序》，云：「書以八寸策，誤作八十宗，因曲爲之説，其僻也皆如此。」

[三]「雙鳳脱衣癡不免」句：《北史·賈思伯傳》：初思伯與弟思同師事北海徐鳳。業竟，無以酬之。鳳遂質其衣物。時人爲之語曰：「陰生讀書不免癡，不識雙鳳脱人衣。」及思伯之部，送縑百匹遺鳳，因具車馬迎之。鳳慚不往。

[四]劉晝：《北史·劉晝傳》：晝，字孔昭，渤海阜城人也。製一賦，以六合爲名，自謂絶倫，以示邢子才。子才曰：「君此賦正似疥駱駝伏而無娬媚。」晝求秀才，十年不得。發憤撰《高才不遇傳》。

門户多歧填不聞，樊深[一]子弟。河南碑訟晉將軍，熊安生[二]。阿兄那得知名士，楊休之弟俊之[三]。憤撰高才不遇文。劉晝。

**注釋：**

[一]樊深：《北史·樊深傳》：深，字文深，河東猗氏人也。于謹引爲府參軍事，令在館授教子孫。周文置學東館，教諸將子弟。以深爲博士。深經學通贍，每解書，多引漢魏以來諸家義而説之，故後生聽其言者不能曉悟，背而譏之曰：「樊生講書多門户，不可解。」然儒者推其博物。

[二]熊安生：《北史·熊安生傳》：安生，字植之，長樂阜城人也。安生在山東時，歲歲遊講，從之者傾郡縣。或誑之曰：「某村古冢，是晉河南將軍熊光，去七十二世，舊有碑，爲村人埋匿。」安生掘地求之，不得，連年訟焉。冀州長史鄭大讙判之曰：「七十二世乃是羲皇上人；河南將軍，晉無此號，訴非理記。」安生率其族向冢而號，將通名，見徐之才、和士開二人相對，以徐之才諱雄，和士開諱安，乃稱觸觸生。群公哂之。

[三]楊休之、俊之：楊，應作「陽」。《北史·陽休之傳》：陽休之，字子烈，齊北平無終人。弟俊之，多作六言歌辭，淫蕩而拙，世俗流傳，名爲陽五伴侶，寫而賣之，在市不絶。俊之嘗過市，取而改之，言其字誤。賣書者曰：「陽五，古之賢人，作

此伴侣，君何所知，輕敢議論！」俊之大喜。後待詔文林館。自言有文集十卷，家兄亦不知我是才士也。

翠聳孤楊占早春，楊素[一]。市瓜貧士不逢嗔。楊愔[二]。坐盈一榻成何用，韋藝[三]。讓與輕儇著翅人。韓果[四]。

**注釋：**

[一] 楊素：《北史·楊素傳》：素，字處道。少落拓有大志，不拘小節。世人多未之知，唯從祖寬深異之，每謂子孫曰：「處道逸群絶倫，非凡之器，非汝曹所逮。」後從隋文帝定天下，以功加上柱國，封越國公。卒謚景武。

[二] 楊愔：《北史·楊愔傳》：愔典選二十餘年，奬擢人倫，以爲己任。然取士多以言貌，時致謗言，以爲愔之用人，似貧士市瓜，取其大者。愔聞，不以爲意。

[三] 韋藝：《隋書·韋藝傳》：藝，字世文，周武帝時，以軍功仕爲魏郡太守。入隋，累遷營州總管。容貌瓌偉，每邊人參謁，必整儀衛，盛服以見之，獨坐滿一榻，番人畏懼，莫敢仰視。卒謚懷。

[四] 韓果：《北史·韓果傳》：果，字阿六拔，代武川人也。少驍勇，善騎射。稽胡憚果勁勇趫捷，號爲著翅人。周文聞之笑曰：「著翅之名，寧減飛將。」

刻木機關坐起之，柳誓[一]。郭尖未鋭郭景尚[二]李錐遲，李世哲[三]。識來已過千餘字，梁臺[四]。不怕人呼昨暮兒。何妥謂蘇夔[五]。

**注釋：**

[一] 柳誓：誓，係䛒之誤。《北史·柳䛒傳》：䛒，字顧言，河東人也。少聰敏，解屬文。好讀書，所覽將萬卷。爲隋晉

王諮議參軍，甚見親重，每召入臥內，與之宴謔。煬帝嗣位，拜祕書監。封漢南縣公。帝每與嬪后對酒時，逢興會，輒遣命之至，與同榻共席，恩比友朋。常猶恨不能夜召，乃命匠刻木爲偶人，施機關，能坐起拜伏，以像䛒。帝每月下對飲酒，輒令宮人置於座，與相酬酢而共歡笑。從幸揚州，卒。䛒，即「辯」字。

[二] 郭景尚：字思和，後魏晉陽人。涉獵書傳，曉星曆占候，言事頗驗。善事權貴，世號之曰郭尖。

[三] 李世哲：後魏人，爲三關別將，討破群蠻，斬梁將文思之等，性傾巧，善事人，亦以貨賄自達，世號爲李錐。

[四] 梁臺：字洛都，北周長池人。官終鄜州刺史。性疏通，恕己待物。蒞民處政，尤以仁愛爲心。

[五] 何妥：字棲鳳，隋西城人。少機警，有才名。文帝時，累官國子祭酒。嘗言蘇威不可信任。威大銜之，出爲龍州刺史。卒謚肅。 昨暮兒，何妥譏蘇夔語。 蘇夔，字伯尼，隋武功人。威之子。博覽群書，尤以通鐘律自命，著《樂志》十五篇以見志。仕至通議大夫。

## （四三九）樸庭[一]書舍涼棚，意在構一可卷舒者，而匠氏無其術，因裁令半之，賦此以答

暑寇猛於虎，亦復如吏酷。何法蘇醒之，蘆蓬周四角。障日欣有餘，延月苦不足。風槐搖綠蔭，隔帷奏琴筑。物理難兩全，此贏彼則縮。拙匠乏天巧，知直不知曲。安能手拏雲[二]，卷舒與龍逐。主人位置宜，裁令徑邊幅。起於檐之牙，及於庭之腹。朔南割陰晴，旦晚分寒燠。得半毋取盈，吾學黃老[三]學。

**注釋：**

[一] 樸庭：吴樸庭。見（一九八）詩注[一]。

[二] 拏雲：謂上干霄漢，喻志氣遠大。李賀《致酒行》詩：「少年心事當拏雲，誰念幽寒坐嗚呃。」

[三] 黃老：見（四二六）詩注[三]。

## （四四〇）爲王少逸山人[一]題照 桃一柳二，有水無山

春不爭多少，最宜亭午[二]晴。桃名華獨坐[三]，柳侍董雙成[四]。草遠遮山色，煙平減浪聲。憑虛招白鶴，飛下斥邱[五]城。山人善筆仙。

注釋：

[一] 王少逸山人：生平不詳。

[二] 亭午：亭，至也。孫綽《遊天台山賦》：「羲和亭午，遊气高褰。」梁元帝蕭繹《纂要》：「日在午曰亭午。」

[三] 華獨坐：《魏志·華歆傳》：歆初從孫策，每大會，坐上莫敢先發言，歆起則喧嘩，故號華獨坐。

[四] 董雙成：女仙名。相傳爲西王母之侍女，煉丹宅中，丹成得道，自吹玉簫，駕鶴升仙。《漢武内傳》：「王母命侍女董雙成，吹雲和之笙。」

[五] 斥邱：《漢書·地理志》：「魏郡縣斥邱。」顔師古注引闞駰：「地多斥鹵，故曰斥邱。」《水經注》：「漳水又東，右徑斥邱縣北。」

## （四四一）答李坤四孝廉[一]

涼月照孤幌[二]，遠風吹素襟。遲君來夏序，老我抱冬心[三]。故物誰求劍[四]，新人不愛琴[五]。西湖煙水夢，廿載念知音[六]。癸卯春，諸名士會於西湖，與者百二十人。

注釋：

［一］李坤四：生平不詳。孝廉，舉人之別稱。

［二］幌：帷幔。徐鉉《夢遊三首》（其二）詩：「繡幌銀屏杳靄間。」

［三］冬心：謂心中枯寂也。崔國輔《子夜冬歌》詩：「寂寥抱冬心，裁羅又褧褧。」

［四］故劍：《漢書・外戚傳》：漢宣帝爲皇曾孫時，娶許廣漢女。及即位，女爲倢伃。時公卿議欲更立皇后，帝乃詔求微時故劍，大臣知指，白立許倢伃爲皇后。

［五］「新人不愛琴」句：《史記・趙世家》：武靈王遊大陵，夢見處女鼓琴而歌，詩曰：「美人熒熒兮，顔若苕之榮。」戎昱《聽杜山人彈胡笳》：「世上愛箏不愛琴，則明此調難知音。」

［六］念知音：世綸堂本作「戀知音」。

## （四四二）寄陳元甫[一]學博，即送其赴禮部試，疊前贈詩韻

折盡恒河[二]柳，三秋雁未歸。人從黃叔度[三]，我憶謝元暉[四]。落落闍黎飯[五]，蕭蕭藎篋衣[六]。憑君討春信，一片杏花飛[七]。

注釋：

［一］陳元甫：生平不詳。學博，州縣教官之別稱。

［二］恒河：「恒」恐爲「洹」之誤。洹河，又名胡良河，在京兆涿縣北十里，流入拒馬河，即古洹水也。

［三］黃叔度：黃憲，字叔度，東漢慎陽人。言論風旨無所傳。荀淑謂之顔子。陳蕃謂不見黃生則鄙吝復存。郭林宗謂叔度汪汪若千頃波。其人見重當時如此。

[四]謝元暉：謝朓，字玄暉，南齊陽夏人。少好學，有美名。文章清麗，善草隸，長於五言詩。曾爲宣城太守，故世稱謝宣城。李白《金陵城西樓月下吟》詩：「解道澄江淨如練，令人常憶謝玄暉。」「玄」字避康熙帝諱而爲「元」。

[五]闍黎：闍黎，梵語，阿闍黎之省稱，意爲僧人，和尚。

[六]藎篋衣：元稹《悼亡》詩：「顧我無衣搜藎篋，泥他沽酒拔金釵。」

[七]杏花飛：虞集《風入松》詞：「報道先生歸也，杏花春雨江南。」科舉時代，以此爲春闈得意之佳話。

## （四四三）雨夜黃壺溪[一]留宿

歸心蓬勃急於火，車驅車驅及奔馬。時邀於路援止之，齗齗[二]不可計甚果。閨中昨已卜金錢[三]，例限一逾法當坐。今夕何夕急扣門，爲雨勾留不爲我。我爲燎衣坐未寧，亂繙案上芝麻經[四]。旁及史事略枚舉，如秘石室初開扃。傾耳聽之我起舞，談詩如鬼忽如虎。凡近之相乃婢耳，是爲數典忘其祖[五]。嚨□刺刺鼓不休，花轉欄杆月亭午[六]。君亦瑳瑳[七]坐屢遷，謂我吏也何學仙，仙人不食且不眠。君乃有眼不交睫，叫囂驚起雞桑顛。下令斷屠[八]具茗飲，余以病斷肉，惟茗酒不廢。無異吸露之涼蟬。我言眠食要有節，腹受水多煮字活，睡鄉抹煞好風月。仙最不壽學不得，消磨千年算七日[九]。大笑出門雨又來，車馬沖泥頭不回。

**注釋：**

[一]黃壺溪：生平不詳。

[二]齗齗：群爭貌。《史記·魯世家》：「洙泗之間，齗齗如也。」

[三]卜金錢：金錢卜卦。唐于鵠《江南曲》：「衆中不敢分明語，暗擲金錢卜遠人。」卜時以三錢擲地，視其向背定吉凶。

〔四〕芝麻經：《唐書·藝文志》：「種芝經九卷。」

〔五〕數典忘祖：謂追數掌故而忘其祖所執掌。《左傳·昭公十五年》：「數典而忘其祖。」

〔六〕亭午：見（四四〇）詩注〔二〕。

〔七〕瑳瑳：色鮮白，又笑貌。梅堯臣《金明池遊》詩：「苑花光粲粲，女齒笑瑳瑳。」

〔八〕斷屠：俗謂禁殺牲曰斷屠。《隋書·高祖紀》：「詔六月十三日是朕生日，宜令海内爲武元皇帝、元明皇后斷屠。」

〔九〕千年算七日：傳説後漢剡溪人劉晨，與阮肇入天台山採藥，迷道遇二女，顔色絶麗，邀劉阮至家，食以胡麻飯，止宿行夫婦禮。後求去，至家，子孫已七世。欲還女家，不復得路。世因有「山中方七日，世上已千年」之語。

## （四四四）歸渡沙河，弔明新樂故劉侯死節事，次東麓錢太史壁間韻〔一〕

茫茫此〔二〕走邯鄲道，瑟聲淒咽河邊草。何處遺封認内家〔三〕，神光離合遊龍矯。臨危夫婿尚相莊，樓火通紅哭一場。居庸〔四〕蕩蕩憑誰守，蟻潰金隄失巨防〔五〕。上殿吹脣笳鼓競，臣心如井波常定。甲裳裹血字淋漓，留取香名讐賊偵〔六〕。侯卸甲，齧指血書姓名其上，投井死。全家無骨返青山，弔古傷春欲暮天。桃花雨退蕪深緑，臨水白鷗相對閑。

**注釋：**

〔一〕沙河：水名，在河北省豐潤縣東。新樂劉侯，劉文炳，字淇筠，明宛平人。崇禎生母孝純太后之姪。崇禎中封新樂侯。晉少傅。性謹厚，不妄交，獨與宛平太學生申湛然、布衣黄尼麓及駙馬都尉鞏永固善。李自成陷京師，闔家自盡，文炳投井死。當自成破外城，帝召文炳同駙馬鞏永固，各率家丁二十餘人，欲於崇文門突圍出，不得。乃回宫。文炳歎曰：「身爲戚臣，義不受辱，不可不與國同難。」其女弟適李，年未三十而寡，文炳召之歸。城陷，與弟左都督文耀，掘一大井，驅子孫男女及其妹十六人，盡投井中。縱火焚賜第。祖母瀛國太夫人，即帝外祖母也，年九十餘，亦投井死。錢東麓，錢汝誠，字立之，號東麓，海鹽人。

[二]此：疑是「北」字之誤。

[三]內家：謂宫人也。李賀《酬答二首》(其一)詩：「行處春風隨馬尾，柳花偏打内家香。」

[四]居庸：居庸關，在河北省昌平西北，長城之一口。

[五]「蟻潰金隄失巨防」二句：比喻李自成起義，攻破京城也。蟻潰金隄，《韓非子·喻老》：「千丈之隄，以螻蟻之穴潰。」金隄，喻隄之堅也。張衡《西京賦》：「周以金隄，樹以柳杞。」吹唇，《通鑑·齊明建武四年》：「衆號百萬，吹唇沸地。」

[六]聾賊偵：《戰國策·趙策三》：「衛靈公近雍疽、彌子瑕，二人者專君之勢，以蔽左右，復涂偵謂君曰：『昔者臣夢見君。』君曰：『子何夢？』曰：『夢見竈君。』君忿然作色曰：『吾聞夢見人君者，夢見日。今子夢見竈君，有説則可，無説則死。』對曰：『日，並燭天下者也，一物不能蔽也。若竈則不然，前之人煬，則後之人無從見也。今臣疑人之有煬於君者也，是以夢見竈。』君曰：『善。』於是因廢雍疽、彌子瑕，而立司空狗。」

## （四四五）爲具茨太史題《高松對論圖》[一]自誌松老中空，其下有井，先爲前明項襄毅宅中物（二首）

種松人已越恒河[二]，故宅依稀認屈沱[三]。莫怪龍鱗今盡老，閉門歲月著書多。

**注釋：**

[一]具茨太史：諸具茨。生平不詳。太史，史官名，明清以來，用翰林爲史官，故太史爲翰林之别稱。項襄毅，項忠，字藎臣，明嘉興人。正統進士。成化間，理都察院事。固原土蕃滿俊反，據石城爲巢穴，忠總督軍務討平之。拜兵部尚

書。汪直開西廠，忠倡九卿劾之，斥爲民。直敗復官，尋致仕。卒謚襄毅。「越」，世綸堂本作「閲」。

[二]恒河：佛經常引用。越恒河，謂已升佛國。

[三]屈沱：陸游《建寧重五》詩：「歸州猿吟鳥啼裏，屈沱醉歸詩滿紙。」自注：「屈沱，蓋屈原故居。」此借指項宅。

大陵[一]偃蓋與雲平，絶異尋常拔地生。一鶴飛來風引去[二]，三層樓上不聞笙。

**注釋：**

[一]大陵：曾鞏《上執政書》：「長育天下之材，使之成就，如蘿蒿之在大陵，無有不遂。」

[二]「一鶴飛來風引去」二句：用王子喬吹笙化鶴仙去事。《列仙傳》：王子喬，周靈王太子晉也。好吹笙，作鳳凰鳴。遊伊洛之間。浮丘生接引上嵩山。後乘白鶴至緱氏山頭，舉手謝時人，數日而去。

## （四四六）送維謨弟登第南歸

細襪平康[一]穩步遲，昔年被放夜來時。如今售得干秦策[二]，忍檢紅窗錦字詩[三]。時已悼亡。

**注釋：**

[一]平康：唐時長安里名。《開元天寶遺事》：「長安有平康坊，妓女所居之地，每年新進士遊謁其中，時人謂爲風流藪澤。」

[二]干秦策：蘇秦，初遊秦，書十二上而説不行。

[三]錦字詩：即回文詩。見（四三四）詩注[五]。

## （四四七）澧州[一]道中

旋折如紋一水長，櫂聲歌裏指涔陽[二]。登山朗月誰能嘯[三]，隔岸幽蘭[四]尚有香。朽骨苔淹螢渚[五]暗，車武子墓在此。殘書蟲蝕桂堂荒。有劉大夏讀書處。又八桂堂，胡寅[六]作記。只今捐珮[七]何人在？白鷺飛邊意渺茫。

注釋：

［一］澧州：隋置，今爲澧縣。在湖南省西北部。

［二］涔陽：涔陽浦，在澧州境。

［三］誰能嘯：《晉書·阮籍傳》：阮籍訪孫登於蘇門山。登不言。籍因長嘯而退，至半嶺，聞有聲若鸞鳳之音，響乎巖谷，則登之嘯也。

［四］幽蘭：《楚辭·九歌·湘夫人》：「沅有芷兮澧有蘭，思公子兮未敢言。」

［五］螢渚：車胤，字武子，晉南平人。幼篤學，家貧不能得膏油，夏日囊螢映書而讀。官至禮部尚書。

［六］劉大夏：字時雍，明華容人。天順八年進士，累官至兵部尚書，太子太保。卒年八十一。謚忠宣。胡寅，字明仲，宋崇安人。讀書成進士。官校書郎。爲秦檜所惡，謫新州。著《論語詳説》、《讀書管見》等。世稱致堂先生。

［七］捐珮：見（二八三）詩注［三］。

## （四四八）姊妹山[一]

江南北兩山相對，舟子云：「此姊妹山，同此修行，一成一不成，故名。」此妄言也，姑妄聽之

無獨必有對，此山名姊妹。同行事焚修，分山爲兩戒[二]。其一得正果[三]，去赴王母[四]會。其一迄無成，問年半老大。彭郎自有婦[五]，將以誰作配。山名既復佳，雲煙合蓊薈。何乃童童[六]然，寡髮衣破襪[七]。審

知東西向，面各朝其外。江心展鏡奩，不照雙眉黛。遊人洗眼來，袒而示之背。倘主芙蓉城[八]，裹核願樹北。

**注釋：**

[一] 姊妹山：在澧州境。

[二] 兩戒：見（一五四）詩注[六]。

[三] 正果：佛家語，謂修行有得爲證果，别於外道，故曰正果。

[四] 王母：見（一九五）詩第二首注[一]。

[五] 「彭郎自有婦」句：長江下游有小孤山、彭郎山，人語云：「小姑嫁彭郎。」蘇軾《李思訓畫長江絶島圖》詩：「舟中賈客莫漫狂，小姑前年嫁彭郎。」

[六] 童童：謂山無草木也。

[七] 裓：僧人受戒之衣。柳宗元《送文暢上人序》：「蔑衣裓之贈。」

[八] 「倘主芙蓉城」二句：《六一詩話》：石曼卿卒後，故人見之者，恍惚如夢，言我今爲仙，所主芙蓉城。

## （四四九）由桃源之沅陵[一]

悠悠沅江水，杜若[二]採芳馨。芳馨一以采，招我前山青。美人倦梳洗，椎髻[三]爲蠻形。今日復昨日，尹去來非邪[四]。微雨巧蓋護，薄暝垂雲軿[五]。隔帷夏侯伎[六]，樂奏泉泠泠[七]。

**注釋：**

[一] 桃源：縣名，在湖南省西北部。沅陵，縣名，亦在湖南省西北部。

[二]杜若：香草。《楚辭·九歌·湘君》：「采芳洲兮杜若，將以遺兮下女。」
[三]椎髻：《漢書·陸賈傳》顔師古注：「椎髻者，一撮之髻，其形如椎。」
[四]「尹去來非邪」句：尹邢，見（三二六）詩注[二]。
[五]雲輧：仙人所乘之車，即雲車。梁簡文帝蕭綱《招真治碑》：「羽衣可服，雲輧易通。」
[六]夏侯伎：《南史·夏侯亶傳》：「晚年頗好音樂，有妓妾十數人，並無被服姿容，每有客，常隔簾奏之。」
[七]泠泠：水聲。古樂府：「山溜何泠泠。」

## （四五〇）瀘溪道中★（原詩缺）

## （四五一）將出辰境，書所未盡★（原詩缺）

## （四五二）由松歸之上中寨[一]

引人泉是一弦琴，轉過松林又竹林。花怯風來知夏近，犬驚日出爲山深。雞㙡銚芅[二]羅奇産，夔鼓銅簧[三]入好音。最喜臨街開講肆，喁喁多半學吴吟。

注釋：
[一]松歸、上中寨：均在湖北省西南部。
[二]雞㙡：土菌，高脚傘頭，俗謂之雞㙡菌，産雲南。銚芅，草名。《爾雅·釋草》：「長楚銚弋。」郭璞注：「今羊桃也。或曰鬼桃，葉如桃，花白，子如小麥，亦似桃。」

〔三〕夔鼓銅簧：少數民族樂器。夔鼓，《山海經》：「東海中有流波山，其上有獸，其聲如雷，其名曰夔。黄帝得之，以其皮爲鼓，橛以雷獸之骨，聲聞五百里。」虞世南《講武賦》：「曳紅旗之正正，振夔鼓之鏜鏜。」銅簧，《北史·蠻獠傳》：獠，南蠻之别種，用竹爲簧，群聚鼓之，以爲音節。《唐書·南蠻傳》：驃王獻其國樂，有大匏笙二，皆十二管，左右各八，形如鳳翼，大管長四尺八寸五分，餘管參差相次，制如笙管，形亦類鳳翼，竹爲簧，穿匏達本。上古八音，皆以木漆代之，用金爲簧，無匏音，唯驃國得古制。

## （四五三）泛海行，贈昆陽方通守友蘭〔一〕

雞青其頭鳳丹嘴，碧雞關、彩鳳山。〔二〕倒暈雲霞幻海市。時平不見習流軍〔三〕，藕絲孔縮乖龍死。莽莽淫淫葭菼中，魚舅魚爺長孫子。間起封姨〔四〕擊怒雷，四圍束濕鼓聲止。一絢〔五〕量得幾多寬，寬亦無過三百里。我家三萬六千頃，具區〔六〕伯仲之間勿乃是。倚君長笛吹徹洞庭〔七〕秋，壓翻小海芥作堂坳舟〔八〕。友蘭，籍巴陵。

**注釋：**

〔一〕昆陽：今晉寧縣，在雲南省滇池西南。方友蘭，方桂，字友蘭，號雲軒，巴陵人。通守，官名，隋置，每郡一人，位次太守。清代爲通判之别稱。

〔二〕碧雞關、彩鳳山：均在雲南省昆明市附近。

〔三〕習流軍：漢武帝欲伐越嶲、西南夷，以其有滇池洱海，故於長安鑿昆明池，以習水戰。

〔四〕封姨：風神也。《博異記》：崔元徽月夜遇數美人，曰楊氏、李氏、陶氏，又緋衣少女曰石措措，又有封家十八姨來。石措措曰：「諸女伴皆住園中，每被惡風所撓，常求十八姨相庇。處士每歲旦與作一朱旛，圖日月五星，則免矣。」崔許之。其日立旛，東風刮地，折木飛花，而苑中花不動。崔方悟衆花之精，封家姨乃風神也。

［五］絇：屨頭之飾。《儀禮·士冠禮》：「青絇繶純。」此謂以足度量也。

［六］具區：太湖，古名震澤，亦名具區，面積三萬六千頃。

［七］洞庭：洞庭湖，在湖南省北部。湖東之岳陽，古名巴陵。

［八］芥舟：《莊子·逍遥遊》：「覆杯水於坳堂之上，則芥爲之舟，置杯焉則膠，水淺而舟大也。」

## （四五四）清華洞，和謝研溪明府［一］

柰花荇葉漢時春，鹿去山空不見人［二］。若使王褒［三］重奉祀，也隨金馬碧雞神。原注：漢時神鹿見，即此洞。

**注釋：**

［一］清華洞：在雲南省昆陽境。謝研溪，生平不詳。

［二］「鹿去山空不見人」句：《後漢書·西南夷傳》：「雲南縣有神鹿，兩頭，能食毒草。」駱賓王《破設蒙儉露布》：「城接祠雞，竟無希於改旦；山多神鹿，終未息於擇音。」

［三］王褒：字子淵，漢蜀人。益州刺史王襄薦褒爲軼才。召至，待詔金馬門。上命作《聖主得賢臣頌》，擢諫議大夫。時方士言益州有金馬碧雞之神，遣褒持節求之。卒於道。

# 海珊詩鈔注

【補遺卷下】

## （四五五）仙壇唱和，即次仙韻（二十七首，存二十六）

癸亥仲冬，余謝交河事，病甚。逼除夕，彌無聊賴。適新安管子至，善扶鸞，因設壇請仙。白姓諱光宗者，爲徵花史，自甲子元旦始，日唱和一詩，積二十日。管子歸，仙亦騎鶴上天，而余復病。嗟夫！天下之花衆矣，此二十花中，有名不甚盛，濫竽在此位者，他若蘭桂蓮菊之屬，均負殊絶，爲自古賢人所矜賞，竟一旦棄之如遺，然則花固有遇不遇哉。

### 梅花

東皇〔一〕漏洩幾枝春，一路迷離認不真。近曉煙林禽喚夢〔二〕，薄寒風閣笛傷神〔三〕。悟來色相如禪寂，占得生涯與水鄰〔四〕。此樹愛閑閑有味，無因説與不閑人。

**注釋：**

〔一〕東皇：司春之神。《尚書緯》：「春爲東皇，又爲青帝。」

〔二〕禽喚夢：林逋《山園小梅》詩：「霜禽欲下先偷眼，粉蝶如知合斷魂。」句用其意。

〔三〕笛傷神：笛曲有《梅花落》。

〔四〕與水鄰：林逋《山園小梅》詩：「疏影横斜水清淺。」句用其意。

### 再詠梅花

先春開放最南枝〔一〕，天下花無此格奇。竹外尋香〔二〕人不見，山中問影〔三〕世相遺。十分冷淡貧何甚？一味清癯病者宜。還囑東風加愛惜，黄鸝啼苦落梅時。

注釋：

［一］最南枝：尤袤詠梅花《德翁有詩再用前韻三首》（其二）詩：「立馬黄昏繞曲池，幾回踏雪問南枝。」

［二］竹外尋香：蘇軾《和秦太虛梅花》詩：「竹外一枝斜更好。」

［三］山中問影：高啓《梅花六首》（其一）詩：「雪滿山中高士卧，月明林下美人來。」

## 杏花

泥人春色滿牆［一］頭，曉怯餘寒露未收。齒齲孫娘［二］方薄笑，唾凝趙后［三］得新愁。輕霞馬影流金彈［四］，細雨簫聲倚玉樓［五］。宴散忽聞花歎息，勸農使者罷春遊［六］。東坡詩：「我是朱陳舊使君，勸農曾入杏花村。」

注釋：

［一］春色滿牆：葉紹翁《遊園不值》詩：「春色滿園關不住，一枝紅杏出牆來。」

［二］齒齲孫娘：《後漢書·梁冀傳》：孫壽色美而喜爲妖態，作愁眉啼粧，墮馬髻，折腰步，齲齒笑，以爲媚惑。元好問《杏花二首》（其一）詩：「畫眉盧女嬌無奈，齲齒孫娘笑不成。」

［三］唾凝趙后：《飛燕外傳》：后與婕妤坐，誤唾婕妤袖。婕妤曰：「姐唾染紺袖，正如石上花，假令上方爲之，未必能若此衣之花，以爲石花廣袖。」

［四］金彈：陳基《題杏花鬥鵲》詩：「王孫縱有黄金彈，紅杏花間奈爾何？」

［五］玉樓：張翥《小遊仙詞》詩：「同覓雲間仙伴侣，杏花壇上聽吹簫。」孟浩然《長安早春》詩：「草近金埒馬，花伴玉樓人。」

［六］勸農使：官名。鼓勵農民耕種者。唐宋皆有勸農使。「春」，世綸堂本作「村」。

## 桃花

研光熨帽絳羅襦[一]，爛熳東風態絶殊。息國不言[二]偏結子，文君[三]中酒乍當壚。怪他去後花如許[四]，記得來時路也無[五]？若到溈山應悟道，紅霞紅雨總迷塗。志勤禪師在溈山，因桃花悟道。

**注釋：**

[一]「研光熨帽絳羅襦」句：《開元遺事》：汝陽王進裁研光帽打曲，明皇自摘槿花置之帽上，帽極滑，久而方安，號曰花奴帽。蘇軾《四月十一日初食荔枝》詩：「海山仙人絳羅襦。」

[二]息國不言：《左傳·莊公十四年》：楚文王滅息，以息嬀歸。生堵敖及成王未言。楚子問之。對曰：「我一婦人而事二夫，縱勿能死，其又奚言。」

[三]文君：卓文君，漢臨邛人卓王孫女。司馬相如飲於卓氏，文君新寡，相如以琴心挑之，文君夜奔相如。後與相如同賣酒，文君當壚。

[四]「怪他去後花如許」句：劉禹錫《元和十一年自朗州召至京戲贈看花諸君子》詩：「玄都觀裏桃千樹，盡是劉郎去後栽。」

[五]「記得來時路也無」句：用陶潛《桃花源記》意。

## 梨花

一枝帶雨報倉庚[一]，粉水銅邱[二]久擅名。薄薄雲中如幻夢，溶溶月[三]下不分明。似將白傅紗裙[四]剪，誰把寧王玉笛[五]爭？斜壓帽簷[六]花解笑，滿城欄檻散春聲。

**注釋：**

[一]「一枝帶雨報倉庚」句：白居易《長恨歌》：「玉容寂寞淚闌干，梨花一枝春帶雨。」倉庚，鳥名，即鶯。《詩·豳

風・東山》：「倉庚于飛，熠熠其羽」孔穎達疏：「《周書・時訓》：驚蟄之日，桃始華，又五日，倉庚鳴。」

[二] 粉水銅邱：庾肩吾《謝賚梨啟》：「生因粉水，産自銅邱。」

[三] 溶溶月：晏殊《寄遠》詩：「梨花院落溶溶月，柳絮池塘淡淡風。」

[四] 白傅紗裙：白居易《江岸梨花》詩：「白粧素袖碧紗裙。」

[五] 寧王玉笛：《太真外傳》：明皇與兄弟同處，妃子竊寧王玉笛吹之。張祜詩云：「小窗静院無人見，閑把寧王玉笛吹。」因此忤旨。

[六] 斜壓帽簷：周必大《賜宴賜賚謝恩》詩：「道山肆筵酌天漿，宫花壓帽羅絲簧。」薩都剌《賜恩榮宴》詩：「宫花壓帽金牌重，舞妓當筵翠袖輕。」

## 再詠梨花

雲腴元圃[一]汁瓊田，一樹離離玉可憐。蝶翅[二]馱香春浣露，鶴翎[三]梳夢夜籠煙。寒霏素袖調箏[四]地，暖颭青旗[五]釀酒天。誰與洗粧攔作伴？隔簾柳絮撲鞦韆[六]。

**注釋：**

[一] 元圃：元，同「玄」。玄圃，王母所居地，在崑崙山。王母設蟠桃會，桃産玄圃。汁瓊田，謂桃汁如瓊漿也。

[二] 蝶翅：温庭筠《病中抒懷呈友人》詩：「藥多勞蝶翅，香酷墜蜂鬚。」

[三] 鶴翎：陸龜蒙《文讌招潤卿博士辭以道侶將至》詩：「仙客何時下鶴翎，方瞳如水腦華清。」

[四] 調箏：姚翼《春日遊鴛鴦湖》詩：「夕陽落盡初月明，誰家小閣聞調箏。」

[五] 青旗：元稹《和樂天重題别東樓》詩：「賣壚高掛小青旗。」

[六] 鞦韆：也作秋千。韋莊《長安清明》詩：「紫陌亂嘶紅叱撥，緑楊低映畫秋千。」

## 李花

博勞[一]飛出水邊門，錯認瓊華[二]開滿村。隔著冷雲[三]相與語，妒來明月[四]不留痕。縞垂夜幌清於染，英落春盤秀可飧。吾是山人今衣白，同君淡泊伴梨魂。李花號白人。

**注釋：**

［一］博勞：即伯勞，鳥名。

［二］瓊華：華，即花。見（四六）詩注［一三］。

［三］冷云：岑參《鳳翔府行軍送程使君赴成州》詩：「江樓黑塞雨，山郭冷秋雲。」左鄯《西湖》詩：「疊疊山腰繫冷雲。」

［四］姤月：劉昂《零口早行》詩：「行雲如姤月。」

## 再詠李花

小桃倚爾玉玲瓏，一色梨雲入夢同。試餅何郎[一]宜夜月，埽眉虢國[二]在春風。却疑花樣如飛白[三]，不信禽名有竊紅[四]。三十六園[五]遊未遍，銀屏珠箔霧濛濛。

**注釋：**

［一］何郎：《晉書·何曾傳》：廚膳滋味，過於王者。帝輒命取其食蒸餅。上不拆作十字，不食。

［二］虢國：楊貴妃之三姨，天寶七載，封虢國夫人。常不施粧粉，自炫美豔，每素面朝見天子。

［三］飛白：書體之一，筆劃枯槁中空，後漢蔡邕所作。

［四］竊紅：即竊丹鳥，以羽毛作淺紅色而得此名。《爾雅》：「棘鳸竊丹。」《左傳》孔穎達疏引賈逵曰：「棘鳸竊丹，爲

果驅鳥者也。」

[五] 三十六園：《述異記》：「房陵定山有朱仲李園三十六所。」

## 海棠

通明殿[一]護影重重，聘與梅花賦彼穠[二]。衣襭藏霞春旖旎，鏡奩烘日夢惺松。明妃[三]應恨何人畫，金屋無香[四]不汝容。最是一番新雨過，鬢釵橫亂[五]惹遊蜂。荆公詩：「畫恐明妃恨。」○石崇曰：「汝若能香，當以金屋貯汝。」

**注釋：**

[一] 通明殿：王欽若《翊聖保德真君傳》：建隆初，鳳翔盩厔民張守貞，一日朝禮玉皇大殿，覩其額曰通明殿，不曉其旨。真君曰：「上帝在無上天，爲諸天之尊，常升金殿，光明通徹，無體不照，故爲通明殿。」蘇軾《上元侍飲樓上呈同列》詩：「侍臣鵠立通明殿，一朵紅雲捧玉皇。」

[二]「聘與梅花賦彼穠」句：聘與梅花，馮贄《雲仙雜記》：「黎舉常云，欲令梅聘海棠，棖子臣櫻桃，及以芥嫁筍，但恨時不同耳。然牡丹、酴醾、楊梅、枇杷幸爲執友。」彼穠，穠，花木稠多貌。《詩·召南·何彼穠矣》：「何彼穠矣，唐棣之華？」

[三] 明妃：漢王嫱，字昭君，晉避司馬昭諱，改明君，後又改明妃。《西京雜記》：元帝後宫既多，乃使畫工圖形，案圖召幸之。諸宫人皆賂畫工，獨王嫱不肯，遂不得見。後以嫁匈奴。

[四] 金屋無香：金屋，《漢武帝故事》：武帝爲太子時，長公主欲以女配帝，問曰：「得阿嬌好否？」帝曰：「若得阿嬌，當以金屋貯之。」無香，《本草綱目》：「海棠花不香。」

[五] 鬢釵橫亂：蘇軾《洞仙歌》詞：「人未寢，欹枕釵橫鬢亂。」

## 再詠海棠

欄杆紅玉帳紅綃，百媚春城貯阿嬌。睡味似逢鶯喚起，酒痕欲借笛吹消。風扶力作傞傞[一]舞，霞襯顏生脈脈[二]潮。欹側看來渾不定，若非花聖是花妖[三]。

**注釋：**

［一］傞傞：醉舞貌。《詩·小雅·賓之初筵》：「側弁之俄，屢舞傞傞。」

［二］脈脈：含情欲吐之貌。古詩：「盈盈一水間，脈脈不得語。」

［三］花妖：《甘澤謠》：素娥者，武三思之伎人，相州鳳陽門宋嫗女，善彈五弦，世之殊色。三思以帛三百段聘焉。素娥既至，三思盛宴以出素娥。公卿畢集，唯納言狄仁傑稱病不來。三思怒，於座中有言。後數日復宴，梁公至。蒼頭出曰：「素娥藏匿，不知所在。」三思自入召之，皆不見，忽於堂奥隙中聞蘭麝芬馥。乃附耳而聽，即素娥語音也。三思問其由。曰：「某乃花木之妖，上帝遣來，亦以蕩公之心，今梁公乃時之正人，某固不敢見。」言訖更問，亦不應也。

## 牡丹

簇起深紅間淺紅，太平樓閣[一]字懸空。半風半雨歌鐘[二]後，如夢如仙罨畫中[三]。豹髓燈擎香蠟焰[四]。鳳頭鞋蹴氣毬叢[五]。消磨十户中人賦[六]，換得穠華地一弓。

**注釋：**

［一］太平樓閣：杜牧《過華清宮絶句三首》（其三）詩：「萬國笙歌醉太平，倚天樓殿月分明。」《酉陽雜俎》：張芬曾爲韋南康親隨，行軍曲藝過人，每塗牆方丈，彈成天下太平。

［二］歌鐘：《晉語》：鄭伯納女樂二人，歌鐘二肆。公賜魏絳女樂一人，歌鐘一肆。鮑照《數名詩》：「庭下列

歌鐘。」

［三］「如夢如仙罨畫中」句：如夢如仙，王訓《應令詠舞詩》：「新粧本絶世，妙舞亦如仙。」罨畫，《丹鉛總録》：「畫家有罨畫，雜采色畫也。」

［四］「豹髓燈擎香蠟焰」句：豹髓，燭名。《洞冥記》：「帝既躭於靈怪，常得丹豹之髓、白鳳之膏，磨青銅錫爲屑，以純蘇油和之，照於神壇，夜暴雨，光不滅。」香蠟，楊廷秀《詠臘梅》詩：「歳晚略無花可採，却將香臘吐成花。」

［五］「鳳頭鞋蹴氣毬叢」句：鳳頭鞋，《古今注》：秦制，妃嬪戴芙蓉冠，把雲母扇，靸蹲鳳頭鞋。氣毬，《天彭牡丹譜》：「四品黄花，禁苑黄，慶雲黄，青心黄，黄氣毬。」

［六］十户中人賦：白居易《秦中吟・買花》詩：「一叢深色花，十户中人賦。」

## 芍藥（存二句）

可憐婪尾春瓶盡，只賦將離貯錦囊。楊誠齋詩：「好爲花王作花相，不應只遣侍甘泉。」高陽郡王諱黄，字時重，姚姓。

## 再詠芍藥

鼠姑［一］俯爾笑軒渠，風貌差殊儼並居。脂洗楊妃［二］新浴後，醉扶杜牧［三］暗遊初。拆開錦繡段［四］無數，拗斷珊瑚枝［五］不如。碧眼黄絲［六］幫襯好，一叢叢小紫茸［七］車。

注釋：

［一］鼠姑：《本草綱目》：牡丹，别名鼠姑。

［二］楊妃：楊太真，小名玉環，唐玄宗妃。

[三] 杜牧：字牧之，唐萬年人。第進士。累官中書舍人。嘗客揚州牛奇章幕，微服逸遊。有詩云：「落魄江湖載酒行，楚腰纖細掌中輕。十年一覺揚州夢，贏得青樓薄倖名。」

[四] 錦纈段：張衡《四愁詩》：「美人贈我錦纈段。」

[五] 珊瑚枝：梁簡文帝蕭綱《詠梩詩》：「無慚雲母桂，詎減珊瑚枝。」

[六] 碧眼黄絲：碧眼，楊維楨《楊妃襪》詩：「懸知賜浴華清日，花底襯兒碧眼偷。」黄絲，白居易《遇芍藥初開》詩：「粉蕊撲黄絲。」「碧眼」，世綸堂本作「碧服」。

[七] 紫茸：李白《送楊山人歸嵩山》詩：「菖蒲花紫茸。」

## 楊花

輕於蘆絮薄於霜，突趁東風過短牆。每到月明成大隱[一]，轉因雲熱得佯狂[二]。撲來人面聲無力，馱上蜂鬚色不香。唯有遊絲貪結伴，滿園鬧掃百花粧[三]。

**注釋：**

[一] 大隱：《唐書·韋夏卿傳》：「晚歲將罷歸，署其居曰大隱洞。」

[二] 佯狂：《史記·宋世家》：「箕子被髮佯狂而爲奴。」

[三] 鬧掃粧：《髻鬟品》：「貞元中，有歸順髻，又有鬧掃粧髻。」

## 水仙花

汀蘅洲藥伴無多，以水爲家奈冷何？生業不須留寸土，通詞直欲托微波[一]。清愁夜夜湘靈瑟[二]，澹埽年年越女羅[三]。九九[四]消來消瘦甚，避風臺[五]築讀書窩。

注釋：

[一]托微波：曹植《洛神賦》：「無良媒以接歡兮，托微波而通辭。」

[二]湘靈瑟：元好問《聽姨女喬夫人鼓風入松》：「胎仙不比湘靈瑟，五字錢郎莫漫驚。」

[三]越女羅：越女所織之羅。蘇軾《讀開元天寶遺事三首》（其二）詩：「潭裏舟船百倍多，廣陵銅器越溪羅。」

[四]九九：由冬至節次日起，歷八十一日，謂之九九。蘇軾《會雙竹席上奉答開祖長官》詩：「算來九九無多日。」

[五]避風臺：《飛燕外傳》：飛燕身輕不勝風，漢成帝爲築七寶避風臺。

## 夾竹桃

連枝綴萼影幢幢，遷向陽來靠午窗。伯玉[一]豈爲君子獨？退之[二]原有侍兒雙。不妨密與疏相間，可是肥應瘦者幫。歲伴佛桑[三]來嶺北，紅雲緑雨[四]漲春江。

注釋：

[一]伯玉：《晉書·衛瓘傳》：衛瓘，字伯玉，河東安邑人。性嚴整，有名理，以明識清允稱，學問深博，明習文藝。與尚書郎索靖俱善草書，時人稱爲一臺二妙。

[二]退之：韓愈，字退之。退之有女侍二人，一曰柳枝，一曰絳桃。

[三]佛桑：一名扶桑，又名朱槿，葉爲桑，花深紅五瓣，大如蜀葵，自夏至冬，花事方息。

[四]紅雲緑雨：趙彦昭《奉和聖製立春日侍宴内殿出剪綵花應制》詩：「花隨紅意發，葉就緑晴新。」周昂山《山丹花》詩：「卷花翻碧草，低地落紅雲。」

## 再詠夾竹桃

一本生成不兩歧，妃紅儷碧鎮相思。徽之室可迎桃葉[一]，樊素[二]歌應演竹枝。易面各分啼笑半[三]，同心[四]絶少別離時。此花若結垂垂實，宴罷瑶池又樂池。樂池竹林，見《穆天子傳》。

注釋：

[一]桃葉：《古今樂録》：晉王獻之愛妾名桃葉，其妹曰桃根。獻之嘗臨渡歌以送之。後人因名其渡曰桃葉。王徽之，字子猷。性愛竹。寄居空宅中，便令種竹。曰：「何可一日無此君？」

[二]樊素：白居易侍妾。白詩殘句：「櫻桃樊素口，楊柳小蠻腰。」

[三]啼笑半：《南史·后妃傳》：梁元帝徐妃，以帝眇一目，每知帝將至，必爲半面粧以俟。帝見則大怒而去。

[四]同心：《易·繫上》：「二人同心，其利斷金；同心之言，其臭如蘭。」江總《秋日新寵美人應令詩》詩：「願並迎春比翼燕，常作照日同心花。」

## 薔薇花

葳蕤不鎖上蘭宫[一]，落得天霞片段紅。鬥色疑輸錦步障[二]，聞香知異肉屏風[三]。刺多猜燕無心入，條密狂蜂有路通。七十二行[四]鋪著地，可容野客坐當中。野薔薇，名野客。

注釋：

[一]蘭宫：徐伯陽《遊鍾山開善寺》詩：「聊追鄴城友，躧步出蘭宫。」

[二]錦步障：《晉書·石崇傳》：王愷作紫絲步障四十里，石崇作錦步障五十里以敵之。

[三]肉屏風：《天寶遺事》：楊國忠冬月設酒，令妓女圍之，名肉屏風，亦曰肉陣。

[四] 七十二行：古詩：「鴛鴦七十二，羅列自成行。」

## 再詠薔薇

一架繽紛卍字紋，鄰牆[一]拂處藉餘芬。茱萸囊[二]浥朝朝露，翡翠屏[三]開朵朵雲。獨立根無將伯[四]助，旁挐蔓似亂絲棼。研朱剪碧天工錯，裙是湘君被鄂君[五]。

**注釋：**

[一] 鄰牆：朱槔《老兵種菊以詩謝之》詩：「蔬畦雨徑策勳時，徙種鄰牆菊兩枝。」

[二] 茱萸囊：《續齊諧記》：汝南桓景隨費長房遊學兩年。長房謂之曰：「九月九日，汝家當有災，宜急去，令家人各作絳囊，盛茱萸以繫臂，登高飲菊花酒，此禍可除。」景如言，舉家登山。夕還，見雞犬牛羊一時暴死。長房聞之，曰：「此可代也。」

[三] 翡翠屏：蘇軾《芙蓉城》詩：「珠簾玉案翡翠屏。」

[四] 將伯：求助於人。《詩·小雅·正月》：「載輸爾載，將伯助予。」

[五] 「裙是湘君被鄂君」句：湘君，即湘靈，見（一〇〇）詩注[五]。湘裙，沈滿願《詠五彩竹火籠》詩：「含芳出珠被，耀彩接湘裙，」鄂君，鄂君子晳，楚王母弟，越人悦其美而歌之。鄂君被，李商隱《碧城三首》（其二）詩：「鄂君悵望舟中夜，繡被焚香獨自眠。」

## 紫薇花

紫薇翁與紫薇郎[一]，多作名花捧玉皇[二]。華省何年移夢得[三]？酒樓半夜失君房[四]。驚風骨舞青虬瘦，溽露茸垂絳綬長。鐘鼓聲遥清不寐，一池明月浸殘香。

注釋：

［一］「紫薇翁與紫薇郎」句：紫薇翁，白居易《紫薇花》詩：「紫薇花對紫薇翁，名目雖同貌不同。」按白居易時爲中書舍人。中書省，一稱紫薇省。紫薇郎，白居易《紫薇花》詩：「獨坐黄昏誰是伴，紫薇花對紫薇郎。」

［二］玉皇：韓愈《李花二首》（其二）詩：「夜飲張徹投盧仝，乘雲共至玉皇家。」

［三］夢得：劉禹錫，字夢得，唐中山人。以進士登博學鴻詞科。累官至集賢殿學士，出爲蘇州刺史，遷太子賓客。元和初，以附王叔文被貶。有《劉賓客集》十四卷。華省，紫薇省，學士署也。

［四］君房：《湘山野録》：祥符中，日本國梯航稱貢，乞令詞臣撰一寺記，時當直者雖偶中魁選，詞學不甚優贍，居常止以張學士君房代之，時張醉飲於樊樓，紫薇大窘。後錢楊二公玉堂暇日改《閑忙令》，大年曰：「世上何人最得閑，司諫拂衣歸華山。」蓋種放得告還山之時也。錢希白曰：「世上何人號最忙，紫薇失却張君房。」

## 荼蘼花

屏山［一］十二綴珠璣，玉女横陳［二］白版扉。枕畔分香［三］先茉莉，簾旌换影［四］殿薔薇。夢回麴部［五］雲蒸甕，釀效金沙［六］雪糁衣。分付四鄰休摘盡，飛英有會［七］餞春暉。

注釋：

［一］屏山：柳宗元《柳州山水記》：「南有山，正方而崇類屏者，曰屏山。」

［二］玉女横陳：宋玉《諷賦》：「内怵惕兮徂玉床，横自陳兮君之旁。」司馬相如《好色賦》：「花容自獻，玉體横陳。」

［三］分香：李商隱《李花》詩：「減粉與園籜，分香沾渚蓮。」温庭筠《金虎臺》詩：「倚瑟紅鉛濕，分香翠黛嚬。」又《惜春詞》：「蜂争粉蕊蝶分香，不似垂楊惜金縷。」

［四］簾影：高士談《春愁曲》：「寶階寂寂苔紋深，東風摇碎湘簾影。」

［五］麴部：《雲仙雜録》：汝南王璡取雲夢石甃泛香渠以蓄酒，作金銀龜魚浮沉其上爲酌酒具，自稱釀王兼麴部尚書。

［六］金沙：杜甫《陪王使君晦日泛江就黄家亭子二首》（其二）詩：「有徑金沙軟，無人碧草芳。」

［七］飛英會：《曲洧舊聞》：范蜀公居許下，作長嘯堂，前有酴醾架，每春季花時，宴客其下，有花墮酒中者，飲一大白，微風過則滿座無遺，當時以爲飛英會。

## 玉蘭花

藍田澧浦［一］兩名流，寶入庭階［二］一樹收。瀲灩杯翻銀鑿落［三］，玲瓏釵壓玉搔頭［四］。羽衣小舞［五］朝霞散，團扇輕歌［六］夜月遊。爲抱素心［七］香更遠，臨風直欲上瓊樓［八］。

**注釋：**

［一］藍田澧浦：藍田出玉，澧浦生蘭。　切玉，蘭名。

［二］寶入庭階：《晉書·謝幼度傳》：幼度少爲叔父安所器重，安嘗曰：「子弟亦何與人事，而欲使其佳。」答曰：「譬如芝蘭玉樹，欲使其生於庭階耳。」

［三］銀鑿落：酒器。方干《十二月十日》詩：「留伴夜深銀鑿落，莫緣春近玉闌珊。」白居易《送春》詩：「銀花鑿落從君勸，金屑琵琶爲我彈。」

［四］玉搔頭：《西京雜記》：武帝過李夫人，就取玉簪搔頭。自此後宫人搔頭皆用玉，玉價倍貴焉。　温庭筠《過華清宫二十二韻》詩：「鬥雞花蔽膝，騎馬玉搔頭。」

［五］羽衣舞：霓裳羽衣曲也。本婆羅門曲，自西涼傳入唐，玄宗潤色其詞，易以美名。

［六］團扇輕歌：《晉書·樂志》：團扇歌者，中書令王珉與嫂婢有情，愛好甚篤，嫂捶撻婢至苦，婢素善歌，而珉好捉白團扇，故製此歌。「輕歌」，世綸堂本作「清歌」。

〔七〕素心：陶潛《移居》詩：「聞多素心人，樂與數晨夕。」香更遠，周敦頤《愛蓮説》：「香遠益清，亭亭淨植。」

〔八〕瓊樓：蘇軾《水調歌頭》詞：「我欲乘風歸去，又恐瓊樓玉宇，高處不勝寒。」

## 丁香花

沉水〔一〕清馨發露叢，綰來百結〔二〕結當中。星星燕剪捐鉛粉〔三〕，躍躍釵梁墮玉蟲〔四〕。後會應歌金縷曲〔五〕，前身可住蕊珠宮〔六〕。尋常兒女花〔七〕無數，道是同心〔八〕幾個同。

**注釋：**

〔一〕沉水：香名。梵語稱伽羅。胡宿《侯家》詩：「沉水薰衣白壁堂。」

〔二〕綰來百結：丁香結，丁香之花蕾。唐宋詩人多用之。

〔三〕燕剪：釋惠洪《瑞香花》詩：「應將燕尾剪，破此麝香臍。」「捐」，世綸堂本作「捎」。

〔四〕玉蟲：韓愈《詠燈花》詩：「囊裏排金粟，釵頭綴玉蟲。」

〔五〕金縷曲：詞曲名，一名《金縷衣》。杜牧《杜秋娘詩》注：『勸君莫惜金縷衣，勸君惜取少年時。……』李錡常唱此曲。」

〔六〕蕊珠宮：《黃庭内景經》：「太上大道玉晨君，閒居蕊珠作七言。」注：「蕊珠，上清境宮闕名也。」

〔七〕兒女花：孟郊《百憂》詩：「萱草兒女花，不解壯士憂。」

〔八〕同心結：見（四三六）詩注〔一〕。

## 淩霄花

此身如寄苦糾紛，直上盤盤勢絶群。大有葵心〔一〕將捧日，便非龍爪示拏雲〔二〕。蓬麻比爾扶偏直〔三〕，瓜葛[四]同君拆不分。何物子公[五]多氣力？由來大樹是將軍[六]。

注釋：

[一]葵心：曹植《求存問親戚疏》：「若葵藿之傾葉，太陽雖不爲之回光，然向之者誠也。」

[二]拏云：李賀《致酒行》詩：「少年心事當拏雲，誰念幽寒坐嗚呃。」

[三]「蓬麻比爾扶偏直」句：《史記·三王世家》：「蓬生麻中，不扶自直。」

[四]瓜葛：蔡邕《獨斷》：四姓小侯，諸侯冢婦，凡與先帝先后有瓜葛者皆會。

[五]子公：《漢書·陳萬年傳》：陳湯，字子公。與陳咸善。咸與書曰：「蒙子公力，得入帝城，死且不憾。」

[六]大樹將軍：《後漢書·馮異傳》：馮異，字公孫，父城人。光武徇河北，天寒衆饑，異進豆粥麥飯。後拜偏將軍。爲人謙退，每所止舍，諸將論功，異獨坐大樹下，軍中號爲大樹將軍。封陽夏侯。

## 山茶花（原詩缺）

## 瑞香花一名睡香，又名麝囊

么鳳[一]花身玉媲輝，春來長是睡重幃[二]。婢驚色豔争先折，蜂戀香多不遠飛。日炙郎當[三]臍捧麝，雲酣矮小錦張機。誰憐埋没隨芳草？描取成圖襯舞衣。用呂大防守成都《瑞香圖》圖並序意。〇呂又曰：瑞香，芳草也。

注釋：

[一]么鳳：《洛陽伽藍記·高陽王寺》：（高陽）王有二姬：一曰修容，一曰豔姿，並蛾眉皓齒，潔貌傾城，修容亦能

爲緑水歌，豔姿尤善么鳳舞。並愛傾後室，寵冠諸姬。

［二］睡重幃：《廬山記》：一比丘晝寢磐石上，夢中聞花香酷烈，及覺求得之，因名睡香。四方奇之，謂爲花中祥瑞，遂名瑞香。

［三］郎當：楊億《傀儡》詩：「鮑老當筵笑郭郎，笑他舞袖太郎當。若教鮑老當筵舞，還更郎當舞袖長。」

## 玉蕊花

花心突起膽瓶[一]持，一一絲分十數絲。異種舊傳唐主第[二]，嘉名新入衛公[三]詩。黄衫障扇[四]煙霏遠，清鎖[五]讐書日影遲。藉甚風華今頓盡，翠罌香冷女郎祠[六]。

**注釋：**

［一］膽瓶：瓶之長頸大腹，形如懸膽者。陳傅良《水仙花》詩：「掇花置膽瓶。」

［二］唐主第：《劇談録》：長安安業坊唐昌觀，舊有玉蕊花，每發若瓊林瑶樹。元和中，春物方妍，車馬尋玩者相繼。忽有一女子，年可十七八，衣繡緑衣，乘馬峨髻雙鬟，容色迥出，從以二女冠，三小仆。仆皆丱頭黄衫，直造花所，佇立良久，令小仆取數枝而出，迴謂黄冠曰：「曩有玉峰之約，可以行矣。」時觀者如堵，咸覺煙霏鶴唳，景物輝映，舉轡百餘步，有輕風擁塵，隨之而去，須臾塵滅，望之已在半天矣。時嚴給事休復、元相國、劉賓客、白醉吟俱有詩。

［三］衛公：《春明退朝録》：揚州后土廟，有瓊花一枝，或云自唐所植，即李衛公所謂玉蕊花也。舊不可移徙，今京師亦有之。

［四］黄衫：見本詩注［二］。

［五］青鎖：漢宮門。《名義考》：「青瑣，即今門之有亮隔者，刻鏤爲連鎖文也。」范雲《古意贈王中書》詩：「攝官青瑣闥，遥望鳳皇池。」此指翰林院。周必大《玉蕊辨證跋》：「唐人甚重玉蕊，故唐昌觀有之，翰林院亦有之，皆非凡境也。玉蕊

花苞初甚微，經月漸大，暮春方八出，鬚如冰絲，上綴金粟，花心復有碧筩，狀類膽瓶，其中别抽一英出衆鬚上，散爲十餘蕊，猶刻玉然，花名玉蕊，乃在於此，群芳所未有也。」「青鎖」，世綸堂本作「青瑣」。

[六] 女郎祠：王維《送楊長史赴果州》詩：「官橋祭酒客，山木女郎祠。」高啟《過北塘道中》詩：「女郎祠下野花雜。」

## (四五六) 集蘇詩(三十六首)

吾鄉沈綸翁[一]先生，壬辰入翰林，即乞假里居，集蘇詩二十四首，自道其江湖魏闕[二]之思，清切渾成，不啻若自其口出。余辛丑下第南歸，雜以懷人之作，亦效爲之。遠謝不逮，而以數則過是，既犯山谷百家衣之戒[三]，復買菜而求益[四]也。

襆被[五]真成一宿賓，眼看時事幾番新。海南未起垂天翼[六]，代北初辭没馬塵[七]。强對黄花飲白酒，却愁新進笑陳人。背城借一吾何敢？心跡都將付卧輪[八]。

**注釋：**

[一] 沈綸翁：沈永啟，字方思，號旋輪。吴江人，性穎敏，詩文詞皆立就，而詞尤工。師事金聖歎。聖歎以事株累，繫江寧獄，永啟獨自探視，並收其遺骸棺斂之，人重其氣誼。有《遜友齋詞》。綸，一作「輪」。

[二] 江湖魏闕：魏闕：一名象魏，宫門懸法之所。《吕氏春秋·審爲》：「身在江海之上，心居魏闕之下。」

[三]「山谷百家衣之戒」：黄庭堅，字魯直，宋分寧人。舉進士。歷官至起居舍人。章惇、蔡卞惡之，貶謫而卒。庭堅善文章，與張耒、晁補之、秦觀遊蘇軾門，稱蘇門四學士。尤長於詩，號蘇黄。又善行草書。初遊灊皖山谷寺石牛澗，樂其泉石之勝，因自號山谷道人。聰穎絶人，架上書，一過目即不忘，泛覽百家，一時無兩。一本無「衣」字。

[四] 買菜求益：見(八八)詩注[八]。

［五］樸被：以巾束被。《晉書·魏舒傳》：入爲尚書郎。時欲沙汰郎官，非其才者罷之。舒曰：「吾即其人也。」樸被而出。

［六］垂天翼：《莊子·逍遥遊》：北溟有魚，其名爲鯤，化而爲鳥，其名爲鵬，其翼若垂天之雲，摶扶摇而上者九萬里。

［七］馬塵：駱賓王《冒雨尋菊序》：「白帝徂秋，黄金勝友，辭塵成契，冒雨相邀。」劉威《贈道者》詩：「浮世休驚野馬塵。」

［八］卧輪：史肅《復齋》詩：「身似卧輪無伎倆，心如明鏡不塵埃。」卧輪禪師偈：「卧輪有伎倆，能斷百思想。」

干戈萬槊接笆籬，造物將安以我爲？腰下牛閑方解佩[一]，杯中蛇[二]去未應衰。只知紫綬三公[三]貴，莫負南臺九日期[四]。自笑塵勞餘一念，玉堂金殿要論思。

**注釋：**

［一］解佩：李白《感興六首》（其二）詩：「解佩欲西去，含情詎相違。」白居易《昨日復今辰》詩：「解佩收朝帶，抽簪換野巾。」

［二］杯蛇：《晉書·樂廣傳》：樂廣嘗有親客，久闊不復來。廣問其故。答曰：「前在座蒙賜酒，方欲飲，見杯中有蛇，意甚惡之，既飲而疾。」於時河南廳事壁上有角弓，漆畫作蛇，廣意杯中必是影也，乃告以故，豁然意解，沉疴頓愈。

［三］紫綬三公：《漢書·百官志》：相國丞相，皆金印紫綬。 三公，周之三公，指太師、太傅、太保。西漢之三公，指大司徒、大司馬、大司空。東漢之三公，指太尉、司徒、司空。

［四］南臺：御史臺，一稱南臺。《北齊書·宋游道傳》：文襄以崔暹爲御史中丞，游道爲尚書左丞，曰：「卿一人處南臺，一人處北省，當使天下肅然。」 九日期，余靖《再簡伯恭》詩：「十載京華九日期，帝家園苑醉金卮。」

喜君奪得錦標還，獨有黄楊厄閏[一]年。失路今爲噲等伍[二]，著鞭從使祖生先[三]。詩書與我爲麴糵，禮樂方將訪石泉。服藥千朝償一宿，定中試與問諸天[四]。

注釋：

[一] 厄閏：相傳黄楊逢閏年不生長。方岳《賀啟》：「髮種種以驚秋，意寥寥其厄閏。」蘇軾《監洞霄宫俞康直郎中所居退圃》詩：「園中草木春無數，惟有黄楊厄閏年。」自注：「俗説黄楊長一寸，遇閏退三寸。」

[二] 噲等伍：《史記·淮陰侯傳》：信常過樊將軍噲，出門自笑曰：「生乃與噲等爲伍。」

[三] 祖生先：《晉書·劉琨傳》：劉琨與祖逖爲友，聞逖被用，與親故書曰：「吾枕戈待旦，志梟逆虜，常恐祖生先吾著鞭。」

[四] 定中：定，静也。佛徒參禪曰入定。 諸天，佛家語。佛經稱三界二十八天爲諸天。

更於何處覓蓬萊，一壑能專萬事灰。惘惘可憐真喪狗[一]，熙熙長覺似春臺[二]。欲窮風月三千界[三]，更看銀山[四]二十回。安得夫差水犀手[五]，劈開翠峽走雲雷？

注釋：

[一] 喪狗：喪家之犬。《孔子家語》：「累累若喪家之狗。」

[二] 春臺：《老子》：「荒兮其未央，衆人熙熙，如享太牢，如登春臺。」張説《雜曲歌辭·踏歌詞》：「帝宫三五戲春臺。」

[三] 三千界：佛家語，三千大千世界。

[四] 銀山：神仙所居。《神異經》：西南有銀山，長五十餘里，高百餘丈，皆白金。

[五] 水犀手：見（三一）詩注[四]。

森森畫戟擁朱輪[一]，瑞霧香煙滿後塵。半閱[二]諸公坐廊廟，試呼稚子整冠巾。要知西掖[三]承平事，也著東坡病瘦身。夢想生平消未盡，杏花[四]曾與此翁鄰。

**注釋：**

［一］朱輪：貴人所乘之車，車輪赤色。楊惲《報孫會宗書》：「惲家方隆盛時，乘朱輪者十人。」

［二］半閱：陳造《雪晴》詩：「群山半披剥，衆巧獻一閱。」

［三］西掖：《漢官儀》：「左右曹受尚書事，前世文士以中書左右，因謂中書爲右曹，又稱西掖。」

［四］杏花：虞集《臘日偶題》詩：「爲報道人歸去也，杏花春雨在江南。」科舉時代，以此爲春闈得意之佳話。

蕭蕭寒雨濕枯荄[一]，弦管生衣甑有埃[二]。如我自觀猶可厭，誰人無事肯重來？繞城駿馬誰能借？極目扁舟挽不回。還有江南風物否？木棉花落刺桐開[三]。

**注釋：**

［一］荄：草根也。《漢書·禮樂志》：「青陽開動，根荄以遂。」

［二］弦管：郭璞《燕贊》：「商人是頌，詠之弦管。」甑有埃，《後漢書·范丹傳》：丹，字史雲。桓帝時以爲萊蕪長，不到官，賣卜於市，時至絶粒。閭里歌之曰：「甑中生塵范史雲，釜中生魚范萊蕪。」

［三］木棉：喬木，高數丈，花紅如山茶。王叡《送神歌》：「紙錢飛出木棉花。」刺桐：喬木，一名海桐，葉深紅色。

逐客何人着眼看，滯留江海勸加餐。試開雲夢[一]羔兒酒，羞對先生苜蓿盤[二]。吴客漫陳豪士賦[三]，楚人休笑沐猴冠[四]。塞鴻正欲摩天去，月斧[五]雲斤琢肺肝。

注釋：

［一］雲夢：雲夢澤，在湖北省安陸縣南。

［二］苜蓿盤：《摭言》：薛令之累遷左庶子，時東宮官僚清淡，令之以詩自悼云：「朝旭上團團，照見先生盤。盤中何所有？苜蓿長闌干。」

［三］豪士賦：陸機作。機，晉吴人。賦云：「世有豪士兮遭時顛沛，攝窮運之歸期，當衆通之所會，苟時至而理盡，譬摧枯而振敗。」

［四］沐猴冠：見（四八）詩注［二］。

［五］月斧：蘇軾《白水山佛跡巖》詩：「方其欲合時，天匠揮月斧。」戴復古《寄報思長老》詩：「風斤月斧日紛然，行看華屋兀眼前。」

千步空餘仆射[一]場，坐看百物自炎涼。橫機[二]欲試東坡老，癡疾還同顧長康[三]。嶺上疏星明煜煜，窗前微月照汪汪。乘槎遠引神仙客[四]，試問青天路短長？

注釋：

［一］仆射：秦所置官名，漢以後均因之，如尚書仆射。其後尚書分置左右仆射，委任漸重。唐宋之仆射爲宰相之任，佐天子以治理天下者也。

［二］機：《列子·仲尼》：「人久入於機，萬物皆出於機，皆入於機。」張湛注：「機者，群有之始，動之所宗，故出無入有，散有反無，靡不由之也。」

［三］顧長康：顧愷之，字長康，晉無錫人。博學有才氣，嘗爲桓温、殷仲堪參軍。謝安深器重之。善丹青，每畫人成，數年不點睛，曰：「傳神寫照，正在阿堵耳。」義熙初，爲散騎常侍。尤信小術，以爲求之必得。故世傳顧愷之有三絶，才絶，

藝絶，癡絶。嘗爲虎頭將軍，故又稱顧虎頭。

［四］乘槎客：見（五五）詩第二首注［一］。

西南歸路遠蕭條，坐看香煙繞白毫［一］。破悶徑須煩麴櫱，横空初不跨鵬鼇。自知樂事年年減，但覺胡床［二］步步高。坐睡尊前呼不應，夢中歸思已滔滔。

**注釋：**

［一］白毫：《法華經》：「世尊於靈山會上，爲諸大衆説二十八品，放眉間白毫相，光照三千大千世界。」

［二］胡床：《清異録》：「胡床，施轉關以交足，穿綆絛以容坐，轉縮須臾，重不數斤。」自胡人傳來，故名。

萬人如海一身藏，不羡腰金［一］照地光。得喪悲歡反其故，是非憂樂兩都忘。誰憐寂寞高常侍［二］，獨憶平生盛孝章［三］。一夢分明墮鄉井，烏程［四］霜稻襲人香。

**注釋：**

［一］腰金：杜甫《季夏送鄉弟韶陪黄門從叔朝謁》詩：「拖玉腰金報主身。」

［二］寂寞高常侍：唐高蟾累舉不第，作詩云：「天桂數修擠白日，天門幾扇鎮明時。陽春發處無根蒂，須仗東風次第吹。」上主司侍郎云：「天上碧桃和露種，日邊紅杏倚雲栽。芙蓉生在秋江上，不向東風怨未開。」明年李昭知貢舉，乃及第。

［三］盛孝章：盛憲，字孝章，三國會稽人。器量雅偉。與弟宏、仲俱爲一時名士。舉孝廉，補尚書郎，遷吴郡太守。後爲孫策所害。

［四］烏程：縣名，漢置，歷代因之，即今浙江吴興。

人間膏火正争光，堂上鉤簾對晚香。多事始知田舍好，思歸苦覺歲年長。異同莫更疑三語[一]，身世何緣得兩忘[二]。莫向岡頭苦長望，白雲深處[三]是吾鄉。

**注釋：**

[一]三語：《晉書·阮瞻傳》：司徒王戎問曰：「聖人貴名教，老莊明自然，其旨同異？」瞻曰：「將無同。」戎咨嗟良久，即命辟之。時人謂之三語掾。

[二]兩忘：《莊子·大宗師》：「與其譽堯而非桀也，不如兩忘而化其道。」《蓮社高賢傳》：「周續之曰：『心馳魏闕者，以江湖爲桎梏，情致兩忘者，市朝亦巖穴耳。』」

[三]白雲深處：見（四一九）詩注[六]。

分向江湖拜散人[一]，自慚黄潦薦溪蘋[二]。治經方笑春秋學，閉眼聊觀夢幻身。病馬已無千里志，扁舟歸釣五湖[三]春。無心只是青山物，莫向長沮[四]更問津。

**注釋：**

[一]散人：閑散不爲世用之人。《莊子·人間世》：「散人安知散木。」《唐書·陸龜蒙傳》：龜蒙以舟載茶竈筆床釣具往來，時謂江湖散人。

[二]黄潦：《晉人·東晳傳》：「雲雨生於畚臿，多稌生於決泄，不必望朝隮而黄潦臻，禜山川而霖雨息。」溪蘋，《左傳·隱公三年》：「澗溪沼沚之毛，蘋蘩薀藻之菜。」

[三]五湖：張勃《吴録》：太湖，別名五湖。

[四]長沮：《論語·微子》：「長沮桀溺耦而耕，孔子過之，使子路問津焉。」

我生飄蕩去何求？浪跡常如不繫舟。茆屋擬歸田二頃[一]，家書新報橘千頭[二]。安心好住王文度[三]，欵段曾陪馬少遊[四]。得失秋毫久已冥，臥吹簫管到揚州[五]。

**注釋：**

[一]田二頃：《史記·蘇秦傳》：蘇秦爲從約長，並相六國，北報趙王，乃行過洛陽，昆弟妻嫂側目不敢仰視。蘇秦喟然歎曰：「且使我有洛陽負郭之田二頃，我豈能佩六國相印乎？」崔日知《冬日述懷奉呈韋祭酒張左丞蘭臺名賢》詩：「既重萬鍾禄，寧思二頃田。」

[二]橘千頭：《襄陽耆舊傳》：李衡作宅於武陵龍陽汎洲上，種橘千頭，敕其子曰：「吾有千頭木奴，不責汝衣食，歲上一匹絹，可以不貧矣。」

[三]王文度：《晉書·王坦之傳》：坦之，字文度。弱冠與郄超俱有重名。時人語曰：「盛德絶倫郄嘉賓，江東獨步王文度。」

[四]馬少遊：東漢馬援之弟。嘗謂援曰：「士生一世，但取衣食裁足，乘下澤車，御款段馬，鄉里稱善人，斯可矣。」

[五]揚州：《商芸小説》：「有客相從，各言所志，或願爲揚州刺史，或願多貲財，或願騎鶴上升；其一人曰：『腰纏十萬貫，騎鶴上揚州。』欲兼三者。」

强隨舉子踏槐花[一]，多病顛毛[二]尚未華。空詠連珠吟疊璧[三]，半紆春蚓綰秋蛇[四]。平生寓物不留物，人事無涯生有涯。出本無心歸亦好，琉璃百頃水仙家[五]。

**注釋：**

[一]槐花：《南部新書》：長安舉子，六月後，落第者不出京，謂之過夏。七月後，投獻新課，並於諸州府拔解。人爲語曰：「槐花黃，舉子忙。」

［二］顛毛：頭髮也。《國語·齊語》：「班序顛毛，以爲民紀統。」

［三］連珠：傅玄《連珠序》：「漢章帝時，班固、賈逵、傅毅受詔作之，其文體辭麗而言約，不指説事情，必假喻以達其旨，而覽者微悟，欲使歷歷如貫珠，故謂之連珠。」疊璧，馬融《尚書注》：「太極上元十一月朔旦冬至，日月如疊璧，五星如連珠，故曰重光。」《唐書·藝文志》：「徐敬業《累璧》四百卷，目録四卷。」

［四］春蚓秋蛇：《晉書·王羲之傳》：「子雲近世擅名江表，然僅得成書，無丈夫氣，行行如縈春蚓，字字若綰秋蛇。」

［五］百頃：庾信《奉和浚池初成清晨临泛》詩：「百頃浚源開。」水仙，《拾遺記》：屈原隱於沅湘，被逐，乃赴清泠之水，楚人思慕，謂之水仙。

白花黄葉使人愁，醉有真鄉［一］我可侯。於此得全非至樂，從他作病且忘憂。何須魏帝一丸藥［二］？好卧元龍百尺樓［三］。舊事真成一夢過，曲江［四］船舫月燈毬。

**注釋：**

［一］醉鄉：《唐書·王績傳》：績著《醉鄉記》，以次劉伶《酒德頌》。段成式《牛尊師宅看牡丹》詩：「若爲籲史通家客，情願扛壺入醉鄉。」

［二］魏帝一丸藥：徐陵《玉臺新詠序》：「嶺上仙童，分丸魏帝，腰中寶鳳，授曆軒轅。」

［三］百尺樓：《三國志·陳登傳》：許汜曰：「昔見元龍，元龍自上大床卧，使客卧下床。」劉備曰：「君求田問舍，言無可采，如小人欲卧百尺樓上，卧君於地，何但上下床之間耶？」

［四］曲江：在陝西西安東南，亦名曲江池。漢武帝因秦之宜春苑故址，鑿而廣之，其水曲折，有似廣陵之曲江，故名。隋改爲芙蓉園。唐更疏浚，周七里，南有紫雲樓、芙蓉苑，西爲杏園、慈恩寺，北爲樂遊原，都人遊賞，中秋、上元最盛。秀士

每年登科，賜宴於此。

一洗人間萬事非，仰看鴻鵠[一]刺天飛。海爲瀾翻風爲舞，花已飄零露已晞。不羨紫駝[二]分御食，故將白練[三]作仙衣。羈愁畏晚尋歸楫，雨入淞江[四]水漸肥。

**注釋：**

[一]鴻鵠：《孟子·告子》：「一心以爲有鴻鵠將至，思援弓繳而射之。」

[二]紫駝：杜甫《麗人行》詩：「紫駝之峰出翠釜，水晶之盤行素鱗。」

[三]白練：素綢也。《周禮·染人》：「凡染，春暴練。」

[四]淞江：源出太湖，東流至上海，與黃浦江合流入海。

歲寒還喜五人同，一笑江山發醉紅。千首放懷花月裏，百年暗盡往來中。濁流[一]若解污清濟，社燕何由戀塞鴻[二]？知命無憂[三]子何病？世間馬耳[四]射東風。

**注釋：**

[一]濁流：指黃河。濟水，源出河南濟源縣，其下游爲黃河所占。「千首放懷花月裏」，世綸堂本作「風月裏」。

[二]社燕：《格物總論》：「燕，春社來，秋社去，故稱社燕。」塞鴻，張雨《題墨蘭贈別于一山之京師》詩：「冥冥返塞鴻。」

[三]知命無憂：《易·繫辭上》：「旁行而不流，樂天知命，故不憂。」

[四]馬耳：李白《答王十二寒夜獨酌有懷》詩：「世人聞此皆掉頭，有如東風射馬耳。」

壯心降盡倒風旌[一]，懶作燕山[二]萬里行。衆裏笙竽[三]誰比數，草中狐兔不須驚。故人飛上金鑾殿，天厩新放玉鼻騂[四]。欣戚已隨時事去，春濃睡足午窗明。

**注釋：**

[一] 風旌：孟郊《京山行》詩：「此時遊子心，百尺風中旌。」

[二] 燕山：在北京市北。此處借指北京。

[三] 衆裏笙竽：《韓非子·内儲説》：「齊宣王使吹人竽，必三百人，南郭處士請爲王吹竽，宣王悦之，廩食以數百人。宣王死，湣王立，好一一聽之，處士逃。」

[四] 騂：馬之赤黄色者。《詩·魯頌·駉》：「有騂有騏，以車伾伾。」

共訪襄陽龐德公[一]，風流儒雅稱吾宗。坐談足使淮南[二]懼，問訊方知冀北空[三]。苦恨相思不相見，念渠無過亦無功。包苴[四]未肯鑽華屋，回首觚稜[五]一夢中。

**注釋：**

[一] 龐德公：東漢人，居峴山南，未嘗入城市，劉表數延請，不能屈，後攜其妻子，登龍山採藥不返。

[二] 淮南：《漢書·淮南王傳》：高帝十一年，封子長爲淮南王。又：淮南王安，爲人好書，入朝獻所作内篇新書，上愛秘之，使爲《離騷》傳，旦受詔，日食時上。

[三] 冀北空：韓愈《送温處士赴河陽軍序》：「伯樂一過冀北之野，而馬群遂空。」

[四] 包苴：包，同「苞」。賄賂也。《説苑》：「苞苴行耶，讒夫昌耶。」華屋，富貴之家。

[五] 觚稜：堂殿上最高轉角之處曰觚稜。班固《西都賦》：「上觚稜而棲金爵。」

相逢有味是偷閑，不用金丹苦駐顔。落筆已呑雲夢澤〔一〕，割愁還有劍鋩山〔二〕。年抛造物陶甄〔三〕外，笑説生平醉夢間。得酒强歡愁底事？青雲〔四〕飛步不容攀。

**注釋：**

〔一〕雲夢澤：見前「逐客何人著眼看」一首注〔一〕。

〔二〕劍鋩山：柳宗元《與浩初上人同看山寄京華親故》詩：「海畔尖山似劍鋩，秋來處處割愁腸。」

〔三〕陶甄：即陶鈞。《史記·魯仲連鄒陽傳》：「是以聖王制世御俗，獨化於陶鈞之上。」

〔四〕青云：喻在高位之人。《史記·范睢傳》：「賈不意君能自致於青雲之上。」後世謂登科者曰平步青雲。曹鄴《杏園即席上同年》詩：「一旦公道開，青雲在平地。」

爐灰重撥尚餘熏，只有閑心對此君。枕上溪山〔一〕猶可見，床前牛蟻〔二〕未曾聞。臨風有客吟秋扇〔三〕，載酒無人過子雲〔四〕。此外知心更誰是？竹扉斜掩雨紛紛。

**注釋：**

〔一〕溪山：《齊諧記》：吴興故鄣縣東三十里，有梅溪山，一石可高百餘丈，如兩間屋大，四面陡絶，外無登陟之理。其上有盤石，圓如車蓋，恒轉如磨，聲如風雨，土人號爲石磨，轉快則年豐，轉遲則歲儉。

〔二〕牛蟻：《晉書·殷仲堪傳》：父師嘗患耳聰，聞床下蟻動，謂之牛鬥。帝素聞之而不知其人，問仲堪曰：「患此者爲誰？」仲堪流涕而起曰：「臣進退維谷。」范成大《耳鳴》詩：「牛蟻誰知床下鬥，雞蠅任向夢中鳴。」

〔三〕秋扇：見（一一）詩注〔三〕。

〔四〕子雲：揚雄，字子雲，漢成都人。少好學，不爲章句訓詁，博覽無所不見。爲人簡易佚蕩，口吃不能劇談，好深湛之思。成帝時，召對承明庭，奏《甘泉》、《河東》、《長楊》等賦，多仿司馬相如。後仕王莽，著有《太玄》、《法言》、《方言》

等書。家素貧，嗜酒，人常載酒從其問學。

蓬窗高枕雨如繩，車馬敲門定不膺。枕麴先生[一]猶笑汝，氊氈校尉[二]久無朋。豈知好事王夫子[三]，要識當年杜伯升[四]。杖策頻過知未厭，青山斷處塔層層。

**注釋：**

[一] 枕麴先生：《晉書·劉伶傳》：「奮髯箕踞，枕麴藉糟。」白居易《和夢遊春詩一百韻》詩：「宿醉纔解酲，朝炊俄枕麴。」

[二] 氊氈校尉：蘇武，字子卿，漢杜陵人。武帝時，以中郎將使匈奴，被留，居海上，齧雪吞氈，仗節收羝十九年，得還。昭帝拜爲典屬國。宣帝時，賜爵關内侯，圖形麒麟閣。

[三] 好事王夫子：《漢書·王褒傳》：使褒作《中和》、《樂職》、《宣佈》詩，選好事者令依《鹿鳴》之聲習而歌之。

[四] 杜伯升：蘇軾《成都進士杜暹伯升出家名法通往來吴中》詩：「欲識當年杜伯升，飄然雲水一孤僧。」

我似枯桑困八蠶[一]，孝先[二]風味也堪憐。傳家[三]各自聞詩禮，與子不妨中聖賢[四]。美酒流連三夜[五]月，水光翻動五湖[六]天。人生如寄何不樂？一枕清風值萬錢。

**注釋：**

[一] 八蠶：《唐書·地理志》：蘇州吴郡，土貢絲葛絲綿，八蠶絲緋綾布。《宋史·陳堯叟傳》：咸平初，詔諸路課民種桑棗。堯叟上疏曰：「臣所部渚州，田多山石，地少桑蠶，昔云入蠶之綿，諒非五嶺之俗，度其所産，恐在安南。」

[二] 孝先：《後漢書·邊韶傳》：韶，字孝先，浚儀人。以文學知名。教授數百人。才思敏捷，應口成章。嘗晝眠，

弟子私嘲之曰：「邊孝先，腹便便。懶讀書，但欲眠。」詔應聲曰：「邊爲姓，孝爲字。腹便便，五經笥。但欲眠，思經事。」嘲者大慚。

［三］傳家：《後漢書·鄭康成傳》：「戒子書曰：『宿素衰落，仍有誤失，案之禮典，便合傳家。』」

［四］中聖賢：《魏志·徐邈傳》：鮮于輔曰：「醉客謂酒清者爲聖人，濁者爲賢人。」魏國初建，禁酒。徐邈私飲沉醉，校事趙達問以曹事，邈曰：「中聖人。」因酒禁，故作隱語也。

［五］三夜：《禮記·曾子問》：「嫁女之家，三夜不息燭。」杜甫《夢李白二首》（其二）詩：「三夜頻夢君，情親見君憶。」

［六］五湖：太湖，一名五湖。

風巖水穴舊聞名，清遠聊爲泛宅行［一］。但得低頭拜東野［二］，徒言共飲勝公榮［三］。卜鄰尚可容三徑［四］，換馬［五］還應繼二生。回首舊遊真是夢，水沉［六］燒盡碧煙横。

**注釋：**

［一］清遠：《易·鴻漸于陸其羽可用爲儀》王弼注：「進處高潔，不累於位，無物可以屈其心而亂其志，峨峨清遠，儀可貴也。」泛宅：《唐書·張志和傳》：「願爲浮家泛宅，往來苕霅間。」

［二］東野：孟郊，字東野，唐武康人。貞元中舉進士。官溧陽尉。詩託興深微，而結體古奥，自韓愈以下莫不推之。愈爲作《貞曜先生墓誌銘》（張籍私謚郊曰貞曜先生）。

［三］公榮：《晉書·王戎傳》：戎嘗與阮籍飲。時兗州刺史劉昶（字公榮）在座，籍以酒少，酌不及昶，昶無恨色。戎異之。他日問籍曰：「彼何如人也？」答曰：「勝公榮，不可不與飲；若減公榮，則不敢不共飲；惟公榮可不與飲。」

［四］卜鄰：《左傳·昭公三年》：「非宅是卜，惟鄰是卜。」三徑：《三輔決録》：蔣詡，字元卿，歸鄉里，荆棘塞門，舍中竹下開三徑，唯求仲、羊仲從之遊。

［五］換馬：《異聞録》：酒徒鮑生，多蓄聲妓，外弟韋生，好乘駿馬，各求所好，一日相遇，兩易所好，乃以女婢善四弦者換紫叱撥。

［六］水沉：香名，即沉水檀香。

若人如馬亦如班［一］，聊伴僧窗半日閑。舊德終呼名字外，遺聲恐在海山間。幽人［二］夜渡吴王峴，遷客來從飯顆山［三］。千里論交一言定，竹林高會［四］許時攀。

**注釋：**

［一］如馬如班：馬，司馬遷；班，班固。

［二］幽人：《易·履》：「履道坦坦，幽人貞吉。」《汗漫録》：司空圖隱於中條山，芟松枝爲筆管。人問之，曰：「幽人筆正當如是。」吴王峴，蘇州靈巖山，一名硯山石，吴王夫差築館娃宫於此。

［三］遷客：《通鑑·後晉記》：「池州多遷客。」胡三省注：「以罪遷降外州者，其州人謂之遷客。」飯顆山，《本事詩》：李白才逸氣高，律詩殊少，故戲杜云：「飯顆山頭逢杜甫，頭戴笠子日卓午。借問别來太瘦生，總爲從前作詩苦。」蓋譏其拘束也。

［四］竹林高會：《晉書·嵇康傳》：嵇康所與神交者，惟陳留阮藉，河内山濤、向秀，沛國劉伶，藉兄子咸，瑯琊王戎，遂爲竹林之遊。

鳴鳩乳燕寂無聲，柳絮飛時花滿城。數畝荒園留我住，半篙流水送君行。近聞猛士收丹穴［一］，欲伴騷人賦落英［二］。爲報年來殺風景［三］，抱叢寒蝶不勝情。

注釋：

［一］丹穴：《爾雅》：「距齊州以南，戴日爲丹穴。」邢昺疏：「言去中國以南，北户以北，值日之下，其處名丹穴。」

［二］落英：屈原《離騷》：「朝飲水蘭之墮露兮，夕餐秋菊之落英。」

［三］殺風景：胡仔《苕溪漁隱叢話》引《西清詩話》：「義山《雜纂》，品目數十，蓋以文滑稽者。其一曰殺風景，謂……燒琴煮鶴。」

睡息齁齁得自聞，掩關晝卧客書裙［一］。獨攜天上小團月［二］，自撥床頭一甕雲［三］。已許秋風［四］歸過我，還須雪夜去尋君［五］。殷勤莫忘分攜處，百頃荷花聚暗蚊。

注釋：

［一］客書裙：《南史·羊欣傳》：欣長隸書，年十二時，王獻之爲吴興太守，甚知愛之。欣嘗夏月著新絹裙晝寢，獻之見之，書裙數幅而去。欣書本工，因此彌善。

［二］小團月：謂紈扇也。《歲華記麗》：「簟展輕冰，扇摇團月。」

［三］一甕雲：謂酒也。蘇軾《天門冬酒熟》詩：「自撥床頭一甕雲，幽人先已醉濃芬。」

［四］秋風：李白《長信宫》詩：「誰憐團扇妾，獨坐怨秋風。」

［五］雪夜去尋君：《世説新語·任誕》：晋王徽之居山陰，夜雪初霽，月色清朗，忽憶戴逵，時逵在剡溪，便乘小舟訪之，至門而返，曰：「乘興而來，興盡而返，何必見戴。」

西湖西畔北山前，任性消遥不學禪。試着芒鞋穿犖確［一］，故教鐵杖鬥清堅［二］。三年不顧東鄰女［三］，百文休牽上瀨船［四］。此意自佳君不會，滿江風月不論錢［五］。

注釋：

［一］犖确：山多大石貌。韓愈《山石》詩：「山石犖确行徑微，黄昏到寺蝙蝠飛。」

［二］清堅：蘇軾《以鐵拄杖壽樂全生》：「每向銅人話疇昔，故教鐵杖鬥清堅。」

［三］東鄰女：宋玉《登徒子好色賦》：「天下之佳人，莫若楚國，楚國之麗者，莫若臣里，臣里之美者，莫若臣東鄰之子，然此東家女登牆窺臣三年，至今未許也。」

［四］上瀨船：《摭言》：唐裴庭裕在内廷，文書敏捷，號下水船。梁太祖受禪，姚洎爲學士，上問及裴廷裕。對曰：「向在翰林，號下水船。」上曰：「卿便是上水船也。」洎有慚色。議者以洎爲急灘頭上水船。

［五］風月不論錢：歐陽修《滄浪亭》詩：「清風明月本無價，可惜只值四萬錢。」

野鳥游魚信往還，先生真是地行仙[一]。一壺往助齊眉[二]餉，二頃方謀負郭田[三]。關右土酥黄似酒，溪邊石蟹小如錢。相從痛飲無餘事，浮世功名食與眠。

注釋：

［一］地行仙：《列仙傳》：馬明生從安期先生受金液神丹方，乃入華陰山合金液，不樂升天，但服半劑爲地仙。《楞嚴經》：「衆生堅固，服餌草木，藥道圓成，名地行仙。」

［二］齊眉：《後漢書·梁鴻傳》：梁鴻與妻隱居霸陵山中，妻爲具食，不敢於鴻前仰視，舉案齊眉。

［三］負郭田：見前「我生飄蕩去何求」一首注［一］。

已將世界等浮塵，紈袴儒冠[一]皆誤身。公業[二]有田常乏食，陶潛無酒亦從人[三]。西湖弄水猶應早，南畝巾車[四]正及春。此味只憂兒輩覺，搗殘椒桂有餘辛。

注釋：

［一］紈袴儒冠：杜甫《奉贈韋左丞丈二十韻》詩：「紈袴不餓死，儒冠多誤身。」

［二］公業：梁簡文帝蕭綱《雁門太守行》詩：「勤勞謝公業，清白報仰逢。」蘇軾《酬鄭户曹驪山感懷》詩：「公業有田常乏食，廣文好客竟無氈。」

［三］「陶潛無酒亦從人」句：陶潛嘗九日無酒，摘菊盈把，坐而悵望，久之，見白衣人至，乃王弘遣之送酒，即醉酩酊而歸。

［四］巾車：《周禮・春官・序官》鄭玄注「巾車」：「巾，猶衣也。」賈公彦疏：「謂玉金象革等，以衣飾其車。」陶潛《歸去來辭》：「或命巾車，或櫂孤舟。」

軻坎憐君志未移，扁舟震澤[一]定何時？有魚無魚[二]何是道？以馬喻馬[三]亦成癡。勸子勿爲官所腐，多才終恐世相縻。功名如幻終何得？腸斷閨中楊柳枝[四]。

注釋：

［一］震澤：太湖，一名震澤。《書・禹貢》：「震澤底定。」

［二］有魚無魚：《史記・孟嘗君傳》：客有馮諼者，歌曰：「長鋏歸來乎，食無魚。」

［三］以馬喻馬：《公孫龍子》：「馬者，所以名形也；白者，所以命色也。命色者非命形也，故曰白馬非馬……以黄馬爲非馬，而以白馬爲有馬，此天下之悖言亂辭也。」

［四］楊柳枝：《全唐詩話》：韓翃寵姬柳氏詩：「楊柳枝，芳菲節。慣向年年送離別。」

易可忘憂[一]家有師，從公已覺十年遲。時人盡怪蘇司業[二]，後學過呼韓退之。更肯悲吟白頭曲[三]，不妨還作輞川詩[四]。風流自有高人識，雪嶺先看耐凍枝。

**注釋：**

[一] 忘憂：《論語·述而》：「發奮忘食，樂以忘憂。」

[二] 蘇司業：蘇源明，初名預，字弱夫，唐武功人。少孤，工文辭。第天寶進士，累官國子司業。安禄山陷京師，源明稱病，不受僞署。肅宗時，擢知制誥，數陳時政得失。終秘書少監。

[三] 白頭曲：即《白頭吟》，樂府楚調曲名。《西京雜記》：司馬相如將聘茂陵人爲妾，卓文君作《白頭吟》以自絶，相如乃止。

[四] 輞川詩：王維，字摩詰，唐太原人。開元九年，進士第一。遷尚書右丞。有别墅在輞川，嘗與裴迪遊其中，賦詩爲樂。孤居二十年，上元中卒。

飄然雲水一孤僧，古寺無人竹滿軒。嶺上晴雲披絮帽，山頭落日側金盆。少而寡欲顔常好，病不開堂[一]老益尊。僧侶且陪香火社[二]，籃輿[三]未暇走山村。

**注釋：**

[一] 開堂：宋代譯經院翻譯新經時的儀式。《祖庭事苑》：「每歲聖誕節，必譯新經上進，以祝聖壽。前二月，諸官集觀翻譯，謂之開堂。今世宗門長老新住持初演法，謂之開堂者，本此。」

[二] 香火社：《舊唐書·白居易傳》：以刑部尚書致仕，與香山僧如滿結香火社。

[三] 籃輿：竹轎也。《晉書·孫畧傳》：「每行乘籃輿。」

天寒落日淡孤村，思與高人對榻論。獨鶴不須驚夜旦，此泉何處覓寒温？已聞龜策[一]通人語，始信丹經[二]非妄言。只有無何真我里，招呼明月到芳樽。

**注釋：**

[一]龜策：古占卜之具。《禮·曲禮》：「龜爲卜，策爲筮。」

[二]丹經：《宋史·皇甫坦傳》：召問以長生久視之術。坦曰：「先禁諸欲，勿令放逸，丹經萬卷，不如守一。」

淞江煙雨晚疏疏，獨卧無人雪縞廬。造物亦知人易老，神仙可學道之餘。幽人自種千頭橘[一]，稚子新畦五畝蔬[二]。醉飽高眠真事業，不如還叩仲尼居。

**注釋：**

[一]千頭橘：見前「我生飄蕩去何求」一首注[二]。

[二]五畝蔬：孟郊《立德新居》(其七)詩：「突出萬家表，獨治二畝蔬。」

落第汝爲中酒[一]味，醒時與作嘯風[二]辭。粗言細語渾不擇，舊恨新愁只自知。識字劣能欺項籍[三]，結交誰復許袁絲[四]。人間歧路[五]知多少？弱羽巢林在一枝[六]。

**注釋：**

[一]中酒：李廓《落第》詩：「氣味如中酒，情懷似別人。」

[二]嘯風：王粲《大暑賦》：「仰庭槐而嘯風，風既至而如湯。」

［三］「識字劣能欺項籍」句：《史記・項羽本紀》：羽，名籍，項梁之猶子也。少同梁避難吴中。學書不成，去，學劍亦不成。梁怒之。籍曰：「書足以記姓名而已，劍一人敵，不足學。」

［四］袁絲：《漢書・袁盎傳》：袁盎，字絲。季心爲任俠，從袁絲匿，長事袁絲。絲徙爲吴相。兄種謂曰：「南方卑濕。」絲曰：「能飲。」

［五］歧路：《列子・説符》：「揚子之鄰人亡羊，既率其黨，又請揚子之豎追之。揚子曰：『嘻，亡一羊，何追者衆也。』鄰人曰：『多歧路。』既返，問獲羊乎？曰：『亡之矣。』曰：『奚亡之？』曰：『歧路之中又有歧，吾不知所之，所以返也。』」

［六］一枝：李義府《詠鳥》詩：「上林如許樹，不借一枝棲。」

# 附（一）徵引文獻一覽

# 徵引文獻一覽

| 文獻名稱 | 作　者 |
| --- | --- |
| B | |
| 白虎通義 | 漢・班固 |
| 白氏長慶集 | 唐・白居易 |
| 百家類例 | 唐・孔至 |
| 百苦吟 | 清・范承謨 |
| 豹隱記談 | 宋・周遵道 |
| 鮑参軍集 | 南朝宋・鮑照 |
| 抱樸子 | 晉・葛洪 |
| 碑解 | 宋・孫何 |
| 北夢瑣言 | 宋・孫光憲 |
| 北史 | 唐・李延壽 |
| 北軒筆記 | 元・陳世隆 |
| 本草綱目 | 明・李時珍 |
| 筆陣圖 | 晉・王羲之 |
| 博物志 | 晉・張華 |
| 博異志 | 唐・谷神子 |
| C | |
| 参同契 | 漢・魏伯陽 |
| 孱守齋遺稿 | 清・姚世鈺 |
| 曹祠部集 | 唐・曹鄴 |
| 曹子建集 | 三國魏・曹植 |
| 茶經 | 唐・陸羽 |
| 茶山集 | 宋・曾幾 |

| 文獻名稱 | 作　者 |
| --- | --- |
| 茶香室叢鈔 | 清・俞樾 |
| 昌黎先生集 | 唐・韓愈 |
| 長江集 | 唐・賈島 |
| 場居集 | 明・李化龍 |
| 朝野僉載 | 唐・張鷟 |
| 成都記 | 唐・盧求 |
| 誠齋集 | 宋・楊萬里 |
| 誠齋文集 | 明・施璜 |
| 崇雅堂文集 | 清・李光型 |
| 仇池筆記 | 宋・蘇軾 |
| 出塞集 | 清・盧見曾 |
| 楚辭 | 戰國・屈原等 |
| 傳燈録 | 宋・释道原 |
| 傳奇 | 唐・裴鉶 |
| 傳習録 | 明・王陽明 |
| 傳信記 | 唐・鄭綮 |
| 春鳧小稿 | 清・符曾 |
| 春明退朝録 | 宋・宋敏求 |
| 春秋繁露 | 漢・董仲舒 |
| D | |
| 大業雜記 | 唐・杜寶 |
| 大智度論 | 龍樹造，鳩摩羅什譯 |

（續表）

| 文獻名稱 | 作　者 |
|---|---|
| 帶經堂集 | 清・王士禎 |
| 丹陽集 | 宋・范仲淹 |
| 丹陽集 | 宋・葛勝仲 |
| 道腴堂全集 | 清・鮑鈖 |
| 東皋子集 | 唐・王績 |
| 東觀漢記 | 漢・班固、邊韶、蔡邕等 |
| 東京夢華録 | 宋・孟元老 |
| 東萊集 | 宋・吕祖謙 |
| 東坡全集 | 宋・蘇軾 |
| 洞天清録 | 宋・趙希鵠 |
| 東軒筆録 | 宋・魏泰 |
| 杜工部集 | 唐・杜甫 |
| E | |
| 爾雅 | 晉・郭璞注 |
| 爾雅翼 | 宋・羅願 |
| F | |
| 法華經 | 鳩摩羅什譯 |
| 法書要録 | 唐・張彦遠 |
| 法書苑 | 明・王世貞 |
| 法言 | 漢・揚雄 |
| 法苑珠林 | 唐・釋道世 |
| 樊川集 | 唐・杜牧 |
| 樊榭山房集 | 清・厲鶚 |
| 方言 | 漢・揚雄 |

| 文獻名稱 | 作　者 |
|---|---|
| 放翁集 | 宋・陸游 |
| 霏雪録 | 明・鎦績 |
| 飛燕外傳 | 漢・伶元 |
| 風俗通 | 漢・應劭 |
| 風土記 | 晉・周處 |
| G | |
| 陔餘叢考 | 清・趙翼 |
| 高唐賦 | 戰國・宋玉 |
| 高僧傳 | 梁・釋慧皎 |
| 宫詞 | 五代・孟昶夫人 |
| 砦溪詩話 | 宋・黄徹 |
| 古歡堂集 | 清・田雯 |
| 姑蘇志 | 明・王鏊 |
| 古今列女傳 | 明・解縉 |
| 古今詩話 | 清・盧衍紅 |
| 古今樂録 | 陳・釋智匠 |
| 古今注 | 晉・崔豹 |
| 穀梁傳 | 戰國・穀梁赤 |
| 古詩源 | 清・沈德潛 |
| 寡婦賦 | 晉・潘岳 |
| 廣東新語 | 清・屈大均 |
| 關尹子 | 周・尹喜 |
| 廣平府志 | 明・翁相 |
| 廣韻 | 宋・陳彭年 |

| 文獻名稱 | 作　者 |
| --- | --- |
| 廣韻藻 | 明·方夏 |
| 歸田録 | 宋·歐陽修 |
| 癸辛雜識 | 宋·周密 |
| 國老閒談 | 宋·王君玉 |
| 國史補 | 唐·李肇 |
| 國語 | 戰國·左丘明 |
| H | |
| 海賦 | 晉·木華 |
| 海録碎事 | 宋·葉廷珪 |
| 韓内翰别集 | 唐·韓偓 |
| 韓詩内傳考 | 清·邵晉涵 |
| 韓詩外傳 | 漢·韓嬰 |
| 漢書 | 漢·班固 |
| 漢武外傳 | 漢·班固 |
| 翰苑新書 | 未詳 |
| 侯鯖録 | 宋·趙令畤 |
| 後漢書 | 宋·范曄 |
| 湖州府志 | 明·栗祁 |
| 華陽國志 | 晉·常璩 |
| 淮海集 | 宋·秦觀 |
| 淮南子 | 漢·劉安 |
| 寰宇記 | 宋·樂史 |
| 寰宇通志 | 明·陳循 |

（續表）

| 文獻名稱 | 作　者 |
| --- | --- |
| 晦庵集 | 宋·朱熹 |
| 會昌一品集 | 唐·李德裕 |
| J | |
| 集異記 | 南朝宋·郭季産 |
| 煎茶記 | 唐·張又新 |
| 見聞後録 | 宋·邵博 |
| 江賦 | 晉·郭璞 |
| 江南餘載 | 未詳 |
| 江西集 | 後周·王仁裕 |
| 絳雪樓填詞九種 | 清·蔣士銓 |
| 薑園集 | 清·岳鍾琪 |
| 金陵志 | 明·葛寅亮 |
| 晉書 | 唐·房玄齡 |
| 晉陽秋 | 晉·孫盛 |
| 精華録 | 清·王士禛 |
| 精華録訓纂 | 清·王士禛 |
| 静退齋集 | 清·戴文燈 |
| 敬鄉集 | 元·吴師道 |
| 酒德頌 | 晉·劉伶 |
| 九域志 | 宋·王存 |
| 舊唐書 | 晉·張昭遠、賈緯等 |
| 劇談録 | 唐·康駢 |
| 倦遊雜録 | 宋·張師正 |

（續表）

| 文獻名稱 | 作　者 |
|---|---|
| K | |
| 開河記 | 宋人 |
| 開元天寶遺事 | 後周·王仁裕 |
| 孔子家語 | 三國魏·王肅 |
| 會稽記 | 晉·孔曄 |
| 括地志 | 唐·蕭德言 |
| L | |
| 蠟屐集 | 宋·周密 |
| 琅環記 | 元·伊世珍 |
| 老學庵筆記 | 宋·陸游 |
| 冷齋夜話 | 宋·惠洪 |
| 禮部集 | 元·吴師道 |
| 李後主詞 | 南唐·李煜 |
| 禮記 | 漢·戴聖 |
| 李太白集 | 唐·李白 |
| 李遐叔文集 | 唐·李華 |
| 荔譜 | 清·陳鼎 |
| 隸釋 | 宋·洪適 |
| 笠澤叢書 | 唐·陸龜蒙 |
| 列女傳 | 漢·劉向 |
| 列仙傳 | 漢·劉向 |
| 列子 | 戰國·列禦寇 |
| 靈怪録 | 唐·牛嶠 |
| 玲瓏簾詞 | 清·吴焯 |

| 文獻名稱 | 作　者 |
|---|---|
| 劉無雙傳 | 唐·薛調 |
| 柳南隨筆 | 清·王應奎 |
| 柳先生文集 | 唐·柳宗元 |
| 六書略 | 宋·鄭樵 |
| 六一詩話 | 宋·歐陽修 |
| 廬山記 | 宋·陳舜俞 |
| 魯靈光殿賦 | 後漢·王延壽 |
| 吕氏春秋 | 秦·吕不韋 |
| 緑夢山莊詩文集 | 清·胡浚 |
| 欒城集 | 宋·蘇轍 |
| 艑翁詩集 | 清·沈樹本 |
| 論語 | 先秦·孔門弟子集録 |
| 駱丞集 | 唐·駱賓王 |
| 洛陽伽藍記 | 北魏·楊衒之 |
| M | |
| 夢鼎堂文集 | 清·任觀瀛 |
| 孟東野集 | 唐·孟郊 |
| 孟子 | 戰國·孟軻 |
| 夢溪筆談 | 宋·沈括 |
| 峚陽草堂説書 | 明·鄭鄤 |
| 明代傳記叢刊索引 | 現當代·周駿富 |
| 明皇雜録 | 唐·鄭處海 |

（續表）

| 文獻名稱 | 作　者 |
| --- | --- |
| 明史 | 清・張廷玉等 |
| 明通鑑 | 清・夏燮 |
| 穆天子傳 | 晉・郭璞注 |
| N | |
| 南部新書 | 宋・錢易 |
| 南部煙花録 | 唐・顔師古 |
| 南村輟耕録 | 元・陶宗儀 |
| 南江詩文集 | 清・董熜 |
| 南齊書 | 南朝梁・蕭子顯 |
| 南史 | 唐・李延壽 |
| 南唐拾遺 | 清・毛先舒 |
| 念臺文集 | 明・劉宗周 |
| O | |
| 甌北詩集 | 清・趙翼 |
| 歐陽文忠公集 | 宋・歐陽修 |
| P | |
| 甫里集 | 唐・陸龜蒙 |
| 毗陵集 | 唐・獨孤及 |
| 曝書亭集 | 清・朱彝尊 |
| 樸庭詩稿 | 清・吴熗文 |
| 埤雅 | 宋・陸佃 |
| Q | |
| 七發 | 漢・枚乘 |

| 文獻名稱 | 作　者 |
| --- | --- |
| 七命 | 漢・張協 |
| 齊禪梁表 | 梁・任昉 |
| 齊東野語 | 宋・周密 |
| 齊記 | 伏琛 |
| 耆舊續聞 | 宋・陳鵠 |
| 齊諧 | 上古・齊諧 |
| 騎省集 | 南唐・徐鉉 |
| 啟顔録 | 隋・侯白 |
| 清代傳記叢刊索引 | 現當代・周駿富 |
| 清文獻通考 | 清・孫人龍 |
| 青箱雜記 | 宋・吴處厚 |
| 清一統志 | 清・穆彰阿等 |
| 蛩吟集 | 清・岳鍾琪 |
| 秋水齋詩集 | 清・張映斗 |
| 趨庭録 | 清・李光型 |
| 曲洧舊聞 | 宋・朱弁 |
| 全芳備祖 | 宋・陳景沂 |
| 全唐詩話 | 宋・尤袤 |
| R | |
| 日下舊聞 | 清・朱彝尊 |
| 入洛集 | 後周・王仁裕 |
| 入蜀記 | 宋・陸游 |
| 若溪集 | 清・任觀瀛 |

（續表）

| 文獻名稱 | 作　者 |
| --- | --- |
| S | |
| 三輔故事 | 漢・趙岐 |
| 三國志 | 晉・陳壽 |
| 三輔黄圖 | 未詳 |
| 三秦記 | 漢・辛氏 |
| 山谷内外集 | 宋・黄庭堅 |
| 山海經 | 晉・郭璞注 |
| 山薑詩選 | 清・田雯 |
| 水心文集 | 宋・葉適 |
| 尚書 | 春秋・孔子編 |
| 邵氏見聞録 | 宋・邵伯温 |
| 少室山房類稿筆叢 | 明・胡應麟 |
| 神仙傳 | 晉・葛洪 |
| 神異經 | 漢・東方朔 |
| 升庵集 | 明・楊慎 |
| 詩話 | 宋・陳師道 |
| 詩話總龜 | 宋・阮閲 |
| 詩經 | 先秦總集 |
| 詩人玉屑 | 宋・魏慶之 |
| 詩藪 | 明・胡應麟 |
| 十國春秋 | 清・吴任臣 |
| 十家詩話 | 清・趙翼 |
| 石林集 | 宋・葉夢得 |

| 文獻名稱 | 作　者 |
| --- | --- |
| 石林燕語 | 宋・葉夢得 |
| 十三經索引 | 葉紹鈞 |
| 十三經正字 | 清・沈廷芳 |
| 拾遺記 | 晉・王嘉 |
| 石齋集 | 明・黄道周 |
| 史記 | 漢・司馬遷 |
| 釋名 | 漢・劉熙 |
| 釋氏要覽 | 北宋・釋道誠 |
| 世説新語 | 宋・劉義慶 |
| 事物紀原 | 宋・高承 |
| 蜀都賦 | 晉・左思 |
| 述本堂詩 | 清・方觀承 |
| 庶齋老學叢談 | 元・盛如梓 |
| 雙崖集 | 明・周忱 |
| 水經注 | 後魏・酈道元 |
| 説文解字 | 漢・許慎 |
| 説苑 | 漢・劉向 |
| 思舊賦 | 晉・向秀 |
| 司馬法 | 周・司馬穰苴 |
| 四朝見聞録 | 宋・葉紹翁 |
| 松陵集 | 唐・陸龜蒙 |
| 宋史 | 元・歐陽玄、張起巖等 |
| 搜神記 | 晉・干寶 |

（續表）

| 文獻名稱 | 作　者 |
|---|---|
| 蘇州府志 | 清・馮桂芬 |
| 遂初堂詩文集 | 清・潘耒 |
| 歲時記 | 唐・李綽 |
| T | |
| 太極圖説 | 宋・周敦頤 |
| 太平廣記 | 宋・李昉 |
| 太玄經 | 漢・揚雄 |
| 談薈 | 明・徐應秋 |
| 弢甫集 | 清・桑調元 |
| 陶淵明集 | 晉・陶潛 |
| 唐國史補 | 唐・李肇 |
| 唐會要 | 宋・王溥 |
| 唐六典 | 唐・李林甫等 |
| 唐實録 | 唐宋官修 |
| 唐摭言 | 南漢・王定保 |
| 唐音癸籤 | 明・胡震亨 |
| 天禄閣外史 | 漢・黄憲 |
| 天台山賦 | 晉・孫綽 |
| 田叔禾集 | 明・田汝成 |
| 甜雪詞 | 清・戴文燈 |
| 苕溪漁隱叢話 | 宋・胡仔 |
| 通典 | 唐・杜佑 |
| 通書 | 宋・周敦頤 |
| 通志 | 宋・鄭樵 |

| 文獻名稱 | 作　者 |
|---|---|
| W | |
| 王荆公集 | 宋・王安石 |
| 王右丞集 | 唐・王維 |
| 王僧儒文集 | 梁・王僧儒 |
| 維摩詰經 | 鳩摩羅什譯 |
| 味和堂集 | 清・高其倬 |
| 魏略 | 魏・魚豢 |
| 渭南文集 | 宋・陸游 |
| 聞見後録 | 宋・邵博 |
| 文獻通考 | 宋・馬端臨 |
| 文選 | 梁・蕭統編 |
| 問亭集 | 清・方觀承 |
| 烏程縣志 | 清・杭世駿 |
| 吾廬存稿 | 清・范承謨 |
| 吴興園林記 | 宋・周密 |
| 吴興實録 | 唐・陸龜蒙 |
| 吴越春秋 | 漢・趙曄 |
| 五代詩話 | 清・王士禛、鄭方坤 |
| 五代史 | 宋・歐陽修 |
| 五燈會元 | 宋・普濟 |
| 五國故事 | 未詳 |
| 武林舊事 | 宋・周密 |
| 五總志 | 宋・吴坰 |

（續表）

| 文獻名稱 | 作　者 | 文獻名稱 | 作　者 |
|---|---|---|---|
| 筍譜 | 宋・釋贊寧 | 檐曝雜記 | 清・趙翼 |
| 西湖遊覽志 | 明・田汝成 | 顔氏家訓 | 北齊・顔之推 |
| 西京雜記 | 漢・劉歆 | 鹽鐵論 | 漢・桓寬 |
| 西林遺稿 | 清・鄂爾泰 | 演繁露 | 宋・程大昌 |
| 西嶽集 | 前蜀・释貫休 | 硯北易鈔 | 清・黄叔琳 |
| X | | 揚州畫舫録 | 清・李斗 |
| 香譜 | 宋・陳敬 | 藥園詩稿 | 清・吴焯 |
| 襄陽耆舊記 | 東晉・習鑿齒 | 鄴中記 | 晉・陸翙 |
| 小木子詩集 | 清・朱休度 | 衣銘 | 晉・傅玄 |
| 孝經 | 春秋・孔子 | 遺山集 | 金・元好問 |
| 孝子傳 | 漢・劉向 | 易經 | 未詳 |
| 心經 | 宋・真德秀 | 易詩書雜説 | 元・吴師道 |
| 新書 | 漢・賈誼 | 藝文類聚 | 唐・歐陽詢 |
| 新唐書 | 宋・歐陽修 | 幽明録 | 南朝宋・王義慶 |
| 新序 | 漢・劉向 | 酉陽雜俎 | 唐・段成式 |
| 星經 | 漢・甘公 | 庾開府集 | 北周・庾信 |
| 姓氏書辨證 | 宋・鄧名世 | 輿地志 | 陳・顧野王 |
| 徐孝穆集 | 陳・徐陵 | 漁洋詩文集 | 清・王士禛 |
| 宣和畫譜 | 宋・佚名 | 玉律秤尺表 | 北周・庾信 |
| 學海觀滔録 | 清・朱休度 | 玉茗堂集 | 明・湯顯祖 |
| 荀子 | 戰國・荀卿 | 玉堂閒話 | 五代・王仁裕 |
| 遜友齋詞 | 清・沈綸翁 | 玉臺新詠 | 陳・徐陵 |
| Y | | 元豐類稿 | 宋・曾鞏 |
| 雅雨堂叢書 | 清・盧見曾 | 元和郡縣志 | 唐・李吉甫 |

（續表）

| 文獻名稱 | 作　者 |
|---|---|
| 元史 | 明・宋濂等 |
| 東府雜録 | 唐・段安節 |
| 越絶書 | 漢・袁康 |
| 雲谷雜記 | 宋・張淏 |
| 雲笈七籤 | 宋・張君房 |
| 雲麓漫鈔 | 宋・趙彦衛 |
| 雲仙雜記 | 唐・馮贄 |
| 雲煙過眼録 | 宋・周密 |
| Z | |
| 戰國策 | 漢・劉向 |
| 戰國策校注 | 元・吴師道 |
| 章臺柳傳 | 唐・許堯佐 |
| 真靈位業圖 | 梁・陶弘景 |
| 鎮江府志 | 清・馮夔颺 |
| 震澤志 | 明・王鏊 |
| 正蒙 | 宋・張載 |
| 真誥 | 梁・陶弘景 |
| 中國古今地名大辭典 | 近現代・臧勵龢 |

| 文獻名稱 | 作　者 |
|---|---|
| 中國人名大辭典 | 近現代・臧勵龢 |
| 中國文學家大辭典 | 現當代・譚正璧 |
| 忠經 | 漢・馬融 |
| 忠穆集 | 宋・吕頤浩 |
| 忠雅堂集 | 清・蔣士銓 |
| 中州集 | 金・元好問 |
| 周禮 | 漢・劉歆 |
| 諸葛武侯集 | 蜀漢・諸葛亮 |
| 莊子 | 戰國・莊周 |
| 芝田録 | 唐・丁用晦 |
| 質園詩集 | 清・商盤 |
| 資治通鑑 | 宋・司馬光 |
| 紫泥集 | 後周・王仁裕 |
| 字辨 | 北齊・李鉉 |
| 祖庭事苑 | 宋・陸庵 |
| 醉鄉記 | 唐・王績 |
| 左傳 | 戰國・左丘明 |

（此爲部分徵引目録，其中含轉引者。按中文拼音字母順序排列。）

# 附（二）明史雜詠（一八〇首）

# 明史雜詠四卷

〔清〕嚴遂成撰

清華大學圖書館藏清乾隆刻本

古者史與詩異體而同用周世尚書所記不過數十篇上自文武下迄春秋之中並允王朝得失列國盛衰與夫賢士大夫憫俗憂時草野中士女謳吟言志其事則具備於詩迨秦雜降而雅亡閟宮亡而頌亡株林賦而風亦亡詩亡矣詩亡而史亦亡春秋之所為作然則詩未亡以前詩即史也春秋既作以後史亦即詩也自漢氏以來詩人



遞起文選所錄詠史詠古擬古諸篇何嘗不即史為詩特其以詩為史可法可歌深得三百篇之意獨推工部又如樂府古題初皆寔有其事而言其情後人擬者亦必稍仿其意又豈非以史為詩者耶工部不擬古題而能成樂府此其所以為詩史也曩者詞科之役吾浙薦舉先得十人皆史才而海珊先生為舉

首海內翕然推之及
臚軒名試而先生顧以艱歸里海內莫不嘆其才之奇而不獲為史也乃先生湛然不以介意頻宰劇邑用儒術飾吏治政事暇即讀書著述以自娛歲丁卯余服闋補官先生遥寄一編則詠明史古今體也先生既不獲為史因以其史之具盡發於詩余讀之歎歌欲泣其詩即其史也高者欲攀工部



次亦平視記室諸公較西涯新樂府何多讓焉先生以余嘗校明史索余序余不得辭為書古人詩史同用之義以復之
時
乾隆卅二年孟秋年弟天台齊召南拜撰

明史雜詠卷目

卷一古詩二十六首







卷二古今體五十二首







卷三古今體五十八首

楊文襄一清二首　彭襄毅澤二首
新建侯王守仁二首　曾襄愍銑二首
沈忠愍錬　楊忠愍繼盛
仇鸞　胡太保宗憲
張太岳居正　海忠介瑞
戚武毅繼光二首　俞武襄大猷
陳將軍第　王襄毅崇古
吳少保兑　顧端文憲成
湯遂昌顯祖　文絶句二首附
熊經略廷弼　李尚書三才



趙忠毅南星　前題
鄒忠介元標　高忠憲攀龍
楊忠烈漣　左少保光斗
周忠介順　朱太師燮元
孫太師承宗二首　袁經略崇煥
熊文燦　陳總督奇瑜二首
楊督師嗣昌　盧少師象昇
汪總督喬年　秦總兵良玉
曹總兵文詔　猛總統如虎
周總兵遇吉　史督輔可法二首

袁都御史繼咸　祁掌道彪佳
寧南侯左良玉　靖南侯黄得功
興平伯高傑　何都御史騰蛟

卷四　古今體四十四首

楊徵君濂夫　席帽山人王逢
王參軍冕　九靈山人戴良
顧錢塘德輝六首　袁御史凱
高太史啟　王舍人紘
林儀部漸四首　桑通判悦
萬都督表　楊儀部循吉



祝允明京兆　唐解元寅
李副使夢陽　王同知九思
何副使景明　王裕州廷陳
顧尚書璘　楊文憲慎二首
茅副使坤　徐記室渭
王尚書世貞　李按察于鱗
謝布衣榛四首　李孝廉長蘅
黄進士淳耀　太白山人孫一元二首
金御史聲　張三丰
阮懷寧大鋮

明史雜詠卷一

烏程 嚴遂成 海珊

韓林兒

韓林兒或云李氏子彌勒佛生山童死黑牛白馬巾紅巾青巾香巾隨後塵後宋八世國號宋正朔家家奉龍鳳爪步舟覆兒可憐明年始稱吳元年

光武貳于更始范史亦書一始字

陳友諒

漁家子起沔陽黥頭沉沉稱漢王艫箱連鎖棚走馬來潮東向吞天下柰何雁汊燒羊及閒行壞汝萬里之長



城鐵撾擊碎壽輝首義帝沉江戰且走餓鴟一聲摩天風目睛突出箭血紅相士貴墓術不驗沙岸雨立朝班空虎鬪龍爭幾朝暮若翁業漁尚如故不識門前擁篲迎不逢狙上分羮怒嗚呼載屍安用鏤金牀比之溺器七寳裝龍鳳鞍帊真珠光劉鋹孟昶汰已甚與亂同事罔不亡

張士誠

操舟運鹽張九四白駒亭場樹賊幟萬戶告身拒不受棟射三矢承天寺吳越踞坐拓土寬遂與元絕稱天完諸將偃蹇載樂器樗蒲蹴踘軍中戲一檄飛空碎城堞

耳聵風謠黃蔡葉錦衣銀鎧十條龍萬里橋邊喪丹旐嗚呼以身死國具英雄江東不降宋錢俶河西不歸漢竇融事劉亦挾丈夫氣奪雲樓火通天絕

開平王常遇春

常十萬東擒吳西殘漢北走庫庫無用戰君不見采石磯奮戈跳盪船如飛又不見洛水槊潰圍馳突全身歸嗚呼勇力絕倫年四十凌烟鄂公（王初封鄂國公）好顏色如何甲冑夢神人疑汝饞來特就食英雄斷頸小田間日月之明有時蝕

岐陽王李文忠



岐陽王酷似其舅事事直與古人偶君不見吳呂蒙法立誅必凶門凶一笠一釜將毋同又不見漢耿弇跳勒飛泉鑿深險乘馬踴地刑以牲桑哥兒麻軍破膽臨陣踔厲馳風檣遇大敵勇不可當家居蟬蛻惜無事忘其親貴身為王雅歌投壺祭征虜恂恂書生岳忠武兵權一釋學為儒金華胡（翰）范（祖幹）吾所師

李景隆

五十萬人付年少是謂棄兵而揖盜怏怏宿將丈人行踞坐膝行禮何屢璽書黃鉞渡江來舳沉風雨波濤飛大旗一折陣小動委棄如山空壁遁召還驚定勝游魂

僇廼廟社天家恩殿前叢毆辜不死死則誰啟金川門

東甌王湯和

此城據之屋脊坐鐵券時時書酒過部勒羣兒夙所奇
容捾之疽無穩臥忽然治第中都中安車迎入朝元宮
里閈兵興敘舊事御膳法酒時相從異時元臣率罷法
若胡為者封甌東妄賸資遺日臥疾失音之老其遠禍
乃知韓彭葅醢坐少壯從赤松遊庶無恙不然吏事既
以責三公兵權不釋酒盃中安得人人以壽終

郢國公馮國勝

求珠納哈出之妻私匿駝馬金山西細故失意禍奄至



諸子不封竟不歸黑氣滿室非吉徵春秋漸高漸猜忌
獨不念龍盤虎踞金陵圖拔為根本帝王都阿兄用圖輒
輅漢劉敬可以論功贖罪無

東莞伯何真

鈔懸十千募擒賊王成之奴縛主出如殺予鈔賞不虛
隨具湯鑊烹于軍揚旗伐鼓額爾衆奴叛主者罪深重
嗚呼繼宴夜飲彭寵頭裂地曾封不義侯侯兮侯兮乃
不義起自賊中銅馬帝

醉風漢郭德成

鞏昌侯封予世襲驍騎舍人醉風漢因緣女弟寧王妃

胡然薙髮衣僧衣百罌金幣勞賜厚侍宴後庭冠脫者
不事事乃無職守時復中之飲醇酒人生適意多得錢
唱佛不已祈神仙後黨禍起率連坐此老閉門足高臥

吉安侯陸仲亨

持一升麥草間伏呼之曰來從逐鹿此我臨濠初起時
臣作股肱帝心腹積功封侯命不輕一擲家奴封帖木

誠意伯劉基

西湖異雲西北至十年前識金陵氣陳強張富決雌雄
帷幄屏人其語秘亂髮侍側蹦胡床如以真王易假王
躍起大呼徙別艘難星一礮占鄱陽公何有術不自救



談洋茗洋吏訐奏僨轅之駕挾醫來積中拳石吞烏喙
京房郭璞數莫逃天文象緯書可燒幸而遇時佐洪武
不然著郁離子究何補異授有神亦有師泯沒平生鄧
祥甫

韓國公李善長

韓國公蕭何主守高于血汗功誰連染之胡惟庸惟庸
弟之親可以贖其兄之身何至殺及七十人獄辭傳著
真不真嗚呼王虞部用圖蹏抗聲讀一字一痛哭開國元
勳傳變爲奸黨錄人言漢高心腸薄不聞併赤蕭何族

宋學士濂

字呼景濂數燕見坐命茶侍命膳徃復咨詢常夜半溫樹之署無是非具以實對心無機手調甘露賜綺帛藏此製作百歲衣夫既欲其生曷又欲其死謫戍于夔不赦汝白首萬里身荷戈識是當時醉學士學士那復醉三觴夢聞師父稱太子嗚呼蓮花山下秋風多鬼此楚辭白馬歌

蘄州守魏觀

生不能王敗而走遺基豈復為鬼有都水行司地合遷青燐黑青散如烟潴錦帆涇規水利利民之外無他意以此受譖僇其身巷以哭者蘄州民蘄州民哭太守太



守生禮行鄉飲酒太守死誰與訂經史課績空為天下先悔而歸葬骨已淪重淵不如前人事奇刻全受全歸陳烙鐵（前守陳寧奇刻人呼陳烙鐵）

劉學士三吾

春夏榜南北榜南有私北無黨空持朝鮮珉琄筆等之敝帚千金享然而六十一人中詎皆有文在其掌琮也善易不善蓍翰苑當阨知不知八十老者戍邊死坐右燕王左太子早知天命有所歸金陵城上燕南飛不如當時不办諫無用喪師五十萬十族九族免塗炭周公成王本一家事猶賢於新莽篡竊雖功誰蘇咸之坦坦翁（埋白地坦介）

危學士素

司馬遷生祭邑死蜀係存亡一代史有元實錄錄未曾后妃傳事逸無徵章向宮監餽餳餌挽起井中僧大梓史不可死身不死小車賜宴詩後成先發之意荅聖明忽然東閣聞履聲亡臣佐命滿君側豈必人人文相國無城守功作余闕安得和州享廟食嗚呼責爾一死爾亦能只恐真珈飲器沒西僧萬古空圖永穆陵

許祭酒存仁

象牙飾床安用之白雲為父仁山師師一冊傳守其說



按禮製冠白纓經進講洪範休咎徵旅移官物取杭妾忌者因之擊以舌謂於師臣體有闕早知瘞死骨不收不如不赦留韶州十年稽古侍君側少緩須臾㦯登極天與人歸歸不得知言哉劉丞直

宋文恪訥

危坐怒色含怒意畫工瞷之圖獻帝問其內訟過甚徵蹶者超者碎茶罷附火寒燎脇下衣至膚始覺膚焦沸拊摩壽骨死猶未一病再病命且既偃眠不聽歸私第明朝學舍當丁祭文教肇開三百年亦復應詔言修邊邊備實兵兵屯田多用其言言可傳其言可傳行不得

若使上馬去殺賊隍中羌縛趙充國
陳參政觀
王猛以發捫鍾山龍虎蹲試詩作賦屢稱旨免何妻子
不自存記得參藩于秦作秦相口不能言鎖金狀
桂正字彥良
包山院長江南儒文華堂上延為師編修給事中為弟
師衣白衣顛倒之官正字言正字用予用我湯武事既
製格心圖更上太平策十二大聲徹殿人盡瞷對帝朗
誦詩古文
陶學士安詹學士同
禮議郊廟刪律令日歷編成輯寶訓一長于易一春秋
各以文章佐景運叔孫綿蕞何匆匆視二公者將毋同
同是故元所棄士幾抱遺經草澤死相見恨晚李耆儒
李習字伯羽年八十餘矣 理得嫁衣就木矣
中書吏劉敏
暮市盧兮龍江旦載歸兮入治事婦織蓆兮力養懸諸
梁兮磁兀器吏也應若此風示爾多士士果當以吏為
師官奴可給前致辭事毋何預他人事辮衣者婦喃者
兒此語可勒孝子祠
靜誠先生陳遇



南陽諸葛廬帝三幸其居衛士十人護肩輿賜金賜帛
賜綺衣帷幄計秘參劉基功王于內不外施官其身而
辭官其子而辭卒成其高病告歸生賜坐近華蓋殿死
賜塋近雞鳴祠神龍見首不見尾清泉白石無磷淄君
不見嚴陵釣臺高位置赤伏符事非吾事又不見衛山
山人衣衣白宰相味李神仙骨途分晦顯臣不臣靜誠
先生兼之于一身
李大理仕魯
僧錄道錄善世院歲度男女踰數萬想當開國百戰餘
懺悔生靈死塗炭衣之金襴袈裟衣耳目橫行數構患
置笏於地干天威雷霆殿擊骨糜爛獨不念公等良為
朱子來來時方恨晚相見修朱雲檻直不旌例之史魚
以尸諫嗣後緇流不賜官真人禪師其名變時無中山
青田韓國公勳舊無憂中譴間過睛侍宴女樂停梵沸
魚山徹內殿
周太學敬心
聖人寶莫大於仁刻璽曰寶始嬴秦秦垢何足污後人
漢臘不祀盜莽新傳至後唐焚于火石氏改製玉一顆
元亡漏落桑乾河漁者獲之于網羅非秦舊璽乃石璽
是亦一石而已矣何苦迺年遠鬪爭新鬼故鬼煩冤喁

輜重絕幕棄於地換此亡國不祥甎當時諫臣諫刑不諫兵兵出皆以元為名蹤陳及此周太學其言便是卞和玉卞和玉聖人寶胠其篋而逃者誰地老天荒王保保

為一石故連年出塞內疲民力卒不能臣擴廓太祖所以有奇男子之歎也



明史雜詠卷二

烏程 嚴遂成 海珊

擴廓帖木兒

舍元殿會將心攜備撤江淮直到齊亡國六龍蹤塞北
迴軍兩虎關關西致書絕幕無歸雁流木馮河一駃屎
天下奇男中道死穎城慟煞杞梁妻

中山王徐達

舊宮夜飲被蒙頭想見驚趨下拜秋廊恪小心曹武惠
深沉大局鄧元侯六王共事權尤重二國分封秩最優
戰罷歸朝歌暇豫西園畫舫客清遊



齊尚書泰黃學士子澄

龍虎山高北燕翔兵聲藉口罪齊黃忍因發難誅鼂錯
恃以成功相李綱一死報君猶氣節兩人誤國共文章
齊順天鄉試第一黃會試廷試皆第一與齊同榜 金川門啟宮中火漫指西南
路渺茫

方學士孝孺

儒生手不筦兵權何若陳籌帝座前反間書留圖餉道
受降播豎阻燒船薛嵓聞賄言難信武勝行誅門轉堅
馬渡長江猶賜勅赦王無罪速歸燕
東市麻衣弟子從一章詩就一身終知人不負姚恭靖

賣國偷饒李景隆，正學無慶傳蜀道，歸宗有錄擬吳風。
秦淮河水凄迷綠，二女魂流血淚紅。

胡大理閏

鄱陽廟壁如雪白，冷光熊熊墨痕熱。龍舟篤浪騰龍睛，日輪照見忠臣血。一子齒劍一荷戈，入功臣家女郡奴。郡奴女名奴以爨灰污其面，灰中被撻迸如顏。十年始脫從軍衣，木蘭青松白壁。黃崇嘏詩全身歸，歸來顏色好。空冢白骨埋秋草，等是未亡人。落花孤燕不懷春，春寒淚如雨。朝饑誰告語，見者憐之餽錢米。吁嗟此是忠臣女。

黃侍中觀



龍頭鬅鬙罵一足，左班文臣罪名六。泣拜親墓懸爲圖，忠孝者妻給象奴。奴索釵釧意在酒，紿之使出挈家走。淮清橋下水陰陰，嘔血於石成觀音。觀音何乃愁慘狀，昇至夫祠屹相向。魂兮魂兮羅剎磯，江豚拜浪魚腹肥。亦有血痕紅墨舊朝衣。

王修撰艮艮字敬止，吉水人，與胡靖、李貫同榜三人，與解縉、吳溥皆鄰居。

三人同榜五同居，白首同歸識竟虛。流涕無言偷伏鴆，隔墻何處忽呼豬。後時不及修降表，前事誰能禁謗書。到得獄門懷死友，鬚眉相見尚如初。

鐵尚書鉉

百萬旌旗一夜拚，金陵王氣漸寒灰。天留鐵漢居中坐，手挽燕軍向北迴。雷電直教平地起指火攻水灌事，魚龍不敢上城來。全齊無恙屯淮去，南望遺民哭州萊。

李景隆敗後，燕乘勝破德州，遂以全力攻濟南。蓋得此斷南北道，金陵不難圖。鉉死守三閱月，攻者萬端，卒不拔。燕王氣索，解圍歸北平。

瞿總兵能

小馬王指棣號小馬王俄聞脫胄亡，前驅又仆皂旗張張姓逸其名號皂旗張。龍騰天護雲迷陣，虎嘯宵驚羽飲染。負骨無兒歸報母，收魂與父誓攜王。哭門餘恨城垂破，聽得鉦敲起戰場。



榮國公姚廣孝

英雄何以不冠巾，背向圍蕉老此身。伏氣山中如病虎，圖形閣上亦祥麟。詩吟北固僧宗泐，術授東吳道應真道士席應真。特地開科長取士，不知漏落幾多人。

三年勝負白溝河，直擣南都不議和。到處機宜泰李泌，常時主守倚蕭何。江山王氣收龍虎，日夜軍聲亂鴨鵝。無老功成身入定，未須治第賜宮娥。道衍穴地築城能瓶缶日夜鍛軍器畜鵝鴨亂其聲

歷城侯盛庸

將星已隕燕張玉玉不歸朝責盛庸開壁突來宜縛虎穿營徑去宛游龍角聲平野星初落馬影長河草正濃閫外不關天子詔豈因叔父得相容

東昌之戰盛庸開壁縱王入圍之數重明年庸營夾河王以三騎來覘掠陣而去日暮王以數十騎逼庸營野宿天明上馬吹角穿營去按此王直成擒耳庸以守濟南功位封侯宜嫻將略數縱舍之雖有朝命為社稷計閫外得自專春秋之義不能無責焉爾

英國公張輔

安南二都環四江地不內屬自有唐叛服復何預我事



禍受天平故陳王孫歸自老撾降芹站伏兵殺天使天兵從天揷天翅揷天翅海茫茫十八將軍治軍裝八十萬兵輸兵粮會平西侯於多邦多邦城高枕江綠人持炬火吹銅角銅角一聲戰象來繪獅衝象象蝟縮直擣圓纖山窮追鹹水關滿海流血紅斑斑季犛安南太上皇蒼其子以小船走反闘縲之奇羅口檻車護至京宴奉天殿簫鐃聲帝歌安南平安南平從此十年長用兵

永樂六年安南平是年之冬變輙生七年遠統平夷兵八年春還秋復叛明年仍賦征南行簡定陳季擴前後相繼作一攻造舟吡覽山再攻荷花海之灣俘斬無算

勢未已紛紛火燧爇象尾蝟毛之矢刺天飛象紛仆落如雨一戰美良山再戰昆蒲暹蠻間步騎蹴之俘檄定次第就擒海氛靜海氛靜占城降擇故王後封為王版圖不入歸要荒我無所利計大義興滅繼絕辭堂堂奈何升州置衛所人其人土其土中國約束苦嚴安南之風安於南南人不反那可得宣德年間得而失王通盟柳升沒依舊安南屬外國

解學士縉

入直三朝禮遇隆蛾眉害寵譖偏工鑿江豈必通無益試卷如何讀不公興議窮兵踰絕徼苦心母嫡護儲宮



漢王法死占城棄應弔忠魂積雪中

洪武中縉侍書內殿太祖親持硯諭之曰朕與爾恩猶父子遂應詔上萬言書成祖朝與六人同參機務鯁直沽禍入廷臣譖始以讀試卷不公謫海外縉以奏請鑿廣東山川通贛江遂震怒下詔獄其實罪在諫征安南及議建儲不直漢王耳然二事卒如縉言而錦衣衛希旨醉之酒立死積雪中亦冤矣

胡忠安濙

圓光五色太和山金殿雙雙白雉斑壽愷開堂娛老地為脩賀表不曾閑

龔謙斂術但除妖萬里邊關守合牢臣不知兵知將將
陰陽通曉仰彌高

夏忠靖原吉

太液池東燕賞優翠鑪銀甕玉壺觴古來玉魏何曾見
人說成周未是仇曲逆能言錢穀數昌黎不與大顛遊（成祖謂公不卻迎法王長揖以見為學韓愈）手書口答無虛日黃髮三朝倚
老誅川遙榆木望圓扉諫採金珠速賑饑饉賜大官嘗察粿
羨翻小吏汚朝衣刑書輟筆歐陽似禁夜聞鈴伯玉非
民力東南今不竭三江旣入水田肥



家司空（諱震直）

起家大布衣歲部粮萬石時至無後期廷對矢報國觀
政入銀臺文牘祛委積三遷冬官長役車按名籍是時
大營建（開鑿膠胭山河移置五軍都督府六部諸公宇）更番藉休息龍州師問
罪地界安南逼往諭王拜命私覿謝香帛（安南囊金銀文幣名香為賂皆卻之）
獻雉越裳朝舞干有苗格興安治靈渠三十六閘
勤南北導湘灕漢潭毒龍匿焚鑄象鼻峯漕舟渡枕席
水鎖死支祈山留巨靈跡疏鹽廣東西引定四府額（江西南安贛州吉安臨江）
挹注稅半之宿弊一朝革遇事敢風生棱驛
鰥糾劾（劉都）稱旨掌南臺風紀百條飭冤獄數平反（前為御史常成等百餘人坐奏聞其等及婦言有所非鹽東赴逮鞫百人石灰關卒二十餘人誣當誅及孫田姜股等冤案皆奏免）
祥刑垂典則朝陽聞鳳鳴秋霜亦厲擊高
皇性猜忍喜怒生不測功臣罕得全恩榮獨殊特病則
遣醫來（賜宴藥）大篋樓酒食（御史李某奏公在後堂大食監樓酒食帝曰受用的打）
（甚寵眷也宋濂文命光祿張紞云御賞好的待他）行蓋隔癖癖（使安南帝曰多做大漠年）
去崇禮（名術）有賜宅厚福呼佳兒（帝依公說謂有後福名三子見稱為佳兒）綢
開釋羅織（家前後二獄詞連弟姪子婿常省釋之）引年許退閒顧問備朝
夕埴雖繼求舊大不耐官職安撫乃空衛驅車行至澤
周覽晉雲山題詩滿屋壁九重以疾聞囊金無處覓（安撫）
（山西行至澤州一夕卒前十六小刪司公以疾老如見囊中金屑訖不見有訪文大山上來歌諸詩）何哉



致身錄偽造詞抵飾帝已火宮中城圍地道塞安得西
南遊而有從亡客褚淵寧獨生居然夏侯色仗節隱其
名僅免十族赤後世（萬歷中允按臣請建祖忠祠）旌遺忠聆蠻慰魂
魄史筆乃闘疑家乘述祖德（時重刻流芳錄）

昔竹垞先生在史館有問遜國事宜何書以宮中火
帝崩五字對迄為定案帝既未嘗出亡安所得從亡
有遇程濟破檻車諸附會事稼堂先生辯之詳矣俗
演千忠會傳奇乃史彬後裔攜刻致身錄射利徵余
族金不遂偽造誣蔑然先公奉命山西與雲南風馬
國史具在世豈皆沒字碑哉竊念太祖何如主擢自

布衣呼之曰老嚴爺傾殊家挾持大有其兵長久罷
班天下匠役凡二十餘萬戶爲御史右副都御史平反
冤獄全活千餘人定廣東西江西四府鹽法使安南
致書於其王與摘卒如詔指圖其阨塞以獻壯則郄
之尤善者治興安靈渠導湘灕二江濟漢運陡閘
三十有六鏵危灘中石土人謂史祿馬伏波後一人
然則功固足書輕重不爭一死且先公之死也甚諱
當文皇登極已退歸賜第終建文朝不仕安撫條空
銜一入晉界當受事輒餌金屑誡老奴慎毋泄其時
隕宗湛族固不恐先業之不祀亦以死吾分也何責



名爲史書疾卒蓋據實録正與遺令訃聞必以疾一
語符合其不死於疾死於金益信不然萬歷中臺臣
詛無所據以請禮臣與神廟何遽允之賜祧忠額臨
祀典哉塞忠定夏忠靖官已貴率先迎附執而釋之
皆以忠易名三楊亦非自代來者卒爲名臣無庸遠
引管仲例先公固可以死可以無死今斷斷一出於
死而人顧疑之唯其諱也然先公先自諱且唯恐天
下後世不共諱夫不知諱之之故故生疑則疑適如
先公心其心彌苦識力更出蒙顯難攖訴稱諸公上
矣嗟乎補鍋衣葛河西傭東湖樵夫方埋名如不及
先公亦猶行此意也夫

楊文貞士奇（世稱三楊文貞爲西楊文敏榮爲東楊文定望南郡爲南楊）

四朝元老歷行齋帝眷優隆頌獨西玉體無虞（用公防之使無虞語）
王在趙珠崖永棄國爲黎包容相意稱師德（榮嘗短公反爲之地）
篤慎鄉評媿日磾（子稷橫虐鄉人爲祭文數其惡）休暇亦多般飲會
民間疾苦是詩題

楊文定溥

二相東西並一時逡巡南郡廿年遲宮中對泣才藴軾
獄底窮經注趙岐擋禍將萌無獨斷閣權在握或旁移
壽星幸遇寛仁主記侍東宮贊釋之



莊平伯昊中

三陵營治長景獻次及兩宮（乾清坤寧）又三殿（奉天華蓋謹身）役夫
苦役荷校逃心計口畫手布算官物獻媚輸中官中官
甲第青雲端帝登雲臺慘不悦多是民膏與民血憐念
舊勞落一秩乾沒如山號金穴珠圍翠繞何紛綸居然
三十六宮春各具衣帶隨所服竹枝蘸地羊推輪嚴悍
其妻老彌悍風雪天寒背浹汗命取吳中誥勅來高聲
誦之聲如雷代草翰林故解事終篇乃無一廉字羣婢
竊笑門屏間司空見慣如等閑

石宗使璞

娶婦三日歸母家黃鶴一去天之涯婦翁訟壻壻誣服眼前酷吏酷刑酷憲使平反如有神神來入夢夢示真大書一麥字兩人夾一人比明械囚趣東市伐鼓鳴鑼手旁擒魂門屏間一童子摘詰其師乃道士道士匿婦橋麥中撥雲見日青天紅古人斷獄斷以意後人斷獄斷以例從所應死民莫悲咎繇復生無能為

興濟侯楊善

毳幕琵琶侑酒聲捐貲奉使竟功成紿書何以傾童僕受譖寧須怨石亨供奉外園多善果蠹緣中貴亦恒情滑稽大有莊嚴處流涕朝房賀不行

明史雜詠　卷十　十

宋尚書禮

北河地窪九十尺南河百十有六尺地至南旺勢中高其名為水脊阻隘兩頭扼其隘引汶使入助水流建瓴而下不可留留之以閘閘用石層層蓄水水乃積沽頭南臨清北舟如枕席上渡師全以水力替人力憶昔陽武起丁夫衛糧運運勞費多此湖鑿貫地脈一氣混合江淮河尾閭於海無停波宋公之功民詠歌安民山安山湖會通自元明則無創此議者潘叔正佐治配食金周並獨不念築戴村築壩城水乃分為二道行何人車過酹杯酒汶上老人懷白英

會通河自安民山引汶絕濟鑿自至元中岸狹水淺至洪武河決原武絕安山湖會通復淤用潘叔正言命金純周長同禮濬治然大關鍵在築壩城戴村壩遏汶流匯諸泉入南旺湖分二道南至沽頭北至臨清各設閘以道淮達衛益南旺湖固水脊所謂截之高地以濟運遂罷陽武衛糧陸運之役勞費省功甚大建此策者固汶上老人白英也今金周配食宋公祠潘賜衣鈔獨無一語及英是遺之也

平江侯陳瑄

陸運海運改河運更改民運為兌運運河規畫功告成一一親承神禹訓寶山肇錫捍潮堤繼而渠鑿淮東西淮東西河南北呂梁洪險刁陽塞用地所宜河受職三千餘里遞灌輸中間置倉四十區置舍五百六十八四十七閘版斯核糧艘尾尾如龍遊由江而淮匯河流直達直沽無滯留歲漕京師五百萬足食兼為兵民謀論封合號平江侯平江侯白山島上倭焚舟下馬累劍戳且走西番南蠻割賊首宰相安用讀書人渠是遼陽射鵰手

明史雜詠　卷十　十一

瑄先以總兵官率舟師海運遇倭擊之焚其舟白山島時海溢議自海門築捍海堤又築青浦土山既成

錫名寶山後專理運河者三十年凡所規畫精密宏
遠功不勝書余家淮南扁舟行三千里直抵通潞誰
實貽萬世利侯之明德遠矣顧少從父戍遼陽以射
鴈稱征西番諸蠻會雲南師征百夷有功固一武人
也沾沾以科第求宰相相業所以不足觀歟
言治河者曰南陳北宋以宋之功在北陳之功在南
然濬徐州至濟寧以呂梁洪險別鑿一渠於西避之
又自淮至臨清至直沽沿路置閘置倉置舍置導淺
夫卒三千里間舉無遺策則其為功於北也亦豈尠
哉

明史雜詠　卷二　十二

北祭酒李文毅時勉
端東門入路生天冠帶俄驚立陛前拜賜金瓜三折脇
未能俯地拾餘錢
血竭療來逢義士鹿鳴歌罷對英公導旗張樂都門外
歸恥寒衾納襦中
南祭酒陳文肅敬宗
致幣牽羊禮頗優四箴書了我何求一錢不值秋官長
肯舍詩書對楚囚
以仁宗之賢臨崩猶餘怒李時勉以王振之大奸懸
得陳敬宗一見為重天下好惡之無常亦人生有幸
不幸焉
文毅貌寢文肅魁梧袁忠憲相二公名位相埒後同
時官祭酒十餘年一嚴肅一平恕各有師法終明之
世稱賢祭酒者曰南陳北李然譽不在大捃摭細事
書之已過人遠矣
周文襄忱
江南財賦地逋課八百萬奉命往釐之何以起塗炭冥
平籍官田租倍他郡半果減少甦息平米法稱善撥運
綱綱運運立簿轄轄收總總收收握算置倉名濟農賑貸取贏
羨水次淂兑交轉漕去前患析草以帖齋納布式毋亂

明史雜詠　卷二　十三

損耗供帳科缺額鹽竈賠時復辟勞從父老咨詢遍忽
馬匹馬騎往來歷圩岸安知都堂尊衣服固澈懈澀
濬三江沙柴壆二縣丹徒丹陽餘波逮鄰封乞糴役舟泛江北
饑公貸米十萬石歲積不可校脩葺廣營建餽遺匪乾沒漁蠹
或欺謾公物歸之公張弛為濟幹朝士叢謗議奸民迭
搆煽二十一年前公在任二十一年十家九逃竄苦心著成勞
凶荒飽饔飧乃不以為功撫膺發長嘆郎署昔浮沉挨
宿成祖令二十八人進學文淵閣應二十八宿公選庶吉士年少乞預許之謂之挨宿資靖觽張
說珠記事楊愔麴障面竹木貯陶侃陰陽册劉晏以此
經世才況當土木變不得立于朝度支絀攻戰嗛嗛意

未已保全荷深眷厥後吳大饑何人迹克踐處處祭生祠哭聲震淮甸

况蘇州鍾

九府雄劇地命舉廉能吏公乃得蘇州秉傳其往蒞賦重役苦繁豪猾踞奸利銜尾請畫諾佯若不省視三日召庭詰貫盈立捶斃旋復蠲煩苛條教釐次第搏擊亂虎威噢咻慈烏意募佃官民田減額第一義荒賑濟農倉餘充雜辦費糧馬三十年死者補以繼棕布七百疋濶者抱以諳設法為之防立簿為之記公以吏起家故習知吏事讀書多奚為善規卧全計驛騐料過客措慕

明史雜詠　卷二　十四

抗中使巡方長揖之拜跪斥往例詩獻除新銜（鄒亮獻詩為之）（朝擢吏部司務拔理御史）禮恭報故誼（吳思忠）中丞諸善政協力受委寄詔許得上書動與朝廷議上惟遂所請下各行其志凡轄縣有七百萬生靈繫道在手制人而不受人制權輕民斯玩法密政斯弊郎遇古循良無能奏一技神駒責千里先請寬鞭轡

咸寧伯王越

烽火丹心老戰場全憑一鉞制番羌官奴入廠交初密妓女從軍氣轉揚塞外琵琶觴夜雪奩中算票慕秋霜旋風飄卷朝鮮國慷慨侯封萬里長

靖遠伯王驥

魚兒海後麓川行力贊權璫主用兵鴟嚇但能欺濟貴鴞鳴誰得禁詹英綠綸舁去恩何濫蟒繡衣來寵可驚復辟功名人所譏訟言臣子入南城戰獲金牌又虎符南征未許者藍和橋浮柵外元兇逸疏置筒中間道過敗掩為功唐李密老當益壯趙廉頗江枯石爛無人渡漁戶星星鬼火多（金沙江終不能渡多殺漁戶為首功）（見詹英彈本）

王恭襄瓊

中樞魁柄不旁撓出鎮三邊地望高無事西番降土魯

明史雜詠　卷二　十五

有人南贛縛宸濠平時料賊謀先中遠道籌糧記最牢憑仗子公多氣力老來終得長天曹

三王皆立邊功麓川之役勞師費財迄不得思機發靖遠難蔽其咎三邊總制自咸寧始數出塞威名震懾功在靖遠上恭襄亦總制三邊西陲民素苦土魯番一戰降之功與咸寧不相亞其在本兵授王文成提督南贛宸濠反聞至策必敗其他鈎較稽緻具有成算然三人皆附璫故莫或掣之且助之得曲折畢赴迄用有成後來不少良將才卒以失意監軍致敗國亦隨之汾陽俯仰魚朝恩豈獨身家計哉

劉侍講球

夜携小校持小刀太祖太宗呼聲高高聲未已頸血吐遂支解之埋獄户同官同繫馬德文（馮琦字德文）從旁竊血裙後來其子得一臂伴裙瘗空墳仇家子忽病狂發拳敺其父捽父髮老賊我何讐我非他人乃劉球子同小校同時休嗚呼世間殺人者不死天生百刑官不如地下一厲鬼鬼而若逢韓榔予復讐議又紛紛起

鍾左丞同郭主事循楊忠懷源

庭前封巨梃（鍾）驛後覆寒盧（楊）立而射之傷其顱（郭）顱傷淋漓血被面非君好殺臣好諫殺諫臣法法屢變萬死臣亦無餘憾但願臣言後不驗



郭恭政緒

大軍舍金齒單騎抵南甸峻險不可登斬棘縋魚貫土官象輿迎毒霧中胡旋擐甲環數重從行者兩顫傳檄渡金沙革心革其面侵地旣以歸降人亦以獻冒死成奇功功奇在不戰易代始行賞級一俸加半雨露良已賒勞臣性命賤

孟養思禄發兵與木邦擣怨巡撫陳金承詔命緒同副使曹玉往諭中道玉辭疾參將盧和以兵先亦頓舍不進緒越險三旬抵金沙江賊騎環之使毋動傳檄譬曉禍福酋聽令卒納款以歸此弘治十四年事至武宗始以雲南功加俸一級嗚呼入萬死以不戰屈人功固奇亦勞矣屯膏薄賞誰不爲和與王哉

武功伯徐有貞

可惜治河多上策一生方術信陰陽負寃友竟忘周顗病悖今猶笑霍光進擧倉皇乾象驗擲鞭太息將星亡功名終始由曹石金齒歸閒歲月長

武功求祭酒於忠肅已薦之帝帝以其曾議南遷不用而武功以爲沮已勸誅之薄南城恃石亨張軏皆惶惑兵士懼不能擧擧武功大言必濟率諸人助挽



以行二事與周伯仁之於王導霍光之於田延年相類而意特殊嗟乎旣黨曹石復思自異通曉星象已不自救然治河功甚鉅爲北宋南陳後一人而放浪山水十餘年以死爲可惜也

于忠肅謙

狼山一潰帝塵蒙之騎憑陵趁朔風定策詒甥惟卜貳成功魏絳不和戎戒嚴久失邊關險備豫誰籌甲仗空若使此腔無熱血奉迎安得至南宮

大厦全憑一木支欲加之罪究何辭蟒衣封貯貧如素竹瀝親調寵太奇曾沮徐珵南渡議未齎楊善北行貲

東宮廢立臣心苦自有千秋汗簡知[illegible]館瞻時夢公來告曰易儲事余諫疏尚存大內

石亨石彪

一門平世封侯相百戰功奇遇亦奇禍起天文談術士驕生王府狎歌姬責官競造朱龍諺乞帝親書祖墓碑新第落成無幾日寢牀繡蟒別人居

定襄伯郭登

飛天網攬地龍引入圍中機發於塹相椎舂偏箱車四輪車下藏火器上建旗鈎聯馬足焚穹廬大同形勢全燕控穀被環攻嚴不動抱其空贊貨居奇國有君矣



社稷重誰云義不顧私姻月城朝服臣心痛力戰翻教函薄迎求和枉把金繒送君不見牟駝崗二帝北狩胡天長渡河慷慨呼宗澤謝敵倉皇罷李綱茶油紫褐魂飄泊萬古蒼梧落照黃於戲南宮反正封曹石甘肅投荒定襄伯天寒寄食妾縫衣舍飯無兒視易簀

岳文肅正

髯也長身立殿頭宮坊入閣主恩優才疏欲學儀秦術氣急幾從李杜遊罪狀匿名辭榜騎地形指學按圖求御衣唾濺投荒去倒好如何老不收

文肅以贊善入閣與數也用術間曹石反為所噬杖戍至傳舍手拳氣急幾死後赦還帝惜之曰岳正倒好李賢忌沮終不召用噫賢相業有宋李文靖風在三楊上而正與葉盛羅倫同遭擯抑獨不念門達搆惑彭文憲力直之語聞於帝乃解乎何不自鑑也

李文達賢

三楊以後推賢相大體調和遇最優敢諫勉開文靖口重傷毡裹晉公頭先朝故后追封號大內孱孫釋繫囚獨惜受知由景帝荒淫書詆晉陽秋

泣扶帝足拜東宮文翊武翊同心部論公諸嫌不開傳國璽禪儀竟冐奪門功禳災九事言之盡起復三辭制



不終蜚語滿空危巳甚特煩衛士宿家中

商文毅輅

三試無雙譽南薰賜第歸傳行譏禿婦禮在引宸妃贊像黃金賤封章黑眚徵山公踰本量日照展書衣

劉文靖健

二公鶚鶚調和地翊贊無如少主昏善斷固應推宋璟名刋端禮門居洛人思重入相廿年顧命荅明恩時人語曰李公謀劉公斷反攻幾至殺陳蕃諫書淚漬金縢冊奸黨

羅文毅倫李文正東陽

名下奇童洵不虛清貧亦復兩相於弦歌養母樵薪後

衫紵登朝賜果初皇城西有李文正公祠即賜第也祠作雙髻及粗紵小衫乃衆奇童時着以見景帝者留客何妨隣有粟臨文可使案無魚金牛山指
茶山路淼淼江湖訪故居
文毅登第授官脩撰踰二月疏論李賢奪情謫福建市舶司副提舉其冬賢死明年復原職居二年引疾歸年四十八文正十六登第立朝五十年年七十其位壽懸絕然文毅五歲隨母樵汲挾書誦不輟十四授徒資養文正四歲景帝召試置膝上賜果鈔皆奇童也又文毅里居晨留客飲妻子貸粟隣家及午方舉火不為意文正罷政購請詩文書篆者填塞户



限頗資以給朝夕一日夫人方進紙墨文正有倦色夫人笑曰今日設客可使案無魚菜耶乃欣然命筆移時而罷二事相類故比而書之

邱文莊濬

少孤借書走百里右目失明讀未已聽事旋馬遺古風禁游體者文家宗亦復慷慨陳利弊何乃褊衷負盛氣陰陽燮理中書堂反唇而碁冠投地手捽院判布鷹犬面折臺臣視奴隸白沙抑去蘄王公是皆國家棟梁器宋儒論古無完人公獨以意為屈伸當夫金源勢全盛宗弼宗望皆名臣大河以北山四塞誰能踰越兵如神

黄龍痛飲誠不易西夏情形則大異龍圖老子萬甲兵坐以生事悖清議檜也國賊屠忠良歸功再造心病狂人言盧杞定不信論書可以褒五郎嗚呼綱淪目瞶義翻覆西山之書安用補司馬之鑑安用續
文莊生平好讀書居第湫隘至貴不易續通鑑補衍義主南畿試痛黜險怪返文體於正故士大夫以學者目之顧性狷激蘄王康僖抑陳文恭與劉文靖言事不合至投冠於地諷劉文泰訐奏文當詆范文正生事甚以再造功歸秦檜唯謂岳忠武不能恢復中原深明理勢蓋其時金源全盛君明臣良守禦完固



勢難渡河北爭尺寸地余嘗主此論公實先得我心

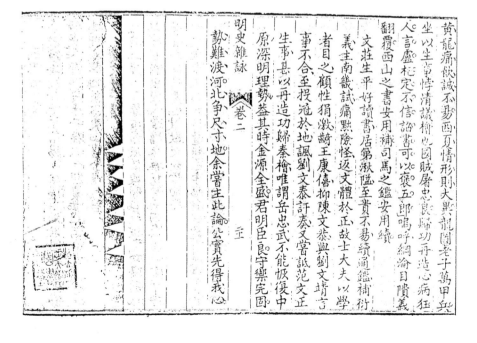

明史雜詠卷三

烏程　嚴遂成海珊

李文正東陽

經濟雖然倚介夫（介夫楊廷和字公自言經濟事須歸介夫）二公（劉謝）歸去勢終孤横流都作抽帆計盡寢空懸負扆圖此獄可生宜善解斯文將墜要潛扶保全國體知多少識得丹心一片無

摘謬求疵獻老成可堪削籍到門生賣文作活寧貪禄以謚為憂尚愛名顯禍不嬰楊伯起成功終賴狄懷英文襄（楊一清）被薦權璫斃底用紛紛名外兵



公五十年清節人所共知唯與劉謝同受顧命二公去公獨留焦芳入相助劉瑾焰搆而狎侮之度不能爭援楊廷和共事差倚自强氣節之士至引狄文惠身事牝朝為盧姨所譏與伴食中書並詠吾師李穆堂先生推原本末則曰公不去將為其難者耳政事闕失廷辯疏論解紓調劑諸賢荷重校下詔獄幾得危禍皆賴以解而功尤偉者薦起楊一清偕張永平寘鐇因為畫誅瑾策然後黜羣奸用梁儲劉忠朝政一新其經營苦心實無異於文惠也學者僅僅以高文典册皮相燕許其可哉

劉忠宣大夏

嘉靖讜論冠諸臺不信陽剛結禍胎萬里圖操携僕去四夷心貢問安來子孫只合謀農業科第何當試吏才為問扶犂鋤菜處東山書舍沒荒苔

楊文襄一清

元戎三度入咸秦遑計威儀壞閣臣仇鉞奇功歸別將江彬蜚語出優人邊墻未築投簪去內患須除畫掌陳最喜南徐居要地獻獻夜飲帝南巡

一代姚崇未易才行邊新色李臨淮智囊喻度機奇中獻廟雷全議允諧繞涿除非崔氏藝隱宮長是太常齋



金錢誌墓尋常事抵死英雄恨不埋

彭襄毅澤

嫁女楚楚造漆器中人之家所有事是第不為吳隱之乃援象箸玉杯例趣焚之火持急裝徒步南登太守堂堂上掄杖下堂詈十二圍腰倒平地匍伏受責起牽衣苦留不住飄然歸徽州固是脂膏地爾毋瘠民吾樂饑何哉石城鄒吏目以言謫官飯不足其父来視之怒其不養箠之哭兩家義方非中庸中庸之道誰癡聾擄盜蜀盜次第平轅門大旗馬一嘶諸將股慄以膝行誤謂虎仙利可啗貽二千帑銀酒鎗滿速兒翻哈密城

尚書齮齕挾隙生搆之內豎戕豎不信置酒交懽使竊
聽醉罵叱咤聲洪鐘屏閒隱蔽頰發紅併力縱慂落其
職羣盜聞之動顏色山河誓券不旌功一死英雄魂報
國懵懵二妾守空廬天寒日暮無衣食

新建侯王守仁

充閭佳氣有雲飛知是神人抱送歸墓上夢徵名將劍
江邊淚認逐臣衣悟開心學源源活適入禪機漸漸非
第一山陰流派別天泉四語證王畿
臣惟賊不遺君父麟閣丹青視等閒義旅風馳樟樹鎮
野心雲戀九華山殘兵絡繹與尸苦諸將淋漓戰血斑
付與龍江江外路凱歌人報獻俘還

心學本與朱子合其末流乃不善學之故不足累陽
明也傳江西者尚實踐傳山陰泰州者流弊靡所底
山陰則王畿首倡狂論泰州王心齋艮亦多怪異二
王之學數傳益甚遁入禪機然其餘諸公因致良知
之說躬行心得發名成業難更僕數詳吾師稼堂先
生集中

曾襄愍銑

紅鹽池襲威寧伯此後何人發一兵俺答毀垣仍大入
吉囊掉臂又橫行輸金翻賣盧龍塞燕土孤懸銃為城



難得雄才能任事漫言邊塞至今生第五指代宗事
八國營陣最分明規復三年事可成裴度不能逃帝斷
李晟竟負天生一腔東市朝衣血三面黃河戰鼓聲
游牧從茲淪異域傷心莫問受降城

套寇起自天順六年歷為邊患唯威寧一襲擊之後
俺答住牧久而兵病腫馬多死步歸無一人敢過問
者至嘉靖二十五年襄愍出塞督戰生擒脫脫虎敵
移帳漸北因條上十八事并營陣八圖期以三年規
復套地所謂天生李晟為社稷也帝亦優旨下廷臣
議忽中變聽嵩搆被逮即日棄市嗚呼是謝敵也夫
以垂近百年之積寇即俺答自嘉靖改元來無歲不
入或一歲再入則匪今斯今矣顧以開釁召寇之罪
坐宣力任事之臣終其世不悔且恨之世言世宗明
察吾謂其暗於晉惠帝焉

沈忠愍錬

無關國事不須爭東閣郎君尚世情酒沐元衡何遽怒
草爲林甫儼如生戰場痛哭文沽禍鼓吏清狂罵擅名
至竟覆巢完卵少九泉二子亦從行

忠愍廷是趙貞吉勿許俺答通貢疏嵩十罪并論夏
邦謨風節有足觀者其餘狂罵哭刺無補於國致罹

重禍詩曰明哲保身君子於郭林宗取則焉

楊忠愍繼盛

萬死生從狄道迴相門雅意特憐才老來薑桂心彌辣
難後川椒口又開三木生香甕罋碎九成入夢鳳絃哀
番兒穹帳休環泣含笑忠魂到夜臺

仇鸞

年少嗣侯掌戎政平生八佩將軍印貽厥之力能讀書
文故要錢武惜命馬市開後　跳梁蟻穿蜂擁隙邊墻
朝易馬去暮突入奪馬轉奪軍衣粮誰為此議罪禍始
鸞也乃授俺答指箭纛小信盟家奴時義侯榮金幣陰謀結

明史雜詠　卷三　五

義子脫脫僭擬乘輿赫道旁一鷲白金三兩强恣睢柳買
皇親第驕蹇平吞麥福莊鐵浮圖來風雨急逆逆尾追
追不及誇張斬獲捷書聞槖駞十四首五級百戲橫陳
歌舞酣新鬼故鬼環營游逋寇事發帝命申促收符救
鎮輪囷天何不賒一日死吾戴吾頭全其身持斧劇孔
大倉卒悔名卧後紅駿人

胡太保宗憲

鐃歌釃酒客盈庭畫戟朱旗戰血腥入海幾時歸奚正
媢人何苦陷張經屢呈賀表寵宜白不信私書汗尚青
蝕鹿無靈來大鳥獄門當作夕陽亭

張太岳居正

公殺我公殺我作自剄狀刀一把公恕我公恕我手持
其鬚客避坐郎吉何傷奪情可被紫橫玉赴湯火三十
二人舁步輿牙盤上食水陸俱守臣長跪雜挽卒席屋
騎隊紛前驅壇壇齋醮爆烈日純忠之堂梁木折田十
頃宅一區為母殘喘延斯須天驚刷金叢珠煙消灰滅
靡孑遺物理循環忌太盛勿字聲訛帝聳聽一朝太阿
柄自持霍家禍敗萌驂乘宮中有力迎慈寧地下無顏
見新鄭竊比舜禹功巍巍畢事馮保空爾為
江陵相業不得以奪情一節掩之此詩當補

明史雜詠　卷三　六

海忠介瑞

驛吏倒懸公子怒發槖中金納之庫宮園藝蔬日自給
嘗舁一鑾以母鼓長揖謁壂宮伏闕策平蠻仙桃天藥
市香寶樂游西苑建醮壇諫書朝以入夕訣妻子與其
棺極使執之母使逝天下豈有怕死之比干墨吏畏風
棄官去朱門丹門突而黝白茆吳淞濬海口剝皮囊草
祖制皆當守剛之剛剛過中無慾其清與水同布袍
脫粟以此始葛幃敝籝以此終

戚武毅繼光

島夸膽落戚南唐戰在南方守北方十五年間邊燧遠

二千堞外敵樓長水流地視山林險雨立兵知絡處
歎息封侯歸別將陣圖空自號籌籌
素服狐狸泣請盟無端移鎮嶺南行試看貢市通如故
可惜車營制漸亡檢點巾袍皆血污登臨山海又詩成
老來卧疾無醫藥別室孤兒半死生

俞武襄大猷

戚家軍俞家軍軍聲恫喝呵風雲猫（譚元清黎那獞黃蕭藍松三等剿猛等）安南（范子儀等）盗（張璉吳平李亞元曾一本等）閩起海氛甚惡無時已
其來如雨去如風滅于西者生于東東西大小數百戰
公也水陸多奇功枋國何人抑不敘幕府攘之自為詩



血肉淋漓換得來棄置空虛無用地偶一失律羣吽吠
三子三奪如兒戲君門萬里臣何言新鬼故鬼聲煩冤
甲裳一卸敘舞罷滴露研硃讀易軒

陳將軍第

身蕪穀羅貢明廷老嫗生兒亦寧馨上馬鄧枚能殺賊
閑門絳灌竟通經燕雲重鎮催頭白吳楚名山慰眼青
歎息故人零落盡天風莫撼海濤亭
第字季立有文武才嘗受知于譚襄敏目為俞戚之
亞歷遊擊將軍鎮薊十年失督府意歸游羅浮西樵
崖山梧桂嵩山與焦弱侯講學謝弗如所著毛詩古
音考家置一編傳習者不知其為故將軍也俞戚二
公先將軍死其時岳東升服設海氛復熾舍將軍其
誰與歸將軍連江人閩郡故有天風海濤亭朱子書
額

王襄敏崇古

納款無如禮遣宜錫之袍帶貨居奇狡人已縛中行說
廷議猶爭郭藥師北按部來齊解西迎佛大果留旗
重開貢市關長保不用和親不賂遺（時有議貢市者方逢時曰貢非和親市非賂遺）

吳少保兌



繚臺崇譽護京畿戰守隨心運駴機詗敵二旗摩虎穴
寄帑八寶制雲衣車營法演連珠響馬市威行白楮飛
斷臂可容西部續黃駝銅佛絕婚歸

顧端文憲成

皇子並日封抗疏矢蹇諤江陵病禱祀手取署名削彔
銓時抵捂相權為旁落放逐名益高東南司木鐸龜山
葺舊院六經下注腳文清戒所師暨關濂閩洛閑風準
習應講席大張拓赴會棹小舟歌詩聽條約亦有好事
者附麗意浮游指斥時政非裁量人物至淮撫與攻諭
貽書入臺閣傳刻邸抄中此者鑄大錯古訓戒出位守

身要東縛遂以資口實。糾擊相繼作怵速逮三案毒焰
一網燁天鑒録東林朋黨其名惡在野清議亡在朝元
氣索後學遊涇陽辦香細如昨林棲四十載尋孔顔之
樂遥遥遡淵源惠泉流未涸

湯遂昌顯祖

堂開玉茗老居貧循吏應辭要路津魏勃埽門終喪我
蘇翁藝圃不逢人唐詩漢史爭何事曾摘王李增減漢史唐詩字而流傳
白下草屨麻衣送此身年六十餘始喪父母既葬病卒遺令用麻衣冠草屨以斂唱遍
旗亭傳四夢紫簫殘本已沉淪次子大耆才而能取其父續成紫簫殘本及詞曲未行者悉焚棄之

明史雜詠　卷三　九

讀牡丹亭傳奇人以義仍連流風懷然其為郎時疏
劾政府知遂昌法古循吏放囚縱牒江陵當國招致
不往故人李道甫撫淮致書幣亦不往窮老以歿其
大節不可奪也

又絶句二首　附

小紅唱罷浣溪紗豕園雞塒草半遮玉茗香消堂不
見曉鶯啼上玉蘭花丙午余遊臨川訪玉茗堂遺址唯餘玉蘭一樹而已
雨絲風片畫船遊一陣笙歌一拍浮今日東門楊柳
岸暮蟬哀怨不勝秋土人言三十年前有通判陸將去任泊舟東門外邀客演牡丹亭劇三日時浣陵吳明府遵解組而此風蕭颯矣陸諱輅王阮亭門人

揚放歸良可已提問又何妨臂痛慈親歿腸驚少子殤
家貧無長物戍遠況殊方公戍代州子青衡莊浪外孫王鍾龐永留赦惜生
還晚封叨謚贈光不堪西極目血淚灑莊浪

公秉憲時天啓三年衆正盈朝鄉貳四司長科道者皆民
譽中外忻忻望治小人側目逆崔呈秀夜走忠賢邸
乞哀又以推謝應祥山西巡撫忠賢怒矯旨切責放
歸于是陽消陰長凡為公所擯者援擢之其推獎者
率遭奇禍諸干進速化之徒一擊公輒遂所欲天下
事不可為矣此天啓七年中治亂一大關鍵也

前題

明史雜詠　卷三　十一

唾罵人從戟手看門庭高峻切雲端倨床下拜風猶古
負劍前驅膽不寒燕趙氣緣遊俠重顧廚名去黨魁難
酒酣以往淋漓筆慶語吳歌打棗竿

鄒忠介元標

奪情疏上毋喪終晚節登朝轍不同踔絶原為少年事
護持綽有大臣風一途首善絃歌外六載都勻木石中
講學宋亡言已甚可堪妖賊比山東

公謫都勻與夷獠居六年遭毋憂家食毋三十年晚
立朝不復形崖岸時朋黨盛故薦引不專一途與馮
從吾建首善書院忠賢竊柄謂宋室之亡由于道學

揚放歸良可已，提問又何妨。臂痛慈親歿，腸斷少子殤。
家貧無長物，戍遠況殊方。公戍代州，子青衍莊浪，外孫玉鎮甌永昌。赦惜生
還晚，封叨謚贈光。不堪西極目，血淚灑莊浪。
公秉憲時天啟三年衆正盈朝，卿貳四司長科道者皆民
譽，中外忻忻望治。小人側目，趙崔呈秀夜走忠賢邸
乞哀，又以推謝應祥山西巡撫，忠賢怒，矯旨切責放
歸。于是陽消陰長，凡為公所擯者拔擢之，其推獎者
率遭奇禍，諸干進速化之徒，一擊公輒遂所欲，天下
事不可為矣。此天啟七年中治亂一大關鍵也。

前題



唾罵人從戟手看，門庭高峻切雲端。倨床下拜風猶古，
負劍前驅膽不寒。燕趙氣緣遊俠重，顧廚名去黨魁難。
酒酣以往淋漓筆，慶語吳歌打棗竿。

鄒忠介元標

奪情疏上母喪終，晚節登朝轍不同。躑絕原為少年事，
護持綽有大臣風。一途首善絃歌外，六載都勻木石中。
講學宋亡言已甚，可堪妖賊比山東。
公謫都勻，與夷獠居六年，遭母憂，家食垂三十年。晚
立朝，不復形崖岸。時朋黨盛，故薦引不專一途，與馮
從吾建首善書院。忠賢竊柄，謂宋室之亡由于道學，
而郭允厚至比之山東妖賊云。

高忠憲攀龍

衣冠具飲入池沉，緹騎無勞再枉臨。黨錮漸看空北部，
講壇可惜廢東林。屬鏤不受鴟夷賜，香草如聞楚些吟。
得力一生唯此處，熒燈照見大臣心。

楊忠烈漣

禁掖危疑地，維持護聖躬。大聲觸趾殿，立刻噦鸞宮。入
井言皆妄，垂簾智自雄。頭顱一夜白，腔血九霄紅。賄枉
熊飛百，仇深魏進忠。趙高謀叵測，王聖事文通。擢髮罪
難數，燃臍膏易融。義兒爲戮大布，酷吏鼠狐叢。一網連株
染，三琵虐焰攻。釘囊牢穴下，妻子堞樓中。公素貧，死後母妻止宿譙樓。
醮祐同文獄，被逮時士民數萬建醮祈祐緩獄生還。錢輸賈菜傭。徵贓令急，賣菜傭亦輸錢助。
小臣陪斷命，帝鑒有餘恫。



左少保光斗

扶掖登皇極，殿名。冲齡善病身。狐雄殊跋扈，雞牝欲司晨。
盜寶詞旁及，投繯事豈真。震驚凡幾日，哀痛甫經旬。光宗崩六日熹宗登極，在位止踰月。
私憾徐良彥，昌言賈繼春。公疏請召還繼春。上
方隨請劍，當道竟埋輪。實草應山疏，有言楊疏公與謀并代草。寧逢
丞相嗔。公疏劾忠賢并及廣微。見危防二法，酷訊時公自計投戒有二法刑斃獄斃遂延脈。
興利驗三因。先官御史典水利，有天地人三因之議。督學人倫鑒，詞元

物議均（廷臣爭改元公以八月以前爲萬歷後爲泰昌議遂定）廢莊封不啟假印
獲初巡（初爲巡按郎擒豪吏假官假印）緹騎猶加襚誣贓不貸貧諸生
金脅萃羣從繫後巡羹餉黃泉淚灑原夜雨神飄零小
弱弟南渡作逋臣（卅以哭子光長兄坐累死弟光先福王時官巡按爭馬士英爲阮大鋮事逃左良玉軍）

周忠介順昌

義士潛行納橐饘（朱祖元）幾場罵詈一身擔臨文不諱何
無忌（以送周起元史得罪用南史何無忌諱語）與罪爲婚也可憐閒舍似閒
吳導泣獻卿夫有李陽拳虎卯便是田横番刺血書成
酹墓田



朱太師爕元

林中大譟枯骸棄擁物如舟作攻具被髮仗劍載羽旗
旁翼雲樓以牛曳守陴皆哭將軍笑呂公車也何足道
巨木機關轉索飛飛石千鈞運大砲擊之反走潰而去
頭觸不周山倒地得一賊將呼飲之不僻佩刀反間計
火光夜起牌蔽江一虎中鎗一龍斃（樊龍樊虎各城崇明上日）圍
百日門始開奢家未滅安家來安家來紅崖大國白岩
臺僭號曰梁元應順私刻五府六部印敗之紅土川追
之五峯山二賊竄險箐篁間土兵半漢兵半以次蕩平
天啟亂四十二目芟剗亂三十六所郵亭繕築功不及
大璫名燹兩蠻炮空血戰嗚呼封侯無分將星[illegible]
封籍（軍資以鉅歲殺十萬皆借之子官）家苦貧副是腰腹健歆啖（五二十人）
一飯未報年康民（康民內江人兵未起時語人曰蜀且有變安之者朱公乎）君不見
秦中老者不再至風角遁甲姑一試此書流落付何人
他日西南豈無事（官陝時遇一老人授一異書曰異日西南有事公當之矣）

孫太師承宗

出關雄鎮屹然增熒惑中朝議沸騰房瑠車陸函谷潰
趙歎（本去聲一音央）甲忌晉陽興移文足餉來何緩主欺撓權
罷不能四載成勞一面首飛狐拒馬昔遊曾
烽火盈郊着脚難平臺召對漏聲殘老夫淚向君前落
諸將兵從壁上觀身與山河歸浩劫家無血肉斂空棺



事聞嗟悼恩猶格卹典寥寥祭一壇

袁經畧崇煥

刺血飛書錄守城五年嫚語禍機萌多疑易積中山謗
反間先寒怨壞盟倉卒法行張用濟老成策讓趙營平
杜郵一賜巖關棄此後邊才暮氣生

熊文爍

鼠輩遇我敢復爾酒酣妄爲大言耳覘使起（立言之）故
意悔勢已不可止六州鼓旗一手主流冦如虎游孤豚
昔勇今怯魂魄褫往叩僧廬求佛旨空隱（名僧）辟人辯說

入撫之撫之毋乃是四正六隅兵餉增左(良玉)黃(得功)夾擊如風雨胡然忽刋招降檄殺一賊者令償死賊如不從則犒之金帛酒牢豢驕子接踵而至姑自詭天下今已無賊矣許州南樓火光起陷均脅房穀城圮如猿斷紈譁脫鷹如火燎原坊決水試問降者十三家(文燦上言皆接踵已十三家旬月間天下可無賊)今皆安在罪輕擬惜惜珠玉飾名姝臨送牽衣哭西市(徑寸珠十顆碧玉長尺餘者八枝又名姝八人獻忠因陳洪範賂文燦偽降卒以此死)

陳總督奇瑜

四面山圍一隙存火攻石壘了殘魂忽憐穽虎能搖尾如惜園葵不拔根毋為所愚常自裕(自裕為給事中上言弓矢刀槊未嘗釋手欲令所過毋動是何愚也賊入事已不可為)得行其詐顧君恩(賊用顧君恩謀陷車寶詐降許之)翻言撫局輕撓敗嫁禍旁人入獄門(賊出棧道叛殺至鳳翔誘開城城上紿先登者斬之去犯寶雞亦然奇瑜欲卸罪劾其撓撫局皆被逮)車箱一潰蔓難圖從此駸駸薄帝都何忍至尊憂社稷試看新鬼沒頭顱弓刀豈是歸農器粮糗先抽溢地租(先後招賊三萬六千人悉遣歸農檄州縣具糗粮送楊嗣昌措餉之法有四一曰溢地地溢原額者加賦)失計他年還夢卜南陽龍種入閩無(奇瑜官南陽時有恩于唐王世孫後自立于閩召為相未聞命卒)

楊督師嗣昌

明史雜詠　卷三　圭

六軍雲集反遷延勳練虛糜委逝川衣具斗牛埋半體(在軍而賜斗牛衣死後賊焚其夫婦柩子孫獲半體殮葬)榜懸厄溷賞三錢(下令擒獻忠者賞萬金翊日堂皇至廁溷遍題斬督師獻者賞白金三錢)一時寢帷皆流血四罪丁袁可比肩(先御史王志舉劾其大罪請用汝夔崇煥故事)四渡口桃花春色暮網張十面問漁船(楊家武陵死于三月朔日)

盧少師象昇

書生上馬能殺賊青龍岡巔箭中額刃又及鞍以手挈進虓虎跳退兎脫賊諦視之公何物白皙臞然髀獨骨天雄移軍東南行賜尚方劍賜節鉞是時大帥(曾文詔艾萬年)新陣歿營門絕粮閉三日慷慨酒泣繼以血有刺無堵或迎截殲其精騎七頂山前阻漢江伏當設封疆夫豈一人事鄖撫(宋祖舜)湖撫(王夢尹)堅不出轉戰功多反被揭遷之朔方計良失從此秦楚蜀之交殺賊者凶求賊吉(熊文燦主撫下令殺賊者償死賊不肯從則齎金帛酒牢犒之名曰求賊賊益陸梁不可制)主撫主款(楊嗣昌)大辱國天兵從天騎用鐵貫卜瞽人事熒惑赤發于額經面折孤軍夜戰蒿水橋鼓聲已死陣雲熱監軍(高起潛)坐擁關寧兵距五十里邈秦越莽莽遺骸何處收瘢痕刻劃麻衣雪此吾公也衆肅拜驗數稽難歛踰月明主直與忠臣讐安得明年國猶活家中望祭空招魂魂歸滑隱園之側為讀張公(雎陽)岳公(武忠)傳英姿颯

明史雜詠　卷三　未

犇動毛髮桃溪夜半月光寒如見五明驢躍沙河濶逐公
賊漳南賊大至追且及沙河水濶數丈一躍而過即所畜五明驥也

汪總督喬年

解郾城圍受反攻纛之所在礮車衝賊覘纛知公所在砲礮隨之千人陣守魂皆哭三師賀人龍鄭嘉棟牛成虎營移令不從觀箠鯨鯢徒餧虎公出關知必敗日如肉餧虎豕開螻蟻不成龍鐵燈滅後旋傷目試與仙人說吉凶

秦總兵良玉

忠順昔受封慕華款貢市功惟不內犯而無臂指使石砫白桿兵勤王萬里行征播勦楚豫解圍成都城奢安

明史雜詠　卷三　十七

以次定噬蜀賊鋒橫西南半壁天孤撐一掌勁夫瘦雲陽獄陣亡者季民屏孟邦屏老寡百戰餘安然考終命平生嫻翰墨笳鼓叶競病木蘭女兒身戎裝拖朝紳纖蓋拜漢賜於鑠馮夫人

曹總兵文詔

崇信窑銅川橋虎兕四軍中有一曹西賊聞之心膽搖二語賊中謠匹馬縈陣持矛突闖陝巳平平晉賊賊渡河去避其鋒不叙將軍第一功翻以怙勝掛吏議拂衣一北遷大同大同師旋賊復熾擣巢轉戰湫頭鎮萬矢雨集如蝟毛誰其從之侄變蛟骨不可收空葉塋靈旗夜黑

魂跳蕩

猛總統如虎

左鎮想殺我猛鎮跑殺我二語軍中謠部將挾之以上馬日晡雨作黃陵城柚騎箐谷中潛行旗纛離披潰圍出南陽移駐疽背生裹瘡巷戰力如虎血盈袍袖呼唐府北面叩頭謝明主臣力竭矣臣應死魂兮歸來招臣子子先捷亦戰死

周忠武遇吉

人生練勇敢當于無事時安能如枯骨塚中端坐為起家射生手遇賊輒殺之三十為大將偕兵晉西陲長河

明史雜詠　卷三　十八

防飛渡千里無援師吹唇過北犯鼠礫鳥熊羆番進十攻一孤城累卵危巷戰虎跳蕩縛置高竿梳血銜溫序劍魂颸曲端旗瘡痍賊駭伏鬼兵陰雲馳公少頗質魯絳灌無文辭紈綺咸目笑人固未易知艱危立功節廟祀遺民悲

史督輔可法

擁立忽忽失潞王此身分與國俱亡濫觴官爵如兒戲巢幕光陰但色荒手讓大權歸馬阮心憂私鬬鮮高黃避嫌出外戍何事莽莽長淮望白洋鼓聲鈴閣夜驚眠縞素孤臣茗飲年一死平生文信國

千秋奏議陸忠宣國殤有母呼遼鶴家祭無兒拜杜鵑
淚洒陽江埋骨處梅花斑竹黯春煙

余妄議公有三失知七不可依田援立以致荒淫速
敗失一馬始入相避請出外以致倒持掣肘失二四
鎭跋扈覲議分封以致私鬬跡防失三然一片勤勞
死殉心節直與諸葛武侯文信國公相埒可敬也亦
可悲也

袁都御史繼咸
汰餉停官抑將權登樓灑泣亦徒然勳非定策疑陶侃
諫乃陳兵阻𡚁拳大事唯知爭要典唐聲何苦說澶淵



江流樹木無人買留與征南作戰船

祁掌道彪佳
漏舟焚屋狎君臣聞道長安局又新三尺劍銷恩怨刼
一泓水洗去來身大觀樓外潮初落歷下亭邊月已淪

督餉公山東
采采山薇不盈掬紅蘭白芷弔靈均

寧南侯左良玉
長身頳面真英雄錄大凌河第一功豫兵西秦兵東左
右橫擊居當中左家軍勢中原震積久寖驕[illegible][illegible][illegible]重
寶誰輸瑪瑙山犒金狼𡋯朱仙鎭中肩中股一不[illegible][illegible]遂
延一夕移營遁南行戰艦造樊城一山一色旗幟明[illegible]

賊夾馳過對馬馬蹄䠥地空雷聲諸營歌舞常達旦旁
無姬侍娛清宴履舃交錯一迴頭孤燈照夜哀容見慟
哭鼎湖龍上天日障妖㲾蜃蔽烟袖中密敕清君側傳
烽直到板磯前袁公勗盟辭色順九江已破收餘燼天
教別舸殪桓元人說山頭從燕峽數升嘔血悔應遲國
恩負此通侯印

靖南侯黃得功
十二持刀斬賊首白金奉母兒償酒轉戰生擒三鷂歸
分鎭廬州劃疆守土橋伏起兵未交踣騰他騎馳風飈
反鬬直前挾其槊頳垣躍入虎怒哮追者辟易乃脫兇



飛章曲直中朝訴千金為賄何足多度外置之以國故
師迴銅陵駕小舟葛衣絡臂箭傷侯白龍魚服一奇貨
田雄挾作歸命侯事不可為刺吭死手腕血濺長江水
風濤夜作鬼雄呼酒氣鞭聲黃闖子

興平伯高傑
以色歸降以色死千古女戎乃禍水二妓耦一卒掣之
不得起滿城兵甲聲洶洶醉魂裏嗚呼有仇不報靖南
侯剚刃忽借許睢州瓜州哭揚州謳
始自成妻邢氏偉傑貌與之通遂竊以來歸後入睢
州城許定國享傑酒醉臥使二妓耦一卒殺之揚民

被其淫毒者聞死皆相賀瓜州傑乜家衆處

何都御史騰蛟

旌旗千里蔽熊湘半壁西南一面當銅馬降來洪重叛
龍衣認得智高亡空城不守樯烏散枯骨無歸墓草荒
母首漢陽門外事漁舟渺渺水聲長左車紀聞公于漢陽門外躍入水有漁舟救之起忽不見乃漢前將軍關壯繆廟也



明史雜詠卷四

烏程 嚴遂成 海珊

楊徵君廉夫

梅花三弄飛雪鐵笛一聲天下白坐船屋上歌角巾
侍兒歌按紅牙拍胡然天書降紫泥景濂饒舌爾大愚
令我寡也將就木嫁衣復理徒區區强我毋寧蹈海死
皇帝乃欲臣老子卒成其志放還山山人衣白車班班
姑忍須臾九華伯遊我玄圃蓬莱開若不見胡藍之黨
秋官獄觀畫題詩身莫贖王蒙孫賁王行父子又不見輸作工所
楊基投龍江張羽表箋一誤蘇伯衡并二子恬怡文上梁高啟幾人足烈
徐一夔瘋徉狂袁凱擲筆自撰歸全堂



席帽山人王逢

河清須罷便歸休自號園丁嬾叩頭未受韓恩安用報
已知吳沼曷来遊有懷塞上庚申北無歷山中甲子秋
一片西臺朱鳥血青龍江水颯寒流

王參軍冕

木斂簑衣詭異裝鵰鶚海怒一生狂漢書倚讀牛涔雨
羌笛横吹馬脊霜石堰陳籌軍勝敗銅駝灑淚國興亡
蘭亭不正狐鄉首孤負梅花九里香

九靈山人戴良

擴廓軍遥萬里行閒關南下事無成綠軒山左收豪傑
羿羽江邊匿姓名盜賊亡隋何足歎威儀從漢有餘榮
會同給膳當娛老極目漸漸麥秀生

顧錢塘德煇

如來金粟是前身水木清華結淨因武略將軍飛騎尉
頭銜太苦草堂人
觴政橫流翠竹閒婆娑樂部落花班蘭亭清隘西園麗
雅集終應讓玉山
芙蓉四面岸為城一碧天光夜月明忽地水禽烟浦外
棹歌驚起小瓊英



枇杷雪罩桂天香碁子丁丁落滿堂軋得鳳頭琴未了
蟠桃手奪紫絲囊小瓊英小蟠桃皆侍婢名
白雲如海草連陘斷髮猶攜翡翠屏可似朝雲能入道
從君日誦大乘經白雲海奉母處桂天香翡翠屏皆侍姬名
美人賓客半黃蕎書畫船無槳可操山色湖光收不去
獨披僧帽過臨濠

袁御史凱

布衣入拜執金吾鶴立癯然辯口粗白燕沉吟王謝事
烏犍倒載泖峰圖湯心鮮網開生路漢法通經望武夫
歸去佯狂殊自負當年詎得兪田無

高太史啟

西園明月隔花薰北郭才名易上聞開口莫言溫室樹
金鷄不赦上梁文

王舍人紱

想見揮金拂袖時九龍山石竹參差鑵瑜不是黔公客
只為簫聲寫一枝

林儀部漸

有張氏女居紅橋因以自號語父母曰才如李
青蓮者事之邑子王恭盛飾求一見不納林投
二詩遂越禮爲王賄侍兒潛窺其狎為賦酥乳



雲鬟又挽林遊三山數日亡歸居一年林遊金
陵唱大江東一闋為別張感念疾卒以玉珮玦
懸蝶戀花詞留贈林妻朱亦能詩年十九先卒
寄林詩有待漏朝天之句余按本傳止叙其以
人才薦官員外年未四十自免歸為閩中十才
子之冠因取
記張紅橋事以資嗢噱

銀屏桂殿露香飄此去蓮山路不遥濯濯泥人春月柳
東風吹不上紅橋
花枝七寶障歌筵只許聞聲已可憐況是雲鬟人賦得
此才大勝李青蓮用李白亡宰王歙姬聞其聲不見其人事

大江東去雁南賓翡翠衾寒幾度春淡月落花歸有夢
崔嶶已作卷中人
爭忍三山逐日行今宵鐵磨照燈明傷心待漏朝天句
併入叢殘玉珮聲
客問諸詠皆名將相忠臣義士及詩人逸容不然則
元惡大憝所以昭法戒也賈姬賜自趙王非崑崙負
取不足辱茂秦而子羽傳本皭然無滓顧据撫紅橋
事汚之收齋固援儒入墨者也余曰紅橋非青燈白
髮郎作綺語無害且示士女有才者鑒夫鄭聲當放
鄭興衛之詩不删唯有一言蔽之也客曰唯唯



桑通判悅
胸中長劍健支頤才子江南雅負奇名向柳州休占取
學如亞聖亦優為折腰未屑陶元亮跣足如迎酈食其
楚製往来狂轉劇兩都燕市賦高麗
萬都督表
鹿園瓶鉢最蕭閒垂老新添一箭瘢曳屨遥情空指掌
衲衣曉入伏牛山
楊儀部循吉
支硎山下釣魚磯手鏡奚囊照落暉殘客對人誰可耐
俳優畜我不如歸曲成打虎宜雄賦書到壽松有息機

踔掉名為顛主事齋儀廟頌上宸扉
祝京兆允明
五歲能作徑尺字九歲能作急就詩内外二祖當代儒
叅政顥之孫 徐武功外孫 耳濡目染貫綜之據案屏息有所思起立
奮筆龍虵走若使右手指不枝掀雷抉電靡不爲世間
可意唯李白常當一飲杯三百人生及時行樂耳禮法
豈為我輩設六博蹋踘與趨场新翻一曲環紅粧場屋
那能容賀老少年誰不愛周郎閒施朱粉登場戲部部
梨園席退避世界浩浩夢幻中都是偃師膠革與俸錢
所入緣手盡今日肯為明日計王戎障麗固癡兒趙以



看囊亦小甕出門與客遇諸塗牽衣詬誶爭索逋
唐解元寅
寧藩禮聘竟亡歸桃塢沉冥事已非自合奇才求杜牧
豈因謚體斥劉幾年年酒客看花屐院院歌姬乞食衣
九鯉仙人曾入夢楚因有淚不輕揮
李副使夢陽
墮懷夢日胞衣紫世間乃有崆峒子侈陳時政五千言
奏辯皇后斥張氏大市街遇壽寧侯乘醉揮鞭落其齒
志清君側幸不死黒緑又鎖江竇御史不知以雄而守
雌冠帶闕住何所辟樊臺叢臺較汲雒少年佳從

之漢後無文唐無詩激論亦如為郎時齊共代與江楚
繼百年壇坫主北地可惜陽春書院記及形已與吳玉
濞西涯衣鉢委而去對山絃索串申詈有甥亦酷似其
舅茂州判謫何無忌大剛則折鈲鉄礪陵轢何人當盛
氣入廟慟哭以詩祭龍逢比干不我棄
北地雖非西涯門人然如王九思以倣西涯體中選
其餘諸子多有親承指授者皆奪于北地之焰改轅
背之猶之北地背之也子衡孟獨抵排尤力吳楚繼
起祧西涯禰北地惓惓依皈弗替者石文隱羅文肅
邵文莊數公耳至于對山救我之語一出實然忘之



汧東鄠杜間搊彈以老中豈得已獄急時仲默論救
乞楊文襄為解後至相譏誚以矛刺盾師友之間有
餘議爲寧藩久蓄叛謀徵仲子畏率辭免北地身在
江西豈無所見而以文字受污固知生平剛激已甚
之事半屬矯誣迫暮氣旋生遇其甥曹嘉謫判茂州
同下塗窮之淚雖悔何追和盤托出矣

王同知九思

國工募得費錢多技盡春遊幾曲歌青塚紫臺魂不返
琵琶惱斷賈婆婆

何副使景明

笄丱旋屋情蘭角擧于鄉(時年十五短小而充)所至爭負視遂道
觀堵墻參隨(閹人廖鑾鎮關中其參隨橫甚)又馬執撻如驅羊此畫
毋污人手要濯滄浪始與獻吉鴟國士相頡頏名成互
詆諆鼓旗樹戰場獄急莫爲直上書楊文襄對山一救
我仲默今則忘
故城馬東田所傳中山狼指負對山尚未及仲默也

王裕州廷陳

阿父何乃撻名士樹杪大聲呼不止書之於壁爲母諱
堂皇裸跣衙鼓敲簿牒堆案漫省視矯首飛鳶孤雲高
何物巡方一御史是皆世間之盲子直前令爾獻老



詈罵猶嫌污我齒不過使我不三公我正躊躇欲歸上
蓬髮斜拖窄袖衫張蓮選伎詞洗灡回思爲官無甚樂
樂民贖罪輸彈丸

顧尚書璘

息園歸老愛遊仙三俊金陵(陳沂王韋)與泊肩杜縣直趨何
點寺(王雅欽)俯身旋上郭翩(小舡徐太初)十人治具無虛日一
曲歌郎(楊彬)正少年有弟(英玉)隔墻呼不到寒松深覆小樓
煙(英玉小樓過日寒松)

楊文憲慎

濮園禮議太夙狂慟哭齊聲撼九閽到死姓名猶帝怒

及歸骨肉與家亡荷戈多暇書適宮拜杖餘生壽燼七
七十老儒頭雪白指揮何苦手鋃鐺
百年壇坫李何王力取茶陵赤幟張刺客臨清幾及禍
家僮木客負重傷一星疑義徵周禮七歲香名賦戰場
了髻花枝羣妓散九原埋骨尚戎裝

茅副使坤

府江鵰勦陣雲開諸砦聞風震疾雷忽地入山調鶴去
恰當沿海舉烽來定文尚借陳琳筆治產空銷范蠡才
天子一閑還予壽薦書稠疊負諸臺始楊博以奇才薦後佐胡宗憲幕奏為福建副使皆格於部議



徐記室渭

轅門令嚴大旂卓鼓止霜清曉吹角諸將候謁方逡巡
白衣闖入門無人有時狎遊輒累日急使名之深自匿
倡樓昵飲聞譙聲擲盡黃金空手出奮髯箕踞譚兵書
受降用間擒王徐俞家戚家以力取取之以術鉤吞魚
率爾作表貢白鹿皇帝稱善再三讀聲名一夕遍內臺
龍跳鷹跱青天開忽錐其囊刺其耳棄妻殺妻屢求死
生無所益事遠遊賦出入塞春徂秋哭逼　營拔劍舞
蟬蛻歸隱山之幽室中咄咄抉犬坐月復一月不舉火
長魚大肉噉已多便餓十年理亦可書數千卷斥賣之

不復事人矣夫茂秦以布衣窮老逆旅王頔割
愛禮重如是至姬妙年色藝竟委身燕子樓中
以歿起龍門于九原皆可入遊俠傳也
重茵翠罽上燈時愛客梁園酒滿池紫撥吒驕磨勒健
爭如一闋竹枝詞
捲簾微步曳明粧凹面摋彈曲十章裂帛一聲天似水
滿庭月浸牡丹香
擘既結盒泣玫瑰未有佳人不愛才丁掾縱教雙目眇
也驅油壁上叢臺
秋到衰楊夜有霜可哀一曲淚霑裳他年寒食棠梨下



紅雨傷春柳七郎

李孝廉長蘅

西湖烟水數追尋茗椀琴牀愛日心身退未能忘國恤
病添大半坐書淫兵中僧筏猿空化子杭之字僧筏死于亂兵火後
檀園樹少陰養母讀書處曰檀園樹石皆手植後燬于火絹素飄零誰拾得
故人車過淚霑襟生平以孟陽家央為二快

黃進士淳耀儒林

僧舍淋漓索筆時官雖未服死何辭對床弟淵耀亦同歸
去不向西山飯伯夷

太白山人孫一元隱逸

不復事人矣夫茂秦以布衣窮老逆旅王顧劉愛禮重如是至姬妙年色藝竟委身燕子樓中以殁起龍門于九原皆可入遊俠傳也

重茵翠罽上燈時愛客梁園酒滿池紫撥吆騎磨勒健爭如一闋竹枝詞

捲簾徵步曳明粧田面搊彈曲十章裂帛一聲天似水滿庭月浸牡丹香

擘甌結盒泣玫瑰未有佳人不愛才丁椽縱教雙目眇也驅油壁上叢臺

秋到衰楊夜有霜可哀一曲淚霑裳他年寒食棠梨也紅雨傷春柳七郎

明史雜詠　卷四　十

李孝廉長蘅

西湖烟水數追尋茗椀琴牀愛日心身退未能忘國恤病添大半坐書淫兵中僧筏猿空化（子杭之字僧筏死于亂兵火後）檀園樹少陰（養母讀書處曰檀園樹石皆手植後燬于火）絹素飄零誰拾得故人車過淚霑襟（生平以孟陽家契為二快）

黃進士淳耀（儒林）

僧舍淋漓索筆時官雖未服死何辭對床弟（淵耀）亦同歸去不向西山飯伯夷

太白山人孫一元（隱逸）

遊蹤奇譎避秦餘行到苕溪好卜居未免妻如何肉可無女與蔡邕書知兵不借風雲氣（借風雲以為氣南史隱逸傳序）曉事空馳日月車（馳騁日月之車蔣庾易却臨川王餉語）用世人言王景畧一瓢伴我老樵漁

真隱何妨與世緣貴遊捲至亦恬然袷衣冷卧雲歸寺鐵笛橫吹月上船鶴養來如愛子大鵬借得便飛仙身偏多病年無祿社友松杉種墓田

棠陵方豪謂山人知兵曉吏事使之用世當為王景畧雖無所據然費閣老宏罷相訪之南屏山寺顧璘為浙江布政放舟訪之湖上若劉太守麟龍按察

明史雜詠　卷四　十一

陸御史崑與長興吳琉邀盟于社號苕溪五隱死而經紀其喪一布衣客傾動海內知其為秦宗避難挾持有大過人者矣雖自負羽化而多病早死至就昏張氏則三塗八難中周顛一累也今南山歸雲菴有掛瓢堂墓在其旁余數往遊如見山人烏巾白袷吹鐵笛飲酒譚論時

金御史聲

六嶺空提一旅兵迎降間道夜翻城笑他生祭王炎午不及叅軍一（江天一）不獨生

張三丰（方伎）

龜形鶴背目雙圓物色西南萬里天自向袈裟求老佛
幾曾邋遢認真仙一棺委蜕原無死二使胡濙同侍朱祥齋香
不計年山是九宮擒賊地合營廟貌賜金錢為三丰營廟九宮中
塑真武帝為成祖像後李闖謁廟共有物擊仆地衆起甃之
阮懷寧大鋮姦臣
首上百官圖義兒下拜雌雄狐繼上合算蹤鼠竄兩端
為黠奴奴兩端竄黠于鼠復畏東林如猛虎虎從風雲
從龍龍興狐鼠空其叢禁錮沉沉十七載輦金崩灌無
成功急思邊才自表見納交遊俠彈長劍天賜一船名
大願聞道甲申三月變機關可轉策可獻東南一角



都建擁戴陰通馬鳳陽一奇貨也居福王下流地豈
靈武僞種人非夏少康公等自圖富貴耳何心廟祏關
存亡妖書移宮及梃擊三案與福邸有連故舍潞王借以報復掾乾
綱立甫踰月其名薦詔呼冠帶趣上殿三要兩合十四
隙姑妄言之未盡善第一義先翻逆案四十三參十八
羅漢一網打入妖僧傳大悲獄復社門戶靡孑遺要典重
刊銓政亂都督滿街走職方賤如狗諧價西圜錢入手
君漁于色酒于酒宮女三千歌舞酣叛藩十萬貔貅吼
吳綾夜畫烏絲欄量江那管釣魚船守城渠答春燈謎
對敵軍書燕子箋燕子飛飛止誰屋春燈無光暗玉燭

可憐一載小朝廷空傳南部烟花錄

# 後記

今年是先父逝世第十八個年頭，每當夜深人靜時，腦海裏就會浮現出父親親筆寫下的那句話：「**毋使十年辛苦浪擲**」！落款的時間是一九九〇年八月十七日，往回推算，那應該是從一九八〇年開始的十年。

父親從小進私塾讀書，少壯以文字爲生，一輩子浸淫在古代文學當中。一九五五年調到上海中學任教，並擔任語文教研組組長。一九六六年被定爲「反動學術權威」，吃了不少苦。那段時間，父親在外以慣常的謹言少語應對各種遭遇。回到家，長久的沉默之餘，仍與我用古文經典暗語家事，家中氣氛雖然凝重，但父子倆一射一覆之間，仍能感覺到父親的深厚學養和人格魅力，常使我領悟平淡生活中的樂趣，讀古書也成爲我一生的興趣愛好。

從我記事起，父親便有一個習慣，每天清晨一個半小時靠在床頭燈下讀書，數十年雷打不動。父親是鑽研古典文學的，尤其喜愛詩詞，大概和在持志學院讀大學時亲承馮沅君、陸侃如兩教授夫婦的詩歌教學有關，家中藏書多的是詩集、詞集、詩話之類的書。每逢節事，常有賦興。在長期的教學中，著力宣揚傳佈中華優秀文化遺産是他一以貫之的工作重心。退休之後，回到蘇州本宅，更是把挖掘蘇州傳統文化作爲己任，應邀編了好幾本蘇州名勝詩選。

他推崇嚴遂成詩作雖不知起於何時，但立志要爲嚴遂成《海珊詩鈔》作注，或許是自聽聞毛主席批閲嚴詩而始。一九八〇年代，整整十年，晨昏展讀，夜以繼日，幾經增删，反復斟酌，數易其稿，終於完稿並工筆抄録了四十萬字的《海珊詩鈔注》。

書稿寫竣之後，父親抱著滿懷的希望，到中華書局，到江蘇古籍出版社，找到曾經的學生謀求出版。他們看了書稿之後，一致認爲很有學術價值，却以「無經濟收益」爲由而予婉拒。自己教過的學生尚且如此態度，其失望之心可想而知！回家後，歎息著用牛皮紙將手稿包紮封存，在封紙上親筆寫下十分無奈的話——「**毋使十年辛苦浪擲**」！

父親是個典型的舊時代的知識分子，一肚子詩書，以文章自傲却少圓融變通，視「經濟效益」爲龐然大物却無心盤算，也從不促使我追求身外之物。由於經濟原因一時出書無望，我是雖心有餘却力不足，每每爲此糾結不已。嗣後我所在的學校——江蘇省蘇州中學爲了發掘校園文化遺產，命我整理學校的古代史（八百七十年的蘇州府學史、近二百年的蘇州紫陽書院史），在二〇〇二年開始後的十多年時間，終於完成、出版了近四百萬字的《蘇州府學志》和八十多萬字的《紫陽書院志》。書櫃一角，四册厚重的校史，使我常常心生自豪。也是從這時起，「**毋使十年辛苦浪擲**」時時顯現在我腦海，我立定主意要加緊努力完成父親遺願，使我父子倆著作各有所成，以綿薄之力，對我們畢生鍾愛之事有所交待回饋。

於是恭敬取出舊稿，集中精神，無數次的反復核對、校注、補充，也進行了許多考證，這段時間裏，真可謂誠惶誠恐，如履薄冰，不敢有一絲一毫的懈怠。倒不只是因爲先父遺澤所在，更由於這是一部學術著作，必須以無一字無來歷、句句有依據的態度來認真對待，也是一個治學者的學術良心使然。現在終於看到初具模樣，正式發行的那一天已然可期。但願能不負父親的遺願。

海珊的詩確實是「曲高和寡」，但也不是完全不爲人知。毛澤東就是海珊詩的尊崇者（見《毛澤東和他的秘書田家英》，遼寧人民出版社）。毛澤東還特別垂青海珊《三垂岡》一詩，至少手抄了兩遍，如今毛書《三垂岡》已刻成詩碑，豎在山西長治城外當年的古戰場遺址處。

欣逢盛世，文化昌繁，父親與我兩代人皆在從事語文教育之外，爲整理挖掘中華傳統文化做了力所能及的事。父親若知當今風潮以「文化興則國興，文化强則國强」爲引領，則不僅要爲十年辛苦不浪擲而歡呼，更要爲時勢昌明而歡欣鼓舞！在此，我要感謝蘇州大學資深教授趙杏根先生欣然爲本書撰寫序言。此外，這次《海珊詩鈔注》能順利出版發行，得到了蘇州市檔案館、江蘇省蘇州中學的大力支持。李保民先生也垂注甚多。最終由我母校華東師範大學出版社接受本書稿，同意予以出版，特別是責任編輯時潤民先生付出了大量精力审校，提升了本書的質量。在此，我一併表示深深的謝意！本書的出版，相信對傳統文化的弘揚會起到促進作用，也會對清詩研究增添一份豐厚的學術資料。

楊鏡如於筆耕廬

二〇一九年十月十六日

**圖書在版編目（CIP）數據**

海珊詩鈔注 /（清）嚴遂成著；楊德輝注；楊鏡如校補. — 上海：華東師範大學出版社，2019
（清代别集叢刊）
ISBN 978-7-5675-9784-6
Ⅰ. ①海… Ⅱ. ①嚴… ②楊… ③楊… Ⅲ. 古典詩歌–詩集–中國–清代 Ⅳ. ①I222.749

中國版本圖書館CIP數據核字（2019）第222450號

**清代别集叢刊**

# 海珊詩鈔注

著　　者　［清］嚴遂成
注　　者　楊德輝
校　　補　楊鏡如
策　　劃　李保民
責任編輯　時潤民
裝幀設計　盧曉紅

出版發行　華東師範大學出版社
社　　址　上海市中山北路3663號　郵編 200062
網　　址　www.ecnupress.com.cn
電　　話　021－60821666　行政傳真 021－62572105
客服電話　021－62865537　門市（郵購）電話 021－62869887
地　　址　上海市中山北路3663號華東師範大學校内先鋒路口
網　　店　http：//hdsdcbs.tmall.com/

印　　刷　蘇州工業園區美柯樂製版印務有限責任公司
開　　本　787×1092　16開
印　　張　42
插　　頁　8
字　　數　692千字
版　　次　2019年12月第1版
印　　次　2019年12月第1次
書　　號　ISBN 978－7－5675－9784－6
定　　價　168.00元

出 版 人　王　焰